Henning Mützlitz
Christian Kopp

Wächter der letzten Pforte

Henning Mützlitz · Christian Kopp

Wächter
der letzten Pforte

papierverzierer
DARK EDITION

MIX
Papier aus verantwortungsvollen Quellen
FSC® C083411

Papierverzierer Verlag, Essen
Lektorat, Herstellung: Papierverzierer Verlag
Cover: Marcus Koch
Umschlaggestaltung: Stefanie Messing
Karte: Stefanie Messing
1. Auflage
Druck und Bindung: CPI books GmbH

ISBN 978-3-944544-67-0

www.papierverzierer.de

Bibliografische Information der Deutschen Nationalbibliothek
Die Deutsche Nationalbibliothek verzeichnet diese Publikation in der Deutschen Nationalbibliografie; detaillierte bibliografische Daten sind im Internet über http://dnb.dnb.de abrufbar.

Dem Zimmermann

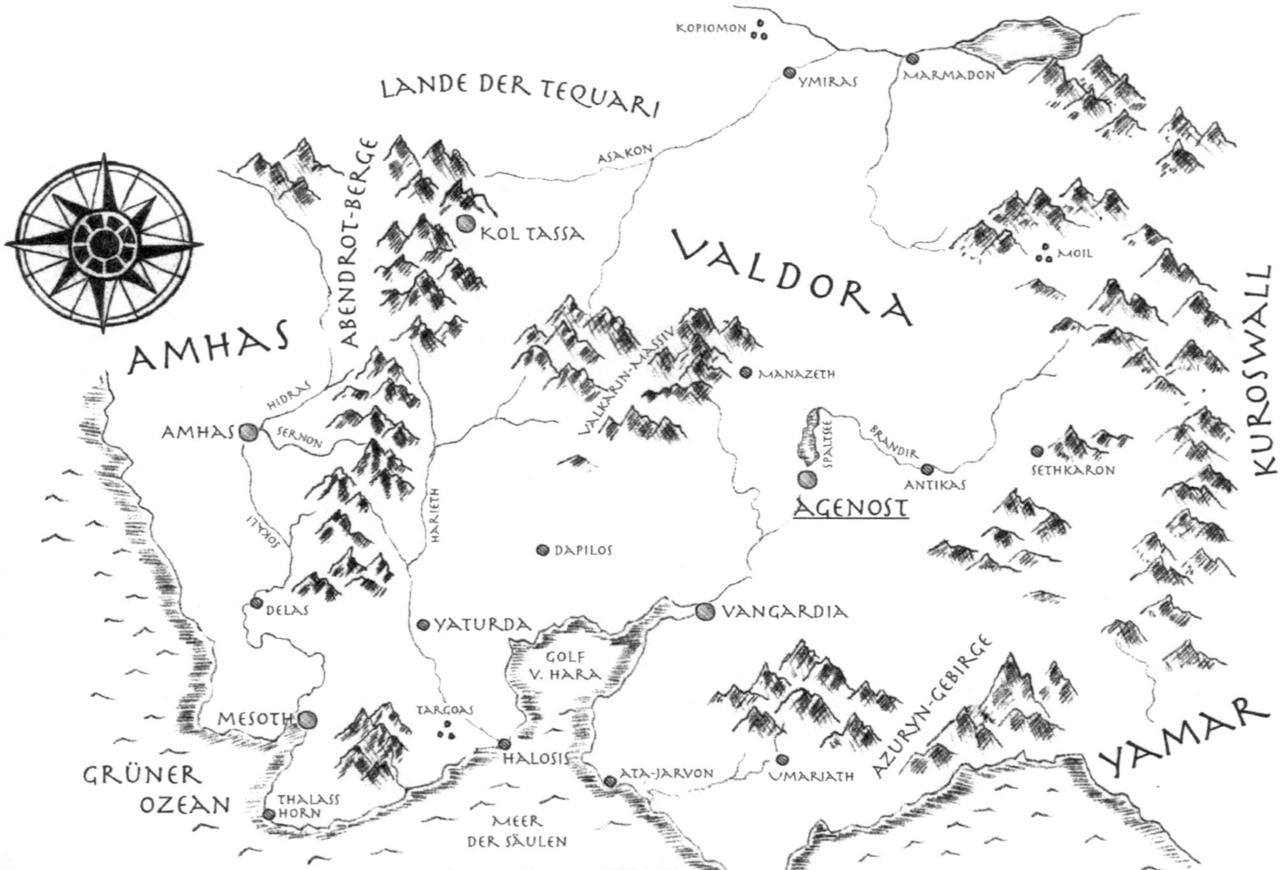
KOPIOMON
YMIRAS
MARMADON
LANDE DER TEQUARI
ASAKON
ABENDROT-BERGE
KOL TASSA
VALDORA
MOIL
AMHAS
HIDRAS
SERNON
AMHAS
VALKARIN-MASSIV
MANAZETH
SPALTSEE
BRANDIR
ANTIKAS
SETHKARON
KUROSWALL
AGENOST
SOKALI
HARIETH
DAPILOS
DELAS
YATURDA
VANGARDIA
GOLF
V. HARA
AZURYN-GEBIRGE
TARGOAS
MESOTH
HALOSIS
ATA-JARVON
UMARIATH
YAMAR
GRÜNER
OZEAN
THALASS
HORN
MEER
DER SÄULEN

Prolog

Das Luftschiff erschien mit der aufgehenden Sonne.

Trotz seiner Größe kam es elegant wie ein Adler aus der Wolkenbank hervor, die sich an die Flanken der Berge schmiegte. Unter dem dreigliedrigen Gebilde aus Holz und Metall breitete sich eine bewaldete Hügellandschaft aus, die nach und nach in eine Ebene überging. Zwei sich vereinende Ströme beherrschten die Szenerie.

Matrosen liefen auf dem Deck umher und betätigten Kurbeln, Gestänge und Seilzüge für den Landeanflug des Schiffs. Die Luft unter dem Rumpf des Arcanaero flimmerte, als die Auslassöffnungen, die mit seinem Leitwerk verbunden waren, heiße Luft verströmten.

Vor dem Bug erschien eine Stadt, die am Zusammenfluss der Ströme lag und wie ein steinernes Geschwür wirkte, das in die Landschaft hinein wucherte. Das Luftschiff steuerte auf einen der vielen Türme zu, die das Zentrum der Metropole bildeten. Sie waren von ihren Erbauern in maßloser Vermessenheit hunderte von Fuß in die Höhe getrieben worden, als ob sie darum wetteiferten, welcher von ihnen die Sonne zuerst erreichte.

Das ankommende Arcanaero war nicht das einzige Luftgefährt seiner Art, das zu dieser frühen Stunde über den Dächern der Stadt schwebte. Es kreuzte den Kurs weiterer Fluggeräte, manche kleiner, manche größer, die flügellos über den Himmel glitten.

Die Besatzung rief sich hektisch Befehle zu, während die Geschwindigkeit verringert wurde. Mit Flaggensignalen teilte der Posten im vorderen Ausguck der Mannschaft des Turms mit, dass man anlegen wollte. In der Vorwärtsbewegung drehte sich der Rumpf, bis die Steuerbordseite korrekt ausgerichtet war. Das Schiff trieb gegen einen Ausleger, der von einer Plattform im oberen Drittel des Turms hinausragte. Kurz bevor der Rumpf mit dem Steg kollidieren konnte, wurde er von einer Kraft gestoppt, die so stark war, dass funkensprühende Entladungen über die Bordwand tanzten. Aus den wie Tierköpfe modellierten Ventilen an den Flanken entwich zischendes Gas. Der Abstand zwischen Schiff und Anleger betrug kaum einen Fuß, als es vollends zum Stillstand gekommen war.

In der Bordwand öffnete sich eine Luke, und ein Fallreep wurde von einem Schwenkarm hinunter auf den Ausleger gesenkt. Während die Besatzungsmitglieder das Schiff mit Hilfe der herbeieilenden Turmmannschaft vertäuten, erschienen vier Personen in der Öffnung und schritten die Stiege hinunter.

Vorneweg ging ein hochgewachsener Mann mit alterslosem Gesicht. Sein schwarzes Haar hatte er mit Hilfe vieler goldener Ringe zu Zöpfen gebunden, die über die Schultern fielen, und ein Silberreif zierte seine Stirn. Hinter ihm folgten ein jüngerer Mann sowie eine Frau, deren Haar im Kontrast zu dem der Männer kupferbraun, aber ebenfalls in mehrere Stränge geteilt war.

Ihre Gewänder hoben sich von der einfachen Kleidung der Arbeiter und Schiffsleute ab. Windböen warfen die für die Jahreszeit unpassenden Mäntel zurück und entblößten Westen und Hosen mit kostbaren Stickereien, die auf eine herausgehobene gesellschaftliche Stellung deuteten.

Den Abschluss der Gruppe bildete ein Mann von vielleicht vierzig Sommern, der im Gegensatz zu den anderen in dicht anliegende Lederkleidung gehüllt war. Auch sein heller Teint unterschied ihn von den Mitreisenden. Scimitar und Dolch an seiner Seite zeugten von seiner kriegerischen Profession.

Zielstrebig bewegte sich die Gruppe auf ein Portal am Ende des Anlegers zu. Diener kamen ihnen entgegen, verneigten sich und eilten zum Schiff. Schließlich trat eine Frau mittleren Alters aus der Gruppe heraus. Ihre Haare waren kunstvoll mit Bändern drapiert, und sie trug den förmlichen roten Kaftan der hohen Beamten. Auch sie verneigte sich mit einem Lächeln und sprach die Besucher an. »Seid willkommen in Amhas, im Haus von Dakris Olgasi, edle Gathori! Ich bin Pyâdah, die Prokuratorin dieses Rukh. Mögen Euch die Götter segnen! Mein Herr erwartet Euch bereits, Meister Ikastra.«

Mit diesen Worten drehte sie sich um und ging den Ankömmlingen voran. Schweigend folgten sie ihr in den Turm.

Wenige Augenblicke später traten die Reisenden aus einem technomantischen Aufzug, der sie in die Spitze des Gebäudes befördert hatte. Zwei Diener öffneten ihnen die Türen, durch die sie einen Saal unterhalb der Turmspitze betraten. Morgenlicht fiel durch die Fenster. Die Ausstattung des Raumes machte deutlich, dass der Besitzer nicht nur Steine in den Himmel türmen konnte. Er besaß auch einen erlesenen Geschmack.

Keramikplatten und aufwendige Mosaike bedeckten den Boden.

Von der gegenüberliegenden Seite betrat ein Mann in festlich wirkender Robe den Raum. Sein Gesicht war nach Art der amhasischen Optimaten geschminkt, besonders seine Augen wurden übermäßig betont. Die goldblonden, formvollendet frisierten Haare waren gewachst worden und offenkundig nicht seine eigenen. Schillernde Fischschuppen auf Wangenknochen und Handrücken rundeten das farbenfrohe Bild ab.

Mit zum Gruß erhobenen Händen schritt er auf die Gruppe zu und wandte sich an den Mann mit dem Stirnreif. »Ich freue mich, Euch wiederzusehen, Shaat. Euer Besuch ist stets eine Ehre.«

Shaat Ikastra erwiderte den Gruß, blieb aber förmlich. »Sei gegrüßt, Dakris.« Seine erhobene Linke offenbarte einen Siarra, einen blauen Kristall, der mit der Hand verwachsen zu sein schien. »Dies sind Saresh Arkusa und Miriya Ralan, Adepten meines Ordens. Von Saresh habe ich dir bereits berichtet«, stellte er seine Begleiter vor.

Olgasi deutete eine Verbeugung an, die die Magier erwiderten. Auch sie entblößten Kristalle in ihren Handflächen.

»Ja, das habt Ihr. Seid auch Ihr willkommen, edle Gathori«, sagte Olgasi mit routinierter Herzlichkeit. »Setzt Euch, die Reise mit dem Arcanaero war sicher anstrengend.« Sein Blick fiel auf den Bewaffneten. »Ihr könnt Euren Leibwächter fortschicken, Ihr seid sicher in meinem Haus.«

Shaat, Saresh und Miriya tauschten kurze Blicke. »Der Ghulam bleibt«, stellte Shaat klar. »Nalyd ist eingeweiht.«

»Wie Ihr wünscht«, meinte Olgasi. »Setzen wir uns.« Er wies auf eine Gruppe von Diwanen, die um einen flachen Esstisch gruppiert waren. Diener richteten dort Glasschalen mit leichten Speisen sowie Weinkaraffen mitsamt Kelchen an.

»Ich wundere mich, dass Ihr bereits so früh eintrefft«, sagte der Amhasi, während er sich niederließ. »Ich hatte kaum Zeit, Euren Empfang angemessen vorbereiten zu lassen.«

»Wir sind nicht für einen festlichen Empfang in dein Haus gekommen«, entgegnete Shaat, während er sich mit seinen Begleitern dem Gastgeber gegenübersetzte und ihn erwartungsvoll anblickte.

Olgasi schien irritiert über die abweisende Haltung zu sein, setzte jedoch rasch wieder eine geschäftsmäßige Miene auf. »Ehrenwerter Achar, es wurde alles vorbereitet. Söldner stehen bereit, Euch zu führen und zu schützen.«

»Gut, damit hast du einen Teil unserer Abmachung erfüllt. Wie steht es mit dem anderen?«

»Ich habe das beschaffen können, nach dem Ihr verlangt habt, Shaat.«

Auf einen Fingerzeig des Optimaten verließ die Rotgewandete den Raum. Kurz darauf kehrte sie mit zwei Lakaien zurück, die ein konisches Objekt auf einem Tablett hereintrugen und neben Olgasi auf dem Tisch abstellten. Es bestand aus glänzendem Metall von einem halben Fuß Länge. Eine weitere Handbewegung ihres Herrn bedeutete den Dienern, den Raum zu verlassen. Die Prokuratorin hingegen postierte sich neben den Gästen.

»Es befindet sich in diesem Calyx aus gehärtetem Silan. Ein Gefäß, das kaum durch Gewalt zu zerstören ist«, erklärte er und blickte gönnerhaft in die Runde. »Aber das ist nicht das eigentlich Besondere daran, wie Ihr gleich merken werdet. Ich versichere Euch, niemand hat den Inhalt dieses Behälters gesehen, solange er sich in meiner Obhut befindet. Den Schlüssel trage ich stets bei mir«, versicherte Olgasi seinen Gästen und zog einen Ring von einem Finger. »Nur der Träger eines Siarra kann damit das Schloss öffnen.« Stolz lächelnd präsentierte er den vermeintlichen Schlüssel und drehte ihn zwischen den Fingern.

»Ich bin zufrieden«, sagte Shaat. »Du sollst erhalten, was ich dir versprochen habe, und noch mehr, wenn der Fund dieses Kleinods weiterhin ein Geheimnis bleibt, bis erfolgreich beendet ist, was begonnen wurde. Wir sind unserem Ziel damit weit näher gekommen. Unsere Gegner dürfen unter keinen Umständen erfahren, wie nahe.«

»Natürlich, Achar. Ich trage dafür Sorge«, betätigte Olgasi und legte den Ring ebenfalls auf das Tablett.

»Wir haben wenig Zeit, daher werden wir deine Gastfreundschaft nicht länger strapazieren«, erwiderte Shaat und nickte Saresh zu. Der junge Mann erhob sich und ging zu dem Tisch hinüber, auf dem sich Ring und Kapsel befanden.

In dem Augenblick, als Saresh den Ring in die Hand genommen hatte, stellten sich seine Nackenhaare auf.

Der Angriff kam überraschend.

Er drehte sich um und erkannte aus den Augenwinkeln, wie Olgasis Dienerin ein blitzendes Stilett aus ihrem Kaftan zog und einen schnellen Schritt auf Shaat zuging. Dieser verstand den Blick seines Schülers sofort, sprang von der Liege auf, drehte sich herum und fixierte die Angreiferin. Sie sprang auf ihn zu und stieß die Klinge nach oben, direkt auf seinen Kehlkopf gerichtet. Der Magier schien in der Bewegung zu erstarren, als er das tödliche Instrument auf sich zufliegen sah. Doch kurz bevor sich der Stahl in sein Fleisch bohren konnte, war Nalyd bei ihm.

Das nächste, was Saresh wahrnahm, war der Scimitar des Ghulam, der weniger als einen Spann über fünf abgetrennten Fingern verharrte.

Die Frau ging schreiend zu Boden und umfasste ihre verwundete rechte Hand mit der linken. Ein Tritt des Leibwächters warf sie auf den Rücken. Verzweiflung und Zorn zeichneten sich auf ihrem Gesicht ab. Doch anstatt ihre Niederlage einzusehen, griff sie erneut in ihr Gewand. Ein gläsernes Röhrchen kam zum Vorschein, das sie an einem Band um den Hals trug. Sie zog fest daran und riss dabei den Haken ab.

Als Nalyd erkannte, dass die Attentäterin im Begriff war, eine neue Waffe zu ziehen, wollte er sie niederstrecken, doch Shaat kam ihm zuvor. In dem Augenblick, in dem sie das offene Behältnis in seine Richtung warf, wurde sie von einer unsichtbaren Faust brutal gegen die Wand geworfen. Pulver rieselte aus dem Wurfgeschoss, das beim Kontakt mit der Luft sofort zu glimmen begann.

Miriya sprang an Shaats Seite und machte eine Handbewegung, als wollte sie etwas Schweres von sich wegschieben. Das Rohr und das entweichende Pulver wurden mit einem Ruck von der Gruppe weg zu einem der Fenster geschleudert. Im Augenblick des Aufpralls entzündete sich das Pulver. Mit einem lauten Knall wurde das Fenster mitsamt Rahmen und dem umliegenden Mauerwerk gesprengt. Die Druckwelle räumte den Tisch ab, ließ die übrigen Fensterscheiben bersten und schleuderte eine Wolke von Splittern aus Holz, Stein und Glas in den Raum. Die Erschütterung warf alle bis auf Shaat von den

Beinen. Olgasi duckte sich schreiend hinter die Rückenlehne seiner Liege.

Ein Schleier aus Staub legte sich über das teure Mobiliar. Wo sich eben noch ein kostbar ausgestaltetes Fenster befunden hatte, klaffte nun ein rußgeschwärztes Loch in der Wand.

Shaat blickte an sich herab und stellte fest, dass er unverletzt war. Er sammelte sich, klopfte den Mantel ab und wischte mit dem Saum den Dreck aus dem Gesicht. Der hustenden Miriya reichte er die Hand und half ihr, sich aufzurichten.

Dann galt seine Aufmerksamkeit wieder der Attentäterin, die vor Schmerzen aufheulte, als sie versuchte, sich zu bewegen. Der Stoß gegen die Wand musste ihr einige Rippen gebrochen haben. Vor sich erspähte er ihr Stilett zwischen abgetrennten Fingergliedern liegen. Der Magier fixierte es mit der Linken, als wolle er zum Tanz auffordern, und die Waffe schwebte durch einen stillen Befehl in seine Hand.

Shaat betrachtete die dreikantige Klinge einen Augenblick, dann ließ er sie los. Doch anstatt zu fallen, schwebte sie vor seiner Brust in der Luft. Er drehte sich zu der Frau, und das Stilett folgte seiner Bewegung wie ein abgerichteter Hund. Auf einen Fingerzeig des Magiers hin bewegte sich die Klinge langsam auf die Attentäterin zu. Diese drückte sich ohne eine Möglichkeit zum Ausweichen gegen die Wand. Das Stilett wanderte über ihre Beine hinweg, zum Gesicht und kam direkt vor ihrem linken Auge zum Stehen.

»Antworte mir, und ich lasse dich mit einem Auge davon kommen«, sagte Shaat regungslos und trat einen Schritt an sie heran. »Wer schickt dich?«

Die schwer atmende Frau versuchte, sich nicht zu bewegen, während sie die Klinge fixierte. Ein feiner Blutfaden, der aus ihrem Mund rann, unterstrich ihre Worte, als sie antwortete. »Das wisst Ihr doch genau.«

Shaat legte den Kopf schief und drehte sich um.

Noch bevor die Attentäterin schreien konnte, hatte sich das Stilett tief in ihren Kopf gebohrt. Ihre Glieder erschlafften.

Für einen Augenblick herrschte Schweigen. Der Wind wehte durch das zerstörte Fenster noch mehr Staub und Rauch in den Raum hinein und erfüllte ihn mit einem beißenden Geruch.

Shaat vergewisserte sich, dass seine Begleiter unverletzt waren und wendete sich an Olgasi, der bleich in seiner Liege zusammengesunken war. Die Augen des Magiers brannten vor Zorn. »Und du? Hast du mir irgendwas mitzuteilen?«

Als Olgasi zu antworten versuchte, brachte er zunächst nicht mehr als ein Stammeln hervor, da sein Unterkiefer vor Angst zitterte. Er sah aus, als hätte er noch gar nicht verstanden, was zuvor geschehen war.

Shaat beschloss seiner Frage mehr Nachdruck zu verleihen. Die unsichtbare Kraft, die der Magier beherrschte, riss das Stilett aus dem Kopf der toten Attentäterin und schleuderte es auf Olgasi. Schreiend versuchte er von seiner Liege zu springen, stürzte dabei aber rücklings auf den Boden. Als er sich wieder aufrappeln wollte, verharrte er vor Schreck mitten in der Bewegung. Die schwebende, rot glänzende Klinge zielte auf seinen Hals.

Ihr Gebieter stellte sich über Olgasi und blickte auf ihn herab. Es benötigte nur eine Handbewegung des Magiers, da legte sich das Stilett an die Kehle des Händlers und schmiegte sich an dessen wild pochende Schlagader. Der verlängerte Arm Shaats hob die Klinge an und zwang Olgasi, den Kopf zu recken. So musste er sich dem unbarmherzigen Blick seines Peinigers stellen. Schweißperlen rannen die Klinge hinab und vermischten sich mit Pyâdahs Blut.

Von jenseits der Tür hörte man Lärm.

»Meister!«, rief Saresh, doch Shaat schien sich nicht daran zu stören. Der Ghulam und die beiden Magier machten sich bereit. Nur wenige Herzschläge später wurde die Tür aufgestoßen, und eine Gruppe Wachen stürmte in den Saal. Der Angriff kam jedoch zum Stehen, als sie drei kampfbereite Magier, die bereits blutige Klinge des Leibwächters und ihren Herrn mit einem Messer an der Kehle am Boden liegen sahen. Diener blickten erschrocken durch die Tür. Einer begann zu schreien, als er die tote Prokuratorin sah.

»Sie sollen verschwinden«, sagte Shaat, unbeeindruckt von dem Spektakel. »Du hast schon genug Schaden angerichtet. Lass nicht auch noch deine Diener dafür mit ihrem Leben zahlen!«

Der Blick des Anführers wanderte erst zu Pyâdahs Leiche und dann zu seinem Herrn.

»Schert … schert euch raus!«, stieß Olgasi hervor. »Alle raus!«

Der Anführer fixierte noch einmal Saresh, dessen linke Hand mit dem magischen Kristall in seine Richtung zielte. Dann hob er die Hand und zog sich mit seinen Männern zurück. Kaum waren sie verschwunden, konzentrierte sich Saresh auf die Türflügel und ließ sie krachend zufallen. Dann richtete er seine Kraft gegen das Schloss der Tür, das zuschnappte und durch seine Magie unter einem metallischen Quietschen so verbogen wurde, dass man es nicht mehr mit einem Schlüssel öffnen konnte.

Shaat kniete sich indessen zu dem schockierten Olgasi herab. »Nun erklärst du mir, wie es einer Attentäterin gelingen konnte, so nah an uns und den Elyr heranzukommen!«

Olgasi blickte den Magier panisch an und schluckte. »Glaubt mir, Shaat, ich habe von nichts gewusst!«, hechelte der Mann verzweifelt.

»Das nehme ich dir vielleicht sogar ab. Bleibt dennoch die Frage, wie es so weit kommen konnte. Wenn du nicht die Sicherheit gewährleisten kannst, die du versprichst, bist du nutzlos für uns.«

»Sie arbeitete seit Jahren für mich, ich hätte nie vermutet, dass sie …«

»Seit Jahren?«, fragte Shaat zähnefletschend und drückte das Stilett fester an Olgasis Hals, woraufhin ein dünner roter Faden auf seiner Haut entstand.

Der Händler gluckste panisch, während Shaats Blick ihn durchbohrte. »Also, wie konnte dir entgehen, was ihre wahren Absichten waren?«

»Ich, ich … ich habe sie …«, war alles, was Olgasi mit dem Messer am Hals einfiel. Verstehen zeichnete sich daraufhin im Gesicht des Magiers ab, als hätte er einen flüchtenden Gedanken des Amhasi in dessen Augen gelesen.

»Natürlich, Dakris«, sagte er schließlich beinahe sanftmütig. »Es ist doch immer dasselbe, nicht wahr?«

Olgasi starrte ihn nur ungläubig an.

»Sie hat es in dein Bett geschafft und von dort schließlich bis hierhin.« Mit einem Mal war das Stilett vom Hals des Mannes verschwunden, flog mit einer rotierenden Bewegung zwischen seine Beine und schlitzte dort die Hose auf.

Olgasi schrie auf.

»Vielleicht wirst du vorsichtiger, wenn ich dich vom Ursprung deiner Unachtsamkeit befreie?«

»Nein, bitte! Ich flehe Euch an!«, bettelte Olgasi nun lautstark.

»Das hängt jetzt ganz davon ab, was wir in der Kapsel finden werden, mein Freund!. Saresh, öffne den Calyx! Wir müssen Gewissheit haben«, befahl er seinem Schüler, während er Olgasi weiter beäugte.

Saresh ging auf den Tisch zu und betrachtete argwöhnisch die Metallkapsel. Die polierte Oberfläche glänzte und hatte die Farbe des Morgens angenommen. Sie war tatsächlich aus Silan gegossen und schien aus einem Stück zu bestehen. Seine geschärften Sinne spürten deutlich, dass die Hülle vor ihm eine große magische Kraft von der Außenwelt abschottete.

Bis auf eine Vertiefung am abgeflachten Kopfende des kegelförmigen Behälters gab es nichts, das auf einen Öffnungsmechanismus hinwies oder einem Schloss glich. Aber er wusste genau, was zu tun war, und nahm den vermeintlichen Schlüssel. Der Ring lag kühl in seinen Fingern. Er legte den hellblauen Siarra vorsichtig darauf. Kaum hatten sich beide berührt, ging ein leichtes Vibrieren durch den Ring, und er begann seine Form zu verändern. Nach wenigen Augenblicken hatte sich der Gegenstand vollkommen verformt, und anstelle eines Rings hielt Saresh nun einen kleinen Kegel in der Hand, der genau in die Vertiefung der Kapsel passte. Behutsam setzte er ihn ein und beobachtete halb staunend, halb ängstlich den Effekt, den der Schlüssel auf das Behältnis hatte. Ohne das Zutun der Magier im Raum wurden Fugen in dem eben noch makellosen Körper sichtbar, und er veränderte seine Form. Die Hülle des Calyx klappte langsam wie ein Blütenkelch in der Morgensonne auseinander. Hellweiße Strahlen wurden in den Raum geworfen, als sich das Gefäß öffnete. Das Licht erstrahlte bald heller als die Sonne, die über der Stadt aufstieg.

Keiner der Anwesenden konnte sich dem Anblick entziehen. Alle vermeinten eine Quelle dieser reinen Kraft hinter dem Leuchten zu erkennen. Saresh spürte, dass es mehr war als ein Licht. Er spürte einen Willen. Es war die Inkarnation einer Macht, welche die Welt mit erschaffen hatte. Vor ihm lag tatsächlich der Elyr, nach dem sie gesucht hatten. Und obwohl es heller erstrahlte als alles, was Saresh kannte, erblickte er einen dunklen Fleck in dem Licht. Zunächst nur ein schwarzes Flackern, ein finsterer Schemen, der zusehends Form annahm. Ein lodernder Schatten im Zentrum des Gleißens. Seine Umrisse wurden schärfer und schärfer, je fester Saresh seinen Blick auf ihn richtete. Vor seinen Augen gefror er zu einem kreisrunden Gebilde – schwarz und doch leuchtend. Ein bodenloser Schacht, aus dem Licht wie goldene Speere in die Welt geschleudert wurden. Eine schwarze Sonne, heller als alle Lichter Camoteas zusammen. Saresh spürte den Drang, sich nie wieder von diesem Licht abzuwenden.

»Das ist genug. Verschließ es wieder!«

Saresh hörte seinen Meister, doch schien ihm dieser Befehl nicht richtig. Erst als das Licht in den Augen zu schmerzen begann, zog er den Schlüssel aus dem Schloss und trat einen Schritt zurück.

Das grelle Licht erstarb erst, als sich die Hülle des Calyx vollständig geschlossen hatte. Die Kapsel wirkte so makellos wie zuvor, und der Kegel in Sareshs Hand nahm wieder die Form eines Rings an.

Shaat beugte sich über Olgasi, der für einen Augenblick vergessen zu haben schien, in welch prekärer Lage er sich befand. Er starrte immer noch gebannt in Richtung des Tischs. Seine Pupillen waren fast vollständig in der Iris verschwunden. Links und rechts seiner spitzen Nase liefen blutige Tränen die Wangen hinab.

»Ich denke, du verstehst nun, warum wir uns keine Schwächen leisten können«, flüsterte Shaat ihm zu.

Der Mann nickte, unfähig etwas zu sagen.

»Vergiss es nicht!«

Noch bevor Olgasi reagieren konnte, war die Spitze des Stiletts quer durch sein Gesicht gefahren. Erst dann fiel die Waffe neben seinem Kopf zu Boden. Einen Wimpernschlag später traf den Mann der Schmerz, und er griff sich aufheulend ins Gesicht.

Unbeeindruckt vom Geschrei des Händlers zog Shaat eine Kassette aus dem Gewand und legte sie neben den Calyx auf das Tablett. »Gedenke meiner Dankbarkeit und schick die Söldner in zwei Tagen zu mir!« Er beugte sich noch einmal zu Olgasi herab. »Und hoff' darauf, dass wir keine weiteren Überraschungen auf unserem Schiff vorfinden.«

Auf eine Geste Shaats hin nahm Miriya die Silan-Kapsel an sich. Er trat vor Saresh, der immer noch geblendet war und blinzelte. Shaat legte seinem Schüler den Siarra auf die Stirn und flüsterte. »Besser?«, fragte er, als er die Hand wieder wegnahm.

»Ja, es geht«, antwortete Saresh leicht benommen.

»Gib mir den Ring!«

Saresh legte seinem Lehrer den Schlüssel in die Hand.

»Nalyd, hilf ihm!«, befahl Shaat und ging in Richtung der unbeschädigten Tür. Der Ghulam steckte seine Waffe ins Heft und griff Saresh unter die Schulter. Die vier verließen den Saal und ließen Olgasi winselnd am Boden zurück.

Kapitel 1

Langsam kam Liocas wieder zu Bewusstsein. Die Schwärze, die ihn umfangen hatte, wich einem warmen Licht, das durch die Augenlider hindurchschien.

Er zwang sich, die Augen zu öffnen und blickte, von plötzlichem Schmerz gequält, in Richtung der tiefstehenden Sonne. Die Dämmerung tauchte das Tal in einen rötlichen Schimmer und die langen Schatten der Viliastannen kündigten bereits den Abend an.

Der Knappe richtete sich auf, doch kaum, dass er sich einige Handbreit bewegt hatte, sank er stöhnend zurück auf den Boden. Er fühlte sich, als hätte ihn ein Schlachtross niedergetrampelt, jeder Knochen im Körper schien ihn peinigen zu wollen.

Benommen blieb er auf der Seite liegen. Er starrte in die rauschenden Kronen der Bäume und versuchte, seine Gedanken zu ordnen. *Was ist nur geschehen?*, fragte er sich, während sich seine Finger im Erdreich festkrallten. Der Boden war noch warm vom Tag, doch der Wind strich über seinen Körper hinweg und ließ ihn frösteln. Er trug einen scharfen Geruch mit sich.

Ein heiserer, unmenschlicher Schrei drang an Liocas' Ohr, und Schatten stiegen vor ihm auf. Sein Verstand riet ihm, sich trotz aller Qualen zu erheben. Er kämpfte gegen den übermächtigen Wunsch an, einfach liegenzubleiben, und bemerkte, dass er entgegen der eben noch verspürten Schmerzen, kaum verletzt zu sein schien. Kein Knochen war gebrochen, und die dunklen Flecken auf seiner Kleidung stammten nicht von seinem eigenen Blut.

Endlich kam er auf die Knie.

Rundherum bot sich ein Bild, das die schlimmsten Prophezeiungen der Hohen Priesterschaft des Urias wie eine harmlose Gutenachtgeschichte wirken ließ: So weit Liocas sehen konnte, war die Landschaft von verkrümmten, verstümmelten und zerrissenen Leibern bedeckt. Inmitten dieses Todesfelds schien er das einzige menschliche Wesen zu sein, das sich noch bewegte. Schwärme von Krähen saßen auf den Toten und hockten auf den umliegenden Felsen und Bäumen. Die gierigen Schreie der Aasfresser vermischten sich zu einem grausamen Kanon.

Unzählige Leichen von barbarischen Kriegern, valdorischen Rittern und deren Pferden türmten sich bis zu den Rändern des Tals auf. In jede Himmelsrichtung erstreckten sich die blutgetränkten Körper wie ein Teppich aus Fleisch und Stahl, der sich über das fruchtbare Grün der sommerlichen Vegetation gelegt hatte. Aufgeschlitzte Körper, abgerissene Extremitäten und bis zur Unkenntlichkeit zugerichtete Gesichter tränkten das Tal des Flusses Asakon in Blut.

Neben-, über- und aufeinander lagen die Überreste der streitenden Heere, ihre Leiber teilweise derart ineinander verkeilt, dass sie wie ein Berg aus Innereien wirkten, die ein Fleischer zum Einkochen beiseitegelegt hatte. In groteske Verrenkungen verzerrt, ragten hier und da Hände oder Füße in den Himmel, scheinbar in einem letzten verzweifelten Versuch, den göttlichen *Einen* um Hilfe anzuflehen – doch er hatte sie nicht erhört.

Natürlich hat er sie nicht erhört, dachte Liocas, und ihm begannen Tränen über das Gesicht zu laufen. Warum sollte er auch? Warum jemanden retten, der sich schon vor Jahrhunderten von ihm abgewandt hatte? Dem Knappen stockte der Atem. Er riss sich den visierlosen Helm vom Kopf und begann angesichts des Massakers, das um ihn herum stattgefunden hatte, hemmungslos zu weinen.

Ein furchtbarer Gestank lag über dem Kampfplatz. Liocas krümmte sich, denn ihn überkam eine fürchterliche Übelkeit. Hustend übergab er sich neben einem Pferdekadaver, der noch an einen eisenbeschlagenen tequarischen Kriegswagen gespannt war. Nachdem sich sein Magen in scheinbar nie enden wollenden Krämpfen entleert hatte, übermannte ihn die Verzweiflung vollends. Lange Zeit blieb er schluchzend am Boden liegen, umgeben von den zerrissenen Leibern einstmals stolzer Krieger.

Doch irgendwann wich das Entsetzen einer inneren Leere, so als weigere sich sein Bewusstsein, von dem unglaublichen Schrecken um ihn herum weiterhin Kenntnis zu nehmen. Zögerlich richtete er sich auf und versuchte, einige Schritte zu gehen. Bereits nach wenigen Fuß glitt er in einer Blutlache aus und schlug auf den Boden. Die leeren Augen eines rumpflosen Barbarenkopfs starrten ihn anklagend an. Liocas schauderte, versuchte die erneut aufwallende Übelkeit zu unterdrücken, quälte sich auf und taumelte weiter.

Wie konnte das alles nur geschehen? War er tatsächlich der einzige, der dieses Inferno überlebt hatte? Oder hatte ihn sein Orden zurückgelassen, weil sie ihn für tot hielten? War er vielleicht tatsächlich schon tot und in die Tosenden Abgründe gefahren, in denen die Verfluchten ihre irdischen Schulden abbüßen mussten? War seine Seele dazu verdammt, hier zu verweilen, weil er versagt hatte?

Hastig versuchte er bekannte Gesichter unter den gefallenen valdorischen Rittern zu erkennen. Doch das war ein aussichtsloses Unterfangen. Die Ordenskrieger waren meist so fürchterlich entstellt, dass Liocas sich immer wieder mit Grausen abwenden musste.

Schwarze Vögel aufscheuchend, stolperte er weiter und fand nach einer Weile die Farben seines Ordens. Zumindest konnte er hier und da die blutgetränkten Überreste der Wappenröcke mit dem Zeichen des doppelköpfigen Löwen erkennen. Von den imponierenden Schlachtreitern war wenig mehr geblieben als eine diffuse Masse aus Fleisch und Metall, zwischen denen Kleidungsfetzen oder eine zerborstene Lanze hervorragten.

So sehr er es auch wollte, es gelang Liocas einfach nicht, den Blick von den Überresten der Kämpfer zu nehmen. Diese Hölle auf Erden konnte nicht das Ergebnis der Grausamkeit der gegnerischen Armee gewesen sein. So fanatisch und ungestüm die Reihen der Tequari-Barbaren auch auf die Ritter losgestürmt waren, das konnte einfach nicht das Werk von Menschen sein. Nein, hier hatte eine andere Macht ihren Zorn entladen.

Liocas sank auf die Knie und betete im Stillen zum Wächter aller Kraft für die Seelen seiner gefallenen Ordensbrüder. Während er zu seinem Gott sprach, spürte er, wie die Verzweiflung ein wenig zurückwich und Stärke in seine Glieder zurückkehrte. Er erhob sich und schaute sich um, um den schnellsten Ausweg aus dem Tal zu finden, das einem Massengrab glich, solange das letzte Licht des Tages noch die Möglichkeit dazu bot. Egal, in welche Richtung er sich wenden würde, wahrscheinlich konnte er diesem Alptraum nicht vor Einbruch der Dunkelheit entfliehen.

In nördlicher Richtung, aus der die Horden der Barbaren herangestürmt waren, schien sich der Totenteppich am weitesten zu erstrecken. Offenbar hatte sich irgendetwas mit unbändiger Gewalt von Süden her über den friedlich dahinströmenden Asakon hinweg durch das Tal bewegt, dabei die Schlachtreihen der Ordenskrieger und danach die gesamte Kriegshorde der Barbaren vernichtet. Liocas war sich ziemlich sicher, dass er der einzige lebende Valdorer an diesem Ort war.

War dieses Inferno von seinen eigenen Leuten ausgelöst worden? Waren vielleicht einige seiner Kameraden dem Tode entronnen?

Liocas versuchte sich zu erinnern, was geschehen war, als die Schlacht losbrach: Die Panzerreiter der Allianz waren in breiter Formation auf die von den nördlichen Hügelkuppen angreifenden Barbaren zugeritten. Er war zusammen mit den Fußsoldaten seines Herrn Lord Volkos hinter ihnen marschiert. Nachdem die Ritter durch die ersten Reihen der Wilden hindurchgestürmt waren, und sich weitere Ströme laut schreiender Tequari in das Tal ergossen hatten, war er in ein rücksichtsloses Hauen und Stechen in der Mitte der Senke verwickelt worden. Kaum jedoch, dass der Kampf begonnen hatte, war er nach einem Schlag gegen seinen Körper zu Boden gegangen und kurz darauf bewusstlos geworden. *Wahrscheinlich hat mich ein Schild oder ein Wurfgeschoss getroffen,* dachte er. Er betastete seinen Kopf, fand aber weder eine Wunde noch eine Beule, die von einem Schlag herrühren konnte. Ihm tat zwar nach wie vor jede einzelne Faser seines Körpers weh, eine Verwundung konnte er aber nicht entdecken.

Mein Helm! Der Helm hat mir das Leben gerettet, dachte er und dankte seinem Herrn mit einem weiteren kurzen Gebet und einem demütigen Blick in die Abendsonne. *Jetzt wird es Zeit, dass ich hier wegkomme. Vielleicht treffe ich im Süden auf andere Überlebende, die wissen, was passiert ist.*

Er lief mehrere Schritte, doch sein Blick fiel unvermittelt auf einen ausgestreckten Arm, der unter einem Berg Tequari-Leichen hervorlugte. Die Innenseite des muskulösen, aber schlanken Arms war mit den fremdartigen Zeichen versehen, die sich viele Barbaren in die Haut zu stechen pflegten.

Liocas wusste nicht warum, aber er kniete nieder, betrachtete die verschnörkelten und dennoch so archaisch anmutenden Hautbilder, die vom Handgelenk bis zur Ellenbeuge reichten. Behutsam strich er mit der Hand darüber. Vor Schreck zuckte er zurück, als er spürte, dass sich der Arm warm anfühlte.

Urias! Das hier ist keine Leiche!

Vorsichtig tastete er nach einem Puls, und nach einigen Augenblicken spürte er ein schwaches Pochen an den Fingerkuppen. Er schob den Torso eines Barbarenkriegers zur Seite, wodurch seine Kleidung weiter mit Blut getränkt wurde, und wühlte sich keuchend durch weitere Tote und deren Einzelteile Dann war er endlich bis zu dem Körper vorgedrungen, zu dem der Arm gehörte.

Zum Vorschein kam eine junge Kriegerin. Liocas fühlte ein weiteres Mal nach ihrem Puls und fand ihn an der Halsschlagader, dort etwas kräftiger. Er packte sie erst an den Armen, dann an der lädierten Lederrüstung und zog sie vorsichtig aus dem Haufen heraus. Die Barbarin schien etwa in seinem Alter zu sein und verfügte über die drahtig-muskulöse Statur der Tequari-Frauen, von denen er viele auf dem Schlachtfeld gesehen hatte. Am halben Körper war sie mit Narben und Hautzeichen bedeckt, die ihre Stellung innerhalb ihres Clans verdeutlichten, so viel wusste Liocas von den Gebräuchen der Barbaren. Die junge Frau schien allerdings etwas kleiner zu sein als die anderen Kriegerinnen, wahrscheinlich stammte sie von einem der Clans des Nordens, vermutete der Knappe.

Als er sie bis zu einem freien Stück Wiese gezogen hatte, fiel ihm auf, dass ihr linkes Bein derartig verrenkt war, dass es gebrochen sein musste. Sonst schien die Frau aber bis auf Schürfwunden und Prellungen unverletzt zu sein. Dennoch war sie in tiefer Bewusstlosigkeit gefangen.

»Und was mache ich jetzt mit dir?«, murmelte Liocas in sich hinein und betrachtete den reglosen Körper. Wenn er sie schon unter den Leichen hervorzog, musste er ihr auch weiter helfen, so viel war klar. Aber warum hatte er sie überhaupt hierher geschleift? Sie war eine Feindin! Die Barbaren hassten alles und jeden, der der valdorischen Allianz der Orden angehörte, und umgekehrt war es nicht anders. Wer wusste schon, wie viele unschuldige Mütter und Kinder dieses Tier auf dem Gewissen hatte? Wie viele Höfe und Dörfer hatte sie schon gebrandschatzt? Wie viel Leid hatte sie über sein Volk gebracht?

Doch war es nicht eines der grundlegenden Gebote des *Einen*, jedem *seiner* Geschöpfe Barmherzigkeit entgegenzubringen, und wenn es auch der schlimmste Feind sein sollte? Wo die Menschen nicht weiterwussten, ergaben erst *seine* Gebote Sinn in einer Welt, die sich gegenseitig im Wahn zerfleischte. Und ob Feindin oder nicht, Liocas gestand sich ein, dass er Erleichterung darüber verspürte, dass außer ihm noch jemand überlebt hatte.

Er betrachtete das Gesicht der jungen Frau. Unter Dreck und Blut erkannte er scharf gezeichnete Konturen mit hohen Wangenknochen und schmalem Kinn. Ihr Antlitz besaß eine Anmut, wie er sie nicht erwartet hatte, nicht unter den Barbarenfrauen. Ja, sie war eine Kriegerin des Feindes, aber sie wirkte in diesem Augenblick so zerbrechlich auf ihn wie yamarisches Porzellan. Und wer war der Feind wirklich? Liocas war sich nicht sicher. Immerhin waren sie beide vielleicht die einzigen, die überlebt hatten. Er durfte diesen Fingerzeig des Einen nicht einfach so abtun.

»Jetzt kommt's drauf an, Liocas von Marmadon! Hier kannst du zeigen, was du von Zatos´ Predigten gelernt hast«, ermutigte er sich und atmete tief durch.

Aber wie sollte er es bewerkstelligen, die Tequa vom Schlachtfeld zu schaffen? Er war ja selbst gerade imstande, sich auf den Beinen zu halten. Und wohin konnte er schon mit ihr gehen? Seine Leute würden die junge Frau sofort hinrichten und ihn als Verräter anschließend ebenso.

»Treibst du nur ein grausames Spiel mit mir, Herr?«, fragte Liocas in das flammende Abendrot hinein. Er atmete ein paar Mal kräftig durch, umfasste die Kriegerin an der Hüfte und schwang sie sich auf die Schulter. Dann begann er langsam das Schlachtfeld in Richtung Westen zu überqueren, direkt auf die untergehende Sonne zu.

»Urias, ich folge deinem Weg. Führe und lenke meine Schritte!«, betete er, in der Hoffnung, dass es ihm Kraft geben würde.

Langsam, vorsichtig einen Schritt vor den anderen setzend, näherte er sich dem Rand des Tals. Bei dem Anblick wurde Liocas bewusst, wie gewaltig die beiden Heere gewesen sein mussten, die hier aufeinandergeprallt waren, bevor sie dem Sturm der Vernichtung zum Opfer fielen. Auf beiden Seiten waren sicherlich Tausende von Kämpfern gefallen. Ein Aufeinandertreffen der beiden verfeindeten Völker in dieser Dimension hatte es wohl seit hunderten von Jahren nicht mehr gegeben. Die Grenzregionen waren zwar auch in den vergangenen Jahrzehnten immer wieder von kriegerischen Auseinandersetzungen geprägt gewesen, aber angesichts der Masse an Bewaffneten, die beide Seiten dieses Mal aufgeboten hatten, verkamen diese Kämpfe zu bedeutungslosen Scharmützeln.

Soweit Liocas wusste, war die letzte große Schlacht jene gewesen, als das Haus Iramon unter Hochmeister Kopios vor etwa zweieinhalb Jahrzehnten die Grenzgebiete zurückerobert hatte, die sich über dreihundert Jahre im eisernen Griff der brutalen Tequari-Clansherren befunden hatten. Nach einer Zeit des Friedens waren die Barbaren zurückgekehrt und hatten die nördlichen Regionen erneut verheert – bis heute. Um genau diesen Terror zu beenden, hatte Großkönig Ghalsar Ennius ein mächtiges Heer der Allianz entsandt, den Feind an der Reichsgrenze zu stellen und in die Weiten des Nordens zurückzutreiben. Die Schlacht am Asakon sollte die Entscheidung über die Herrschaft in den umstrittenen Grenzgebieten herbeiführen.

Stattdessen hatte sie für Tausende nur den Tod gebracht.

Vorsichtig, um ihr verletztes Bein zu schonen, ließ Liocas die Kriegerin zu Boden sinken und setzte sich dann neben sie, um zu verschnaufen. In einiger Entfernung konnte er die Umrisse des Waldes ausmachen, der sich über die sanft ansteigenden Hänge im Osten erstreckte. Bis es vollends dunkel war, wollte er dort sein, um im Schutz der Bäume die Nacht zu verbringen – und vor allem wollte er dieses Leichenfeld hinter sich lassen. Jedes Mal, wenn er den Gedanken an das, was ihn hier umgab, zu nah an sein Bewusstsein heranließ, spürte er, wie das Entsetzen wieder in ihm aufstieg und ihn zu übermannen drohte.

Als sein Verstand erneut damit begann, eine Erklärung für das Unfassbare zu finden, gab er sich einen Ruck, lud den Körper der Barbarin auf die Schultern und erhob sich. *Ich muss weiter, ich muss weg von hier!*, war das einzige, was er zu denken imstande war, als er sich und die Kriegerin den Hang zum Wald hinaufschleppte. Die Zeit und die Schatten zogen sich dahin, und die Wegstrecke, die er normalerweise in kurzer Zeit zurückgelegt hätte, schien kein Ende zu nehmen.

Letztlich vermochte er es dennoch, die Bäume zu erreichen, und humpelte mit letzter Anstrengung einige Dutzend Schritte in den Wald hinein. Geschützt hinter Buschwerk legte er die Frau ab und ließ sich entkräftet ins Laub fallen.

Obwohl sich seine Beine schwer wie Mühlsteine anfühlten, besann er sich, nicht die Müdigkeit die Oberhand gewinnen zu lassen, sondern stattdessen Holz für ein Feuer zu sammeln. Es dauerte zum Glück nicht lange, bis er aus einigem Astwerk und einem Tropfen Pyromel aus seiner Gürteltasche eine flackernde Flamme geschürt hatte.

An dem auflodernden Feuer wärmte er sich auf. Obwohl es zu dieser Jahreszeit tagsüber angenehm warm war, sank die Temperatur nachts oft rapide ab. Außerdem würde das Feuer die Bewohner des Waldes fernhalten, die sich ganz unzweifelhaft in der Nacht auf den Weg zum Schlachtfeld machten, um sich an dem reichen Festmahl zu laben, das sich ihnen dort bot. Wölfe und Bären gab es in den nördlichen Wäldern zuhauf, doch das waren die harmloseren Gefahren, denen sich ein einzelner Mensch hier aussetzte. Liocas wusste aus den Berichten seiner Ordensbrüder, dass sich hier auch Bergpanther, riesige Waldspinnen und sogar Oger herumtrieben. An all die anderen menschenfressenden Ungetüme, von denen ihm die Ammen in der Kindheit in Sagen und Märchengeschichten berichtet hatten, wollte er lieber gar nicht erst denken. Sein Herz begann schneller zu schlagen, als er an den riesigen Schädel des Harpax-Drachen denken musste, der in der Agora von Marmadon ausgestellt war. Er betete zu Urias, dass keines dieser Ungetüme mehr in den Grenzlanden lebte, und hoffte, dass ihn die Waldbewohner aufgrund des üppig gedeckten Tischs im Tal einfach ignorieren würden.

Nur wenige Minuten, nachdem er die Barbarin mit einem vom Schlachtfeld entwendeten Umhang zugedeckt hatte, schlief er ein.

Als Liocas erwachte, stand Urias′ gleißende Sphäre hoch über den Baumkronen. Offenbar hatte er die Ruhe bitter nötig gehabt, sein Körper hatte schließlich den Geist und die Angst bezwungen. Immer noch saß ihm allerdings ein heftiger Schmerz in den Gliedern, der sich schon bei der kleinsten Bewegung bemerkbar machte.

Unbeholfen rappelte er sich auf. Er streckte sich und blickte sich um. Für einen Moment ertappte er sich bei dem Gedanken, dass er all die Schrecken nur im Traum erlebt haben könnte, doch seine Hoffnungen wurden im gleichen Moment enttäuscht. Die junge Tequa lag noch immer neben der Feuerstelle und rührte sich genauso wenig wie am Vorabend. Immerhin atmete sie ruhig und gleichmäßig. Scheinbar erholte sich auch ihr Körper allmählich von dem, was ihr auf dem Schlachtfeld widerfahren war.

Liocas lief einige unschlüssige Schritte hin und her, bevor er beschloss, etwas Essbares zu suchen. Sich vom Schlachtfeld zu retten und dann zu verhungern, schien ihm kein erstrebenswertes Ziel zu sein. Mit bloßen Händen würde er hier zwar nichts erlegen können, aber er kannte die ein oder andere Wurzel und Frucht, die genießbar war. Er untersuchte Boden und Sträucher und arbeitete sich in den Wald hinein.

Nach einer Stunde hatte er Wurzeln, Knollen und sogar Pilze gefunden, von denen er wusste, dass man sie ohne Bedenken verzehren konnte. *Da haben die langweiligen Lehrstunden bei Bruder Adamos doch noch etwas genutzt*, dachte er zufrieden, als er zum Lagerplatz zurückkehrte.

Überrascht blieb er am Rand der Lichtung stehen. Neben der Asche des Feuers hatte sich die Barbarenkriegerin aufgerichtet und betastete mit schmerzverzerrtem Gesicht ihr gebrochenes Bein. Nach einigen Augenblicken merkte sie, dass sie beobachtet wurde und blickte auf.

Liocas zuckte zusammen, als ihn der Blick zweier eisblauer Augen traf und so durchdringend musterte, dass es ihm kalt den Rücken herunterlief. Er war so verblüfft darüber, dass er einfach nur dastand und sie mit offenem Mund anstarrte.

»Was glotzt du so?«, fragte sie ihn in seiner Sprache. »Überrascht, dass dein Opfer wach ist? Denk ja nicht, dass ich es dir einfach mache, Valdorer!« Sie stieß sich auf ihrem unversehrten Bein vom Boden ab und setzte das Knie des gebrochenen Beines auf den Waldboden. Nur ein Zucken um ihre Mundwinkel verriet, dass sie dabei Schmerzen peinigten. Sie warf die verfilzten Zöpfe in den Nacken und blickte ihn herausfordernd an. »Komm schon her, Bastard, und versuch dir zu holen, was du haben willst!«

Liocas schüttelte die Verblüffung ab. Sofort fiel ihm wieder auf, was er schon am Vortag bemerkt hatte. Die junge Frau wirkte nicht wie andere Tequari-Kriegerinnen. Sie war wesentlich schlanker – und dann diese unheimlichen blauen Augen! Sie musste tatsächlich von einem der Clans aus dem Eis des Nordens stammen, dessen war er sich nun sicher. *Sie flucht aber genauso wie alle von ihnen.* Er machte eine beschwichtigende Geste. »Nein, du verstehst nicht. Ich will dir nichts antun.«

Die Barbarin schnaubte. »Natürlich nicht! Erzähl mir doch einfach, dass es mir gefallen wird, und ich es schnell über mich ergehen lassen soll. Wie vielen Männern und Frauen hast du das schon erzählt, ker'kach?«, spie sie ihm entgegen.

Liocas seufzte und machte einen Schritt auf sie zu. »Es tut mir leid, wenn ich dir Angst eingejagt habe, aber …«

»Angst? Angst hat eine valdorische Hure, wenn sie darauf wartet, von euch geilen Böcken bestiegen zu werden.« Sie spuckte verächtlich aus. »Eine Tequa kennt keine Angst, schon gar nicht vor ihren Feinden!«

»Ich möchte dir nichts dergleichen antun, noch hab ich sowas jemals getan, weder mit …«

Wieder wurde er unterbrochen. »Du bist ein Lügner wie alle Feiglinge der Orden. Schau dich an! Von wem stammt das Blut an deiner Kleidung? Ergoss es sich aus dem Schoß einer bewusstlosen Kriegerin, oder hast du sie wenigstens im Kampf getötet?«

Liocas blickte an sich herab. An seinem Waffenrock klebte tatsächlich eine ganze Menge Blut. »Nein, das war ganz anders. Ich …«

»Wenn ich mit dir fertig bin, wird *dein* Blut den Waldboden tränken!«, schrie sie und riss einen Dolch unter ihrer Rüstung hervor.

Ich hätte sie nach Waffen durchsuchen sollen!, schoss es Liocas durch den Kopf. Er verlor allmählich die Geduld. »Hör mir jetzt zu!«, rief er zornig. »Ich habe niemanden getötet! Im Gegenteil … ich habe dir sogar das Leben gerettet! Einer Tequa! Einer Feindin der Allianz! Ich wusste gleich, dass das keine gute Idee ist.«

»Das soll ich dir glauben? Rimmon wird dir die Lügen in die ehrlose Fratze stopfen und dich und dein Volk auslöschen!« Die Barbarin sprang vor und stach mit dem Dolch nach dem Knappen. Durch ihre Verletzung war sie jedoch viel zu langsam, so dass Liocas ohne Mühe ausweichen konnte.

Doch sie ließ sich davon nicht beirren, drehte noch in der Bewegung um und schwang die Klinge in einem Rückhandschlag aufwärts.

Wäre sie im Vollbesitz ihrer Fähigkeiten gewesen, hätte dieser überraschende Hieb Liocas wohl die Seite aufgeschlitzt, doch so konnte er zurückspringen und aus ihrer Reichweite gelangen. Er griff nach einem dicken Ast aus seinem Feuerholzstapel und hob ihn zur Gegenwehr.

»Das hat doch keinen Sinn! Leg den Dolch weg, und ich erklär dir alles«, beschwor er sie, obwohl er nicht wirklich damit rechnete, dass sie darauf einging.

Schon sprang die Barbarin wieder vor, um mit der Dolchspitze seinen Unterleib zu treffen. Sie setzte das verletzte Bein auf und knickte ein, kurz bevor sie ihn erreichte. Mit einem Schlag zwischen die Schulterblätter streckte Liocas sie nieder. Benommen und unfähig zu weiteren Bewegungen blieb sie stöhnend vor ihm liegen.

Der Knappe unterdrückte den kurz aufwallenden Drang, ihr noch einen Tritt zu versetzen, als Vergeltung für die Beleidigungen, die sie ihm an den Kopf geworfen hatte. Er beherrschte sich allerdings, als er erkannte, dass sie wehrlos war. Also trat er ihr mit dem Fuß lediglich den Dolch aus den kraftlosen Fingern. Dann suchte er die Kräuter und Wurzeln wieder zusammen, die er zwischenzeitlich verloren hatte, und setzte sich an die kalte Feuerstelle.

»Wenn du dich beruhigt hast, kannst du gern was zu essen haben«, sagte er beiläufig zu ihr, während er widerstrebend damit begann, auf einer zähen Knolle herumzukauen. Sie schmeckte scheußlich, doch Liocas wusste von den zatosianischen Mönchen, bei denen er einst gelebt hatte, dass sie äußerst nahrhaft waren. Sie nannten die festen Knollen Lafken. Angeblich waren sie mit den Wildkartoffeln verwandt, die man in den südlichen Wäldern finden konnte.

Der Knappe kaute eine Weile vor sich hin und sah dann zu der Tequa hinüber, die sich kaum gerührt hatte. Trotzdem schien sie zu merken, dass er in ihre Richtung blickte.

Wieder trafen ihn ihre Augen wie ein Speer aus Eis, der sich in seinen Kopf bohren wollte.

»Überlegst du, ob du mich nach dem Essen von vorn oder hinten nehmen willst, du widerliche Ratte?«, presste sie keuchend hervor.

Liocas schüttelte den Kopf. Sie schien nicht von dem Gedanken abzubringen zu sein, dass er sie hierher geschafft hatte, um sie zu schänden. »Glaubst du mir immer noch nicht, dass ich dir nichts tun will? Denkst du wirklich, ich habe dich den ganzen Weg in den Wald geschleppt, bloß um mich mit deinem hilflosen Körper zu vergnügen? Dann musst du tatsächlich noch dümmer sein, als ich es von euch verdammten Barbaren gedacht habe!«

Die Kriegerin stemmte sich langsam hoch, bis es ihr gelang, sich hinzusetzen. Schweiß stand auf ihrer Stirn. Ihr Gesicht war immer noch von unverhohlenem Hass erfüllt, als sie sprach. »Arroganter Hurensohn! Du nennst uns Barbaren, aber sitzt mir mit dem Blut wehrloser Frauen besudelt gegenüber und machst Witze.«

Liocas blickte seufzend in die Baumwipfel. »Urias, deine Prüfung für mich scheint größer zu sein, als ich vermutet habe!«

»Weil sich dein Opfer wehrt? Weil sich der Krüppel nicht einfach ficken lässt?«

»Nein, weil das Barbarenweib nicht erkennen will, dass es kein Opfer ist«, erwiderte Liocas und schaute die Tequa mit festem Blick an. »Wenn du Opfer sehen willst, wirf einen Blick auf das Schlachtfeld, da gibt's genug davon«, fügte er mit Bitterkeit in der Stimme hinzu. Sein Finger stach wie eine Lanzenspitze in Richtung des Tals. Bei dem Gedanken an das Massaker verspannte sich sein Körper.

»Um mir die geschändeten Leichen meiner Clansbrüder und -schwestern anzuschauen? Nein, den Gefallen tu ich dir nicht, Valdorer. Wahrscheinlich laufe ich direkt deinen feigen Freunden in die Arme, die gerade dabei sind, die Leichen zu plündern … oder sich an ihnen zu vergehen.« Sie machte eine obszöne Geste. »Sie tun besser daran, sich mit totem Fleisch zu vergnügen, denn eine lebende Tequa würde ihnen die Schwänze abreißen.«

Die Barbarin sah sich um und griff nach dem Ast, mit dem Liocas sie niedergeschlagen hatte. Er erschien ihr stabil genug, um sich damit abzustützen. Der Knappe sah ihr wachsam zu, denn er rechnete mit einem weiteren Angriff der sturen jungen Frau. Doch sie griff lediglich den Ast, stemmte sich daran hoch und humpelte einige Schritte von ihm fort.

»Was hast du vor? Mit dem Bein kommst du nicht weit!«, rief er ihr nach.

Sie hielt inne und sah ihn scharf an. »Das ist nicht dein Problem, Valdorer. Ich kehre zu meinen Brüdern und Schwestern zurück. Aber schon bald komme ich wieder, das schwör ich dir! Und nur weil du zu feige warst, eine wehrlose Tequa zu besteigen und zu töten, bezahlst du es eines Tages mit dem Leben – genau dann, wenn ich dir meine Klinge in den Bauch ramme!« Sie bleckte angriffslustig die Zähne, warf den Kopf herum und humpelte weiter.

Liocas war verblüfft von so viel engstirnigem Hass. »Du wirst keine zwei Meilen weit kommen, bevor dich die Wölfe entdecken und zerreißen!«

Ein letztes Mal blickte sie zornig zurück. »Wag's ja nicht, mir zu folgen, sonst nimmt's schon heute ein blutiges Ende mit dir!«

Dann verschwand sie am Waldrand.

Kapitel 2

Schritt für Schritt kämpfte sie sich voran, immer dem Bach folgend, dessen schnell fließende Wasser zum Tal des Asakon hinabplätscherten. Mit der Linken stützte sie sich auf den Ast, der dem gebrochenen Bein wenigstens so viel Halt gab, dass sie sich überhaupt bewegen konnte. Die Schmerzen waren kaum zu ertragen, und die junge Kriegerin ertappte sich immer wieder dabei, wie sie Tränen aus dem Gesicht wischte, die ihr gepeinigter Körper in einem hilflosen Aufschrei aus ihr herauspresste.

Wenigstens bekommt niemand diese Schande mit!, dachte sie. Sie konnte das hämische Lachen ihrer Rivalen regelrecht in ihrem Kopf hören. Ihre Schadenfreude würden sie ihr ins Gesicht spucken, wenn sie die verletzte Tequa den Berg hinunterhumpeln sehen könnten, auf der Flucht vor einem lächerlichen Knappen der Allianz.

Die Kriegerin hatte nicht erwartet, dass das valdorische Muttersöhnchen so schnell aufgeben würde. Deshalb war sie noch eine ganze Weile darauf gefasst gewesen, dass er sie von hinten anfiel und ihr die Kleidung vom Leib riss. Wieder und wieder hatte sie vor ihrem geistigen Auge durchgespielt, wie sie ihn tötete, wenn es dazu gekommen wäre. Sie war sich sicher, dass ihr in dem geschwächten Zustand nur eine einzige Gelegenheit dazu blieb, bevor er sie überwältigt hätte.

Doch wider Erwarten war er nicht plötzlich mit erhobenem Schwert oder entblößtem Gemächt hinter ihr aufgetaucht, und so hatte sie sich immer weiter von ihm entfernt, bis sie ihn schließlich zwischen den Bäumen zurückgelassen hatte.

Hast dich wahrscheinlich eingeschissen vor Angst. Umso besser, dann kann ich es wenigstens genießen, wenn ich dir einst die Klinge in die Eingeweide ramme, dachte die Tequa und rang sich ein gequältes Lächeln ab.

Langsam kam sie bis zum Rand des Nadelwaldes. Unten im Tal hoffte sie, sich orientieren zu können, um dann den Weg gen Norden einzuschlagen. Dort würde sie früher oder später auf Späher ihres Volks treffen – das hoffte sie jedenfalls.

Schon zwischen den letzten Bäumen schlug ihr der Geruch verwesenden Fleisches entgegen. Ein leichter Wind trug den Gestank des Schlachtfelds empor, so als wolle er die Bewohner der Wälder ringsherum darauf aufmerksam machen, was unten am Asakon passiert war. Der entkräfteten Kriegerin wurde speiübel. Sie zwang sich dazu, dem nicht nachzugeben und kämpfte den Würgereflex nieder.

Nicht auch noch das! Du hast in deinem Leben schon unzählige Leichen gesehen und wirst dich nicht vom Gestank verfaulender Valdorer beeindrucken lassen!

Unbeirrt humpelte sie weiter auf die Baumgrenze zu.

Und wenn es auch tausend Leichen sind, auch das wird mich nicht brechen. Ich bin Moriana von den Tequari, Führerin des stärksten Katu von Clansherr Kal Athrod. In mir brennt das Feuer der Ahnen. Ich werde sie nicht durch Schwäche entehren!

Sie stolperte aus dem Wald heraus in die offene Landschaft des kleinen Tals. Keine zwei Dutzend Fuß weiter begann das Grauen, aus dem der valdorische Knappe sie am Vortag gerettet haben musste. Berge toter Leiber erstreckten sich, so weit sie sehen konnte.

Die Kriegerin hatte mit vielem gerechnet, aber das war schlimmer als alles, was sie jemals erblickt hatte, ja sogar schrecklicher als all jenes, was ihr in den grässlichsten Alpträumen begegnet war oder was sie sich hätte vorstellen können.

Die Körper der getöteten Krieger und Ritter waren auf das Widerwärtigste entstellt und verstümmelt worden, manche schienen regelrecht von innen nach außen umgedreht worden zu sein. Feucht-glänzende Haufen aus Innereien wechselten sich mit Tümpeln aus Blut ab, über denen Fliegenschwärme zwischen abgerissenen Metallteilen von Waffen und Rüstungsüberresten kreisten. Mitten in der infernalischen Szenerie hüpften massenweise Aasfresser umher. Krähen, die sich die Filetstücke menschlicher Körper herauspickten und hie und da um Leberbrocken oder Augäpfel stritten, Wölfe, deren Rivalitäten vor dem reich gedeckten Tisch vergessen schienen, eine Unzahl an anderen kleinen Tieren, die aus den umliegenden Wäldern herbeigeeilt waren, um an dem Festmahl teilzuhaben. Der Aasgeruch war stark genug, dass sogar einige Möwen, die von den großen Seen im Norden kommen mussten, lauthals ihre Ansprüche geltend machten.

Wie angewurzelt blieb die Kriegerin am Waldrand stehen und starrte auf das Leichenfeld, unfähig zu irgendeiner Reaktion. Minutenlang verharrte sie so, dann verließ sie jegliche Kraft, die sie vorher noch vorangetrieben hatte.

Der Ast, den sie als Krücke umklammert hielt, entglitt ihrer zitternden Hand und fiel zur Seite. Sie ging in die Knie und brach dann ganz zusammen. Alles in ihr verkrampfte sich, und sie übergab sich. Als sie wieder durchatmen konnte, begann sie laut zu schreien, voller Verzweiflung und Entsetzen, sich immer stärker in einer ausweglosen Agonie windend. Nach einer gefühlten Ewigkeit ergab sich ihr Körper und erlöste sie mit einer wohligen Ohnmacht von den Qualen.

Die beiden Kämpfer umkreisten sich aufmerksam und ließen sich nicht aus den Augen.

Auf der einen Seite stand ein fast sechs Fuß großer Krieger mit beeindruckenden Muskelpaketen. Er war am ganzen Körper mit Hautbildern versehen, dazwischen verliefen immer wieder hässliche Narben. Schmutzige Haare hingen ihm ins Gesicht und verdeckten die aufgeplatzte Augenbraue, die er sich vor wenigen Augenblicken zugezogen hatte. Hasserfüllt taxierte er seine Gegnerin.

Von der anderen Seite des Kreises belauerte ihn eine junge Frau, fast noch ein Mädchen, deren Füße ständig in Bewegung waren, um ihrem Gegner keinen Hinweis auf den nächsten Angriff zu geben. Ihre Augen suchten nach der Lücke in seiner Deckung. Die Kriegerin war gut zwei Köpfe kleiner als der Mann, aber für alle Zuschauer, die sich um den Kampfkreis eingefunden hatten, war zu erkennen, dass sie die fehlende Größe mit ihrer Schnelligkeit mehr als wettmachen konnte.

Lauernd verhielt sie in ihrer Bewegung, fixierte den Gegner kurz mit eisblauen Augen und sprang dann wie ein Bergpanther vor.

Sein Konter kam viel zu spät und ging ins Leere. Augenblicklich durchbrach sie seine Deckung. Mit einer Kraft, die man der kleinen Frau kaum zugetraut hätte, rammte sie ihm die Faust ins Gesicht. Krachend splitterten Knochen und blutspritzend verformte sich seine Nase unter dem Schlag.

Der Krieger schrie auf und versuchte seine Peinigerin zu packen, doch die war schon wieder auf die andere Seite des Kreises zurückgewichen.

»Denkst du, das reicht?«, rief er wütend. »Da muss schon mehr kommen, um mich fertigzumachen, Moriana!« Er versuchte, das unablässig aus seiner zerstörten Nase strömende Blut aus dem Gesicht zu wischen. »Da muss schon mehr kommen, um dein dreckiges kleines Leben zu retten!«

»Für dich wird's reichen, alter Mann«, flüsterte die Angesprochene und spuckte aus. Eine Geste, die gegenüber dem Führer eines Katu einem Todesurteil gleichkam, besonders, wenn es gegenüber dem grausamen Madrak geschah.

Schnaubend warf sich der Herausgeforderte auf sie, um sie mit seiner Masse zu Boden zu werfen. Doch wieder war sie schneller und wich ihm aus. Nach einem Tritt in die Rippen verabschiedete sie sich auf die andere Seite des Kreises.

»Ich reiß dich in Stücke, Frischling!«, tobte Madrak.

Moriana konnte sich ein Grinsen nicht verkneifen. Ihre Taktik ging auf. Sie wollte Madrak mit Beleidigungen und Nadelstichen so lange provozieren, bis er unkontrolliert um sich schlug. Erst dann war sie in der Lage, den Kampf endgültig zu ihren Gunsten zu entscheiden, denn an reiner Kraft konnte sie es nicht mit dem Krieger aufnehmen. Sie wusste, dass durch blinde Wut selten ein Sieg errungen werden konnte.

Mit der Hand vollführte sie eine Geste vor ihrer Hüfte, mit der sie sein Geschlechtsteil verhöhnte.

Schreiend rannte Madrak auf sie zu, in seinen Augen stand pure Mordlust geschrieben.

Nun hatte sie ihn soweit! Wieder tauchte sie unter ihm weg, doch diesmal ging ihr Plan nicht auf. Mit dem linken Fuß rutschte sie auf dem sandigen Boden aus und gelangte nicht schnell genug aus seiner Reichweite.

Sie fing sich einen Schwinger mit dem Unterarm ein, der sie umwarf. Sofort war Madrak über ihr und riss sie wieder hoch. Mit einer Hand hielt er sie in eisernem Griff gefangen, während er ihr die Faust der anderen in die Seite rammte. Moriana ächzte vor Schmerzen. Wieder schlug er zu, wieder und wieder. Ihr blieb die Luft weg, und ihre Versuche, den riesigen Krieger mit eigenen Schlägen zu treffen, wurden zunehmend kraftloser.

Dann warf er sie in die Mitte des Rings, wo sie keuchend auf dem Bauch liegen blieb, unfähig, sich zu rühren. Ihr Körper verkrampfte, sie erbrach sich, und ein Schwall Blut schoss aus ihrem Mund. Hustend wand sie sich vor ihrem Gegner.

»Dreckiger kleiner Frischling! Jetzt wirst du sterben!« Madraks Stimme näherte sich ihr langsam von hinten. Offensichtlich genoss er es, sie so hilflos daliegen zu sehen.

Aufstehen, Moriana, du musst aufstehen!

Wenn sie nicht rechtzeitig auf den Beinen war, würde Madrak ihr einfach mit einem gewaltigen Tritt das Rückgrat brechen.

Verzweifelt versuchte sie sich hochzustemmen, doch ihr gesamter Brustkorb schrie vor Schmerzen. Er musste ihr ein Dutzend Rippen zertrümmert haben, ein Wunder, dass sie überhaupt noch atmen konnte. Beim Versuch sich aufzurichten, knickten ihr die Beine weg.

Sie stürzte wieder nach vorne und schlug mit dem Kopf auf den Boden.

Madraks brummendes Lachen hinter ihr verriet, dass er fast heran war.

»Aufstehen, Moriana!«, keuchte sie.

Irgendwann kehrte sie in die Wirklichkeit zurück. Mit einem Ruck stemmte sie den Oberkörper hoch. Krähen sprangen erschrocken von ihr zurück und beäugten sie misstrauisch aus einigen Schritten Entfernung.

Es war höchste Zeit gewesen, dass Moriana wieder zu Bewusstsein kam. Einer der Vögel hatte sie doch tatsächlich angepickt und ihr eine kleine Wunde an der Wade zugefügt!

Die Hände Bor-Taks!, schoss es ihr durch den Kopf, als sie die Aasfresser erblickte. *Er ruft mich zu sich, um an seine Seite zu treten! Nein, es ist noch nicht an der Zeit!* Diesen Gefallen würde sie dem Herrn der Schlachtfelder nicht tun – noch nicht!

»Verdammtes Pack!«, schimpfte sie und drohte den Vögeln mit ihrer Krücke, nach der sie eilig gegriffen hatte.

Die Krähen beschlossen, sich nicht weiter mit dem scheinbar doch nicht ganz toten – wenn auch frischeren – Körper der Tequa zu beschäftigen und flatterten hinüber zu den Fleischbergen der Schlachtfeldopfer.

Moriana richtete sich auf und humpelte weiter. Sie versuchte das Grauen, das sich nur wenige Fuß neben ihr quer über das Tal erstreckte, zu ignorieren. Die Sonne stand hoch am Himmel. Sie konnte also nicht allzu lange bewusstlos gewesen sein, vielleicht zwei Stunden.

Im Traum hatte sie den Kampf gegen Madrak, den einstigen Anführer ihres Katu, ihrer Kriegerschar, noch einmal erlebt, genauso wie damals, als sie tatsächlich im *Kreis der Drei* gestanden hatte. Sie wusste nicht, wie oft sie sich ihm bereits in ihren Träumen gestellt hatte, aber nach jedem Mal fühlte sie sich, als wäre es gerade eben gewesen. Im *Kreis der Drei* gab es nur zwei Kontrahenten sowie Bor-Tak, der allein über Sieg und Niederlage entschied. Letztlich hatte sie den älteren Krieger zwar töten können, aber zuvor hatte sie die schlimmsten Prügel ihres Lebens bezogen. Schon die Erinnerung daran bereitete ihr Schmerzen. Prüfend befühlte sie ihre Rippen, doch es war alles in Ordnung.

Natürlich ist alles in Ordnung, du hast geträumt!, schalt sie sich. Madrak hatte ihr damals fast den Brustkorb zertrümmert, und nur die magischen Kräfte eines Druiden hatten die Knochen wieder zusammenfügen können und ihr Leben gerettet. So war sie zur jüngsten Führerin eines Katu seit vielen Generationen geworden und hatte ihre Kämpfer mit den anderen Clans in die Schlacht gegen die Valdorer geführt – in die größte Katastrophe, die die Tequari jemals erlebt hatten. Zumindest wusste sie von keinem vergleichbaren Desaster.

Ihr Volk lebte für den Kampf, führte Kriege, vernichtete Feinde, aber hatte auch herbe Niederlagen und Demütigungen einstecken müssen. Über allem hatte immer der Kampf gegen die verhassten Ritter der valdorischen Allianz im Süden gestanden. Kaum ein Jahr verging, in dem es zu keiner Schlacht oder zumindest einem größeren Scharmützel kam. Vernichteten die Orden ein Katu, brannten daraufhin drei valdorische Dörfer. Nahmen die Feinde einen Clansherrn gefangen, töteten die Tequari ein Dutzend ihrer korrupten Priester. Es war ein Spiel, dessen Regeln aus unnachgiebiger Rache und fortdauernder Vergeltung bestand. Niemand innerhalb der Clans vermochte mehr zu sagen, wie all das einst seinen Anfang genommen hatte.

Moriana hinkte am Waldrand entlang, dachte nach und versuchte den pochenden Schmerz in ihrem Bein so gut es ging als vorübergehende Bürde zu akzeptieren. In mehreren Meilen Entfernung konnte sie den nördlichen Ausgang des Tals erkennen, von wo aus man zurück zu Kandarus´ Kuppen gelangen konnte. Spätestens dort würde sie auf Kundschafter ihres Volks treffen, die ihr helfen und sie versorgen konnten. Vielleicht hatten es weitere Überlebende geschafft, auf sicheres Gebiet zurückzukehren, im besten Fall der Clansherr selbst. Kal Athrod war der größte Krieger, den die Clans der südlichen Ebenen seit Hunderten von Zyklen gesehen hatten. Zum ersten Mal seit den Zeiten des legendären Herrschers Argan war es einem Anführer gelungen, alle Katui des Südens zu vereinen und gemeinsam gegen die Orden vorzugehen. Mehr als fünftausend Männer und Frauen waren seinem Ruf gefolgt, darunter die berühmten Reiter von Makeera, die seit Generationen nicht mehr gegen die Valdorer in den Kampf gezogen waren. Mit ihnen an der Seite bestand zum ersten Mal die Möglichkeit, die scheinbar unüberwindbaren Panzerreiter der Allianz zurückzuschlagen.

Und nun war dieses stolze Heer vernichtet. Hingemetzelt von einer Armee der Valdorer, die in ihrem Kampfrausch nicht einmal Halt davor gemacht hatte, die bereits toten Körper der Tequari in Stücke zu hacken. Und die lebenden Überreste hatten sie ihrem Nachwuchs überlassen, um ihren Spaß mit ihnen zu haben, anstatt ihnen den Weg in die Hallen Bor-Taks zu ermöglichen, wie es Kriegern der Tequari zustand.

Die Tequa wusste nicht, ob sie entsetzt oder wütend sein sollte angesichts der furchtbarsten Grausamkeit, der sie jemals begegnet war. All das, was ihre Lehrmeister jemals von den Valdorern berichtet hatten, hatte sich bewahrheitet. Sie waren die Ausgeburt der Schattenhallen, Dämonen in Menschengestalt, die einzig zum Zweck auf der Welt wandelten, um das Leben anderer auszulöschen. Was blieb einem Tequari anderes übrig, als gegen solche Bosheit mit allem zu kämpfen, was ihm zur Verfügung stand? Würde er es unterlassen, bestünde das Land der Clans bald nur noch aus Leichenhaufen wie diesem.

»So weit wird es niemals kommen«, murmelte Moriana grimmig. Sie ballte die Faust. *Was auch immer sie getan haben, sie sind nicht stark genug, dich zu brechen!* Immerhin hatte eine Tequa das Massaker überlebt und würde das Wissen um das Erlebte zu ihrem Volk tragen, um dessen Willen zu stärken, dem Bösen im Süden immer wieder die Stirn zu bieten.

Der oberste Clansherr selbst musste sie anhören. Er würde alles erfahren und ihr sicherlich die Unterstützung geben, um neue Kämpfer zu sammeln und blutige Rache an den Orden zu nehmen.

Die Lande der Valdorer sollen brennen!

Vielleicht war dieses Desaster ja gar zu ihrer persönlichen Bewährungsprobe geworden. Bor-Tak, der göttliche Kriegsherr, hatte sie auserwählt, Rache an ihren Feinden zu nehmen, vielleicht sogar als Anführerin dieses Feldzuges. Sie musste es nur schaffen, dieses verfluchte Tal lebend zu verlassen.

Trotz ihrer nicht gerade angenehmen Situation überkam Moriana ein berauschendes Gefühl, je mehr sie darüber nachdachte. Es verwandelte sich allerdings mit zunehmender Dauer, die sie neben dem Leichenfeld daherhinkte, in Resignation. Statt sie zur Heerführerin zu machen, könnte der oberste Clansherr Argan sie auch hinrichten lassen, stellvertretend für das Versagen der Katui im Kampf gegen die Valdorer. Dem alten Tyrann, der bereits länger als dreißig Zyklen in der tequarischen Hauptstadt Oròm herrschte, würde kaum etwas gelegener kommen, als eine junge Kriegerin, die er für die Katastrophe verantwortlich machen konnte. Er wartete doch nur auf den richtigen Augenblick, in dem er seinen Widersachern deren Versagen vorhalten konnte. Der fehlgeschlagene Angriff auf die valdorischen Orden war genau der richtige Anlass dazu.

Moriana hielt inne und verschnaufte einen Moment. Kaum, dass ihre Euphorie geschwunden war, machte sich auch ihr Bein wieder bemerkbar. Sie hatte sich mittlerweile wohl eine Meile durch das Tal geschleppt und die Schmerzen während des Nachdenkens kaum mehr wahrgenommen, dafür kehrten sie jetzt mit beißender Kraft in ihr Bewusstsein zurück. Sie lehnte sich an einen Felsen und nahm die Belastung von der gebrochenen Gliedmaße.

Plötzlich bewegte sich etwas im Unterholz. Nicht weit von ihr entfernt. Ein Wolf brach aus dem Dickicht hervor und rannte auf das freie Stück zwischen Wald und Schlachtfeld, wo er innehielt. Er wandte den Kopf in Morianas Richtung und legte ihn schräg. Kurz darauf sprangen weitere Graupelze aus dem Wald und gruppierten sich um ihren Anführer. Sieben gelbe Augenpaare musterten die Tequa, so als wollten sie herausfinden, was für ein Häufchen Elend sich hier am Rand dieser Wüste aus Tod und Verderben entlangschleppte.

Moriana fuhr es eiskalt den Rücken hinunter, sie konnte spüren, wie die Leitwölfin sie von oben bis unten musterte, als wolle sie prüfen, ob sie eine lohnende Beute darstellte. Es war ein großes schönes Tier mit schwarz-weißem Fell, das viel dicker war als bei den hiesigen Wölfen. Das Rudel musste aus dem Norden stammen und hatte den Geruch von Blut und Verwesung über viele Meilen wahrgenommen. Die Leitwölfin hatte es zielstrebig zu dem Ort geführt, der es wochenlang ernähren konnte.

Nervös fixierte Moriana das Tier. *Nein, schwarze Schwester! Führ dein Rudel zu dem Festmahl, das vor dir liegt, und lass mich meiner Wege ziehen!* Sie hoffte, ihre Gedanken könnten zu der Wölfin durchdringen und richtete sich hoch auf, um ihr zu zeigen, dass sie sich ihrer Haut erwehren konnte.

Die Wölfin beäugte sie weiter, und Moriana fühlte fast so etwas wie Verstehen. Nach einem Moment wandte sie den Blick ab und bedeutete dem Rudel, ihr auf die Walstatt zu folgen. Die restlichen Tiere umrundeten die Kriegerin mit misstrauischen Blicken und liefen ins Tal, so dass Moriana sie schon bald nicht mehr sehen konnte.

Die Tequa seufzte und machte sich erleichtert wieder auf den Weg. Nachdem sie das Massaker überlebt hatte, hätte sie sich kaum etwas Unehrenhafteres vorstellen können, als von einem Rudel Wölfe zerrissen zu werden. Mit einem Stoßgebet dankte sie M'Shká, der Lebensspenderin.

Doch sie war erst wenige Fuß weit gekommen, da raschelte es erneut im Gezweig, diesmal noch näher. Zweige brachen, stoben durch die Gegend, und dann brach ein fleckig bepelztes Tier durch das Gehölz. Es hatte sie anscheinend schon aus dem Wald heraus beobachtet und stürmte mit großen Sätzen auf sie zu.

Bor-Tak steh mir bei! Ein Téragk!, schoss es Moriana durch den Kopf, als sie den massigen Körper auf sich zukommen sah. Diese ungestümen Räuber waren in den Wäldern häufig anzutreffen und stellten für jedes Lebewesen eine Bedrohung dar, da sie alles und jeden als Beute betrachteten. Speichel tropfte dem Tier aus dem Maul, als es die Zähne fletschte und Moriana anbrüllte.

Schnell zog sie ihren Dolch hervor und versuchte eine Abwehrhaltung einzunehmen.

Das fast bärengroße Raubtier scherte sich nicht darum und schien sie einfach umrennen zu wollen. Mit voller Wucht prallte es auf sie. Die Kriegerin versuchte auszuweichen, schaffte es mit dem verletzten Bein aber nicht einmal, sich überhaupt vom Fleck zu bewegen. Sie wurde herumgeschleudert und landete unsanft auf dem Boden.

Verzweifelt versuchte sie wieder aufzustehen, denn wenn das schwere Vieh erst einmal über ihr war, wäre es zu spät für jede Gegenwehr.

»Nein! Nein, nicht so!«

Mit einem Schrei stemmte sie sich in die Höhe und machte mit einer akrobatischen Bewegung einen Satz auf ihr gesundes Bein, das jetzt alleine ihren Körper zu tragen hatte.

Der Téragk war zuerst weitergestürmt, hatte sich aber mittlerweile umgedreht. Wenn er überrascht war, dass seine Beute nicht auf dem Boden lag, ließ er es sich zumindest nicht anmerken. Unbeirrt rannte er erneut auf sie zu, um das Gleiche noch einmal zu versuchen.

Moriana wusste nun zwar, was er vorhatte, aber wieder vermochte sie es nicht, dem Angriff auszuweichen. Das Pelztier rammte ihr Standbein, so dass sie über das Bein hinweggeschleudert wurde und mit der rechten Schulter aufschlug. Immerhin gelang es ihr, den Dolch in der Hand zu behalten.

Dieses Mal war das Raubtier schneller. Sofort setzte es nach und gab der Tequa keine weitere Gelegenheit aufzustehen. Mit einem Sprung versuchte es auf ihren Körper zu gelangen. Moriana rollte sich geistesgegenwärtig zur Seite, so dass es im Leeren landete.

Der Téragk riss den Kopf herum und schnappte wütend mit dem kräftigen Gebiss nach ihrem verletzten Bein. Die Kriegerin entging dem Angriff mit einer reflexartigen Drehung, doch das reichte nicht aus. Die Kiefer des Tiers schlugen krachend aufeinander und zerrissen Haut und Fleisch knapp oberhalb des Knies. Sie schrie auf, ein Blitz aus Schmerzen durchzuckte ihren Körper. Gequält schlug sie um sich, um die Pein ertragen zu können.

Da spürte sie, dass ihre Hand etwas Festes zu fassen bekam. Verzweifelt zog sie daran. Halb verwundert, halb glücklich, dass es nachgab, schwang sie den Gegenstand mit der verbliebenen Kraft gegen den Angreifer. Der schwere Ast, der ihr bis hierhin als Krücke gedient hatte, traf den Téragk am Kopf. Das Tier jaulte schmerzerfüllt auf.

Morianas kampfgestählte Reflexe und ihr Überlebenswille reagierten prompt. Mit dem gesunden Bein versetzte sie dem Téragk einen Tritt, der genau die Nase traf.

Der Räuber brüllte vor Schmerz, fiel zur Seite und griff sich mit den Tatzen an die Schnauze, als wäre ihm ein Schwarm Hornissen hineingeflogen.

Moriana schaute sich das Spektakel nicht lange an. Eine schreckliche Angst stieg in ihr auf, Angst vor dem Tod. Keuchend drehte sie sich wieder und versuchte von dem Téragk wegzurobben.

Die pulsierenden Schmerzen in ihrem Bein stiegen ihr langsam zu Kopf. Ihr Körper verlangte bereits nach der Ohnmacht. Schwarze Flecken erschienen vor ihren Augen und nahmen ihr Sichtfeld mit jedem Augenblick mehr ein.

Ihr Wille wollte im Gegensatz zu ihrem Körper allerdings noch lange nicht aufgeben, egal, wie stark ihr Gegner auch sein mochte. Sie hatte noch nie aufgegeben, obwohl sie schon mehr als einmal die vermeintlich Unterlegene in einem Kampf gewesen war.

»Ich gehe nicht ehrlos aus dem Leben! Wenn ich sterben soll, dann kommst du mit mir!«, zischte sie dem Tier entgegen.

Moriana zwang ihren Geist unter Kontrolle und rang die Schwäche Stück für Stück nieder, die sich in ihrem Körper ausbreiten wollte. Sie drehte sich auf den Rücken, legte sich den Ast vor die Brust und balancierte ihn über das gesunde Bein unter den Fuß. Den rechten Arm fest angezogen und angewinkelt, richtete sie die Dolchspitze auf ihren Gegner.

Nur einen Sprung weit von ihr entfernt schüttelte sich der Téragk und kam wieder auf die Beine. Lauernd spannte er den Körper zum Angriff an, fixierte Moriana mit dunklen Augen und zog knurrend die Lefzen hoch. Blut tropfte aus seiner Nase die Reißzähne hinab und fiel zu Boden.

Bor-Tak, hilf mir!, flehte die Kriegerin.

Der Téragk sprang auf sie zu. Sie riss den Ast mit linker Hand und rechtem Bein hoch, um den Angriff abzublocken. Der Räuber schlug auf ihrem Körper auf, und der Ast zerbrach unter seinem Gewicht. Moriana entfuhr ein entsetzter Schrei. Verzweifelt rammte sie den Dolch in den Pelz des Téragk. Die Klinge drang in den Körper ein, doch das Tier ließ nicht von ihr ab.

Das letzte, was sie sah, war ein geiferndes Maul mit großen Reißzähnen, das auf ihr Gesicht zukam.

Saresh befand sich an einem unbegreiflichen Ort. Gebeugt, gezogen, gedreht oder wie Wurzeln gewunden, fraß sich der Raum in einen amorphen Schacht hinab. Alles schien auf abartigen Wegen belebt zu sein, und doch wirkte es wie abgestorben. Schatten und Licht waren unstet. Nichts war eindeutig oder klar. Alle Gebilde in diesem Raum spotteten den Gesetzen der Welt.

Das ganze Gefüge war von irisierendem und betäubendem Glühen erfüllt. Teilweise schimmerte das Licht wie bleiches, flüssiges Feuer an den Wänden. Dann wieder erschien es flackernd am Grund der verdrehten Kaverne und vertauschte jeden Sinn für Struktur oder Entfernung.

Vom Ende der Kluft wucherte Saresh ein Objekt entgegen. Ein irrsinnig behauener Stein, gewürgt von einem pulsierenden, spinnenwebenartigen Geflecht, welches das Licht verschluckte und gleichsam ausstrahlte. Ein Reigen des Absurden und des Wirklichen, eine Narbe im Fluss der Sphären.

Er fand keinen Ausdruck für solche Abgründe brüllenden, unvorstellbaren Irrsinns, für diese Ablehnung aller Gesetze, die die Welt, Materie, die ganze kosmische Ordnung zusammenhielten. Und doch folgte alles einem Muster, dessen Ziel einem schieren Aufbäumen und grenzenlosen Wachsen zu folgen schien. Der Äther, der den Raum erfüllte, trug eine Ahnung der Auflösung alles Sterblichen in sich. In seiner Einsamkeit hatte er das Gefühl, dass hunderte Augen auf ihn herabstarrten. Unterirdische Stimmen stiegen aus dem Schacht auf und bohrten sich in sein Gehirn.

Sein Verstand versagte, erlag den widersinnigen Empfindungen und Forderungen. Maßlos im Staunen, maßlos im Wünschen, maßlos im Wollen. Träume von unbegrenzter Freiheit und gnadenloser Kontrolle. Der Stein war ein Prisma jenes Willens, sein Anker in der Wirklichkeit. Hinter diesem Siegel stürmten rasende Urfeuer gegen die Fundamente der Welt. Das Glühen wurde kraftvoller, je höher der Stein wucherte, und wuchs zu einem gleißenden Licht an, das jeden Schatten an dem Ort verzehrte und jede Form und jedes Muster mit seiner Helligkeit überstrahlte.

Und mit dem Licht kam das Feuer.

Saresh starrte fassungslos auf das Inferno, nur zu einem einzigen Gedanken fähig: *Was habe ich getan?*

Er stand in Flammen. Schmerz explodierte in seinem Kopf. Reflexartig kniff er die Augen zusammen und griff sich ins Gesicht, nur um dadurch neue Qualen auszulösen. Er knickte schreiend ein und krümmte sich am Boden.

Der Magier hörte aufgeregte Rufe und spürte, dass jemand in seine Richtung gelaufen kam. Ein Stück Wirklichkeit brach durch das Inferno. An den klappernden Geräuschen erkannte er, dass es sich um einen der gerüsteten Söldner handeln musste.

»Achar, was ist los?« Eine besorgte Männerstimme. Eine Gestalt beugte sich zu ihm hinab und richtete seinen Oberkörper auf. Saresh vermochte es nicht zu antworten. Die Schmerzen waren so unerträglich, dass er die Zähne aufeinanderbiss, obwohl er nur schreien wollte.

»Juchas, komm' schnell hierher!«

Ein weiterer Mann kam angelaufen. »Was ist mit ihm?«

»Ich weiß es nicht. Er ist gestürzt und scheint starke Schmerzen zu haben. Ich kann aber keine Wunde sehen.«

Saresh blickte auf. Er wurde immer noch von dem hellen Licht geblendet. Der Mann, der jetzt vor ihm kniete, schien von einer gleißenden Aureole umgeben. Augen und Mund erstrahlten wie der Schacht an dem seltsamen Ort, an dem er sich noch vor wenigen Augenblicken geglaubt hatte. Auch er trug eine Rüstung, und sie glühte wie flüssiger Stahl. Selbst die Bäume um ihn herum leuchteten von innen heraus, als würde sich in jedem einzelnen eine kleine Sonne befinden. Saresh schloss gepeinigt die Augen, doch das Licht verblieb als Leuchtfeuer in seinem Kopf. Es überschwemmte die Sinne und brannte sich in seinen Geist.

Eine Stimme, die entfernt wie seine eigene klang, manifestierte sich, einen absurden Gedanken äußernd, in seinem verbrennenden Verstand: *Licht umfängt sie, Licht ist ihr Inneres.*

»Seine Haut glüht förmlich. Er fiebert.« Der zweite Söldner holte einen Wasserschlauch hervor und öffnete ihn.

Saresh spürte, wie ein Mann seinen Kopf hielt, während der andere versuchte ihm Wasser in den Mund zu träufeln. Sein Körper war zum Bersten gespannt und gehorchte ihm nicht.

»So geht's nicht, der Kiefer ist völlig verkrampft.« Sie wandten sich von Saresh ab. Der Magier vernahm ein Rascheln, dann beugte sich erneut eine goldglänzende Gestalt zu ihm herab.

Von Neuem brandete eine Welle furchtbarer Schmerzen über ihn hinweg. Er bäumte sich ächzend im Griff der beiden Männer auf.

»Halt ihn fest!«, befahl der Zweite, griff nach Sareshs Kopf und presste einen länglichen Gegenstand zwischen die Zahnreihen. »Fest draufbeißen, Achar.«

»Was hat er nur?« Die Stimmen der Männer waren schrecklich laut. Jedes Wort hallte wie ein Glockenschlag in Sareshs Ohren.

»Ich weiß es nicht.« Der zweite Söldner schob Saresh einen vorgekauten Haufen einer rötlichen Substanz an dem Beißholz vorbei in den Mund. Sie schmeckte bitter. »Aber nach dem, was geschehen ist, können wir alle zu den Göttern beten, dass uns nicht dasselbe passiert.«

Ein paar Herzschläge später spülte eine Flüssigkeit den roten Ball in Sareshs brennenden Hals hinab. Das kühle Nass war wie ein Schock für ihn. Er riss Augen und Mund auf, der Gegenstand fiel zu Boden. Im gleichen Augenblick schüttete der Söldner Wasser über seinen Kopf. Jeder Tropfen erschien ihm wie eine Nadel aus Eis. Er japste und begann heftig ein- und auszuatmen. Der Söldner goss noch einmal Wasser über Saresh, diesmal über sein Gesicht.

Es verfehlte seine Wirkung nicht. Langsam starb das Feuer, das ihn verzehren wollte. Seine Glieder entspannten sich, und der Schmerz ließ nach. Das strahlende Glühen in seinem Kopf verblasste allmählich.

»Hilf mir! Wir lehnen ihn da drüben gegen den Baum.«

Ein Ruck ging durch den Körper des Magiers, dann baumelte sein Körper schlaff über dem Waldboden. Die beiden Söldner trugen ihn einige Schritte und setzten ihn dann behutsam ab.

»Geh und hol Kars!«, befahl der zweite Söldner. »Ich seh mal, was ich tun kann.« Der Angesprochene entfernte sich. Saresh hörte Zweige unter seinen Schritten zerbrechen.

Auch wenn ihm schlecht war, und er nicht wusste, was ihn erwartete, versuchte er die schmerzenden Augen zu öffnen. Es fiel ihm schwer, doch schließlich blickte er in die langen Schatten, die die

Bäume warfen. Er kam nicht dazu, erleichtert auszuatmen, da der verbliebene Söldner seinen Kopf ergriff und in den Nacken drückte. Einen Wimpernschlag später nahm seine Hand Sareshs Sehfeld ein. Er hielt eine feine Röhre, mit der er auf ihn zielte.

»Gegen die Schmerzen«, murmelte er und träufelte ihm einige Tropfen auf die Pupillen. Erneut brannten Sareshs Augen heftig. Doch diesmal nur kurz, bis sich die scharfe Flüssigkeit darin aufgelöst hatte. Der Mann lehnte ihn zurück an den Baum und begann ihn nach Verletzungen abzusuchen.

Auch wenn sich Saresh fühlte, als wäre sein Körper schwer wie ein Granitfelsen, taumelte sein Verstand wie ein Blatt im Wind. *Was geschieht nur mit mir?* Das Letzte, woran er sich erinnern konnte, waren der Lärm der Schlacht, unglaubliche Hitze, Gras, das unter ihm verbrannte, Licht und Flammen, die Wolken und Himmel auffraßen. Er hatte die Hände gegen das Licht gehalten, um sich davor zu schützen. Er betrachtete seine Handinnenflächen und blickte auf aufgeplatzte, vertrocknete Haut, unter der rotes Fleisch zum Vorschein kam. Dort, wo noch Haut zu erkennen war, war sie mit wässrigen Blasen überzogen. Von ihnen gingen Wellen des Schmerzes aus, die seine Arme hinaufkrochen.

Doch noch schockierender war der Verlust des Siarra, der im Zentrum seiner linken Hand gesessen hatte. Er war einfach nicht mehr da. Nur ein fleischiger, roter Krater zeugte von seiner Existenz.

Als er erschüttert die Hände sinken ließ, stand Nalyd Joweha vor ihm. Keine Bewegung, kein Geräusch und kein Geruch hatte ihn angekündigt. Er stand einfach da und sah auf den von Pein gezeichneten Saresh hinab, als hätte er keinen anderen Anblick erwartet. Für einen Yamarer war Nalyds Teint ungewöhnlich hell. Sowohl seine Haut als auch seine blauen Augen schienen besser zu den Valdorern zu passen, als zu einem Sohn der Sonnenlande. Nur seine Kleidung verriet, dass er aus dem tiefen Süden Camoteas kam. Dunkelrote Flecken zeichneten sich auf dem Lederwams und dem blauen Hemd ab. Er schien aber nicht verletzt zu sein. Saresh stöhnte, war aber erleichtert, Nalyd zu sehen.

Er hatte ihn fortgezogen, als es begann, als er die Kontrolle verlor, als es tat, was es tun wollte. Er hatte gegen den Lärm gerufen. Er hatte ihm zugerufen, zu laufen. Er hatte mit seinem Schwert einen Weg für die beiden in das Chaos aus Menschenleibern und Stahl geschnitten. Er war bei ihm, als die Welt hinter ihnen verging.

Joweha war ein Ghulam, ein Sohn der Schatten, ein Leibwächter und Attentäter im Orden der Magier von Elliad. Er war Saresh als

Bedeckung von seinem Meister Shaat Ikastra zugeteilt worden. Er sollte dafür sorgen, dass er am Leben blieb, um seine Mission zu vollenden. Nalyd hatte darin bisher nicht versagt. Er kannte den Krieger schon lange, so lange er sich erinnern konnte. Er hatte schon über ihn und die anderen Schüler Shaats gewacht, als er die Ausbildung bei seinem Meister begonnen hatte. Saresh glaubte nicht, dass es eine Macht gab, die Nalyd nicht überwinden konnte. Und doch schoss eine Frage durch seinen benommenen Geist: Würde der Ghulam ihn wohl lebendig zurückbringen können?

Nalyd kniete sich vor seinen Schützling. Wie immer schien ein sanftes Lächeln seine Lippen zu umspielen. »Du siehst beschissen aus«, stellte er in einem Ton fest, mit dem man eine zerschlagene Glasscheibe begutachtet.

»Wo warst du?«, sagte Saresh schwach.

»Ich war vorgelaufen, um den Weg zu erkunden.«

»Dein Platz ist bei mir, Ghulam.« Saresh versuchte Autorität in seine Stimme zu legen, doch er klang eher verzweifelt. »Die Söldner führen uns, das ist ihre Aufgabe. Deine ist, mich zu beschützen.«

Der Söldner, der Saresh immer noch untersuchte, blickte verunsichert auf. »Keine Sorge Herr, wir sind bei Euch.«

»Ich muss wieder aufstehen. Wir müssen … ich muss weg von hier. Weg von dem Licht«, stammelte Saresh und versuchte vergeblich Nalyds Arm zu ergreifen.

Der Ghulam hingegen lächelte weiterhin. »Beharrlich wie immer, ehrwürdiger Achar.« Eine Spur Sarkasmus lag in Nalyds Worten. »Allerdings scheint es mir sinnvoller, wenn du dich jetzt ausruhst, mein Freund. Der Weg ist noch weit und du brauchst Kraft.«

Saresh schüttelte den Kopf. »Nein, Nalyd. Wir müssen weg von hier.« Er hob abwehrend den Arm.

Es war der Söldner, der diesen ergriff und den Magier beschwörend ansah. »Achar, ich weiß nicht, was es ist, aber es geht Euch wirklich sehr schlecht. Ihr müsst Euch ausruhen, sonst verschlimmert sich Euer Zustand weiter.«

»Hör besser auf ihn!«, befand Nalyd und beugte sich zu dem anderen Yamarer hinüber. Er legte die Hand auf die Stirn des jüngeren Manns. Saresh verstand nicht, was hier vor sich ging. Er wollte einfach nur weiter, weg von dem Schlachtfeld und dem grellen Licht. Er konnte seinen Sinnen nicht mehr trauen. Alles schien verkehrt: Was er sah, was er dachte, was er getan hatte. Er versuchte den Kopf wegzudrehen, doch er war zu schwach, um sich dem Ghulam zu entziehen.

»Ich muss fort von hier, Nalyd. Fort von dem, was mich verbrennen wird.«

»Keine Angst«, raunte sein Begleiter. »Ich werde wachen. Aber du musst jetzt schlafen.«

Die Berührung des Kriegers war erstaunlich kühl und beruhigte Saresh. Bald fiel es ihm schwer, die Augen aufzuhalten. Die Angst befahl ihm immer noch, wieder auf die Beine zu kommen und weiter zu laufen. Doch Nalyds Worte klangen in seinen Ohren nach. *Du musst jetzt schlafen.* Der Magier vergaß unter der kühlen Berührung Angst und Schmerz. Er gab sich der Müdigkeit hin.

»Nalyd«, flüsterte Saresh. »Während der Schlacht habe ich eine zweite Sonne gesehen. Schwarz und doch unglaublich hell.« Saresh konnte nur noch verschwommene Umrisse des Söldners und seines Begleiters erkennen.

»Das habe ich auch, mein Freund«, erwiderte Nalyd ruhig.

Die Sonne stand tief zwischen den Bäumen, als Sareshs Augen ihm den Dienst versagten. Er erwartete mit Freuden die Dunkelheit, als er einschlief.

Kapitel 3

Endlich senkte sich Dunkelheit über die Hügel des nördlichen Grenzlands und bedeckte das Tal des Asakon und die ihn umgebenden Berge mit gnädiger Schwärze, ganz so, als wolle der *Eine* den schrecklichen Anblick der verfaulenden Leiber vor der Welt verbergen.

Der Wald jedoch erwachte jetzt erst richtig, denn die meisten seiner Bewohner verschliefen den Tag und kamen in der Nacht aus Höhlen und Erdlöchern. Überall raschelte es, knackten Zweige oder ertönten die Geräusche erwachender Wesen, die sich im Schutz der Nacht auf die Suche nach Nahrung begaben.

Zwischen den Bäumen bewegte sich auch eine menschliche Gestalt, die nicht hierher zu gehören schien und sich dennoch keineswegs um die Geräusche und Bewegungen in ihrer Umgebung kümmerte. Sie machte keine Anstalten leise zu bleiben, denn hin und wieder ertönte ein dumpfer Fluch im Halbdunkel.

Liocas kämpfte sich schwerfällig einen Hügel mit einer Gruppe Silbertannen hinauf. Auf den Schultern trug er – erneut – den Körper der bewusstlosen Kriegerin, der er jetzt schon das zweite Mal das Leben gerettet hatte.

Wieder und wieder schalt er sich einen Narren. Wie war er bloß auf die Idee gekommen, der Tequa noch einmal zu helfen? Sie hatte ihm schließlich eindeutig gezeigt, dass er von ihr nichts als blinden Hass zu erwarten hatte, ganz gleich, wie freundlich er ihr auch begegnete. Reichte er ihr die Hand zur Versöhnung, würde sie diese bedenkenlos abhacken.

Dennoch hatte er es am Vormittag nicht ertragen können, wie sie sich schwer verletzt aus dem Wald geschleppt hatte. Ihm war von vornherein klar gewesen, dass sie es in ihrem geschwächten Zustand nicht weit schaffen konnte. Doch erst als seine eigene Wut verraucht war, war er ihr gefolgt. Seitdem er die Tequa vom Schlachtfeld geholt hatte, fühlte er sich seltsamerweise für sie verantwortlich. Er konnte es sich noch nicht ganz erklären, wusste nur, dass der *Eine* ihr Leben scheinbar in seine Hände gegeben hatte und auf seine Barmherzigkeit vertraute. Natürlich, es war eine schwere Bürde, die Urias ihm da auflud – im Augenblick sogar im wörtlichen Sinn – aber wer hatte gesagt, dass es einfach sein sollte, ihm zu dienen? Sein Wort zu erkennen, war das Eine, aber nach diesem zu handeln, noch einmal eine gänzlich andere Sache, wie schon Zatos gelehrt hatte.

Als er sie am Mittag nach wenigen Stunden fand, war es bereits genauso gekommen, wie er befürchtet hatte. Sie war bis zum Rand des Schlachtfelds gehumpelt und dort zusammengebrochen. Doch gerade, als er zu ihr laufen wollte, um zu helfen, war sie erwacht und hatte die Vögel fortgescheucht, die sich um sie geschart hatten. Mit einem Schrei hatte sie sich auf die Beine gekämpft und dann den Weg gen Norden fortgesetzt. Offenbar glaubte sie, es bis zu den Leuten ihres Volks zu schaffen.

Eine trügerische Hoffnung, stolze Tequa!, hatte Liocas gedacht und war ihr weiter in sicherem Abstand gefolgt. Die ersten Vorposten der Barbaren befanden sich mehr als zehn Meilen entfernt im Norden, und selbst dort wäre sie wahrscheinlich keinem der Späher über den Weg gelaufen. Baron Makros, nomineller Herr der valdorischen Grenzlande, hatte für viel Geld eine blutrünstige Truppe Halsabschneider der Kurosar angeheuert, um den Spähposten und Kundschaftern der Barbaren den Garaus zu machen, während die beiden Heere im Tal aufeinanderprallten. Wenn die Kurosar nicht auch umgekommen und stattdessen so effektiv vorgegangen wären, wie man es von ihnen kannte, hätten sie keinen der Barbaren am Leben gelassen, dessen war sich Liocas sicher.

Natürlich hatte die Kriegerin das nicht wissen können, aber ihr musste bewusst gewesen sein, dass sie in ihrem Zustand mindestens zwei Tage brauchen würde, um zu ihren Leuten zurückzukehren. Mit dem gebrochenen Bein wäre das niemals zu schaffen gewesen. Dennoch hatte sie eine bewundernswerte Ausdauer und Härte gegen sich selbst an den Tag gelegt und humpelnd knapp zwei Meilen geschafft. Das nötigte dem Valdorer gehörigen Respekt ab, da er es ihr nicht zugetraut hatte.

Als allerdings ein Rudel Wölfe aus dem Wald gebrochen war, hatte Liocas ihr Ende nahen gesehen. Eine verletzte junge Frau würden die Tiere kaum als Beute verschmähen. Doch zwischen der Tequa und dem Leitwolf war etwas vorgegangen, das Liocas aus der Ferne nicht erfassen konnte. Fast war es so gewesen, als würden die beiden im Geist zueinander sprechen, denn sie hatten sich lange gegenseitig fixiert, bevor der Anführer sein Rudel in scheinbarem Verstehen an der Barbarin vorbei auf das Schlachtfeld geführt hatte. Ihm war, als hätte er eine Geste des Respekts zwischen Kriegerin und Wolf wahrgenommen, bevor beide wieder ihrer Wege zogen. Wenige Augenblicke später hatte sie ihr Glück allerdings aufgebraucht, als ein riesiger Vielfraß aus dem Unterholz gebrochen war und die überraschte Tequa einfach über den Haufen rannte. Die Raubtiere suchten immer wieder die Höfe und Dörfer der nördlichen Regionen auf und hatten ihren Namen aufgrund ihrer scheinbar unstillbaren Fresssucht erhalten.

Liocas hatte reflexartig sein Schwert gezogen und war losgerannt, in der Hoffnung, ihr beistehen zu können, bevor der Vielfraß sie zerriss. Sie kämpfte tapfer, doch war es nur eine Frage der Zeit, bis das überlegene Tier sie zu Boden geworfen hatte, um sie mit einem Biss in die Kehle zu töten. Kurz bevor der Knappe an die Kontrahenten herangekommen war, war der Räuber allerdings jaulend zurückgezuckt. In einem letzten verzweifelten Aufbäumen hatte die Barbarin ihn mit dem Dolch getroffen. Als das rasende Tier ihr den Garaus machen wollte, hatte Liocas ihm sein Schwert von hinten in den Körper gerammt. Er hatte sein ganzes Gewicht in den Stoß gelegt, um die Frau zu retten. Hätten die Reißzähne ihre Kehle zerfetzt, wäre jede Hilfe zu spät gekommen.

Doch Liocas hatte gut gezielt, und die Klinge hatte sich quer durch die Eingeweide des Tiers gebohrt. Der massige Räuber war auf der Tequari zusammengebrochen und hatte sich keinen Handbreit mehr bewegt. Wie schon am Tag zuvor hatte der Knappe die bewusstlose Frau unter der Leiche hervorgezogen, und erneut hatte er sich auf den Weg gemacht, für beide einen geschützten Platz im Wald zu finden.

Jetzt wurde es allmählich Nacht, und noch immer fand er kein geeignetes Versteck. Er schleppte die Barbarin auf die Hügelkuppe und blickte sich um, in der Hoffnung, irgendwo einen Anhaltspunkt zu finden, in welche Richtung er weiterlaufen sollte. Das erste Ziel, eine möglichst große Entfernung zum Schlachtfeld herzustellen, dessen Leichenhaufen einfach zu viele Räuber aus allen Richtungen anlockten, hatte er erreicht. Ob in der näheren Umgebung eine valdorische Siedlung existierte, vermochte Liocas nicht zu sagen. In den Grenzlanden befanden sich nur wenige Dörfer, und seit die stärker befestigten ehemaligen Kolonien weiter im Norden in der Hand der Tequari waren, gab es hier kaum einen Ort, an dem man sicher leben konnte. Tequarische Barbaren, nomadische Kriegerstämme aus dem Osten, Marodeure und Wölfe waren nur die schlimmsten Gefahren, denen man hier ausgesetzt war.

Wie zu erwarten, konnte er im Wald fast nichts mehr erkennen. In alle Himmelsrichtungen erstreckten sich Bäume und Gestrüpp. Vor ihm schien der Hügel steiler abzufallen. Vielleicht würde es eine Senke, einen Bachlauf oder etwas Ähnliches geben, damit sie wenigstens etwas Wasser zum Trinken hätten.

Liocas schleppte sich Schritt für Schritt den Abhang hinunter. Ihm taten beinahe alle Gelenke weh, seine Schultern hingegen spürte er kaum noch unter dem Gewicht der Kriegerin. Am Fuß des Hügels angekommen, sackte er auf die Knie und ließ seine Last wie ein Bündel Feuerholz fallen. Er ruhte sich eine Weile aus, bis ihm klar wurde, wie unsinnig es war, weiterzugehen. Leise, so dass er es zuerst überhört hatte, vernahm er ein Plätschern, dessen Ursprung nicht weit entfernt zu sein schien. Tatsächlich entdeckte er in einiger Entfernung einen Bach, eigentlich mehr ein Rinnsal, das sich den Waldboden entlang schlängelte. Hastig krabbelte er vor und schlürfte gierig ein paar Schlücke. Er brachte auch eine Handvoll Wasser zu der Tequa und flößte ihr einige Tropfen ein, die zumindest ihren Rachen etwas befeuchten würden.

Liocas betrachtete ihre Wunde. Es sah nicht gut aus. Er hatte notdürftig einige Fetzen seiner Tunika darumgebunden und die Blutung damit gestoppt. Lange würde ihr Körper den vorangegangenen Blutverlust aber nicht verkraften, das war ihm klar. Leider war er kein Heiler und konnte wenig mehr tun, als das, was ihm gerade richtig erschien. Mit einem Seufzen riss er die letzten Reste seines Wappenrocks entzwei. Er nahm den alten Verband vom Bein der jungen Frau und band ihr den neuen um. Er zog den Stoff so fest an, wie er konnte, um eine weitere Blutung so gering wie möglich zu halten. Ihr Bein war bereits rot und die Haut glühte. Die Ränder um die Bisswunde waren stark angeschwollen. Die Wunde hatte sich zweifellos entzündet, wie so oft, wenn man von einem wilden Tier gebissen wurde. Wenn die junge Frau nicht schnellstmöglich in die Obhut eines erfahrenen Heilers gelangte, war ihr Schicksal besiegelt.

Der Knappe spürte, wie ihn allmählich die Müdigkeit übermannte, und sein Körper den Tribut für die Strapazen der beiden vergangenen Tage forderte. Er konnte kaum noch die Augen offen halten. Egal, ob geschützt oder nicht, sie würden nun an dieser Stelle die Nacht verbringen müssen. Er breitete den Umhang vom Schlachtfeld, den er immer noch mit sich führte, über sich und der Kriegerin aus. Resigniert legte er sich auf den weichen, von Tannennadeln übersäten Boden. Sein Hals, Nacken, Schulter und Arme klebten vom Blut der Barbarin, das langsam auf seiner Haut trocknete.

Während er noch darüber nachdachte, ob er angewidert sein sollte, Körper an Körper mit einer verhassten Tequa zu schlafen, oder lieber froh, dass sie sich in der zunehmend kälteren Nacht gegenseitig wärmten, fielen ihm die Augen zu.

Als Liocas am nächsten Morgen aus einem unruhigen Schlaf erwachte, der von bizarren Bildern begleitet worden war, bemerkte er, wie trocken sich sein Mund anfühlte. Er krabbelte zu dem Bach und schlürfte erneut von dem Wasser.

Im Wald herrschte immer noch Zwielicht, es musste noch früh am Morgen sein. Wie lange hatte er geschlafen? Er hatte das Gefühl, fast überhaupt keine Erholung gefunden zu haben, jedenfalls signalisierte ihm das jede Faser seines Körpers.

Die Barbarin lag noch genauso da wie am Abend zuvor. Nervös fühlte Liocas nach ihrem Puls, doch sie war nicht tot – noch nicht. Das schwache Pochen unter seinen Fingerspitzen würde bald verschwunden sein, wenn ihr nicht schleunigst geholfen wurde. Der Zustand der Wunde hatte sich verschlimmert, und sie blutete wieder.

»Du musst mich doch für komplett verrückt halten«, murmelte er, als er sie ächzend anhob. Taumelnd machte er die ersten Schritte und wäre fast wieder unter ihrer Last zusammengebrochen, doch er zwang seine schmerzenden Muskeln zu gehorchen.

Schwerfällig stapfte er los.

Allzu weit kam er nicht, dazu war er zu schwach. Schon bald zwang ihn das Körpergewicht der Verwundeten in die Knie. Doch Liocas wollte nicht aufgeben und hievte sich die Barbarin wieder auf die Schultern – nur um wenige hundert Schritte später erneut in die Knie zu gehen. Eine ganze Zeit lang schleppte er sich so voran. Mehrmals dachte er unter Schmerzen daran, die Barbarin einfach liegen zu lassen und ihrem Schicksal zu übergeben. Er versuchte sich einzureden, dass er ihr ohnehin nicht helfen konnte, dass es zwecklos sei, sein eigenes Überleben durch die Rettung der Feindin zu gefährden. Zwei Dinge hielten ihn jedoch davon ab: Zum Einen war der Lebenswille der Tequa ungeheuer stark – sie starb einfach nicht! Zum Anderen wusste Liocas, dass er niemals mehr ein reines Gewissen haben könnte, wenn er sie einfach in der Wildnis zurückließ. Zudem war seine Hoffnung, vielleicht doch Hilfe in den scheinbar endlosen Wäldern zu finden, noch nicht erloschen.

Immer häufiger musste er innehalten und verschnaufen, immer kürzer wurden die Strecken, die er sie zu schleppen vermochte. Am Ende versuchte er gar verzweifelt, die Kriegerin hinter sich her zu schleifen, aber auch dazu war er nicht mehr in der Lage. Schließlich musste er die Tequa ablegen und sank ermattet neben ihr zu Boden. Sein Körper war am Ende der Kräfte angelangt. *Es ist ein Wunder, dass ich sie überhaupt so weit getragen habe,* dachte er. Sein *Herr* musste mit ihm sein, er ließ ihn nicht allein!

Ihm fiel nichts Besseres mehr ein, als zu seinem Gott zu beten. »Urias, Licht! Erbauer der Welten, Gestalter der Ordnung! Lass mich nicht allein. Hilf mir, deine Aufgabe zu vollenden. Hilf mir, diese Frau zu retten. Ich bin dein williger Diener, lenke mich!«

Als ob aufgrund seiner Bitte sofort etwas passieren müsste, verharrte er und starrte in die Bäume. Doch nichts regte sich, nur die Geräusche des Waldes drangen an seine Ohren. Verzweifelt blickte er sich um, als ob er zwischen den Stämmen einen Ausweg, einen Fluchttunnel aus diesem Wald hinaus, entdecken könnte.

Er wusste nicht, ob er es sich nur einbildete, aber in einiger Entfernung sah er ein Licht zwischen den Bäumen funkeln. Vielleicht befand sich dort eine Lichtung, oder der Wald öffnete sich zum bewirtschafteten Hügelland der Westwacht. Konnte er es tatsächlich schon so weit geschafft haben? Von diesem Hoffnungsschimmer beseelt, stemmte er sich hoch und stolperte vorwärts. Nach wenigen Augenblicken erreichte er die Stelle und trat aus dem Schatten der Bäume auf eine Lichtung. Sonnenstrahlen umfingen ihn und tauchten ihn in goldenes Licht. Wärme durchdrang seine Glieder, und er spürte, wie sich sein Geist zum Licht hin öffnete, das ihn gesucht hatte, und dessen Ruf er gefolgt war.

Die Kraft kehrte in seinen Körper zurück, er richtete sich auf und lief wie benommen zurück zu der Stelle, an der er die Tequa abgelegt hatte. Behutsam nahm er sie auf die Arme und trug sie auf die Lichtung. Sie erschien ihm auf einmal federleicht. Langsam ließ er sich auf die Knie sinken und hielt die bewusstlose Kriegerin vor sich in den Armen, der Sonne entgegengestreckt, damit auch ihr Körper von der Wärme seines Herrn durchdrungen wurde.

Worte begannen sich von seinen Lippen zu lösen. »Siehe, Urias, ich, dein Diener, bringe dir dein Kind, von der Dunkelheit ins Licht. Verderben und Tod, Schatten und Pein habe ich überwunden! Wie einst Nea dir Argusil schenkte, bringe ich dir die Verlorene, die die deine ist. Wie einst Heliotos dein Volk ins Licht führte, so folge auch ich deinen Pfaden. Urias, Licht, erhöre mich!«

Lange kniete er auf der hellen Lichtung und genoss die Wärme, bis er von einem auf den anderen Moment in der hellen Sommersonne zusammenbrach.

Langsam öffnete Moriana die Augen, presste die Lider aber sofort wieder zusammen, als sie von Licht geblendet wurde. Als sich die tanzenden Blitze in ihrem Kopf verzogen hatten, wagte sie einen neuen Versuch, diesmal vorsichtiger. Nach einer Weile schaffte sie es zumindest, mit zusammengekniffenen Augen ihre Umgebung zu erkennen.

Sie befand sich in einem holzvertäfelten Zimmer, offenbar in einem befestigten Haus. Ihr Blick fiel auf ein großes Fenster, durch das gleißendes Sonnenlicht einfiel. Ein massiver Schrank, ein Tisch mit zwei Stühlen und eine Truhe nahmen fast den gesamten Platz in dem Raum ein.

»Gefangen!«, schoss es ihr durch den Kopf. Sofort bewegte sie Arme und Beine, doch wider Erwarten waren diese nicht gefesselt. Aufgrund ihrer ruckartigen Bewegung rutschte die Wolldecke, mit der sie jemand zugedeckt hatte, halb von dem Bett herunter, in dem sie lag. Gleichzeitig schoss ihr ein höllischer Schmerz die rechte Körperseite hinauf. Keuchend streckte sie sich aus und versuchte zu entspannen. Tatsächlich ließen die Schmerzen nach, doch ein beißendes Pochen im Bein verblieb.

»Das Drecksvieh hat mich erwischt!«, murmelte sie und erinnerte sich an den Biss der Téragk. Vorsichtig befühlte sie das Bein. Es war dick verbunden und ein merkwürdiger, äußerst penetranter Geruch ging von dem Verband aus. Auch die übrigen Wunden hatte man versorgt, sie waren schon fast verheilt. Man hatte ihr ein langes Leinenhemd übergezogen, und auf einem Hocker am Bett stand ein Tonkrug mit Wasser.

Gierig setzte die Tequa das Gefäß an die Lippen und stürzte das lauwarme Nass die ausgetrocknete Kehle hinunter. Dann wischte sie sich den Mund ab und begann nachzudenken.

Jemand hatte sie also gefunden und bis zu einer befestigten Siedlung gebracht. Der nächste Hauptort der Grenzclans musste Trador sein, der Sitz von Clansherr Drakar. Aber hinter den Spähposten und Lagern der Grenzwächter gab es einen ganzen Gürtel befestigter Kinás mit massiven Wohngebäuden und Wehranlagen. Wahrscheinlich war sie im Haus eines Heilers oder Druiden untergekommen, die oft über Räume verfügten, in denen sie die Kranken und Verwundeten versorgen konnten.

Rimmon, das müssen mindestens fünf Tagesreisen gewesen sein, die sie mich mit sich geschleppt haben!, dachte sie und bewunderte die Aufopferungsbereitschaft der Tequari-Späher, die eine Kriegerin eines fremden Clans so weit mit sich trugen, um ihr zu helfen. *Wahrscheinlich wollen sie wissen, wie es zu dem Massaker gekommen ist.*

Ein Gefühl der Erleichterung breitete sich in ihr aus. Nach dem Alptraum des Schlachtfelds und der Gefangennahme durch den valdorischen Krieger fühlte sie sich zum ersten Mal seit einer gefühlten Ewigkeit wieder sicher und keiner Bedrohung für Leib und Leben ausgesetzt. Mit einem langen, intensiven Gebet dankte sie M'Shka, dass ihr Leben weder unter den gierigen Händen eines valdorischen Bastards noch zwischen den Kiefern eines Raubtiers ein Ende gefunden hatte.

Eine ganze Weile lag sie so da und genoss die Stille. Dann richtete sie sich abermals auf und blickte sich im Raum um. Ihre Retter hatten die zerfetzte Lederrüstung in eine Ecke gelegt und ihre wenigen weiteren Habseligkeiten auf dem Tisch ausgebreitet. Ein Gedanke schoss ihr durch den Kopf, und sie betastete hektisch ihren Hals. Erleichtert stellte sie fest, dass sich ihr größter Schatz, die Kette mit dem kleinen dunkelblauen Stein, noch dort befand. Sie besaß das einfache Schmuckstück schon seit ihrer frühesten Kindheit, und es wäre eine Katastrophe gewesen, wenn sie es verloren hätte.

Nach einer Weile hörte sie Stimmen vor der Tür, die rasch näher kamen. Sie richtete sich auf und schwang die Beine an die Seite des Betts. Jetzt konnte sie sich bei ihren Rettern bedanken, aber sie würde so etwas nicht im Liegen tun, unterwürfig und hilflos. Sie wollte den Tequari des Grenzclans wenigstens einigermaßen auf Augenhöhe begegnen.

Die Tür öffnete sich, und ihr schlug der überraschte Blick eines jungen Manns in einem weiten erdfarbenen Gewand entgegen.

»Will… willkommen, Lichtkind«, sagte er und trat unsicher in den Raum. In den Händen hielt er einige Kleidungsstücke.

Entsetzt zuckte Moriana zurück.

»Valdorer!«, rief sie fassungslos. Sie schien keineswegs gerettet worden zu sein, nein, stattdessen hatte der Feind sie gefunden und gefangen genommen. Sie tastete um sich, um etwas in die Hand zu bekommen, das einer Waffe gleichkam, fand jedoch nur ihr Kissen. Mit einem wütenden Schrei warf sie es in die Richtung des Jungen. Es prallte an seinem Arm ab und fiel zu Boden.

Moriana versuchte sich ruckartig auf die Beine zu stellen, doch die trugen sie noch lange nicht. Sofort knickte das versehrte Bein seitlich weg und die Tequa fiel hart auf den Holzboden.

Der Mann legte die Kleidungsstücke auf den Tisch und wollte ihr aufhelfen.

»Weg von mir!«, schrie Moriana und schlug seinen Arm weg. »Wenn du mich anrührst, bist du tot!«

»Du hast hier nichts zu befürcht…«

»Verschwinde, Valdorer! Oder töte mich gleich, aber rühr mich nicht an!« Moriana nahm eine abwehrende Haltung ein, fest entschlossen, sich so teuer wie möglich zu verkaufen.

Der Mann zog die Hände zurück und machte eine beschwichtigende Geste. »Dein Gefährte hat uns gewarnt, dass du verwirrt sein würdest. Ich lasse dich in Ruhe, aber in einer Stunde bringe ich dir etwas zu essen, du musst ja ganz ausgehungert sein!«

»Kommst du nochmal hier rein, mach ich dich kalt!«, zischte sie hasserfüllt als Antwort.

Der Junge zog sich vorsichtig zurück und schloss die Tür hinter sich.

Moriana legte sich wieder auf das Bett und atmete durch. Vor wenigen Augenblicken hatte sie noch gedacht, dass sie in Sicherheit war, und nun war alles noch viel schlimmer gekommen! Der Tod zwischen den Reißzähnen des Téragk wäre tausendmal ehrenvoller gewesen, als eine Sklavin der Valdorer zu sein. Sie hatte viele Geschichten über die Tequa gehört, die in die Hände der Feinde gefallen waren. Kaum eine von ihnen war jemals wieder zurückgekehrt, und wenn, dann hatte sie ein valdorisches Kind unter dem Herzen getragen und war von ihrem Clan entweder ausgestoßen oder getötet worden. Doch sie würde die Beine nicht für diese Hunde spreizen, eher würde sie sich von dem ersten Peiniger, der ihr zu nahe kam, töten lassen.

Doch was sollte sie tun? Verzweifelt wog sie den Kopf in den Händen. Kämpfen konnte sie immer noch, aber für was? Sie kämpfte ja nicht einmal mehr, um zu leben, sondern sie würde kämpfen, damit sie die Erlösung eines schnellen Tods geschenkt bekam. Die Ahnen würden über sie spotten, sie würde zu den verräterischen Huren gezählt werden, die unter den Schlägen valdorischer Fäuste ihr Leben gelassen hatten. Kein Tod als Kriegerin, keine Aufnahme an die Tafel Bor-Taks an der Seite der Altvorderen. Ob Demütigung im Leben oder in den Hallen der Toten, was spielte das jetzt noch für eine Rolle? Sie hatte als Kriegerin versagt, vor ihrem Volk, ihrem Clan und – was beinahe am schlimmsten wog – vor sich selbst.

Sie sackte zurück auf das Bett und warf sich verzweifelt hin und her, als sie spürte, dass ein lange nicht mehr gekanntes Gefühl in ihr aufstieg. Hilflosigkeit gepaart mit völliger Verzweiflung. Ein Schluchzen entrang sich ihrer Kehle. Sie wollte es nicht wahrhaben, doch sie konnte nichts dagegen tun, alles in ihr schrie danach, sich der Schwäche hinzugeben. Sie presste ihren Kopf in das Kissen und begann hemmungslos zu weinen. Krampf um Krampf schüttelte ihren Körper. Nach und nach spürte sie, wie vieles von der Angst, die sie seit Wochen wie einen Sack voller Steine mit sich schleppte, von ihr abfiel. Seit sie mit dem Clan in die Schlacht gezogen war, hatte sie das Gefühl immer verdrängen, einfach beiseiteschieben können, doch jetzt musste sie Angst und Schmerz freien Lauf lassen.

Irgendwann hatte sie keine Tränen mehr zu vergießen, und keine neuen Bilder des Schreckens stiegen in ihr auf, um sie wieder in das Kissen zu pressen. Auch wenn es an ihrer Situation nichts veränderte, tat es gut, dem Schmerz nachgegeben zu haben. Zumindest ein wenig erleichtert setzte sie sich auf.

Von der anderen Seite des Raums betrachteten sie zwei Augen voller Mitleid.

Entgeistert starrte sie den Mann an, der auf einem Stuhl am Tisch saß. Sie hatte keine Ahnung, wie lange er schon im Raum war und sie beobachtet hatte, aber ohne Zweifel hatte er alles mitbekommen.

»Du!«, war alles, was sie schreien konnte, als sie ihn durch tränenverschleierte Augen anstarrte.

Die Tequa saß aufrecht im Bett und zeigte mit einer zitternden Hand auf ihn, während ihr Tränen durch das Gesicht liefen.

»Du!«, wiederholte sie immer wieder, stetig leiser werdend, bis sie nur noch flüsterte.

Vorsichtig erhob er sich, doch sofort zuckte sie zurück. Liocas entschied, dass es vielleicht besser war, sitzen zu bleiben, anstatt ihr noch mehr Angst einzujagen. Langsam senkte er sich wieder auf den Stuhl zurück. »Du bist in Sicherheit«, versuchte er ihr mit ruhiger Stimme klarzumachen.

Sie zitterte am ganzen Körper und ließ sich durch die Worte nicht beruhigen. Scheinbar erwartete sie, dass gleich etwas Schreckliches passieren würde.

»Ich werde dir nichts tun, niemand will dir etwas tun!«, versuchte er es weiter. Wieder erreichte er nur das Gegenteil von dem, was er beabsichtigt hatte.

Die Tequari-Kriegerin richtete sich auf und riss sich das Leinenhemd vom Körper. »Bring es hinter dich!«, schrie sie ihn an. »Mach schon! Hol dir, nach was es dir verlangt! Aber töte mich wenigstens danach!«

Liocas war peinlich berührt. Er spürte, wie ihm die Schamesröte ins Gesicht schoss. Zum ersten Mal seit seiner Kindheit sah er eine völlig unbekleidete Frau vor sich. Die Tequa war zwar eine Kriegerin, sehnig und muskulös, zudem verletzt und unterernährt, aber sie besaß dennoch weibliche Reize, die auch dem valdorischen Knappen nicht verborgen blieben und ihre Wirkung nicht verfehlten.

Immer wieder bietest du dich mir an. Warum das Angebot ausschlagen? Ich könnte dich gleich hier haben!, schoss es ihm durch den Kopf. Erstaunt über sich selbst schob er den Gedanken beiseite und blickte ihr fest in die Augen, eisern darum bemüht, den Blick nicht noch einmal über ihren nackten Körper schweifen zu lassen. Hinter dem Tränenschleier konnte er den Schmerz erkennen, der sie peinigen musste, während sie sich mit Mühe vor ihm auf den Beinen halten konnte.

»Mir verlangt es nicht nach … deinem Fleisch«, sagte er mit einem leichten Beben in der Stimme. »Ich glaube eher, dass du mal was essen solltest, so ausgemergelt, wie du bist.« Vorsichtig schob er einen Teller mit Brot, Käse und Wurst in ihre Richtung. »Das ist für dich.«

Sie reagierte nicht. Liocas hatte den Eindruck, dass sie vollkommen verwirrt war. »Bitte!«, sagte er. »Du musst doch völlig ausgehungert sein. Seit Tagen hast du nichts zu dir nehmen können.«

Sie reagierte immer noch nicht, aber langsam trockneten ihre Tränen. Ihr verzweifelter Gesichtsausdruck wich Unglauben. Dann brach der Zorn wieder durch, den er schon aus dem Wald kannte. »Willst du mich mästen? Bin ich so nicht gut genug für dich?«

Liocas schüttelte den Kopf. Dachte sie immer noch, er wollte sich nur an ihr befriedigen? Die Lügen, die die Anführer der Barbaren ihren Kriegern über sein Volk erzählten, waren scheinbar größer, als er gedacht hatte. Sicher, es mochte Ordenskrieger und Soldaten geben, die entgegen den Geboten Urias' handelten und sich zu ihrem Vergnügen an den Frauen der Tequari vergingen, aber nicht alle waren dermaßen verroht. Jedenfalls wollte Liocas das nicht glauben.

Während er darüber nachdachte, zweifelte er immer mehr daran, ob die valdorischen Ritter jenem Idealbild entsprachen, das die Gründer einst in der Unterweisung formuliert hatten.

»Hast du jetzt ein schlechtes Gewissen, Valdorer?«, fragte die Tequa leise.

Liocas fuhr aus seinen Gedanken hoch. »Nein«, entgegnete er hastig und erhob sich. »Ich lass dich allein, damit du in Ruhe essen kannst. Wenn du mehr willst, ruf einen der Akoluthen, die draußen auf dem Flur sind.« Dann verließ er das Zimmer, ohne sie noch einmal anzublicken.

Als Liocas eine Stunde später erneut den Gang zum Zimmer der Tequa hinunterlief, kam ihm ein Akoluth entgegen, der sich mit schmerzverzerrtem Gesicht die Stirn rieb.

»Was ist denn mit dir passiert?«, fragte Liocas und hatte schon eine Vorahnung.

»Sie hat drei Mal nach mehr Essen verlangt, Herr«, antwortete der Junge, der vielleicht dreizehn Jahre alt war. »Als ich ihr sagte, dass Bruder Laneus keine Wurst mehr für sie entbehren kann, hat sie mir den Teller vor den Kopf geschlagen«, jammerte er.

Liocas schaute sich die Stirn an, auf der eine dicke Beule prangte. In Anbetracht seiner eigenen Erfahrungen mit der jungen »Dame« konnte er sich ein Grinsen nicht verkneifen. »Das wird schon wieder!«, sagte er, schmunzelte und klopfte dem Jungen auf die Schulter.

Dann betrat er vorsichtig das Zimmer der Kriegerin, darauf bedacht, allen Wurfgeschossen auszuweichen, die nach ihm geschleudert werden konnten.

Doch er konnte unbehelligt eintreten. Sie lag im Bett und schlief. Liocas setzte sich an den Tisch und wartete. Sein Blick schweifte durch den Raum. Außer einigen Brotkrümeln auf der Tischplatte war alles wie zuvor. Sie hatte also nicht das ganze Zimmer kurz und klein geschlagen, wie er eigentlich erwartet hatte. Das hieß allerdings nicht, dass sie es nicht noch tun würde, wahrscheinlich war sie einfach noch zu schwach gewesen. Solange sie nicht im Vollbesitz ihrer Kräfte war, stellte sie aber keine ernsthafte Gefahr für ihn oder die Mönche im Kloster dar.

»Warum bin ich hier?«, fragte sie plötzlich und riss ihn aus den Gedanken. Sie hatte offenkundig nur vorgetäuscht zu schlafen.

Liocas drehte den Kopf zu ihr. »Weil du verletzt warst. Du wärst tot, hätte man dir nicht geholfen.«

»Nein, ich will wissen, warum du mich hergebracht hast, Valdorer?«, fragte sie, wieder mit einem Anflug Zorn in der Stimme. Sie schien es aber diesmal nicht darauf anzulegen, ihn zu beschimpfen und zu beleidigen. Liocas entspannte sich. Vielleicht war ja jetzt endlich ein vernünftiges Gespräch mit ihr möglich.

»Wie ich schon sagte, du warst fast tot, und nur hier konnte man dir helfen«, antwortete er.

»Wieso hilfst du mir, Valdorer? Ich bin deine Feindin, dein schlimmster Alptraum! Ich hätte dir schon längst die Kehle durchgeschnitten, wenn ich Gelegenheit dazu gehabt hätte!«

»Mein Gott gebietet es, jedem zu helfen und in seiner Not beizustehen, auch wenn er mein schlimmster Feind ist. Ich konnte dich nicht einfach dort liegen und sterben lassen.«

Ein Ausdruck von Verwirrung machte sich auf ihrem Gesicht breit, wurde aber rasch von Zorn verdrängt. »Noch nie hat ein Valdorer so etwas getan! Du lügst, wie alle Bastarde deines Volks!«, spie sie aus.

Liocas schüttelte den Kopf. »Viele haben sich von Urias abgewandt. Sie …« Er stockte. »Sie deuten die Schriften anders, als man sie uns gelehrt hat.«

»Sie schwängern unsere Frauen, sie töten unsere Kinder und sie pissen auf unsere Leichen.« Die Tequa lachte bitter. »*So* deuten sie eure Schriften! Valdorer, wenn dein Gott eurem Volk auch nur einen Funken Anstand oder Ehre gelehrt hat, hat es sich weit davon entfernt!«

Liocas nickte. »So hart würde ich es zwar nicht sagen, und doch hast du recht.«

Beide schwiegen einen Augenblick lang.

Die Barbarin fand zuerst zur Sprache zurück. Ihr Zorn war verflogen, offenbar hatte sie über das Gehörte nachgedacht. »Was soll das für ein Gott sein, der will, dass du deinen Feinden hilfst? Die Clans hätten euch längst vernichtet, würden die Orden wirklich diesem Weg folgen.«

»Genau deshalb haben viele diesen Weg verlassen«, stimmte Liocas ihr zu. »Es gibt aber noch Valdorer, die ihm folgen. Valdorer, die nicht nur Hass in die Welt tragen wollen. Viele von uns sind die nie endenden Kriege leid.«

Die Kriegerin lächelte. »Und wenn wir sie zum Dank dafür erschlagen? Sind sie nicht einfach unglaublich dumm?«

»Dann können sie wenigstens reinen Herzens vor Urias treten, weil sie ihm in seinem Sinn gedient haben.«

»Du meinst, euer Gott belohnt Schwäche? Ein Tequari, der sein Volk verrät, indem er seinen Feinden hilft, wird niemals in die Hallen der Ahnen eingehen. Er würde in den Schattenhallen gequält werden, bis von seiner ehrlosen Seele bloß noch Staubkörner übrig sind!«

»Und doch ist es das gleiche Prinzip: Diene deinem Gott und du wirst dafür belohnt.« Liocas' Blick schweifte zum Fenster und dann wieder zu der Kriegerin. »Wie uns Zatos wieder bewusst gemacht hat, liegen dem Dienst an Urias andere Vorstellungen zugrunde, als die meisten Valdorer denken.«

»Deswegen hast du mir das Leben gerettet?«

Liocas blickte ihr fest ins Gesicht. »Es war kein Zufall, dass wir beide die einzigen sind, die dieses Inferno überlebt haben. Es war der Wille Urias', dessen bin ich mir sicher. Er hat uns erwählt, ihm zu dienen.«

»Was macht dich da so sicher, Valdorer? Ich glaube nicht an euren … Urias. Noch glaube ich, dass wir die einzigen Überlebenden sind.«

»Es gibt keinen Zweifel. Ob Feinde oder nicht, er hat uns erwählt, ihm zu dienen. Wir sind den Schatten des Todes entkommen, wandelten gemeinsam im Licht. Das, zornige Tequa, machte uns zu Bruder und Schwester.«

Zum ersten Mal schien die Kriegerin sprachlos zu sein.

Kapitel 4

Kalter Wind wehte durch die Terrassentür und verfing sich in den Vorhängen. Die silberdurchwirkten Tücher blähten sich auf wie Segel, bevor sie spielerisch in die Höhe gehoben wurden. Kerzenflammen flatterten, einige lösten sich in geisterhafte Rauchfahnen auf.

Ghalsar Ennius hob den Kopf, als der Luftzug durch den halbdunklen Raum fuhr. Für einen Augenblick starrte er wie gebannt zur Tür, als erwarte er, dass jemand in das Zimmer treten werde.

»Onkel?«, fragte eine zarte Stimme neben ihm. Ghalsar wendete sich wieder seiner Nichte zu, die vor ihm auf dem Bett saß und ihn mit erwartungsvollen Augen anblickte.

»Was ist aus Dior Marticos und dem Ungeheuer geworden, Onkel?«

Die Achtjährige hatte die Arme um die Knie geschwungen. Ihre Augen leuchteten, wie es nur Kinderaugen vermochten.

Ennius lächelte und strich dem Mädchen eine blauschwarze Haarsträhne aus dem Gesicht. »Entschuldigung, junge Dame. Es lag mir fern, die Geschichte zu unterbrechen, aber der Wind vom See ist recht kühl, findest du nicht? Ich schließe lieber die Tür. Nicht, dass du heute Nacht frieren musst, Inchari.«

Das Mädchen zuckte mit den Schultern. »Wenn du meinst.«

Ghalsar erhob sich und ging zur Tür hinüber.

»Ist dir denn nicht kalt?«, fragte er ungläubig, als er den Rahmen eines Türflügels ergriff, der die Scheiben aus durchsichtigem Silan hielt.

»Nein, gar nicht!«, antwortete das Mädchen und schüttelte entschieden ihre Haarmähne.

»Mmmh.« Ghalsar stemmte die freie Hand in die Hüfte und spähte in den Nachthimmel weit über den Spaltsee hinaus, an dessen Ufer die valdorische Hauptstadt Agenost lag. »Trotzdem ist es besser, die Türen zu schließen. Ein Gewitter könnte aufziehen.« Er ergriff auch den zweiten Türflügel und schloss beide. Sorgsam verriegelte er sie mit einem Metallhaken und zog die fein gewobenen Vorhänge zu.

»Onkel Ghalsar, wie geht es denn nun weiter?«, drängelte das Mädchen und rutschte unruhig auf der Bettdecke hin und her.

Ghalsar musste lachen. »Du bist wirklich hartnäckig. Das gefällt mir, Inchari.« Er machte eine abwehrende Geste mit den Händen und ging zu den ausgeblasenen Kerzen hinüber, die er mit einer noch brennenden wieder entzündete. Dabei fiel ihm auf, dass die beiden Figuren aus Serpentin auf dem Tisch zwischen den Kerzen vom Wind umgestoßen worden waren. Behutsam nahm er sie in die Hände, begutachtete sie und platzierte sie wieder nebeneinander auf der Tischplatte.

»On-kel!« Incharis Stimme wurde ungeduldiger.

Ghalsar drehte sich zu ihr um und sah seine Nichte streng an. Seine Stimme klang plötzlich hart und unnachgiebig. »Inchari, so sehr ich deine Beharrlichkeit schätze, solltest du auch lernen, dich zu beherrschen. Selbstbeherrschung ist eine wichtige Tugend! Übe dich in Geduld!«

Das Mädchen registrierte sofort den Stimmungswechsel ihres Oheims. »Es tut mir leid.«

Die Härte wich so schnell aus Ghalsars Gesicht, wie sie gekommen war. »Es ist schon gut.«

Hoffnungsvoll hellte sich Incharis Gesicht auf. »Aber es ist doch sooo spannend.«

Ghalsar stutzte und legte die Hand vor den Mund, um sein Lächeln zu verbergen. Seine kleine Nichte war wahrscheinlich der einzige Mensch auf Urias' weiter Welt, dem er nichts abschlagen konnte. »Da hast du vollkommen recht, mein Augenlicht. Also, wo war ich?« Ghalsar rieb sich in gespielter Nachdenklichkeit das Kinn und setzte sich zu Inchari auf die zerwühlte Decke.

Inchari rückte näher an ihn heran, glücklich darüber, den Faden der Geschichte wieder aufnehmen zu können. »Dior hat die Lanze des Tân genommen, der von dem Riesen bedrängt wurde«, half sie eifrig nach.

»Ah, genau, die Lanze des Imperators Celios Cunnomoros.« Ghalsar erhob sich wieder und fuhr feierlich mit der Erzählung fort. »In dieser Stunde schrieben die Ritter und Hadoren unzähliger Häuser ewigen Ruhm auf ihre Fahnen. Die Abendrotberge erbebten, der Grund des Tals war rot vom Blut der Erschlagenen und Elotias Diener öffneten die Tore zur Nachwelt.« Ghalsar machte eine dramatisch weite Bewegung mit beiden Händen, die aufschwingenden Flügel eines Tors nachahmend. Zufrieden registrierte er die vor Spannung geweiteten Augen seiner Nichte. »Tân Celios lag am Boden im Schnee, niedergeworfen von der unbändigen Kraft des Frostriesen, von dessen Raserei ihn nur noch wenige Leibgardisten trennten.« Wieder hob er beschwörend die Arme.

Inchari hielt gebannt den Atem an.

»Und in diesem Augenblick, da das Licht des großen Herrschers zu erlöschen drohte, sandte Argusil Dior Martikos, das Leben des Cunnomoros zu schützen. Die Waffen der Gegner hatten unserem hohen Ahnen viele Wunden geschlagen, doch mit ihm war die Kraft der Gründer. Die Glut des Phönix brannte in seinen Adern und stählern war sein Wille. Mit nichts als unbändiger Wut bewaffnet, stürzte er gegen die Feinde und warf sie nieder, bis er den Herrscher und Sirvandar, die mächtige Lanze des Imperators, erblickte.«

Langsam schritt Ghalsar auf Inchari zu, die sich gespannt am Rahmen des Betts festhielt. Plötzlich griff er mit einer schnellen Bewegung unter sich, als greife er selbst nach der Waffe des Kaisers. »*Ras Tân tui hadu!*, brüllte Dior. Aus seinem Mund sprühten Flammen des Zorns, als er die Worte der Ehre sprach. Sein ganzer Körper schien von Feuer umringt zu sein. Alle um ihn herum, der Kaiser, die Hadoren und selbst der furchtbare Riese, konnten die Hitze spüren, die aus seinem Herzen kam. Es war die Kraft des Phönix, und sie riss Dior auf brennenden Schwingen davon. Entflammt erhob er die Klinge gegen den gewaltigen Olororos. Der Stahl in seinen Händen war wie eine Klaue, schnell wie ein Blitz, kraftvoll wie eine Sturmwelle, eine blausilberne Flamme der Vergeltung für all die Getreuen, die gestorben waren. Brüllend durchbohrte er den Panzer des Riesen und traf ihn in die Brust.« Ghalsar stolperte mit geweiteten Augen rückwärts und hielt einen imaginären Speerschaft in seiner Brust fest.

Ein überraschter Laut entfleuchte Incharis Mund. Ihre Hände waren gefaltet, so als bete sie für den tapferen Dior Martikos.

»Olororos brüllte, denn er war tödlich verwundet. Aber noch war die Bestie nicht bereit aufzugeben, noch ...«

Unerwartet unterbrach ein dumpfes Pochen Ghalsars Erzählung. Inchari zuckte vor Schreck zusammen, Ghalsar blickte verärgert zur Tür. Jemand klopfte erneut von außen dagegen.

Ghalsar seufzte und sah seine Nichte beschämt an. »Es tut mir leid, Inchari.«

Das Mädchen blickte nun ebenfalls zur Tür, allerdings sichtlich enttäuscht. »Schon gut, Onkel.«

Ghalsar richtete seine Tunika. »Herein! Ich hoffe nur, dass es wichtig ist.«

Die Tür öffnete sich, und ein großer Mann, der in einen Mantel gehüllt war, schob sich in Incharis Schlafgemach. Sein massiger Körper passte gerade so durch den Türrahmen.

Ghalsar war verwundert. »Saka?«

Lange Strähnen eines vom Wind zersausten strohblonden Haarschopfs fielen in das bärtige Gesicht des Angesprochenen.

»Saka, warum störst du uns? Ich erzähle gerade eine Geschichte. Wir hatten abgemacht, uns morgen zu besprechen.« Ghalsar wies mit der Hand auf das Mädchen im Bett, das ernst nickte.

»Dior muss den Tân vor einem Riesen retten. Kennst du die Geschichte, Saka?«, fragte sie. »Willst du auch zuhören?«

Saka lächelte schwach. Die Narben in seinem Gesicht bildeten dabei ein bizarres Muster. »Nein, Hoheit, heute nicht.«

»Also, Saka, was soll das? Erklär dich!« Ghalsar wurde ungeduldig.

Sakas Lächeln verschwand. »Wir haben Nachricht von Heermeister Termonas, Euer Majestät.«

Die Nennung dieses Namens genügte Ghalsar Ennius, Sakas unangekündigtes Eindringen zu vergessen. Er ging auf den Mann zu, der ihn um einen Kopf überragte und ergriff seine Schulter. »Warte draußen, ich bin gleich bei dir.«

Saka nickte tonlos und ging, die Tür leise hinter sich zuziehend, als würde er behutsam einen Buchdeckel schließen.

Ghalsar verharrte einen Augenblick bei der Tür, bis Inchari ihn daran erinnerte, dass er nicht allein war.

»Onkel Ghalsar, musst du gehen?«

Trotz der Gedanken, die nach Sakas Nachricht auf Ghalsars Geist einstürmten, bemühte er sich, seiner Nichte ein Lächeln zu schenken. »Ja, muss ich, mein Augenlicht. Der General und ich müssen etwas Wichtiges besprechen. Es duldet keinen Aufschub. Leider.«

Das Mädchen verschränkte die Arme und blickte ihn nachsichtig an. Ghalsar war überrascht, wie viel Verstehen darin zu erkennen war. »Das verstehe ich, aber ich möchte, dass du mir morgen erzählst, wie es ausgeht, ja?«

Nun musste sich Ghalsar nicht mehr zwingen zu lächeln. Er ging zu ihr hinüber und umarmte sie. »Du bringst mich immer wieder zum Staunen, Inchari. Ich werde dein Verständnis nicht enttäuschen. Morgen erzähle ich weiter, versprochen.«

Der Wind rüttelte an den Fenstern. Der Sturm wurde stärker. Incharis Augen weiteten sich sorgenvoll.

»Will dich Saka wieder mitnehmen? Müsst ihr kämpfen? Vielleicht sogar gegen Oger oder Riesen, wie Olororos?«

»Nein, Inchari, ich gehe nicht fort, sei unbesorgt.«

»Aber es geht doch um den Krieg gegen die Menschen im Norden, oder? Meister Scphanion sagt, sie seien wie Tiere. Bestien, in die Haut von Menschen gehüllt.«

Ghalsar war wieder überrascht. »Woher weißt du davon?«

»Du sagst doch immer, dass ich aufmerksam zuhören soll, wenn es wichtig ist, Onkel.«

»Du hast gelauscht?«

Inchari sah verschämt zur Seite. »Ich dachte, es wäre wichtig!«

»Das war es auch. Auch wenn du dich nicht an das hältst, was man dir sagt, scheinst du zumindest über ein gesundes Maß an politischem Verständnis zu verfügen, wie es sich für eine Edeldame geziemt«, stellte Ghalsar misstrauisch fest, während er erstaunt darüber nachdachte, wie viel dieses Kind bereits begriff.

»Ich will nicht, dass du gegen Bestien kämpfen musst. Ich fürchte mich davor, dass du auch …« Inchari warf sich Ghalsar um den Hals.

»Keine Angst, mein Augenlicht. Glaub mir, das wird nicht passieren.« Er wiegte sie sanft, um sie zu beruhigen.

»Vergiss nicht, wofür wir vorhin zusammen gebetet haben, worum wir Urias gebeten haben.« Ghalsars Augen wurden schmaler, sein Blick wanderte zu den Serpentinfiguren in dem Ring aus niedergebrannten Kerzen. »Ich werde dafür Sorge tragen, dass weder du noch ich oder sonst jemand, den wir lieben, die Bestien zu fürchten hat, Inchari.«

General Sakarius ga Dyan wartete wie befohlen vor Incharis Schlafgemach. Er hatte den Mantel zurückgeworfen und lehnte sich gegen die Wand im Seitengang des Palastes. Nur ein guter Beobachter hätte dem erfahrenen Krieger und Feldherrn die innere Unruhe angesehen.

Ghalsar Ennius, Großkönig von Valdora, Hegemon der Allianz und Archon von Agenost, sah sie seinem alten Freund sofort an, als er das Zimmer seiner Nichte verließ und auf den Flur trat. Er gab dem General einen Augenblick, um sich zu sammeln.

»Nun?«

»Reiter aus Ymiras haben Nachricht von einer Schlacht gegen die Barbaren gebracht.« Sakas Stimme klang kraftlos. »Termonas vereinte unsere Truppen nahe der Stadt und zog dann nach Osten, wie geplant in Richtung der Gebiete der Semarier.«

Er blickte bestürzt zu Boden.

»Eine Vorhut unserer semarischen Söldner stieß im Tal des Asakon auf Späher des Feindes. Der Heermeister gab daraufhin den Befehl, die Armee in Schlachtordnung aufzustellen, da immer mehr Barbarenkrieger aus den umliegenden Wäldern in das Tal strömten. Das ist das Letzte, was wir mit Sicherheit wissen.«

»Was heißt das?«, fragte Ennius ungeduldig. »Warum hat Termonas nicht das Heer über den Fluss geführt und ist weiter nach Osten vorgestoßen, wie es ihm befohlen war?«

»Unsere Feinde waren gut auf ihn vorbereitet, er hatte anscheinend keine Gelegenheit mehr, sie zu überraschen.« Der Ritter seufzte und blickte seinem Herrn fest ins Gesicht. »Die Krieger, die sich ihm am Asakon entgegenstellten, waren nicht nur Grenzwächter eines einzelnen Clans. Die Tequari haben, wie berichtet wird, ihre südlichen Stämme vereint, um in die Lande der Allianz einzufallen. Es muss eine gewaltige Zahl gewesen sein. Termonas hatte keine Wahl. Er musste sich ihnen zur offenen Schlacht stellen.«

Ghalsar schloss die Augen. Er begriff, wie er den Ausdruck in den Augen seines Generals zu deuten hatte.

Saka sprach tonlos weiter. »Es war ein Massaker. Sie sagen, niemand sei davon gekommen. Beide Armeen wurden vernichtet.«

Der König riss die Augen wieder auf und sah den Ritter ungläubig an. »Beide? Es gab keinen Sieger?«

Saka schüttelte den Kopf. »Wenn es stimmt, was die Boten berichten, nein! Der Kommandant von Ymiras hat uns eben gerade diese Männer geschickt, damit sie dir genau berichten können, was sie mit ihren eigenen Augen gesehen haben.« Saka fuhr sich mit der Hand über das Kinn. »Ghalsar, es muss so gewesen sein, als sei eine Macht geradewegs vom Himmel herabgefahren, die Freund und Feind gleichermaßen zerschmettert hat.«

Ghalsar bemerkte, dass er vor Anspannung die Zähne aufeinanderbiss, während Saka weiter berichtete. Er wollte nicht glauben, was er hörte und schickte ein stilles Stoßgebet zu dem Höheren.

»Die Boten gehörten zur Garnison von Ymiras. Sie wurden ausgesandt, um Nachricht von Heermeister Termonas' Vormarsch zur Festung zurückzubringen. Sie folgten dem Heer über eine Furt unweit der alten Nordroute über den Asakon und gelangten bald darauf zum Schlachtfeld.« Saka stockte. »Die beiden waren kaum in der Lage, mir mit Worten zu beschreiben, welcher Anblick sich ihnen dort geboten hat. Sie glauben, es sei der Zorn Urias' gewesen.«

Die Niedergeschlagenheit in Ennius' Gesicht verwandelte sich schlagartig in Ärger. »Unsinn!«, zischte er. »Die Wege beider Heere kreuzten sich genau am Flussübergang. Es gibt für die Barbaren im Sommer viele Möglichkeiten, um ein Heer in die nördlichen Marken zu führen. Es wäre leicht, Ymiras oder Marmadon zu bedrohen. Aber die Clans kämpfen niemals zusammen, Seite an Seite. Jeder will die Ehre des Siegs für sich alleine beanspruchen. Die Konkurrenz unter den Stämmen ist größer als die Einsicht, sich gegen uns zu vereinen. Was hat sie also zu einem solchen Schritt bewogen?« Ghalsar ging nervös auf und ab. »Ich sage dir, Saka, hier stimmt etwas nicht. Bist du sicher, dass diese ... Boten die Wahrheit sagen?«

Saka schüttelte den Kopf. »Sie habe keinen Grund zu lügen.« Er machte eine kurze Pause. »Du kennst den Ausdruck im Antlitz eines Soldaten, der etwas in der Schlacht erblicken musste, das ihn nie wieder loslassen und ihn bis ans Ende seiner Tage heimsuchen wird, Ghalsar. Es steht in ihren Gesichtern, man kann es in ihren Augen lesen.« Der General fuhr sich ermattet durch die Haare und blickte nach einer Erklärung suchend den Gang hinab, als hätte sich die Erklärung hinter einer der Säulen versteckt. »Vielleicht wussten sie, dass Termonas ein Heer zur Grenze führt«, überlegte Saka. »Es wäre nicht das erste Mal, dass ein Grenzbaron die Allianz verrät.«

Ennius nickte. »Das klingt schon plausibler.« Nachdenklich schritt der Großkönig zu einem der Pfeiler und lehnte sich mit dem Arm dagegen. »Aber wer?« Die funkelnden Augen des Königs verlangten eine Antwort.

Saka zuckte mit den Schultern. »Das gilt es aufzuklären. Aber selbst wenn wir es tatsächlich mit Verrat zu tun haben, erklärt das noch nicht, wie beide Armeen vernichtet werden konnten!« Mit einem Mal schien er seine Erklärung gefunden zu haben. Er verschränkte die Arme. »Es sei denn, du hast meine Warnungen in den Wind geschlagen. Es sei denn, du hast Termonas diesem yamarischen Hexer unterstellt.« Unglaube und Zorn wallten in Saka auf. »War es so? Hast du den Kräften eines Magiers mehr getraut als den Fähigkeiten eines valdorischen Heerführers?«

Ghalsar bemerkte sofort den Widerstand in der Stimme seines Untergebenen. Ein Zug, den der König an seinem engsten Vertrauten und Freund schätzte, aber dem er gleichzeitig nicht zu viel Raum geben durfte – gerade dann nicht, wenn unmissverständlich klar sein sollte, wer der Herrscher war. Nur in privaten Gesprächen durfte sich der General diesen Tonfall erlauben. Dennoch schnitt er Saka das Wort ab. »Vergiss nicht: Es waren valdorische Ritter, die uns erst soweit gebracht haben, die mich zu diesem Schritt gezwungen haben. Wir können keine Rücksicht mehr auf ihre überkommene Eitelkeit und ihre selbstherrliche Arroganz nehmen. Und noch weniger auf ihr Beharren an der Einhaltung der Unterweisung. Das muss ein Ende haben, oder *wir* sind am Ende! Ginge es nach ihrem Willen, müsste unser Volk eben diesen Magiern als Sklaven dienen. Oder Schlimmeres. Du sagst es doch selbst. Sie liefern sich gegenseitig ans Messer, schon dann, wenn es nur kurzzeitig zu ihrem Vorteil ist.«

Saka schwieg.

»Was hast du erwartet, Saka? Ich habe ein Abkommen mit ihnen. Willst du, dass alles zerbricht, was wir erkämpft haben?« Ghalsar holte tief Luft und suchte nach Anzeichen von Verständnis im Gesicht seines Freundes, wurde aber enttäuscht. »Die valdorischen Häuser sind kaum besser als diese Barbaren, du weißt das. Sie halten ihre so genannte Ehre höher als den Frieden. Sie tragen ihre Abkunft von den Gründern wie ein Banner vor sich her und legitimieren damit jede Schandtat. Solange sie bestimmen dürfen, was richtig und falsch ist, werden wir immer Krieg haben. Das lasse ich nicht zu!« Ghalsar musste sich beherrschen, um nicht zu brüllen. »Yamarer, Amhasi, alle unsere Rivalen nutzen die Kraft des Kasangit und bauen damit Waffen, gegen die wir rein gar nichts mit unserem Glauben und unserer hohen Sittlichkeit auszurichten vermögen. Und wenn ihre Armeen irgendwann stark genug sind, werden sie über uns herfallen und einfach so hinwegfegen. Dann werden unsere stolzen Traditionen uns nicht schützen! Ich musste unseren Feinden ein deutliches Zeichen schicken. Sie sollten wissen, was sie erwartet, wenn sie es wagen, die Allianz herauszufordern.«

Sakas Augen blieben finster. »Du weißt, dass der Yamarer jenes eingesetzt hat, was niemals für Menschenhand bestimmt war. Darin sind sich alle Valdorer einig, egal ob das Blut der Gründer in ihren Adern fließt oder nicht. Die Unterweisung lehrt uns ganz klar, dass Magie …«

»Die Unterweisung ist für eine Zeit geschrieben worden, die lange vorbei ist – wahrscheinlich sogar niemals existiert hat.« Ghalsar schnitt mit der flachen Hand wie mit einer Schwertklinge durch die Luft. »Die Prinzipien von Ehre und Anstand, auf die sie baut, sind eine Illusion, die nicht vor der Realität bestehen kann.«

Saka ließ die Schultern hängen.

Ghalsar machte einen Schritt auf seinen Freund zu und ergriff ihn bei den Armen. »Saka, hast du denn vergessen, was wir erdulden mussten? Wir müssen diesen Weg zu Ende gehen. Zusammen!«

Der blonde Mann schüttelte resigniert den Kopf. »Du kannst diesen Ketzern nicht trauen.«

»Das tue ich auch nicht.«

»Und mir vertraust du auch nicht, Ghalsar, sonst hättest du auf mich gehört und den Yamarer nicht mit dem Heer geschickt.« Saka blickte auf und sah seinem König direkt in die hellblauen Augen. »Und was ist mit all den Soldaten, die dir vertraut haben? Hätten sie es nicht verdient gehabt zu erfahren, welchen Gefahren wir sie aussetzen? Wir hatten uns geschworen, dem Abschlachten Einhalt zu gebieten. Und jetzt das. Wir sind vom Weg abgekommen, Ghalsar. Du erzählst Inchari vom Mut der Gründer, und doch ist dein Glaube an die Kraft ihrer Lehren deinem Argwohn gegen ihr Erbe gewichen. Was sind wir denn ohne die Werte, denen wir uns verschrieben haben?«

Ghalsar wollte Sakas Drängen nicht nachgeben. Er musste stark bleiben. Er war davon überzeugt, das Richtige getan zu haben. Aber er bereute, dass er das Vertrauen seines Freunds erschüttert hatte. »Nein, wir sind nicht vom Weg abgekommen, mein Freund. Du hast recht, es war ein Fehler, dich nicht von meiner Entscheidung bezüglich des Magiers in Kenntnis zu setzen. Ich kann es nicht rückgängig machen, ebenso wenig den Ausgang der Schlacht.« Er ließ Saka aus seinem Griff gehen. »Aber wir werden herausfinden, was geschehen ist, das verspreche ich dir! Führ mich zu den Boten. Ich will hören, was sie zu berichten haben.«

»Was ist, wenn ich Recht behalte, und dieser Magier die Ursache des Unheils war?«

Ghalsar ballte unwillkürlich eine Hand zur Faust. »Jemand hat uns verraten, soviel steht fest. Wir werden diesen Verräter enttarnen. Schon bald.« Er hielt inne. »Und ich verspreche dir, sollte sich erweisen, dass du recht hast, und wir diese Katastrophe den Magiern verdanken, dann soll Urias ihnen gnädig sein, denn ich werde es nicht sein!«

Der Morgen dämmerte bereits, als Ghalsar in sein Gemach zurückkehrte. Der Bericht der Boten aus Ymaris hatte ihn stärker erschüttert, als er es für möglich gehalten hätte. Zwei ganze Armeen waren vernichtet worden. Niedergemetzelt von einer unbekannten Macht. Hatte es so etwas schon jemals zuvor gegeben? Der Großkönig fühlte sich benommen, wie eingeschnürt. Sein Kopf schmerzte. Er ging zu einem der hohen Fenster und betrachtete die in der Morgensonne glitzernde Oberfläche des Brandir, der sich unterhalb des Palasts über breite Kaskaden in den Spaltsee ergoss. Kormorane stiegen aus den Wolken auf. Der Dampf erschien ihm wie ein scheinbar unvergänglicher Schleier der Wasserfälle, in denen sich Ghalsars Blicke und Gedanken schon so oft verloren hatten.

Wer hat mich verraten? Sein Verstand kreiste seit Stunden um diese eine Frage. Sakas Annahme, dass die Vernichtung der Heere im Zusammenhang mit dem yamarischen Magier stand, war zwar nicht von der Hand zu weisen, aber keineswegs stichhaltig. Wem konnte er trauen? Die Boten aus Ymaris hatten ihm keine Antwort liefern können, auch wenn er ihrer Geschichte Glauben schenkte. Er musste eigene Kundschafter in den Norden entsenden, um sich Gewissheit zu verschaffen. Wenn Saresh Arkusa, der Magier, damit zu tun hatte, würde man seine Leiche kaum bei den Gefallenen finden. Allerdings konnte er kaum jemanden mit dieser Mission betrauen.

Ghalsar schlug mit der Faust gegen die Wand. Waren es tatsächlich arkane Mächte gewesen, die solch eine Zerstörung angerichtet hatten? Was sonst wäre dazu in der Lage gewesen? Wie konnte das geschehen? Er hatte ein Abkommen mit den Gathori, den yamarischen Zauberwirkern, geschlossen. Offiziell gehörten Arkusa und einige andere Magier zu einer diplomatischen Delegation des yamarischen Harans Valan Thamuras am Hof Ghalsars. Kaum jemand in Valdora außer Saka kannte ihre wahre Rolle oder wusste von der Tatsache, dass die Gathori einen Pakt mit dem Großkönig eingegangen waren. Allein von der Existenz seiner yamarischen Verbündeten zu erfahren, barg eine Brisanz in sich, die das Reich – und damit seine Machtstellung – bis ins Mark erschüttern konnte. Nein, alles was mit Arkusa und den Gathori in Zusammenhang stand, war zu gefährlich, als dass es die falschen Leute erfahren durften.

Die Kräfte der Magier sollten die neue Ordnung sichern und sich nicht gegen sie richten. Das war schließlich auch der einzige Sinn und Zweck des Feldzugs gegen die Barbaren gewesen. Ein Sieg über die Tequari hätte stabilisierend ins Innere gewirkt. Ghalsar hatte schon seit einiger Zeit vermutet, dass ihr Anführer Kal Athrod es schaffen konnte, einige Clans gegen Valdora zu vereinigen. Genau das hatten Termonas und Arkusa verhindern sollen. Konnten Kal Athrod wirklich alle Krieger der südlichen Clans in den Krieg gefolgt sein? Wenn stimmte, was die Boten erzählten, sollte es den Barbaren immerhin in den nächsten Jahren unmöglich sein, eine Bedrohung für die nördlichen Marken darzustellen, denn jetzt waren sie alle tot. Aber es gab keinen Sieg. Nur eine Katastrophe. Eine Katastrophe, die sich nicht verheimlichen ließ.

Ghalsar war durcheinander. Und wenn es nicht die Schuld des Magiers gewesen war? Verfluchte Ungewissheit! Er blickte in die Gischt unter ihm und versuchte die Konsequenzen abzuschätzen. Gab es jemanden, der einen Nutzen von dieser Katastrophe haben konnte? Oder war es doch ein Zeichen des *Einen*?

Eine Stimme durchbrach das gleichmäßige Rauschen des Wassers und den Kreis seiner Gedanken. »Man hat mich unterrichtet, Euer Majestät. Ich denke, wir müssen sprechen.«

Ghalsar hatte nicht bemerkt, dass jemand den Raum betreten hatte. Allerdings gehörte das wohlklingende Timbre einem Mann, der keine Türen öffnen musste, um sich Zugang zum Gemach des Königs zu verschaffen.

Der Neuankömmling schwieg, als er keine Antwort erhielt. Für einen Augenblick schien es Ghalsar, als habe er sich die Stimme nur eingebildet.

»Ich bedauere den Verlust so vieler tapferer valdorischer Soldaten, mein König. Ich bin zutiefst getroffen von diesem unerwarteten … Debakel«, erklang es hinter Ghalsars Schulter.

Der König drehte sich nicht um. Er verfolgte den Flug der Kormorane dicht über den Wellen des Sees. »Ihr hattet mir versichert, dass Euer Schüler nicht versagen würde, Shaat.« Ghalsar sprach leise, und doch erfüllte seine Stimme den gesamten Raum. »Wie erklärt Ihr Euch, dass so etwas passieren konnte?«

Der Mann ließ sich mit der Antwort Zeit, sprach dann aber ruhig und nachdrücklich. »Saresh trägt daran gewiss keine Schuld, Großkönig. Er hat Eure Befehle getreu ausgeführt, dafür garantiere ich.«

Ghalsar wandte sich ruckartig um. Mit Befriedigung bemerkte er, dass der hochgewachsene Yamarer kurzfristig verunsichert wirkte. »Wenn das so ist, ehrenwerter Shaat, wird es Euch sicher nichts ausmachen, wenn ich Euch – stellvertretend für das Versagen Eures Dieners – zur Verantwortung ziehe und hinrichten lasse?«

Der Mann, dessen Haut wie polierte Bronze im Morgenlicht leuchtete, senkte den Kopf und vermied es, Ghalsars wütenden Blick zu kreuzen. Dennoch regte sich Widerspruch in seiner Stimme. »Glaubt Ihr nicht, dass Ihr Euch dann gleich mit auf das Schafott stellen könnt,

Euer Majestät? Malt Euch selbst aus, was passiert, wenn unsere Abmachung bekannt werden würde. Wir sind hierbei gewissermaßen aneinander gebunden, wie Ihr zugeben müsst.«

»Unsere Abmachung war eindeutig. Bildet Euch nicht ein, wir seien voneinander abhängig. Ich schulde Euch nun gar nichts mehr! Ich rate Euch, Shaat, strapaziert meine Geduld nicht!« Ghalsar stieß die Worte zwischen den Zähnen hindurch.

»Seid Ihr Euch da sicher, Euer Majestät? Selbst wenn Saresh gefallen ist, befindet sich das, was er in Eurem Auftrag mit sich führte, noch immer dort. Und damit würde unser Abkommen weiterhin Bestand haben.«

»Ich hoffe für Euch, dass es noch dort ist, Shaat. Denn wenn nicht, wird es für Euch sehr schwer zu erklären sein, warum ausgerechnet Euer Schüler mit dem Nachgesuchten das Massaker überlebt haben soll.« Ghalsar erhob den Zeigefinger und richtete ihn drohend auf den Mann. »In Eurem Interesse rate ich Euch, die Sache aufzuklären, während ich mich darum kümmere, den entstandenen Schaden einzudämmen.«

»Habt Ihr denn schon einen Plan?«, fragte Shaat süffisant und faltete die Hände vor seinem Bauch. Er schien von Ghalsars Zorn nicht sonderlich eingeschüchtert zu sein.

»Die Boten, die zu mir kamen, sind in der Tat fest davon überzeugt, dass es der Wille Urias´ war, diese Heere zu vernichten. Wahrscheinlich ist dies genau das, was viele andere ebenfalls bald denken werden. Unsere Gegner werden sich diese Vorstellung zunutze machen und meine Herrschaft in Frage stellen, weil sie somit nicht länger dem göttlichen Wohlwollen unterstände.« Ghalsar machte einen Schritt auf den Yamarer zu und fixierte ihn. »In einem hat Saka nämlich Recht: Diese Katastrophe wird die Einheit der valdorischen Häuser, die ich ihnen gegeben habe, schon bald erschüttern.«

Shaat zog nachdenklich einen Mundwinkel nach oben. »Das ist wahrscheinlich, zugegeben. Verzeiht mir, aber ich sehe noch nicht, wohin uns das führt.«

»Denkt nach! Wem könnte wohl daran gelegen sein, dass jedermann glaubt, Urias hätte meinen Hochmut durch dieses Massaker gestraft?«

Shaat musste nicht lange darüber nachdenken. »Den zatosianischen Häretikern und ihren Hetzpredigten dürfte es in der Tat sehr gelegen kommen.«

Ghalsar nickte zustimmend. »Genau das! Sie werden gewiss einen Nutzen davontragen und meine Autorität in geistlichen wie weltlichen Angelegenheiten unterminieren. Das werde ich jedoch zu verhindern wissen!« Er ballte die Faust.

Shaat lächelte, wobei sich seine fein gezogenen Augenbrauen wie die Schwingen eines Vogels aufstellten.

Der König fuhr fort. »Die Zatosianer sind nun diejenigen, die bluten müssen, egal, ob sie tatsächlich dafür verantwortlich sind oder nicht. Wir brauchen einen Schuldigen, sonst werden sich die Häuser früher oder später gegen mich erheben, und alles beginnt von Neuem.«

»Taktisch sicher eine gute Entscheidung, wenn auch nur von kurzfristiger Wirksamkeit«, erwiderte der Yamarer und klopfte die Daumen der gefalteten Hände aufeinander. »Auf lange Sicht wird es kaum ausreichen.«

Ghalsar winkte ab. »Ich werde bekanntgeben, das Massaker sei auf den Verrat zatosianisch gesinnter Offiziere zurückzuführen. Dies werde ich zum Anlass nehmen, um hart gegen die Abweichler vorzugehen. Das wird auch jeden Zweifel innerhalb der Hohen Priesterschaft an meiner uriasgewollten Herrschaft zerstreuen. Ihr, Shaat, seht hingegen besser zu, dass Ihr Saresh oder seine Leiche findet und eines von beiden mit dem Elyr zu mir schafft.«

Shaat deutete eine Verbeugung an, wobei er die Arme kreuzte und dann huldvoll vor dem König öffnete. Für den Augenblick war alles gesagt.

Ghalsar wusste, dass ihn sein Berater gleich verlassen würde und gebot ihm mit der gehobenen Hand Einhalt. »Und Shaat, was auch immer Ihr findet, es darf niemand davon erfahren. Sorgt dafür.«

Kapitel 5

Moriana konnte nicht glauben, was sie da gehört hatte. Der Valdorer schien den Verstand verloren zu haben. »Bruder und Schwester? Meine Brüder und Schwestern liegen tot auf dem Schlachtfeld. Ihr Blut färbt den Fluss rot, und ihre Körper werden von wilden Tieren gefressen!«, fuhr sie ihn an. »Einen Moment hab ich gedacht, du bist anders als der Rest von euch Hunden, und jetzt machst du dich über die Gefallenen lustig!«

Der Knappe schüttelte den Kopf. »Ich mache mich keineswegs lustig über so viel Leid!«, entgegnete er mit unterdrücktem Zorn in der Stimme. »Urias soll mich strafen, würde ich über den Tod deiner Brüder und Schwestern lachen. Aber dieses …«, er schien nach den richtigen Worten zu suchen, »… dieses Grauen auf dem Schlachtfeld, dieses Massengrab, in das sich das Tal verwandelt hat, ist nicht das Einzige, was uns in den letzten Tagen widerfahren ist. Dinge sind geschehen, die alles ändern und unser Leben in neue Bahnen lenken.«

»Dinge? Was für Dinge?«

»Ich weiß nicht, ob du das verstehen kannst, weil …«

»Weil ich eine Barbarin bin? Einfach und stumpfsinnig, zu nichts anderem als zum Kämpfen und Töten fähig?«, fragte sie provozierend. »Dann erleuchte mich mit deiner Weisheit, gnädiger Valdorer, und erklär' mir das Wesen der Welt!«

»Du hast selbst gesagt, dass du nicht an Urias glaubst. Wie soll ich es dir also auf einfache Art verständlich machen?«

»Hast du je zuvor mit einem Tequari gesprochen, Valdorer?«

Liocas überlegte. »Nein, ich denke nicht. Aber was spielt das für eine Rolle?«

»Das sag ich dir. Abgesehen davon, dass ein Krieger nicht mit dir reden wollen würde, wäre er nur schlecht in der Lage, sich überhaupt mit dir zu verständigen. Außer seiner eigenen Sprache verstünde er höchstens wenige Brocken des Tenu, ganz zu schweigen von der valdorischen Ausdrucksweise. Die Clans scheren sich nicht um andere Völker, ihre Sprachen oder Gebräuche. Sie brauchen sie nicht. Im Gegensatz zu eurer zügellosen Gier genügen wir uns selbst.«

»Aber du sprichst perfektes Tenu. Willst du mir sagen, dass du dich von den anderen Kriegern unterscheidest?«

»Du bist ja ein ganz helles Köpfchen! Ja, diese Tequa hat mehr zu bieten, als du denkst! Also urteile nicht vorschnell darüber, was ich verstehen kann und was nicht, nur, weil ich in deinen Augen eine Barbarin bin!«

Liocas seufzte. »Vielleicht hast du recht. Eben noch spreche ich davon, dass es Valdorer gibt, die sich von dem seit Jahrhunderten eingeschränkten Denken lösen und einen neuen Weg beschreiten wollen, und wenig später bin ich genauso in dieser Betrachtung der Welt gefangen.«

»Schöne Worte sind das Eine, Valdorer, aber du musst dich immer an deinen Taten messen lassen. Daran scheitern die meisten.«

Moriana sah, wie es in dem jungen Mann arbeitete. Natürlich hatte er recht gehabt. Er verhielt sich weit weniger arrogant, als die Ritter der Orden es normalerweise waren. Und dass seine Einstellung gegenüber seinem Gott und dem Leben mehr als nur das Herunterbeten religiöser Grundsätze beinhaltete, hatte er mit ihrer Rettung bewiesen. Andererseits hatte sie sich bisher so verhalten, wie er es von einer Barbarin erwarten musste. Wie hätte er also ahnen können, dass sie keine einfache Kriegerin war, sondern über mehr Fähigkeiten verfügte als ihr halber Clan zusammen?

Ihre Wut verrauchte nach und nach. Sie gestand sich ein, dass sie es ihm trotz seiner Bemühungen nicht gerade leicht gemacht hatte. Wie sollte der Valdorer *mehr* als eine tobsüchtige Bestie in ihr erkennen, wenn sie nichts anderes von sich preisgab? Dennoch hatte er sie nicht mit der seinem Volk eigenen Herablassung behandelt – sie stand ihm gegenüber gar in einer Lebensschuld. Sie konnte zwar nicht nachvollziehen, wie man zu der Einstellung gelangte, seinen Feinden das Leben zu retten – vor allem, nachdem man sie in der vorangegangenen Schlacht noch töten wollte – aber sie musste sich eingestehen, dass sie eine gewisse Bewunderung für das verspürte, was der junge Krieger auf sich genommen hatte. Gleichzeitig befremdete sie dieses Gefühl. So ein Verhalten war sicher auch gegenüber den eigenen Leuten nicht leicht zu rechtfertigen. Eigentlich konnte man sich so nur Feinde machen.

Sie blickte ihn an. Mit den scharfen Worten hatte sie ihn sichtlich getroffen, wahrscheinlich mehr als mit den vorherigen Beschimpfungen und Todesdrohungen. Dass ausgerechnet eine Feindin ihm bewusst machte, wie er gegen die eigenen Grundsätze verstieß, musste ihn erschüttert haben.

Moriana wollte sich aber nicht weiter an dem kleinen Sieg weiden, sondern endlich Antworten auf ihre Fragen. Schließlich schien sie die einzige Tequa zu sein, die das Massaker überlebt hatte, und musste nach Hause zurückkehren, um ihrem Volk davon zu berichten. Sie beschloss, den ersten Schritt zu wagen und auf den Valdorer zuzugehen, um die Situation zu entspannen. Ewiger Streit würde sie nicht voranbringen. »Wie ist eigentlich dein Name? Ich will dich nicht immer nur *Bastard* oder *Hurensohn* nennen«, grinste sie.

»Mein Name ist Liocas. Liocas von Marmadon«, antwortete er nach einem Augenblick.

»Ah, ein Mann edlen Geblüts«, spöttelte die Tequa und ärgerte sich sofort über die neuerliche Spitze, die sie dem jungen Mann hatte zuteilwerden lassen.

Doch Liocas ging nicht darauf ein. Er hatte seine Nachdenklichkeit ebenso schnell abgeschüttelt, wie sie gekommen war. »Und wie heißt du?«

»Du darfst mich Moriana nennen. Mit *von* und *zu* kann ich dir leider nicht dienen, Val... Liocas von Marmadon.«

Liocas runzelte die Stirn. »Das ist kein Tequari-Name. Es ist ein Name aus der alten imperialen Sprache von Tân«, stellte er verwundert fest. »Hat das was damit zu tun, dass du unsere Sprache sprichst?«

»Nein, hat es nicht! Und dem letzten, der sich über meinen Namen lustig gemacht hat, hab ich die Nase gebrochen«, zischte Moriana. »Jetzt erzähl mir lieber, was du vorhin mit *Dingen* gemeint hast!«

»Also gut«, seufzte der Knappe. »Wie ich schon sagte, es war kein Zufall, dass Urias ausgerechnet uns beide verschont hat. Stattdessen hat er uns auserwählt, ihm zu dienen.«

»Woher willst du das wissen?«, unterbrach sie ihn. »Bist du so 'ne Art Priester, oder woher kennst du den Willen deines komischen Gottes?«

»Nein, bin ich nicht, aber du musst mich schon ausreden lassen, auch wenn dir vielleicht nicht gefällt, was du hörst«, erwiderte er ungehalten. »Nachdem ich dich gefunden hatte, schleppte ich dich durch den Wald, beinahe zwei Tage lang. Als ich dachte, ich könnte dich nicht weiter tragen, schaffte ich dich zu einer Lichtung, weil ich dort das Sonnenlicht zwischen den Bäumen hindurchscheinen sah. Meine Hoffnung, Urias könnte mich erhören, mir helfen und den Weg zeigen, wurde auf weit wunderbarere Weise erfüllt, als ich es jemals erwartet hätte. Zusammen mit deinem bewusstlosen Körper trat ich auf die Lichtung und betete zu ihm.«

Liocas machte eine bedeutungsschwangere Pause und blickte sie mit glänzenden Augen an, als er fortfuhr. »Licht durchflutete mich, nein, uns. Wärme breitete sich in meinen Gliedern aus, die Schmerzen verschwanden, dein Körper schien plötzlich leicht wie die Feder eines Himmelsphönix zu sein.« Er atmete tief durch. »Ich konnte spüren, wie sein Geist den unseren durchflutete und erfüllte. Gemeinsam, Moriana, wandelten wir in seinem Licht. Es war fast, als konnte ich seine göttliche Stimme in meinem Kopf hören, obwohl er keine Worte benötigte, um zu mir zu sprechen. All das, was passiert ist, was uns beide zusammengeführt hat, war kein Zufall! Es war Urias' Wille. Davon bin ich seit diesem Augenblick überzeugt.«

Moriana runzelte die Stirn. »Euer Gott hat also die beiden Armeen vernichtet?«

»Nein, das meine ich nicht damit. Es war sein Wille, dass wir zusammen vor ihn treten, um ihm zu dienen.«

»Warum sollte das sein Wille sein? Warum wählt er dich, wenn du kein Priester bist? Und warum eine Tequa, die ganz anderen Göttern dient?« Sie glaubte kein Wort von dem, was er da von sich gab.

»Das kann ich dir auch nicht mit Gewissheit sagen. Aber Tatsache ist, dass es genau so in den zatosianischen Prophezeiungen vor über drei Dekaden niedergeschrieben worden ist. Der *Eine* wird sich Diener erwählen, die das Licht unter die Menschen tragen, ihnen die Unterweisungen deuten, denn sie sind vom rechten Weg abgekommen. *Und siehe: Sie sind die Anea-ari, Kinder des Lichts, von ihm erwählt.*«

»Zatosianische Prophezeiungen? Sind das nicht die verbotenen Schriften von diesem valdorischen Abtrünnigen?«

Liocas machte eine anerkennende Geste. »Du weißt tatsächlich viel für eine … Barbarin. Ja, die Schriften von Zatos von Manazeth wurden bereits kurz nach ihrem Bekanntwerden verboten. Seine Anhänger werden seitdem als Ketzer verfolgt, weil sie die bestehende Ordnung Valdoras in Frage stellten. Neben dem *Katechismus des Lichts*, einer neuen Auslegung der Unterweisung, die ihren ursprünglichen Charakter wieder in den Vordergrund rückt, hat er die Prophezeiungen verfasst, nachdem ihm Urias eine mächtige Vision geschenkt hatte. Darin spricht er auch von den Dienern, die sein Wort neu verkünden und seine Herrschaft festigen werden: Avatare des Wiederkehrenden Lichts.«

Moriana musste lachen. »Avatare des Lichts? Das kann ja wohl nicht dein Ernst sein, Liocas! Wahrscheinlich hast du bloß einen Sonnenstich abbekommen, oder dein feiner Gott hat dir ins Hirn geschissen! Du bist doch einfältiger als ich dachte und glaubst diesen Schwachsinn tatsächlich. Du willst nicht ernsthaft damit sagen, wir beide sind sowas wie Götterboten?«

»Das ist kein Schwachsinn!«, gab der Knappe barsch zurück und sprang auf. »Es sind die machtvollsten Worte, die in diesem Reich vor mehr als fünfhundert Jahren niedergeschrieben wurden. Zatos war ein großer Mann, manche behaupten gar, er sei ein Prophet Urias' gewesen. Seine Vorstellung des *Einen* geht weit über das Verständnis von Gehorsam und Unterwerfung hinaus, wie es uns die valdorische Kirche in ihrer einseitigen Auslegung der Unterweisung glauben machen will. Stattdessen zeichnet er ein ungleich gütigeres Bild eines Gottes, der die Tugenden der Moral über Güte und Nächstenliebe statt über Strafe und Hass darlegt, der die Entfaltung der eigenen Persönlichkeit als wichtiger als den bloßen Gehorsam gegenüber den Herrschenden ansieht. Erst Zatos machte uns wieder klar, dass die gottgewollte Ordnung kaum dem entspricht, was Kirche und Orden in den eintausendzweihundert Jahren seit der Zeit der Gründer daraus gemacht haben!«

Liocas hatte sich regelrecht in Rage geredet, und sein Gesicht war gerötet. Lautstark fuhr er fort. »Tatsache ist, dass Urias zu mir, zu uns, gesprochen hat, Moriana. Das können wir nicht ignorieren, dazu war sein Zeichen zu machtvoll. Ich weiß nicht, ob wir tatsächlich als *Aneaari*, als Lichtkinder, erwählt wurden, aber ich bin fest entschlossen, ihm zu dienen, so wie er es tatsächlich wünscht – und nicht so, wie die Hohe Priesterschaft es mir vorschreiben will.« Er atmete tief durch und setzte sich wieder.

Moriana war verblüfft. Bisher hatte sie ihn für einen Schwächling gehalten, aber Liocas war plötzlich nicht mehr der zurückhaltende junge Mann, wie er ihr bisher gegenübergetreten war. Seine

Beherrschtheit war einer Impulsivität gewichen, die sie nicht erwartet hatte. Nein, schwach war er sicher nicht, er hatte allem Anschein nach feste Grundsätze und einen starken Glauben.

»Dann bist du also für diesen Zatos?«, fragte sie versöhnlich.

Er seufzte. »Ja, ganz offensichtlich.«

»Das erklärt dann wohl, warum du mein Leben gerettet hast. Du konntest mich nicht einfach dort auf dem Schlachtfeld liegen lassen, denn es hätte das verraten, an was du glaubst.« Sie überlegte einen Moment. »Und die Leute in dem Dorf hier? Sind die ... auch für Zatos?«

»Ja, sie sind ebenfalls Zatosianer. Wären sie es nicht, wärst du mit Sicherheit längst tot, und ich würde demnächst als Verräter hingerichtet werden. Als das Licht uns erfüllte, entdeckten uns einige Holzfäller, die in der Nähe arbeiteten. Sie brachten uns hierher, in ein Kloster, in dem die Lehren Zatos' gepredigt werden.«

»Und sie glauben dieses Märchen, dass euer Gott uns erwählt hat?«

»Ich habe mich lange mit dem Abt darüber unterhalten, und er ist jedenfalls der Überzeugung, dass es so sein muss.«

»Deswegen nannte mich dieser Diener Lichtkind ...«

»Ja, so ist es. Am besten wird dir Abt Tazlar bald selbst alles erzählen«, sagte Liocas und stand auf. »Aber erstmal musst du wieder zu Kräften kommen. Versuch ein bisschen zu schlafen. Ich besuche dich später wieder.« Der Knappe nickte ihr lächelnd zu und ließ die nachdenkliche Moriana in ihrem Zimmer zurück.

Drei Tage musste die Tequa noch im Bett verbringen, bevor sie ihre Kammer zum ersten Mal verlassen durfte. Liocas kam am Nachmittag zu ihr und brachte zwei Holzkrücken mit, die er bei einem Schreiner für sie hatte anfertigen lassen.

Mit ihrer Hilfe folgte sie ihm etwas unbeholfen den Korridor hinunter. Durch schmale Fenster konnte sie einen Innenhof erkennen, der an den Seiten von einem Bogengang begrenzt wurde und in dessen Mitte sich ein Ziehbrunnen befand. Im Inneren des Hofes hatte man voneinander abgegrenzte Anpflanzungen und Beete mit einer Vielzahl verschiedener Blumen, Kräuter und kleinem Strauchwerk angelegt. Junge Männer in erdfarbenen Gewändern waren dort emsig mit Zupfen und Jäten beschäftigt.

»Dort ziehen sie die Heilkräuter, die in deinem Verband sind«, erklärte ihr Liocas.

Er half Moriana eine Treppe hinunter in den Empfangsraum des Gebäudes, wo eine zweiflüglige Tür aus Eichenbohlen offenstand und ein wenig von der sommerlichen Luft hereinließ. Die beiden verließen das Gebäude über die Stufen vor dem Portal.

Moriana sog die warme Luft tief in die Lungen ein, denn obwohl sie in den vergangenen Tagen das Fenster immer wieder weit aufgerissen hatte, war es doch etwas anderes, endlich hinauszukommen und die Sommerluft einzuatmen, den Wind auf der Haut zu spüren und das Rauschen der Wälder zu hören. Während sie Liocas langsam folgte, der auf eine Gruppe Mönche zusteuerte, blickte sie sich neugierig um. Hinter ihr lag die Klosteranlage, deren Gebäude sich wohl mehr als sechzig Fuß in die Höhe streckten. Dahinter konnte man den Dom der Kirche Urias´ erkennen, der sogar noch größere Ausmaße hatte.

Die Tequa war beeindruckt. Solch ein riesiges Bauwerk hatte sie noch nie in ihrem Leben erblickt. Kaum ein Haus in den Kinas der Tequari war höher als zwei Stockwerke, nur in Oròm und in den Ebenen von Makeera sollte es hohe Türme der Clansherren geben, die von massiven Mauern umgeben waren. Wenn hier schon die Wohnhäuser der Kleriker so stark befestigt waren, wie mussten dann erst die Burgen der valdorischen Ordenshochmeister aussehen?

Vor ihr erstreckten sich bebaute Anlagen mit Bäumen und Sträuchern sowie merkwürdigen Holzgestängen, an denen Kletterpflanzen emporrankten. Rund um diese Nutzflächen befanden sich Gebäude, die offenbar als Werkstätten oder Lagerräume dienten. Aus manchen von ihnen waren die Geräusche von Sägen, Hämmern und anderem Werkzeug zu vernehmen. Die Tequa wusste gar nicht, wo sie zuerst hinschauen sollte, so sehr war das Gelände vor dem Kloster mit Leben erfüllt. Auf den Feldern und zwischen den Bäumen waren Männer mit der Pflege der Pflanzen beschäftigt, aus einem großen Haus mit einem dampfendem Schlot auf dem Dach manövrierten Knechte ein schwer beladenes Fuhrwerk hinaus, drei junge Burschen schleppten Wassereimer in Richtung des Hauptgebäudes, und zwei alte Ordensbrüder disputierten auf einem Freisitz inmitten der Gärten über das Wesen der Welt.

Sie beeilte sich, um mit Liocas Schritt zu halten, doch mit den Krücken kam sie kaum voran. Er war bereits den Weg hinuntergelaufen, an dessen Seiten Mönche und Knechte damit beschäftigt waren, sich um die Anpflanzungen in den dicht bewachsenen Obstgärten zu kümmern. Als die Tequa an ihnen vorbeihumpelte, blickten sie mit sichtlicher Neugier und großen Augen auf. Der eine oder andere nickte der jungen Kriegerin freundlich zu oder vollführte eine merkwürdige Geste mit den Händen, die wohl so etwas wie Ehrerbietung ausdrücken sollte. Immer wieder hörte sie Dinge wie »Willkommen, Lichtkind« oder ähnliches. Ein stetiges Flüstern voller Ehrfurcht begleitete sie, bis sie bei Liocas ankam, der mit zwei Mönchen auf sie wartete.

»*Anea-ari*, du seist uns willkommen. Es erfüllt unsere Herzen mit Freude, dass es dir wieder besser geht und du zu Kräften kommst«, begrüßte sie ein älterer Mann, während er sie an den Armen fasste und seine Wangen kurz an ihre drückte.

Moriana war so überrascht von der freundschaftlichen Geste, dass sie unfähig war, darauf zu reagieren.

»Moriana, darf ich dir Abt Tazlar, das Oberhaupt dieser klösterlichen Gemeinschaft des Lichts vorstellen?«, sagte Liocas feierlich und wies auf den Mann, der ehrerbietig den Kopf neigte. Auch er war in einfache hellbraune Leinen gekleidet, die jedoch an den Ärmeln mit Silberfäden durchzogen waren. Er war von hagerer Gestalt, und die wenigen verbliebenen Haare kamen Moriana wie eine Fortsetzung der silbernen Symbole auf dem Gewand vor. Unwillkürlich musste die Tequa grinsen.

Auch der Abt lächelte. »Es ist uns eine Ehre, dass Urias dich zu uns gesendet hat.«

»Ähm, ja. Ich danke euch für alles, was ihr für mich getan habt – und das, obwohl ihr Valdorer seid!«, antwortete Moriana und bemühte sich damit um Höflichkeit.

Der andere Mönch schaltete sich in das Gespräch ein: »Wir hinterfragen es nicht, wenn es Urias' Wille ist, die Lichtkinder zu uns zu senden, selbst wenn eine Bar... Tequa unter ihnen ist«, brachte er mit unterdrücktem Zorn zum Ausdruck.

»Ich hab mir das nicht ausgedacht, alter Mann«, entgegnete Moriana. »Es tut mir schrecklich leid, wenn ihr etwas anderes erwartet habt und jetzt enttäuscht seid.«

Tazlar legte freundschaftlich einen Arm um sie. »Vielleicht haben wir tatsächlich jemand anderen erwartet, aber das spielt keine Rolle. Seine Wege sind unergründlich, mein Kind.« Er richtete das Wort an Liocas. »Geht ihr doch schon voraus in die Mensa. Ich führe unseren Gast ein wenig herum, und wir treffen uns dann später dort.« Er schob Moriana von den beiden Männern weg und begann mit ihr den Weg zwischen den Gärten fortzusetzen.

Zuerst widerwillig, dann aber mit wachsendem Interesse, begleitete Moriana den Abt, der es offenbar nicht abwarten konnte, ihr alles über das Kloster zu erzählen.

In den säuberlich voneinander abgegrenzten Gärten pflanzten die Mönche eine Vielzahl verschiedener Nutzpflanzen an. Weiter oben am Hang war die Tequa bereits an Beeten mit Rüben vorbeigekommen, vier verschiedene Arten gediehen dort. Im unteren Bereich erstreckten sich die merkwürdigen Holzgestänge, die man bereits von oben hatte erkennen können. Die Stangen waren fast komplett mit kräftigen Pflanzen bewachsen, die sich mit ihren herzförmigen Blättern über Dutzende Fuß um die Gerüste schlängelten.

»Dunkelhopfen«, erklärte der Abt. »Wir verwenden ihn zum Brauen unseres eigenen Bieres.« Er deutete auf das Gebäude mit dem großen Tor. »Dort befindet sich unsere Brauerei. Wir stellen im Jahr rund hundertfünfzig Fässer her und beliefern mehrere Dörfer damit.«

Nach einer Weile waren sie am Südrand der bebauten Fläche angekommen. Dort befanden sich Pflanzenstöcke, deren rote Trauben kurz vor der Reife standen. Tazlar pflückte eine und steckte sie in den Mund. Nachdem er einen Moment nachdenklich gekaut hatte, spuckte er das Fruchtfleisch wieder aus. »Die brauchen noch ein paar Wochen«, murmelte er und reichte Moriana eine Traube.

Kaum, dass sie sie in den Mund gesteckt hatte, spuckte auch sie die Frucht wieder aus. »Das schmeckt ja scheußlich. Was ist das?«

»Das sind Trauben, daraus stellt man Wein her, ein äußerst bekömmliches Getränk. Hast du etwa noch nie davon gehört?«

»Nein. Und ich glaube, ich hab nichts verpasst.«

Der Abt lachte. »Oh doch, meine Liebe. Sind die Trauben erst reif, gewinnen wir einen vorzüglichen Rotwein aus ihnen. Normalerweise wachsen die Stöcke nicht so weit im Norden, deswegen wirst du in Valdora kaum einmal eine Anpflanzung finden.«

»Warum wachsen sie dann bei euch?«, wollte Moriana wissen.

»Das, Lichtkind, ist eines der Geheimnisse diese Ortes«, lächelte Tazlar. »Kannst du dort oben diese Gesteinsformation erkennen?«, fragte er und wies auf einige steil aufragende Felsen schräg hinter dem Kloster.

Moriana kniff die Augen zusammen. »Ja, ich sehe sie.«

»Dort, etwa dreihundert Fuß über dem Dach unseres Tempels, steigt einmal am Tag eine mächtige Wasserfontäne in die Luft. Heißer Dampf erfüllt den Himmel, und die Wälder werden von einem lauten Zischen erfüllt.«

»Das ist ein Gé'Shara, eine Himmelsfontäne«, sagte Moriana. »Nordöstlich von Oròm soll es hunderte davon geben, hat mir mal jemand erzählt.«

»Es ist ein heiliger Ort des Urias. Die heißen Wasser streben nach dem Licht, dem sie entsprungen sind. Sie werden schon unter der Erde erwärmt und strömen dem *Einen* entgegen. Wenn sie austreten, verdampfen und verflüchtigen sie sich, und werden wieder zu dem, was sie einst waren: Reines Licht im Angesicht Urias'.«

Moriana runzelte die Stirn. »Aber was hat das mit dem Wein zu tun?«

»Unterhalb dieser Anlage fließen die Wasser hinauf zu dem Geysir, sie werden gedrungen, gepresst, gelenkt von *seinem* Willen, sie ans Licht zu führen. Sie erwärmen den Boden unter unseren Füßen. Nur deswegen ist es möglich, das Land hier zu bewirtschaften und so viele Pflanzen anzubauen.«

»Wasser, das den Berg hinauf fließt? Denkst du nicht, dass es dafür eine andere Erklärung geben muss?«, fragte die Tequa ungläubig.

»Es ist Urias' Wille, dass die Wasser zu ihm fließen. Ob bergab oder bergan spielt dabei keine Rolle.«

»Es ergibt zumindest einen Sinn … irgendwie«, murmelte Moriana.

»Es ist sein Wille, und wir hinterfragen ihn nicht, mein Kind. Nur deuten müssen wir ihn richtig.«

Sie setzten den Weg am Rand der Weinstöcke fort. Weiter oben zeigte der Abt Moriana allerlei Gemüseanpflanzungen. Von Karotten, Erbsen und Bohnen über verschiedene Zwiebel- und Lauchpflanzen bis hin zu Kürbissen war dort alles vertreten.

Moriana verlor allmählich das Interesse an den vielen Gärten und Beeten. Zudem meldete sich ihr verletztes Bein wieder mit einem dumpfen Pochen. Die längere Belastung war vielleicht doch etwas zu stark gewesen. Sie war dankbar, als Tazlar wenig später auf einen Seiteneingang des Klostergebäudes wies. »Dort werden wir uns mit den anderen treffen. Dann kannst du von unserem Bier kosten, es wird dir schmecken«, sagte er.

»Hört sich gut an«, lächelte sie, und ihre Vorfreude war nicht gespielt.

Kurz darauf saßen sie mit Liocas und dem anderen Mönch, den Tazlar ihr als Prior Gekaras vorgestellt hatte, an einem langen Holztisch im Speisesaal des Klosters. Zu dieser Tageszeit waren die meisten Brüder noch mit der Arbeit auf den Feldern, in den Werkstätten oder der Bibliothek beschäftigt, so dass sie unter sich blieben.

Ein junger Laienbruder brachte ihnen jeweils einen großen Humpen dunkles Bier mit einer dicken Schaumkrone. Sie stießen an, und Moriana stellte zu ihrer Erleichterung fest, dass ihr das malzige Getränk im Gegensatz zu den Trauben sehr gut schmeckte.

»Hab ich zu viel versprochen?«, fragte Tazlar und wischte sich den Schaum vom Mund.

»Bei Bor-Taks Klöten, schmeckt das gut!«, entfuhr es Moriana und stürzte einen weiteren Schluck hinunter.

»Ja ... das ist wohl das beste Bier, das ich je getrunken habe«, pflichtete Liocas ihr mit einem irritierten Seitenblick bei.

»Gebraut mit den heiligen Wassern des Urias«, erklärte Gekaras.

»Etwas Besseres hättet ihr kaum daraus schaffen können! Ich bin neugierig: Wie ist dieser Ort mit seiner heiligen Quelle entdeckt worden?«, fragte Liocas den Abt.

»Vor knapp dreihundert Jahren wanderten Pilger durch die nördlichen Wälder. Sie wollten eigentlich zu den Gletschern des Val-Varos-Gebirges reisen, um dort in stillem Gebet zu Urias zu sprechen. Sie hatten sich verirrt, einige von ihnen waren einem Überfall der Clans zum Opfer gefallen, und der Rest war dem Verdursten nahe. Kurz vor dem sicheren Tod hörten sie den Geysir und folgten dem Dampf in seine Richtung. Wo heute die Gärten sind, fanden sie eine Oase inmitten des dunklen Waldes vor. Lafken und Pilze wuchsen dort in rauen Mengen, und die warmen Wasser löschten ihren Durst. Aus Dankbarkeit blieben sie an diesem Ort, um hier dem *Einen* zu dienen. Bald schlossen sich ihnen Jäger und Fallensteller an. Holzfäller und Steinmetze kamen hinzu, denn die Kunde von diesem Ort sprach sich herum. Mit Hilfe des damaligen Barons wurde ein Teil des Waldes gerodet und das Hauptgebäude des Klosters gebaut. Weiter unten im Tal entstand ein Dorf. Rund zwanzig Jahre später muss es schon so ähnlich ausgesehen haben wie heute. Das sagen uns zumindest die Chroniken, die die ersten Mönche anfertigten.«

»Doch die Zeiten änderten sich rasch«, setzte Gekaras die Erzählung fort. »War das Kloster in den ersten Jahren ein Hort des Wissens, ein Treffpunkt für Gelehrte und Pilger, so geriet es beinahe ebenso schnell wieder in Vergessenheit. Hatte Lord Hakarius noch einen befahrbaren Weg durch die Berge der Grenzwacht anlegen lassen und sogar eine kleine Garnison zum Schutz des Klosters im Dorf stationiert, ließen seine Enkel und Urenkel die Straßen verfallen und die Soldaten wieder abziehen. Außer dem wenigen Bier, das hier schon immer gebraut wurde, hatte das Kloster der Grenzwacht scheinbar nichts zu bieten. Heute kommt einmal im Jahr ein Steuereintreiber hier vorbei und verschwindet mit seinen Abgaben sofort wieder.«

»Lord Makros gibt das Geld wohl lieber für den Kampf gegen die Tequari aus, als für seine eigene Bevölkerung«, vermutete Tazlar.

»Er bezahlt wahrscheinlich seine Kurosar-Söldner davon«, bestätigte Liocas und blickte betrübt in seinen Bierkrug.

»Makros kauft sich Kurosar, dieses verfluchte Dreckspack?«, fragte Moriana.

»Ich befürchte fast, dass sie auch in den jüngsten Ereignissen ihre Rolle gespielt haben«, seufzte Liocas. Dass die blutrünstigen Söldner hinter den Linien der Tequari wahrscheinlich grausam gewütet hatten, behielt er lieber für sich.

»Es gibt nichts Schlimmeres als diese Tiere, Valdorer!« Moriana knallte ihren Krug auf den Tisch. »Eure Ritter geben sich mit sowas ab? Ihr seid größere Bastarde, als ich dachte.«

»Ich hab nur davon gehört. Vielen Orden gefällt nicht, was Makros da treibt. Aber seine Erfolge sprechen für sich, denn bis zur jüngsten Schlacht hat er die Clans in Schach halten können – auch mit Hilfe der Kurosar.«

»Weil er alleine nicht in der Lage ist, die Grenze zu halten. Doch nur deswegen!«, schimpfte die Tequa. »Lieber lauf ich barfuß durch die Schattenhallen, als mich mit solchem Abschaum einzulassen!«

»Habt Ihr schon mal gegen sie gekämpft, Lichtkind?«, fragte Gekaras.

»Mein Clan wurde im letzten Zyklus von ihnen überfallen. Sie kamen in der Nacht und schossen unser Lager mit Pfeilen in Brand. Wehrlose Krieger verbrannten im Schlaf, erstickten in ihren Zelten. Wir haben viele Brüder und Schwestern verloren. Die Kurosar töten ohne Ehre, ohne jede Regung. Sie glauben an nichts und dienen nur jenen, die ihnen genug bezahlen. Sie kämpfen weder für ihr Volk, noch für irgendwelche Götter. Sie sind noch verabscheuungswürdiger als selbst die Valdorer.« Moriana warf die Zöpfe in den Nacken und leerte ihren Krug in einem Zug. Dann schmiss sie das Tongefäß in eine Ecke, wo es lautstark zerbrach.

Die Mönche wussten scheinbar nicht, wie sie diesem Wutausbruch begegnen sollten. Nur Liocas, der Morianas Jähzorn ja mittlerweile schon ein paar Mal miterlebt hatte, fand schnell zur Sprache wieder.

»Wie auch immer. Wir hier haben mit den Taten der Kurosar nichts zu tun. Hätte Makros seine Augen auch auf seine weniger bevölkerten Grenzgebiete gerichtet, wäre hier wohl kaum ein zatosianischer Hort der Gastfreundschaft entstanden, dem du nun dein Leben verdankst, Moriana.« Er wandte sich an Tazlar. »Wie kam es eigentlich dazu, dass hier nach den Lehren Zatos´ gelebt und gelehrt wird, werter Abt?«

»Zatos selbst hat dafür gesorgt«, antwortete Tazlar nicht ohne Stolz. »Auf der Flucht vor den Häschern der Hohen Priesterschaft versteckte er sich in den Wäldern und fand schließlich hier Aufnahme.

Er predigte einige Male und fertigte uns während seines Aufenthalts Abschriften des *Katechismus* und der Prophezeiungen an.«

»Ihr habt Zatos gesehen?«, entfuhr es Liocas staunend.

»Ja, mein Sohn. Ich war damals gerade zum Prior des Klosters berufen worden. Ich wanderte einige Male mit ihm zum Geysir und arbeitete auch mit ihm gemeinsam auf den Feldern. Er war sich für nichts zu schade, musst du wissen. Er war es auch, der uns die Setzlinge für den Wein schicken ließ. Er hatte viele Freunde in Yamar und meinte, die Zeit sei reif, für einen *zatosianischen* Wein«, schmunzelte der Abt.

»Unglaublich!«, staunte Liocas.

»Das freut mich ja alles ganz wahnsinnig für euch«, sagte Moriana und stand auf. »Aber ich muss euch nun leider verlassen. Ich muss mich ein bisschen ausruhen, damit ich bald wieder zu meinem Volk zurückkehren kann. Es wird Zeit, dass Oròm erfährt, was im Tal des Asakon vor sich gegangen ist.« Sie nickte dem Abt zu und verließ dann den Speisesaal.

»Sie hat es immer noch nicht begriffen«, bemerkte Gekaras und schüttelte den Kopf.

»Es ist ja auch für uns nicht leicht zu begreifen«, murmelte Liocas. »Zwei Todfeinde überleben als Einzige so ein Gemetzel und sollen plötzlich Auserwählte des *Einen* sein ... Auch ich weiß nicht, was das noch alles mit sich bringt!«

»Bleibe stark im Glauben, mein Sohn«, ermutigte ihn Tazlar und klopfte ihm auf die Schulter. »Urias hat für alles einen Plan, und Zatos hat ihn vorausgesehen, sonst wärt ihr nicht hier. Früher oder später wirst du wissen, wie du deine Aufgabe erfüllen kannst – und auch unser anderes Lichtkind wird sich seiner Bedeutung noch bewusst werden, da bin ich sicher!«

Es vergingen zwei weitere Tage, bevor die heilkundigen Zatosianer Moriana den Verband abnahmen. Der Knochen, dessen Heilung normalerweise Wochen benötigt hätte, war innerhalb weniger Tage wieder zusammengewachsen.

»Die Kraft Urias«, führten die Heiler als Begründung für die schnelle Genesung an. Während Moriana staunend ihr zusammengefügtes Bein betrachtete und es kaum glauben konnte, so schnell wieder ohne Krücken laufen zu können, schienen sich die Mönche nichts weiter dabei zu denken. Sie rieten ihr lediglich, das Bein noch zehn Tage lang mit einer bitter riechenden braunen Paste einzureiben.

Abt Tazlar erklärte ihr bei täglichen Spaziergängen, dass die Heilwirkung der im Innenhof angebauten Kräuter durch die Kraft der heiligen Wasser unter dem Kloster um ein Vielfaches verstärkt werde. Knochenbrüche heilten innerhalb von Tagen, schwere Wunden ebenso, und eine schwere Erkältung verschwand oft schon nach Stunden, hatte man es einmal über sich gebracht, den ätzenden Kräuterabsud von Heilmeister Silgah hinunterzuwürgen.

Moriana erfuhr von Tazlar immer mehr zu den Hintergründen des zatosianischen Glaubens, dem Leben im Kloster und die Freuden und Probleme, die die Ordensbrüder miteinander teilten.

Doch obwohl sie sich bei den freundlichen Mönchen wohlfühlte, nahm der Drang zu, endlich zu ihrem Volk zurückzukehren und die Verantwortlichen des Massakers zur Rechenschaft zu ziehen. Lange konnte und wollte sie nicht mehr in der abgelegenen Abtei verweilen. Sie vermochte nicht zu sagen, wie Liocas es aufnehmen würde, wenn sie ihm erklärte, dass sie nicht die Absicht hatte, als »Lichtkind« durch valdorische Dörfer zu ziehen und die Bauern von den Prophezeiungen zu überzeugen. Einem Teil von ihr war egal, was der junge Mann dachte, der so sehr von seinem Glauben eingenommen wurde. Der andere jedoch fühlte sich ihm allerdings verpflichtet, denn Liocas hatte ihr das Leben gerettet. Sie stand tief in seiner Schuld, das konnte sie nicht leugnen. Wahrscheinlich würden sie sich ohnehin wieder streiten, wenn sie ihm ihre Absichten eröffnete, und am Ende flogen irgendwelche Gegenstände durch die Luft.

Vielleicht war es ihm auch egal. In den vergangenen Tagen hatte er sich ohnehin kaum sehen lassen. Nur zu den gemeinsam eingenommenen Speisen erschien er in der Mensa. Soweit Moriana mitbekommen hatte, verbrachte er den ganzen Tag im Gebet zu Urias, um zu ergründen, wie er seinem Herrn in seiner neuen Rolle dienen könnte.

Auch an diesem Tag schien er ganz in Gedanken versunken zu sein, als er ihr beim Essen gegenübersaß. Den Erzählungen des Priors, denen er sonst gerne lauschte, maß er keine Aufmerksamkeit bei. Moriana entschloss sich dennoch, dass nun der Augenblick gekommen war, um ihn mit ihrem Plan zu konfrontieren.

»Liocas, hör mir mal zu«, riss sie ihn aus seiner Nachdenklichkeit.

»Mmmmhh?«, brummte er und schaute nicht einmal auf.

»Morgen hau ich von hier ab. Ich kehre zu den Clans zurück«, sagte sie kurz und knapp.

»Mmmmhhh.«

»Also …« Sie fühlte sich etwas aus dem Konzept gebracht. »Jedenfalls geh ich alleine, wollte ich dir sagen. Du musst diese Prophezeiung ohne mich erfüllen, fürchte ich.«

»Ach so.«

Hatte er überhaupt mitbekommen, was sie gesagt hatte? »Ist das alles, was dir dazu einfällt?«

Doch Liocas kam nicht dazu, etwas zu entgegnen – falls er es überhaupt vorgehabt hatte, denn er schien immer noch viel zu sehr in seinen Gedanken gefangen zu sein.

Ruckartig sprang die Seitentür des Speisesaals auf, und ein großer Mann, gekleidet in dunkles Leder und gegürtet mit einem Langschwert, kam in den Raum gelaufen. Alle Köpfe drehten sich in seine Richtung, denn es handelte sich um keinen Ordensbruder. Er blickte sich um und kam dann auf den Tisch des Abtes zu.

»Werter Vater, ich muss dringend mit Euch sprechen«, flüsterte er und verbeugte sich in einer Geste der Ehrerbietung. Die strähnigen Haare fielen ihm dabei ins Gesicht und verdeckten die hellen Augen.

»Ist es so wichtig, dass Ihr uns beim gemeinsamen Mahl stören müsst?«, herrschte ihn Prior Gekaras an. »Ihr wisst, dass Dörfler keinen Zutritt zu diesen Mauern haben – schon gar nicht, wenn sie sich zu den Waldläufern zählen«, fügte er hinzu und musterte den bärtigen Mann abschätzig.

»Ist schon gut, Gekaras«, sagte der Abt und stand auf. »Kommt mit mir, dann sind wir ungestört.«

»Die beiden da kommen besser auch mit«, erwiderte der Waldläufer und wies mit der Hand auf Moriana und Liocas. »Es wird Eure … Lichtkinder sicher interessieren, was ich zu berichten habe.«

Der Abt winkte die beiden Gäste zu sich und führte sie und den Neuankömmling aus der Mensa heraus. Durch einen Flur gelangten sie zu seiner Schreibstube, in der er ihnen gebot, Platz zu nehmen.

»Also, Arkas, was ist nun so dringend, dass Ihr hier so hereinplatzt?«, fragte Tazlar deutlich ungehaltener als noch in der Mensa, wo ihn alle Mönche hätten hören können. »Sonst scheren Euch weder die Belange des Klosters noch der Glaube an den göttlichen *Einen*!«

»Ich bitte vielmals um Verzeihung, dass ich Euer gemütliches Schmausen unterbrechen musste«, erwiderte der Angesprochene sarkastisch, während er sich durch den Bart strich.

»Spott steht Euch nicht zu, und wenn Ihr Euch über uns lustig machen wollt, muss ich Euch bitten, zu gehen«, wies ihn Tazlar zurecht. Seine Freundlichkeit schien endgültig zu verfliegen.

Der Waldläufer machte eine beschwichtigende Geste und ließ sich auf einem Stuhl nieder. »Schon gut, werter Abt. Ich bin nicht gekommen, um Euch zu beleidigen. Meinen unangekündigten Besuch verdankt ihr Lord Makros. Er hat seine Söldner an der Festung

Dunvan versammelt. Sie scheinen auf irgendwas zu warten. Ein paar haben wir aber auch in der unmittelbaren Umgebung herumschleichen sehen.«

»Wie viele?«

»Sicher einige Dutzend. Ein bunt gemischter Haufen. Gesetzlose und Schlagetots, Hankardri, Kurosar – von allem etwas.«

»Das gefällt mir nicht«, sagte der Abt.

»Das dachte ich mir«, sagte Arkas. »Ich glaube allerdings, dass sie für das Kloster keine unmittelbare Bedrohung darstellen. Um Abgaben zu erhöhen, benötigt Makros keine Söldner.«

»Was hat er dann vor?«, fragte Tazlar. Er stand auf und goss Wasser aus einer Karaffe in einen Becher.

»Wir vermuten, dass er die Fühler nach der Nordwacht ausstreckt. Von Termonas und Volkos fehlt jede Spur seit der Schlacht. Es gab wohl selten eine bessere Gelegenheit als jetzt, seinen Machtbereich im Norden der Allianz auszuweiten.«

Tazlar reichte dem Waldläufer den Becher mit Wasser, aus dem Arkas einen Schluck nahm, bevor er weitersprach. »Da ist noch was.« Er blickte zu Liocas und Moriana. »Ihr beiden, ihr kommt doch von dem Schlachtfeld im Osten, oder?«

»Das hat sich offenbar rumgesprochen«, antwortete Moriana. Die lässige Art, die der Mann an sich hatte, und der ironische Unterton bei allem, was er sagte, ging ihr gegen den Strich. So, wie er sich bewegte, wie seinen Augen keine Einzelheit entging sowie die offenkundig hochwertigen Waffen, die er bei sich trug, sagten ihr allerdings, ihn keinesfalls zu unterschätzen.

»Scheinbar hat es noch andere Überlebende gegeben«, fuhr er fort. »Heute Morgen erreichte eine Gruppe, die aus dem Tal des Asakon kam, den Wachturm am Konas Morin einige Meilen nordwestlich von hier.«

»Was sind das für Leute? Sind es Tequari? Wie viele waren es? In welche Richtung zogen sie?« Moriana war auf einmal ganz aufgeregt.

Auch Liocas schien endlich aus seinen Gedanken zu erwachen, die den bisherigen Tag sein Bewusstsein verschleiert hatten.

»Trugen sie die Wappen der Orden? Habt Ihr mit ihnen gesprochen?«, setzte er die Fragen der Tequa fort.

»Es waren nur wenige Personen. Wir zählten fünf Bewaffnete und drei weitere, die wir nicht genau erkennen konnten, da sie weite Umhänge trugen. Aber sie schienen geschwächt oder verletzt zu sein, denn die Krieger mussten sie stützen. Sie kamen nur langsam voran, machten immer wieder Pausen.«

»Wo wollten sie hin? Red doch, Valdorer!«, forderte Moriana ihn auf.

Arkas zuckte mit den Schultern. »Sie laufen in westlicher Richtung und schienen, das Kloster bewusst zu meiden.«

»Aber wir hätten ihnen helfen können«, sagte Tazlar. »Vielleicht sind es Tequari, die überlebt haben und jetzt in den valdorischen Wäldern umherirren.«

»Ich fürchte, es sind keine Tequari, werter Abt«, wandte Arkas ein. »Sie trugen Kyroi-Schusswaffen bei sich. Auch ihre Schwerter werden nicht von den Barbaren getragen. Die ganze Ausrüstung passte nicht dazu. Wir konnten ihre Gesichter nicht erkennen, aber ich vermute, dass es amhasische Söldner sind.«

»Wir müssen sie abfangen und befragen, was sie über die Ereignisse am Asakon wissen«, sagte Moriana und stand auf. »Vielleicht wurden auch sie von diesem Bastard Makros angeheuert.«

Liocas nickte. »Das kann sein. Wenn der Lord sogar Kurosar anwirbt, kann er sich auch noch ein paar Amhasi leisten.«

»Wir haben ebenfalls vermutet, dass sie zu ihm gehören. Was Makros in den letzten Jahren getrieben hat, war ja die eine Sache, aber dass er nun jeden raffgierigen Mordbrenner Camoteas mit seinem Gold lockt, geht zu weit! Früher hat er es wenigstens nur für Völlerei und seine unzähligen Gespielinnen ausgegeben.« Arkas schüttelte den Kopf. »Ich habe keine Lust, in Zukunft überall in den Wäldern diesen umherstreichenden Söldlingen zu begegnen!«

»Ihr habt recht. Egal, wer sie sind. Wir müssen sie finden. Ich will wissen, was am Asakon passiert ist! Vielleicht haben sie ein paar Antworten«, pflichtete Liocas dem Waldläufer bei.

»Ich kann euch hinführen. Die Stelle, an der wir sie gesehen haben, ist nur wenige Meilen entfernt, und sie können nicht viel weiter gekommen sein bei der Geschwindigkeit, mit der sie reisen«, sagte Arkas und erhob sich ebenfalls.

Liocas wandte sich an den Abt. »Ich denke, die Zeit des Aufbruchs ist gekommen. Nicht wir müssen nach dem Weg suchen, der uns bestimmt ist, sondern er liegt ganz offen vor uns. Wir müssen ihn nur beschreiten, und Urias wird uns führen.«

Tazlar nickte. »Fürwahr hat euch der *Eine* den Weg schon bereitet. Schreitet auf seinen Pfaden, und es wird gut sein!«

»Wie auch immer«, wandte Moriana ein, die zum Aufbruch drängte. »Sind es Überlebende, können sie uns hoffentlich helfen. Wenn nicht, töten wir sie.«

Kapitel 6

»Es muss einen Weg hier raus geben«, sagte Saresh zu Nalyd und blickte sich um. Unter ihm erstreckte sich ein Meer aus Nadelbäumen, die sich im Wind wiegten. Mitten hindurch schlängelte sich ein silberblaues Band, auf dem das Licht der Mittagssonne glitzerte.

Die beiden Yamarer standen auf der Beobachtungsplattform eines Wachturms. Soweit sie blicken konnten, sahen sie nur Baumkronen, durch die sich in wilden Kurven der Fluss wühlte. Das Tal unter ihnen zog sich über Meilen nach Westen hin und wand sich dort gen Süden, wo der Fluss aus ihrem Blickfeld verschwand. Am Nordufer war das Gelände über eine weite Strecke eben, richtete sich aber in geschwungenen Stufen zu einer Hügelkette auf, die das Tal sichelförmig begrenzte. Die Südhänge stiegen steiler an und erhoben sich als Mauer aus schroffen Steingraten, an deren Flanken nur wenige Tannen schief über dem Abgrund hingen. Am östlichen Eingang der Senke befand sich der Turm mit den yamarischen Beobachtern.

Saresh schüttelte verärgert den Kopf. »Ich verstehe immer noch nicht, warum Makros nicht am Kloster war. Wie sollen wir rechtzeitig nach Kol Tassa gelangen, wenn wir dazu quer durch diese verdammte

Wildnis laufen müssen? Wir hätten – wie abgesprochen – die Handelsstraße nehmen sollen. So werden wir das Schiff niemals pünktlich erreichen.«

Nalyd lächelte bissig. »Kegan Orthanon ist ein dreckiger Bastard, wie auch der Rest seiner Söldnerbande, aber er hat recht. Dass Makros nicht dort war, kann nur zwei Dinge bedeuten: Entweder wurde er aufgehalten oder wir haben ihm nicht genug Seral für seinen Verrat bezahlt. In beiden Fällen wäre es zu riskant gewesen, die Straße zu benutzen.«

Nalyd lag mit seiner Vermutung wahrscheinlich richtig, dachte Saresh. Wahrscheinlich hatte der Söldnerführer Kegan das Richtige getan, indem er sie vom Kloster weggeführt hatte, nachdem Makros dort nicht erschienen war. Wahrscheinlich. Doch Saresh wünschte, es wäre anders. Er wollte nur weg von diesem Ort.

»In unserem Zustand ist ein Kampf gegen die Wildnis genauso aussichtsreich wie gegen Makros' Krieger oder andere – weniger beeinflussbare – valdorische Grenztruppen«, konterte er stöhnend. »Das Ende scheint mir außerdem das gleiche zu sein: Die Krähen fressen unsere Überreste.«

»Wenn man bedenkt, was du gerade überlebt hast, sollte man meinen, du würdest zuversichtlicher in die Zukunft blicken«, bemerkte Nalyd. »Vielleicht solltest du deine Sinne mehr auf dein Überleben ausrichten, anstatt dich auf die Aussicht zu beschränken, als kulinarische Bereicherung der örtlichen Aasfresser zu enden. Noch atmest du nämlich.«

Saresh schwieg.

»Jedenfalls werden wir hier kaum den Fluss passieren können.« Nalyd deutete auf die Überreste einer hölzernen Brücke, die wenige hundert Schritte von ihnen entfernt aus dem Wasser ragte.

»Die Leute hier sagen, das Hochwasser im Frühjahr hat sie davongerissen«, erklärte Saresh. Er blinzelte gegen die Sonnenstrahlen, die vom Wasser reflektiert wurden. Seine Augen schmerzten bei der Erinnerung an das helle Licht, das das Schlachtfeld verschlungen hatte. Eigentlich schmerzte sein ganzer Kopf. Darin dröhnte es noch immer. Ein dumpfes vibrierendes Geräusch. Auch der Schwindel war seit der Schlacht nicht ganz verschwunden. Saresh hielt sich an der vom Wetter abgewetzten Steinbrüstung fest, als ihn eine Welle der Übelkeit überkam. Kalter Schweiß stand ihm auf der Stirn. Er zog den Mantel enger um sich. Sein Körper fieberte, jede Faser darin schmerzte.

Nalyd lehnte sich mit verschränkten Armen an eine Zinne. Seine Haltung verriet, dass der Ghulam wenig Mitleid mit seinem Schutzbefohlenen hatte.

Saresh hustete heiser in die unverletzte Hand und wischte sich den Schweiß von der Stirn. Dann blickte er wieder über die Brüstung hinweg ins Tal. Er versuchte einen konstruktiven Gedanken zu fassen. »Wenn wir hier nicht über den Fluss kommen, verlieren wir zu viel Zeit.«

Nalyd drehte sich um und blickte nach Osten, von wo sie gekommen waren. »Ohne Zweifel. Sollte uns tatsächlich jemand folgen, dürfte es ihm nicht schwer fallen uns zu finden. Wir hinterlassen mehr Spuren als eine Herde Wasserbüffel.«

»Den Fluss zu befahren, ist zu gefährlich. Er ist zu schnell. Überall sind Felsen im Wasser«, dachte Saresh laut und sah Nalyd fragend an.

»Es würde höchstwahrscheinlich eine kurze, aber interessante Erfahrung werden«, entgegnete dieser trocken.

Kaum hatte der Ghulam den Satz beendet, wurde Saresh von einem Hustenkrampf geschüttelt. Er stützte sich an den Zinnen ab und verkrümmte die lädierte Hand vor der krampfenden Brust. Blitzartig explodierte der Schmerz in seinem Kopf. Gedankenbilder flackerten vor seinem inneren Auge auf. Erneut stand er auf dem Schlachtfeld. Erst langsam, kaum erkennbar, dann schneller und unübersehbar, und bald als kalte Flut aus Stahl und Fleisch ergossen sich gerüstete Ströme über die Ebene. Sie kamen über die Hügel, Rotte um Rotte, Reihe um Reihe, Schwert um Schwert. Es schien, als habe der Boden selbst sie ausgespien. Dutzende, Hunderte, Tausende, vereint durch einen schrecklichen Willen. Dann verschlang das helle Licht sie alle.

Der plötzliche, heftige Schmerz zwang Saresh in die Knie. Er zog alle Glieder an den Leib, als könne er die Qual aus seinem Körper herauspressen. Nalyd kniete sich neben ihn und blickte den jungen Magier nachdenklich an.

»Was ist mit dem zerstoßenen Eisenharz? Hast du heute schon etwas genommen?«

Saresh nickte heftig und presste die Lippen aufeinander. Tränen liefen ihm aus den Augen. Er hatte mehr als eine doppelte Dosis eingenommen, aber das Harz schien seine heilende Wirkung nicht mehr zu entfalten. Vielleicht war das die Strafe für sein Vergehen. Dabei hatte er nur nicht schwach sein, seinen Auftrag erfüllen und sich als würdig erweisen wollen. Shaat hatte ihn beschworen, nicht zu versagen. Die Worte seines Herrn waren wie das helle Licht in sein Gedächtnis gebrannt. »Hier fallen die Türme der Lüge, hier brechen die Mauern des Unrechts!« Hätte Saresh gewusst, was geschehen würde, wenn die Mauern brechen, wäre er einfach fortgerannt. Was hatte er nur getan? Er schluckte. Seine Zweifel fühlten sich an wie ein Stein, der in seinem Bauch lag, und dessen Gewicht ihn zu Boden drückte.

Wieder krümmte er sich. In seinem Kopf brannte sich helles Licht bis in die tiefsten Winkel des Verstandes. Er wünschte sich in einen dunklen, kalten Raum, durch Schatten und Stille verborgen. Doch langsam ließ der Schmerz nach und zog sich wieder zu einem dumpfen Pochen im Hinterkopf zusammen.

Nachdem der Anfall abgeklungen war, drehte Saresh langsam den Kopf zu seinem Begleiter. Das Atmen fiel ihm schwer. Nalyd blickte ihn skeptisch an, reagierte aber nicht.

»Dafür, dass du mich beschützen sollst, scheint dir mein Zustand ziemlich gleichgültig zu sein.«

Der Ghulam beugte sich vor, so dass Saresh seinem Blick nicht ausweichen konnte. »Ich weiß, wie ein sterbender Mann aussieht. Ich habe viele durch die Pforte gehen sehen. Dein Wille ist stärker als deine Wunden. Sie werden dich nicht umbringen. Es gibt keinen Grund, sich zu sorgen.« Nalyds Augen glänzten überzeugend.

Saresh entrang sich ein gequältes Lachen. »Wie schön, dass sich da wenigstens einer von uns sicher ist.« Er griff nach dem Rand der Brüstung und zog sich mit einem Ruck daran hoch. Seine Beine zitterten noch und er humpelte langsam auf die andere Seite der Plattform. Dort sah er auf die Ansiedlung hinab, die im Schatten des Turms lag. Sie waren am Nachmittag des Vortags dort angekommen. Die Bewohner hatten angesichts der schwer bewaffneten Söldner keinen Widerstand geleistet. Orthanon hatte das größte Gebäude der Ansiedlung besetzen lassen, das Saresh an die Hané im yamarischen Machtbereich erinnerte. Ein Han war Warenlager, Verkaufsstelle und Unterkunft zugleich, zumeist ummauert und zweigeschossig, mit dem Schlafraum über den Ställen. Die Funktion dieses Gebäudes war nicht anders, nur dass es aus Holz, nicht aus Stein errichtet war. Wie das yamarische Gegenstück war auch dieses Gebäude Ausdruck einer Notwendigkeit jenseits der Grenzen der Zivilisation.

Die Bewohner des Grenzlands waren offenbar Valdorer, aber mit den Menschen aus den großen Städten Vangardias oder Umariaths hatten sie nicht mehr gemein als ein Hund mit einem Wolf. Sie waren einfache Bauern und Handwerker, die der kargen Wildnis gerade das abringen konnten, was sie am Leben erhielt. Sie verhielten sich abweisend, waren aber schlau genug, ihr Leben nicht in einem wenig aussichtsreichen Kampf wegzuwerfen. Offenkundig waren sie die Willkür Bewaffneter gewohnt und gaben den Söldnern deshalb alles, was diese verlangten.

Saresh beobachtete einige Grenzländer, die auf der Nordseite des Hanges ein Loch aushoben. Dicht bei den Arbeitern standen zwei

Söldner, die über die Arbeiten und einen in fleckige Tücher eingewickelten Menschenkörper wachten. *Vielleicht wäre ich besser dort gestorben,* dachte Saresh. Es macht alles keinen Sinn. Er wusste nicht mehr, was richtig und falsch war. Alles war anders gekommen, als er erwartet hatte. Er konnte sich nicht mit seinem Meister in Verbindung setzen, fühlte sich allein und hilflos. Was er erlebt hatte, überstieg seine Auffassungsgabe. Er hatte fest an diese Mission geglaubt. Er hatte einen klaren Weg gesehen, Erleuchtung erwartet. Doch stattdessen empfand er nur noch Verwirrung, die ihn fast stärker auszehrte als die körperlichen Schmerzen.

»Die Gedanken in meinem Kopf sind ohne Ordnung. Ich kann sie nicht beruhigen«, sagte er zu Nalyd, der hinter ihm stand. »Ich fühle mich wie ein leergetrunkener Weinkelch, wie ein Feld, das umgepflügt wurde.« Er stützte den Kopf in die Hände. »Ich bin mir nicht mal sicher, ob wir beide wirklich hier stehen.«

»Geduld, mein Freund. Du wirst dich bald erholt haben. Versuch nicht zu viel über das Vergangene nachzudenken.«

»Ich verstehe nicht, wie du so ruhig bleiben kannst! Du warst dabei. Wie kannst du ignorieren, was passiert ist?«

Der Krieger antwortete nicht und lehnte sich wieder entspannt gegen die Zinnen. Saresh war fassungslos. Nalyd war ein abgebrühter Veteran, der viel gesehen hatte. Doch das, was sie beide vor kurzem erleben mussten, konnte an niemandem vorbeigehen, ohne tiefe Spuren zu hinterlassen. Das gleichgültige Verhalten seines Leibwächters verwirrte und erzürnte den Magier gleichermaßen. »Sie sind alle tot!«, rief er aufgebracht. »Wir haben sie alle umgebracht!« Nalyd zeigte immer noch keine Regung, was Saresh nur wütender machte. »Es ist unsere Schuld! Ist dir das denn egal?«

»Du suchst nach Erkenntnis, wo es keine gibt«, erwiderte Nalyd gelassen. »Willst du mir weismachen, dass du nicht geahnt hast, was passieren würde, als du sie entfesselt hast?«

Saresh wusste nicht, was er antworten sollte. Er brachte nicht mehr als eine zaghafte Gegenwehr hervor. »Ich, ich wollte doch niemals …«

»Der Grund für deine Verwirrung besteht doch einzig darin, dass du dir nicht eingestehen kannst, dass du genau wusstest, worauf das alles hinauslaufen musste. Du wolltest es nicht wahrhaben und hast dich hinter guten Absichten versteckt.«

Saresh konnte Nalyds Blick nicht standhalten, obwohl er weder anklagend noch belehrend war.

»Es sind zweierlei Dinge, den Weg nur zu sehen oder ihn auch zu beschreiten. Ich habe niemals an deiner Entschlossenheit gezweifelt.

Du hast getan, was du für richtig hieltest. Nur musst du jetzt auch dazu stehen. Du kannst dich nicht mehr hinter idealisierenden Vorstellungen verbergen und noch weniger rückgängig machen, was du getan hast.«

Saresh wandte sich wieder von seinem Begleiter ab. Für den Bruchteil einer Sekunde hatte er das Gefühl, er könne diesen befreienden Gedanken umarmen und seine Gültigkeit akzeptieren. Aber etwas in ihm sträubte sich dagegen und ließ ihn nicht zur Ruhe kommen. Wie konnte sich Nalyd einbilden, zu wissen, was in ihm vorging? Er selbst hatte doch keinerlei Ideale, nichts, was ihn antrieb, außer dem von Kindesbeinen anerzogenen Gehorsam.

Als Saresh zu einer Entgegnung ansetzen wollte, vernahm er den Klang von Schritten und ein helles Pochen, die die Treppe hinauftönten. Er drehte sich um und die große Gestalt des Druiden Kars stieg aus der geöffneten Bodenluke. Im Gegensatz zu den beiden eher kleingewachsenen Yamarern wirkte der Tequari fast wie ein Riese. Trotz des fortgeschrittenen Alters von mindestens sechzig Sommern stellte Kars noch immer eine respekteinflößende Erscheinung dar. Die Tätowierungen und Brandmale auf den Armen und dem kahl rasierten Schädel trugen ihren Teil dazu bei. Er trug eine lange dunkelblaue Tunika, darüber Weste und Schurz aus Wildleder. Die Kleidung war verdreckt und zerschlissen. Der Druide starrte Saresh fragend aus einem Auge an. Über dem anderen lag ein blutverkrusteter Verband. Die Haut der rechten Gesichtshälfte war zerrissen und verbrannt. Ein unnatürlich beißender Geruch ging von ihm aus. Sie alle hatten in jener Stunde bluten müssen. In seiner rechten Hand hielt der Druide einen Stock, auf den er sich mit vier verbliebenen Fingern abstützen musste. Sein Körper hatte sich in ein Mahnmal für die Folgen von Überheblichkeit und Selbstüberschätzung verwandelt. Absurderweise erschien es Saresh jedoch so, dass Kars durch seine Wunde nicht gezeichnet, sondern vielmehr erst in seiner Erscheinung vollendet worden war. Er wirkte entschlossener denn je, gerade so, als sei er gestorben und hatte sich wieder aus seinem Grab erhoben, um ein unerledigtes Werk zu beenden. Im Gegensatz zu seiner eigenen Beklemmung und Verwirrung glaubte Saresh, dass der Tequari seit den Ereignissen am Asakon unglaublich gefestigt worden war. Der Druide machte den Eindruck, das große Ganze überblicken zu können. Saresh beneidete ihn darum, war er dagegen schließlich nur in Schmerz und Selbstzweifeln gefangen. Keiner der anderen schien der Verzweiflung so nahe zu sein wie er. Der Gedanke nährte seine Furcht. Er fühlte sich noch machtloser als zuvor.

Hinter Kars erschien Kegan Orthanon. Es erleichterte Saresh, zu sehen, dass der amhasische Söldnerführer ebenfalls wenig begeistert wirkte. Zweifel standen ihm ins Gesicht geschrieben. Vermutlich waren sie aber nicht von der Natur, die Saresh empfand. Wahrscheinlich ging ihm eher durch den Kopf, ob der Sold, den er erhalten hatte und noch bekommen sollte, die verfahrene Situation aufwog, in die ihn die Mission gebracht hatte. Ohne Unterstützung, gestrandet am Rand der Zivilisation, und auf der Flucht mit einem Haufen Männer und Frauen, die sich und ihre Fähigkeiten maßlos überschätzt hatten.

Im Vergleich zu Kars wirkte der Krieger beinahe schmal, obwohl er einen Lamellar aus lackierten Metallstreifen sowie Stahlschienen an Armen und Beinen trug. Saresh begann bereits beim Anblick der Rüstung zu schwitzen, aber Kegan schien die sommerliche Hitze trotz der Panzerung nicht zu stören. Seine roten Haare bildeten einen Kontrast zu der bronzefarbenen Haut und verrieten seine Abstammung. Er war ein Kelit, ein Nachfahre der Akalethor, jener Krieger, die im späten Imperium gezüchtet worden waren, um die sterbende Macht der Tân zu erhalten. Äußerlich wie Menschen, waren die Keliten jedoch in der Lage, großer Hitze und Kälte zu widerstehen. Sie verfügten auch nach all den Generationen seit dem Fall des Imperiums noch immer über unglaubliche Selbstheilungskräfte, die sie Verwundungen überleben ließen, die einen normalen Menschen umbrachten. Der Kelit legte für gewöhnlich im Umgang mit anderen eine Arroganz an den Tag, die seine physische Überlegenheit, in einer Welt, die ihre Konflikte oft durch Gewalt löste, auch nur erzeugen konnte.

Den Magier und seinen offenkundig erbärmlichen Zustand ignorierend, marschierte er zur Brüstung und spähte zum Fluss hinab. Seine Augen waren stets wachsam, das war Saresh als erstes bei dem Söldner aufgefallen. Er stellte sich neben Nalyd an die Zinnen, ohne ihm Beachtung zu schenken. Saresh glaubte, zwischen den beiden Kriegern eine Rivalität zu erkennen.

Kars blickte argwöhnisch auf Saresh hinunter. »Wir müssen unseren Weg bald fortsetzen. Kannst du laufen?« In der Stimme des Tequari schwang Skepsis mit.

Saresh nickte tonlos und versuchte sich möglichst gerade zu halten. »Es wird gehen.«

Der Druide schien sich mit Sareshs halbherziger Antwort zufrieden zu geben. »Orthanon meint, dass wir wahrscheinlich verfolgt werden. Wir haben hier zu viel Zeit verbracht. Die Valdorer hier sagen, dass es weiter östlich eine Furt gibt, bei der wir den Fluss passieren können. Wir konnten einen von ihnen überzeugen, uns hinzuführen. Das bedeutet aber, dass wir ein gutes Stück zurücklaufen müssen. Miriya werden wir auf eine Bahre legen. Ihre Verletzungen wollen trotz meiner Bemühungen nicht heilen.«

Kars′ Worte drangen nur dumpf zu Saresh vor. Seine Gedanken brüteten über dem Lederbeutel, den der Druide an der Hüfte trug. Der Beutel war mit kruden Ornamenten bedeckt, die Saresh schwindeln ließen, wenn er sie zu lange betrachtete. Ohne es zu sehen, wusste der Magier, dass sich der kleine Silankasten mit dem Elyr darin befand. Er bildete sich ein, ein schwaches Glühen in dem Beutel wahrzunehmen. Er fühlte darin eine Kraft, die sich erneut ihren Weg in eine Welt brennen wollte, die schon einmal ihre furchtbare Kraft erfahren musste.

Begehren wallte in ihm auf.

»Du wirkst abwesend und erschöpft, mein Freund.« Kars Worte holten Saresh zurück. Der Magier blinzelte. Schweißtropfen liefen seine Stirn hinab. Er wischte sie mit einer raschen Bewegung weg. Ebenso wie Kars′ Feststellung. »Wirklich, ich komm schon zurecht.«

»Verfluchter Wald!«, knurrte Kegan neben ihnen und zog ein längliches Objekt aus einer Gürteltasche, dessen polierte Oberfläche hell glänzte. Dann zog er eine Verschlusskappe von einer Kristalllinse der Hülle. Kaum war Licht auf den Kristall gefallen, vernahm man ein leises Surren aus der Röhre, die sich von selbst auf die doppelte Länge auseinanderzog. Der Söldner setzte einen Fuß auf die Steinbrüstung, legte den Apparat vor die Augen und beobachtete die Hügel im Norden und Osten.

»Nachdem du offenbar zu schwach bist, werde ich uns nun führen. Ich kenn mich hier aus, ich trage nun auch die Verantwortung.« Kars ließ seine linke Hand zu dem Beutel hinabgleiten. Saresh verfolgte die Bewegung genau. »Diese Entscheidung steht nicht zur Diskussion. Auch wenn du ein Schüler Shaats bist, so stehe ich doch über dir.«

»Wie du wünschst.« Saresh blieb nichts anderes übrig, als den Anordnungen des Druiden zu entsprechen. Innerlich sträubte sich aber alles dagegen, sich dem Tequari zu unterwerfen.

»Gut«, stellte Kars fest, dann blickte er sich zu Orthanon um. »Adran, sorg dafür, dass wir in Kürze aufbrechen können.«

Der Söldner nickte dem Druiden zu, während er den Fernspäher wieder einsteckte. Sein Blick schweifte noch einmal über die Baumkronen und blieb schließlich an Nalyd hängen, den er argwöhnisch betrachtete. Für einen kurzen Augenblick hatte Saresh das Gefühl, echten Hass in Orthanons Augen wahrzunehmen. Der Ghulam hielt dem Blick des Söldners stand. Schließlich gewann der Yamarer das Kräftemessen. Kegan wandte sich mit einem Ruck von Nalyd ab und blickte nun geradewegs zu Saresh, als wollte er dem Magier eine Frage stellen.

»Wir machen uns marschbereit«, sagte Kegan schließlich kurz angebunden zu Kars und stieg wieder durch die Luke hinab.

Nalyd wartete, bis Kegan verschwunden war. Er legte eine Hand auf den Knauf seines Schwerts und sah Saresh an. Seine Worte galten aber dem Druiden. »Wenn Makros sich tatsächlich dazu entschieden hat, uns ans Messer zu liefern, ist der Weg nach Osten derjenige, der es ihm am einfachsten machen wird, uns zu erledigen.«

Kars ignorierte Nalyds Einwand. Er schien geradewegs durch ihn hindurchzublicken und sprach wieder zu Saresh. »Von der Furt sind es weniger als zwei Tagesmärsche bis zu einem Vorposten Kol Tassas. Von dort können wir unsere Leute in der Stadt kontaktieren.«

Saresh blieb skeptisch. »Was machen wir, wenn die Valdorer uns doch angreifen?«

»*Was notwendig ist*, um die Mission zu Ende zu führen.« Kars' Worte klangen ebenso bestimmt wie endgültig. Er schien auf eine Bestätigung zu warten.

Sareshs Blick blieb erneut auf dem Beutel haften. Was notwendig ist. Er wusste zu genau, woraus sich Kars' Gewissheit nährte. Seine Vorstellungen überschlugen sich bei dem Gedanken, es erneut zu benutzen. Es war jener Teil von Saresh, der verzweifelt nach einem Ausweg suchte, der dem Druiden antwortete.

»Wie könnten wir das verantworten? Keiner von uns hat gewusst, was passiert. Keiner war darauf vorbereitet. Wir müssen es nach Amhas zurückbringen und verstehen lernen. Wir dürfen es nicht noch einmal benutzen. Die Folgen sind nicht abzusehen. Inard lag falsch und musste den Preis dafür bezahlen. In der Schlacht hätte es uns beinahe vernichtet. Nichts von dem, was geschehen ist, sollte so sein. Es ging nur darum, die Tequari zu vertreiben, nicht, sie zu zerstören. Wir haben keine Kontrolle über seine Kraft. Es ist viel zu gefährlich!«

Saresh suchte in Kars' Gesicht nach Zeichen von Verständnis für seine Besorgnis. Das verwüstete Antlitz des Mannes blieb regungslos.

»Meister Arkusa«, begann der Druide behutsam. »Keiner hier hat vergessen, was passierte. Du bist verletzt und verwirrt. Das verstehe ich. Aber für mich besteht kein Zweifel daran, dass alles, was geschehen ist, auch genau so geschehen sollte. Wir wurden Zeugen der Macht Vandras. Du musst dein Gemüt beruhigen und Vertrauen fassen. Wir tragen die Kraft in die Welt, die den Menschen endlich den Frieden geben kann, den sie sich wünschen. Opfer sind dabei nun mal unvermeidbar! Du musst erkennen, was wir erreicht haben. Unsere

Tat hat eine neue Zeit für die Gläubigen eingeläutet. Bald werden die ewigen Kriege ein Ende finden. Muss ich etwa an deiner Überzeugung zweifeln? Shaat glaubt an dich.«

Saresh konnte nicht fassen, was er da hörte. Waren denn alle außer ihm verrückt geworden? »Warum wurden sie alle getötet?« Saresh bemühte sich, gegen den sich aufbäumenden Zorn anzukämpfen. »Was für ein Frieden soll daraus erwachsen? Das ist nicht, woran ich glaube und wofür ich mich eingesetzt habe.«

Saresh sah aus den Augenwinkeln, wie Nalyd gespannt die sich abzeichnende Auseinandersetzung beobachtete. Seine Hand lag immer noch auf dem Knauf seines Schwerts.

»Getötet? Sie wurden befreit.« Die Stimme des Druiden war das bedrohliche Grollen eines nahenden Gewitters. »Ihre Körper mögen zerstört sein, nicht aber ihre Avatare! Und auch ich bin bereit, meinen Körper zu geben, wenn es sein muss.«

»Wie gedenkt ihr dem Großkönig zu erklären, dass seine Armee, die wir zum Sieg führen sollten, durch unser Werk vernichtet wurde?«

»Er wird keine andere Wahl haben, als das Unausweichliche zu akzeptieren.«

Kars konnte Saresh nicht überzeugen. Das, was er gesehen und gefühlt hatte, konnte weder mit Frieden in Verbindung bringen, noch in irgendeiner Form rechtfertigen. Er fühlte sich benutzt und hintergangen. Er hatte daran geglaubt, dass die Suche nach dem Elyr die Suche nach einer besseren Zukunft sei und hoffte, sein letztes Argument würde zu dem Druiden durchdringen.

»Wenn wir tot sind, kann es in die Hände unserer Feinde gelangen!«

»Das wird nicht geschehen.« Kars machte einen Schritt auf Saresh zu. Sein verbliebenes Auge leuchtete dämonisch. »Dein Argwohn kann noch gar nichts beweisen. Aber du beweist auch, dass du genügend Kraft hast, um mit mir zu streiten. Also wirst du auch genügend Kraft aufbringen können, diesen Weg zu Ende zu gehen. Solltest du mir wieder Grund geben, an deiner Ergebenheit zu zweifeln, werde ich nicht zögern und die Mission ohne dich fortsetzen. Bild dir nicht ein, dein Status zählt hier draußen etwas! Hier müssen wir alle vor uns selbst bestehen.«

Versuch es, Druide, und Nalyd schickt dich schneller zu deinen toten Barbarenfreunden, als deine Lippen einen Fluch auf mich werfen können. Sein Leibwächter beachtete ruhig und doch konzentriert jede Bewegung des Druiden. Saresh zweifelte in dieser Stunde an allem, nur nicht an der Loyalität und der tödlichen Schnelligkeit, mit der sein Leibwächter zuschlagen konnte, wenn es erforderlich wurde. Die Fähigkeiten des

Ghulam waren die letzte Sicherheit, die Saresh an diesem Ort besaß. Kars musste klar sein, dass er zuerst an Nalyd vorbei musste, wenn er Saresh ausschalten wollte. Allerdings gaben ihm offensichtlich die Ergebenheit der Söldner, der kleine Kasten in dem Beutel an seiner Hüfte und sein gestärkter Glaubenseifer genügend Selbstvertrauen.

»Macht euch reisefertig!«, fauchte der Druide und drehte dem Magier den Rücken zu. Weiterhin würdigte er Nalyd keines Blickes. Er ließ ihn einfach stehen und stieg durch die Luke in den Turm hinab. Dem Leibwächter schien das abweisende Verhalten des Druiden hingegen gleichgültig zu sein.

Kaum war Kars verschwunden, stützte sich der Saresh wieder stöhnend auf den Steinen ab und ließ erschöpft die Schultern hängen. »Keiner von denen scheint zu akzeptieren, was wir getan haben. Niemand will verstehen, worum es eigentlich ging. Es ist wie in einem Alptraum.«

»Kein Grund sich aufzuregen«, sagte Nalyd lächelnd.

»Du musst auch verrückt geworden sein! Glaubst du das, was Kars sagt? Dass wir dem göttlichen Willen mit diesem Wahnsinn zum Recht verholfen haben?«

Nalyds Grinsen wurde breiter. »Du hast doch die ganze Zeit davon gesprochen, den göttlichen Willen ausführen zu wollen. Du warst so damit beschäftigt damit, deine Fähigkeiten in den Dienst dieses Gedankens zu stellen, dass du nicht bemerkt hast, wie du dadurch zum Werkzeug eines fremden Willens wurdest. Zu ihrem Werkzeug.« Er zeigte mit Finger durch die Luke, durch die der Druide entschwunden war. »Ich teile weder Kars′ Ansichten, noch muss ich sie verstehen.«

»Ich wollte nur den Anweisungen meines Meisters dienen. Seine Ziele erschienen mir gerecht. Er lehrte mich, die Wahrheit hinter den Lügen zu sehen, denen wir schon zu lange aufgesessen sind.« Saresh wollte überzeugt klingen, aber die Erschöpfung in seiner Stimme strafte ihn Lügen.

»Nein, du wolltest es um deiner selbst willen. Du wolltest dich selbst erhöhen. Aber jetzt hast du erkannt, wie hoch der Preis dafür sein kann.«

»Warum hast du mir niemals gesagt, wie du über unseren Auftrag denkst?«

»Hätte es denn etwas gebracht? Deine Brüder und Schwestern sind Gefangene ihrer eigenen Ideologie. Alte Lügen werden durch neue ersetzt. Das ist der Lauf der Dinge. Vielleicht begreifst du das jetzt langsam und fängst an, deine eigene Ideologie zu überdenken. Ich habe viele Menschen gesehen, die so waren wie du. Im Gegensatz zu dir kämpfe ich nicht für ihre Sache. Meine Aufgabe ist es, dafür zu sorgen, dass du lebst. In einem hat der Barbar recht: Hier draußen müssen wir alle vor uns selbst bestehen.«

»Es hätte nicht mehr viel gefehlt, und du hättest deine Weisheiten nicht mehr an den Mann bringen können«, bemerkte Saresh zynisch.

»Aber du bist noch hier.«

»In diesem Augenblick, wäre ich sogar lieber tot. Alles ist falsch gelaufen.«

Nalyd trat vor den Magier. Er befand sich direkt vor der Sonne, und der Magier glaubte für einen Augenblick, vor ihm stünde ein Schatten, der von einer leuchtenden Korona umgeben war. Nalyd legte Nachdruck in seine Worte. »Wir beide haben all dies durchgestanden, und an der Erkenntnis zu verzweifeln, ist nicht unser Schicksal, glaub mir.« Er blickte nach Westen. »Zwischen der Wirklichkeit und den vermeintlichen Wahrheiten besteht eine tiefe Kluft. Vielleicht waren die Ereignisse nicht der Wille der Götter, aber du hast sie miterlebt und überlebt. Es liegt nun an dir, ihre Bedeutung zu erkennen. In erster Linie für dich selbst.«

Saresh blickte seinen Begleiter fragend an. »Was bedeutet es für dich?«

Nalyd musste lachen. »Die Welt ist ein Durcheinander von Wirklichkeit und Schein. Die Wege des Lebens sind undurchsichtig, sie führen in eine Nebelbank, in eine ungewisse Zukunft. Es unterscheidet nicht nach schwarz und weiß, richtig oder falsch. Die meisten Leute glauben, dass das Leben, wie es existiert, ein böser Scherz ist. Sie glauben, wir seien Figuren im Spiel des Schicksals. Sie suchen stets nur nach einem Ausweg, einer Antwort, sehen nur die eine Seite einer Sache. Dabei blicken sie oft auf die Oberfläche dieser Sache und glauben, sie zu durchschauen. Im Zuge dessen werden sie selbst oberflächlich. Sie reflektieren in den Dingen nur das, was sie sehen wollen. So ist es leicht, eine Antwort zu erhalten, die scheinbar universelle Gültigkeit beanspruchen kann. Ich denke, so ist es mit Kars. Wer glaubt, Gott immer auf seiner Seite zu haben, stellt sich keine Fragen über Falsch oder Richtig, Gut oder Böse. Er hat bereits seine Antwort gefunden. Was du jetzt durchmachst, wird dich stärker machen, als du denkst. Wenn du nur nicht aufgibst. Du suchst nach Wahrheit? Die Wahrheit hat so viele Gesichter, dass sie nur in Alternativen gedacht werden kann.«

»Das ist keine Antwort auf meine Frage.«

»Lass uns nicht länger darüber sprechen. Es ist schon spät.«

Nalyd konnte sagen, was er wollte. Saresh bemerkte, dass in ihm ebenfalls eine Veränderung vonstattengegangen war. Der Krieger besaß viel Erfahrung. Er war zudem dazu ausgebildet worden, die Absichten der Menschen zu durchschauen. Aber noch nie zuvor hatte er Saresh derart mit seinen Fehlern oder mit seinen eigenen Ansichten konfrontiert.

Er blickte erneut nachdenklich vom Turm hinab. Unten gingen mehrere Frauen mit Wasserschläuchen und Eimern vorbei. Sie empfingen die Männer, die die Gräber ausgehoben hatten und reichten ihnen das Wasser. Ihre nackten Füße waren verstaubt von der trockenen Erde. Die Männer tranken von dem Wasser und begannen, sich damit die Füße zu waschen.

Saresh konnte sich nicht helfen. Er wollte die Spuren seiner Tat, die Schuld, die er fühlte, ebenfalls einfach von sich abwaschen. Mit diesem Gedanken kehrte der Schmerz zurück. Mit dem Schmerz kamen quälende Eindrücke, die er nicht einordnen konnte. In der Ferne glaubte Saresh eine Wildkatze aus dem Wald fauchen zu hören. In dem grellen Licht, das seinen Geist ausfüllte, erkannte er die Umrisse zweier Fremder, die auf ihn zukamen. Dann wurde das Licht so hell, dass die Umrisse darin vergingen.

Ein kühler Wind kam über die Hügel hinab und erzeugte ein heulendes Geräusch, da er durch das Turmgemäuer blies. Der Wind zerrte an seinen Kleidern, als wolle er ihn wie Staub fortwehen.

Kapitel 7

»Ich wünschte, du würdest das lassen!«, sagte Moriana knurrend, als Liocas erneut in die Knie sank und zu seinem Gott betete. Allmählich ging ihr die Frömmelei des Knappen gehörig auf die Nerven.

Doch Liocas hörte nicht auf sie und richtete ein kurzes Gebet an Urias, so wie er es immer machte, wenn Arkas einen Moment innehielt, um die Spuren zu überprüfen, denen sie nun schon seit fast einem Tag und einer Nacht folgten. Sie waren unmittelbar nach dem Gespräch mit dem Waldläufer aus dem Kloster aufgebrochen. Obwohl Abt Tazlar sie gebeten hatte, noch etwas zu warten, vor allem, um Morianas Bein zu schonen, hatten sie es kaum abwarten können, sich auf die Spur der amhasischen Söldner zu setzen. Die Wahrscheinlichkeit, dass diese Gruppe mehr über das Geschehen auf dem Schlachtfeld wusste als sie selbst, war einfach zu groß.

Immerhin hatten sie von den Mönchen noch etwas Ausrüstung bekommen. Luun, der Schmied des Klosters, hatte Moriana ein Breitschwert aus eigener Fertigung überreicht. Daneben hatte sie einen einfachen Waffenrock und Wildlederkleidung erhalten. Sie musste zugeben, dass sie sich in den Sachen ganz wohl fühlte. Allerdings hätte sie für das Kommende eine tequarische Lederrüstung vorgezogen.

»Hier sind sie lang.« Es fiel dem Waldläufer nicht schwer, die Gruppe der Amhasi zu verfolgen, da diese kaum in der Lage waren, ihre Spuren zu verwischen. Zumindest zwei von ihnen trugen etwas Schweres mit sich, während ein anderer auf einen Stock gestützt ging, wie Arkas festgestellt hatte. »Sie sind nicht mehr weit entfernt. Wir haben sie bald eingeholt.« Arkas winkte Moriana zu und nahm die Verfolgung in leichtem Laufschritt wieder auf.

»Komm, Lichtkind! Beten kannst du später«, trieb die Tequa Liocas an. Mit einem Nicken folgte er ihr.

Die nächsten Stunden folgten sie der Gruppe Amhasi entlang eines breiten Flusses durch Laubwälder in das Vorland des Val-Varos-Gebirges, dessen steil aufragende Gipfel die valdorische Allianz von Amhas trennten. Allem Anschein nach suchten die Verfolgten nach einer Passage über den Fluss. Arkas hatte seinen Begleitern erklärt, dass es flussaufwärts eine Furt gab. Er nahm an, dass die Furt das vorläufige Ziel der Gruppe darstellte, da sie in dieser Gegend die einzig sinnvolle Möglichkeit war, den Strom sicher zu überqueren, vor allem, wenn man Verletzte bei sich hatte.

Auf einer Kuppe stoppte Arkas seine Gefährten plötzlich. Er pirschte um einen Busch herum und spähte hinunter auf eine Lichtung. Dann kam er zu den anderen zurück. »Das ging schnell. Da unten sind sie. Sie lagern mitten auf einer Wiese in der Nähe des Ufers im Schatten einiger Birken. Haben offenbar nicht bemerkt, dass sie verfolgt werden …« Der Waldläufer begann eine Sehne auf den Langbogen zu spannen. »… oder es ist ihnen egal.«

»Was sind es für Leute?«, fragte Moriana.

»Amhasi, wie ich vermutet habe. Vier Kämpfer, vermutlich Söldner. Zumindest bei zwei von ihnen sehe ich Schusswaffen. Die drei anderen scheinen unbewaffnet zu sein. Zwei weitere tragen merkwürdige Gewänder, und einer sieht aus, als stamme er von hier. Vermutlich haben sie einen einheimischen Führer angeheuert.

»Merkwürdige Gewänder? Was heißt das?«, fragte Liocas.

»Konnte ich nicht genau erkennen. Sind Schriftzeichen darauf, die ich noch nie gesehen habe.«

»Kleriker«, stellte Moriana fest. »Wahrscheinlich sind sie auch auf so einer Art Pilgerreise«, fügte sie spöttisch hinzu.

»Pilger dürfen weder Waffen tragen, noch von Bewaffneten begleitet werden. Und was sollen amhasische Priester in Valdora? Wenn sie hier von ihren Göttern predigen, werden sie aus den Dörfern geprügelt. Nein, eher sind es Steinsänger, die in unseren Wäldern ihren dunklen Ritualen nachgehen«, sagte Liocas mit Bestimmtheit und umfasste den Griff seines Schwerts, als wollte er den Worten damit Nachdruck verleihen. »Hexer, die sicher in die Sache verwickelt, vielleicht sogar ihr Ursprung sind.«

»Ihr könnt ja runtergehen und sie fragen«, schlug Arkas vor, während Moriana ungläubig die Augenbrauen hochzog.

»Genau das mache ich jetzt!« Der Knappe ging einige Schritte auf den Busch zu, bevor Moriana ihn an der Schulter packte und zurückzog.

»Bist du verrückt geworden? Du kannst doch nicht einfach da runterlaufen. Wenn es Feinde sind, töten sie dich sofort.«

»Was sollen wir sonst tun?«

»Wir gehen zu dritt, mit gezogenen Waffen. Dann werden sie sehen, dass mit uns nicht zu spaßen ist, und uns respektvoll begegnen.«

»Oder uns für Angreifer halten und ebenfalls töten«, warf Arkas ein. »Nein, wir müssen sie beobachten, um dann zu entscheiden, was wir tun. Vergesst nicht: Sie sind mehr als doppelt so viele wie wir!«

»Das spielt keine Rolle. Ich versteck mich doch hier nicht wie ein feiger Kurosar«, entgegnete die Tequa.

»Sie hat recht. Sie sollen sich uns erklären. Sie wandern schließlich ungefragt durch valdorische Wälder«, entschied Liocas.

»Wie naiv seid ihr eigentlich?«, entfuhr es Arkas. »Statt euch eine Erklärung für ihr Eindringen zu liefern, entdecken sie uns hier oben, wenn wir noch lange streiten. Wir sollten …«

Weiter kam er nicht. Die drei Beobachter wurden von einer heißen Druckwelle umgeworfen, als der Strauch neben ihnen explodierte.

Vor Liocas' Augen tanzten bunte Lichter, die Luft roch scharf und metallisch. Er versuchte sich aufzurappeln, schaffte es aber gerade so, sich auf Armen und Knien abzustützen. Was von dem Buschwerk nicht weggefegt worden war, stand sofort lichterloh in Flammen und blendete ihn zusätzlich.

Moriana kam schneller wieder zur Besinnung und sprang auf. Sie riss ihr Breitschwert aus der Scheide und rannte durch den Rauch den Hügel hinab. Liocas sah, dass ihr Mund weit aufgerissen war, doch statt eines wütenden Tequari-Kriegsschreis hörte er nur ein helles Pfeifen, das alle anderen Geräusche überlagerte. Er schüttelte den Kopf.

Er musste ihr folgen, konnte sie nicht alleine gegen die Feinde kämpfen lassen. Mit dem zweiten Versuch kam er auf die zitternden Beine. Er sah den Waldläufer neben sich, der auf ihn einredete, während er ihn hochzog, aber er vernahm seine Worte nur dumpf. Arkas ging kraftlos wieder in die Knie und deutete hustend auf den Rauch.

Liocas starrte angestrengt dorthin, wohin Moriana verschwunden war, erkannte aber nichts. Dann zog auch er die Waffe, rannte los und ließ den keuchenden Arkas zurück.

Als die Tequa aus dem Rauch hervorschnellte, sah sie einen der Kämpfer in einer blaulackierten Rüstung auf sich zukommen, eine blitzende Säbelspitze auf sie gerichtet.

Das war der Augenblick, auf den sie schon seit Tagen gewartet hatte. Endlich würde jemand mit Blut für das bezahlen, was ihrem Volk angetan worden war.

»Für euch den Tod, ker'kach!«

Kurz bevor sie auf den Krieger traf, merkte sie, dass zwei weitere Söldner langgezogene Läufe auf sie richteten. Geistesgegenwärtig warf sie sich nach vorne und vollführte aus dem Laufen heraus eine Rolle vorwärts durch die Luft. Aus den Augenwinkeln nahm sie zwei hellblaue Lichtblitze wahr, die dicht an ihrem Kopf vorbeischossen. Sie kam elegant wieder auf dem Boden auf und hob das Schwert über den Kopf. Gleichzeitig sprang der dritte Söldner auf sie zu und holte mit dem Säbel aus.

Mit einer geschmeidigen Drehung duckte sie sich unter seinem Schlag weg und schnitt ihm mit dem Schwung ihrer schweren Klinge die rechte Wade auf. Der Mann kippte schreiend nach vorne.

Moriana stand wieder aufrecht, noch bevor er den Boden berührte. Sie stieß ihm die Waffe dort in den Rücken, wo ihn die Rüstung nicht schützte. Zufrieden zog sie die rotglänzende Klinge aus dem sterbenden Leib des Söldners. Sie ließ ihn hinter sich und sprintete den beiden Schützen auf der Wiese entgegen. Die warfen ihre seltsamen Lichtschleudern ins Gras und zogen stattdessen stählerne Klingen blank. Auf einmal tauchte ein vierter Kämpfer auf, den sie zuvor nicht bemerkt hatte. Er stand rechts hinter ihr zwischen den Birken und brüllte einen Befehl in einer fremden Sprache. Seine Haare waren so rot wie das Tor Elotias. Auch er hielt eine der länglichen Schusswaffen in den Händen, die er rasch an die Schulter brachte. Der Lauf seiner Waffe zielte auf ihre Brust. Moriana konnte Entschlossenheit in seinen Augen erkennen, sie mit diesem Schuss zu töten.

Unvermittelt erschien Liocas aus dem Rauch und warf sich brüllend auf den Mann. Ein Blitz zuckte über die Lichtung. Der Schuss verfehlte Moriana und ging ins Leere.

Liocas hatte sein Kurzschwert mit einem beidhändigen Hieb gegen den Lauf der Schusswaffe geschlagen und ihn einen Schritt zurückgeworfen. Der Söldner war wirkte überrumpelt, was der Knappe nutzte, um einen weiteren ungestümen – jedoch wenig gezielten – Schlag gegen ihn zu führen. Ein zweites Mal ließ sich sein Gegner aber nicht übertölpeln. Schnell hatte er die Schusswaffe wie einen Kampfstab gedreht und Liocas′ Angriff mit dem Schaft geblockt.

Liocas versuchte sofort nachzusetzen, doch ohne sicheren Stand zu haben. Seine Attacke ging ins Leere, und er verlor das Gleichgewicht, da der Söldner ihm mühelos auswich. Der junge Valdorer hatte noch nicht realisiert, was geschah, als seine linke Seite vor Schmerz explodierte. Gleichzeitig wurde ihm die Luft aus dem Brustkorb gepresst. Der Söldner hatte ihm einen Stoß mit dem Schaft verpasst und ihn damit zu Boden gestreckt, wo er benommen liegen blieb.

Der Knappe erkannte zwischen den Grashalmen, die nun einen Großteil seines Sichtfeldes ausfüllten, wie der Mann von ihm abließ. Offenbar hielt er ihn für kampfunfähig. Jedenfalls drehte er die Waffe und ließ ihren Lauf in einer fließenden Bewegung aufklappen. Vor seinem Gegner sah er Moriana, die sich inzwischen im Kampf mit den verbliebenen Kriegern befand.

Ein stechender Schmerz zog sich durch Liocas′ Brust. Er stöhnte und tastete nach dem Schwertgriff, aber ohne Erfolg. Währenddessen zog der Rothaarige ein Projektil hervor und steckte es in den Lauf. Liocas ahnte, was er vorhatte. Panisch suchte er den Boden ab. Der Söldner ließ die geladene Waffe mit einem Ruck zuschnappen und richtete den Lauf erneut auf den Nahkampf, in den Moriana verwickelt war, als Liocas endlich den Knauf seines Schwerts ertastete.

Der Söldner zielte sorgfältig, er atmete kontrolliert, die Mündung der Waffe folgte Morianas Bewegungen. Plötzlich fiel ein Schatten auf ihn. Liocas war aufgesprungen und warf sich, die Klinge voran, mit dem ganzen Körpergewicht auf den Rothaarigen, als dieser abdrückte. Der Schmerz beim Aufprall auf den Gerüsteten betäubte ihn fast. Es gab ein hässliches Geräusch, und Liocas fand sich erneut am Boden wieder.

Der Schuss hatte getroffen. Neben Moriana wurde einer ihrer Gegner von einer unsichtbaren Macht niedergestreckt und blieb regungslos liegen.

»Jetzt reicht′s, du kleiner Bastard!«, fauchte eine dämonische Stimme in Liocas′ benebelten Verstand. In strahlendem Sonnenlicht stand der Rothaarige wieder über ihm. Liocas′ Schwert ragte aus seiner rechten Schulter, wo es durch die Lamellen der Rüstung gedrungen war. Der Knappe war entsetzt von dem ungeheuerlichen Anblick und versuchte auf die Beine zu gelangen. Er schaffte es kaum, den Oberkörper aufzurichten, schon kostete er den mit Nieten beschlagenen Rücken eines Handschuhs und kippte Blut spuckend um. Er hatte keine Kraft mehr, um sich zu wehren. Über ihm zog der Söldner seinen Säbel aus dem Heft.

Urias!, war Liocas' einziger Gedanke, als der Rothaarige sich mit mordlüsternem Blick zu ihm herabbeugte.

Aus dem Nichts ertönte ein Surren, dicht gefolgt von einem dumpfen Pochen. Die Mordlust war mit einem Mal aus dem Gesicht des Söldners gewichen und hatte ungläubigem Staunen Platz gemacht. Ein Pfeil zwischen den Schulterblättern erweiterte das Sortiment scharfer Gegenstände, die aus seinem Körper ragten. Noch stand der rote Berserker aufrecht, war allerdings durch diesen Treffer zu sehr mit sich selbst beschäftigt, anstatt Liocas zu töten, und taumelte von dem Knappen weg.

Der junge Valdorer blickte in die Richtung, aus der der rettende Schuss gekommen war. Arkas stand auf der Kuppe und lud seinen Bogen nach. Auch der Söldner hatte den Waldläufer entdeckt und humpelte knurrend auf ihn zu. Roter Schaum tropfte aus seinen Mundwinkeln.

Arkas' Bogen hob sich für den schwer atmenden Liocas seltsam langsam. Er sah einen Pfeil darauf liegen. Ein Augenzwinkern später deutete dessen blutverschmierte Spitze aus dem Nacken des Rothaarigen auf Liocas' erstauntes Gesicht. Der Söldner fiel tonlos auf die Knie und brach zusammen.

Schon lud Arkas wieder nach, um auf die Gruppe inmitten der Wiese anzulegen.

Liocas' von Adrenalin geschwängerter Körper kam trotz der Schmerzen wieder in Bewegung – sein Verstand hingegen versagte ihm weiterhin den Dienst. Er fühlte sich, als würde er sich selbst von außen betrachten, als er dem mehrfach durchbohrten Söldner den Säbel abnahm. Wo war Moriana? Er musste ihr helfen. Desorientiert blickte er sich um. Es dauerte lang – zu lang! – bis er sie endlich entdeckte. Die Tequa stand den verbliebenen vier Personen gegenüber. Alleine würde sie kaum gegen so viele Feinde bestehen können.

Liocas trabte los, so schwerfällig wie ein Lastkarren mit Achsenbruch. *Ich muss zu ihr, sie stirbt ohne meine Hilfe!*

Währenddessen begann einer der Zauberer merkwürdige Gesten zu vollführen, die nichts Gutes ahnen ließen. Es war eine monströse Gestalt, in Leder gekleidet, tätowiert und von Wunden übersät. Über dem rechten Auge trug er einen dreckigen Verband. Ein anderer Magier lag auf der Wiese, offenbar unfähig, etwas gegen die Angreifer zu unternehmen. Er wälzte sich in einen Mantel gehüllt am Boden.

Doch wer wusste schon, zu was für Grausamkeiten dieser Mann noch in der Lage war? Sollte einer von ihnen von einem Kampfzauber getroffen werden, würde nicht viel von ihm übrigbleiben, dachte Liocas.

Der letzte Söldner hatte Morianas wütenden Angriff mit seinem Kameraden stoppen können, bevor sie die Magier erreichte. Sie hatten sich von der Kriegerin nicht so leicht überwältigen lassen wie ihr erster Gegner. Stattdessen drängten sie sie von ihren Gefährten fort. Obwohl die Tequa es augenblicklich nur noch mit einem Söldner zu tun hatte, kam sie nicht an ihm vorbei, denn er war geschickt genug, ihre wilden Schläge mit seinem gebogenen Schwert abzuwehren. Doch er war nicht imstande, einen Konter gegen die unglaublich gewandte Barbarin zu setzen.

Der letzte im Bunde schien ein Einheimischer zu sein. Er trug die einfache Kleidung eines Jägers und hatte einen Speer auf die Tequa gerichtet, als sei sie ein rasender Eber. Aber er griff nicht in den Kampf ein.

Sie spielen auf Zeit!, fuhr es Liocas durch den Kopf. Sie warten auf die verdammten Zauberer!

»Schieß' auf die Zauberer!«, rief er Arkas zu.

Der Waldläufer schickte einen weiteren Pfeil auf die Reise. Ein zielsicherer Schuss auf den fuchtelnden Magier. Gerade als der große Mann die Arme hochriss, um seinem Spruch Wirkung zu verleihen, schlug das Geschoss in sein gesundes Auge ein. Der Zauberwirker taumelte rückwärts und fiel leblos in die Wiese.

Aus seiner Hand löste sich kurz vor seinem Tod allerdings noch ein grelles Licht, das wie ein Blitz auf Arkas zuschoss. Der Waldläufer warf sich im letzten Moment zur Seite,das magische Geschoss verfehlte ihn knapp und schlug in einen Baum ein, von dessen Rinde große Teile weggesprengt und versengt wurden. Arkas blieb schnaufend am Boden liegen.

Liocas hatte Moriana endlich erreicht und kam ihr zu Hilfe. Mit hochgerissenem Säbel griff er den Söldner an. Der in blau gerüstete Mietling wandte sich ihm zu, um ihn auflaufen zu lassen. Im gleichen Moment attackierte Moriana ihn völlig überraschend. Sie trat ihm mit Kraft zwischen die Beine, so dass er sich vor Schmerz krümmte. Die Tequa nutzte den Schwung aus und ließ ihr Breitschwert wie einen Hammer auf seinen Kopf fallen. Der Mann sackte mit gespaltenem Schädel zusammen und rührte sich nicht mehr.

Moriana sprang mit beeindruckender Behändigkeit zurück und fixierte den zweiten Gegner, der der Geschwindigkeit ihres Angriffs nicht gewachsen war.

Liocas hatte niemals zuvor jemanden so kämpfen gesehen wie seine barbarische Gefährtin. Sie war so agil und schnell wie ein Bergpanther. Noch dazu agierte sie mit einer Brutalität, die schier furchteinflößend war. Vielleicht lag es auch nur an seinem benebelten Verstand, dass er den Aktionen der Tequa kaum folgen konnte.

Eine rasche Bewegung des Speerträgers holte Liocas zurück. Er sprang zurück und schüttelte erneut den Kopf, als könne er auf diese Weise seine Benommenheit abwerfen. Sein Gegner schien glücklicherweise nicht recht zu wissen, auf wen er sich konzentrieren sollte. Unerwartet hatten sich die Kräfteverhältnisse gegen ihn gewandt. Seine Augen sprangen hin und her, und er pendelte von einem auf den anderen Fuß, bereit, jeden Angriff sofort zunichte zu machen.

Moriana hielt sich dennoch zurück. Liocas bemerkte, dass sie den Jäger grinsend ansah. Bei ihm musste es sich tatsächlich um einen ortskundigen Führer des kleinen Trupps handeln, ein Grenzländer, der sich verkauft hatte. Sie war sich offenbar sicher, dass er keine Bedrohung für sie darstellte.

Sie spielt mit ihm, erkannte Liocas.

Der Knappe selbst war jedoch kaum in der Lage, den Mann zu überwältigen, das war ihm klar. Mit seiner Klinge würde er schwerlich an dessen Speer vorbeikommen, ohne sich einen Treffer einzufangen. So sehr er Moriana auch ihre Rache gönnte, verlor Liocas bald die Geduld. Sie hatten keine Zeit für sowas, nicht, solange noch Magier am Leben waren.

Immerhin kehrten seine Sinne allmählich wieder zurück. Er konnte das Keuchen ihres Gegenübers hören.

»Beende es!«, forderte er Moriana auf.

»Beende du es doch!«, gab sie zurück, machte einen Sprung zur Seite, verbeugte sich kurz und rannte auf den verbliebenen Zauberwirker zu.

Na gut, sie will mich testen, dachte Liocas und konzentrierte sich auf den hochgewachsenen Mann, der sich gerade versicherte, dass ihm die Tequa nicht in den Rücken fiel. Dann wandte er sich ihm zu, die Augen zu Schlitzen verengt.

Liocas fintete sofort an, wie er es von Meister Falan beigebracht bekommen hatte, um einen Kämpfer mit einer Stangenwaffe zu einem Stoß zu verleiten, der seinen Reichweitenvorteil verkürzte und die Deckung öffnete. Dann versuchte er mit einem Schritt vorwärts und einem schnellen Stich den Speer des Gegners zu unterlaufen. Wie befürchtet, schaffte er es nicht, genug Druck auszuüben und sah sich sofort einigen blitzartigen Angriffen des zurückweichenden Waldläufers ausgesetzt. Liocas presste die Zähne vor dem Schmerz zusammen, der in seiner Brust tobte.

Im Hintergrund ertönte ein hasserfüllter Schrei, als Moriana auf den verbliebenen Magier einschlug, der von der Kriegerin wegzurobben versuchte.

Liocas hingegen bekam immer mehr Probleme. Der Jäger hatte seine Rückwärtsbewegung nicht fortgesetzt, als ihm klar wurde, dass er es mit einem unerfahrenen Kämpfer zu tun hatte, der außerdem noch verletzt war. Er trieb den Knappen mit kräftigen Stößen vor der Spitze seines Speers her. Ein Streiftreffer zerfetzte den Stoff seines Waffenrocks am linken Arm. Ein weiterer Stich ritzte seinen Oberschenkel an, und außerdem ging ihm allmählich die Puste aus. Es musste etwas geschehen, sonst würde er bald tot im Gras liegen.

»Arkas!«, schrie er laut, und die Panik in seiner sich überschlagenden Stimme war nicht zu überhören. Wieder verfehlte die Lanzenspitze ihn nur knapp an der Hüfte. Sein Waffenarm war durch den Schmerz in der rechten Seite betäubt, er konnte den Säbel kaum noch halten. Er sprang zurück und riss erst im letzten Augenblick die Waffe hoch, um den Stoß des Gegners abzufangen. Vor Schwäche entglitt ihm dabei die Klinge.

Siegesgewiss sprang der Grenzländer auf ihn zu, um den finalen Stoß zu setzen, doch mitten in der Bewegung riss er die Augen auf. Er stolperte noch zwei Schritte vorwärts und sackte dann vor Liocas zusammen. Aus seinem Rücken ragte ein Pfeil.

Von der Erhebung aus grüßte ihn Arkas mit einer schwachen Handbewegung und sank dann auf die Knie, geschüttelt von einem Hustenkrampf.

Auf der Wiese rammte Moriana der wehrlos auf dem Boden liegenden Gestalt mit einem Schrei die Klinge in den Körper.

Dann herrschte Stille.

Saresh starrte entgeistert auf die Lichtung. Er wagte es nicht, sich zu bewegen, aus Angst davor, die Stille zu durchbrechen, die sich über die Szenerie gelegt hatte, nachdem die drei Fremden seine Gefährten niedergemacht hatten. Die Grausamkeit des Anblicks entzog sich seinem Verstand. Für einen Augenblick hoffte er, sie sei lediglich eine Halluzination, ausgelöst durch einen weiteren Fieberschub, doch sein Begleiter zerstörte diese Hoffnungen.

»Sieht übel aus, mein Freund. Sie haben die ganze Bande umgebracht. Was für ein Jammer! Elotia möge sie durch die Pforte geleiten«, flüsterte Nalyd, während er vorsichtig hinter den Felsen zurückrutschte, über den sie auf die Lichtung gespäht hatten.

Saresh verharrte zwischen den Felsen. Er wollte seinen Augen nicht trauen. Seine Gedanken überschlugen sich. *Alle tot! Hört das denn gar nicht mehr auf?* Die Fremden hatten Kars, Miriya, Kegan und seine Söldner sowie den Waldläufer in einem brutalen Kampf getötet. Während der Rest der Gruppe auf der Wiese gerastet hatte, waren er und Nalyd zum Fluss hinuntergegangen. Der Magier hatte sich etwas Kühlung verschafft und ein wenig im Schatten der Bäume am Ufer gelegen, um einen Moment für sich zu sein. *Wäre ich doch nur bei ihnen geblieben, anstatt einzuschlafen!* Nalyd hatte Recht behalten. Sie waren verfolgt worden. *Aber warum nur drei?*, dachte Saresh. *Gehören die zu Makros? Möglicherweise eine Vorhut, die zufällig über Kars und die anderen gestolpert ist?* Die ganze Situation verwirrte ihn.

Irgendwas stimmt hier einfach nicht! Saresh und Nalyd hatten den Angriff erst bemerkt, als der Magier fühlte, dass Kars seine zerstörerische Kampfmagie wirkte. Sie hatten sich vorsichtig angenähert und waren auf eine erhöhte Position geschlichen, um zu sehen, was vor sich ging. Als Saresh in das Gefecht eingreifen wollte, hatten sich seine Verletzungen bemerkbar gemacht. Die Krämpfe waren so stark gewesen, dass er kurzzeitig das Bewusstsein verloren hatte. Nachdem er wieder zu sich gekommen war, hatte Nalyd ihn zurückgehalten. So hatte er das Gemetzel nur hilflos mit ansehen können.

Was Saresh jedoch am meisten Angst einjagte, war die Tatsache, dass diese Fremden, wer auch immer sie waren, bald den Beutel an Kars Gürtel finden würden. Innerlich verfluchte er seine Dummheit, dann gab er sich einen Ruck und robbte rückwärts von den Felsen hinunter. Er versuchte dicht bei Nalyd zu bleiben, der sich wie ein Schatten zwischen den Bäumen bewegte. Sie liefen zurück zum Wasser, rutschten die Böschung hinunter an das steinige Ufer und brachten einige hundert Fuß zwischen sich und die Lichtung.

»Wir hätten eingreifen müssen. Sie werden sich des Elyrs bemächtigen«, platzte es endlich aus ihm heraus. »Du hättest mich nicht aufhalten dürfen, Nalyd!«

»Vermutlich.« Der Ghulam nickte. »Vermutlich würden wir dann zusammen mit Kegan und Kars die Regenwürmer besuchen. Abgesehen davon bist du doch froh, Kars endlich los zu sein, oder nicht?«

Saresh ignorierte den Einwand. Für einen Moment schwiegen beide. Nur das Rauschen des Flusses war zu hören.

»Es ist ein einziger Alptraum! Wir müssen sie erledigen, Nalyd. Wahrscheinlich sind sie nur wegen des Elyr hier. Vielleicht hat Makros sie geschickt, dieser verfluchte Verräter«, mutmaßte Saresh nach einigen Augenblicken.

Der Ghulam lachte leise in sich hinein.

»Was ist daran schon wieder so komisch?«, zischte Saresh verärgert.

»Verzeih mir, aber es hat schon etwas für sich, wenn ein Verräter seine Mitverräter verrät. Ich frage mich, ob man es dann überhaupt noch als Verrat bezeichnen kann.«

»Wie schön, dass dich die Situation immer noch amüsiert«, entgegnete der jüngere Yamarer erzürnt. »Ich werde dich für die Schule des Höheren Weges vorschlagen, wenn wir hier lebend rauskommen sollten. Da kannst du über diese und weitere bedeutsame Fragen mit einem Haufen alter Schlauberger philosophieren, bis dein sturer Kopf geplatzt ist!« Saresh ging über den Kiesstrand, während er vor sich hin schimpfte. »Wir gehen jetzt da hoch und holen uns den Elyr zurück!«

Nalyd warf einen argwöhnischen Blick in Richtung der Wiese. »Hast du nicht aufgepasst? Die haben gerade vier Schwerbewaffnete, darunter einen waschechten Keliten und einen Druiden erledigt. Nein, nicht erledigt, sie haben sie abgeschlachtet! Außerdem haben sie einen Schützen in der Hinterhand, und vergiss nicht, dass sie jetzt auch die Kyroi der Söldner besitzen. Jetzt einen Angriff auf diese Fremden zu überleben, würde glatt an Zauberei grenzen.«

»Na, wie gut, dass du gerade einen Magier dabei hast!«, knurrte Saresh und begann die rundgewaschenen Kiesel am Ufer zu untersuchen. »Außerdem ist der Blonde verletzt. Kegan hätte ihn beinahe umgebracht.«

»Dafür ist Kegan jetzt auch so *richtig* tot!«, stellte Nalyd hämisch fest und hob wie entwaffnet die Arme. »Und mal im Ernst: Glaubst du wirklich, dass diese Fremden zu Makros gehören? Der Baron hätte sicherlich eine ganze Meute auf Kars losgelassen, wenn er hinter uns her wäre. Die Kurosar hätten ihn in handliche Scheiben geschnitten und ihn zu einem Wucherpreis an Makros verkauft! Er wusste doch, wie gefährlich der Druide ist, und was wir bei uns haben.«

Saresh stoppte seine Suche im Kiesbett und sah auf. »Das stimmt. Diese Fremden waren zahlenmäßig völlig unterlegen. Vielleicht wussten sie wirklich nicht, über wen sie hier gestolpert sind. Aber selbst, wenn es sich um Banditen handelt, die zufällig vorbeikamen und in spontanem Blutdurst über sie hergefallen sind, können wir ihnen den Elyr auf keinen Fall überlassen. Denk mal darüber nach, mein engstirniger Freund. Wir werden ihnen den Elyr wegnehmen, ehe sie ihn überhaupt bekommen. Wenn ich es nicht besser wüsste, müsste ich glatt denken, dass du ein Feigling bist, Nalyd Joweha, Sohn von Alkul, erster Ghulam von Sornas Elliad. Was ist nur los mit dir? Wir werden mit diesen Gestalten fertig und dann ...« Saresh kam nicht dazu den Satz zu beenden. Ein heftiger Hustenkrampf ergriff ihn.

Nalyd schüttelte verständnislos den Kopf. »Zuerst entkommst du lebend vom Schlachtfeld, und anstatt dich darüber zu freuen, wünschst du dir, tot zu sein. Nun überlebst du als einziger einen Hinterhalt und kannst es kaum abwarten, dich wie der Rest massakrieren zu lassen. Du hast zwei Katastrophen überlebt – zufällig oder von höheren Mächten beschützt – und anstatt das zu erkennen, suchst du nach einem schnellen und sicheren Pfad, der dich auch vor Elotias Tor führt. Gut, die Fremden hatten Glück, als sie Kars und Kegan angriffen, aber wir sollten genau das jetzt nicht ebenfalls herausfordern.«

Der Husten war abgeklungen. Saresh rappelte sich wieder auf und nahm eine Handvoll Kiesel, wandte sich aber von Nalyd ab, während er einzelne Steine auszusortieren begann. »Irgendwie kann ich deine Meinung nicht ganz teilen, Ghulam. Für mich stellt es sich eher so dar, dass Urias ohnehin nur noch größere Qualen für mich vorgesehen hat. Was macht es da schon für einen Unterschied?«

Nalyd seufzte. »Sie anzugreifen, führt zu nichts!«

Saresh begutachtete einen länglichen Stein, der glitzernde Einschlüsse aufwies. »Ich muss tun, was auch immer notwendig ist, um diese Sache zu beenden.«

»Du klingst genau wie Kars«, stellte Nalyd fest.

Saresh hielt inne.

Der Krieger blickte über das Wasser zum anderen Ufer. »Wie ich bereits sagte, tritt einen Schritt zurück, dann wirst du am Schatten der Dinge ihre Bedeutung erkennen. Denk mal nach: Selbst wenn wir nicht im Kampf gegen die Fremden sterben und den Elyr bekommen, stecken wir immer noch mitten in dieser Wildnis fest – vermutlich noch weiter geschwächt. Wir werden hier nicht ohne Hilfe hinausfinden. Die Fremden sind jetzt unsere einzige Chance, von hier wegzukommen.«

Saresh blickte einen Moment lang ebenfalls zum Wasser und dem gegenüberliegenden Ufer. Seine Stimme klang hohl, als er seinem Begleiter nachgab: »Was würdest du also vorschlagen?«

»Wenn du deine verbliebene Kraft sinnvoll einsetzen willst, sorg dafür, dass wir ihnen ungesehen folgen können. Wir werden ihnen den Elyr wieder abnehmen, sollten sie ihn finden, aber an einem Ort und zu einer Zeit, die für uns vorteilhaft ist.«

»Na gut«, entgegnete Saresh und schleuderte einen Teil der Steine in den Fluss. »Hiermit könnte es gehen.« Er zeigte dem Ghulam den länglichen Stein mit den hellen, glänzenden Einschlüssen, den er gefunden hatte.

Kapitel 8

Liocas rappelte sich auf und blickte sich um. Sofort hatte er das Gefühl, sich übergeben zu müssen. Gleichzeitig schoss ein schmerzender Blitz durch seinen Brustkorb. Er stützte sich mit den Armen ab, um nicht umzufallen. Der Schmerz ließ nach, und er tastete vorsichtig die Brust ab, bis seine Fingerspitzen erneut einen stechenden Impuls auslösten, der durch den Oberkörper zuckte. Es war ein Rippenbogen. Vermutlich war er angebrochen, sicher aber geprellt. Liocas zwang sich, ruhig zu atmen, und die Schmerzen ließen langsam nach.

Offenbar hatten sie alle Söldner und Magier getötet, zumindest rührte sich keiner mehr von ihnen. Der Knappe betrachtete die anderen Wunden, die ihm sein Gegner zugefügt hatte, und stellte fest, dass sie größtenteils nur oberflächlich waren. Er würde sie dennoch sorgfältig verbinden müssen, denn in der Wildnis konnte man sich rasch eine Entzündung einfangen. Zum Glück hatten ihn die Mönche mit allem Notwendigen versorgt, und mit Hilfe der von Urias gesegneten Kräuter würden die Schnitte sicher schnell verheilen. Er hoffte, dass ein Verband mit Wundsalbe auch die Verletzung in der Brust kurieren würde.

Er hinkte zur Mitte der Wiese, wo Moriana damit beschäftigt war, die Toten zu untersuchen. Auch Arkas kam zu den beiden und nickte ihm zu. Sie mussten unvermittelt lächeln, einerseits weil sie froh waren, noch unter den Lebenden zu weilen, andererseits, weil jeder im Gegenüber sein Spiegelbild betrachten konnte. Blut- und Grasflecken zierten Haut und Kleidung, vervollständigt von Kratzern und Schnitten sowie einer Schicht Dreck, die über allem lag.

»Alles in Ordnung, Kleiner?«, fragte Arkas.

»Ich denke schon«, nickte Liocas und tastete verschämt nach dem Schnitt am Oberschenkel.

»Tut's weh?«, fragte Moriana schroff.

»Allerdings«, stöhnte Liocas und versuchte, nicht allzu mitgenommen auszusehen.

»Gut! Das erinnert dich vielleicht daran, nicht mehr wie ein Flittchen zu kämpfen. Denn sonst bist du beim nächsten Mal tot, ehe du überhaupt begriffen hast, dass es begonnen hat«, bemerkte die Tequa, während sie der toten Frau die Taschen ausräumte. Sie fand einen Beutel mit Silbermünzen und kleinen mattgelben Barren und ließ ihn zufrieden in ihrem Wams verschwinden.

Liocas war verärgert. Er hatte sein Bestes gegeben. Dass er gegen einen amhasischen Veteranen beinahe den Kürzeren gezogen hatte, sah er nicht als Schande an. »Er war ihr Anführer, verfügte über zehn Mal so viel Erfahrung wie ich!«

Die Tequa blickte ihn ausdruckslos an. »Und du wärst zehn Mal verreckt, hätte der Jäger ihn nicht mit Pfeilen gespickt!«

»Vielleicht hätte er sich ergeben, wenn er gemerkt hätte, dass er alleine gegen drei steht!«

Moriana lachte kopfschüttelnd. »Wie habt ihr valdorischen Waschlappen bloß solange gegen die Clans bestehen können?«

»Weil wir keine blindwütigen Totschläger sind! Wir leben nicht, um zu töten, so wie ihr. Uns treibt etwas Höheres an, etwas, das du nie verstehen wirst, wenn du immer nur wie ein wildes Tier um dich schlägst!« Liocas wurde nun ernsthaft wütend. Er hatte es nicht nötig, sich von Moriana ständig Vorhaltungen machen lassen zu müssen.

»Da haben wir es wieder. Der überlegene Valdorer belehrt die Wilde!«, warf ihm die Tequa mit zornblitzenden Augen entgegen. »Suhl dich nur im Schlamm deiner Arroganz, Liocas, und bete dafür, dass du nie alleine auf Feinde treffen wirst! Es ist nicht immer ein wilder Schläger da, der deinen noblen Arsch rettet!«

Liocas spürte den fremdartigen Drang, einfach die Klinge herauszureißen und sich schreiend auf Moriana zu stürzen, schluckte den

Impuls aber schnell wieder herunter. Er deutete nur kurz mit der Hand auf sie, ihm fiel aber keine Entgegnung mehr ein, also drehte er sich einfach um und stapfte von seinen Gefährten fort. Er setzte sich am Rand der Wiese auf einen Baumstumpf und beobachtete verbittert, wie die anderen die Taschen der Toten leerten. Normalerweise wäre er bei solch einer Art der Leichenfledderei eingeschritten und hätte wohl damit direkt den nächsten Streit zwischen Moriana und ihm ausgelöst. Die Chance, Hinweise zu erhalten, war aber einfach zu groß, als dass man den Toten ihre Ruhe lassen konnte. Das sah er ein.

Die Tequa hatte einem Söldner ein langes, schlankes Schwert abgenommen, das sie prüfend hin und her wog. Dann vollführte sie einige Stöße und Schläge, wirbelte ein paar Mal herum und betrachtete die Klinge eingehend. Arkas kam hinzu und erklärte ihr etwas, das Liocas nicht hören konnte. Offenbar erläuterte er Herkunft und Machart der hochwertigen Waffe. Soweit der Knappe sehen konnte, musste es sich um den berühmten amhasischen Stahl handeln, der viel härter als die hiesigen Klingen war. Sein Vater hatte einmal ein Vermögen für solch ein seltenes Erzeugnis hingelegt und die Waffe dann dem Hochmeister zu dessen Ernennung geschenkt, erinnerte er sich.

Moriana nickte Arkas anerkennend zu und schnallte sich die Schwertscheide an den Gürtel, in der sie danach die Klinge versenkte. Dann ging sie zu dem Magier, dem der Waldläufer einen Pfeil ins Auge geschossen hatte. Sie beugte sich über ihn und erstarrte. Dann versetzte sie dem Toten einen heftigen Tritt und spuckte auf ihn.

Liocas fuhr überrascht auf. »Was ist denn in dich gefahren?«, rief er.

»Dreckiger Verräter! Ich reiß ihm die Eier ab, dem verfluchten Hurensohn!«, schimpfte die Tequa und versetzte dem leblosen Körper einen weiteren Tritt von oben, der so heftig war, dass Liocas Knochen brechen hörte.

Er sprang auf und rannte zu ihr. Wer der Mann auch immer sein mochte, das ging jetzt entschieden zu weit. Sie holte mit dem Schwert aus, wollte ihn scheinbar in Stücke hacken.

»Hör auf damit!«, schrie er, als er heran war, und hielt ihren Arm mit beiden Händen fest. Sie kämpfte kurz dagegen an, und Liocas konnte die enorme Kraft der jungen Kriegerin spüren. Mit Mühe drückte er die Klinge weg, bevor sie die Spannung aus dem Körper nahm und einen Schritt zurückwich.

»Hast recht, bringt ja nichts«, flüsterte sie zwischen zusammengepressten Zähnen. Der Hass, der in ihren Augen gelodert hatte, wich der Enttäuschung.

Liocas betrachtete den toten Magier. Arkas hatte einen Pfeil in dessen verbliebenem Auge versenkt, während das andere dick mit einer blutdurchtränkten Bandage verbunden war. Der Mann musste auf der Stelle tot gewesen sein, denn das Geschoss hatte sich tief in den kahl rasierten Schädel gebohrt. Offenbar handelte es sich um einen Tequari, denn einige der Schriftzeichen und Symbole, die auf seine Arme tätowiert waren, wiesen eine vage Ähnlichkeit mit Morianas Hautbildern auf.

»Kanntest du diesen Zauberer etwa?«, fragte Liocas.

»Und ob ich dieses Stück Scheiße kenne«, schnaubte Moriana.

Arkas kam zu den beiden und warf einen Blick auf den Magier. »Besser hätte ich ihn nicht erwischen können«, grinste er und holte einen länglichen Gegenstand aus seiner Tasche. Zufrieden betrachtete er ihn und träufelte eine klare Flüssigkeit darauf. Dann entzündete er die Zigarre, während er daran zog.

»Er ist viel zu schnell gestorben! Ich wünschte, ich hätte ihm vorher noch das Herz herausgerissen. Er hatte einen viel zu leichten, sanften Tod. Einem Bastard wie ihm gehören die Eingeweide mit einem Haken aus dem Arsch gezogen!«

»Vielleicht erzählst du uns einfach mal, wer er ist, und warum du ihn so abgrundtief hasst!«, forderte Liocas die Tequa auf.

»Sein Name ist Kars. Er ist … war ein Druide des alten Ritus, wie es sie nur noch in den westlichen Höhen gibt. Ich habe ihn vor vier Zyklen kennengelernt, kurz nachdem er in die Dienste unseres Clansherrn Kal Athrod getreten war.«

»Athrod, die Geißel des Nordens …«, murmelte Arkas.

»Was hat deinen Herrn dazu getrieben, sich mit solch schändlicher Hexerei einzulassen?«, fragte Liocas.

»Ausnahmsweise teile ich deine Skepsis, Valdorer. Die Druiden meiden die Clans gewöhnlich, zu groß sind gegenseitige Angst und Abneigung. Nur wenn ein Clansherr besonders mächtig geworden ist, tritt einer von ihnen an dessen Seite, aber nie auf Befehl, sondern immer aus freien Stücken. Als Kal Athrod auch die Clans von Jarok Easar unter sein Banner zwang, sah Kars wohl eben jene Zeit gekommen. Eines Tages tauchte er im Heerlager auf und unterwarf sich dem Clansherrn.«

»Einfach so? Hier bin ich, dir zu Diensten, großer Athrod?«, fragte Arkas skeptisch.

»Er hat sich ihm als Berater angeboten und die Unterstützung durch seine magischen Kräfte versprochen. Das stellt eine unglaubliche Ehrenbezeugung dar. Athrod musste nun endgültig davon ausgehen, dass Bor-Tak ihn zu seinem Streiter gegen die Allianz erwählt hatte. Er wäre der erste, der die Clans des Südens gemeinsam in die Schlacht führen würde. Sollte er siegreich sein, stünde nichts mehr zwischen ihm und dem Königsstein in Oròm.« Moriana seufzte. »Er hat ihn aufgenommen wie einen Bruder. Fortan war er sein ständiger Begleiter, nichts entging ihm, seine Augen waren überall. Als er alleine in den Turm Anâr Keera reiste und auch die Herrn der Ebenen davon überzeugte, an Athrods Seite in Valdora einzufallen, schwand unser Misstrauen gegenüber dem Fremden, der plötzlich die Geschicke des Clans mitbestimmte.«

»Das alles erklärt noch nicht deine Wut auf ihn«, merkte Liocas an.

»Hör einfach weiter zu!«, entgegnete die Tequa. »Einige Monde später war ich in seinem Zelt. Ich hatte gerade im Kreis der Gleichen den Führer meines Katu besiegt, doch er hatte mich schwer verletzt. Eine Rippe hatte meine Lunge durchstochen. Kars ließ mich zu ihm bringen und heilte mich. Soweit ich weiß, hat er das davor und danach bei keinem anderen Tequari getan. Er sagte Athrod, dass er in mir etwas Besonderes sehe. Der Clansherr lud mich künftig hin und wieder zu seinen Kriegsräten ein und behandelte mich sehr freundlich – ungewöhnlich für einen Mann, der in jedem starken jungen Krieger einen Rivalen um die Führerschaft sehen muss!« Sie machte eine Pause und überlegte kurz. »Er war also ziemlich beliebt, und alle Krieger des Südens brannten auf den Tag, an dem wir endlich gegen die Feinde losschlagen sollten. Doch obwohl Athrod mehrmals Angriffsbereitschaft bedeutete, hielt Kars ihn immer wieder davon ab. Unruhe machte sich breit, da der Druide sich in der folgenden Zeit kaum noch sehen ließ. Es hieß, er würde dunklen Ritualen nachgehen, fremde Götzen anbeten oder gar dem Feind Nachrichten über unseren Aufmarsch zukommen lassen.«

»Das kann ich sicher ausschließen«, warf Liocas ein. »Wie ich von Lord Volkos weiß, waren die valdorischen Befehlshaber vollkommen überrascht, ja nahezu entsetzt darüber, als die ersten Berichte über die Heeresstärke der Tequari hereinkamen. Nie zuvor hatte sich einer von ihnen einer derart gewaltigen Anzahl Barbaren stellen müssen.«

»Ich weiß nicht, was Kars wirklich getrieben hat, aber er verlor nach und nach das Vertrauen der Clansführer und Krieger. Nur Kal Athrod hielt noch an ihm fest, ließ jeden bestrafen, der das Wort gegen seinen Berater erhob. Die Stimmung wurde immer schlechter, und viele Clansführer fragten sich schon, ob sie von Athrod an der Nase herumgeführt werden. Eines Tages aber schien plötzlich der richtige Zeitpunkt gekommen zu sein, und Kars drängte auf den Angriff.

Während er vorher alle Pläne für einen Überraschungsangriff verzögert hatte, konnte es ihm nun gar nicht mehr schnell genug gehen. Als unsere Späher von einem nahenden Heer der Orden berichteten, schien das dem Druiden recht zu geben. Wir brannten darauf, es den valdorischen ker'kach endlich heimzuzahlen und marschierten in die Schlacht.«

»Hat Kars euch begleitet?«, fragte Arkas.

»Ich hab ihn danach nicht mehr gesehen, da ich meine Schwestern und Brüder zu führen hatte. Druiden kämpfen nicht in vorderster Reihe, das bleibt alleine den besten Kriegern vorbehalten. Ich weiß nicht, wo er währenddessen gewesen ist, wahrscheinlich im Tross des Clansherrn. Da er offensichtlich überlebt hat und sich hier mit diesem Dreckspack herumtrieb, kann das nur heißen, dass er uns letzten Endes doch verraten und sich feige davongestohlen hat.« Moriana versetzte der Leiche erneut einen Tritt.

»Vielleicht hat er kommen sehen, was passiert«, mutmaßte Liocas. »Manche Zauberer sollen die Gabe der Vorsehung besitzen, heißt es!«

»Oder er hat selbst etwas damit zu tun«, argwöhnte Arkas und zog nachdenklich an seiner Zigarre.

»Wie? Wie soll ein einzelner Mann zwei solch gewaltige Heere vernichten können? Mit ein paar Flammenstrahlen wie hier auf der Lichtung ist es da nicht getan, Valdorer!« Moriana schüttelte den Kopf. »Nein, seine Freunde haben ihn gewarnt, dass die Valdorer die Mächte der zwölf Höllen anrufen wollen, und sind dann mit ihm geflohen.«

»Das glaub ich nicht, Moriana. Die Orden bedienen sich niemals solcher Ketzerei. Jeder Zauberwirker im Reich wird verfolgt und zur Strecke gebracht«, betonte Liocas. Er beschrieb mit dem Arm einen Bogen. »Sie waren zwar auf der Flucht, aber sicher nicht vor den Schrecken des Schlachtfelds. Schaut sie euch doch an! Was waren das für Leute? Zwei Zauberer, eine Handvoll Söldner aus Amhas und ein Einheimischer, der sie durch die Grenzwälder führt. Sagt mir, Arkas, trifft man so jemanden hier öfter? Sicher nicht.«

Arkas betrachtete die Leichen um sie herum. »Die beiden Magier waren geschwächt, die Frau lag schon am Boden, bevor Moriana sie getötet hat, dieser … Kars, wie du ihn nennst, war ebenfalls verletzt. Normalerweise hätten wir gegen sie keine Chance haben dürfen, wenn es tatsächlich mächtige Magiewirker waren!«

Moriana zuckte mit den Schultern. »Wir haben sie eben überrascht. Bor-Tak leiht denen seine Kraft, die auf ihre Stärke vertrauen!«

»Und wenn sie am Ende ihrer Kräfte waren? Vielleicht haben sie sich genauso vom Schlachtfeld geschleppt wie wir, und wussten nicht, wohin sie gehen sollten«, überlegte Liocas.

»Das glaube ich nicht«, schüttelte Arkas den Kopf. »Kars war ein Tequari, diese Frau hier stammt aber offenbar aus dem Süden, schaut euch ihre Haut an.« Er kniete sich hin und nahm ihren linken Arm. »Abgesehen davon trägt sie einen Symbiolith in der Handinnenfläche.«

»Sie trägt was?«, fragte Liocas.

»Ein lebender Kraftstein, den die Mitglieder der yamarischen Magierzirkel, die Gathori, schon in der Kindheit ins Fleisch ihrer linken Hand eingepflanzt bekommen. Sie nennen sie Siarra. Er soll ihre Magie verstärken. Außerdem können sich die einzelnen Schulen untereinander an den Steinen erkennen.« Arkas kratzte sich nachdenklich am Hinterkopf »Aber viel mehr kann ich euch darüber auch nicht sagen.« Er drehte sich und deutete auf die toten Söldner. »Die Kämpfer wiederum kommen aus Amhas. Da sie keine Anfänger waren, sind es wahrscheinlich teure Mietlinge von einer der großen Gilden. Dafür spricht, dass sie technomantische Waffen besaßen. Der, der Liocas beinahe umgebracht hat, ist ein Kelit. Das sind Menschen, die nur für den Kampf gezüchtet werden. Es dürfte ein kleines Vermögen gekostet haben, einen wie ihn anzuheuern.« Er blickte zu Moriana. »Zeig mir mal diese Barren, die du ihnen abgenommen hast.«

Die Tequa holte die fingerlangen Streifen des matten, gelblichen Metalls wieder aus dem Beutel hervor. »Ich weiß, es ist Gold und ziemlich viel wert.«

»Gold?« Arkas lachte auf. »Nein, das sind Fabryt-Barren, zehn Mal mehr wert als Gold. Ach, was sag ich – wahrscheinlich hundert Mal mehr!«

Moriana blickte ihn ungläubig an.

»Das sind in Silan eingegossene Kasangitsplitter, die fast nur von den Gathori verwendet werden. Von einem einzelnen könntest du dir in Agenost wohl eine ganze Stadtvilla bauen lassen.«

Die Tequa starrte zweifelnd auf das leichte Stück Metall in ihrer Hand. »Fabryt-Barren, Kraftsteine, Söldnergilden, gezüchtete Totschläger! Worauf willst du hinaus? Das bringt uns alles keine Antworten auf unsere Fragen!«

»Ich will damit sagen, dass das hier kein zufälliges Treffen alter Kameraden im lauen Uferwald war. Die haben das genau so geplant, sie haben Bedeckung und Ausrüstung zur Verfügung gehabt und wollten offenbar unentdeckt durch die Wälder fliehen. Sie haben Unsummen für ihre Sicherheit bezahlt. Ich verwette meinen Arsch darauf, dass die eine ganze Wagenladung Dreck am Stecken haben!«

Liocas dachte nach und ging dabei auf und ab. In ihm keimte ein grauenvoller Verdacht, fast zu unglaublich, um ihn auszusprechen.

»Was ist los?«, fragte Moriana, die bemerkt hatte, dass ihm etwas durch den Kopf ging.

»Sie haben die beiden Armeen gezielt in die Vernichtung geführt!«, schoss es aus ihm heraus. »Kars hat die Tequari zu einem von ihm gewählten Zeitpunkt losmarschieren lassen. Vielleicht gab es auch bei uns einen von ihnen, der Ähnliches veranlasst hat. Weil sie wussten, dass im Tal etwas Bestimmtes passieren würde, mussten sie sich genau dort treffen. Sie wollten sie alle – uns alle – verrecken lassen!«

Moriana runzelte die Stirn. »Willst du damit sagen, wir haben es hier mit einer Verschwörung von Druiden und Zauberern zu tun, die Tausende Krieger beider Seiten abschlachten? Warum sollten sie sich die Mühe machen?«

»Irgendjemand muss einen Nutzen davon haben«, entgegnete Liocas. »Wir haben hier Yamarer und Amhasi getötet, vielleicht stecken diese beiden Reiche dahinter.«

Arkas nickte und betrachtete Kars' Leiche. Nach einem Moment beugte er sich herunter und löste einen Beutel vom Gürtel des Druiden. Er bestand aus braunem Wildleder, geschwungene Glyphen waren darauf gestickt. Vorsichtig löste er die Verschnürung und warf einen Blick in das Innere des Behältnisses. Plötzlich weiteten sich seine Augen und seine Hand begann zu zittern. Der sonst so beherrschte Gesichtsausdruck des Waldläufers verwandelte sich binnen Bruchteilen einer Sekunde in eine schreckgeweitete Fratze blanker Angst. Sein Körper verkrampfte, und er stürzte schreiend und wild zuckend nach hinten, während der Beutel hinunterfiel und auf dem Brustkorb des Druiden landete.

Liocas konnte vor Überraschung überhaupt nicht reagieren und betrachtete entsetzt, wie sich Arkas am Boden wand.

»Ein Zauber hat ihn getroffen«, schrie Moriana und packte Arkas, um ihn von Kars wegzuziehen. »Hilf mir!«

Der Knappe erwachte aus seiner Starre und fasste mit an. Schnell zogen sie den Waldläufer ein Stück von der Leiche und dem Beutel weg. Die Zuckungen wurden langsam schwächer und verschwanden irgendwann ganz. Arkas richtete sich stöhnend auf und fasste sich an den Kopf.

»Geht's dir gut? Was war in dem Beutel?«, fragte Moriana.

»Ich … ich weiß es nicht genau. Ein Kästchen, vielleicht aus Metall. Ich hab es nicht mal berührt.«

»Was ist dann passiert?«

»Licht, ich habe Licht gesehen. Es war überall, füllte mich – nein – füllte die ganze Welt aus. Aber es war kein warmes Licht. Es war kalt wie der Frost und doch versengend zugleich. Es schien in alle Bereiche meines Körpers zu dringen, fraß mich regelrecht auf. Und dann war da etwas in dem Licht. Ich konnte es nicht erkennen, aber es war ... körperlich. Es griff nach mir.« Arkas erschauderte und sackte wieder in sich zusammen.

»Urias hilf!«, flüsterte Liocas und sandte ein Stoßgebet zur Sonne.

»Schön wär's«, murmelte Moriana, während sie Arkas festhielt. Aus dem sonst so stolzen Waldläufer war alle Kraft gewichen, wie ein Häufchen Elend lag er wimmernd in den Armen der Tequa.

Liocas wusste nicht, was er tun sollte. Von Arkas konnte man erst einmal nichts mehr erfahren, also ging er zu der Leiche des Druiden zurück. Der Beutel war noch geöffnet, aber in sich zusammengefallen, so dass man nicht erkennen konnte, was sich darin befand. Was immer es auch war, es musste gut verschlossen bleiben. Liocas kämpfte gegen einen inneren Widerstand an, das Leder zu berühren, überwand sich dann aber doch und zog die Verschnürung ziemlich unbeholfen mit ausgestreckten Armen wieder zu. Vorsichtig hob er den Beutel in die Luft, und als nichts passierte, nahm er das Behältnis an sich. Es war ihm zutiefst zuwider, so etwas an seinem Körper zu tragen, aber die fremdartigen Schriftzeichen auf dem Leder schienen die unheilvollen Kräfte des Gegenstands davon abzuhalten, nach außen zu dringen.

Er ging zu Moriana zurück und sah nach Arkas.

»Er braucht Ruhe. Am besten ist, wenn er ein paar Stunden schläft, dann sollte er wieder auf die Beine kommen«, sagte die Tequa.

Liocas nickte. »Wir müssen wohl hier übernachten. Lass uns dort drüben im Schutz der Bäume ein Lager aufschlagen. Wir legen ihn auf eine Decke und machen ein Feuer, wenn die Dunkelheit kommt.«

»Was machen wir mit ... diesem Ding?«, fragte die Tequa.

»Wir verwahren es«, sagte Liocas mit einem Zittern in der Stimme. »Was auch immer das ist, wir können es nicht hier liegenlassen. Ich hoffe, Arkas kommt wieder zu Kräften! Er weiß sicher, was zu tun ist!«

»Ich hab den Söldnern Proviant abgenommen, das reicht erstmal für ein paar Tage. Ich schaue später, ob sich noch mehr finden lässt.«

Die beiden trugen Arkas an den Rand der Lichtung. Während Liocas den apathischen Waldläufer halbwegs bequem auf eine Decke legte, begann Moriana die restlichen Toten auszuplündern. Nach einer Weile brachte sie ein Bündel Beutestücke mit. Neben weiterem Proviant hatte sie den Männern Ausrüstungsgegenstände, Geld und Waffen abgenommen. Sie untersuchte interessiert die seltsamen Kyroi-Schusswaffen, die Blitze und Metallprojektile schleudern konnten. Immer wieder legte sie die schlanken Waffen an und ließ den Öffnungsmechanismus auf- und zuklappen.

Liocas konnte die Tequa nicht dafür erwärmen, den Toten eine anständige Bestattung zukommen zu lassen. Sie behauptete, die Hände Bor-Taks würden sich ihrer annehmen und in die Totenhallen bringen. Liocas kam schnell auf den Gedanken, dass sie mit Händen Aasfresser meinen musste. Also war es an ihm, die Leichen menschenwürdig zu bestatten, allein schon um ein Zeichen gegen die abstoßenden Sitten der Tequari zu setzen. Für die traditionelle Einäscherung fehlten Liocas die Mittel, und vergraben konnte er die Leichname nicht, da er nur mit seinen Händen hätte wühlen können. Es kostete ihn einige Zeit, bis er auf eine Idee kam. Er ging zum Fluss hinunter. An einer Stelle befand sich ein Felsabbruch, von dem eine Geröllhalde abging. Also begann er damit, die Leichen zum Ufer hinunter zu schaffen. Eine nach der anderen verschwand in einem länglichen Steinhügel. Mit einem kurzen Gebet empfahl er die toten Gegner Elotia, der Seelenwächterin, an. Nach jeder Andacht sprach er ein Gebet für sich selbst, denn die geprellte Rippe schmerzte fürchterlich. Er arbeitete den gesamten restlichen Tag. Zwischendurch sah er zu Moriana hinüber und hoffte, dass sie ein Einsehen haben und ihm doch noch helfen würde. Einmal bemerkte sie seine grimmigen Blicke und lachte ihn aus. Der verhöhnte Knappe biss sich zwar vor Wut auf die Lippe, gab sich aber nicht die Blöße, auf ihren Spott zu reagieren. Stattdessen betete er zu Urias, er möge die Barbarin erleuchten und sie Achtung vor den Toten lehren. Stattdessen schenkte der Herr der Himmel der Tequa einen sanften Schlaf, den sie im Schatten eines Baumes genoss, während die Stunden verflogen, und Liocas die Leichen zum Fluss schleifte.

Am Abend sammelte er Holz für ein Feuer, über dem sie sich einige Streifen getrockneten Schinken brieten. Liocas war immer noch zornig und hatte sich vorgenommen, die Tequa mit Schweigen zu bestrafen. Das schien ihr aber nur recht zu sein, jedenfalls schwieg sie ebenfalls, zog sich zurück und schien über das Geschehene nachzudenken. Auch der Knappe versank in seinen eigenen Gedanken. Arkas war zwischenzeitlich eingeschlafen. Sein Körper hatte sich aber sichtlich entspannt, und er atmete ruhig und gleichmäßig. Der Schrecken schien von ihm abgefallen zu sein.

Die Tequa übernahm schließlich wenigstens die erste Wache, und Liocas schlief sofort ein. Die Bilder des Tages ergaben sich der drängenden Müdigkeit. Dennoch suchten ihn die entstellten Gesichter der Toten in seinen Träumen heim. Später sprach ein Mann mit unglaublich hellen Augen unentwegt zu ihm, ohne dass Liocas ein Wort verstehen konnte.

Als Moriana ihn weckte, kam es ihm so vor, als habe er nur fünf Minuten gelegen. Im Halbschlaf brachte er seine Wache hinter sich und war froh, als sich die Tequa aufrappelte, kaum, dass die ersten morgendlichen Sonnenstrahlen die Lichtung in rotgoldenes Licht tauchten.

Auch Arkas öffnete die Augen und sprang sofort von seiner Decke auf. »Wie spät ist es? Wie lange hab ich geschlafen?«

Liocas lächelte. »Es ist noch sehr früh, vielleicht die zweite Morgenstunde. Und geschlafen hast du auch nicht viel länger als wir.«

»Wo ist der Stein?«

Der Knappe deutete auf den Beutel an seinem Gürtel. »Ich hab ihn an mich genommen. In dem Beutel stellt er keine Gefahr dar.«

»Was machen wir damit?«, fragte Moriana, während sie aufstand und sich streckte.

»Ich hab gestern Abend noch darüber nachgedacht. Was immer dieser Stein auch ist, er ist unglaublich gefährlich, erst recht in den falschen Händen. Ich wüsste nicht, zu wem in Valdora wir ihn bringen könnten. Natürlich könnten wir uns an die Hohe Priesterschaft wenden. Aber mit solchem Hexenwerk werden sie uns eher aufhängen, als dass sie uns überhaupt anhören.«

»Zu den Clans können wir genauso wenig gehen. Ich kann ja selbst kaum glauben, in was wir hier hineingeraten sind, wieso sollten es also meine Brüder und Schwestern tun? Eher hätten sie mit mir einen wunderbaren Sündenbock für die Niederlage gefunden. Bevor ich überhaupt was erklären könnte, würde ich schon an irgendeiner Mauer baumeln.«

Arkas nickte. »Ihr habt recht. Valdorer und Tequari teilen in dem Fall ihre starrsinnige Einstellung gegenüber magischen Dingen. Ihr würdet auf taube Ohren und gezückte Messer stoßen.«

»Wohin gehen wir dann?«

»Ihr könntet euch nach Amhas wenden«, überlegte der Waldläufer. »Die Grenze ist nicht mehr weit weg. In ein paar Tagen könnt ihr die große Handelsstraße nach Kol Tassa erreichen, das ist eine amhasische Stadt kurz hinter der Grenze. Von dort aus sollte es ein Leichtes sein, in die Hauptstadt zu gelangen. Ihr könntet euch einem Konvoi anschließen oder eine Passage auf einem der großen Luftschiffe buchen.«

»Luftschiffe?«, fragte Liocas ungläubig.

Arkas grinste. »Ja, sie sind großartig, ihr werdet staunen! In Kol Tassa ist vieles anders, als ihr es aus valdorischen Städten kennt. Nicht nur, dass dort Werkzeuge und Technik viel weiter sind als hier, auch die Magie wird von den Amhasi mit anderen Augen gesehen als von der Allianz. Genau deshalb denke ich, dass es das Beste ist, dort mit der Suche nach Antworten zu beginnen.«

»Von der Stadt habe ich schon gehört«, nickte der Knappe. »Man nennt sie in unserer Region einfach nur das *Tor des Westens*. Die meisten, die da gewesen sind, liebten oder hassten sie, es gab kaum einmal etwas dazwischen. Aber wen können wir dort fragen?«

»Ganz genau kann ich es euch auch nicht sagen. Wendet Euch an Dred, den Inhaber der Taverne *Vergeben und Vergessen*. Ich kenne ihn von früher, er kann euch sicher helfen, von Kol Tassa in die Hauptstadt zu gelangen.«

Moriana war alles andere als begeistert von Arkas' Vorschlag. »Und was sollen wir in der Hauptstadt dieser Amhasi tun? Müssen wir dazu wirklich wochenlang durch die Gegend reisen? Denkst du nicht, dass es in Kol Tassa jemanden gibt, der uns Antworten liefern kann?«

»Das kann ich mir kaum vorstellen. Magier wird es dort sicher geben, aber niemanden, dem ihr vertrauen könnt. In Kol Tassa treibt sich nämlich allerhand Gesindel rum, müsst ihr wissen. Es ist kaum der Ort, um unbemerkt irgendeiner Verschwörung auf die Spur zu kommen. Leute, die dort zu viele Fragen stellen, finden sich meist mit zerschnittener Kehle in der Gosse wieder – oder in den Befragungszellen der *Raben*. Bevor ihr fragt, das ist die Geheimpolizei des amhasischen Senats. Die haben überall Agenten.« Arkas schüttelte den Kopf. »Nein, ihr müsst nach Amhas reisen und die Magier an der großen Universität befragen. Sie haben sicher Antworten.«

»Universi … was?«, fragte Moriana.

»So etwas wie eine riesige Schule. Sie ist weltberühmt. Tausende beschäftigen sich dort mit altem und neuem Wissen, der Historie, den Künsten, der Wirtschaft, den Göttern und dem Wesen der Welt.«

»Wozu soll das gut sein?«

Arkas grinste. »Um Antworten auf Fragen zu finden. Da wir Antworten brauchen, wäre das doch ein guter Ort, glaubst du nicht?«

»Wahrscheinlich schon.«

»Meinst du, die werden uns überhaupt anhören?«, wandte Liocas ein. »Die Söldner waren doch auch Amhasi. Sie werden uns gar nicht erst in die Stadt hineinlassen.«

Arkas seufzte. »Nicht alle Völker pflegen den gleichen engstirnigen Hass gegeneinander wie wir und die Barbaren, Knappe. In Amhas spielt es keine Rolle, woher du kommst oder wie du aussiehst. Entscheidend ist, was du hast, was du mitbringst und ob du das, was du willst, bezahlen kannst. Dann ist alles möglich.«

»Bist du schon mal dort gewesen?«, fragte Liocas.

»Ja, einmal, vor vielen Jahren. Das ganze Reich ist ein Flickenteppich verschiedener Herrscher und Potentaten, die sich ihre Macht allesamt durch ihren Reichtum erkauft haben. Aus ihnen rekrutiert sich ihr Senat. Sie sind so sehr damit beschäftigt, sich um sich selbst und ihre Stellung in der Gesellschaft zu kümmern, dass sie kaum Interesse an anderen Völkern oder Reichen haben. Stattdessen kommen andere zu ihnen, um dort ihr Glück zu machen. Vor allem in der Hauptstadt trifft man unzählige Vertreter verschiedener Völker, von denen ihr noch nicht einmal etwas gehört haben dürftet. Die Magie ist in fast allen Bereichen des Lebens präsent, und zusammen mit ihren Maschinen bietet es ein überaus beeindruckendes Bild, wenn man durch eine amhasische Stadt läuft. Das ist alles nicht zuletzt deshalb möglich, weil die Forscher an der Universität immer wieder neue Dinge erfinden.«

»Und diese Leute sollen uns tatsächlich helfen können? Glaubst du nicht, dass die mit den Arschlöchern hier unter einer Decke stecken? Vielleicht liegt Liocas richtig mit seiner Vermutung, dass die Amhasi und Yamarer sich zusammengetan haben, um …«

Liocas räusperte sich und unterbrach Morianas Redeschwall. »Wir werden dorthin reisen. Du hast selbst gerade festgestellt, dass wir kaum was anderes tun können. Egal, ob unsere Völker Feinde sind, beide sind gleichermaßen bedroht. Wenn tatsächlich diese beiden Reiche dahinter stecken, müssen wir das herausfinden. Vielleicht finden wir Beweise oder sogar die Hintermänner dieser Verschwörung.«

»Na gut, dann gehen wir zu diesen … Universianern und fragen sie um Rat«, sagte Moriana und begann ihre Ausrüstung zusammenzupacken. Sie war offenbar bestrebt, möglichst rasch aufzubrechen.

Arkas lachte. »Die Leute dort nennt man Akademiker. Man bezeichnet die Universität auch als *Akademie der Wissenschaften*.«

»Wie sie sich nennen, ist mir vollkommen egal«, schnaubte die Tequa. »Hauptsache, sie liefern die Antworten, um die sie so sehr bemüht sein sollen.«

»Nehmt euch aber trotz aller Toleranz der Amhasi ein wenig zurück. Vieles wird euch dort fremdartig erscheinen. Und in einer

Stadt wie Amhas könnt ihr euch kaum aufführen wie eine Barbarin unter Valdorern«, ermahnte Arkas Moriana.

Sie brummte etwas Unverständliches und wandte sich dann ab.

»Kommst du denn nicht mit uns? Wenn du doch schon mal dort gewesen bist, wäre das sicher hilfreich«, sagte Liocas.

»Nein, ihr müsst alleine gehen. Jemand muss der Allianz berichten, was hier vorgefallen ist.«

»Du willst doch nicht etwa zum Großkönig gehen? Er wird dich kaum anhören!«

»Ich weiß schon, an wen ich mich zu wenden habe. In Valdora gibt es viele, die meinem Wort Gehör schenken werden, darauf könnt ihr euch verlassen. Ich bin schließlich nicht mein ganzes Leben in diesen Wäldern herumgelaufen, müsst ihr wissen. Dass es mich überhaupt in diese verlassene Ecke des Reichs verschlagen hat, war purer Zufall und hängt mit meiner nicht unbedingt großartigen Sympathie für Ghalsar Ennius zusammen.«

»Seid Ihr etwa ein Ordensritter?«, fragte Liocas.

Arkas lächelte. »Das zwar nicht gerade, aber ich stehe … ich stand Leuten nahe, die am Hof des Großkönigs erheblichen Einfluss besitzen. Mehr kann ich dazu nicht sagen. Ihr müsst sehen, dass ihr aufbrecht, damit ihr Kol Tassa möglichst bald erreicht.« Der Waldläufer blickte sich um. »Wer weiß, ob sich hier nicht noch mehr Leute rumtreiben, die etwas mit der Sache zu tun haben. Passt auf jeden Fall auf euch auf und vertraut niemandem!«

»Dann geht's jetzt los«, sagte Moriana. Sie begann die Ausrüstung zusammenzupacken und schulterte eine der Kyroi-Waffen.

»Die lässt du besser hier. Spätestens an der Grenze wirst du Schwierigkeiten bekommen. Diese Waffen sind nicht viel gewöhnlicher als die Fabryt-Barren. Eine Tequa mit so einem Ding – das zieht unweigerlich die falschen Fragen nach sich.«

Missmutig warf Moriana die Waffe dem Waldläufer zu. »Vielleicht kannst du sie gebrauchen oder zumindest als Beweis dafür an dich nehmen, was hier passiert ist. Berichte deinen Anführern alles, was wir hier erlebt haben, und vor allem von diesem *drach'ta* Stein! Hoffentlich ziehen diese verblendeten Narren die richtigen Schlüsse daraus!«

»Keine Angst, ich sorge schon dafür!«, erwiderte Arkas lächelnd und schulterte die Waffe, nachdem er auch die andere an sich genommen hatte. »Folgt dem Fluss noch einen halben Tag weiter nach Osten. Dort solltet ihr ihn durch die Furt überqueren können. Bleibt nahe am Ufer und meidet am besten die Zollstation auf der anderen Seite. Sie gehört Makros.«

»Urias mit dir!«, rief Liocas ihm zu.

Arkas grüßte die beiden noch einmal und lief dann mit schnellen Schritten den Hügel hinauf, von dem aus sie am Tag zuvor die Söldner angegriffen hatten.

»Bist du soweit?«, fragte Moriana, während sie Luuns Breitschwert auf den Rücken schnallte. An der Seite trug sie die schlanke Klinge des amhasischen Söldneranführers, die sie von nun an selber zu führen gedachte. »Wo genau ist eigentlich dieses Kol Tassa?«

Liocas sammelte seine Habseligkeiten ein, während er ihr antwortete. »Hinter der Furt zuerst immer nach Süden. Wenn der Wald sich lichtet, haben wir die Grenzwacht verlassen, über die Lord Makros gebietet. Dort müssten wir auf eine Straße treffen, die nach Westen bis zur Grenze führt. Allzu weit kann es nicht sein, viel länger als eine Woche sollten wir für die Strecke nicht benötigen.«

»Wenn du nicht schlapp machst, sind wir in fünf Tagen dort, Valdorer!«

Nicht allzu weit entfernt beobachtete Saresh vom Rand der Lichtung, wie die beiden Valdorer und die Tequari-Frau miteinander diskutierten. *Ein seltsames Gespann*, dachte der Yamarer, während er sie musterte. Die ganze Nacht hatten er und Nalyd versteckt am Ufer zubringen müssen, da einer der beiden Männer offensichtlich dumm genug gewesen war, den Elyr zu berühren und bis zum Morgen unter den Folgen seiner kurzsichtigen Handlung gelitten hatte. Wenn schon die bloße Berührung einen gesunden Mann niederstreckte, war der Elyr immer noch aktiv, ein weiteres Detail, das Sareshs Unruhe verstärkte.

Ein rascher Aufbruch folgte dem Gefecht daher nicht. Während der Rotblonde die Toten am Ufer beerdigt hatte, hatte die junge Kriegerin das Lager bewacht, in dem er ärgerlicherweise auch den Stein zurückgelassen hatte. Glücklicherweise hatte sich keiner der Fremden die Mühe gemacht, weitere Spuren in der Umgebung zu suchen und so waren er und sein Ghulam bisher unentdeckt geblieben. Prinzipiell hielt der Magier Nalyds Einschätzung für richtig, dass die drei Fremden die einzige Möglichkeit boten, wieder heil aus der Wildnis herauszugelangen. Aber eher wäre Saresh gestorben, als seinem widerspenstigen Untergebenen recht zu geben. Und zum Sterben musste er ja vielleicht ohnehin bald antreten.

Gespannt erwartete er das Ende der Debatte. Offenbar war ein Streit ausgebrochen, aber vielleicht interpretierte er das Gespräch auch falsch. Abgesehen davon, dass er aus der Entfernung kaum ein Wort verstehen konnte, beherrschte er die Sprache der Valdorer sehr gut, obgleich sie immer roh und ungeschliffen in seinen Ohren klang. Wenn man als Yamarer nicht aufmerksam zuhörte, konnte man leicht einen Streit vermuten, wo nur freundschaftlich gegenteilige Standpunkte diskutiert worden. Dieser Umstand führte ihm erneut vor Augen, wie fremd ihm die Menschen des Nordens eigentlich waren.

Saresh mutmaßte, dass es Meinungsverschiedenheiten über das weitere Vorgehen gab. Das beruhigte ihn ein wenig, denn immerhin schien ihnen nicht klar zu sein, welchen Fund sie gemacht hatten. Sonst würden sie sich anders verhalten. Und wenn ihr Erscheinen doch ein Zufall war? Nein, sicher nicht. Unmöglich! Das wäre wirklich ein schlechter Scherz des Schicksals! Dagegen sprach auch, dass er zumindest ein Wort deutlich vernommen hatte, und das gleich mehrfach: Amhas. Schon die Erwähnung dieser Stadt war für ihn Anlass zur Besorgnis.

Auch wenn er die tatsächlichen Absichten der Fremden nicht kannte, war er gewillt, zu verhindern, dass der Elyr lange in ihrem Besitz blieb, jedenfalls nicht lange genug, um damit noch mehr Unheil anzurichten. Es war ziemlich gleichgültig, ob Makros sie geschickt hatte oder ein anderer. Für einen Zufall hielt er das plötzliche Auftauchen der Gruppe mitten im Nirgendwo nicht mehr, seitdem der Name Amhas gefallen war. Sie wussten etwas, vermutlich genug, um ihm und seinem Meister in Zukunft Ärger zu bereiten – und das war eindeutig zu viel!

Saresh verdrängte den Gedanken rasch, denn daran war im Augenblick nichts zu ändern. Was er mit ihnen machen sollte, wenn er ihnen den Stein erst abgejagt hatte, würde sich zeigen. Aber ihnen den Elyr wegzunehmen, reichte nicht aus, er musste auch ihre Kenntnisse und Absichten in Erfahrung bringen.

Sein Versuch, in der Nacht die Gedanken des rotblonden Valdorers zu lesen, war daran gescheitert, dass er aufgrund der wachsamen Kriegerin nicht nah genug an ihr Lager herangekommen war. Vermutlich hatte sein dilettantischer Versuch dem Valdorer lediglich heftige Alpträume beschert. Der Preis für den missratenen Zauber waren hämmernde Kopfschmerzen, die Saresh ermahnten, die nächste Gelegenheit nicht zu verpassen.

Wenn er den Verlauf des Gesprächs richtig deutete, schien es darauf hinauszulaufen, dass sich die Gruppe trennte. Warum, konnte er jedoch nicht verstehen. Er und Nalyd mussten dem oder denen folgen, die den Elyr an sich nahmen.

Der Magier hatte vortags am Flussufer weitere Steine mit glitzernden Einschlüssen gefunden und an sich genommen. Er würde sie noch brauchen. Einen davon drehte er ungeduldig in der verletzten Hand, bis endlich Bewegung in die Sache kam. Die Fremden begannen ihre Habseligkeiten und Beutestücke einzusammeln. Jetzt galt es, sich zu konzentrieren und den richtigen Augenblick zu erwischen.

Die Frau bewegte sich schließlich als erste näher an Sareshs Versteck heran. Der Rotblonde folgte ihr. Der Magier schob vorsichtig die Hand zwischen den Zweigen des Gebüschs hindurch, das ihm als Deckung diente. Den Stein hielt er zwischen Zeige-, Mittelfinger und Daumen auf sie gerichtet.

Die Kriegerin trat aus dem Schatten eines Baums und wurde für einen Augenblick in einen hellen Sonnenstrahl getaucht. Ausgezeichnet! Rasch fixierte Saresh sie mit dem Stein und den Augen. Er säuselte Worte, die wie ein Flüstern im Wind klangen, und nicht aus seinem Mund, sondern vielmehr aus der Umgebung zu kommen schienen. Die kristallinen Einschlüsse im Stein begannen zu glühen, ebenso loderten die Augen des Magiers kurz auf. Für den Bruchteil einer Sekunde trafen sich Morianas und Sareshs Blicke. Mehr brauchte er nicht, um ein Band zwischen ihnen zu weben. Kurz glaubte er, die Fremde habe ihn entdeckt, doch sie ging an ihm vorbei.

Als der Zauber vollendet war, begann seine Hand zu zittern, Schmerz kroch durch die Finger bis in das Gelenk hinein. Saresh keuchte, und aus dem Impuls heraus zerdrückte er den Stein, der wie trockener Sand zerbröselte. Verglühender Asche gleich leuchteten und fielen die staubigen Reste zu Boden.

Saresh blickte auf die Rückstände. Er hatte schon gestern Nacht erfahren müssen, dass es schmerzhaft war, ohne den Siarra in der Hand Magie zu wirken. Langsam akzeptierte er die Schmerzen allerdings als Bestandteil seiner Existenz. Er betrachtete die Handinnenfläche, in der sich der lebende Kristall befunden hatte, mit dem er bis zum Beginn der Schlacht am Asakon symbiotisch verbunden gewesen war. Ihm war immer noch schleierhaft, warum und was genau ihn vernichtet hatte. Saresh war nur klar, dass der Siarra regelrecht aus ihm heraus gebrannt worden war, als er geholfen hatte, die Kraft des Elyr heraufzubeschwören. Er fühlte sich ohne den Stein, der sein halbes Leben Teil seines Körpers und Geistes gewesen war, nackt und vollkommen ausgeliefert.

Der Magier wartete noch einige Augenblicke, bis die Schritte im Wald verklungen waren. Dann spähte er aus seinem Versteck in die Baumreihen jenseits der Lichtung und sondierte den Hang, der zum Fluss hinabführte. Alle drei waren verschwunden. Die Kriegerin hatte ihn nicht entdeckt, doch er würde ihre Spur nun nicht mehr verlieren.

Er blickte noch einmal in die Richtung, in die sie verschwunden war. Dabei fühlte er sich sonderbar, irgendetwas war an ihr, das ihn faszinierte. Saresh fand jedoch nicht heraus, was es war, da Nalyd neben ihm erschien.

»Du hast es wohl geschafft, mächtiger Gathori.«

Saresh zuckte erschrocken zusammen. »Du weißt, dass ich es nicht schätze, wenn du dich so an mich heranschleichst, Ghulam! Unterlass es, oder ich nehme jedweden Schmerz in Kauf, um dich Manieren und Respekt gegenüber deinem Herrn zu lehren«, knurrte Saresh.

»Du kannst dich freuen. Zumindest scheinen sie nicht zu wissen, was sie erbeutet haben. Und der kleine Unfall des Bogenschützen wird sie lehren, nicht noch einmal damit herumzuspielen«, bemerkte Nalyd, Sareshs leere Drohungen wie üblich übergehend. »Aber zunächst weisen sie uns freundlicherweise den Weg aus dem Wald.«

»Ja, aber auch nur, wenn deine Vermutung richtig ist, und du ihre Fähigkeiten nicht maßlos überschätzt. Außerdem haben sie mehrmals Amhas erwähnt.«

»Umso besser, dann bringen sie uns sogar zu unserem ursprünglichen Ziel.«

Saresh schnaubte und wollte zu einem Einwand ansetzen, schluckte ihn aber herunter. Den unerschöpflichen Enthusiasmus seines Leibwächters konnte er kaum teilen. »Egal, komm mit! Wir wollen jemandem die letzte Ehre erweisen!« Saresh stand auf und ging zum Ufer hinunter, wo der junge Valdorer die Gräber errichtet hatte. Nalyd folgte ihm leichtfüßig. Saresh blickte rätselnd auf das halbe Dutzend Steinhaufen, über denen regelrechte Wolken aus Fliegen kreisten, und begann von dem erstbesten, Steine herunterzuwerfen.

»Fehlanzeige«, fluchte er nach einer Weile. »Einer der Söldner.«

Nalyd ging zielsicher auf ein anderes Grab zu und stellte sich darauf. »Wenn du Kars suchst, der gammelt hier drüben vor sich hin.«

Saresh blickte den Ghulam fragend an, der mit dem Finger auf das Grab zu seinen Füßen deutete. »Wie kannst du dir da so sicher sein?«, fragte er argwöhnisch.

Nalyd verschränkte lächelnd die Arme vor der Brust. »Hier stinkt es ganz einfach am schlimmsten.«

Saresh musste schmunzeln. »Gutes Argument. Dann wollen wir mal sehen.«

Nalyd sprang zur Seite, und Saresh begann damit, den Leichnam, den Liocas zuvor unter großen Mühen bestattet hatte, freizulegen. Unter dem Geröll kam tatsächlich der zerschundene und blutige Körper des Druiden zum Vorschein. Der Gestank des aufgedunsenen

Körpers, unter den von der Sonne erhitzten Steinen, ließ ihn würgen. Er legte lediglich den massigen Oberkörper frei und tastete solange Kars Tunika ab, bis er plötzlich innehielt.

»Das nenne ich Glück im Unglück«, stellte Saresh fest und verzog zufrieden die Mundwinkel. Rücksichtslos zerriss er das Gewand und griff hinein. Als sein blutbeschmierter Arm wieder zum Vorschein kam, hielt er ein blaues Röhrchen aus Metall in der Hand, nicht viel länger und dicker als ein Finger.

»*Und auch ich bin bereit, meinen Körper zu geben, wenn es sein muss*«, äffte Saresh Kars' Predigt auf dem Turm nach und blickte verächtlich auf den toten Körper. »Hättest wohl nicht gedacht, dass deine selbstlose Opferbereitschaft so schnell eingefordert wird, was? Sieh nur, wie weit uns deine Sprüche gebracht haben!«

Kars antwortete nicht – sein durchbohrter Kopf war ja auch mit Steinen bedeckt.

»Opfer wollte er schon bringen, aber bestimmt nicht sich selbst. Ich wusste doch, dass er noch eine Absicherung dabei hatte«, spottete der Magier und wedelte mit dem Röhrchen vor Nalyds Gesicht herum. »Panaceal. Damit hätte er mir und Miriya helfen können!«

Nalyds Gesicht verfinsterte sich. »Dieser Fund wirft in der Tat einen langen Schatten auf sein angestrebtes Märtyrertum, und er wirft vor allem eine Frage auf: Woher hat er ein derart teures und seltenes Mittel?«

»Du hast recht. Ich war solch ein Narr! Wir hätten Kars von Anfang an nicht trauen dürfen.«

Argwöhnisch betrachtete er den Zylinder. »Angeblich kann reines Panaceal Tote wiedererwecken. Ich hätte Lust, das an Kars auszuprobieren. Ein gnädiger Schuss in den Kopf! Er ist noch viel zu gut davon gekommen. Wenn ihm nicht gerade zwei neue Augen davon wachsen, könnte er noch ein wenig blind durch die Wälder stolpern, bevor irgendein zähnestarrendes Biest ihn von seinen Leiden erlöst.«

»So verlockend der Gedanke auch ist«, wandte Nalyd ein, »muss ich darauf hinweisen, dass ein wiederbelebter, aber blinder Kars für uns durchaus ein kurzfristiger Quell der Erheiterung sein könnte, langfristig aber nicht deine Verletzungen heilen wird, die uns – gelinde gesagt – einfach nur aufhalten.«

»Dann bete, dass es wirklich Panaceal ist und kein Gift, dass er für den Fall bereitgehalten hat, dass ich ihm nicht den Gefallen getan hätte und von allein verreckt wäre.«

Saresh zog einen weiteren Stein aus der Tasche und legte ihn auf das Röhrchen. Panaceal wurde in Gefäßen aus reinem blauem Silan eingeschlossen und danach durch Magie versiegelt, da es eine höchst flüchtige Substanz war. Also musste wiederum Magie gewirkt werden, um an den kostbaren Inhalt zu gelangen, was das legendäre Allheilmittel infolgedessen nur einem exklusiven Abnehmerkreis zugänglich machte. Innerlich bereitete er sich schon auf die Schmerzen vor, dann konzentrierte er sich auf den Fluss der stellaren Kräfte.

»Naressar!« befahl er dem Gefäß. Der Stein in seiner Hand verlor im Bruchteil einer Sekunde seine Essenz und zerfiel zu Staub, während sich die Form des Gefäßes veränderte. Der Teil, den Saresh berührt hatte, verformte sich wie heißes Wachs in seiner Hand und bildete eine Öffnung. Eilig setzte er das Gefäß an die Lippen und kippte sich den Inhalt in den Mund. Kaum, dass das Pulver darin Lippen und Zunge benetzte, spürte er ein Brennen. Saresh schluckte die bittere Flüssigkeit, die sich bildete, herunter.

Der Magier blickte Nalyd mit einem mulmigen Gefühl an.

»Und?«, fragte dieser.

»Ganz widerlich, genau wie man es mir erzählt hat.«

Saresh atmete langsam aus und erwartete den Schmerz, den der Zauber, den er gewirkt hatte, unweigerlich auslösen musste. Doch zu seiner Verblüffung und Erleichterung geschah nichts. Sein Gesicht erhellte sich zum ersten Mal seit vielen Tagen. »Herzlichen Dank, du altes Reptil!« Saresh prostete Kars Leichnam mit der leeren Röhre zu und schnippte sie in das Grab. »Wenn es das hält, was man ihm nachsagt, sollte es mir schon sehr bald erheblich besser gehen.« Allein der Gedanke an Genesung machte Saresh neuen Mut. »Also gut, sehen wir nach, ob sie noch Proviant übrig gelassen haben, dann machen wir uns auf den Weg.«

»Dem Licht sei gedankt, dass dieser Bastard von einem Druiden ein Gegenmittel gegen dein ständiges Gejammer mit sich herumgetragen hat. So gefällst du mir schon besser, Saresh Arkusa.« Nalyd begann herzhaft zu lachen und schlenderte zur Lichtung.

Saresh sah dem Gefährten nach, bis er aus seinem Blickfeld verschwunden war, dann wendete er den Blick zum Himmel. Er fühlte sich schon jetzt viel kräftiger und entschlossener.

Irritierenderweise kam ihm als erstes das Gesicht der jungen Tequari-Kriegerin in den Sinn. Saresh schloss die Augen, konzentrierte sich auf die Aura der Frau, die ihn aus der Wildnis führen sollte.

Kapitel 9

Saka lief den von Sonnenlicht durchfluteten Korridor entlang, der zum Himmelsaal im obersten Stockwerk des Palastes führte. Er war mit einer blauem Tunika bekleidet, darüber eine lange schwarze Weste, die mit Stehkragen und einer mäandernden Flammenstickerei versehen war. Als Mitglied des Rates trug er zudem die Collane des Ersten Heermeisters der Allianz, eine Halskette aus emaillierten Edelsteinen und goldenen Feuerstrahlen.

Nachdem die Nachricht von der Vernichtung des Heeres am Asakon bekannt geworden war, hatte Ghalsar Ennius das Synhedrion einberufen – den Kronrat der engsten Vertrauten des Großkönigs. Vor Ghalsars Machtergreifung war das Synhedrion der Rat der Hausfürsten gewesen.

Das Ende des langen Krieges um die Herrschaft in Valdora lag nun mehr als eine Dekade zurück. An der Seite Ghalsars hatte Saka die Heere der dekadenten Häuser unterworfen und ihre Allianz, die schon zuvor zu einer hohlen Phrase verkommen war, seiner Alleinherrschaft unterworfen. Ghalsar war von den besiegten Ordenshäusern nominell als Hegemon der Allianz anerkannt worden, doch nicht wenige in den Reihen der Mächtigen hassten den Usurpator, der sich, rücksichtslos und jede Ordenstradition mit Füßen tretend, des Thrones bemächtigt hatte. Einen Thron, auf dem seit den Tagen der Gründer der Allianz kein König mehr gesessen hatte. Doch so grausam Ghalsar und sein Krieg gegen den Adel auch gewesen waren, hatte er doch zum Ziel gehabt, der Rivalität der Ordenshäuser, die Valdora beinahe an den Rand der Selbstzerstörung geführt hatte, ein für alle Mal eine neue Ordnung entgegenzusetzen. Aus diesem Grund hatte sich Saka als junger Mann dem Feldherrn und seiner Vision eines geeinten Reiches angeschlossen, einer Allianz, die diese Bezeichnung wieder verdiente. Ebenso wie Ghalsar hatten ihn durchaus auch persönliche Motive angetrieben, um den Fehden der Hausfürsten ein Ende zu setzen. Seine Familie war einer Intrige des Hauses Nuáth zum Opfer gefallen. Er hatte alles verloren, was er besaß, weil keine Macht die Nuáth davon abhielt, sich einfach zu nehmen, was sie wollten. Lange hatte er mit seiner Schwester versteckt in der Wildnis gelebt, bis Ghalsar sie dort gefunden hatte. Gemeinsam hatten sie danach dafür gesorgt, dass endlich Frieden einkehrte. Bis vor kurzem war Saka stolz darauf gewesen, was Ghalsar und er geschaffen hatten.

Er musste stehen bleiben und einen Moment innehalten, denn mit den Erinnerungen kehrten schmerzhafte Gefühle zurück. *Urias, vergib uns die Tage, an denen wir Vergeltung forderten. Unsere Herzen waren voller Zorn, doch sie sehnten sich auch nach Frieden*, betete er still.

Saka blickte aus einem Fenster in den wolkenlosen Sommerhimmel. Hinter dem Glas strahlte ihm neben dem mittäglichen Uriasrad das flammenzüngelnde, goldene Emblem desselben wie eine zweite Sonne von einem blauen Banner entgegen. Es war eines der Kriegsbanner der Allianz, das neben vielen weiteren seiner Art von den Strebebögen der Außenpfeiler des Palastes herabhing.

Ghalsar hatte sich seit Tagen in Schweigen gehüllt und ihn nicht in seine Gedanken eingeweiht. Das sah ihm nicht ähnlich und beunruhigte den Ritter. Er hoffte, dass der König die richtigen Schritte einleiten würde.

Sakas Blick schweifte über die dunklen Wasser des Spaltsees, dessen Wellen gegen das Felsenmassiv rollten, auf dem der Palast errichtet war. Er ging näher an das Fenster heran und versuchte etwas in der Tiefe des Sees zu erkennen. Wie so oft, wenn er ihn betrachtete, bildete er sich ein, Umrisse dicht unter der Wasseroberfläche ausmachen zu können – nie war er sich ganz sicher, ob es sich dabei nur um Halluzinationen handelte.

Der Spaltsee war nicht auf natürliche Weise entstanden. Es war die Macht der Tân gewesen, die ihn erschaffen hatte. Dort, wo sich nun das weitläufige Gewässer erstreckte, Schild und Lebensquell von Agenost, lag einst die reiche Stadt Lamadêl, deren Könige sich nicht dem Willen der Imperatoren unterwerfen wollten. Ihr Widerstand verging an dem Tag, da die Magie der Tân die Erde aufriss und ein Abgrund entstand, in den die stolze Stadt hinabstürzte. Auch der Fluss Brandir war aus seinem Bett gerissen worden. Seine Wasser füllten den Abgrund und bedeckten bis heute die Trümmer Lamadêls.

Tausende waren ausgelöscht worden, als der Tod ganz plötzlich über sie gekommen war. Bei dem Gedanken versuchte Saka sich vorzustellen, was den Heeren im Norden widerfahren sein mochte.

Er erzitterte.

»Mein Herr, General ga Dyan!«

Die Stimme riss ihn aus den Gedanken. Ein Junge von weniger als zwölf Sommern, gekleidet in der einfachen schwarzen Uniform des Pagenkorps, war an seiner Seite erschienen. Er verbeugte sich. »Die ehrenwerte Dame Ifanae lässt Euch die Botschaft überbringen, dass sie Euch zu sprechen wünscht, sobald der Rat geendet hat. Gut, dass ich Euch noch vor Versammlungsbeginn gefunden habe«, fügte er erleichtert hinzu.

Saka blickte auf den Pagen herab. Die Jungen und Mädchen des Korps waren ausschließlich Angehörige des Hochadels. Ghalsar zwang die großen Familien der Orden, mindestens einen Nachkömmling an den königlichen Hof zu senden. So stellte er sicher, dass die nächste Generation im Sinne seines Königtums aufgezogen wurde und die Kinder als Erwachsene wussten, wo ihre Loyalität zu liegen hatte. Die besten Zöglinge würden dem Großkönig später als hohe Beamte oder Offiziere dienen.

»Du kannst der Dame melden, dass ich sie aufsuchen werde«, erwiderte Saka freundlich, aber bemüht, seine Sorgen vor dem Knaben zu verbergen. Er klopfte dem Jungen auf die Schulter, dann wandte er sich ab und setzte den Weg den Gang hinunter fort.

Die breite Treppe, die zum Ratssaal führte, wurde beidseitig von Marmorstatuen der Gründer der Allianz flankiert, jenen Männern und Frauen, auf die die *Unterweisung der letzten Stunde* zurückging, der Kodex des valdorischen Rittertums und die Prinzipien, nach denen Saka schon immer sein Leben hatte ausrichten wollen. Jedoch schienen eben jene Prinzipien den Unwägbarkeiten des Lebens allzu selten gewachsen zu sein, wie er nicht zum ersten Mal feststellte. *Wie weit kann sich ein Ritter der Allianz verbiegen, wie weit darf er sich verbiegen?* Die Statuen beantworteten Sakas stumme Frage nicht. Unter dem Blick der steinernen Antlitze schlich er ein Stockwerk höher. Am

Treppenaufgang und dem Eingangsportal standen Wachen, die mit Kesselhauben, Prunkhellebarden und silbernen Schilden ausgestattet waren. Auf den schwarzen Wappenröcken prangte der zehnstrahlige Silberstern des Großkönigs.

Die Soldaten gingen in Habachtstellung und grüßten ihn mit gesenkten Waffen, als ihr Kommandeur an ihnen vorbeischritt. Saka nahm sich die Zeit, jeden von ihnen mit einem Kopfnicken zu bedenken. Er selbst hatte die Krieger der Königsgarde, die Argusiloi, handverlesen.

Der Ritter betrat den Himmelssaal. Die pompöse, kreisrunde Halle von etwa einhundertfünfzig Fuß Durchmesser wurde von einer Kuppel aus durchsichtigem Silan überwölbt, in die Ornamente aus Gold eingeschmolzen waren. Bunte Fresken im Glas zeigten die Gründung der Allianz nach dem Fall der Tân. Ein Besucher, der an einem Sommertag wie diesem die Halle betrat, musste denken, sie verfüge über keine Decke, und die lebensnahen Darstellungen schwebten direkt vom Himmel auf den Marmorboden herab. Im Zentrum der Kuppel saß eine runde Platte aus Kasangit mit dem Phönix des Urias darauf. Diese ließ das ebenso kreisförmige Podium unterhalb davon goldglänzend erstrahlen. Einst hatten sich dort die Sitze der Hausfürsten befunden. Doch nun stand dort nur noch Ghalsars stählerner Thron auf dem Marmorrund. Die Stühle der Fürsten hatte Ghalsar im Spaltsee versenken lassen, um jedermann zu verdeutlichen, dass die Edlen des Reiches genauso über ihren Hochmut gefallen waren wie einst die Herren von Lamadêl.

Nur der Turm des Königs allein lag noch höher als dieser Teil des Palastes von Agenost, der das architektonische Herz des Bauwerks darstellte.

Hinter dem Portal wartete Korin Hen, der Befehlshaber der Argusiloi, auf Saka. Der rothaarige Mitdreißiger grüßte seinen Herrn und machte ihm Meldung. »General, ich habe im Saal und im gesamten Flügel zusätzliche Wachen aufgestellt.«

Saka nickte zufrieden und sah sich um. Korins Männer hatten Posten vor jeder der zehn Säulen bezogen, die die Kuppel trugen. Einige Fuß darüber standen Wachposten mit langen Stoßspeeren in der den Saal umlaufenden Galerie, von der der Adel von niederem Rang vor Ghalsars Thronbesteigung den Sitzungen des Synhedrion beiwohnen durfte. Nun war den geringeren Edelleuten nur noch zu offiziellen Anlässen gestattet, den Himmelssaal zu betreten.

»Sehr gut, Hauptmann. Wurde der Kartentisch überprüft?«

Vor dem Podest war ein breiter Tisch platziert worden, an dem bereits Tamias Duras Menara, Schatzmeister und Graf von Caldera, sowie Dikast Nakordin von Aretha, höchster Richter des Großkönigs, standen. Beide bekleideten ebenfalls das Amt eines Heermeisters und blickten zu Saka, als er den Raum betrat.

»Ja, Herr. Er wurde nicht manipuliert. Es besteht keine Gefahr«, versicherte Korin.

»Gut.« Saka verschränkte die Arme vor der Brust.

Korin schien die Anspannung des Generals zu bemerken und versuchte, zuversichtlich zu wirken. »Wir haben alle denkbaren Maßnahmen getroffen. Es besteht kein Grund zur Sorge. Der Palast und alle, die in ihm weilen, sind sicher, vor allem der Großkönig. Solange der Rat tagt, wird er auf Schritt und Tritt von sechs meiner Männer eskortiert. Eure zusätzlichen Bestimmungen sind hinsichtlich der jüngsten Vorfälle wohl kaum übertrieben. Wir müssen wachsam sein.«

Saka schaute den Hauptmann vielsagend an. »Bei einem Feind, der mächtig genug ist, ganze Heere zu vernichten, wird Wachsamkeit allein nicht ausreichen.«

»Auch ich konnte es kaum glauben, als ich davon hörte. Es ist schwer, für so etwas eine Erklärung zu finden. Fast jeder, mit dem ich darüber sprach, denkt, dass es Verrat war.«

Sakas Augenbrauen verengten sich. Er war sich ebenfalls sicher, dass es Verrat war. Ein Verrat, den der Magier begangen hatte, den Ghalsar gegen seinen Rat in Dienst genommen hatte. Yamarische Niedertracht und furchtbare magische Kraft vereint. Aber obwohl er sich dessen sicher war, interessierte ihn, wie Korin darüber dachte. »Verrat? Gut möglich. Aber warum sollte jemand, der die Macht hat, ein ganzes Heer in den Untergang zu reißen, nicht gleich hier zuschlagen und den König selbst angreifen, anstatt nur seine Soldaten in weiter Ferne. Was meint Ihr, Korin?«

»Darauf gibt es bestimmt hundert gute Antworten. Ich habe den Vorteil, mir kein Urteil bilden zu müssen. Diese Last liegt glücklicherweise auf Euren Schultern, General, und ich danke Urias dafür.«

Korin war seiner Falle geschickt ausgewichen, und er hatte recht mit dem, was er sagte. Saka konnte diese Last auf seinen Schultern an diesem Tag tatsächlich fühlen, als sei er einer der Pfeiler, die das Gewicht der Kuppel zu tragen hatten.

»General, ich wollte nicht …«, entgegnete Korin, als er erkannte, dass seine scherzhafte Antwort einen wunden Punkt getroffen hatte.

»Vielleicht müssen wir alle schon bald Entscheidungen treffen«, murmelte Saka, als würde er ein Selbstgespräch führen.

»Was meint Ihr damit?«

»Schon gut«, wich Saka der Frage aus. »Wenn die Türen geschlossen werden, will ich Euch auf der Galerie wissen.«

»Verstanden, Herr.«

Korin wollte sich entfernen, blieb aber nach ein paar Schritten stehen und drehte sich wieder um.

»Angst«, sagte er.

»Was?«

»Eure Frage, Herr. Wer immer das getan hat, will, dass wir Angst haben, weil es sich jederzeit wiederholen könnte.«

»Erschreckt nicht, Korin, aber Euer Scharfsinn könnte Euch eines Tages noch unglücklich machen.«

Dann wandte sich Saka der Gruppe am Tisch zu. Er grüßte die wartenden Heermeister und tauschte Höflichkeiten aus, bis er durch einen herzlichen Ruf unterbrochen wurde.

»General ga Dyan!«

Die kräftige Stimme des Neuankömmlings gehörte Leamas Calveron, dem Marschall von Vangardia. Für einen Moment hätte man glauben können, eine der Statuen aus dem Treppenhaus sei lebendig geworden, als er auf Saka zukam.

In der Tradition der Senatoren des wichtigsten Bollwerks der Allianz im Süden Valdoras, trug er zu diesem offiziellen Anlass eine leichte grüne Toga über einer Paraderüstung, in der er sich bewegte, als sei sie seine zweite Haut. Leamas war einer der ältesten Mitstreiter und Anhänger Ghalsars. Dank seines Einflusses hatte die Stadt Vangardia Ghalsars Krieg um die Herrschaft von Anfang an unterstützt.

Er trat vor Saka und legte ihm die Hände auf die Schulter. Dieser erwiderte die Begrüßung. Der Marschall war ein Mann von athletischer Statur, besaß eine Denkerstirn, sauber geschnittene Haare, die trotz seines Alters voll und von einem glänzenden Braun waren. »Es tut gut, Euch zu sehen, Saka. Ich hatte schon die Befürchtung, Euch sei etwas zugestoßen. Ich war erleichtert, als ich hörte, dass Ihr nicht bei dem Heer wart.«

»Ich freue mich ebenso, Euch zu sehen, Marschall.«

Leamas bemerkte, dass der Griff Sakas nur wenig enthusiastisch war. »Wie geht es Euch, mein Freund?«

Saka ließ die Arme sinken. »Wie fast jedem hier raubt mir die Sache den Schlaf, Leamas. Es ist die schlimmste Katastrophe in der jüngeren Geschichte Valdoras.«

Saka hielt inne. Am liebsten hätte er Leamas auf der Stelle verraten, dass er glaubte, die Gathori aus Yamar steckten dahinter. Aber er durfte nicht riskieren, dass ein Mitglied des Rates den Verdacht hegen könnte, Ghalsar habe sich mit den Magiern verbündet. Auch wenn Saka es sich nicht eingestehen wollte, sein Zorn über Ghalsars unheiliges Bündnis war seit ihrem Gespräch keinesfalls abgeklungen. *Ich hätte mich niemals mit ihnen einlassen dürfen!*

»Unbestreitbar habt Ihr da recht«, pflichtete Leamas ihm bei. »Aber die ältere Geschichte Valdoras zeigt auch, dass wir bisher mit jeder Bedrohung fertiggeworden sind. Selbst wenn der Drache sich wieder erhoben haben sollte – solange Ghalsar und Ihr uns anführt, zweifle ich nicht, dass wir gegen jeden Feind bestehen werden.« Sein gewinnendes Lächeln gab strahlend weiße Zähne frei.

Saka musste schmunzeln. »Mein guter Freund, es ist nicht der Drache, den ich fürchte. Ich fürchte vielmehr das, was wir nicht sehen können. Einen Drachen zu finden, ist nicht schwer, hat er sich seinen Gegnern erst einmal gezeigt. Ihn zu bekämpfen ist dann nur eine Frage des Willens und des Könnens. Ungleich schwerer ist es aber, eine Ratte ausfindig zu machen. Die Ratte versteckt sich mitten unter Feinden, die die Kraft der Ratte gemeinhin unterschätzen.«

Calveron nickte zustimmend. »Ich weiß, was Ihr meint, General. Aber eine Sache haben Drachen und Ratten gemeinsam. Beide kann man mit dem richtigen Köder aus ihrem Loch herauslocken.«

Kaum hatte der Marschall den Satz beendet, vernahmen sie die Schritte schwerer Stiefel, die sich näherten. Ghalsar Ennius erschien im Himmelssaal, eskortiert von sechs Argusiloi. An seiner Seite befand sich Ulfman Garanos, Taefos und damit höchster Priester des Urias in Agenost, Seine aufwendige weiß-rote Amtsrobe überbot mit ihrer Pracht die militärische Tracht des Großkönigs um ein Vielfaches.

Ghalsar Ennius war kein Mann, der die Blicke durch aufwendige Kleidung oder Gepränge auf sich zog. Die äußerliche Erscheinung des Herrschers blieb stets bescheiden. Urias hatte ihn mit den Eigenschaften ausgezeichnet, die seinen Weg bis in diese Halle geebnet hatten, in der er seinen Thron auf die Trümmer der alten Ordnung gestellt hatte. Um sich Respekt zu verschaffen, benötigte er keinen Prunk. Dazu genügte ein kurzer Blick, durch den alleine man spürte, dass der Großkönig von einem Willen beherrscht wurde, der selbst die Ambitionen der Mächtigsten in kaum zu sprengende Fesseln zu legen vermochte.

Hätte der Taefos nicht seine prunkvolle Robe getragen, hätte man ihn neben dem valdorischen Herrscher wohl kaum wahrgenommen.

Ghalsar ging an den sich verbeugenden Ratsmitgliedern vorbei und stellte sich vor den Kopf des Tisches. Garanos blieb am gegenüberliegenden Ende stehen, während sich zwei Wachen hinter dem König platzierten. Ghalsar blickte in die Runde und wies seine Berater mit einer Handbewegung an, sich um den Ratstisch zu versammeln.

Saka befahl unterdessen den restlichen Wachen, den Saal zu verlassen und die Eingänge zu verriegeln. Diese taten umgehend, wie ihnen befohlen wurde, und schlossen erstaunlich leise die schweren Türen hinter sich. Für einen Augenblick wurde es vollkommen still im Himmelssaal, bis der König das Wort ergriff.

»Wie ihr inzwischen wisst, habe ich diesen Rat einberufen, da wir aus ebenso ungeklärten wie tragischen Umständen jenes Heer verloren haben, das Termonas Raman gegen die Tequari-Clans Kal Athrods führte. Es scheint gewiss zu sein, dass alle tapferen Soldaten und Ritter der Allianz sowie sämtliche unserer Söldner umgekommen sind.«

Ghalsar stockte kurz.

»Gewiss ist aber auch, dass ich dem Versuch, uns in die Knie zu zwingen, mit aller Härte begegnen werde. Wir haben in den Wäldern des Nordens gravierende Verluste erlitten. Urias möge sich der Verstorbenen in der nächsten Welt annehmen. Wir sind hier zusammengekommen, um dafür Sorge zu tragen, dass sich so etwas nicht wiederholt.«

Saka erwartete gespannt, was der König zu tun gedachte, und ob sich seine Befürchtungen bestätigen würden.

»Dank der Bemühungen seiner Eminenz Garanos und der Hohen Priesterschaft haben wir eine Spur gefunden, die uns nach Amhas führt. Es spricht viel dafür, dass die fanatischen Anführer der dortigen Häretiker nicht länger davor zurückschrecken werden, offene Angriffe gegen die Allianz zu unternehmen. Ich bin davon überzeugt, dass wir am Asakon mit Hilfe zatosianischer Bestechungsgelder verraten wurden.«

Der König musste der sofort aufkommenden Unruhe unter den Ratsmitgliedern Einhalt gebieten. Dann nahm er einen Holzstab zur Hand, der auf dem Tisch bereit lag, und veranschaulichte damit seine weiteren Ausführungen auf der Karte.

»Der Angriff auf die Allianz ist nicht allein auf den Verrat am Asakon beschränkt. Vielmehr müssen wir davon ausgehen, dass es sich um einen weitaus größeren Schlag handelt, zu dem man gegen uns ausholt. Der nächste Zug scheint unmittelbar bevorzustehen. Ich wurde darüber in Kenntnis gesetzt, dass Halosis an der Mündung des Harieth keine Schiffe der Allianz mehr in seinen Häfen festmachen lässt. Ein Beschluss des Gildenrates, der zweifellos erst durch eine Bestechung der Zatosianer möglich wurde.«

Saka blickte fragend zu Leamas hinüber. Dieser schien nicht sonderlich überrascht von der Nachricht zu sein.

»Wenn die Vermutungen stimmen, müssen wir umgehend Schritte gegen diese Häretiker einleiten und die Anführer der Verschwörung gegen die Allianz stellen«, bemerkte Nakordin von Aretha. »Die Situation an der Grenze zu Amhas ist angespannter denn je. Weitere Städte im Südwesten könnten sich uns entziehen, sollten sie dem Beispiel von Halosis folgen.«

»Wenn Halosis seine Häfen für unsere Schiffe sperrt, ist das ein direkter Angriff auf unsere Autorität in dieser Region«, warf Graf Duras Menara in die Runde. »Es ist nicht das erste Mal, dass sich die Stadt gegen uns stellt. Nun wird auch klar, warum die Gildenräte von Halosis die Zatosianer in ihrem Herrschaftsgebiet dulden. Wir müssen dem Einhalt gebieten!«

»Graf Menara, ich danke Euch, dass Ihr mir das Offensichtliche vor Augen führt. Natürlich werde ich diesem Angriff auf meine Autorität Einhalt gebieten«, entgegnete Ghalsar in einem Ton, der Menara daran erinnerte, wie die Machtverhältnisse verteilt waren.

Der Graf wich dem Blick des Königs aus, seine Antwort kam mechanisch und bemüht, keinen Prestigeverlust im Rat zu erleiden. »Natürlich, Euer Majestät.«

Ghalsar beachtete ihn nicht weiter. Nachdenklich verzog er das Gesicht und tippte mit dem Zeigefinger gegen seine Lippen. »Durch die Unterstützung der Zatosianer ist die Gefahr eines allgemeinen Aufstands gegen die Allianz, von Halosis aus, unter diesen Umständen durchaus gegeben.« Er blickte finster in die Runde. »Entschlossenes Handeln ist unumgänglich.«

Ghalsar fuhr mit dem Stab den Tintenstrich hinauf, der den Verlauf des Harieth-Flusses von der Küste des Golfs von Hara, an dem Halosis lag, nach Nordwesten darstellen sollte. Bei einem Stadtsymbol mit der Beschriftung Yaturda blieb er stehen. »Baron Narkan von Yaturda, ein profitgieriger wie rückratloser Opportunist, am unteren Harieth hat uns durch seine Machenschaften mit dem amhasischen Senat in der Vergangenheit oft das Leben schwer gemacht. Ich konnte ihn jedoch zu der Einsicht bringen, dass er mich nicht zum Feind haben will. Er hat unlängst eingewilligt, sein Bündnis mit Amhas zu beenden und sich wieder vorbehaltlos der Allianz anzuschließen. Allerdings weiß man in Amhas noch nichts davon, und das soll sich auch nicht ändern. Der Baron wird auf meinen Befehl hin weiter nach den Wünschen des Senats agieren.«

Ghalsar machte eine gewichtige Pause und gab dem Rat Zeit, die neue Information zu verarbeiten. »Yaturda liegt mehr als günstig für einen überraschenden Schlag gegen Halosis. Der Baron besitzt eine ausreichende Anzahl Kriegsgaleeren und Versorgungsschiffe, so dass die Stadt von Land, vom Fluss und von See aus belagert und von jeglichem Nachschub abgeschnitten werden kann.«

»Ihr wollt tatsächlich Halosis angreifen?« Saka ballte die Fäuste und fing sich sofort einen scharfen Blick von Ghalsar ein, der ihm damit zeigte, dass er derartige Fragen nicht hören wollte.

Sakas Herz begann wild zu schlagen. *Ich dachte, wir wollten herausfinden, was am Asakon geschehen ist?* Seine Gedanken überschlugen sich. Er spürte, wie ihm der innere Widerspruch zwischen der Verantwortung gegenüber der Allianz und der Loyalität zu seinem Freund den Boden unter den Füßen wegzog. Er nahm die Hände vom Tisch und begann noch einmal weniger hitzig zu sprechen, während er versuchte Ghalsars eiskaltem Blick standzuhalten. »Mein König, ich verstehe nicht, wohin uns das führen soll. Wie Ihr soeben dargelegt habt, könnten unsere Gegner tatsächlich in Amhas sitzen. Warum beginnen wir nicht dort mit der Suche nach den Verantwortlichen? Warum sollen wir unsere ausgedünnten Reihen gegen eine Stadt werfen, nur weil diese beschlossen hat, sich nicht länger den Übergriffen valdorischer Kapitäne auszusetzen? Ich kann hier beim besten Willen keine Verbindung zu einer zatosianischen Verschwörung erkennen.« Saka bemühte sich, sachlich zu bleiben, während er weiter argumentierte. »Nominell sind die Gildenräte von Halosis unsere Verbündeten. Der Sohn von Stragon Valandros Usil ist vermählt mit einer Nichte von Ordensmeister Velkas. Es sind Föderaten der Allianz, die uns Eide geschworen haben.«

Die übrigen Heermeister tauschten überraschte und furchtsame Blicke. Einen Widerspruch gegen das Wort des Königs aus dem Mund General Sakas war das Letzte, das sie erwartet hatten.

»Eide, die sie so schnell gebrochen haben, wie sie über ihre Lippen gekommen waren!« Ghalsars zornige Worte hallten von der Kuppel des Saals wider. Die Augen des Königs funkelten vor Erregung, seine Stimme bebte, als er Sakas Affront begegnete. »Die Zeit für halbe Sachen und Gerede ist vorbei, General! Söldner aus Halosis greifen yamarische Konvois ohne unsere Zustimmung an. Auf den Plätzen der Stadt dürfen zatosianische Häretiker ihre Irrlehren ungehindert verbreiten. Sie verweigern unseren Schiffen immer wieder den Zugang zu ihren Häfen. Sie zahlen ihre Tribute nicht, und außerdem haben halosianische Optimaten ebenso viele Eheverbindungen nach

Amhas wie zu unseren Edelleuten. Was sind das für Verbündete? Ich werde nicht der guten Sitten wegen die Sicherheit des Reichs aufs Spiel setzen. Halosis liegt an einem neuralgischen Punkt. Setzen sich unsere Feinde hier durch, werden schon bald die Nachbarregionen von uns abfallen und kurz darauf der gesamte Süden revoltieren! Und die Gelder für all dies stammen vom Zatosianischen Konvent von Amhas! Wahrscheinlich ist, dass der amhasische Senat selbst dahinter steht, und deshalb werden wir in Halosis auf die Bedrohung durch die Häretiker reagieren. Ich denke, die Zerstörung der Armee am Asakon diente nur dem Zweck von ihren Bestrebungen im Süden abzulenken und uns in die Irre zu führen.«

Saka blieb trotz Ghalsars wütendem Ausbruch hartnäckig. »Wir müssen zunächst prüfen, ob unsere Vermutungen der Wahrheit entsprechen. Von wem stammen die Angaben über angebliche zatosianische Fanatiker? Was ist, wenn jemand will, dass wir genau das tun – dass wir uns gegen unsere eigenen Verbündeten wenden und damit den Aufstand gegen uns erst selbst herbeiführen?«

Die Männer im Rat sahen betroffen zu Boden oder warteten auf eine Reaktion des Großkönigs. Doch der schwieg, und Saka nutzte den Augenblick, um seine Argumente zu unterstreichen.

»Es ist doch so, dass die Gildenräte die Zatosianer nur deshalb unterstützen, weil es ihnen einen politischen Vorteil in der Region gibt, sich mit allen Fraktionen gleich gut zu stellen. Ihre Motive sind weder religiös noch moralisch bedingt. Sie sind einzig auf einen kurzfristigen Vorteil bedacht und werden sich uns fügen, sobald wir ihnen ein profitables Angebot machen. Die Eroberung oder sogar die Zerstörung von Halosis wird unsere Probleme nicht lösen. Ich glaube, sogar das Gegenteil wäre der Fall! Ich betone es noch einmal: Unser eigentliches Problem liegt nicht in Halosis!«

Ghalsar bedachte seinen Freund mit einem Blick, der einem Basilisken zur Ehre gereicht hätte.

»Majestät, ich gebe Euch recht. Es ist eine Verschwörung im Gange. Ein Heer haben wir schon daran verloren. Aber wir wissen nichts über unsere Feinde! Wir können es uns doch nicht leisten, angesichts unserer derzeitigen Blindheit in ein offenes Messer laufen.«

»Wir können es uns nicht leisten, Schwäche zu zeigen!«, brüllte Ghalsar und hämmerte auf den Tisch. »Der Schlag wird in Halosis erfolgen, und er wird hart und schmerzhaft für unsere Feinde sein!«

Ghalsars Blick verharrte drohend auf seinem General, der schließlich nachgab und geschlagen zu Boden sah. Für einige Sekunden herrschte wieder Stille im Raum.

»Auch wenn ich nicht alle Einzelheiten kenne, so stimme ich doch mit der Einschätzung Seiner Majestät überein«, bemerkte schließlich Leamas Calveron ruhig. »Ich kenne die Haltung der Halosianer. Sie werden die Vernichtung der Armee von Termonas zum Anlass nehmen, in Opposition zu uns zu treten. Die Sperrung der Häfen erscheint auch mir in der Tat als erster Schritt dahin. Dass die Zatosianer einen enormen Einfluss auf die Gildenräte ausüben, macht es umso wahrscheinlicher. Und wenn sie dabei sogar Rückendeckung aus Amhas erhalten sollten, ist es mehr als sicher.« Er machte eine beschwichtigende Geste in Sakas Richtung. »Ich verstehe Eure Einwände gut, General ga Dyan, aber wir können es uns nicht leisten, diese Entwicklung im Süden zu ignorieren. Das wäre mehr als leichtfertig. Jedoch bin ich zum einen der Ansicht, wir sollten den Gildenräten zunächst ein Ultimatum stellen, und zum anderen denke ich, wir sollten Agenten nach Amhas entsenden, um den Hinweisen, die wir über unsere vermeintlichen Feinde dort haben, auf den Grund zu gehen.«

»Das, werter Marschall, wird nicht nötig sein, da es bereits getan wurde.« Taefos Garanos, der bisher geschwiegen hatte, hatte das Wort ergriffen und sprach entgegen der angespannten Atmosphäre im Saal mit milder Stimme. »Im Auftrag seiner Majestät schickte ich am gestrigen Tag eine Delegation zur ehrenwerten Verasti Delana von Mesoth. Die Erwählte wird uns bei der Auffindung der Hintermänner in den Reihen der amhasischen Zatosianer unterstützen.«

Was soll das?, war der einzige Gedanke, der Saka durch den Kopf schoss. Dass Ghalsar den Rat vor vollendete Tatsachen stellen würde, war ihm klar gewesen, doch, dass er ihn nicht in seine Pläne einweihte, konnte er nicht glauben. Die Fraktion der Traditionalisten der Uriaskirche hatte Ghalsar schon seit Beginn seines Kampfes gegen die Hausfürsten unterstützt, da sie sich selbst Vorteile aus einem Valdora unter der Herrschaft nur eines Mannes erhofft hatte. Ghalsar hatte sie in ihrer Hoffnung nicht enttäuscht, denn die Kirche des *Einen* war reicher und einflussreicher als jemals zuvor. Aber Ghalsar hatte ihnen bisher immer nur Knochen vor die Füße geworfen, um sich die Uriasprälaten gefügig zu halten. Saka fühlte sich verraten. Wenn er diese Entscheidungen mit Garanos getroffen hatte, bevor er damit zu ihm kam, vertraute Ghalsar ihm nicht mehr.

»Dann hoffe ich, dass Eure Delegierten überzeugende Argumente haben, die Verasti Delana dazu bewegen, ihren Einfluss in Amhas für uns zu gebrauchen«, forschte Calveron nach und blickte den König an.

»Es wird ihr sehr schwer fallen, unsere Bitte auszuschlagen. Schon, weil sie selbst Unterstützung gegen den Senat braucht, wird sie unsere Offerte begrüßen«, antwortete Ghalsar wieder gefasster.

»Delana nimmt schon lange keine Befehle mehr von Sebastokrator Temlin und dem Senat entgegen«, merkte Saka an. In seinen Worten lag keine weitere Herausforderung, lediglich nüchterne Gewissheit. »Wird die Situation nicht gerade durch ihre Beteiligung verschärft? Sollte der Senat entdecken, dass die Allianz in ihren Konflikt mit der Verasti von Mesoth involviert ist, wird er die Aufständischen ganz offen gegen uns unterstützen, was uns faktisch in den Krieg gegen Amhas treibt.«

»Soweit wird es nicht kommen! Delana besitzt die Möglichkeit, gefahrlos den Konvent der Zatosianer von Amhas zu überwachen. Eine Verbindung zu uns wird der Senat kaum erkennen können«, entgegnete der König. »Ein guter Jäger passt sich seiner Umgebung an. Wir werden uns aus dem Verborgenen anpirschen und unerwartet zuschlagen, ganz so, wie es unsere Feinde getan haben. Und darum, Marschall Calveron, wird es auch kein Ultimatum an Halosis geben.«

Saka wollte wissen, wie sich Ghalsar in all dem so sicher sein konnte, doch er vermied, dass die Konfrontation weiter eskalierte und fügte sich.

Während Saka noch mit sich rang, nahm Nakordin den Faden auf. »Wenn die Bedrohung so umfassend ist, mein König, bin ich mir sicher, dass Ihr auch die vielen bekennenden und heimlichen Anhänger Zatos´ und den Widerstand, der allzu oft aus diesem Glauben gegen Eure Herrschaft erwächst, in euren Planungen berücksichtigt habt?«

Ghalsar verschränkte die Arme auf dem Rücken. Es war ihm anzusehen, dass er auf diese Frage gewartet hatte. »Wir werden die Verfolgung der Häretiker innerhalb der Grenzen Valdoras verstärken und damit einem Großteil des Aufstands ein für alle Mal den Boden entziehen«, erklärte er emotionslos. »Wer den Lehren Zatos´ folgt, wird durch meinen Beschluss zu einem Feind der Allianz und dem Licht des *Einen* erklärt. Taefos Garanos hat den Venatoren der Inquisition mit meinem Einverständnis die Befugnis erteilt, das Anathema über überführte Abweichler zu verhängen.«

Saka stockte der Atem. Anathema bedeutete nichts anderes, als dass die Inquisitoren jeden Verdächtigen foltern, jeden geständigen Zatosianer enthaupten und jeden, der nicht seinen vermeintlichen Irrlehren abschwören wollte, verbrennen durften. Soweit ist es also gekommen, dachte er. »Dann führen wir also erneut Krieg gegen die eigenen Leute«, stellte er verbittert fest.

»Wir müssen eine weitere Ausbreitung des falschen Glaubens verhindern, General. Sollte die Anhängerschaft Zatos' zu groß werden, wird es bald zu einem Aufstand kommen, der weitaus blutiger wäre als alles, was wir jetzt unternehmen«, entgegnete Garanos mit Nachdruck.

»Da stimme ich mit Euch überein, Eminenz, aber dennoch könnte auch ein allzu strenges Vorgehen der Inquisition einen Ausgang erzielen, der unseren Wünschen entgegenläuft«, verteidigte Leamas Sakas Einwand. »Wenn wir rasend um uns beißen wie ein verletzter Wolf, treffen wir mit Sicherheit auch Unschuldige. Wie soll das Volk da noch zwischen der Verteidigung der Ordnung und dem Terror der Willkür unterscheiden können? Der Nährboden, der daraus erwächst, könnte fruchtbarer für die Aufständischen sein, als jede Predigt, die in Zatos' Namen geführt wird.«

»Genug der Bedenken! Ihr wisst ganz genau, wie die Dinge stehen, Marschall«, herrschte Ghalsar ihn an. »Mir ist offen gestanden völlig gleich, welchen abstrusen Vorstellungen die Zatosianer anhängen und – verzeiht mir, Eure Eminenz – ob man sie als Irrglauben bezeichnen muss. Mir ist nur eine Sache klar, nämlich, dass diese Vorstellungen den Funken der Rebellion entfacht haben, und dass daraus nun eine Flamme des Verrats erwachsen ist, die die Allianz eine ganze Armee guter Soldaten gekostet hat. Jetzt muss sich erweisen, welches Feuer stärker brennt. Wir haben diesem Unkraut zu lange erlaubt, in unserem Garten zu wuchern. Ich werde es niederbrennen und dann jede faule Wurzel herausreißen, die übrig bleibt!«

Damit war alles gesagt.

Sakas Blick war leer, obwohl sein Verstand von zahlreichen Zweifeln bestürmt wurde, und sein Herz immer noch wild hämmerte. Der Zwiespalt, der sich vor ihm auftat, wurde immer größer.

Leamas stützte sich auf dem Tisch ab. »Nun gut, dann ist es beschlossen. Bis wann wünscht Ihr, dass ich die Truppen Vangardias gegen Halosis führe, Euer Majestät?«

Ghalsar winkte Calveron ab. »Halosis wird nicht Eure Aufgabe sein, Marschall.« Er blickte zu Saka hinüber. »Kann ich auf Euch zählen, General?«

Saka atmete tief durch. Alles in ihm wollte sich dem Befehl des Königs verweigern und entziehen. Ein seltsames Schicksal hatte ihn an Ghalsar gekettet und bis zu diesem Punkt geführt, an dem die Widersprüche zwischen ihm und seinem Mentor offenbar wurden.

Der Teil von ihm, der Ghalsar schließlich antwortete, war derjenige, der nicht ohne die sicheren Ketten der bedingungslosen Gefolgschaft leben wollte.

»Ich schulde Euch zu viel, mein König. Verzeiht meine Zweifel und meinen Argwohn. Auch mir geht es nur um den Erhalt des Reiches. Ich werde tun, was immer Ihr mir befehlt.«

»Ihr, General, schuldet mir nur eins, nämlich Euren Gehorsam«, erwiderte Ghalsar.

Saka trat in eine Halle, die gänzlich durch Kasangit-Quellen erleuchtet wurde, die den Raum vom Hallenboden aus in angenehmes Zwielicht tauchten. Die hohen Wände waren mit allerlei sagenhaften Figuren des Meeres bemalt. Auf dem sandfarbenen Putz schwammen Wasserdrachen um die Wette, tanzten Nixen und tummelten sich andere Mischwesen aus den Legenden.

Die einzige Person, die sich außer Saka in der Halle befand, war eine Frau in einem schlichten, doch eleganten, roten Kleid mit Schleppe, ganz nach der am Hof bevorzugten Mode. Ihr hoher Rang wurde durch eine elfenbeinfarbene Weste mit breitem Kragen und Silberstickereien hervorgehoben, die nur die Brust bedeckte. Eine ebenfalls helle und kunstvoll geschwungene Schürze ersetzte den Gürtel und betonte ihre Taille. Zweigeteilte Unterarmfesseln, die an Ellenbogen und Handgelenken aufgenäht waren, imitierten überlange Ärmel.

Die Frau stand auf einem massiven, in den Boden eingelassenen Silanglas. Kasangit-Lampen in der Scheibe tauchten den Bereich um das Glas herum in blau-grünes Licht. Durch die Bewegung des Wassers um die Leuchtkörper schien es so, als seien auch die Schatten an den Wänden der Strömung des Sees unterworfen, denn sie wanderten wellengleich hin und her.

Sakas Schwester Ifanae hielt sich gerne in der künstlichen Grotte unterhalb des Palastes auf, die noch aus den Tagen der Herrschaft der Tân stammte. Die Familie der Statthalter von Agenost, die Iramon, hatten sie erbauen lassen. Für Ifanae war dies ein Ort des Rückzuges, der ihr Geborgenheit vermittelte und Ruhe schenkte.

Doch immer, wenn Saka seine Schwester hier antraf, musste er unweigerlich an ihre gemeinsame Flucht denken. Im Wald hatten sie damals ein sicheres Versteck in einer Grotte vor ihren Verfolgern gefunden. Dort hatte er ihr versprochen, dass er einen Ort finden würde, an dem sie niemals wieder Angst haben müsse. Saka verbannte seine Gedanken in die Schatten der Grotte. Er trat zu ihr auf das helle Silan und schloss sie in die Arme. Er bemerkte, dass sie seine

Bedrückung hinter der liebevollen Geste spürte, da sie ihn sorgenvoll anblickte.

Ifanae war drei Jahre jünger, hätte aber ohne weiteres als sein Zwilling durchgehen können. Sie war kaum einen fingerbreit kleiner als er, besaß ebenso strohblonde Haare sowie das gleiche freundliche Lächeln, das allein Sakas dunkle Laune auf der Stelle zu verjagen vermochte.

»Du hast nach mir geschickt?«, fragte Saka.

»Erzähl mir, was im Rat geschehen ist«, erwiderte sie und legte ihm sanft eine Hand an die Wange. »Deine Befürchtungen haben sich bestätigt, nicht wahr?«

»Ja, aber es wird noch schlimmer.« Saka seufzte und setzte sich auf den Sockel einer Säule, an die er sich lehnte. Er fühlte sich seit der Ratssitzung wie benommen und dankte dem *Einen*, endlich ein wenig sitzen zu können. »Ghalsar hat ihnen erzählt, es seien die Zatosianer gewesen.« Er riss aufgebracht die Arme in die Höhe. »Fanatiker aus Amhas, die die Allianz und die Uriaskirche vernichten wollen!«

»Früher oder später musste es so weit kommen, dass sich Ghalsar gegen sie wendet«, entgegnete Ifanae behutsam und setzte sich neben ihren Bruder. »Das war nicht zu verhindern, und auch du hättest das nicht gekonnt.«

»Er verlangt von mir, Halosis anzugreifen!« Saka schlug mit der flachen Hand gegen die Säule. »Es ist eine einzige Farce! Damit wird alles noch chaotischer!«

»Glaubst du nicht, dass er dich vielleicht schickt, um genau das zu verhindern? Ich meine, wenn Ghalsar davon überzeugt ist, dass der Angriff ein notwendiger Schritt ist, bist du sein Garant, eine weitere Eskalation zu vermeiden.« Sie legte ihm die Hand wieder auf die Schulter. »Er vertraut dir.«

»Nein, eben nicht!« Saka schüttelte den Kopf. »Er schickt mich, weil ich zu viele Fragen gestellt habe. Er will, dass ich möglichst weit weg von Agenost bin. Ich habe ihn bis aufs Blut gereizt. Du hättest ihn sehen sollen, er war kurz davor, mir vor dem versammelten Rat den Schädel einzuschlagen.«

Ifanae stutzte. »Glaubst *du* denn, dass es die Zatosianer waren?«

»Ich habe einen anderen Verdacht, aber ich muss erst herausfinden, wie viele der Beschuldigungen der Wahrheit entsprechen.«

»Ich kann dir helfen, Saka. Genügend Leute schulden mir einen Gefallen, die ich …«

Saka nahm ihre Hand und winkte ab. »Nein, nichts dergleichen. Weißt du, was dir blüht, wenn man herausfindet, dass du Freunde unter den Häretikern hast?«

»Meine Bekannten als Freunde zu bezeichnen, ist doch sehr euphemistisch, Bruder. Das ist ein Unterschied und beileibe nicht ungewöhnlich. Viele vornehme Familien, zu denen wir Beziehungen unterhalten, haben sich der zatosianischen Lehre angeschlossen. Gerade im Süden …«

Saka unterbrach sie barsch. »Sie haben das Anathema über die Zatosianer verhängt. Du weißt genau, was das bedeutet! Die Inquisition wird vor deiner Stellung nicht haltmachen, und Ghalsar wird dich nicht schützen.«

Ifanae sah verlegen zu Boden und musste lächeln. »Ghalsar wird mir nichts antun, das weißt du.«

Saka nahm den Kopf seiner Schwester mit einer Hand und drehte ihn sachte, aber bestimmt zu sich. »Glaub nicht, Ghalsar würde seine Hand über dich halten, wenn er zwischen dir und der Verlängerung seiner Herrschaft zu wählen hat.« Er ließ sie wieder gehen. »Ich kenne niemanden, der seine Gefühle – egal, um wen es sich handelt – einfach so beiseite zu schieben vermag, wenn er es für nötig erachtet. Wir beide wissen, wie kalt er sein kann.«

»Ja, er kann grausam sein, aber niemals wird er sich gegen die wenden, die ihn lieben.«

Saka drehte sich weg. Für einen Augenblick, wusste er nicht, was er erwidern sollte.

»Deine Loyalität bedeutet ihm viel. Nur deshalb wird er so schnell wütend. Du bist vermutlich der einzige, der das schaffen kann, weil nur du ihm so nahe stehst. Er vertraut dir immer noch, darum schickt er dich nach Halosis.«

Saka blickte einige Augenblicke stumm auf das Glas, unter dem sich das Wasser bewegte. »Du bist das Wichtigste, was mir in all den Jahren geblieben ist«, flüsterte er. »Furchtbare Dinge nehmen ihren Lauf. Ich habe Angst. Angst, dass Ghalsar uns alle mit sich in den Abgrund reißt, den er selbst nicht sehen kann oder will.«

»So weit kann es doch noch nicht sein, oder?«, fragte Ifanae.

»Wenn wir Halosis angreifen, wird es unweigerlich auch zum Krieg mit Amhas kommen. Dann wird es keine Rolle spielen, ob man mich oder einen anderen entsendet hat. Ich habe mitgeholfen, Ghalsars Herrschaft in Feuer und Blut zu schmieden, und es scheint mein Schicksal zu sein, dass ich in Feuer und Blut ihren Untergang einleiten soll.«

Saka griff Ifanaes Hand.

»Da ist noch mehr. Ich will, dass du, sobald es möglich ist, aus dem Palast verschwindest, da ich glaube, dass die Verschwörung hier ihren Anfang nahm.«

»Wie kommst du darauf?«, fragte sie überrascht.

»Ich glaube, dass Shaat mehr ist, als nur der Abgesandte des Harans von Kesh Achlan. Irgendwie hat er seine Finger im Spiel.« Saka sah sich im Raum um und zog Ifanae ein Stück hinter die Säule. »Was ich dir nun anvertraue, darf deinen Mund nicht verlassen, Schwester!«

Ifanae willigte stumm nickend ein und blickte ihren Bruder mit großen Augen an.

»Ghalsar hat Shaat damit beauftragt, einen Elyr zu finden und wenn möglich gegen die Tequari einzusetzen. Ich denke, Shaat hat Ghalsar dazu überredet.«

Ifanae machte erschrocken einen Schritt von ihrem Bruder weg und starrte ihn versteinert an.

Saka schluckte und blickte verzagt um sich. Doch die Nixen und anderen Wesen an den Wänden schienen ihn nur auszulachen. »Er ist mein Freund, er ist mein König.« Er rang nach Worten. Der Zweifel, den er in den Augen seiner Schwester sah, war fast noch unerträglicher als seine eigenen Dämonen. »Ich habe ihm davon abgeraten, glaub mir! Er hat nicht auf mich gehört.« Er lehnte sich schwer atmend gegen die Säule. »Vielleicht hat ihn dieser Yamarer verhext, wer weiß das schon? Auf jeden Fall hatte sein Wort letztendlich mehr Gewicht als der Rat seines Freundes. Die Dinge haben ihren Lauf genommen. Du hast vollkommen recht, ich kann nicht alles verhindern.«

»Dann glaubst du also, dass dunkle Magie Ghalsars Verstand vernebelt und ihn zu Taten antreibt, die er sonst nicht begehen würde?«

»Ja, vielleicht ist es genau das. Ghalsar ist weit von seinem ursprünglichen Weg abgekommen, und ich muss herausfinden, was geschehen ist.«

Ifanae machte einige Schritte durch den Raum, als suche sie nach einem Ausweg. Sie verschränkte die Arme vor dem Bauch und sah bestürzt in die wässrige Tiefe. Sie schien von den Nachrichten noch tiefer getroffen zu sein, als Saka erwartet hatte. Fast bereute er, sie eingeweiht zu haben.

»Ich helfe dir, Saka!«, sagte sie plötzlich energisch.

»Du bist erschüttert, weil Ghalsar dich fortschickt. Was glaubst du, wie ich mich fühle, wenn du jetzt mit mir dasselbe machst?«

»Ifanae, ich will nur nicht, dass dir …«

»Du willst nicht, dass mir etwas geschieht? Wenn alles stimmt, was du vermutest, wird es für mich keinen sicheren Platz in ganz Valdora geben. Außerdem wäre es sehr verdächtig, wenn die Statthalterin von Agenost in dieser Zeit den Palast verließe. Nein, ich bleibe und werde Augen und Ohren offen halten.«

Saka wollte zu einer Entgegnung ansetzen, doch Ifanae ließ ihn nicht zu Wort kommen. »Ghalsar ist auch mein Freund – mehr als das. Ich liebe ihn genauso wie du. Auch ich habe das Recht, ihm zu helfen, sollte er unter dem Einfluss des Gesandten stehen.«

Saka kannte seine Schwester zu gut und ließ es dabei bewenden. »Du warst schon immer mutiger als ich.« Er zog sie an sich. »Versprich mir nur, dass du vorsichtig bist.«

»Keine Sorge, ich habe lange genug an diesem Hof überlebt. Hier liegt der Vorteil auf meiner Seite.« Ifanae legte die Finger an ihre Lippen und schien eine Lösung zu suchen. »Du solltest trotzdem meine Kontakte bei den Zatosianern nutzen«, meinte sie schließlich. »Wir würden schnell Klarheit bekommen.«

»Nein, zu gefährlich«, wehrte Saka ab. »Wenn die Venatoren einen von ihnen beobachten, könnten sie den Weg bis zu uns zurückverfolgen. Ich habe einen zuverlässigen Agenten, den ich nach Amhas schicken werde.«

Saka konnte den Widerstand in den Augen seiner Schwester lesen, aber sie willigte durch ihr Schweigen in seinen Plan ein.

»Und warum wolltest du mich eigentlich sprechen?«, fragte er sie übergangslos.

»Was?«, entgegnete sie gedankenverloren, blickte weg und strich betreten ihren Rock glatt. »Nein, ich wollte nur … direkt nach der Versammlung mit dir sprechen, weil ich wusste, wie sehr dich die Sache belastet.«

»Bist du sicher? Ist alles gesagt? Ich will dich nicht mit Zweifeln zurücklassen.«

»Nein, du kannst beruhigt sein.« Ifanae schien mit diesen Worten schlagartig ihre Fassung wiedergefunden zu haben. »Ich habe mich nur gefragt, was jetzt aus uns beiden wird.« Sie gab ihrem Bruder einen Kuss auf die Wange. »Aber wir werden eine Lösung finden.«

Marmadon, zwei Jahre zuvor

Die Türflügel zum Hauptsaal der Festung von Marmadon öffneten sich langsam. Zwei Waffenknechte traten ein, in ihrer Mitte einen Jüngling mit rotblondem Haar und Dreitagebart. Sie schleiften ihn über die Granitplatten bis zu den Fenstern, durch die man weit in das Tal des Termon blicken konnte.

Dort erwartete sie ein Mann in den Sechzigern, dessen Ornat, bestehend aus einem weinroten Mantel mit den Insignien seines Hauses sowie einem silbernen Stirnreif mit goldenen Intarsien, ihn als Herrn dieser Festung auswies.

Der junge Mann wurde vor ihm auf den Boden geworfen. »Wir bringen Euch den … Ketzer, ganz wie Ihr befohlen habt, mein Lord«, sagte einer, während sich der Mann aufrappelte.

»Ich danke Euch, Méamas. Ihr dürft Euch entfernen«, erwiderte der Angesprochene fast flüsternd.

Die Waffenknechte verließen den Saal und schlossen das Eingangsportal hinter sich.

»Wie fühlst du dich?«, fragte der Ältere den regungslos vor ihm auf den Knien hockenden Jüngling, der den Kopf gesenkt hielt und auf den Boden starrte. »Wie fühlt man sich, so nach Hause zurückzukehren?«, erhob der Lord die Stimme. Sein bislang neutraler Tonfall hatte etwas Bedrohliches angenommen, eine Ankündigung dessen, was noch folgen sollte. Er drehte sich zum Fenster und atmete tief durch. »Vielleicht willst du ja wissen, was ich empfinde. Vielleicht interessiert es dich, was in mir vorging, als ich erfuhr, wer der Aufwiegler ist, der seit Wochen meine Bauern und Bürger in Aufruhr versetzt! Vielleicht ist es für dich auch von Interesse, was ich dem Großkönig berichten musste, als all dies an Urias' Licht kam!« Ruckartig drehte er sich zu dem Knieenden um und brüllte ihn an. »Sieh mich gefälligst an!« Er riss den Kopf des Rothaarigen hoch. Ein ausdrucksloser Blick aus grauen Augen begegnete ihm. »Schau mir in die Augen, wenn du mir sagst, wie leid es dir tut, was du deinem Vater angetan hast, Liocas! Vielleicht kann ich dir dann vergeben.«

Einige Augenblicke herrschte eine gespannte Stille, bevor Liocas zu einer Antwort ansetzte. »Auch wenn Ihr es vermutlich nicht glauben werdet, es tut mir leid, was Ihr durch meine Taten erdulden musstet.«

Ohne Vorwarnung schlug ihm sein Vater mit der Faust ins Gesicht. Liocas kippte schlaff zur Seite.

»Verräterischer Lügner! Lumpenhund! Gar nichts tut dir leid! Dich schert es nicht, wie ich, wie unser Haus dasteht. Als Gespött des Reiches! *Sein Sohn ist ein Ketzer*, hört man es überall in den Gassen von Marmadon murmeln, und wahrscheinlich darüber hinaus, in Sethkaron, Ymiras, wahrscheinlich selbst in Agenost! Ich kann mir gut vorstellen, wie sie Ennius bereits einflüstern, dass das Haus von Marmadon eine Gefahr für die Sicherheit der Allianz darstellt! Termonas,

Calveron und vor allem dieser elende Fergias!« Lord Akkos ballte die Fäuste und starrte seinen Sohn hasserfüllt an. »Du hast mehr als Schande über uns gebracht! Jahre der Mühen, der Arbeit und Tränen mit deinen häretischen Reden in den Staub getreten! Aber was hätte ich auch erwarten sollen? Stets hast du nur dein eigenes Wohl im Sinn gehabt, warum sollte es dieses Mal anders gewesen sein?«

Liocas rappelte sich auf, Blut lief ihm aus einer aufgeplatzten Augenbraue ins Gesicht. »Mein eigenes Wohl? Macht Euch nicht lächerlich, Vater! Gerade weil ich nicht nur *mein* Wohlergehen im Sinn habe, folge ich Zatos.«

Ein weiterer, noch härterer Schlag warf ihn wieder um. »Nenne nie wieder den Namen dieses Ketzers in meinem Haus!« Lord Akkos hatte mittlerweile einen hochroten Kopf bekommen. »Du hast alles aufgegeben, was ich dich gelehrt habe, alles verworfen, wofür das Haus Marmadon seit der Gründung der Allianz eingetreten ist.«

»Wir sind für die falschen Ideale eingetreten, Vater!«, rechtfertigte sich Liocas stöhnend. »Ideale, die mit dem Feuer der Venatoren verteidigt werden müssen, halten keiner Überprüfung stand!«

»Nur diese Ideale, diese Einigkeit vor Urias und ganz Camotea haben uns zu dem gemacht, was wir heute sind, uns zu jener Stärke geführt, die du in den Grundfesten erschüttern willst. Wir sind umgeben von Feinden, seien es die Hankardri, die Barbaren im Norden oder die verkommenen Amhasi. Jede Schwäche, die wir uns leisten, jedes Nachgeben würde unseren Untergang bedeuten! Habe ich dich das nicht dein ganzes Leben lang gelehrt?«

»Das habt Ihr, Vater, und dennoch ist es falsch«, beharrte Liocas. »Herrscher wie Ghalsar Ennius, die überall nur Feinde sehen, verstärken diese Gefahr nur, anstatt sie einzudämmen.«

»Du Narr! Urias muss dich geblendet haben! Ennius hat die Gefahr gebannt, die Kopios von Iramon entfesselt hat, als er sich mit Barbaren und Häretikern einließ.«

»Kopios Myoxeres war bisher der einzige große Lord, der ebenfalls erkannt hat, dass wir uns in einer tödlichen Spirale des Hasses immer weiter in unser Verderben bewegen. Gerade er, der die Tequari fast vernichtete, reichte die Hand zum Frieden! Gerade er, der für seine Frömmigkeit bekannt war, dachte an Reformen! Und genau das konnten Ennius und seine Leute nicht ertragen. Ihr solltet Kopios´ Mühen Respekt zollen und ihn nicht verdammen, Vater!«

Mit einem Tritt in die Rippen streckte Lord Akkos seinen Sohn erneut nieder. »Zatos, Kopios! Welchen Verräter willst du dir noch zum Vorbild nehmen? Nein, Liocas, ich diskutiere nicht mit dir! All das zeigt mir nur, dass ich viel zu lange gewartet habe, dich aus diesem Kloster zu holen. Weil ich zu weich, zu nachgiebig gewesen bin, nur deiner Mutter zuliebe, ihr Licht möge bei Urias weilen. Aber das hat jetzt ein Ende, ein für alle Mal! Einige Wochen im Kerker werden dich vielleicht wieder zur Besinnung bringen. Danach wirst du deine Knappschaft bei Volkos antreten, weit weg von hier an der Grenze zu den Tequari, genauso wie es bereits vor drei Jahren vorgesehen war. Mal sehen, wie du über die innere Einheit der Allianz denkst, wenn du dich jeden Tag gegen Barbarenweiber wehren musst, die dir den Schädel einschlagen wollen!«

Lord Akkos betätigte eine Glocke und sofort erschienen die beiden Knechte wieder in der Tür. »Schafft mir diesen Abschaum aus den Augen! Er soll nicht länger mein Sohn sein, bis er von Volkos den Schlag zum Ritter erhalten und sich als ehrbarer Streiter der Allianz erwiesen hat.«

Kapitel 10

Moriana und Liocas waren seit mehreren Tagen unterwegs. Zuerst waren sie nach Süden durch die Wälder gelaufen. Als sie jedoch nicht auf die Straße trafen, die Arkas erwähnt hatte, stellten sie fest, dass sie sich zu sehr dem weiter westlich gelegenen Val-Varos-Gebirge angenähert hatten. Also wandten sie sich wieder leicht in östliche Richtung, in der Hoffnung, irgendwann den besagten Handelsweg zu finden, um bald nach Kol Tassa zu gelangen.

Zu ihrem Glück erreichten sie nach einigen Meilen eine Siedlung, in der man ihnen bereitwillig Auskunft geben konnte. Ein alter Fallensteller riet ihnen, einfach wieder südwärts zu marschieren. Dort seien in den vergangenen Jahren neue Straßen und Wege angelegt worden, da der Warenverkehr in und aus dem reichen Amhas stetig zugenommen habe. Die alte imperiale Passstraße werde zwar immer noch von den größten Handelszügen genutzt, aber normale Reisende oder einzelne Fuhrwerke wichen mittlerweile häufiger auf die parallel verlaufenden neueren Straßen aus, da dort ein Fortkommen leichter möglich war.

So folgten sie also der Beschreibung, und schon bald wandelte sich der Trampelpfad zu einem fest angelegten Weg. Eine Tagesreise weiter südlich verließen sie die schier unendlichen Nadelwälder, die den Nordwesten Valdoras bedeckten, und vor ihnen öffnete sich grünes, saftiges Hügelland. Die Landschaft war durch Felder, künstliche Gräben, Brücken und Wege kultiviert worden. Hier und da lagen Dörfer und Höfe inmitten des Grüns.

Sie wanderten einige Stunden in die Hügel hinein, als Liocas in der Nähe eines kleinen Sees stehenblieb. Von Westen her plätscherte ein Bach in schimmernden Kaskaden über Felsen hinab in das Gewässer. Wind wehte vom See herüber und wiegte das Ufergras.

»Was ist los? Musst du schon wieder Pause machen?«, fragte Moriana, die sich gerne einen Spaß daraus machte, die Ausdauer des Knappen in Frage zu stellen.

»Nein, das ist es nicht.« Er blickte sich misstrauisch um.

»Werden wir verfolgt? Hast du jemanden entdeckt?«, fragte die Tequa und fuhr mit der Hand zum Schwertgriff. Ihre Augen suchten die Umgebung ab.

»Nein, aber wir betreten besiedeltes Gebiet, wahrscheinlich sogar eine der bevölkerungsreichsten Regionen in Valdora, abgesehen von der Hauptstadt. Wir müssen vorsichtiger sein als bisher.«

»Glaubst du, es nützt was, wenn du alle paar Meilen stehenbleibst, die Nase in den Wind legst und witterst wie ein Steppenbär?«, fragte sie ihn grinsend.

Liocas schüttelte den Kopf, während er am Ufer nach einem Platz Ausschau hielt, an dem sie ein Lager aufschlagen konnten. »Wir dürfen einfach keine Aufmerksamkeit erregen.« Er blickte sie an. »Vor allem du nicht.«

»Ich verspreche dir, niemanden umzubringen, nur weil er mich schief anguckt!«

»Eher bringt *dich* jemand um. Eine Kriegerin der Clans inmitten valdorischer Bauern – das kann eigentlich nicht lange gutgehen!«

Moriana verdrehte die Augen. »Und warum nicht? Sehen sie in mir die Ausgeburt des Bösen, die gekommen ist, um ihre Felder zu verheeren oder Kinder zu stehlen?«

»Ohne zu übertreiben – ja! Die Menschen auf dem Land haben einfache Gemüter. Man tut, was der Lord oder die Priester einem sagen, und man begegnet allem Fremden noch misstrauischer als anderswo. Wo du bei Rittern oder den Bürgern der Städte auf Hass und Abneigung stößt, wird dir der valdorische Bauer mit abgrundtiefer Angst um Leben und Seelenheil begegnen. Die meisten von ihnen haben noch nie einen Tequari gesehen, sie kennen dein Volk nur aus Schauergeschichten.«

»Woher sollen sie dann wissen, dass ich eine Tequa bin, wenn sie keine Ahnung davon haben, wie eine aussieht?«

»Na, ich wette, du wirst es ihnen leicht genug machen. Der freundliche Umgangston, das galante Auftreten, die Vertrauen erweckenden Hautbilder ...«

Morianas Gesicht verdunkelte sich. »Und was soll ich deiner Meinung nach tun? Einen Sack über den Kopf ziehen?«

Liocas dachte nach, während er sie von oben bis unten musterte. »Viel können wir nicht machen, da hast du recht. Es würde schon reichen, wenn du nicht ganz so ... wild aussehen würdest. Ein Bad täte dir mal gut. Vielleicht wäschst du auch deine Haare aus und entfernst die Schmuckstücke aus den Zöpfen. Die Kleidung aus dem Kloster ist akzeptabel, aber du musst die Hautbilder verdecken.«

Moriana ballte die Fäuste und war im Begriff, Liocas etwas Passendes für seine Arroganz zurückschleudern, beherrschte sich dann aber. Sie biss sich auf die Lippen und drehte sich weg. Es benötigte einen Augenblick, bis ihr Zorn verraucht war. »Schmutz abspülen, Haare kämmen – wozu soll das gut sein? Soll ich den Krâhwad schöne Augen machen, damit wir freies Geleit bekommen?«

»Nein, du sollst nur nicht ganz so ...«

»... barbarisch aussehen«, vollendete Moriana den Satz. »Ich hab schon verstanden. Hier wird jede Wilde wie ein tollwütiges Tier auf der Straße erschlagen.«

Liocas zuckte mit den Schultern. Da er offenbar keine Lust auf eine weitere Streiterei hatte, versuchte er, Moriana zu erklären, warum er es in dieser Gegend für so gefährlich hielt. »So, wie Lord Makros im nördlichen Grenzland herrscht, geht es auch hier zu, Moriana. Lord Fergias ist sogar noch unerbittlicher. Er gehörte früher der Leibwache der Hohen Priesterschaft in Agenost an und hasst die Feinde der Allianz schlimmer als jeder andere – vor allem die Zatosianer und die Tequari. Er hat damals sogar seine Familie ans Messer geliefert, weil sie den Reformern nahestanden. Genau diese Einstellung versucht er auf sein Volk zu übertragen, besser gesagt, lässt er ihnen einprügeln, wenn sie sich weigern, sie anzunehmen. Wir hätten uns für unsere Reise kaum eine schlechtere Gegend aussuchen können.«

»Ist schon gut, ich hab's verstanden! Aber erwarte bloß nicht, dass ich ein Kleid anziehe, nur weil das irgendwo so gewollt ist!«

Liocas schmunzelte bei der Vorstellung, die Tequa in einem feinen Ballkleid nach Agenoster Mode zu sehen. »Nein, keine Angst, dazu werde ich dich nicht zwingen«, sagte er und musste lachen.

Auch Moriana grinste, während sie einige Schritte am Seeufer entlanggingen. Hinter einer Gruppe Büsche, die die Uferböschung von der Straße trennte, warf Liocas sein Proviantbündel ins Gras. »Hier können wir bleiben«, bedeutete er der Tequa.

»Dann werd' ich mich jetzt in die reinigenden Fluten stürzen, wie es mein Herr befohlen hat!«, sagte sie mit sarkastischem Unterton und begann die Rüstung abzulegen.

»Gut, mach das. Vielleicht treffen wir ja später auf der Straße auf einen fahrenden Händler oder Bauern, der uns auf seinem Wagen mitnehmen kann. Dann kommen wir schnell und ohne Anstrengung vorwärts«, bestätigte er und verschwand hinter den Büschen, um sich zu erleichtern.

Als er zurückkehrte und sich ans Ufer legte, war Moriana schon in den See gesprungen.

Die Tequa schwamm etwas hinaus, dann dümpelte sie entspannt auf dem Rücken liegend in der Mitte des Gewässers und blinzelte in die hoch am Himmel stehende Sonne. Sie genoss die Kühle des Wassers, die ihren Körper umfing, während ihr gleichzeitig die warmen Strahlen auf die Haut schienen. Nachdem sie fast vier Tage lang durch den Wald gehetzt waren, stellte das hier eine willkommene Abwechslung dar. Sie dankte Liocas insgeheim für seinen Vorschlag. Zum letzten Mal hatte sie im Kloster in einem Badezuber gelegen. Falsch war es sicher nicht, sich vom Staub und Schmutz der Reise zu befreien. Entgegen der Vorstellungen der Valdorer suhlten sich die Tequari keineswegs im Dreck oder legten weniger Wert auf Reinlichkeit. Auf Kriegszügen sah das freilich ganz anders aus, und eben jener Anblick der bemalten und stinkenden Kriegshorden hatte sich unverrückbar in das Gemüt der Valdorer gebrannt.

Doch sie machte Liocas keinen Vorwurf, denn sein Vorschlag entsprang keinen Vorurteilen, über die sie sich ärgern musste. Überhaupt kamen sie in den letzten Tagen deutlich besser miteinander aus. Zuerst hatten sie sich wegen jeder Kleinigkeit in den Haaren gelegen, vor allem sie wollte ständig ihren Willen durchsetzen. Nachdem er den Widerstand dahingehend irgendwann aufgegeben und sich ihr gebeugt hatte, war sie zunächst sehr zufrieden gewesen. Sie genoss jeden kleinen Sieg im Kampf um die Autorität. Da ihr aber klar wurde, dass er in vielen Fällen nicht nur aus Prinzip eine andere Meinung vertrat, sondern tatsächlich von den Dingen überzeugt war, die er predigte, konnte sie ihn zunehmend als gleichwertigen Partner akzeptieren. Sie hielt dagegen stur an bestimmten Vorstellungen fest, die sie manchmal nur aus Trotz durchzusetzen versuchte, weil sie einem

Valdorer nicht Recht geben wollte. Das war ihr erst in den letzten Tagen klar geworden. Dass sie Liocas aber nicht bei jeder Meinungsverschiedenheit wie noch vor Kurzem sämtliche Knochen zu brechen gedachte, machte sie dagegen durchaus ein wenig stolz. Nachdem ihr jemand zum ersten Mal in ihrem Leben bewusst machte, dass sie eine Reihe von Fehlern besaß, die nicht einfach so mit der Faust zu rechtfertigen waren, versuchte sie daran zu arbeiten, dass dieser Makel ihrer Persönlichkeit, als den sie ihn empfand, ausgemerzt werden würde. Stets hatte sie nach Perfektion gestrebt, aber wenn ihr sogar ein valdorisches Milchgesicht Unzulänglichkeiten vorzuhalten vermochte, musste etwas dagegen getan werden, dachte sie und schwamm langsam wieder zum Ufer.

Liocas hatte es sich auf seiner Decke bequem gemacht und schien zu schlafen. Die Tequa legte sich neben ihn und ließ sich von der Sonne trocknen.

Eine Weile später drehte er sich blinzelnd zu ihr um, schreckte dann aber ruckartig hoch.

Moriana packte sofort das Schwert und sprang auf. »Was ist los?«

»Ich … du …«, stammelte Liocas, wurde knallrot und drehte sich wieder um.

»Was ist mit mir?«, wollte die Tequa wissen und beobachtete immer noch die Umgebung, um zu überprüfen, was er gesehen hatte.

»Du … du bist … du bist ja nackt«, stellte Liocas beinahe flüsternd fest und starrte angestrengt in eine andere Richtung.

Sie senkte die Klinge und musste lachen. »Das ist alles? Musst du mich deswegen so erschrecken?« Sie blinzelte schelmisch. »Scheint ja ein grauenhafter Anblick zu sein!«

Liocas schien die Situation äußerst unangenehm zu sein, ganz ähnlich wie im Kloster, als sie sich das Nachthemd vom Leib gerissen hatte. »Nein, es ist nicht grauenhaft. Es ist nur …«

»Was ist schon dabei? Du kannst ganz normal mit mir reden.«

»*Es ziemt sich nicht*. Ich möchte dich nicht so sehen.« Er klang ernsthaft brüskiert.

»Warum nicht? Mir macht es nichts aus, Liocas.«

Der Knappe atmete tief durch, scheinbar musste er seinen Puls beruhigen. »Ein Mann und eine Frau haben sich gegenseitig nicht ihre entblößten Leiber zu zeigen, höchstens vielleicht, … wenn sie verheiratet sind.«

Moriana lachte erneut und konnte damit gar nicht mehr aufhören. »Wer hat euch Valdorern denn das erzählt? Euer Gott? Oder eure greisen Kleriker, denen der Schwanz sowieso schon abgefault ist? Ihr lasst euch auch wirklich alles ins Hirn scheißen!«

»Es … ziemt sich einfach nicht.« Mehr schien Liocas nicht sagen zu wollen. Er stand auf und entfernte sich von ihrem Lager, krampfhaft darum bemüht, den Kopf nicht zu ihr zu wenden.

»Wie du willst, Valdorer, aber dann wirst du so lange warten müssen, bis die Sonne mich getrocknet hat. Nur wegen deiner Empfindlichkeit schlüpfe ich nicht klitschnass in meine Sachen«, stellte sie klar und legte sich wieder hin. »Euer Gott muss Verrückte lieben.«

»Warum?«

»Weil die meisten eurer Bräuche ziemlich verrückt sind.« Sie seufzte. »Es ziemt sich nicht …«, murmelte sie kopfschüttelnd, während sie auf den See hinausblickte. Wenigstens wurde es mit ihrem sonderbaren Gefährten nicht langweilig, und man bekam immer wieder eine völlig neue – wenngleich absurde – Sichtweise auf belanglose Dinge geliefert, dachte sie, bevor sie im Sonnenlicht einschlummerte.

Am frühen Abend erreichten sie ein Dorf. Bereits seit vielen Meilen kamen ihnen auf der breiter werdenden Straße, die sie aus den Wäldern herausgeführt hatte, Bauern entgegen, die mit schweren, von Ochsen gezogenen Wagen auf dem Weg zu den Feldern waren, um die Ernte einzubringen. Während das Getreide sicher noch ein paar Wochen benötigte, ließen sich bereits zahlreiche Obst- und Gemüsearten ernten. Auch der goldgelbe Raps stand schon in voller Blüte und erfüllte die Luft mit seinem in der Nase beißenden Geruch.

Moriana hörte sich gelangweilt Vorträge von Liocas an, der ihr mit Begeisterung von der reichhaltigen Landwirtschaft Valdoras berichtete, nachdem sie offenbart hatte, nicht die leiseste Ahnung davon zu haben, was die Bauern hier auf den Feldern anbauten.

Als die ersten Häuser in Sicht kamen, endete der Enthusiasmus des Knappen für die hiesige Agrarwirtschaft zu ihrer Erleichterung.

»Wir sollten hier übernachten«, schlug er vor und wies auf die Fachwerkhäuser vor ihnen. »Ich hätte Lust auf ein weiches Bett und was Deftiges zu essen.«

»Nicht, dass ich es nötig hätte, aber das hört sich gut an«, bestätigte Moriana.

Sie schlenderten die Dorfstraße hinunter und entdeckten nach kurzer Zeit ein Gasthaus. *Zum Ochsen* stand auf dem verwitterten Holzschild, das über einer schmutzigen Tür hing.

»Ich rede. Halt dich einfach im Hintergrund«, sagte Liocas zu seiner Begleiterin, bevor er die Tür aufstieß.

Warme, stickige Luft umfing die Reisenden, und im Halbdunkel der Schankstube konnte Liocas zuerst kaum etwas erkennen. Er ging einige Schritte in den Raum hinein und erblickte ein Mädchen, das zehn bis zwölf Sommer zählen mochte. Sie saß gemeinsam mit einem älteren Mann, bei dem es sich offenkundig um den Wirt handelte, an einem Tisch und bewegte Holzklötze über ein rundes Spielbrett mit Dutzenden Vertiefungen. Der Mann drehte an einer Scheibe, die auf einem kleinen Holzgestell befestigt war, und bewegte ebenfalls ein paar Figuren.

Sonst befand sich niemand im Schankraum, wie der Knappe verwundert feststellte. Um diese Zeit hätte er das halbe Dorf hier erwartet, das sich nach der harten Feldarbeit einige Stunden der Muße bei einem kühlen Schluck Bier gönnte. Er ging zur Theke und winkte dem Wirt zu, der ihn etwas überrascht wegen der offenbar unerwarteten Kundschaft anblickte, dann aber aufstand, die Kleine mit dem Spiel alleine ließ und hinter die Theke schlurfte.

»Urias erhelle Euren Tag, mein Freund«, begrüßte Liocas ihn freundlich und stützte sich mit einem Arm auf den Tresen. »Sagt an, guter Mann, gibt es hier ein Zimmer und einen Krug Bier für zwei müde Reisende?«

»Selbstverständlich. Zimmer gibt's genügend, denn Ihr seid die einzigen Gäste, die mich heut aufsuchen, mein Herr. Und Bier könnt Ihr'n ganzes Fass trinken, wenn Ihr wollt.«

»Hier gefällt's mir«, befand Moriana und gesellte sich zu Liocas.

Der runzelte verwundert die Stirn. »Alle Zimmer frei? Die Fässer noch bis zum Rand gefüllt? Müsste Euer Haus nicht vor Gästen platzen? Was ist mit den Reisenden, Händlern und Söldnern, die hier überall unterwegs sind? Und wo sind die Bauern, die sich beim Kartenspielen oder bei einer Partie *Hof und Wehr* vergnügen wollen?«

»Normalerweise würdet Ihr die alle hier treffen«, nickte der Wirt Liocas´ Frage ab und füllte zwei Tonkrüge mit dunklem, schäumendem Gerstensaft. Er stellte sie vor die Gäste auf die Theke und zapfte sich ebenfalls einen Schluck. »Aber in diesem Jahr is' vieles anders in Tarmea, werter Herr. Erst sin' die Werber durchs Land gezogen, ha'm jeden kräftigen Burschen mitgenommen, den sie bekommen konnten. Vom alten Bosan den Jungen zum Beispiel, der war in diesem Jahr nicht einmal auf'm Feld.«

»Werber? Was für Werber?«, fragte Moriana und stürzte einen großen Schluck Bier die trockene Kehle hinunter.

»Werber für die Armee vom Großkönig. Das müsst Ihr doch mitbekommen haben. Monatelang sind sie durchs Land gereist, bis sie keinen brauchbaren Mann mehr gefunden ham. Es hieß, sie bräuchten die Burschen, um die Barbaren im Norden zu vernichten.« Er seufzte, zuckte mit den Schultern und zapfte einen Schluck nach. »Schwertfutter, wenn Ihr mich fragt.«

Liocas und Moriana tauschten einen kurzen Blick. Der Knappe machte eine beschwichtigende Geste in ihre Richtung, bevor er zu einer Erwiderung ansetzte. »Ja, klar. Davon haben wir natürlich gehört. Sie waren ja schließlich überall unterwegs.«

»In Eurer Gegend auch? Woher kommt Ihr?«, wollte der Wirt wissen. Es lag kein Argwohn in seiner Stimme.

»Aus ... Sethkaron«, antwortete Liocas.

»Sethkaron ... Ganz schön weit weg«, murmelte der Wirt. »Wenn sie selbst dort nach Männern gesucht ham, muss es ja ein gewaltiges Heer gewesen sein, das in die Länder der Barbaren marschiert is'.«

Moriana zuckte, bemerkte aber Liocas´ warnenden Blick. »Davon hab ich auch gehört. Es sollen viele Tausend Krieger gewesen sein«, nickte sie in gespielter Unkenntnis und reichte dem Wirt ihren bereits leeren Bierkrug.

»Hat man denn schon etwas gehört? ... Von dem Angriff, meine ich«, fragte Liocas betont unaufgeregt, fast so, als wäre es ihm vollkommen egal.

»Naja, nich' direkt. Vor ein paar Tagen hört' ich von nem fahrenden Trödler, dass es ne Schlacht gegeben haben soll. Die Barbaren hätten ihre dämonischen Götzen angerufen, aber die Kraft Urias´ konnt' sie zurückschlagen.«

»Also haben wir gewonnen?«, fragte Liocas prüfend und erhob seinen Krug.

»Moment, mein Herr!« Der Wirt seufzte erneut. »Das war leider noch nich' alles. Es soll einen Verrat durch zatosianische Häretiker gegeben ham, der unsere Truppen wehrlos den Feinden auslieferte. Viele von ihnen starben, die Allianz musst' sich aus'm Feindesland zurückziehen. Und das bringt uns zum zweiten Grund, warum's hier so leer is'.«

»Was haben Barbaren damit zu tun, dass niemand Euer Bier trinken will?«, fragte Liocas erstaunt.

»Ennius und die Hohe Priesterschaft wollen scheinbar ein für alle Mal mit den Zatosianern Schluss machen. Überall im Land ziehen Illuminierte umher und suchen nach ihnen. Einer von ihnen is' seit zwei Tagen im Dorf – ein Venator. Natürlich hat er auch hier ein paar zatosianische Ketzer gefunden. Zur Stunde sollen sie auf dem Platz der Sonne vor dem Tempel gerichtet werden. Das ganze Dorf wohnt dieser … Zeremonie bei.«

Liocas musste schwer durchatmen. Etwas zog ihm die Kehle zu und schnürte ihm die Luft ab. Rasch trank er ein paar Schluck Bier, um das Gefühl zu verdrängen.

»Besonders zu gefallen scheint dir das aber nicht«, stellte Moriana an den Wirt gewandt fest. »Warum bist du nicht auch auf dem Platz?«

Der Mann lachte bitter. »Natürlich gefällt's mir nich'. Ich bin beileibe kein Anhänger von Zatos, kenn nich' mal einen von denen. Ich glaub auch nich', dass es welche von denen hier bei uns in Tarmea gibt. Aber du musst heutzutage kein Zatosianer mehr sein, damit du nem Venator nen Grund lieferst, dir den Prozess zu machen, glaubt mir das. Und wir ham hier den schlimmsten von allen erwischt. Lord Fergias hat uns den Kettenhund der Inquisition geschickt: Sherkavos, den unbarmherzigen Läuterer.«

»Wir werden uns das ansehen«, sagte Liocas unvermittelt und sprang auf. »Halt uns zwei Zimmer frei. Nachher wirst du außerdem noch genug Bier zu zapfen haben.«

Der Platz der Sonne war nicht schwer zu finden. Der Tempel, vor dem er lag, befand sich auf einem Hügel nicht weit von Tarmea entfernt. Der hohe Turm der Lichtwarte des kleinen Gotteshauses war weithin zu sehen. Im Schatten des Gebäudes hatte sich eine große Anzahl Menschen versammelt. Liocas und Moriana pirschten im Schutz einer niedrigen Mauer vorsichtig den Hügel hinauf. Die Mauer endete vor einem Portal, das auf den Platz führte und den Blick für das Geschehen freigab. Liocas verkrampfte die Hand so fest um den Schwertgriff, dass seine Knöchel weiß hervortraten, als er sah, was dort vor sich ging.

Auf dem Platz hatte sich wahrscheinlich fast die gesamte Bevölkerung der Ansiedlung eingefunden, schätzte Moriana. In der Mitte waren zwei hölzerne Podeste errichtet worden. Um eines davon war ein knapp eineinhalb Schritt hoher Reisighaufen aufgeschichtet worden, und ein Pfahl ragte aus dem Podest heraus. Auf dem anderen flatterte ein prachtvolles Banner der Inquisition in Rot und Silber im Wind.

Neben dem Podest stand ein kleiner Mann mit Vollbart und schütterem Haarkranz, der sich feixend mit dem Priester der Dorfgemeinde unterhielt. Die Robe mit den goldenen Symbolen der Hohen Priesterschaft wies ihn als Inquisitor aus, einen uriatischen Ankläger und Richter in einer Person. Die verschlissene weiß-rote Kleidung hatte allerdings schon bessere Zeiten gesehen, und die dicke Nase unter rotgeäderten Augen ließ vermuten, dass der zweite Gott, dem dieser Mann huldigte, der Geist des Weines war. Der harte Blick aus Augen, die Schlitzen glichen, verdrängte aber den Eindruck, es hier mit einem versoffenen und in die Jahre gekommenen Fanatiker zu tun zu haben.

Sherkavos war einer der gefürchtetsten Venatoren des *Einen*, die bereits seit Jahren durch die ländlichen Gebiete zogen, um dort Zatosianer aufzuspüren und ihrer Bestrafung zuzuführen. Dabei kamen sie oftmals tatsächlich zatosianischen Reformern auf die Schliche, die sich auf dem Land in die Abgeschiedenheit geflüchtet hatten, aber genauso häufig zogen sie unbescholtene Valdorer zur Rechenschaft. Jeder von ihnen hatte Hunderte harmlose Gläubige auf dem Gewissen, und es war allgemein bekannt, dass die Vollstrecker nicht sonderlich wählerisch mit ihren Zielen umgingen. Wer ihnen halbwegs verdächtig vorkam oder zuvor von Dorfbewohnern denunziert worden war, landete umgehend auf dem Schafott oder Scheiterhaufen, ganz gleich, ob seine Schuld bewiesen war oder nicht. Die Hohe Priesterschaft erwartete, dass jeder Inquisitor bestimmte Quoten erfüllte, um der zatosianischen Bedrohung flächendeckend Einhalt zu gebieten.

Zwei Soldaten der Inquisition mit ihren unverkennbaren Wappenröcken, auf denen Urias′ Auge auf Brust und Rücken prangte, schleiften eine zappelnde junge Frau auf das Podest zu. Sie hatte schwarze Haare, war nackt und offenbar zuvor gefoltert worden. Offene Schnitte sowie eine Vielzahl von Prellungen und Blutergüssen zeichneten ihren Körper. Zwei Männer, ebenfalls unbekleidet, standen gefesselt neben dem Reisighaufen.

»Beim Licht! Nie im Leben sind diese Leute Zatosianer. Sie haben sich einfach irgendwelche Sündenböcke gesucht«, knurrte Liocas.

»Wenigstens sind keine Frischlinge dabei«, stellte Moriana fest.

»Die Kinder haben sie ihnen sicher schon weggenommen, um sie zu brechen und zu unterwürfigen Dienern des *Einen* zu machen«, flüsterte Liocas mit Bitterkeit in der Stimme. »Wenn das nicht klappt, wandern sie in die Minen, was dem sicheren Tod gleichkommmt.«

Einer der Soldaten warf die Frau brutal vor das Podest, wo sie gegen einen Balken prallte und dann vor Sherkavos auf den Boden schlug.

Dieser nahm noch einen Schluck aus einem Krug, warf ihn dann fort und wandte sich der Frau zu. Er zerrte sie auf das Podest mit dem Banner und riss sie an den Haaren in die Höhe, so dass alle Umstehenden ihr Gesicht gut sehen konnten. Die Frau schrie vor Schmerzen.

»Liebe Leute! Schaut sie euch an! Schaut sie euch mal genau an!«, begann er mit einer merkwürdig säuselnden Stimme, die jedoch unterschwellig Hass transportierte, wie Moriana ihn noch nie zuvor vernommen hatte. »Was ist das hier? Ist es eine Hure, die ihren Freier um seinen Dienst betrogen hat? Eine Hexe, die mit ihrem Süpplein einen Aufrechten vergiftete? Oder eher eine Diebin, die auf dem Markt an sich raffte, was zum Verkauf gedacht war?«

Die Dorfbevölkerung tauschte ratlose Blicke. Einige wenige riefen »Hure« oder »Hexe«, aber sonst blieb es still auf dem Dorfplatz. Offenbar wusste keiner so recht, auf was der Inquisitor hinaus wollte. Kritisches Gemurmel verriet Moriana und Liocas, dass nicht alle davon überzeugt waren, ob der strafende Arm des Urias hier tatsächlich göttliche Gerechtigkeit walten ließ.

Das schien Sherkavos nicht zu stören. Genüsslich fuhr er fort. »Ich sage euch: Nein! Nein! Und nein! All das ist sie nicht, diese Bestie! Ein verschlagenes Antlitz, ja, ganz wie eine Hexe! Ein verhurter Mistleib wie eine Dirne, ja! Und eine Diebin, eine Diebin eurer Gedanken und Träume ist sie, liebe Leute! Jedes für sich schon verwerflich genug, reicht all das zusammen genommen kaum aus, um zu beschreiben, was sie tatsächlich ist!« Er vollführte eine ausladende Geste mit dem Arm. »Viel schlimmer, als ihr es euch vorstellen könnt, liebe Leute! Die göttliche Ordnung insgesamt ist es, die sie zerstören will! Sie wollte euch, die braven Bewohner dieses Ortes! Sie wollte eure Kinder, sie wollte sie vergiften mit etwas, weit schlimmer als einem Zaubertrank: Die Worte des Verräters waren es, die sie antrieben, euch zu verführen, euch zu binden unter seine Knechtschaft. Abschwören solltet ihr dem *Einen*! Aus dem Licht treten in die Dunkelheit seiner heuchlerischen Prophezeiungen!« Er nickte und wartete, bis das Gemurmel der Umstehenden zu einem entrüsteten Stimmengewirr angeschwollen war. »Ihr wisst, von wem ich spreche! Sein Name soll nicht genannt sein, er soll vergessen werden und vergehen in der Bedeutungslosigkeit! Gebrannt hat er, der Verräter! Brennen soll auch sie!«

In der Menge rissen einige die Arme hoch und jubelten. Die meisten Menschen waren jedoch keineswegs begeistert. Einige ältere Frauen schüttelten den Kopf, manche von ihnen brachen gar in Tränen aus.

Der Inquisitor vollführte eine Bewegung mit der Hand, und ein Soldat ergriff die Frau, um sie vom Podest zum Scheiterhaufen zu schleifen. Sie begann wieder zu schreien und am ganzen Leib zu zittern. In Todesangst schlug sie um sich, ein Rinnsal lief ihr zwischen den Beinen hinab. Der Soldat schlug ihr mit dem Panzerhandschuh ins Gesicht, so dass sie blutend zu Boden ging und dort bewegungslos liegen blieb. Sein Kamerad schnürte die gefangenen Männer derweil an den Pfahl des Scheiterhaufens.

Sherkavos betrachtete die Szene amüsiert und begann dann lautstark und affektiert zu lachen. »Hat er sich genauso bepisst wie unsere Metze hier, euer Zatos?« Er winkte einen Jungen heran, der ihm einen neuen Weinkrug hinauf reichte. Provozierend prostete er den sich hilflos an dem Pfahl windenden Männern zu.

»Jetzt reicht's! Ich ertrage es nicht mehr!«, fauchte Liocas durch zusammengepresste Zähne. »Dafür wird er bezahlen!«

Er wollte auf den Platz stürmen, doch Moriana hielt ihn zurück. »Nicht so hastig, Valdorer! Was hast du vor?«

Ein wilder Ausdruck lag in seinen Augen. »Ich werd diesen Hundsfott abstechen, und wenn ich dabei draufgehe!«

Moriana war überrascht, denn Liocas offenbarte eine unbekannte Seite. Mordlust war das letzte, das sie von ihm erwartet hätte.

»Was ist mit deiner Ansprache über unauffälliges Vorgehen?«

»Das hier ist was völlig anderes. Es ist Unrecht! Es muss verhindert werden!«

»Es geht uns nichts an.«

Liocas stieß ihren Arm weg und drückte sie unerwartet heftig gegen die Mauer. »Doch, mich geht es was an! Es sind Unschuldige, die er ermorden will. Ich habe geschworen, die Unschuldigen gegen Unrecht zu verteidigen, wenn es sein muss mit meinem Leben.«

Die Tequa war beeindruckt, denn Liocas erschien ihr zum ersten Mal fest entschlossen zu sein, auch wenn sie spürte, dass noch etwas anderes seine Unerschrockenheit nährte, das er nicht preisgab.

»Vielleicht bist du doch nicht so verweichlicht, wie ich gedacht hab«, flüsterte sie und zog ihre Klinge blank. »Auch wenn dieser ritterliche Unfug uns irgendwann ein schlimmes Ende bereiten wird. Möge Bor-Tak geben, dass es wenigstens ein ruhmvolles wird.«

»Dieses Dreckschwein wird früher vor Elotias Tor treten als wir. Kümmer' du dich um die Soldaten, Sherkavos gehört mir!«, befahl Liocas.

»Da hinten sind noch zwei.« Moriana wies auf die gegenüberliegende Seite des Platzes.

»Die anderen sind tot, bevor sie heran sind«, sagte Liocas mit voller Überzeugung. Er nickte ihr zu, zog sein Breitschwert hervor und rannte auf den Platz. Moriana sprintete hinterher. Der Knappe war so schnell unterwegs, dass sie Mühe hatte, Schritt zu halten.

Verschreckt drehten sich die Dorfbewohner um und wichen zur Seite, als die beiden Bewaffneten durch ihre Reihen auf das Podest zustürmten. Sherkavos und seine Soldaten brauchten einen Augenblick, um sich der unerwarteten Bedrohung bewusst zu werden. Doch der Inquisitor schien nicht zum ersten Mal bei einer öffentlichen Hinrichtung von Angreifern gestört zu werden. Betont lässig zog er eine Klinge hervor und wandte sich seinen Soldaten zu.

»Tötet sie!«, wies er sie lapidar an und grinste dem herannahenden Liocas frech ins Gesicht, während er auf dem Podest verweilte.

Der Knappe tauchte unter dem Hieb eines Soldaten weg, passierte ihn im Laufschritt und nahm die Stufen zu Sherkavos mit nur zwei Schritten. Sofort versuchte er, ihn niederzustrecken, doch der Venator wich dem Angriff aus.

Moriana sah sich jetzt zwei Gegnern gegenüber. Mit ihrer schlanken, leicht gebogenen Klinge taxierte sie tänzelnd den rechten der beiden, behielt den anderen aber ebenfalls im Auge. In dem Moment, als er versuchte, in ihren Rücken zu gelangen, schnitt sie ihm mit einer schnellen Drehung den Weg ab. Ihre Klinge beschrieb einen Bogen in halber Höhe und fegte dem Mann quer über die Oberschenkel. Der amhasische Stahl zerschnitt Muskeln und Sehnen wie Papier. Blut schoss aus den Beinen des Getroffenen, der japsend nach hinten umknickte und zu Boden fiel.

Liocas war auf dem Podest seinem Ziel nicht näher gekommen. Sherkavos hatte den vorschnellen Angriff durchschaut und ihn zurück auf die Stufen getrieben. Er stand nun leicht erhöht und war damit im Vorteil. Liocas schaffte es nur um Haaresbreite, das Langschwert des Inquisitors abzuwehren. Nichtsdestotrotz wuchs mit jedem Hieb sein Zorn auf den Mann und damit die Entschlossenheit, dem Mistkerl den Garaus zu machen.

Sherkavos hatte genau das offenbar erkannt. Er sprang vor, um den Knappen vom Podest zu drängen oder zu töten. Liocas sah den Angriff kommen und wich zur Seite aus, so dass er gerade noch am Rand der Stufen stehen konnte. Er holte mit der linken Faust aus und traf den Uriaten mit einem Haken an der Schläfe.

Dieser taumelte von dem Treffer benommen zurück und fuchtelte wild mit dem Schwert in der Luft herum.

Liocas sprang vor und schlug die Klinge des Venators mit einem kräftigen Hieb beiseite. Die Waffe wurde dem Priester dabei aus der Hand geschleudert. Liocas setzte sofort nach und versuchte seine Brust zu treffen. Doch Sherkavos bekam die Stange des Banners zu greifen und konnte durch den neu gewonnenen Halt dem Stich ausweichen.

Wütend wirbelte Liocas herum, um Schwung zu holen und Sherkavos keine Pause zu geben. Mitten in der Bewegung stieß er das Breitschwert urplötzlich nach vorne, so dass es mit vollem Schwung das Gesicht des Inquisitors traf. Die schwere Stahlklinge schmetterte seinen Unterkiefer aus der Verankerung.

Mit ungläubig aufgerissenen Augen starrte Sherkavos Liocas noch einen Wimpernschlag lang an. Denn verdrehten sich seine blutunterlaufenen Augen, und er stürzte rücklings vom Podest. Mit einem knackenden Geräusch begleitete ihn das Banner, das seine Hände immer noch fest umklammerten, aber das durch sein Gewicht umgerissen wurde.

Liocas hielt schnaufend inne und blickte hinunter. Sherkavos lag bedeckt von dem zerstörten Banner im Staub.

Moriana hatte zwischenzeitlich den zweiten Soldaten getötet, der ihrer Geschwindigkeit nicht gewachsen war. Sie wandte sich den beiden verbliebenen Männern zu, die über den Platz heranstürmten. Das Schwert locker in der rechten Hand hin und her wiegend, trat sie ihnen entgegen. Allerdings schienen sie davon nicht beeindruckt zu sein.

Liocas sprang vom Podest und kam zu ihr.

»Alles in Ordnung mit dir?«, fragte er und fixierte die Soldaten.

»Mir geht's gut«, bestätigte sie. »Die Lehrstunden waren erfolgreich: Du hast tatsächlich was gelernt!« Sie blickte ihn stolz an und stürzte sich dann auf einen Soldaten. Liocas tat es ihr gleich und kreuzte mit dem Zweiten die Klingen.

Nach wenigen Augenblicken hatte Moriana ihren Gegner durch zwei gleichermaßen tödliche Streiche erledigt, während der Knappe voller Zorn auf dessen Kameraden eindrang. Zufrieden stellte die Tequa fest, dass er tatsächlich einiges von dem beherzigte, was sie ihm auf der Reise über das Fechten beigebracht hatte.

Mit schnellen Schlägen und Stößen drängte er den Mann zurück. Es gelang ihm aber nicht, die Parade zu durchbrechen. Moriana war mit einem Satz heran und durchbohrte den Soldaten aus einer knienden Haltung heraus, im gleichen Augenblick als Liocas' Klinge das Schwert des Soldaten band. Der Mann kippte röchelnd zur Seite.

»Das wäre erledigt«, sagte Moriana. Sie senkte das blutbeschmierte Schwert und blickte sich um.

»Noch nicht ganz. Wir müssen den Gefangenen helfen«, erklärte Liocas schwer atmend. »Wenn sie tot sind, war alles umsonst.«

Keine Stunde später saßen sie im Gastraum des *Ochsen* und nahmen ein Mahl zu sich. Viele Dorfbewohner hatten sich mittlerweile im Gasthaus eingefunden und beäugten die Retter der angeblichen Zatosianer aus respektvollem Abstand. Die vom Scheiterhaufen Geretteten waren von barmherzigen Dorfbewohnern versorgt worden. Es hatte sich herausgestellt, dass sie keineswegs den zatosianischen Lehren anhingen. Sherkavos hatte zwei Tage erfolglos nach Ketzern im Dorf und der Umgebung gesucht und sich dann auf einen Hinweis aus der Bevölkerung berufen, wonach die angeklagte Frau angeblich blasphemische Reden auf dem Dorfplatz geschwungen hätte. Das hatte dem Venator gereicht, um an ihr ein Exempel zu statuieren. Die beiden Männer hatte er ebenfalls verbrennen wollen, weil sie den Soldaten bei der Festnahme ihrer Freundin Widerstand geleistet hatten – nach Sherkavos´ Definition ebenfalls ein Akt der Ketzerei.

»Und nun? Was machen wir jetzt?«, fragte Moriana schmatzend, bevor sie gierig ein Stück Braten verschlang, das ihnen der Wirt spendiert hatte.

Liocas seufzte. »Hier können wir kaum bleiben, fürchte ich. Wir haben einen Gesandten der Hohen Priesterschaft getötet, das wird sich wie ein Lauffeuer in der Gegend herumsprechen. Wir müssen so schnell wie möglich aufbrechen.«

»Dann wird's wohl nichts mit deinem gemütlichen Bett«, bemerkte die Tequa schadenfroh.

»Es sieht jedenfalls ganz so aus.« Liocas warf seiner Begleiterin einen gespielt bösen Blick zu. »Aber wenigstens können wir uns satt essen, bevor wir das Dorf verlassen«, sagte er und nahm sich ein weiteres Bratenstück.

Kaum hatte er das Fleisch auf den Teller gelegt, da schwang die Tür des Gasthauses auf. Drei Männer betraten den Schankraum. Der vorderste blickte sich hektisch um und kam schnurstracks auf den Tisch von Liocas und Moriana zu, als er sie entdeckt hatte. Der Wirt machte noch den Versuch sie aufzuhalten, wurde aber durch den entschlossenen Blick des Anführers auf seinen Platz verwiesen.

Mit gewichtiger Geste baute dieser sich vor ihnen auf. Seine Begleiter platzierten sich dahinter. Beide führten schwere Äxte mit sich, die durchaus bedrohlich wirkten.

»Verschwindet von hier! Wir woll'n euch nich' hier bei uns im Dorf haben!«, sagte der Anführer mit leicht zitternder Stimme, aber einem deutlich drohenden Unterton. Das breite Gesicht des fast Kahlköpfigen wurde von einem mächtigen Schnurrbart dominiert. Er wog sicherlich drei Zentner und schnaufte laut, so als hätten ihn die wenigen Schritte von der Tür zum Tisch schon immens angestrengt.

»Wer bist du, dass du glaubst, uns Befehle erteilen zu können?«, fragte Moriana beiläufig.

»Ich bin Halvos«, entgegnete der Mann und warf sich stolz in die Brust. »Mein Wort hat Gewicht hier!«

»Wohl eher dein Wanst«, spottete Moriana.

Liocas, dem die Anspannung der Tequa nicht entgangen war und der erneutes Blutvergießen auf jeden Fall verhindern wollte, erhob sich und machte eine beschwichtigende Geste. »Beruhigt Euch bitte. Noch heute Abend verlassen wir Euer Dorf. Mein Wort darauf!«

»Nein, Ihr geht sofort!«

»Wir haben drei eurer Leute gerettet! Solltet ihr nicht etwas dankbarer sein?«, fragte Moriana.

»Dankbar? Ihr glaubt, ihr habt uns geholfen? Ihr habt alles noch viel schlimmer gemacht! Spätestens in zwei Tagen wird Lord Fergias von diesem Vorfall erfahren. Dann ha'm wir nich' nur einen oder mehrere Venatoren hier, sondern auch noch'n paar Lanzen seiner Soldaten.«

Liocas dachte nach. Der Mann hatte in gewisser Weise recht. In seinem Bestreben, zatosianische Glaubensbrüder vor dem Feuertod zu bewahren, hatte er aus den Augen verloren, was seine »Heldentat« anrichten konnte. So wie die Venatoren sich Unschuldiger bemächtigten, um Angst und Schrecken zu verbreiten, würde Fergias ein Exempel an Tarmea statuieren. Wenn er der Überzeugung war, dass das Dorf den Mördern der Uriaten zur Seite gestanden hatte, würden hier in den nächsten Tagen Dutzende Scheiterhaufen brennen.

Urias, das kann doch nicht wahr sein! Muss denn die Vereitelung einer zum Himmel schreienden Ungerechtigkeit noch vielfach größeres Leid nach sich ziehen? »Ihr habt recht. Wir wollen nicht, dass Euer Dorf für unsere Tat bezahlen muss. Wir werden sofort aufbrechen. Berichtet Fergias' Häschern einfach, ihr habt uns nach den Ereignissen aus dem Dorf gejagt«, sagte Liocas mit Resignation in der Stimme, auch wenn er kaum davon überzeugt war, dass man Halvos so eine Geschichte abnehmen würde. »Komm, Moriana, wie gehen!«

»Was? Aber hier ist noch so viel Braten!«, beschwerte sich die Tequa.

»Wir müssen jetzt sofort gehen!«, wiederholte Liocas scharf und packte seinen Beutel.

»Jaja, schon verstanden.« Moriana gürtete ihr Schwert und nahm sich noch eine Bratenkeule für den Weg mit. Im Vorbeigehen grinste sie Halvos frech an, der schreckhaft einen Schritt zurückwich, bevor sie Liocas zur Tür folgte.

Mit den Worten »Das Licht schütze Euch«, verabschiedete er sich von den Dorfbewohnern.

»Verschwindet endlich!«, rief Halvos ihnen hinterher.

Es war schon dunkel, als Liocas und Moriana das Dorf Tarmea hinter sich ließen und ihren Weg nach Kol Tassa fortsetzten.

Kapitel 11

Die alte Handelsstraße schlängelte sich durch eine von Bauern bewirtschaftete Hügellandschaft in Richtung Westen bis zur valdorischen Grenze. Das mehr als fünfhundert Jahre zuvor angelegte steinerne Band, das vom amhasischen Kol Tassa durch die südwestlichen Provinzen direkt bis in die valdorische Hauptstadt Agenost führte, galt neben den alten imperialen Straßen der Tân als eine der Lebensadern des Reichs. Neben gewöhnlichen Waren und Rohstoffen, die der Versorgung der Bevölkerung, der Weiterverarbeitung durch die Handwerker der großen Städte oder der Ausstattung der königlichen Truppen dienten, wollte es sich kein Adliger, der etwas auf sich hielt, leisten, auf die exotischen Erzeugnisse fremder Länder zu verzichten. Viele von ihnen unterhielten deshalb Kontore oder zumindest Geschäftsbeziehungen in einer der großen amhasischen Handelsstädte hinter dem Val-Varos-Gebirge. Über den Umschlagplatz Kol Tassa gelangten Waren aus ganz Camotea in die Gebiete der Allianz. Außer großen sechsachsigen Kastenwagen, die von den riesigen Beradrim gezogen wurden, büffelähnlichen Tieren mit der Kraft dreier Ochsen, eilten deshalb auch immer wieder kleine Kutschen über die Passstraße, deren Inhalt wohl mehr wert war, als die Ladung von fünf Kastenwagen zusammen. Deren Fahrer nahmen bei ihrer Hatz über das grobe Pflaster wenig bis gar keine Rücksicht auf die Fußgänger, die zwischen den Wagenkolonnen liefen. Einmal war es in der Nähe von Liocas und Moriana sogar zu einem Unfall gekommen, bei dem unbescholtenen Wanderern die Knochen zerschmettert wurden.

Noch chaotischer wurde es allerdings, wenn die Eilkutschen des Großkönigs auftauchten. Alle anderen Reisenden hatten diesen Gesandten sofort Platz zu machen. Mehrmals war deshalb eines der schweren Fuhrwerke in den Graben gerutscht und konnte nur mit Hilfe anderer Kutscher wieder befreit werden. Das hatte alle nachrückenden Fahrzeuge noch mehr aufgehalten als ohnehin schon, weshalb die Stimmung der Fuhrleute von Stunde zu Stunde schlechter wurde. Bis es zu Handgreiflichkeiten kommen würde, schien nur eine Frage der Zeit zu sein.

Liocas und Moriana hatten von den Zuständen auf der überfüllten Reichsstraße bislang aber durchaus ihren Nutzen ziehen können. In all dem Durcheinander achtete kaum jemand auf die beiden Reisenden. Kein uriatischer Venator, Soldat oder Ritter war bislang aufgetaucht, um nach ihnen zu suchen oder ein blutiges Exempel im Namen der Inquisition zu statuieren. Entweder hatten sich die Geschehnisse aus Tarmea noch nicht so weit herumgesprochen, oder es war ihnen tatsächlich gelungen, den Häschern zu entkommen.

Liocas blieb auf einer Anhöhe stehen und wartete auf Moriana, die sich hinter einem Busch erleichtert hatte. Er hatte ihr in den letzten Tagen begreiflich machen können, dass dies nicht in aller Öffentlichkeit am Wegesrand geschehen müsse, was der Tequa nur ein spöttisches Grinsen entlockt hatte. Zumindest musste er es nicht wieder stundenlang ausdiskutieren, denn Moriana hatte sich dem Hinweis ohne Widerworte gefügt. Offensichtlich war sogar sie lernfähig.

»Da oben liegt Kol Tassa«, sagte er und deutete auf ein Plateau, das im Dunst des Horizonts zwischen zwei Berggraten zu erkennen war. Zur valdorischen Seite hin fiel die Hochebene steil ab, fast so, als sei ihre Flanke durch einen göttlichen Klingenstreich vom Berg abgetrennt worden. Die Felswand ging direkt in eine mächtige Mauer über. Trotz ihrer enormen Ausmaße ragten die Dächer und Türme der Stadt noch höher hinaus. Dicht an dicht erstreckte sich ein vielzackiges Muster von Dächern und Giebeln, Plattformen und Mauern quer über die gesamte Fläche des Plateaus. Und obwohl man in Kol Tassa sichtlich in die Höhe gebaut hatte, schien es, als wolle die Innenstadt mit ihren Türmen und Kuppeln die außenstehenden kleineren Bauwerke über den Rand in den Abgrund drücken. Fast wirkte es so, als sei die Mauer wie die Verschnürung eines zu vollen Bündels um die Gebäude gezogen worden, um alles an seinem Platz zu halten.

Das auffallendste Merkmal der beeindruckenden Silhouette stellten drei mächtige Türme dar, die sich im Mittelpunkt der Stadt erhoben und steinernen Fingern gleich über die restlichen Gebäude hinausragten. Doch weit imposanter war der Anblick der Luftschiffe, die in atemberaubender Höhe an den Türmen festgemacht waren. Große Lastenkräne an den vier Seiten waren unentwegt damit beschäftigt, Waren und Güter aus den breiten Rümpfen der Schiffe hinunter in das Häusermeer zu befördern. Diese Eile war offenkundig notwendig, denn im Hintergrund konnte Liocas erkennen, dass bereits weitere Luftschiffe darauf warteten, an einem der Türme anzulegen.

Um diesen gewaltigen Warenmengen Herr zu werden, wurde derzeit ein vierter Turm gebaut. Er hatte bereits rund zwei Drittel der Höhe der anderen erreicht. An seinen Flanken befanden sich Gerüste, deren diffizile Verstrebungen aus der Entfernung aussahen, als hätte eine Spinne das Gebäude mit ihrem Netz eingewoben.

Liocas und Moriana waren unter dem Eindruck der imposanten Bauwerke kurz stehengeblieben. Als ihnen ein erboster Fuhrmann mit Schlägen drohte, wenn sie nicht augenblicklich die Hufe schwingen würden, setzten sie ihren Weg fort.

»Beeindruckend, nicht wahr?«, fragte Liocas seine Begleiterin.

»Ja … nein, ich meine, das ist doch nichts Besonderes! Der Turm der Herrschaft in den Ebenen von Makeera ist mindestens genauso hoch. Wenn nicht noch höher! Hab ich zumindest gehört …«

»Natürlich«, sagte Liocas lächelnd. Ihm war nicht entgangen, dass Morianas Mund zuvor offen gestanden hatte.

»Aber hast du diese Flugschiffe gesehen? Ich würde zu gerne auf einem von denen mitfliegen. Vielleicht war es ja doch keine so schlechte Idee, in dieses Amhas zu reisen«, fügte sie hinzu.

»Wenn Arkas recht hat, können wir mit einem der Schiffe direkt bis in die Hauptstadt gelangen.«

»Vorausgesetzt, dass uns dieser Dred hilft.«

»Dieser Dred ist ein Freund von Arkas. Warum sollte er uns misstrauen?« Liocas kniff die Augen zusammen und spähte die Straße hinunter. »Abwarten. Es sind schon noch ein paar Meilen.«

»Ich bin froh, wenn wir Valdora hinter uns lassen – und mit ihm diese Venetoren.«

»Venatoren, die Vollstrecker der Inquisition«, berichtigte Liocas seine Begleiterin.

»Drauf geschissen. Eben die Spinner, die zu lange in die Sonne geglotzt haben, um die Weisheit eures Urias zu finden«, winkte die Tequa ab.

»Ich bin auch froh, wenn wir Fergias' Machtbereich hinter uns lassen«, pflichtete Liocas ihr bei. »Unten im Tal befindet sich die Grenze. Haben wir die erst überquert, brauchen wir uns keine Sorgen mehr über uriatische Vollstrecker oder die Soldaten des Lords zu machen.«

Die Tequa spähte einen Moment in die genannte Richtung und seufzte. »Das wurde aber auch Zeit. Noch ein paar Tage länger würde ich es nicht auf dieser Straße aushalten.« Sie blickte sich um. »Lass uns gehn, vielleicht schaffen wir's ja noch bis zum Abend in die Stadt.«

»Dann müssen wir uns beeilen. Vom Tal hinauf bis zum Stadttor sind es mehr als zwanzig Serpentinen, die recht steil bergan gehen. Wenn es dort auch so überfüllt ist, werden wir nur langsam vorankommen.«

»Gut, dann auf!«, sagte Moriana und marschierte los. Kaum war sie einige Schritte gelaufen, rief Liocas sie zurück.

»Warte! So geht's nicht!«

»Was geht nicht?«

»So, wie du aussiehst, wird es nicht gehen. Wir haben bisher das unglaubliche Glück gehabt, dass uns mögliche Verfolger nicht aufgespürt haben. Wir sollten diese Uriasgnade nicht leichtfertig aufs Spiel setzen, indem wir freundlich grüßend an den Grenzwachen vorbeimarschieren und dabei umgehend festgenommen werden. Die Gefahr ist zu groß, dass sie dich als Tequari erkennen. Auch ohne zu wissen, wer du wirklich bist, würde das allein ausreichen, uns aufzuhalten oder Schlimmeres«, erklärte Liocas.

»Ich würd mich ja freuen, wenn sie es versuchen«, bemerkte sie in vertraut provokanter Weise.

»Ich weiß«, seufzte er. »Aber genau sowas darf jetzt nicht passieren, wo wir es fast geschafft haben. Wir müssen es nur noch ungesehen über die Grenze schaffen, dahinter hat Fergias keine Macht mehr – und auch nicht die Hohe Priesterschaft mit ihrer Inquisition.«

Nach einigen Augenblicken entdeckte der Knappe einen von Ochsen gezogenen Wagen, der langsam heranrumpelte. An den Seiten baumelten allerlei Gebrauchsgegenstände, Töpfe, Werkzeug, Teppiche und Tücher. Liocas schien eine Idee zu haben und lief dem Gefährt entgegen. Moriana sah, wie er dem Kutscher, einem feisten Bartträger mittleren Alters, eine Frage stellte. Dieser nickte und verschwand dann kurz im Inneren des eckigen Aufbaus. Nach einer Weile kam der

Mann zurück und zeigte ihm mehrere Bündel Stoff. Eine Handvoll Bronzestücke wechselte den Besitzer, und Liocas kam mit zufriedenem Gesichtsausdruck wieder zu seiner Gefährtin zurück, den Stoff unter den Arm geklemmt.

»Zieh das über!«, forderte er Moriana auf.

Die Tequa verstand nicht. »Was?«

»Du sollst das überziehen, oder besser gesagt, um dich wickeln.«

Moriana schüttelte den Kopf. »Valdorer, ich dachte, ich hätte dir klar gemacht, dass ich mich nicht in die Kleider eurer Weiber schmeiße. Das Geld hättest du dir sparen können!«

»Das ist kein valdorisches Kleid. Es sind verschiedene Stoffbahnen, die du über deine Kleidung ziehen kannst. Mit ein bisschen Glück gehst du damit als yamarische Schwerttänzerin durch, du kannst sogar deine Waffen offen tragen. Ich hab gehört, dass diese Kriegerinnen sich häufig in den Dienst wohlhabender Leute stellen. Du könntest ja meine Leibwächterin sein.«

»Du siehst aber nicht gerade wie ein reicher Edelmann aus.«

»Dann bist du meine Gefährtin oder was auch immer«, entgegnete Liocas. »Jetzt zieh's einfach über!«

Moriana befühlte den Stoff und riss Liocas dann das Bündel aus den Händen. »Na gut, aber nur bis hinter die Grenze!« Sie schaute sich um und kam zu dem Schluss, dass auf der Straße wohl doch zu viele Leute Zeuge ihrer Verwandlung werden würden, also verschwand sie für eine Weile zwischen den Bäumen am Wegesrand.

Als sie zurückkehrte, hatte sie nur noch wenig mit der tequarischen Kriegerin von zuvor gemein. Durch die purpurnen Stoffbahnen, die sie recht unbeholfen um den Körper geschlungen hatte, wirkte sie zusammen mit ihren ohnehin dunklen Haaren tatsächlich eher wie eine südländische Schönheit als eine Barbarin aus der Wildnis des Nordens.

»Zufrieden?«, fragte sie Liocas schnippisch.

»Irgendwas fehlt noch«, murmelte der Knappe, während er die Verkleidung hie und da zurecht zupfte. Er überlegte einen Augenblick und lief dann noch einmal zu dem Händler. Kurz darauf kehrte er mit einem kleinen schwarzen Gegenstand zurück.

»Halt mal still!«, wies er Moriana an.

»Willst du mich als Hure anpreisen? Lass das!«, schimpfte sie, als er begann, mit einem Kohlenstift Schatten um ihre Augen zu zeichnen.

»Du sollst stillhalten. Frauen aus dem Süden betonen ihre Augen so ähnlich … glaub ich. Jedenfalls würde keine Valdorerin so herumlaufen. Hinter der Grenze kannst du's dir ja wieder abwaschen.«

»Wenigstens kann man mich dann nicht mit diesen Püppchen verwechseln«, sagte Moriana, hielt aber still, bis Liocas das Schminken vollendet hatte.

»So, fertig«, sagte er und betrachtete sie. Ein breites Grinsen erschien auf seinem Gesicht. »Ich wünschte, wir hätten einen Spiegel.«

»Ich danke M'Shka, dass wir keinen haben. Jetzt komm!«

»El a wanu, Alani«, erwiderte er mit einer Verbeugung, die er so einmal bei einem Diplomaten aus Yamar gesehen hatte. Soweit er wusste, hieß das so viel wie *Wie Ihr befehlt, Herrin*.

Sie benötigten zwei Stunden, bis sie endlich den Posten an der Brücke erreicht hatten, die Valdora und Amhas miteinander verband. Das Flüsschen Edrelhan trennte die Reiche hier über eine Strecke von mehreren Dutzend Meilen voneinander. Das Gewässer war zwar nicht sonderlich breit, aber strömte mit hoher Geschwindigkeit durch eine Klamm, so dass ein Überqueren ohne stabile Brücke unmöglich war.

Liocas und Moriana reihten sich in die lange Schlange von Personen ein, die keine Waren zu verzollen hatten. Dort ging es vergleichsweise rasch voran, denn die Grenzwächter beider Reiche waren vor allem darauf bedacht, die unzähligen Händler zu kontrollieren, deren mitgeführte Warenmengen vom Handkarren bis hin zu den schwerfälligen Großtransportern reichten, und somit die Geldbeutel der jeweiligen Zollherren füllten.

Zu Liocas' Erleichterung bekamen sie es gar nicht erst mit übermotivierten valdorischen Ordensmitgliedern zu tun, die sich ihrem Herrn durch kleinliche Untersuchungen anbiedern wollten, sondern lediglich mit amhasischen Beamten. Gelangweilt fragte einer von ihnen nach Herkunft und Namen, Begehr und Ziel der Reise. Liocas gab sich als Kelos aus Ymiras aus, während Moriana nichts Besseres einfiel, als sich den in ihrer Heimat weit verbreiteten Namen Bragda zu verpassen, was Liocas dazu verleitete, die Tequa böse anzufunkeln. Doch der Grenzwächter schien sich nicht daran zu stören, oder es fiel ihm gar nicht erst auf. Ohne weitere Fragen zu stellen, winkte er sie durch.

Hiernach wurden sie an der nächsten Station gebeten, Wertgegenstände und Waren vorzuzeigen. Liocas verzichtete darauf, den Beutel mit dem magischen Stein hervorzuholen. Er rechnete bei der laxen Kontrolle nicht mit einer Leibesvisitation. Tatsächlich wurde er nicht weiter behelligt, so dass lediglich für die mitgeführten Klingen einige Silberstücke zu zahlen waren, was Moriana die Zornesröte ins Gesicht trieb, musste sie sich doch unverhofft wieder von einem Teil der bei den Söldnern erbeuteten Münzen trennen.

Ehe sie sich also versahen, fanden sich Liocas und Moriana auf der anderen Seite der Brücke wieder, ohne dass es zu einer Diskussion oder gar einem Kampf gekommen wäre. Liocas schnaufte. Vor der Hohen Priesterschaft waren sie vorerst sicher. Er hatte es sich nicht so einfach vorgestellt.

»Hast du das gesehen?«, riss Moriana ihn aus den Gedanken.

»Was gesehen?«

»Sechs Silber hab ich ihnen geben müssen. Sechs!« Sie schnaubte. »Dafür hätte ich mir bei den Clans fast ein Pferd kaufen können!«

»Ja, es ist schon ein Wucher. Aber es hat dich ja auch keiner aufgefordert, mit drei Klingen nach Amhas einzureisen. Sei lieber froh, denn nach Valdora dürftest du nicht so viele Waffen mitbringen, es sei denn, du bist ein Ordensritter oder einer seiner Waffenknechte.«

»Pah!«

Liocas schmunzelte. »Vergiss doch das Geld. Wir haben es geschafft! Wir sind in Amhas!« Er deutete auf den Bergrücken, der sich in kaum einer Meile Entfernung erhob. »Jetzt müssen wir nur noch da rauf!«

»Dann komm, Valdorer!«

Die beiden reihten sich wieder in den Verkehr ein, der von der Grenze hinauf nach Kol Tassa führte. Die Straße war hier nicht mehr so voll, dafür würde es nun für viele Meilen bergauf gehen. Da die Dämmerung bereits einsetzte, war abzusehen, dass sie erst tief in der Nacht in der Stadt ankommen würden.

Die ersten Serpentinen stiegen noch sehr flach an und schlugen weite Bögen. Nach einem halben Dutzend wurden sie aber steiler und enger. Für die schweren, von den Beradrim gezogenen Fuhrwerke war es kaum noch möglich, vorwärtszukommen. Kam ihnen gar ein anderer Großtransporter entgegen, mussten die Fuhrmänner und ihre Gehilfen Schwerstarbeit verrichten. Oft lag gerade mal ein halber Fuß zwischen den riesigen Rädern, wenn sie vorsichtig in einer Spitzkehre aneinander vorbeimanövriert wurden. Dadurch staute sich der Verkehr jedes Mal auf beiden Seiten auf, so dass die überfüllte Straße auch jetzt mit Fuhrwerken und Kutschen verstopft war, die keinen Schritt mehr vor oder zurück konnten.

Manche müssen hier tagelang festhängen, dachte Liocas.

Glücklicherweise waren diejenigen, die zu Fuß reisten, kaum davon betroffen, denn die Kehren waren auf beiden Seiten mit breiten Treppen verbunden, so dass Liocas und Moriana fast den direkten Weg den Berg hinauf nehmen konnten. So war es eher eine Plackerei, die vielen hundert Stufen zu bewältigen, als die sicherlich fünfzehn Meilen messende Strecke die Straße hinaufzuwandern.

»Warum werden die Luftschiffe nicht einfach auf der anderen Seite der Grenze entladen?«, fragte Moriana stirnrunzelnd, als sie von der Treppe das Durcheinander in den Serpentinen betrachtete. »Dann könnte man sich die Mühe sparen, hier hochzufahren.«

»Das hab ich dir doch erklärt«, antwortete Liocas. »Magie und alles, was damit zusammenhängt, ist seit Jahrhunderten in Valdora verboten. Die Luftschiffe haben ja schließlich keine Flügel wie Vögel und fliegen einfach so in der Gegend herum. Sie werden von magischen Steinen am Himmel gehalten, glaube ich.«

»Hätte man da nicht eine Ausnahme machen können? Ich meine, es würde vieles einfacher machen.«

»Wahrscheinlich schon, aber die Priesterschaft ist nicht gerade dafür bekannt, dass sie gern Ausnahmen macht. Ganz im Gegenteil. Vielen der Prälaten ist es schon ein Dorn im Auge, dass mit Kol Tassa eine derart freizügig veranlagte Stadt an der Grenze überhaupt existiert. Mehr als einmal hat man versucht, sie zu erobern, um sie dem Erdboden gleichzumachen. Es hat nie funktioniert, denn Kol Tassa ist nahezu uneinnehmbar, zumal sich die Verteidiger eben auch auf magische Hilfsmittel wie die Luftschiffe verlassen können.«

»Das macht die Sache schwierig«, bekundete Moriana. Die Tequa deutete auf eine Marmorstatue, die in einer Spitzkehre aufgestellt worden war. »Und was haben die Figuren zu bedeuten? Sind das amhasische Clansherren?«

Liocas betrachtete die Statue und danach die Buchstaben, die in den Sockel eingraviert waren. »Algan Lekata«, murmelte er. »Den Namen hab ich schon mal gehört. Wahrscheinlich ist es einer ihrer Herrscher oder ein Feldherr. Aus Marmor, pah! Man ist noch nicht richtig in Amhas angekommen, da versuchen sie schon mit ihren Reichtümern zu beeindrucken. Arkas hat uns nicht zu viel versprochen, als er meinte, es dreht sich alles nur ums Geld hier.«

Moriana und Liocas setzten ihren Weg in die beginnende Dunkelheit hinein fort. Auf halber Höhe kamen ihnen Jünglinge entgegen, die Öllampen an den Seiten der Treppe auffüllten und danach mit Fackeln entzündeten. Auch in der Dunkelheit schien der Verkehr nicht stillzustehen, und so blickten die Kriegerin und der Knappe auf ein sich den Berg hinunter schlängelndes Band aus Lichtpunkten, als sie endlich am Stadttor angekommen waren. Auch nachts war es geöffnet und entließ oder empfing einen unablässigen Warenstrom.

Durch das große doppelflüglige Portal betraten sie Kol Tassa.

Moriana war beeindruckt. Kein Haus besaß hier weniger als drei Stockwerke, so dass die Straßen und Gassen, die sich vom Tor aus in die Stadt erstreckten, wie Schluchten wirkten, die sich in eine zerklüftete Landschaft aus Dächern gefressen hatten.

Darin wimmelte es von Leben. Trotz der vorgerückten Stunde umfing die beiden eine Lautstärke, die die Tequa sonst nur vom Schlachtfeld kannte. Jeder schien zu reden, rufen, lachen, wehklagen oder weinen. Selbst am Asakon hatte sie nicht so viele Menschen an einem Ort versammelt gesehen. In das vielsprachige Stimmengewirr der Massen mischte sich das Hämmern und Klopfen von Handwerkern, Hundegebell, das Rumpeln der Warentransporter und das Geklapper von Pferdehufen. Verschiedenste Gerüche, von verlockend bis ekelerregend, drangen an ihre Nase.

Sie wusste gar nicht, wohin sie zuerst gucken sollte, so viel gab es zu sehen, und dabei waren sie ja gerade mal am Rand der Stadt angekommen. Über die breite Hauptstraße drangen sie durch die Menschenmassen weiter in das Häusermeer ein. In dem der valdorischen Grenze zugewandten Stadtteil befanden sich hauptsächlich die Umschlagplätze und Kontore der Händler und Kaufleute aus der Allianz. Überall sah man Fuhrwerke, die be- oder entladen wurden. Kräne in den Giebeln der Häuser beförderten Kisten, Säcke und Fässer hinauf in die Speicherräume. Hier wurde mit allem gehandelt, was man sich vorstellen konnte oder von dem Moriana niemals zuvor gehört hatte. Von Massengütern wie Getreide, Mais oder Bier über Roheisen, Geschirr, Werkzeuge aller Art und Waffen bis hin zu feinen Tuchen und Stoffen, Gewürzen, Gebranntem oder Vergorenem – es gab kaum etwas, das sie nicht bei einem Händler erblicken konnte, während sie Liocas langsam ins Innere der Stadt folgte.

Nach einer gefühlten Ewigkeit teilte sich die Straße. Während die schwer beladenen Fuhrwerke zur linken Seite abbogen, um zu den Türmen zu gelangen, hielten sich Liocas und Moriana rechts, um mit der Masse der Fußreisenden in die Altstadt zu gelangen.

Die Innenstadt verteilte sich über mehrere Ebenen, die mit Rampen und Treppen über teilweise hausgroße Höhenunterschiede miteinander verbunden waren. Auch dieser Teil der Stadt konnte schlichtweg nur als vertikal umschrieben werden. Die Häuser hier reichten bei Weitem nicht so hoch wie die Türme, aber jedes einzelne war größer als alles, was Moriana bisher erblickt hatte. Meistens war für sie ohnehin nicht unterscheidbar, wo das eine Haus endete und ein neues begann. Je näher sie dem Stadtzentrum kamen, desto langsamer ging es für ihre Verhältnisse voran. Sie hätte genauso gut über die Köpfe der Menschen laufen können, ohne dabei große Sprünge machen zu müssen. Sie drängelten sich Schulter an Schulter die Straße herauf oder herunter. Bald spürte sie eine Beklemmung, die von den Menschenmassen herrührte. Sie fühlte sich wie von Feinden umzingelt. Glücklicherweise war die Neugier, die sie angesichts der unzähligen Wunder, die sie auf dem Weg sahen, stärker als ihre Angst.

Noch.

Die Straßenschluchten wurden von Laternen erleuchtet, die von den hochstrebenden Häuserwänden hingen, ohne dass Feuer in ihnen brannte. Als Moriana nach oben blickte, konnte sie erkennen, dass die Straße nicht die einzige Verbindung zwischen den turmartigen Gebäuden war, denn auch weit über ihnen spannten sich Stege und Brücken zwischen freischwebenden Plattformen und Balkonen. Auch diese Ebenen der Stadt wurden von feuerlosem Licht erhellt. Auf den Stegen konnte sie Menschen und sogar Fahrzeuge erkennen.

»Verrückt! Wie die Stadt wohl von da oben aussieht?«, murmelte sie. Doch als Antwort erhielt sie nur den fragenden Blick eines fremden Mannes.

Ihre Augen suchten nach Liocas. Panisch blickte sie sich um, da sie ihn nirgends entdecken konnte, obwohl sie sich sicher war, dass er noch vor einem Augenblick neben ihr gestanden hatte.

»Liocas!«, brüllte sie.

Doch ihr Ruf wurde von dem Gewirr aus Stimmen um sie herum verschluckt.

»Liocas!«

Morianas Herz hämmerte plötzlich vor Angst, ihre Hand suchte den Griff ihres Schwerts. Schweiß trat ihr auf die Stirn, ihr Atem beschleunigte sich, und ihre Gedanken spielten verrückt.

Was ist nur mit mir los? Ich muss … muss hier weg … hier raus.

Plötzlich zog jemand an ihrer Schulter. Sie riss die Klinge halb aus dem Heft, wirbelte herum und befreite sich aus dem Griff. Aber hinter ihr stand nur Liocas, der sie erschrocken ansah und abwehrend die Hände hob.

»Was schreist du hier so 'rum? Ich habe nach dem Weg zu dieser verfluchten Taverne gefragt«, erklärte er. »Ich habe keine Lust hier stundenlang im Kreis rumzurennen und wie in einer Mühle langsam zermahlen zu werden.«

»Ich, ich …« Moriana konnte sich nur langsam von Angst und Verwirrung befreien. »Ich dachte, du wärst …«

»… verschwunden?«, beendete Liocas ihren Satz und lächelte. »Jetzt komm endlich!«, sagte er nach einem Augenblick, drehte sich um und ging weiter. Die Tequa folgte ihm, so schnell sie konnte.

Liocas schien eine genaue Beschreibung erhalten zu haben, da er sich ohne Probleme orientieren konnte. Moriana ließ ihn nicht mehr aus den Augen. Noch einmal wollte sie nicht so einen Anfall von Panik bekommen. Auch wenn es ihr bereits peinlich war, verspürte sie nach wie vor Angst. Furcht, die sie bislang nicht gekannt hatte.

Ihr Weg endete in einer Seitengasse auf einer der innersten Stufen Kol Tassas vor einem Gebäude, das ebenso hoch wie windschief war. Gehalten wurde es eigentlich nur durch die Nachbarhäuser und schwere Balken, die die Mauern der Stirnseite davon abhielten, auf die Straße zu stürzen.

Licht schien aus zahlreichen Fenstern, die sie wie funkelnde Augen zu beobachten schienen.

»Das muss es sein«, vermutete Liocas. »Wir müssen wohl die Treppe rauf.« Er deutete auf eine Holztreppe, die weder über ein Geländer, noch über alle Stufen verfügte und sich im Zick-zack an die Stirnseite des Hauses klammerte.

Moriana blickte ihren Weggefährten angesichts ihres erbärmlichen Zustands argwöhnisch an, folgte ihm aber anstandslos auf das knarrende Gebilde.

»Als sie anfingen, Schiffe in die Luft zu heben, haben sie wohl vergessen, wie man Treppen baut«, meinte Liocas lakonisch und tastete sich vorsichtig die letzten Stufen zu einem steinernen Absatz vor, hinter dem eine Tür in das Gebäude führte. Darüber hing ein zylinderförmiges Gebilde, in dem eine scheinbar flüssige, leuchtende Substanz wie von Geisterhand bewegt umherschwamm und dabei immer wieder die Farbe veränderte.

Fast so scheu wie Tiere, die unbekanntes Gebiet erkundeten, betraten sie den Schankraum. Es hielten sich nicht viele Besucher in der Kaschemme auf. Lediglich eine Handvoll abgerissener Gestalten saß verteilt an niedrigen Tischen und beäugten die Neuankömmlinge misstrauisch. Ein schwerer Dunst von Tabak hing in der Luft, der ihnen den Atem raubte.

Liocas entschied, es auf direktem Weg zu versuchen. Er trat an die Theke, wo sich der Wirt mit einem Gast unterhielt.

»Seid mir gegrüßt«, begann der Knappe freundlich und fing sich sofort einen abschätzigen Blick ein.

»Willst'n?«, gab der äußerst ungepflegt wirkende Gastwirt unfreundlich zurück.

»Ich suche Dred.«

Der Mann grinste höhnisch und blickte sein Gegenüber an, der das Ganze ebenfalls für amüsant zu halten schien. »Er sucht Dred!«, wiederholte der Wirt. »Willst'n von Dred?«

»Ein Freund schickt mich«, antwortete Liocas wahrheitsgemäß. »Ich benötige seine Hilfe.«

»Dred hat keine Freunde, und Hilfe gewährt er auch nicht. Hilfe ist ein rares Gut, das entsprechend vergütet sein will.«

Liocas schien unschlüssig zu sein. »Wollt Ihr Euch nicht erstmal anhören, worum es geht, und dann entscheiden, ob Ihr mir helft?«

»Denk' nicht. Dred hat genug gehört. Und jetzt scher dich raus, Bürschchen!«

Moriana wurde das Ganze zu bunt. Wütend schlug sie mit der Faust auf den Tresen. »Hör mir gut zu, ker'kach! Wenn du uns nicht augenblicklich was zu trinken gibst und danach unsere Fragen beantwortest, reiß ich dir deinen Stummelschwanz in Fetzen und schlitz danach jeden einzelnen der Hurensöhne hier drin auf!«

Morianas Worte waren noch nicht verklungen, da zuckte die Hand des Gastes am Tresen zu einem Dolch am Gürtel. Wenn der Wutausbruch den Wirt beeindruckt hatte, zeigte er es nicht. Mit demonstrativer Gelassenheit nahm er einen Schluck aus einem Weinkrug und blickte versonnen in den Schankraum. »Deine Metze gefällt mir«, sagte er dann zu Liocas. »Also gut. Wer hat euch denn zu Dred geschickt?«

»Arkas, ein Valdorer«, sagte er leise.

Der Wirt runzelte die Stirn. »Hab ich noch nie gehört. Kannste das denn beweisen oder lügst'e dreist? Dred kann Lügen nich' ausstehen, Bürschchen!«

»Nein, keine Lügen! Er gab uns das hier, damit Ihr wisst, dass er uns tatsächlich schickt.« Liocas holte den Anhänger hervor, den Arkas ihm gegeben hatte, und händigte ihn dem Amhasi aus.

»Is' ja int'ressant«, murmelte der Wirt und hielt das Holzplättchen in die Höhe. Nachdem er eine Weile scheinbar ins Leere gestarrt hatte, gab er es Liocas zurück. »Is' in Ordnung. Dred spricht mit euch«, sagte er und wies mit der Hand in eine Ecke des Raums. Dort saß in einer Nische eine Gestalt, deren Gesicht unter einer Kapuze verborgen war.

»Ihr seid gar nicht Dred!«, entfuhr es Liocas.

»Hab' ich nie behauptet, Bürschchen«, grinste der Wirt und geleitete die beiden in die Ecke.

»Dann bist du Dred«, stellte Moriana fest, als sie sich zu dem Mann in das Separee setzten.

»Scharfsssinnig«, kam es seltsam zischelnd unter dem Cape hervor.

»Dann kennt Ihr Arkas?«, fragte Liocas.

»Ssssieht sssso aussss.«

»Wir müssen in die Hauptstadt und benötigen eine Passage auf einem Luftschiff«, gab der Knappe ohne Umschweife bekannt.

»Ein Valdorer und eine Tequari-Frau wollen mit einem Arcanaero nach Amhassss«, zischte die Stimme unter der Kapuze, und die Belustigung war deutlich herauszuhören. »Auf die Geschichte, wie essss dazzzzu kam, bin ich gespannt!«

»Hör zu, wir sind nicht hier, um Geschichten zu erzählen. Kannst du uns helfen oder nicht?«, fragte Moriana. Wie immer, wenn sie hingehalten wurden, fiel es ihr schwer, ihre Ungeduld im Zaum zu halten, auch wenn sie es versuchte.

»Ohne Geschichte keine Hilfe«, entgegnete Dred trocken. »Ich liebe Geschichten!«

Der Wirt trat an ihren Tisch und stellte eine Karaffe sowie zwei Weinbecher auf den Tisch. »Erzähl ihm besser die Geschichte, Bürchschen, sonst wird das nichts«, sagte er und gab Liocas einen kameradschaftlichen Klaps auf die Schulter.

»Also gut«, seufzte Liocas. »Wir müssen nach Amhas, um an der Universität Auskunft über eine Gefahr zu erhalten, die unsere Völker bedroht. Arkas schlug uns das vor, und er empfahl uns, uns an Euch zu wenden.«

»Warum isssst er nicht sssselbssst gekommen?«

»Er muss mit den Anführern der Orden besprechen, was zu tun ist. Der Gro…, es gibt Personen, die unserem Vorhaben nicht freundlich gegenüber stehen, deshalb ist äußerste Vorsicht geboten«, antwortete Liocas, der Urias im Geiste sofort um Verzeihung für seine sehr dehnbare Auslegung der Wahrheit bat.

»Wassss isssst dassss für eine Gefahr?«, fragte Dred, wobei sich das merkwürdige Zischeln in seiner Stimme noch verstärkte.

»Es ist uns nicht erlaubt, darüber zu sprechen. Wir können nur sagen, dass unseren Völkern gleichermaßen großes Unheil droht.«

»Wie geheimnissssvoll!« Der Verhüllte schwieg einen Moment. »Wenn Arkassss essss für nötig hält, euch mit der Rune zzzzu mir zzzzu schicken, mussss essss ernsssst ssssein. Ich werde euch helfen.«

»Wann können wir aufbrechen?«

Dred lachte, was sich anhörte, als würde Luft aus einem Ballon entweichen. »Nicht sssso ungeduldig! Normalerweisssse mussss man lange warten, und ihr ssssеid keine Amhassssi. Ich habe Bekannte, die mir weiterhelfen können, aber dassss wird sssicher eine Zzzzeit dauern und Ssssilber kossssten. Relativ viel Ssssilber. Morgen wissssen wir mehr.«

»Habt dennoch vielen Dank«, sagte Liocas. »Habt Ihr vielleicht eine Unterkunft für uns, so lange wir warten müssen?«

»Geht zzzzu Masssskari, drei Häusssser weiter. Ssssagt ihr, ich schicke euch. Ssssie wird euch einen guten Preissss machen.«

»Also gut, wir kommen morgen wieder«, meinte Liocas und erhob sich.

»Nicht vor dem Nachmittag, Valdorer.«

Sie verließen Dreds Taverne über die wacklige Treppe und liefen zu dem genannten Gasthaus, das leicht zu finden war.

Moriana hatte es lange zurückgehalten, dann platzte es aus ihr heraus. »Liocas, ich hab kein gutes Gefühl bei diesem Typen. Dem können wir nicht trauen, egal was Arkas über ihn sagt. Vielleicht sehen wir uns besser nach jemand anderem um, der uns hilft.«

Liocas hatte den Einwand offenbar erwartet. »Ich traue ihm auch nicht, aber welche Wahl bleibt uns schon? Sollen wir in den Kaschemmen hier herumsuchen und wahllos Leute ansprechen? Dann weiß bald die ganze Stadt, wer wir sind und was wir vorhaben.«

Ihr gefiel die Antwort nicht, aber sie wusste, dass Liocas recht hatte. »Mir fällt ja auch nichts Besseres ein«, gab sie zu. »Aber wenn er auch nur einmal falsch zuckt, hat es sich ausgezzzzischt, bei Bor-Tak, dann stech ich ihn ab.«

»Ich dachte es mir fast«, sagte Liocas lächelnd und betrat das heruntergekommene Gasthaus.

Für »nur« zwei Silber pro Person mieteten sie sich für eine Nacht in einem gemeinsamen Zimmer ein. Da beide ziemlich erschöpft von der Reise waren, legten sie sich nach einem üppigen Essen ins Bett und schliefen sofort ein.

Kapitel 12

Als Liocas am nächsten Morgen erwachte, stand Moriana schon im Zimmer und führte – äußerst spärlich bekleidet – Schwertübungen durch. Der Knappe konnte den Schlaf nur langsam abschütteln. Nach einer Weile wurde ihm allerdings bewusst, dass er Moriana schon eine ganze Zeit lang beobachtete. Die Tequa tanzte leichtfüßig mit der Klinge in der Hand durch das Zimmer. Unter ihrem dünnen Unterhemd zeichneten sich nicht nur Sehnen und Muskeln, sondern ebenso deutlich ihre festen, runden Brüste ab. Trotz der vielen Hautbilder und Narben verfehlte es nicht seine Wirkung. Liocas erschrak über sein Glotzen und richtete sich ruckartig auf.

»Hat der Herr Knappe ausgeschlafen? Dünkt ihm nach einer Mahlzeit?«, neckte Moriana ihn, als er sich nach einer Weile streckte und herzhaft gähnte.

»Eier und gebratener Speck wären nicht schlecht«, murmelte Liocas und versuchte den Blick von Moriana abgewandt zu halten. Ob Tequari-Barbarin oder nicht, sie war dennoch eine Frau. Er wunderte sich über seine Gedanken und versuchte, sie möglichst schnell aus dem Kopf zu bekommen.

»Vielleicht haben die das sogar hier«, entgegnete die Tequa, die offenbar ernsthaft von der Idee eines schmackhaften Essens angetan war. Sie wischte sich den Schweiß von der Stirn und legte die amhasische Klinge beiseite. Dann zog sie den Waffenrock über, den sie im Kloster erhalten hatte. »Wenn meine Beute doch so viel wert ist, wie du sagst, werde ich mir neue Kleidung kaufen. Außerdem brauch ich das Schwert von Luun nicht mehr, das könnte ich doch gegen eine vernünftige Rüstung eintauschen.«

Liocas überlegte. »Vielleicht gibst du es mir. Mein Kurzschwert ist kaum zu etwas nütze gegen die meisten Gegner. Ich will nicht, dass du mir jedes Mal das Leben retten musst. Das wird nicht ewig gutgehen.«

»Meinetwegen. Es ist ein gutes Schwert, aber du brauchst noch ein bisschen Übung, um mit den Großen zu spielen.«

»Dann bin ich froh, dass ich eine Lehrmeisterin wie dich an meiner Seite weiß. Schwert rein, Gedärme raus!«

»Zumindest weißt du, worum es geht. Und ansonsten bring ich dir alles bei, was du wissen musst, Valdorer!«, grinste sie und warf das Schwert aufs Bett, wobei sie ihn nur knapp verfehlte.

Liocas war nicht ganz wohl dabei, sich mit der schweren Waffe zu gürten. Als Ordensknappe waren ihm nur Klingen bis zu einer Länge von zwei Fuß gestattet. Langschwerter oder die mächtigen Zweihandschwerter waren alleine den Rittern vorbehalten. Zuwiderhandlungen wurden schwer bestraft. Da Liocas aber gewissermaßen der letzte lebende Ritter seines Ordens war, glaubte er, auch das Recht zu haben, eine richtige Waffe zu führen, selbst wenn ihm noch nicht der Ritterschlag zuteil geworden war.

Wenig später gingen sie hinunter und bekamen nach den Entbehrungen ein vergleichsweise königliches Frühstück kredenzt. Zu ihrer Freude gab es tatsächlich gebratenen Speck und Eier, dazu frisches Brot, Käse und Früchte. Als sie sich ausgiebig satt gegessen hatten, brachen sie zum Markt auf.

In den Straßen und Gassen der Altstadt war es noch voller als im Torviertel. Dicht an dicht drängten sich die Menschen durch die schmalen Gänge zwischen den Häusern. Moriana machte sich nach einer Weile einen Spaß daraus, Knüffe mit den Ellenbogen zu verteilen oder den amhasischen Brauch zu übernehmen, Bürger mit bösen Blicken und Beschimpfungen einzuschüchtern, damit sie den Weg freigaben.

Schließlich gelangten sie auf einen der zentralen Marktplätze, auf dem handwerkliche Erzeugnisse aller Art gehandelt wurden. Sie schlenderten die Korridore zwischen Zelten, Buden und Ständen entlang und fanden bald einen Rüstungsmacher. Dort tauschte Moriana den valdorischen Waffenrock und eine Handvoll Silberstücke gegen eine leichte amhasische Rüstung aus schwarzem Leder ein, die tailliert geschnitten war und die Arme frei ließ. Die Tequa versprach sich davon, ihre Schnelligkeit mit dem amhasischen Schwert besser ausspielen zu können.

Daneben besorgten sie sich neue Stiefel und weitere Ausrüstungsgegenstände. Liocas bestand zudem darauf, ein Badehaus aufzusuchen.

So war es bereits früher Nachmittag, als sie sich im Vorraum der prächtigen Therme von Kol Tassa wieder trafen. Moriana hatte sich die verfilzten Haare ausgewaschen und stattdessen Zöpfe flechten lassen. Auch den Kohlestift hatte sie wieder benutzt, so dass sie mittlerweile wie eine Söldnerin aus Yamar wirkte. Nur die blauen Augen und die Hautzeichen zeugten noch von ihrer Herkunft aus den Weiten des Nordens.

Liocas musste lächeln, als er sie sah. Er hatte sie schließlich nicht dazu aufgefordert. »Mir scheint, ich habe doch noch ein geschminktes Püppchen aus dir gemacht, stolze Tequa.«

»Sehr witzig«, erwiderte sie. »Das ist selbstverständlich nur Tarnung, ganz, wie du es empfohlen hast.«

»Natürlich.«

Der Valdorer wollte sie nicht weiter ärgern, freute sich aber über die Wandlung, die Moriana seit ihrer ersten Begegnung durchgemacht hatte. Er fühlte sich in seiner anfänglichen Einschätzung bestätigt. Die junge Kriegerin schien tatsächlich anpassungsfähig zu sein – wenn auch nur langsam.

Die beiden Gefährten kämpften sich durch das Menschengewirr zurück zu Dreds Kneipe. Außer den üblichen Säufern war auch an diesem Nachmittag niemand zugegen. Dred allerdings saß mit dem Rücken zu ihnen an einem Tisch,ihm gegenüber ein Mann mit langen schwarzen Haaren.

Liocas und Moriana begrüßten den Wirt und gesellten sich zu Dred.

»Seid mir …«, setzte Liocas an, doch die Worte blieben ihm im Hals stecken. Auch Moriana stand ungläubig verharrend neben ihm und glotzte den Kneipenbesitzer stumm an.

Dred trug zwar wieder seinen dunklen Kapuzenumhang, doch der Kopf lag heute frei. Unter dem Stoff ragte eine längliche grünbraun geschuppte Schnauze hervor, die in einen schmalen Kopf mit stechend gelben Augen, kaum größer als Schlitze, überging. Von der Stirn zog sich ein gezackter Dornenkamm über den Kopf.

»Ah, da sssseid ihr ja«, begrüßte er sie zischelnd, wobei er dichte Reihen scharfkantiger Zähne entblößte.

»Ihr seid …«, druckste Liocas herum.

»… ein Dessssalier, wie unssss die Menschen nennen, so isssst essss«, vollendete Dred den Satz.

»Deswegen redest du so komisch! Und ich hab mich schon gefragt, ob du einfach nur einen an der Klatsche hast!«, sagte Moriana. Der zweite Mann am Tisch schien das Ganze äußerst amüsant zu finden, denn er musste schallend über ihre Bemerkung lachen. »Du da, Spaßvogel!«, fuhr sie ihn an. »Wir haben hier was zu besprechen. Also verpiss dich, oder es setzt was!«

»Nicht sssso voreilig, junge Dame«, wies Dred sie zurecht. »Diessser Mann hier kann euch vielleicht helfen!«

»Helfen? Wobei?«, fragte Liocas misstrauisch.

»Auf eurer Suche nach Unterstützung in Amhas«, lächelte der Dunkelhaarige. »Doch ich vergaß, mich vorzustellen. Mein Name ist Mesa Lemantis. Ich bin studierter Zauberwirker der Ziralla-Universität von Amhas.«

»Na, was für ein Zufall«, murmelte Moriana verächtlich, während Liocas bereits die dargebotene Hand schüttelte. Die Tequa hingegen schlug sie aus und ließ sich stattdessen auf einen freien Stuhl fallen. »Dann bin ja mal gespannt, wie du uns helfen willst.«

»Dred hier berichtete mir von jemandem, der ebenfalls an die Akademie zu reisen gedenke, als ich mich bei ihm nach einer Passage dorthin umhörte. Da ich immer noch ausgezeichnete Beziehungen zu der Universität unterhalte, wäre es mir ein Leichtes, euch mit den richtigen Personen bekannt zu machen, was immer ihr auch wissen wollt. Außerdem ist es für Fremde kaum möglich, mit den Honorationen der Akademie überhaupt in Kontakt zu treten, deswegen werdet ihr früher oder später ohnehin jemanden benötigen, der euch dort Zutritt verschafft. Und mit mir habt ihr schon so jemanden!«

»Du machst das einfach so? Nur, weil du gerade nichts Besseres zu tun hast?«, stutzte Liocas.

Mesa lächelte bedeutungsschwanger und verschränkte die Hände vor dem Gesicht. »Natürlich wäscht eine Hand die andere. Deswegen sollte euch das schon einige Seral wert sein. Die kann ich gut gebrauchen, denn schließlich knöpft mir der gute Dred hier genug dafür ab, die Stadt auf einem Arcanaero zu verlassen.«

»Nichtssss auf Caldrissss gibt essss umssssonssssst«, merkte Dred dazu feinsinnig an.

»Hab ich das richtig verstanden? Ihr werdet morgen ohnehin auf einem der Luftschiffe in die Hauptstadt reisen? Womöglich auf dem gleichen, das Dred auch für uns bereithält?«, fragte Liocas.

»Es sieht zumindest ganz so aus«, lächelte Mesa.

»Offenbar werden wir dich vorerst nicht los«, stellte Moriana seufzend fest. »Dann kannst du uns in dieser Akademie auch mit deinen schlauen Freunden bekannt machen. Geben sie die richtigen Antworten, bekommst du dein Geld. Geben sie die falschen Antworten, brech' ich dir die Knochen!«

»Hört ssssich für mich nach einem akzzzzeptablen Geschäft an«, befand Dred.

»Kein Grund für Drohungen! Ich werde mein Bestes geben, die richtigen Personen für euch zu finden. Meine Knochen sollen schließlich noch eine Weile heil bleiben«, sagte Mesa mit einer entwaffneten Geste an Moriana gewandt, die sich von der aufgesetzt wirkenden Freundlichkeit des angeblichen Magiers in keiner Weise anstecken ließ.

»So machen wir's!«, bestätigte Liocas stattdessen, dem die krause Stirn der Tequa aufgefallen war. Er schien verhindern zu wollen, dass sie etwas Unbeherrschtes von sich gab, das schlussendlich vielleicht zu Handgreiflichkeiten führen konnte. »Wann und wo können wir die Stadt verlassen?«

»Meldet euch zzzzur ssssechssssten Sssstunde dessss Abendssss am *Turm der Abendröte,* das ist der wessssstlichsssste der drei. Fragt nach Movant Raijik Caesssselssss, einem Freihändler. Er wird euch nach Amhassss befördern, wenn ihr ihm meinen Namen nennt.«

»Dann sehen wir uns dort«, sagte Liocas und stand auf. »Dred, wir danken Euch für die Hilfe.«

Der Dessalier nickte und drehte dabei das Runenplättchen zwischen den Klauen. »Die Ahnen ssssind zzzzufrieden, eine Schuld wurde beglichen«, murmelte er.

Mesa Lemantis erhob sich ebenfalls. »Vielleicht können wir zusammen zu dem Turm gehen, und ihr erzählt mir ein wenig mehr über euch«, bot er Liocas und Moriana an. »Immerhin werden wir einige Zeit miteinander verbringen, und – um ehrlich zu sein – ich würde mich über etwas Gesellschaft freuen. Ich war lange allein unterwegs.«

»Ganz sicher nicht, Spaßvogel!« Der Blick, den ihm die Tequa zuwarf, signalisierte deutlich, dass er mit körperlichen Schmerzen zu rechnen hatte, sollte er auch nur auf die Idee kommen, ihnen zu folgen.

So ließen sie ihn einfach im Gasthaus zurück.

»Dieser Mesa gefällt mir nicht«, sagte Moriana, als sie am frühen Abend mit Liocas auf dem Weg zum Turm der Abendröte war. »Er gefällt mir sogar noch weniger als diese zischende Echse. Er hat was an sich, das mir überhaupt nicht passt.«

»Ein Magier ist er zumindest wirklich. In dem Punkt lügt er nicht. Hast du die Wunde in seiner Handfläche gesehen? Er muss einst einen magischen Stein getragen haben, ebenso wie diese tote Magierin in den Wäldern.«

»Ein Stein in der Handfläche? Wozu soll sowas gut sein?«

»Du hast doch gehört, was Arkas uns erzählt hat: Symbiolithen, diese Kraftsteine, die die Magier aus dem Süden in den Handflächen tragen. Er scheint tatsächlich einer dieser Gathori zu sein. Ich hab mal gelesen, dass die Magier in Yamar einen Großteil ihrer magischen Kräfte daraus ziehen. Frevelei, wenn du mich fragst!«

»Was du schon alles gelesen hast«, wunderte sich die Tequa, und es lag kein Spott in ihrer Stimme.

»Wir haben im Kloster nicht nur gebetet, dann würde man es dort nicht lange aushalten«, erwiderte er lächelnd.

»Jetzt sag bloß, du warst auch mal einer von diesen Mönchen?«

»Naja, nicht ganz. Ich habe aber eine Weile bei ihnen gelebt, fast drei Jahre, um genau zu sein. Dort erfuhr ich erst von den Lehren Zatos´ und erkannte, dass der Glaube, wie ihn die Hohe Priesterschaft lehrt, kaum mit dem im Einklang steht, was die Gründer sich einst darunter vorgestellt hatten.«

»Keine Belehrungen über eure Kirche mehr, mir brummt immer noch der Schädel von all dem Gerede im Kloster.«

»Ja, vielleicht ist das alles ein bisschen zu viel auf einmal für dich«, stimmte Liocas zu.

»Und warum bist du kein Mönch geworden?«

»Während ich versuchte, andere davon zu überzeugen, dass wir uns auf einem falschen Weg befinden, dass uns im und mit dem Glauben an Urias ganz andere Möglichkeiten offenstehen, als uns die Hohe Priesterschaft glauben machen will, habe ich die Aufmerksamkeit von Personen erregt, die sowas nicht gern hören. Mein Vater erfuhr ebenfalls davon und holte mich aus dem Kloster.«

»Ist dein Vater ein mächtiger Clansherr?«

»Ja, so in etwa«, sagte Liocas schmunzelnd. »Er ist das Oberhaupt des Hauses Marmadon, eines kleinen, aber sehr alten Geschlechts der Allianz. Er ist Herr über Ländereien im Nordosten von Valdora, am Rande des Kuroswalls.« Er seufzte. »Jedenfalls bestrafte er mich hart. Vier Wochen ließ er mich im Kerker unserer Burg einsitzen, zusammen mit Strauchdieben und Vergewaltigern, weil er meinte, ein Ketzer wäre nicht viel mehr wert als diese Verbrecher. Danach presste er mich in die Knappschaft bei seinem Vetter, Lord Volkos von Breganost, um mir die rechte Gesinnung zu verpassen.«

»Vielleicht solltest du ihn umbringen«, schlug Moriana vor.

»Vielleicht, vielleicht auch nicht. Es mag hart klingen, aber er tat das Einzige, was ihm als Lord der Allianz übrig blieb, wollte er vor den anderen Häusern und seinen Untertanen seine Autorität wahren. Ich war ihm schlicht kein guter Sohn, habe ihn enttäuscht und unsere Familie entehrt.«

Darauf wusste die Tequa nichts zu antworten, obgleich sie die harte Wahrheit in Liocas' Geschichte zu erkennen vermochte. Schweigend liefen sie weiter auf den Turm zu.

Rund um das Fundament des gewaltigen Bauwerks erstreckte sich ein ummauertes Areal, auf dem die Waren aus dem Inneren weiterverladen wurden. Hunderte von Arbeitern, Eseln, Pferden, Ochsen und Beradrim leisteten hier Knochenarbeit, um der niemals enden wollenden Mengen Herr zu werden.

Schon aus einiger Entfernung konnten sie Mesa Lemantis erkennen, der nahe des Eingangstors auf sie wartete. Er winkte, als er sie ebenfalls erblickte.

»Ich hatte gehofft, er würde sich aus Angst vor mir in die Hose scheißen und nicht hier auftauchen«, knurrte Moriana, als sie auf ihn zugingen.

»Still jetzt. Deine Drohungen bringen uns nicht weiter«, ermahnte Liocas die Tequa. »Urias erleuchte deinen Weg«, grüßte er den Magier freundlich.

»Vuresh mit euch, mein Freund!«, empfing er sie. »Ich dachte, ich warte einfach schon hier auf euch, dann können wir den Movanten unseres Arcanaero gemeinsam in diesem Gedränge suchen.«

»Gern«, stimmte Liocas zu und folgte Mesa auf das Gelände zu einer Reihe von flachen Gebäuden, an denen die Formalitäten des Luftverkehrs abgewickelt wurden.

Nach kurzem Nachfragen wurden sie an eine Gruppe Männer verwiesen, die etwas abseits der Warenverladung an Tischen saßen. Es handelte sich dabei offenbar um eine Bewirtung für die Besatzungen der Luftschiffe. Dort befanden sich allerlei verwegene Figuren, die es sich bei Brot, Käse, Wein und Gebranntem gutgehen ließen.

»Raijik Caessels?«, rief Liocas in die Runde.

»Der is' hier!«, ertönte eine laute Stimme vom Rand der Versammlung. Die drei Reisenden folgten ihr und trafen auf einen Tisch voller dunkelhäutiger Männer. Der größte von ihnen, ein sicherlich sieben Fuß großer Baum von einem Mann, blickte sie fragend an, während er einen tiefen Zug aus einem Holzbecher nahm. »Schlimmer als Bärenfang!«, beschwerte er sich schüttelnd, während die anderen Männer in Gelächter ausbrachen. Er prustete und wischte sich Schnaps von den wulstigen Lippen, die ebenso wie Ohren und Augenbrauen von gut zwei Dutzend silbernen und goldenen durch die Haut gestochenen Ringen geziert wurden. Auch seine in alle Himmelsrichtungen abstehenden Filzlocken verschiedener Länge enthielten Schmuckstücke aus Holz und Metall.

»Seid *Ihr* Raijik Caessels, der Movant?«, fragte Liocas ungläubig.

»So nennt man mich – weil ich den dicksten Kessel hab!«, antwortete er und ließ ein meckerndes Lachen hören, das Moriana an das Blöken der Steppenziegen ihrer Heimat erinnerte. Als er sich beruhigt hatte, blickte er die drei an. »Un' ihr? Wollt'n ihr von mir, hä?«

»Wir möchten gern auf Eurem Luftschiff mitfahren. Dred schickt uns.«

»Ah, ihr seid die drei von dem Schlangenmann. Hätt' mir's ja denken könn'! Naja, bezahlt hatter für euch im Voraus, da will ich ma' nix sag'n! Geht bald los – wenn se de letzten Netze auf de *Halloran* gelad'n und wir de Flasche leer ham!« Wieder brach er in Gelächter aus, in das seine Kameraden lautstark einstimmten.

Moriana, die nicht übel Lust hatte, dem Movanten seine dummen Sprüche mitsamt der Flasche ins Maul zu stopfen, blickte sich um und ballte die Fäuste. Sie atmete mehrmals tief durch, um ihre wieder einmal allzu schnell entfesselte Wut zu unterdrücken.

Liocas spürte, wie seine Gefährtin darum bemüht war, die Beherrschung zu wahren und beschleunigte das Gespräch. »Wir warten«, bestätigte er Caessels, und sie ließen sich einen Tisch weiter nieder, um ebenfalls etwas zu trinken. Erst eine halbe Stunde später bewegte sich die Truppe an Caessels´ Tisch.

»Geht los!«, rief er ihnen zu.

»Na endlich! Noch lange, und ich hätte ihm die Flasche weggenommen«, beschwerte sich Moriana, die die ganze Zeit über geschwiegen hatte.

»Solange du sie niemand auf den Kopf gehauen hättest, wär' mir das recht gewesen«, stimmte Liocas ihr zu.

»Nein, ich hätte sie zerschlagen und ihm in den Hals gerammt.«

Sie folgten dem Movanten in das Innere des Turms. Durch verschiedene Eingänge strömten Personen und Waren hinein und hinaus. Caessels führte sie zu einer Tür, vor der ein Lakai in der blauen Tunika der Lufthandelsgilde stand. Sie mussten kurz warten, bis hinter dem Portal ein Rauschen ertönte, das stetig lauter wurde und dann plötzlich verstummte. Einige Augenblicke später öffnete der junge Diener die Tür und knapp zwei Dutzend Menschen strömten aus dem Raum, die meisten von ihnen mit Taschen, Säcken oder Kisten bepackt, daneben einige abgerissene Gestalten, die wohl zur Mannschaft eines Luftschiffs gehörten.

Als alle draußen waren, betraten sie den kleinen Raum, der keinen weiteren Ausgang besaß. Die Wände bestanden aus dunklem Holz, das mit fremdartigen Metallverstrebungen verstärkt war, wie Moriana sie noch nie zuvor gesehen hatte. Das Merkwürdigste war jedoch eine seltsame Apparatur, die auf einem in die Wand eingelassenen Brett angebracht war und von einem weiteren Lakaien bedient wurde. Als sich die Tür geschlossen hatte, begann dieser damit, verschiedene Metallhebel umzulegen und dann an einem faustgroßen Stein zu drehen, der in das Brett integriert war. Ein Glühen erfüllte das Artefakt, und je länger er drehte, desto intensiver wurde es. Als Moriana geblendet die Augen abwenden musste, legte er einen weiteren Hebel um, und der ganze Raum setzte sich plötzlich in Bewegung. Moriana warf sich erschrocken auf den Mann, der verängstigt aufschrie.

»Was hast du gemacht? Was passiert hier?«

Unvermittelt griff eine große Hand nach ihr und zog sie von dem verwirrten jungen Mann weg. »Das'n Aufzug, Mädchen! Bringt uns den Turm rauf zum Schiff. Lass den Jung'n seine Arbeit mach'n!«

Während Caessels und seine Besatzung derbe Scherze austauschten, mussten sich Moriana und Liocas an den Wänden festhalten. Bis auf ein leichtes Vibrieren war in der Kabine zwar nichts zu spüren, aber sich mit dem gesamten Raum innerhalb des Turms nach oben zu bewegen, hinterließ vor allem in der Magengegend ein sehr merkwürdiges Gefühl. Als sich die Tequa vorstellte, was passierte, wenn sie kurz vor ihrem Ziel abstürzten, wurde sie kreidebleich. Wasser sammelte sich in ihrem Mund, und hektisch suchte sie nach einer Möglichkeit, sich nicht auf den Boden zwischen Liocas, Mesa und die anderen zu übergeben.

Als sie dachte, sie würde es nicht mehr aushalten, stoppte die Kabine, und der Druck auf ihren Körper schwand. Die Tür wurde von außen geöffnet, und mit der frischen Luft wich auch die Übelkeit.

Moriana stolperte hinter den anderen auf eine Plattform, die knapp zwanzig Fuß in die Luft hinausragte. Als sie erkannte, in welcher Höhe sie sich befanden, weit über den Dächern der Stadt, nur von einem Eisengeländer vom Abgrund getrennt, konnte sie nicht mehr an sich halten und musste sich in eine Ecke nahe des Fahrstuhlausgangs übergeben.

Das meckernde Gelächter verriet, dass Caessels sich darüber köstlich amüsierte. Moriana wollte ihn am liebsten packen und über das Geländer werfen, aber sie war kaum in der Lage, sich auf den Beinen zu halten, so schwindlig war ihr.

»Musst schon hier rüberkomm', Mädchen!«, rief Caessels und winkte zweideutig.

Die Tequa schleppte sich ein paar Schritte auf die Plattform, an deren Ende drei kleinere Luftschiffe festgemacht waren.

Sie war sich sicher, dass sie nur noch einen Schritt von den Tosenden Abgründen entfernt stand.

Liocas war verwundert. Moriana war mitten auf dem Steg stehen geblieben, klammerte sich am Geländer fest und machte keinen Schritt mehr weiter.

»Was ist los?«, fragte er.

Statt einer Antwort schüttelte sie nur den Kopf und verkrampfte ihre Hände noch mehr. Die Tequa war weiß wie eine getünchte Wand.

Der Knappe winkte Mesa an seine Seite. »Wir müssen ihr helfen«, sagte er und erkannte Verstehen im Gesicht des Magiers. Behutsam lösten sie die Hände der höhenkranken Kriegerin. Den Rest des Weges über die Plattform mussten sie Moriana stützen.

Sie befanden sich hier nicht auf der obersten Ebene, auf der die großen Warentransporter entladen wurden, sondern unterhalb der mächtigen Rümpfe dieser Giganten der Lüfte. Mit den kleineren Arcanaeros wurden ausschließlich Personen und spezielle Frachten befördert. Caessels' Männer bestiegen das mittlere Schiff, das laut einer angerosteten Messingplakette auf den Namen *Halloran* getauft worden war.

Das Arcanaero war gut fünfzig Schritte lang und an der ausgedehntesten Stelle vielleicht fünfzehn Fuß breit. Wie die Schiffe, die zur See fuhren, besaß die *Halloran* einen Rumpf aus hölzernen Planken, der stromlinienförmig verlief, Bug- und Heckbauten, einen Bugspriet und ein freiliegendes Oberdeck. Im Gegensatz zu einem gewöhnlichen Schiff lagen die Masten des Arcanaero an dessen Seitenlinie oder stachen aus dem Rumpf heraus und schienen beweglich zu sein. Soweit Liocas es verstanden hatte, dienten die daran befestigten Segel über einen komplizierten Mechanismus der Steuerung des Schiffes. Davon zeugte eine Vielzahl von metallenen Aufhängungen, Rollen, Ösen und Gelenken. Durch diese zogen sich Taue unterschiedlicher Farben entlang der Masten, aber auch über den Rumpf sowie das Deck und endeten in metallenen Winden, an denen verzierte Kurbeln befestigt waren, oder verschwanden durch fratzenhafte Öffnungen unter dem Steuerdeck. Aus einigen Ventilen längs des Schiffes dampften dichte gelbliche Schwaden, die einen beißenden Schleier auf die Plattform legten. Das auffälligste Merkmal eines jeden Arcanaero war jedoch der mittschiffs montierte Steg, der ringförmig um den Rumpf der *Halloran* lief. Die Konstruktion besaß eine umlaufende Einlage aus matt glänzendem Silan. Der Steg selbst war bunt lackiert und in Abständen waren Zeichen aus einem Material darin eingelassen, das das Sonnenlicht so stark zurückwarf, dass Liocas ihre Form nur erahnen konnte. Er wusste, dass es dieser Ring war, der das Arcanaero in der Luft hielt. Er hatte einmal versucht in einem valdorischen Folianten über Mechanik herauszufinden, wie es die Amhasi schafften, ihre Schiffe in die Luft zu heben, doch der Autor des Buches hatte diese Kunst zusammen mit jedweder Verwendung der magischen Metalllegierung Silan als schwarze Magie abgetan und nicht viel Aufschlussreiches dazu niedergeschrieben.

Liocas wusste beim ersten Anblick der *Halloran* nicht, ob er beeindruckt oder abgeschreckt sein sollte. Rumpf und Aufbauten waren ein Flickwerk aus verschiedenen Hölzern und Metallen, ebenso waren die aufgerollten Segel und die Beflaggung ein wildes Sammelsurium aus allen erdenklichen Tuchen, Farben und Mustern, die teilweise vom Wind zerrissen worden waren. Liocas konnte trotz seiner guten Heraldikkenntnisse keine klare Zugehörigkeit zu einem Hafen oder einem Herrn anhand der Wimpel und Flaggen ausmachen. Sämtliche Aufbauten an Bug und Heck waren stark durch Schnitzarbeiten verziert, der Rumpf mit Motiven von schlangenartigen Drachen bemalt, die um die Wette zu fliegen schienen. Selbst die Stützen und das abgescheuerte Profil der Reling waren so fantasievoll gearbeitet, dass der Eindruck entstand, eine Horde brüllender Affen hielte eine große Schlange über ihren Köpfen. Die dekorative Heckgalerie des hohen Achterdecks zeigte neben allerlei fliegenden Fantasietieren und Wolkendarstellungen auch anstößige Motive, die wohl für die

Mannschaften der Flugschiffe gedacht waren, die von der *Halloran* überholt wurden.

Liocas musste sofort an die knallbunten Wagen des Wanderzirkus denken, der hin und wieder nach Marmadon gekommen war. Auch der Geruch, der von dem Fluggefährt ausging, erinnerte Liocas an das exotische Aroma, das immer in der Luft lag, wenn man nahe beim Zirkusplatz stand. Nicht weniger erinnerte die gut zwanzig Köpfe zählende Mannschaft ihn an die braun gebrannte und bunt gekleidete Artistentruppe, die aus allen Winkeln Camoteas stammte. Caessels selbst konnte ohne weiteres als Vorsteher eines Wanderzirkus durchgehen.

Doch ein zweiter Blick auf das Arcanaero verriet mehr. Insgesamt war die *Halloran* ein schlank gebautes Schiff mit eleganten Kurven, das auf ausladende Aufbauten und blockhaft aufgesetzte Kastelle verzichtete, wie es bei den großen Handelsschiffen rundherum der Fall war. Ihre Linien waren windschnittig, sämtliche Bauten einschließlich des Silanrings schmiegten sich eng an die Rumpfkonstruktion an. Das, was man wohl als den Kiel der *Halloran* bezeichnen musste, verlief in einem flachen Bogen und beschritt am Heck eine schlangenförmige Aufwärtsbewegung, so dass das Steuerdeck weiter über den hinteren Rumpf hinausragte. Dadurch stieg das Deck Richtung Heck an und vermittelte zusammen mit dem weit ausgreifenden Bug den Eindruck eines Pfeils. Auch die beiden Ausleger, an denen die Gondeln hingen, die das Schiff antrieben, waren eng an den hinteren Rumpf gelehnt. Liocas fühlte sich an einen Falken erinnert, der seine Flügel zum Sturzflug angelegt hatte. Dazu trug auch die Galionsfigur bei, die direkt aus dem langen Vordersteven gearbeitet worden war. Liocas bildete sich ein, dass sie dem Greifvogelkopf eines Phönix nachempfunden war.

Der heilige Vogel des Urias. Das muss ein günstiges Zeichen sein. Er blickte zurück auf die Drachenbilder am Rumpf. *Die Drachen verfolgen den Phönix, ohne ihn jemals einzuholen. Es war die richtige Entscheidung.*

Irritierend war nur, dass dieser Phönix offenkundig aus einem Farbeimer emporgestiegen war.

Auch wenn die *Halloran* ungefährlich oder sogar lächerlich auf den Betrachter wirkte, so musste Liocas einsehen, dass sie keinesfalls wehrlos war. Er bemerkte, dass auf der gesamten Länge der Schiffswand, auf die er blickte, schwere Klappen saßen, die in den Schiffsbauch gezogen werden konnten. Aus einiger Entfernung konnte man diese Klappen nicht gut ausmachen, zumal auch die fliegenden Drachen wie zufällig darüber gemalt worden waren. Doch Liocas war sich sicher, dass er auf die geschlossenen Stückpforten eines Geschützdecks blickte. Zudem ragte aus einem Turm an der Unterseite des Rumpfs ein überschweres armbrustartiges Geschütz, auf dessen Metallbögen sich einige große weiße Vögel ausruhten. Liocas konnte nur erahnen, wozu Caessels diese Waffe verwenden mochte. Keine seiner Vorstellungen diesbezüglich gefiel ihm jedoch sonderlich.

Liocas und Mesa führten ihre Gefährtin über die Rampe. Sie zitterte und ließ sie sich von den beiden an Bord bringen, den Blick krampfhaft nach vorn gerichtet.

Caessels schüttelte belustigt den Kopf. »Hab ja schon viel Höhenkranke geseh'n, aber das is schon ne besond're Nummer, die de Kleene da abzieht«, stellte er fest. »Stellt ihr 'nen Eimer hin. Der wird auf der Fahrt ihr bester Freund werd'n.«

Liocas versuchte den lautstarken Spott des Movanten zu ignorieren und brachte Moriana mit Mesas Hilfe in ihr Gästequartier unter Deck. Mesa entschuldigte sich, um sein Gepäck in seine eigene Kabine zu bringen. Nachdem er Moriana in ihre Koje geschafft und sie ihn mit einem angedeuteten Tritt in seine Richtung davon überzeugt hatte, dass er sie allein lassen konnte, kehrte Liocas auf das Oberdeck zurück. Caessels war dabei, das Schiff startklar zu machen.

»Wie lang sind wir unterwegs? Ist das Schiff schnell?«, fragte Liocas und betrachtete interessiert eine mechanische Vorrichtung, an der der Kapitän kurbelte, bis die Taue, die hindurchliefen, fest gespannt waren.

»Sag'n wer ma', so knappe drei Tage. Sie is' schnell, de Kleene, war mal'n Eskortschiff des Senats, müsster wissen. Is' ne Pinarra aus Mesoth. Schnell genug für dich, Bübchen.«

»Was transportiert ihr eigentlich?«

Der Kapitän prustete und zuckte mit den Schultern. »Hauptsächlich euch Figur'n und valdorisch'n Branntwein!«

»Dann kann ja nichts passieren!«

»Nee, Hauptsache, wir ham noch genug Stoff für unterwegs«, grinste Caessels und nahm einen Schluck aus seiner Flasche.

Saresh stieg die Stufen hinab in den Bauch der *Halloran*. Dünne Röhren aus Silan in den Seitenwänden erhellten den Gang, der in den hinteren Teil des Schiffes zu den Passagierkabinen führte. In den Röhrchen brannte ein alchemistisches Pulver. Dieses Pulver brannte jedoch viel länger und je nach Zusammensetzung auch heller als eine herkömmliche Flamme.

Entzündet wurde es durch die Energien des Kansagit, die durch die Leitungen strömten. Irgendwo im Bauch der *Halloran* lagerten Kansangit-Steine, groß genug, dass deren arkane Kraft das massige Schiff in der Luft hielt, allen Gesetzen der Schwerkraft zum Trotz.

Saresh ging langsam den Gang hinunter. Unter seinen Schritten knarrten die alten Holzbohlen der *Halloran* nicht besonders vertrauenserweckend. Dennoch war er erleichtert, denn sein Täuschungsmanöver hatte funktioniert, selbst wenn Moriana und Liocas seinem Alter Ego Mesa Lemantis nicht unbedingt vertrauten. Das war aber auch gar nicht nötig, denn immerhin hatte er es geschafft, zusammen mit ihnen auf das Schiff zu gelangen.

Der Boden begann leicht zu schaukeln, als die *Halloran* vom Ableger losgemacht wurde. Saresh benötigte einen Augenblick, bis er die Eigenbewegung des Schiffes ausbalancieren konnte.

Nalyd hatte recht damit behalten, dass Moriana und Liocas einen Weg aus den endlosen Wäldern finden würden. Dank des Auspex-Zaubers hatten sie ihnen ungesehen in sicherem Abstand folgen können. Brenzlig war es nur geworden, als sie die valdorischen Soldaten umgehen mussten, die Liocas´ und Morianas unbedachter Angriff auf die Inquisition in dem Dorf an der Straße nach Kol-Tassa auf den Plan gerufen hatte.

Dank der magischen Verbindung zu Moriana hatte Saresh aus der Ferne viele der Emotionen geteilt, die in der Kriegerin aufgewallt waren, als der Kampf im Dorf begann. Das war ein Nebeneffekt, den er beim Zaubern mit materieller Komponente nicht vorausgesehen hatte. Ihr hitziges Temperament hatte ihn mehr als einmal unvorbereitet getroffen, und zunächst hatte er Schwierigkeiten gehabt, die fremden Gefühle von den eigenen zu unterscheiden. Andererseits war ihm nicht klar, wie er solch eine tiefgreifende Verbindung zwischen sich und der Tequa überhaupt zustande gebracht hatte. Nur die erfahrensten Magier vermochten es, ein derartiges Band durch den Zauber zu weben. Noch irritierender war, dass die Zauberwirkung anhielt und sich verstärkte, je näher er bei ihr war, obwohl er den Spruch nur improvisiert hatte. In der Taverne des Dessaliers hatte es seine gesamte Selbstbeherrschung verlangt, Mesas Rolle zu spielen, da er von einer wahren Flut ihrer Gefühle bestürmt worden war.

Liocas und Moriana waren in der Tat merkwürdige Gefährten, das war ihm spätestens seit ihrer ersten richtigen Begegnung am vorherigen Tag bewusst geworden. Saresh musste vor allem bei dem Gedanken an die Tequa lächeln. Zwar hatte sie Mesa angekündigt, die Knochen zu brechen, falls er sie hintergehen sollte, aber er wusste vermutlich sogar besser als sie selbst, dass die Drohung eher einen Selbstschutz gegen ihre widersprüchlichen Gefühle darstellte.

Immerhin hatte er dank der magischen Verbindung erkannt, dass die beiden nicht wussten, was sie eigentlich gefunden hatten. Mit ein bisschen Glück trugen sie durch diese Unkenntnis der Hintergründe und der Natur des Fokussteins dazu bei, dass Saresh seinen ursprünglichen Auftrag zu Ende bringen konnte. Jetzt musste er den Stein lediglich zurückerlangen und sich damit absetzen, bevor sie herausfanden, was es damit auf sich hatte. Der Gedanke betrübte ihn beinahe, hatte er sich doch fast schon daran gewöhnt, für zwei Personen zu empfinden. Dieser unerwartete Nebeneffekt war eine äußerst interessante Erfahrung. Außerdem half ihm die emotionale Nähe der Barbarin auf seltsame Art und Weise dabei, die geistigen Wunden zu schließen, die die Ereignisse am Asakon geschlagen hatten.

Am Ende des Gangs blickte sich Saresh um. Die *Halloran* hatte schon deutlich bessere Tage gesehen. Es gab kaum eine Ecke, die nicht schmierig, fleckig, rostig oder schon ausgebessert worden war. Neben der Kajüte des Movanten besaß die Barke aber erstaunlich viele Passagierkabinen, obwohl es den Anschein hatte, dass Caessels selten Personen beförderte. Damit ließ sich von einem Freihändler auch kaum das nötige Geld für den Unterhalt eines Arcanaeros aufbringen. Auch die Geschichte mit dem angeblichen Schnapstransport erschien ihm nicht schlüssig. Saresh verdrängte den Gedanken, denn er wollte lieber gar nicht wissen, was dieser Pirat tatsächlich geladen hatte.

Mehrere Türen mit abgewetzten Metallbeschlägen standen ihm zur Auswahl. Er konzentrierte sich einen Augenblick auf Nalyd und fand die Präsenz seines Vertrauten überraschend schnell. Eigentlich hatte er dabei einen heftigen Schmerz erwartet, der aber ausblieb. Der Magier öffnete vorsichtig die Tür, hinter der er Nalyd glaubte.

Sein Leibwächter saß mit verschränkten Beinen auf dem schmalen Bett, das mit seinem Gegenstück auf der gegenüberliegenden Seite fast den gesamten Raum der Kabine ausfüllte. Ein flimmerndes Silanglas in der Decke tauchte den Raum in trübes Licht und ließ den Ghulam unwirklich erscheinen.

»Hier bin ich, wie bestellt«, sagte Nalyd gut gelaunt, als er Saresh erblickte, und schwang sich von der Pritsche. Seine Freude war ein Kontrapunkt zu Sareshs Angespanntheit, was den Magier in hohem Maße verstörte. Aber er ließ sich seine Verwirrung nicht anmerken, hatte man ihm doch von klein auf beigebracht, vor einem Untergebenen keine Schwäche zu zeigen. Bei Nalyd allerdings war das nicht einfach, da er Saresh schon lange durchschaut zu haben schien und ihn mit wohl gesetzten Worten zu treffen verstand. Dieses Spiel trieben die beiden nun schon so lange, wie der Ghulam ihn begleitete. Seltsamerweise gab es Saresh einen gewissen Halt, zu wissen, dass der Krieger nie die Fassung und seinen bemerkenswerten Optimismus verlieren würde.

»Hat der Movant Fragen gestellt?«, fragte Saresh ohne zu grüßen, während er seine Habe unter die Pritsche schob und sich stöhnend auf sie sinken ließ. Obwohl es ihm von Tag zu Tag besser ging, hatte ihn die Verfolgung von Liocas und Moriana mitgenommen. Nicht nur die mentale Belastung aufgrund des Zaubers zehrte an ihm, sondern auch die Wunden schmerzten noch von Zeit zu Zeit. Er war heilfroh, endlich die Maske des Mesa Lemantis fallen zu lassen und ein wenig Ruhe zu finden.

»Nein, eigentlich gar keine. Ich habe ihm das gegeben, was er wollte, das hat alle Fragen beantwortet«, entgegnete Nalyd.

»Gut, ich hatte schon die Befürchtung, du würdest es nicht an Bord schaffen.« Saresh erlaubte sich einen Moment die Augen zu schließen und zu entspannen. Die Gedankenspirale in seinem Kopf drehte sich allerdings unablässig weiter. Solange er den Fokusstein nicht besaß, würde er wohl keine Ruhe finden.

»Jetzt müssen wir nur aufpassen, dass die beiden uns nicht zusammen sehen«, war der erste dieser Gedanken, den er aussprach.

»Keine Angst, Gathori, das wird nicht passieren, mein Wort drauf«, sagte Nalyd. »Wenn es sein muss, verschmelze ich mit den Schatten«, fügte er schmunzelnd hinzu.

»Ich hoffe, ich darf dabei sein, wenn du über deine Selbstüberschätzung stolperst«, gab Saresh zurück. »Aber im Ernst, es sollte immer nur einer von uns die Kabine verlassen.«

»Nichts leichter als das!«, meinte Nalyd und setzte sich wieder auf die Pritsche, weil der Rumpf knarrend und ächzend zu schaukeln begann. Das Vibrieren der Hülle verriet ihnen, dass die *Halloran* beschleunigte.

»Ich bete, dass diese Mühle nicht auf halbem Weg auseinanderbricht. Die wird vor allem mit gutem Willen zusammengehalten«, meinte Saresh sorgenvoll und begann den Verband um die verletzte Hand zu lösen, während das Rappeln um sie herum lauter wurde.

»Mach aus gutem Willen offensive Ahnungslosigkeit und ich bin voll und ganz deiner Meinung«, erwiderte Nalyd.

»Was soll das jetzt heißen?«

»Hast du wieder Probleme mit den Augen? Man muss Caessels doch nur ansehen! Der kann unbetankt keine zehn Fuß geradeaus laufen, und auf seinem Kopf ist offenbar ein seltenes Tier verendet. Wahrscheinlich hat ihm der Verwesungsgeruch schon das Hirn vernebelt! Wenn der es mit dem Fliegen so hält wie mit der Körperpflege, dann ist der Elyr unser geringstes Problem.«

»Dein Sarkasmus ist so überflüssig wie die Hoden eines valdorischen Priesters.«

»Ich finde, die Tatsache, dass eine Mannschaft wie diese Stümper mit einer Ladung Schnaps und einigen Passagieren auf zwei pferdegroßen Kasangiten mehrere hundert Fuß über dem Boden schwebt, lässt diesen sogenannten Sarkasmus mehr als angebracht erscheinen. Das musst selbst du zugeben.«

Saresh rieb sich angestrengt über die Stirn. »Weißt du, ich habe wirklich keine Lust, mit dir auszudiskutieren, wer der größere Idiot von uns beiden ist.« Er zog die letzte Lage Verband von der Hand, um sich die Verletzung anzusehen. Obwohl die Wunde immer noch fürchterlich aussah, hatte das alchemistische Raffinat aus Eisenharz inzwischen Wirkung gezeigt. Zumindest ein Teil verbrannter Haut und Fleisch hatte sich auf wundersame Weise regeneriert. Glücklicherweise war es ihm gelungen, vor der Abreise mehr von dem potenten Mittel bei einem Apotheker in Kol Tassa zu erwerben. Geld war das einzige, das sie in der Wildnis im Überfluss besessen hatten. Kaum waren sie einen Tag in der Stadt, hatte sich ihr Vermögen für Unterkunft, Medizin und die Reise in diesem Luxusgefährt halbiert.

Aber das ist es wert, dachte Saresh.

Schmerzen zuckten seinen Unterarm hinauf, als er vorsichtig die Finger bewegte. Er musste sich anstrengen, doch es gelang ihm beinahe, eine Faust zu bilden. Mit schmerzverzerrtem Gesicht zeigte er Nalyd das Ergebnis und hielt nicht ohne Stolz die verkrampfte Hand zu ihm hinüber.

»Ich fand dich in der Taverne ganz überzeugend, sieht man mal davon ab, dass sie dir nicht über den Weg trauen«, befand dieser ohne Anerkennung von Sareshs wiedererlangter Bewegungsfähigkeit.

»Es ist vollkommen unerheblich, ob sie uns trauen, solange wir in ihrer Nähe sind, um zugreifen zu können.«

Kaum hatte der Magier den Satz beendet, da blickte Nalyd auf die verwundete Hand.

»Spar dir den Kommentar!«, warf er ein, als er Nalyds Blick verstand. Er streckte die Finger wieder und legte die pochende Hand auf den Schoss. Dann richtete er sich auf, griff unter sich und holte seine Tasche hervor. »Es war richtig, dich außen vor zu lassen. Einen einzelnen unbewaffneten Reisenden werden sie nicht als Bedrohung empfinden. Bisher verläuft alles wunderbar. Deine Anwesenheit in der Taverne bei dem Gespräch mit dem Dessalier haben sie nicht mal bemerkt.«

Mit der gesunden Hand durchsuchte Saresh die Tasche und kramte einen Beutel heraus. Der Yamarer vergewisserte sich der Anzahl an Quarzsteinen, die ihm den verlorenen Siarra ersetzen mussten. Auf der Reise hatte er seinen Vorrat immer wieder aufstocken können, doch ewig konnte er so nicht weitermachen. Für einen machtvollen Zauber brauchte es mehr als ein paar Flusskiesel.

Nalyd wechselte unvermittelt das Thema. »Sie geht dir nicht aus dem Kopf was? Oh, entschuldige. Wie auch?«

Saresh stöhnte und holte einen frischen Verband aus der Tasche, den er mit einer roten Paste einzuschmieren begann. »Sie ist ganz schön anstrengend. Ich bin mir momentan nicht sicher, ob ich Angst habe, abzustürzen, oder sie. Wenn ich das nächste Mal vorhabe, mit nicht präparierten Steinen zu zaubern, halt mich bitte zurück! In der Wildnis zu verhungern, ist gnädiger, als das Gefühlsleben dieser Frau erdulden zu müssen.«

»Das meine ich nicht. Ich kenne dich sehr gut, Saresh Arkusa. Diese Kriegerin hat es dir irgendwie angetan. Du kannst zumindest nicht abstreiten, dass sie dich fasziniert.«

»Was ich für sie … die beiden empfinde oder auch nicht, ist genauso unerheblich wie die Frage, ob sie mir trauen«, wies Saresh die Vermutungen des Ghulam von sich und begann die Hand einzuwickeln. »Ich bin verwirrt, weil ich keine Kontrolle über diesen Zauber habe, das ist alles. Ehrlich gesagt habe ich es satt, dass du mir ständig deine Meinung aufzwingen willst.«

»Ich will dir gar nichts aufzwingen«, erwiderte Nalyd. »Ich versuche, dir lediglich Alternativen aufzuzeigen. Zum Beispiel frage ich mich, wie sich dieser unerhörte 'Nebeneffekt' auf deine Haltung, den Stein unter allen Umständen zurückzugewinnen, auswirken wird.«

»Gar nicht, Ghulam!«, gab Saresh zurück. »Wir ziehen die Sache wie abgesprochen durch. Ich bringe Moriana und Liocas in Amhas zur Akademie, du passt weiter auf, dass uns niemand verfolgt. Danach gehen wir zu Dakris, fordern von ihm die notwendige Unterstützung und dass er Shaat benachrichtigt.«

»Dakris? Gut, aber du weißt, dass dieser Windhund deinem Meister die Rückgewinnung des Elyr als seinen eigenen Erfolg verkaufen wird.«

»Ist mir gleichgültig. Ich will nur, dass dieser Alptraum endet und ich vielleicht mein altes Leben zurückbekomme.«

»In Shaats Diensten?«

»Was sonst? Glaubst du, ich kann ihm und dem Orden einfach so den Rücken kehren?«, fragte Saresh grimmig.

»Vor ein paar Tagen warst du dir darin noch nicht so sicher. Dein Idealismus, der dich in diese Geschichte verstrickt hat, scheint mit jeder Meile abzunehmen, die wir uns Amhas nähern.«

»Warst *du* es nicht, der meinen Idealismus verurteilt hat, weil er uns in die Katastrophe geführt hat?«

»Ich habe dich nur auf die Widersprüchlichkeit darin hingewiesen, als du wissen wolltest, wie es soweit kommen konnte, dass du gegen deine Überzeugung gehandelt hast.«

»Das habe ich durchaus verstanden. Darum werde ich nun das tun, was notwendig ist, um zu verhindern, dass es sich wiederholt.«

Nalyd schüttelte den Kopf. »Wohl kaum. Man kann die Dinge nur an den Schatten erkennen, die sie werfen. Du stehst immer noch direkt im Schatten und siehst rein gar nichts. Tritt ein paar Schritte zurück, und sieh ihn dir aus der Entfernung an.«

Saresh blieb hartnäckig. »Ich bin immer noch der Überzeugung, dass es das Beste ist, dem Meister den Elyr zu übergeben. Genau das werden wir tun!«

»Nein, tust du nicht!« stellte Nalyd emotionslos fest. »Du zweifelst immer noch, weil du weißt, was er angerichtet hat und wieder anrichten kann. Vor allen Dingen misstraust du deinem Orden. Jetzt flüchtest du dich in die vermeintliche Sicherheit der Autorität deines Lehrers, dem du die Verantwortung überlassen willst, um dich davonzuschleichen. Du stehst also immer noch im Schatten.«

Saresh wurde wütend, er merkte, dass er im Begriff war, in der Diskussion erneut den Kürzeren zu ziehen. »Ich verstehe nicht, wie du dir einbilden kannst, besser als ich zu wissen, was das Richtige ist. Das war schon immer so. Aber seit der Schlacht lehnst du dich unentwegt gegen meine Autorität auf. Vergiss nicht, wo dein Platz ist!«

»Du verstehst wirklich gar nichts, und hast es auch noch nie verstanden.« Nalyds Augen funkelten. »Als du mit den anderen den Elyr eingesetzt hast, zerstörtest du unser altes Leben. Wie kannst du glauben, das jetzt einfach so rückgängig machen zu können?«

Saresh wusste nichts zu entgegnen. Einige Augenblicke lang herrschte Stille, und der Magier dachte darüber nach, was Nalyd gesagt hatte.

»Ich weiß nicht warum, aber vor einigen Tagen, dort auf dem Turm im Wald …«, sagte er schließlich und schluckte. »Als wir auf dem Turm standen, hätte ich schwören können, dass ich die beiden bereits kommen gesehen habe.« Er musste eine Pause machen, bevor er fortfahren konnte. Es fiel ihm schwer, zu artikulieren, was in ihm vorging. »Genau wie das Bild der schwarzen Sonne sehe ich sie immer, wenn ich die Augen schließe.« Er blickte zu Nalyd. »Alles, was du sagst, ergibt zwar einen Sinn, aber es hilft mir nicht. Ich weiß nicht, ob mir diese Bilder etwas zeigen können oder ob es Halluzinationen sind.«

»Wie schon gesagt, macht das Durcheinander aus Wirklichkeit und Schein die Welt aus. Aber davor muss man nicht verzweifeln.«

»Du schaffst mich!« Saresh raufte sich die Haare. »Das ergibt alles keinen Sinn. Wir bringen den Stein zu Shaat.«

Nalyd zuckte mit den Schultern. »Wie du meinst, Achar.«

»Falls sich die Entscheidung als falsch erweisen sollte, und wir uns am Ende in den Tosenden Abgründen wiederfinden, darfst du mir meine Torheit gerne bis in alle Ewigkeit vorhalten.«

»Ein verlockender Gedanke, aber ich hoffe, dass es nicht soweit kommt.« Nalyd stand auf und ging zur Tür.

»Wo willst du hin?«, fragte Saresh.

»Da du jetzt hier bist, werde ich – völlig unpassend für einen Leibwächter – verschwinden und dich etwas allein lassen.« Er lächelte. »Vielleicht kann ich ja verhindern, dass wir mit diesem Schiff schon sehr bald Elotias Pforte passieren.«

Kapitel 13

Saresh stand im Bug des Arcanaeros und blickte auf die riesige Ansammlung von Häusern, die sich langsam näherte. Obwohl er schon öfter in Amhas gewesen war, beeindruckten ihn die Ausmaße der Metropole jedes Mal aufs Neue.

Auch in Yamar gab es gewaltige Städte, die mit ihren riesigen Elendsvierteln wahrscheinlich sogar mehr Köpfe zählten, aber Amhas blieb nicht nur wegen seiner schieren Größe, sondern vor allem wegen seiner durchdachten Struktur im Gedächtnis jedes Besuchers haften.

Die Hauptstadt der Amhasi war gegründet worden, als sich die Staatsgründer, mächtige Handelshäuser, die vor sechshundert Jahren aus Yamar geflohen waren, darauf einigten, ihrem durch äußere Feinde bedrohten Bund aus Kaufleuten, Gilden und Handelskompanien eine feste Struktur zu verleihen. Dazu waren sie auf einer Insel des Flusses Sernon oberhalb zweier mächtiger Wasserfälle zusammengekommen. Gemeinsam bildeten die vierzig mächtigsten Handelshäuser den Senat von Amhas, was im alten Yamarisch ›Unabhängigkeit‹ bedeutete. Aus ihrer Mitte wählten sie den Sebastokrator, der Zeit seines Lebens als Vollstrecker des göttlichen Willens des ›Obersten Händlers‹ Se'Bas, der amhasischen Hauptgottheit, fungierte. Für ihn und den Senat wurden in den Folgejahren repräsentative Gebäude auf der Insel der Zusammenkunft errichtet, der Kern der heutigen Großstadt.

Saresh konnte bereits die mächtigen Mauern des Senatsbezirks erkennen, der auf der Insel deutlich zu erkennen war. Die prunkvollen Türme des Sebastokratorenpalastes waren zwar nicht so hoch wie die himmelstürmenden Andocktürme der Luftschiffe im Westen der Stadt, dafür glitzerten ihre gold- und perlmuttbesetzten Kuppeln unvergleichlich in der Sonne.

Nalyd, der hinter Saresh erschien, blickte über die Schulter des Magiers und konnte sich ein Schmunzeln nicht verkneifen. »Immer wieder beeindruckend«, stellte er fest, und der Sarkasmus in seiner Stimme war unüberhörbar.

»Was machst du hier?«, zischte Saresh und sah sich um.

»Immer mit der Ruhe!« Nalyd hob abwehrend die Hände. »Sie sind beide unter Deck, der Tequa ist wieder ... immer noch schlecht, und der Junge hält ihr das Händchen. Ich hätte nie gedacht, dass jemand so oft kotzen kann. Aber abgesehen davon bist du derjenige, der in Gedanken nicht bei der Sache ist.«

»Was verstehst du davon? Ich finde die Stadt beeindruckend.«

»Wir sind aber nicht hier, um die Schönheit amhasischer Architektur zu bewundern. Wenn du den Elyr wieder in deinen Besitz bringen willst, musst du schon mehr unternehmen als dem valdorischen Jüngling schöne Augen zu machen und ihm Honig ums Maul zu schmieren. Es sei denn, du hast vor, ihn ins Bett zu bekommen!«, stichelte der Ghulam. »Aber warte, die Kriegerin gefällt dir ja viel besser, das hatte ich fast vergessen!«

»Deine Zunge ist mal wieder so scharf wie das Messer, mit dem man sie dir eines Tages herausschneiden wird«, herrschte Saresh ihn an. »Halt dich einfach an das, was ich dir aufgetragen habe und bleib weiter im Hintergrund. Den Rest erledige ich. Abgesehen davon habe ich schon einen Plan, wie ich an den Elyr gelange. Ihn auf dem Schiff zu stehlen, wäre wohl kaum vernünftig gewesen, oder hättest du mich auf kraftvollen Schwingen zur Erde getragen, wäre es uns erst geglückt? Ich glaube kaum!«

Nalyd lächelte vielsagend, antwortete aber nicht und schlenderte über das Deck von Saresh fort. Der Magier freute sich insgeheim, seinem schlagfertigen Begleiter einmal nicht das letzte Wort gelassen zu haben, als er weiter auf die Stadt hinabblickte.

Zwischen der Gischt, die die Wassermassen des Sernon aufwirbelten, während sie sich rund sechzig Fuß in die Tiefe stürzten, um sich dort unten mit dem von Norden kommenden Hidras zu vereinigen, waren nun auch andere Gebäude zu erkennen. Die große Kammer des Senats, die Kasernen der Karbenischen Garde und vor allem der Himmelstempel des Se'bás mit seiner titanischen Kuppel. Unterhalb der Fälle befanden sich mehr als ein Dutzend Inseln, auf denen die reichsten und einflussreichsten Familien von Amhas ihre Anwesen errichtet hatten. Sie waren durch ein diffiziles Netz aus Brücken miteinander verbunden, und kein Normalsterblicher erlangte je Zugang zu ihnen. Auch Saresh kannte sie nur aus der Ferne, wenn er in den unteren Stadtbezirken bei einem dort ansässigen Manufakteure für Luxuswaren gewesen war.

Er seufzte. Das waren einfachere Zeiten gewesen!

Rund um die zentrale Insel waren an den Ufern die Viertel all jener entstanden, die von den Bedürfnissen des Palasthaushalts und der senatorischen Familien in ihren prächtigen Villen profitierten. Im Laufe der Zeit waren viele von ihnen zu Hoflieferanten ernannt worden, deren exponierte Stellung mit allen Mitteln von ihren Inhabern verteidigt wurde. Um sie herum hatten sich wiederum Handwerker niedergelassen, die sich in separaten Bezirken streng nach Gildenzugehörigkeit organisierten. In Amhas geschah nichts in Bezug auf die Profession eines Bürgers zufällig. Alles folgte einer strikten Planung, und die Beteiligten wachten eifersüchtig darüber, dass die etablierte Ordnung eingehalten wurde.

Caessels trat neben Saresh und riss ihn aus den Gedanken. »So, Meister Lemantis, 's is' gleich soweit. Wir leg'n an. Denk ma', an einem der Südtürme.« Er spuckte eine Ladung Kautabak über die Reling in die Tiefe und deutete auf einen kleineren Turm im Südwesten der Stadt. »Da isses nit so voll, müsst' pass'n. Hängt davon ab, wie gierig de Lots'n heut Morgen sin'! Die mies'n Scheißkerle zieh'n dir für 'nen Anleger de Haut vom Leib, wenn du se lässt!«

Saresh nahm widerspruchslos hin, was der Movant sagte. Bürokratische Verstrickungen kümmerten ihn wenig. Er hatte ganz andere Probleme. Ganz im Gegensatz zu dem, was er Nalyd glauben machte, besaß er keinen richtigen Plan, um an den Elyr zu gelangen. Außerdem lief ihm allmählich die Zeit davon. Er musste sich schleunigst etwas einfallen lassen, wie er Liocas den Stein abnehmen und ihn zu seinem Meister bringen konnte. Denn sollte erst einer der Magier der Universität die Finger nach dem Elyr ausstrecken, gäbe es kaum noch eine Möglichkeit dazu. Andererseits wusste Saresh auch nicht, ob er ausgerechnet Dakris Olgasi, dem windigen Handelsmagnaten, trauen konnte. Aber welche Wahl blieb ihm schon?

»Macht ma' Fahrt, ihr blind'n Vollpfeif'n! Da versucht uns einer bei Steuer zu überhol'n! Wenn diese Mistgondel vor uns am Anleger is', platzt mir der Arsch! Hab' schon Vogelscheiße geseh'n, die schneller fliegt als wir!«

Saresh wurde vom unflätigen Gebrüll des Kapitäns aus den Gedanken gerissen. Er blickte hinter sich, ohne etwas zu erkennen. Dann folgte er Caessels´ Blick und sah eine Luftbarke schräg über ihnen aus den Wolken gleiten, die sich ebenfalls dem Turm näherte.

»Nich' mit mir!«, schimpfte Caessels. »Schneller, gefälligst!«

Ein Ruck ging durch das Gefährt, und der Rumpf rumpelte, als die Mannschaft es wie gewollt beschleunigte. Saresh sah den Ausleger des Hafenturms schnell näher kommen.

»Kapitän, entschuldigt, aber glaubt Ihr nicht, dass wir ein wenig zu schnell sind?«, fragte er vorsichtig.

Caessels sah den Magier verständnislos an. »So'n Quatsch! Euch steh'n wohl die Zähne zu eng, Meister? Kneift mal de Back'n zusammen. Wer in Amhas was hab'n will, muss schnell sein! Das gilt in jeder Höhe.«

»Danke, ich werde es mir merken!«, gab Saresh resignierend zurück, während er gegen die Beschleunigung ankämpfte, um auf den Füßen zu bleiben. Er betete, dass Caessels und dieses versoffene Pack, das er seine Mannschaft nannte, die *Halloran* rechtzeitig zum Stehen brachten, damit er dem weisen Rat des Movanten nachkommen konnte.

Ein beinahe misslungenes Bremsmanöver später verließ Moriana mit frisch geleertem Magen die *Halloran*, im gleichen Zustand, wie sie sie betreten hatte. An Liocas´ Arm geklammert tastete sie sich vorsichtig über die Stelling bis hin zu dem breiten steinernen Anleger, der hunderte Fuß über der Stadt schwebte. Sie konnte sich nicht erinnern, dass ihr jemals so übel gewesen war. Am liebsten wäre sie vor Scham im Boden versunken. Sie hatte sich drei Tage nicht aus der Kajüte bewegt, und nur Liocas hatte sie dann und wann aufsuchen dürfen, um ihr einen leeren Eimer hineinzustellen. Sie schwor, nie, nie, NIE wieder ein derartiges Gefährt zu betreten, das vom ganzen Prinzip her schon von den Dämonen der Schattenhallen entworfen worden sein musste! Und sie als einfache Kriegerin traf nun die Strafe M'Shkás, die es nicht erduldete, wenn ihre Kinder ihren Mutterboden verließen und sich anmaßten, es den Vögeln gleichzutun und in Rimmons Gefilden herumzufliegen.

Aus diesem Grund bemühte sie sich, nicht auf das Häusermeer unter ihr zu achten. Sie hatte auch keinen Blick für die ersten Amhasi, die auf dem Anleger und der anschließenden Andockplattform umherliefen. Das Einzige, was sie wahrnahm, war die feuchtwarme Luft, die sie umfing, als sie erneut einen dieser höllischen Aufzüge betraten. Sofort schoss ihr wieder der Schweiß aus den Poren, und sie musste mit dem allzu bekannten Würgereflex kämpfen.

Caessels hielt sie zusammen mit Liocas fest und blickte sie mitleidig an. Nach zwei Tagen Flug waren dem Movanten die Späße vergangen, als ihm klar wurde, wie schlecht es der Tequa wirklich ging.

»So, jetz' sin' wer da, dann wird's besser, Kleene!«, munterte er sie auf, als sich die Türen der magisch bewegten Kabine wieder öffneten.

Auch Liocas klopfte ihr auf die Schulter. »Jetzt hast du wieder festen Boden unter den Füßen.«

»Hm …«, brummte Moriana. Sie atmete ein paar Mal tief durch. Langsam spürte sie, wie der Schwindel, der sie drei Tage gequält hatte, zurückwich.

»Du bekommst doch schon wieder Farbe!«, schwindelte Liocas.

»Jetz' geh'n mer erstma' ein' trink'n!«, lachte Caessels und schob Moriana in Richtung eines Weinstands. »Dann sieht de Welt gleich anners aus.«

Nachdem die junge Kriegerin zwei Weinbrände mit ihm getrunken hatte, und sich wider Erwarten nicht erneut übergab, erklärte der Movant sie für genesen. »Da müss'n viele durch, die's erste Ma' flieg'n! Schess nochma, nur dauert's bei denen nit so lang wie bei dir!«

»Und ich dachte, dich könnte nichts umhauen«, sagte Liocas grinsend.

»Ich eigentlich auch nicht«, erwiderte Moriana. Langsam stahl sich wieder ein Lächeln in ihre Züge. »Aber nochmal mach ich das nicht mit!«

»Wenner zahl'n könnt, is' bei mir immer'n Platz frei«, sagte Caessels. »Aber bring dir's nächste Mal 'n Kotzfass mit, Kleene!«

Moriana funkelte den Movant böse an, entgegnete jedoch nichts.

»Am besten gehen wir gleich zur Universität«, überlegte Liocas, um ihr nicht die Gelegenheit zu einer scharfen Erwiderung zu geben. »Je schneller wir da vorsprechen, desto eher erhalten wir unsere Antworten.«

Mesa, der sich ebenfalls zu ihnen gesellt hatte, schüttelte den Kopf. »Das ist keine gute Idee, Liocas. Deine Freundin muss erst zu Kräften kommen. Die geht keine zwanzig Schritte, dann fällt sie doch wieder um.«

Liocas wollte schon widersprechen, doch Moriana stöhnte kränklich und bestätigte den Magier. »Bei den Tosenden Abgründen, ich gebe es nicht gerne zu, aber der Spaßvogel hat recht. Ich muss wirklich was essen, mein Bauch fühlt sich an, als hätten die Tosenden Abgründe dort einen Vorposten eröffnet.«

Mesas Gesicht erhellte sich. »Da kann ich Abhilfe schaffen. Ich kenne ein Gasthaus ganz in der Nähe, wo ihr Euren Magen füllen könnt. Wir sollten dort einkehren.«

»Meinetwegen«, stimmte Liocas mit einem Stirnrunzeln zu.

»Mir ganz egal. Hauptsache, ich werde satt«, sagte Moriana.

»Dann folgt mir«, winkte Mesa die beiden mit sich.

Sie verabschiedeten sich von Caessels und seiner Besatzung und brachen dann in das Gewimmel der Metropol auf. Die Straßen waren breiter und großzügiger als in Kol Tassa, so dass sich die Massen ihren Weg weniger dichtgedrängt bahnen mussten. Mesa führte sie um ein paar Straßenecken, und schnell hatten Liocas und Moriana die Orientierung verloren. Nach einiger Zeit betraten sie einen kleinen, von den anderen Häusern abgegrenzten Terrassengarten, in dem Tische und Stühle aufgebaut waren. Einige Gäste ließen es sich dort gutgehen. Bei Speisen und Wein wurde dort eifrig disputiert, und Moriana fragte sich, ob die älteren Herren in den bunten Gewändern, auf denen äußerst seltsame Zeichen und Bilder abgebildet waren, womöglich einer Schauspieltruppe angehörten.

»Ein Stück Heimat! Mein altes Stammlokal, müsst ihr wissen. Wie viele süße Stunden habe ich hier verbracht. Ihr werdet begeistert sein.«

Sie folgten Mesa in den Garten und setzten sich an einen freien Tisch. Nachdem sie ihre Bestellungen aufgegeben hatten, schaute sich Moriana um.

»Was sind das für Gestalten hier? Universi … also Gelehrte? Oder Kleriker der Amhasi?«

Mesa lachte. »Dies sind in der Tat Akademiker, ja. In der Straße, auf der wir hierherkamen, beginnt das Universitätsviertel, da werdet ihr allenthalben auf derlei 'Gestalten' treffen.«

»Hast du auch hier gelernt?«, fragte Liocas.

»Nein, nicht wirklich. Ich habe mich hier lediglich mit einigen speziellen Studien der Kosmologie befasst. Ich zähle mich nicht gerne zu den Akademikern, auch wenn ich unter ihnen gelernt und gelebt habe.«

»Aber du kennst die Leute an dieser Akademie und weißt, wer uns helfen kann?«, fragte Moriana.

»Ich kenne *einige* Leute dort, aber nicht *die* Leute. Das ist wohl kaum möglich bei zwanzigtausend Gelehrten.«

»Zwanzigtausend?«, staunte Liocas. »Das sind mehr Menschen als in der Baronie meines Vaters leben.«

»Beeindruckend, nicht wahr? Und doch ist es nur ein kleiner Teil der Bevölkerung von Amhas, vielleicht ein Zwölftel. Aber genau weiß ich es auch nicht. Auf jeden Fall werden wir morgen dort hingehen und …«

»Morgen?«, unterbrach ihn Liocas.

»Nun, bis wir gespeist haben, ist es später Nachmittag, danach wird es schwer sein, jemanden zu finden. Außerdem muss die Dame weiter zu Kräften kommen.«

»Ich bin bei Kräften«, beschwerte sich Moriana. »Und wenn du mich nochmal Dame nennst, klatscht es!«

»Nun ja, ich dachte nur an euer Wohl«, sagte Mesa beschwichtigend.

»Nein, wir gehen heute dahin«, stellte Liocas klar. »Bring uns mit der richtigen Person zusammen, danach sei dir gedankt, und du kannst wieder deiner Wege ziehen.«

»Wenn das euer Wunsch ist, machen wir es so«, bestätigte Mesa und blickte sich um, da ein lautes Zischen hinter ihrem Tisch erklang. Der Wirt kam mit einer langen Holzplatte auf dem Arm herangeeilt. Darauf befanden sich drei eiserne Schalen, die mit ihrem Inhalt noch von der Hitze des Ofens zischten und würzigen Dunst freisetzten.

»Aber zuerst wollen wir uns dieses wirklich vorzügliche Mahl schmecken lassen.«

Eine Stunde später befanden sie sich in einem Wartesaal der Universität. Der mehrere Stockwerke hohe Raum war verschwenderisch mit Marmor ausgestattet und kam eher dem Empfangssaal eines Palastes gleich als dem einer Schule.

Liocas und Moriana waren von den Wachen der Akademie schon am Portal zu den Offizien abgewiesen worden. Erst als Mesa den Männern glaubhaft gemacht hatte, dass er einst an der Akademie gewissen Studien nachgegangen war, hatte man ihm – und nur ihm allein – Einlass gewährt.

Die Tequa und der Knappe warteten also nun auf ihren Begleiter, der sich bei den Oberen dafür einsetzen wollte, dass ihrem Anliegen Gehör geschenkt wurde. Immer wieder kamen Studenten vorbei, die vor allem Moriana neugierig betrachteten. Im Gegensatz zu den Blicken, denen die Tequa in Valdora ausgesetzt gewesen war, lag keine Abneigung darin, sondern eher Befremden darüber, dass die in ihren Augen recht martialisch wirkende junge Frau sich in die Akademie verirrt hatte. Ihre Waffen hatten sie zwar am Portal abgeben müssen, aber es war mehr als offensichtlich, dass die beiden nicht hierher gehörten.

Mesa kam nach einer Weile wieder zurück und schüttelte den Kopf. »Es ist nicht zu glauben! Sie wollen uns nicht mal anhören!«

»Uns? Hast *du* ihnen denn auch was zu berichten?«, fragte Moriana irritiert.

»Nein, nein, ich meine natürlich euch. Ich trug ihnen vor, dass ihr von weit her angereist seid, um das Wissen der in ganz Camotea berühmten Gelehrten der Universität in Anspruch zu nehmen. Sie sagten, keiner ihrer Lehrmeister stünde für derartige Gespräche zur Verfügung. Wir sollten uns stattdessen an jemand anderen wenden. Mir wurde ziemlich deutlich dargelegt, dass die Akademie keine städtische Auskunftsstelle ist, die für jeden Dahergelaufenen eine Beratung anbietet.«

»Das ist doch wohl nicht wahr?«, ereiferte sich Liocas. »Was glauben die, wer sie sind?«

»Die wissen ganz genau, wer sie sind, deshalb können sie sich ja so verhalten«, erklärte Mesa resigniert. »Ich fürchte, euch bleibt nichts anderes übrig, als euch an jemand anderen zu wenden.«

»Das kommt gar nicht in Frage!«, stellte Moriana klar. »Ich geh jetzt da rein und mach ihnen klar, was passiert, wenn sie uns nicht weiterhelfen!«

Mesa konnte die Kriegerin gerade noch an der Schulter packen und festhalten, bevor sie auf die Wachen zustürmen konnte, von denen sie bereits misstrauisch beäugt wurden. »Warte, Moriana! Das können wir nicht machen!«

Die Tequa wirbelte herum und sah ihn mit zornfunkelnden Augen an. »Ach, und warum nicht? Glaubst du, ich hab mich drei Tage in dieses Flugding gesetzt, nur um dann hier abgewiesen zu werden? Das können sie mit jemand anderem machen, aber bestimmt nicht mit mir!«

»Glaubt mir, sie können es machen«, ermahnte sie der Magier. »Hier kommen wir derzeit nicht weiter und mit Gewalt schon gar nicht. Wir müssen überlegen, was wir stattdessen tun können. Ich kenne noch ein, zwei Leute in der Stadt, die uns vielleicht auch helfen können.«

»Vergiss nicht, was ich dir gesagt hab, Zauberkünstler: Statt einem vollen Beutel mit Silber näherst du dich derzeit eher einer gehörigen Tracht Prügel«, sagte Moriana in unmissverständlichem Ton und wischte seinen Arm von ihrer Schulter.

Mesa hob beschwichtigend die Hände. »Ich habe meinen Teil der Abmachung nicht vergessen. Aber herumschimpfen und alles kaputtschlagen zu wollen, wird euch nicht weiterbringen!«

Liocas blickte die Tequa ebenfalls ermahnend an, und aus seinem Gesicht konnte sie lesen, was er sagen wollte: 'Meine Worte!'

»Pah!« Moriana warf die Zöpfe in den Nacken und stapfte schnaubend aus der Eingangshalle.

»Es ist nicht übertrieben, was man über die Frauen der Tequari sagt«, murmelte Mesa.

Liocas musste lächeln. »Du hättest sie vor einigen Wochen erleben sollen, da wäre hier kein Stein auf dem anderen geblieben. In meiner Begleitung ist sie schon fast zu einer braven valdorischen Schwiegertochter geworden!«

Lachend verließen sie das Gebäude und hielten nach ihrer ungestümen Gefährtin Ausschau. Moriana hatte sich gegenüber auf die Stufen unterhalb eines Brunnens gesetzt und wartete dort mit zorniger Miene auf sie.

»Was gibt's da zu lachen? Sagt mir lieber, wie es jetzt weitergehen soll!«

»Ich werde meine Bekannten aufsuchen, und wir treffen uns heute Abend wieder hier«, schlug Mesa vor. »Ihr könnt euch ja bis dahin die Stadt anschauen. Amhas hat allerlei zu bieten, zum Beispiel die Wasserfälle, das Senatsviertel, die Märkte oder die große Rennbahn. Euch wird sicher nicht langweilig.«

»Was anderes bleibt uns wohl kaum übrig«, seufzte Liocas.

»Stadt anschauen ... was für eine Zeitverschwendung«, war alles, was die Tequa beisteuerte.

»Entschuldigt bitte, werte Dame, werte Herren«, ertönte es plötzlich aus dem Hintergrund. Ein älterer Mann stand hinter ihnen und tippte Liocas auf die Schulter. Auch, als der Knappe sich umgedreht hatte, hörte er nicht auf, mit seinem knochigen Zeigefinger auf seine Weste zu pochen.

»Bitte?«, fragte der Valdorer und schob die Hand weg.

»Ihr seid nicht von hier?«

»Ach was!«, entfuhr es Moriana.

»Ich habe gehört, dass man Euch nicht einließ, hab' es mitbekommen. Um Rat fragen wolltet Ihr? Nein, nein, nein, jemand wie ihr kommt nicht hinein!«, sagte der Alte und begann irre über seinen Reim zu kichern.

Licoas und Mesa blickten sich ratlos an.

»Verschwinde einfach, du altes Wrack!«, rief Moriana.

Der Mann beruhigte sich wieder. »Ich höre es, höre es doch! Ist es nicht tequarisch, das in Eurem Tenu mitschwingt? Höre es doch! Die Augen sind schwach, aber die Ohren gut!«

»Mein Herr, vielleicht sagt Ihr uns, was Ihr eigentlich von uns wollt!«, sagte Liocas.

»Nun, nun, drinnen werdet ihr nichts erfahren. Da wird euch keiner helfen.«

»Das wissen wir mittlerweile selber.«

»Zeit, Zeit habt ihr keine, warten könnt ihr nicht! Wenn's lang gedämmert, seid bei den *Fünf Märtyrern*, dort könnt ihr Fragen stellen.«

Bevor einer der drei etwas erwidern konnte, verschwand der Alte über den Platz und dann im Universitätsgebäude.

»Was sollte das denn jetzt wieder heißen?« Moriana schüttelte den Kopf.

»Vielleicht weiß der Alte ja was und kann uns weiterhelfen«, mutmaßte Liocas.

Mesa lachte. »Bei allem Respekt, Liocas, ihr wollt doch nicht dort hingehen, nur weil so ein Schwachsinniger irgendwas von Antworten faselt.«

»Bislang ist das eine bessere Aussicht als deine vollmundigen Ankündigungen, die uns noch zu rein gar nichts geführt haben«, entgegnete Moriana.

»Aus diesem Grund werde ich euch ja nun verlassen, und versuchen, jemand Geeigneteren für eure Fragen zu finden als diesen wirren Alten!«

»Ich denke, wir statten den *Märtyrern* heute Abend trotzdem mal einen Besuch ab. Was haben wir zu verlieren? Wir können uns ja dort wieder mit dir treffen, Mesa«, sagte Liocas.

»Aber …«

»Du solltest aufbrechen!«

Dakris Olgasi betrachtete sein Spiegelbild. Der Arzt war sein Geld wert gewesen. Von dem Schnitt, der sich noch vor einiger Zeit quer durch sein Gesicht gezogen hatte, war kaum noch etwas zu sehen. Mit dem Finger fuhr er vorsichtig die feine Linie entlang, die noch erkennbar war. Er strich bis unter die feuerrote Perücke, die er heute trug. Man hatte ihm versprochen, dass keine Narbe zurückbleiben würde, und es sah so aus, als entspräche dies den Tatsachen.

Der Optimat legte den Spiegel beiseite und ließ den Blick nachdenklich über die Stadt schweifen, die sich unter dem Balkon seines

Rukh ausbreitete, auf dem er heute sein Abendmahl eingenommen hatte. Seitdem Amhas die Nachricht von der Vernichtung eines valdorischen Heeres am Asakon erreicht hatte, machten allerlei Gerüchte die Runde. Besonders besorgniserregend fand er, dass der Großkönig der Allianz Ghalsar Ennius angeblich den Senat vom Amhas für die Niederlage mitverantwortlich machte. Er hatte eine Ahnung, was dort geschehen war, hoffte aber, dass seine Verwicklung in der Angelegenheit niemals ans Tageslicht kommen würde. Welche Konsequenzen das haben könnte, wollte er sich gar nicht ausmalen. Krieg konnte gut für das Geschäft sein, keine Frage, aber Krieg konnte ebenso den Ruin bedeuten.

Unruhig nippte Olgasi an seinem Weinpokal.

Eine ebenso leicht bekleidete, wie attraktive Dienerin trat auf den Balkon und verneigte sich. Der Anblick der Frau riss ihn aus den Gedanken. »Was gibt es denn, meine Liebe?«, säuselte er.

»Herr, ein gewisser Saresh Arkusa wünscht, Euch zu sprechen. Er ließ sich nicht abwiegeln, obwohl wir ihm sagten, dass Ihr nicht zu sprechen seid.«

Olgasi fuhr erschrocken aus dem Stuhl hoch. »Arkusa? Hat er gesagt, was er will?«

»Nein, Herr. Nur, dass er Euch umgehend zu sprechen wünscht«, antwortete die junge Frau.

Der Magnat rieb sich verlegen die Hände, nahm einen großen Schluck Wein und ging um den Tisch herum, während die Dienerin geduldig auf eine Anordnung wartete. »Sagt ihm, ich bin in einer Vertragsverhandlung, die ich unmöglich verlassen kann. Er soll morgen wiederkommen, ich lade ihn zum Mittagessen ein.«

Die Dienerin nickte und verschwand wieder im Gebäude. Olgasi blieb mit seinen sich überschlagenden Gedanken zurück. Er trat an das Geländer und trommelte mit den Fingern darauf herum. Wie war das unerwartete Erscheinen des yamarischen Magiers zu deuten? Was wollte der Mann hier? Der Optimat hatte gehofft, dass die Nachrichten stimmten und es am Asakon keine Überlebenden gegeben hatte. Entweder stand gerade ein Geist in seiner Vorhalle, oder seine Probleme hatten sich soeben bedeutend vergrößert. Wenn Arkusa hier war, konnte auch Shaat nicht weit sein. Er musste sich Zeit verschaffen, um seine Möglichkeiten zu überdenken.

Die Stimme der Dienerin riss ihn aus den Gedanken. »Saresh Arkusa, mein Herr. Wie Ihr befohlen habt, habe ich ihn direkt zu Euch gebracht.«

Verwirrt drehte sich Olgasi um. Neben der Dienerin trat der Magier auf den Balkon, der ihn mit einem nichtssagenden Blick bedachte. Olgasi wollte seine Lakaiin schon für ihren Ungehorsam tadeln, als er ihren leicht glasigen Blick bemerkte und verstand.

»Es ist schon gut, meine Liebe. Du kannst gehen«, seufzte er. »Nimm das mit!«, fügte er hinzu und deutete auf den Spiegel auf dem Tisch.

»Wie soll ich Euer Verhalten deuten? Ihr macht es mir nicht gerade leicht, Olgasi«, sagte Saresh, nachdem die Frau gegangen war und klopfte Staub von seiner bandagierten Hand. »Gehen Eure Verhandlungen denn gut voran?«

»Warum dringt ihr unangekündigt in mein Haus ein?«, fragte Olgasi ungehalten. »Ihr habt kein Recht, mein Eigentum zu beschädigen! Wer weiß schon, ob Eure Magie ihren Geist nicht dauerhaft beeinträchtigt.«

Saresh ignorierte den Protest. »Wofür Ihr sie gekauft habt, braucht sie diesen Teil ihres Kopfs nun wirklich nicht.«

Olgasi schnaufte verächtlich.

»Abgesehen davon wird sie keinen weiteren Schaden davontragen. Genau genommen wird sie sich an rein gar nichts erinnern. Ein nützlicher Nebeneffekt bei dieser Form der Manipulation von einfachen Gemütern.«

Olgasi verschränkte die Arme. »Was wollt ihr von mir, Meister Arkusa? Mich beleidigen?«

»Bei unserem letzten Treffen wart ihr ein besserer Gastgeber. Wollt Ihr mir nicht einen Schluck Wein anbieten? Ich könnte wirklich einen vertragen.«

Olgasi wies auf den Tisch. »Bedient Euch. Ihr nehmt Euch ja sowieso, was Euch beliebt.«

Saresh ging zum Tisch und füllte sich einen Becher, den er dann durstig mit einem Zug austrank. Er ließ sich ungefragt auf Olgasis Stuhl nieder und erfreute sich an dessen Entrüstung. »Habt Ihr sie eigentlich mal auf Waffen untersucht?«, fragte er.

Olgasi war allmählich verärgert. »Spart Euch die Häme, Gathori! Hättet Ihr stattdessen die Freundlichkeit, endlich zur Sache zu kommen, wenn Ihr Euch schon ungefragt Zutritt verschafft und mich beim Essen stört?«

Saresh wurde ernst. »Genau genommen brauche ich Eure Hilfe, Dakris. Leider wüsste ich nicht, an wen ich mich hier sonst wenden sollte, und Ihr könnt mir glauben, Ihr seid der Letzte, den ich freiwillig fragen würde.«

»Hilfe?« Olgasi war überrascht, doch dann verschärfte sich sein Ton. »Wenn mir meine Hilfe so vergolten wird wie beim letzten Mal, könnt Ihr das gleich vergessen!« Olgasi starrte auf Sareshs verbundene Hand, und ein Grinsen machte sich auf seinem geschminkten Gesicht breit. »Ich könnte jetzt einfach die Wachen rufen«, meinte er und nahm seinen Pokal wieder auf.

Saresh legte die verletzte Hand gut sichtbar auf die Lehne des Stuhls, als hätte er nichts zu verbergen. »Werdet Ihr nicht«, konterte er kühl. »Schon allein deshalb nicht, weil Nalyd in der Vorhalle sitzt und meine sichere Rückkehr erwartet. Sollte das nicht der Fall sein, werden Eure Wachen Euch nicht vor ihm schützen können.«

»Warum sollte ich Euch helfen?«, fragte Olgasi und zeigte auf sein Gesicht. »Habt Ihr eine Ahnung, in welche Situation Ihr mich gebracht habt? Wenn der Senat erfährt, dass ich Euch unterstützt habe, bin ich geliefert!«

»Wie ich sehe, habt Ihr das Geld meines Meisters gut investiert. Neue Sklavin, neues Gesicht …«

»Worauf soll das hinauslaufen, Gathori? Ist das ein Versuch, mir zu drohen? Nach allem, was ich dank Euch erdulden musste! Ich versichere Euch, ich wusste nicht, dass Pyâdah ein …«

»Schon gut, Ihr seid in der Tat gieriger als idealistisch. So viel Geld, wie Euch mein Meister geboten hat, können unsere Gegner kaum aufgebracht haben, um Euch zu kaufen.« Er stand auf, ging zum Geländer und ließ den Blick über das abendliche Amhas schweifen, als suchte er etwas Bestimmtes. »Ich wundere mich allerdings, dass sie Euch keinen neuen Mörder auf den Hals gehetzt haben, nachdem klar war, dass Ihr uns geholfen habt. Ihr könnt von Glück reden, dass Ihr noch am Leben seid und diesen vorzüglichen Wein genießen könnt, wirklich! Dankt Euren Göttern, denn wenn Ihr glaubt, wir seien Fanatiker, dann wollt Ihr unsere Feinde nicht kennenlernen.«

»Fasst Euch kurz!«

»Macht Euch eins bewusst: Ihr steckt genauso tief drin wie wir, Olgasi. Und die Seite, auf der Ihr steht, könnt Ihr Euch auch nicht mehr aussuchen.«

Olgasi schwieg.

»Ich muss also niemanden bedrohen. Im Gegenteil weise ich Euch freundlicherweise auf die gegenwärtige Lage der Dinge hin.«

»Fakt ist, dass Ihr allein seid und bisher nichts gesagt habt, das mich davon überzeugt, Euch zu unterstützen«, stellte Olgasi süffisant fest.

Saresh ließ sich von der Selbstgefälligkeit des Optimaten nicht beeindrucken. »Wie wär's denn damit: Stellt Euch mal vor, was Euch erwartet, wenn Shaat erfährt, dass Ihr mir nicht bei der Wiederbeschaffung des Elyr helfen wolltet?«

»Ihr habt dieses Ding verloren?«, entfuhr es Olgasi entgeistert, und er ließ beinahe den Pokal fallen.

»Es wurde mir entrissen, weil *Eure* Söldner, die uns beschützen sollten, von einem Mädchen und einem valdorischen Knappen abgestochen wurden, die sich jetzt im Besitz des Elyr befinden«, schimpfte Saresh. »Auch darüber wird Shaat mit Sicherheit hocherfreut sein.«

Der Amhasi stutzte. »Ihr habt Euren Meister noch nicht darüber unterrichtet?«

»Das ist ja das Problem. Ich brauche Euch, um mit ihm in Kontakt zu treten. Genauer gesagt, etwas, das sich hoffentlich noch in Eurem Besitz befindet. Ich weiß, dass Shaat euch eine Kitira gegeben hat, um mit ihm in Verbindung zu bleiben. Gebt es mir!«

»Ihr könnt es gerne haben, Arkusa. Aber ich sehe noch nicht, wie ich da hineinpasse. Ist das wirklich alles, was Ihr von mir wollt?«

Saresh winkte ab. »Nein, viel wichtiger ist, dass ich den Elyr schnell zurückgewinne. Dafür benötige ich Euch. Diejenigen, die ihn haben, sind hier in Amhas, wissen allerdings nicht, um was es sich dabei handelt. Ich habe sie bis hierher verfolgt, aber die Zeit drängt, bevor die falschen Leute des Fokussteins habhaft werden.« Saresh blickte Olgasi entschlossen an. »Wenn Ihr mir helft, ihn zurück zu beschaffen, wird sich das entschieden positiv auf unser Vertrauensverhältnis und Eure Geldbörse auswirken.«

»Das Ding ist wieder hier in Amhas?« Olgasis Augen weiteten sich erschrocken. »Bei den Göttern! Wisst Ihr nicht, dass der Großkönig von Valdora den Senat beschuldigt, Verräter unterstützt zu haben, die ihre Armee vernichteten?«

»Ein Grund mehr, mich zu unterstützen. Die beiden sind im Begriff, den Stein einem Magier der Akademie zu zeigen. Wenn er in den Besitz des zirallischen Ordens geraten sollte, werden sehr bald unangenehme Fragen gestellt werden. Seine Spur könnte unter Umständen bis zu Euch zurückverfolgt werden. Das wollt Ihr doch sicher nicht?«

Olgasi wurde still und schien abzuwägen. »Warum benebelt Ihr nicht einfach ihren Geist, so wie Ihr es mit meiner Dienerin getan habt? Was stellt das für ein Problem für Euch dar, Gathori?«

»Wenn es so einfach wäre, würde ich mich kaum mit Eurer Gesellschaft abgeben müssen«, entgegnete Saresh. »Nicht jeder ist so einfältig wie Eure Lustsklavin. Beide werden von einem überaus starken Willen angetrieben, der es mir unmöglich macht, ihren Geist auf solch subtile Weise zu manipulieren. Bei Eurem Betthäschen müsste ich wahrscheinlich nicht einmal einen Zauber wirken, um sie mir dienstbar zu machen!«

»Aber …«, setzte Olgasi entrüstet an, wurde allerdings von Sareshs erhobener Hand unterbrochen.

»Helft Ihr mir nun oder nicht?«

»Was springt dabei für mich heraus?«

Saresh lachte. Offenbar amüsierte ihn die Beharrlichkeit des Händlers. »Abgesehen davon, dass Ihr Eure Haut rettet? Wer weiß, vielleicht wird Euch Shaat Eure mangelnde Vorsicht vergeben, Olgasi. Wenn es Euch um Geld geht, das sollte keine Rolle spielen«, fügte er hinzu.

Olgasi rieb sich sein markantes Kinn mit dem Daumen und schwenkte nachdenklich den Weinpokal. »Einverstanden«, entschied er schließlich. »Was benötigt Ihr von mir?«

»Nicht viel. Ich werde die beiden und den Elyr unter einem Vorwand noch heute hierher bringen. Sie treffen sich mit dem Magier bei den *Fünf Märtyrern*. Ihr haltet Euch mit Euren Wachen bereit. Wir setzen sie fest und nehmen ihnen den Stein ab. Allerdings will ich nicht, dass ihnen etwas geschieht. Sie müssen unverletzt bleiben, verstanden?«

»Das sollte sich einrichten lassen, Meister Arkusa.« Olgasi zog an einem Band, das ins Innere des Turms führte und seine Diener benachrichtigte, dass er einen Wunsch hatte. »Ich gebe Euch die Kitira, damit ihr unverzüglich aufbrechen könnt.«

Die Dienerin erschien erneut, und Olgasi befahl ihr, das Essen abzuräumen, bevor er gemeinsam mit Saresh den Balkon verließ.

Saresh kehrte schnellen Schrittes mit der Kitira in der Tasche zu Nalyd zurück, der geduldig auf ihn in der Vorhalle gewartet hatte. Er blieb nicht stehen und warf seinem Leibwächter nur ein schroffes »Komm!« entgegen, als er zum Aufzug des Rukh eilte.

»Die Verhandlungen waren erfolgreich?«, wollte der Ghulam wissen.

»Kann man sagen. Olgasi ist gerissen und gierig genug, um aus einer brenzligen Situation noch eine profitable Möglichkeit herauszuschlagen. Jedenfalls war er für meine Argumente empfänglich, und ich habe das, weshalb wir gekommen sind.« Er kramte einen Stirnreif hervor, in den ein Kasangit eingesetzt war. »Zuerst sende ich Shaat eine Nachricht, dann gehen wir zu Moriana und Liocas.«

»Die Wahrscheinlichkeit, dass uns Olgasi hintergehen wird, ist hoch«, stellte Nalyd gleichmütig fest.

»Wenn das der Fall sein sollte, kann er seinem Perückenmacher einen letzten Auftrag für seine Bestattung erteilen.«

Als sie das Erdgeschoss des Handelsturms erreicht hatten, traten die beiden Yamarer über eine breite Treppe ins Freie.

»Wir müssen uns beeilen, um vor diesem alten Zausel bei den *Fünf Märtyrern* zu sein«, sagte Saresh und tauchte mit Nalyd in die Menschenmenge auf dem Vorplatz des Rukh ein.

Keiner der beiden bemerkte, dass sie von einem mandeläugigen Mann beobachtet wurden. Als sie das Haupttor durchquerten, folgte er ihnen mit wenigen Schritten Abstand.

Oben auf dem Balkon beobachtete Olgasi das Treiben im Stadtviertel unterhalb seines Turms. Hinter ihm stand eine Frau in heller, abgewetzter Lederkleidung.

»Ich bin hier, wie gewünscht. Was soll ich diesmal für Euch erledigen, Dakris?« fragte sie und strich eine der roten Lockensträhnen, die ihr ins Gesicht gefallen waren, hinter das Ohr.

Olgasi drehte sich um. »Wie immer etwas sehr Wichtiges, sonst hätte ich dich nicht rufen lassen. Gleichzeitig wohl eine Leichtigkeit für dich, meine Beste. Geh zu den *Fünf Märtyrern* und sorg dafür, dass es Arkusa und seine Begleiter bis hierher schaffen. Es handelt sich um ein Mädchen und einen Valdorer. Trage dafür Sorge, dass sie nicht aufgehalten werden. Es könnte sein, dass du es mit Söldnern der Universität zu tun bekommst, aber ich bin mir sicher, dass du damit fertig wirst.«

Die Frau nickte. »Klingt wirklich nicht besonders schwer. Seht es als erledigt an.«

»Gut«, befand Olgasi und wandte sich wieder zum Geländer. Als sie im Begriff zu gehen war, drehte er noch einmal seinen Kopf über die Schulter. »Ach, und falls ich es noch nicht erwähnt habe: Es lohnt sich für dich, Shanti.«

Die Frau lächelte und verließ den Balkon.

Kapitel

14

Moriana stieß die Tür der Schenke auf. Aus dem Inneren schlugen ihr Rauch und Gelächter entgegen. Amhasische Bürger hatten ihnen auf Nachfrage erklärt, dass es sich bei den *Fünf Märtyrern* um ein bekanntes Gasthaus im Speicherviertel handelte und wie man dorthin gelangte.

Das Haus war bereits früh am Abend gut besucht. Eine Schar abenteuerlicher Gestalten vergnügte sich an Tresen und Tischen, vor allem Vertreter kämpferischer Professionen, wie an den vielen offen getragenen Klingen zu erkennen war. Die Männer und Frauen kamen aus allen Regionen Camoteas, ging man nach den höchst unterschiedlichen Haut- und Haarfarben. Neben Dessaliern waren auch andere nichtmenschliche Rassen vertreten, ohne dass die Tequa sie zuordnen konnte. Das dichte Fell einer Person, die ihr den Rücken zukehrte, ließ sie vermuten, dass es sich hierbei um Gechákar, Tiermenschen aus den Sagen der Druiden handeln musste. Finstere Gestalten, mit denen man sich besser nicht einließ, denn sie galten bei den Tequari als Diener der Schattenhallen, von denen alles Böse ausging.

Ob menschlich oder nicht, alle hatten gemeinsam, dass sie sich den angebotenen Rauschmitteln oder den Reizen der Vertreter des horizontalen Gewerbes hingaben. Einige von ihnen waren augenscheinlich schon ziemlich berauscht, Moriana konnte aber nicht sagen, ob das vom Alkohol oder eher dem bläulichen Dunst herrührte, der auch ihr nach wenigen Atemzügen den Kopf vernebelte.

»Geh weiter!« Liocas schob sie ein Stück nach vorne, da sie auf Höhe der Theke stehenblieb und interessiert die langen Pfeifen einiger Gäste betrachtete, die für den Qualm verantwortlich waren. Farbe, Form und Beschaffenheit der Gerätschaften waren äußerst unterschiedlich. Jeder schien eine andere Spielart zu bevorzugen, wie Moriana erstaunt feststellte. In dieser Stadt wurde offenbar aus allem eine Wissenschaft gemacht, und wenn es sich nur um so etwas Triviales wie das Inhalieren des Rauchs toter Pflanzen handelte.

»Ich kann den Alten nirgends entdecken«, murmelte Licoas und holte Moriana aus ihren Gedanken zurück. Sie hatte gerade fasziniert beobachtet, wie zwei vierschrötige Männer mit Augen wie Schlitzen einige winzige Pilze zerkleinert und dann in einer Schale mit Flüssigkeit aufgelöst hatten. Kaum hatten sie diese zu sich genommen, konnte man an ihrem entrückten Blick erkennen, dass sie die Wirklichkeit weit hinter sich gelassen hatten.

Moriana blickte sich ebenfalls um, konnte aber den alten Mann nirgends sehen. »Wahrscheinlich war es doch ein Verrückter, der sich einen Spaß erlaubt hat«, vermutete sie lächelnd. »Vielleicht sind alle Gäste in dem Glauben hierhergekommen, ihn zu treffen, und dafür jetzt von diesem Rauchwerk abhängig.«

»Ganz sicher«, erwiderte Liocas, dem offenbar nicht zum Spaßen zumute war. »Da drüben ist ein freier Tisch. Wir müssen sowieso auf Mesa warten, vielleicht hat er ja mehr Glück gehabt, und wir erfahren heute doch noch etwas.«

»Ich hol was zu trinken, damit es nicht ganz umsonst war«, nickte Moriana und begab sich zur Theke. Erneut musste sie lächeln, denn die Vorstellung, dass tatsächlich alle Gäste auf den wirren alten Magier warten könnten, fand sie im Gegensatz zu Liocas äußerst belustigend.

»Freuste dich, mich zu sehen, Püppchen?«, ertönte plötzlich eine Stimme neben ihr. Sie hatte gar nicht auf die Personen geachtet, die um sie herum an der Theke standen. Links von ihr lehnte ein Hüne an der Theke. Schmutzigbraune Haare fielen ihm strähnig ins Gesicht, und der Geruch von Schweiß kroch der jungen Kriegerin in die Nase. An seiner Hüfte baumelte eine doppelblättrige Axt. Er stierte sie aus glasigen Augen an, dann trank er aus einem Bierkrug.

»So zwei will ich auch!«, zeigte Moriana dem Schankwirt an, während sie dem Blick unbeeindruckt begegnete.

»Gleich zwei bestellt sich das Püppchen. Kannst ordentlich schlucken, wie?«, verkündete der Mann lautstark. Schallendes Gelächter um sie herum zeigte, dass der Witz angekommen war.

Die Tequa verstand zwar nicht, was daran lustig sein sollte, allerdings war der Spruch ganz offensichtlich auf ihre Kosten gegangen. »Du anscheinend nicht!«, konterte sie, weil ihr nichts Besseres einfiel. Das Lachen der Umstehenden verwandelte sich in hämisches Gebrüll.

Auch der Bulle konnte kaum noch an sich halten. »Brauch ich nicht. Ich lass nur schlucken!«, lallte er, als er sich wieder einigermaßen beruhigt hatte. Er rückte ein Stück näher an sie heran. »Und am besten von Püppchen wie dir!« Seine Hand schob sich dabei langsam über Morianas Hüfte zu ihrem Hintern, wo sie schließlich kräftig zupackte.

Der Wirt stellte zwei schäumende Bierkrüge vor ihr ab.

»Macht vier Dorit«, sagte er.

Moriana lächelte und blickte vom Wirt zum Söldner. Dann rammte sie dem fast zwei Köpfe größeren Mann ansatzlos ihr Knie zwischen die Beine. Der Betrunkene krümmte sich keuchend und wurde augenblicklich von ihrer Faust im Gesicht getroffen. Mit einem Krachen zerbarst seine Nase und er fiel zu Boden, wo er benommen liegenblieb.

Für einen Augenblick herrschte Stille im Schankraum, dann setzten die Gespräche wieder ein, als sei nichts passiert.

»Vier Dorit, hab ich gesagt!«, erinnerte der Wirt die Tequa an die Zeche. Sie kramte einige Münzen aus ihrem Beutel und gab sie ihm. Als sie sich mit den Bierkrügen umdrehte, prostete ihr ein anderer Thekennachbar, ein vernarbter Krieger mit schwarzem Schnurrbart und zu einem Zopf geflochtenen Haaren, lächelnd zu. Dabei verwandelte sich sein sonnengebräuntes Gesicht in eine Landschaft von Lachfalten.

»Dank dir! Ich war kurz davor, es selbst zu tun«, sagte er. »Das Geschwätz war unerträglich!«

»Dafür kannst du ja das nächste Bier bezahlen«, erwiderte Moriana und hoffte, dass er das nicht als Aufforderung zu weiteren Annäherungsversuchen verstand.

»Das mach' ich gern.«

»Du findest mich gleich da drüben.« Die Tequa deutete mit einem Krug in Richtung ihres Tischs und ging dann zu Liocas, der sie kopfschüttelnd empfing.

»Ich dachte schon, jetzt gibt's hier eine Schlägerei«, seufzte er erleichtert und trank einen Schluck Bier.

»Was denkst du von mir? Ich würde mich doch niemals schlagen«, feixte Moriana. Während die beiden schweigend ihr Getränk zu sich nahmen, kostete sie den Moment noch einmal aus, als sie den Söldner in die Schranken gewiesen hatte. Der Wirt hatte den Mann mittlerweile hinaustragen lassen.

Nach einer Weile trat der dunkelhaarige Krieger zu ihnen und knallte drei weitere Bierkrüge auf den Tisch. »Salgad ist mein Name, und wer seid ihr?«, fragte er und setzte sich unaufgefordert auf einen freien Hocker.

Liocas blickte Moriana fragend an, doch die machte eine bestätigende Geste. »Ich bin Moriana, das ist Liocas«, stellte sie sich und ihren Begleiter knapp vor.

»Was hat euch denn in die Kaschemme hier getrieben? Hier verkehrt nur übles Gesindel. Und wie Gesindel seht ihr nicht unbedingt aus«, fügte Salgad mit einem Seitenblick auf Liocas hinzu.

»Woher willst du wissen, dass wir nicht auch Gesindel sind?«, erwiderte der Knappe und versuchte möglichst grimmig zu gucken.

»Du bist ein Valdorer, kein Zweifel. Valdorer verirren sich selten hierher. Du gehst, stehst, redest und trinkst wie ein Valdorer, sieht man auch im Dunkeln.«

Moriana musste lachen. »Siehst du«, sagte sie zu Liocas, »ich bin nicht die Einzige, der das auffällt.«

»Und du musst eine der Wilden aus dem Norden sein. Wie nennt ihr euch? Tehari?«

Jetzt lehnte sich Liocas schmunzelnd zurück.

Morianas Lachen hingegen erstarb. »*Wir* nennen uns Tequari. Und wenn du noch mehr Sprüche von wegen 'Wilde' drauf hast, geht's dir gleich wie deinem Freund, dem Schwätzer, der sich jetzt draußen mit den Schweinen im Dreck suhlt!«

Salgad machte eine beschwichtigende Geste. »Tut mir leid ... Tequari. Das war übrigens nicht mein Freund, ganz im Gegenteil. Vantur ist eine ganz miese Ratte, nicht unbedingt jemand, mit dem man befreundet sein sollte. Ich kenn ihn schon länger und meist gibt's Ärger, wo er auftaucht. Du hast Glück gehabt, dass er heute allein hier war, sonst hättest du es gleich mit einer Handvoll von der Sorte zu tun bekommen.«

»Das hätte auch keinen Unterschied gemacht.«

Salgad lachte dröhnend. »Du scheinst mir nicht zimperlich zu sein, gefällt mir!« Er hob seinen Krug, und Moriana stieß mit ihm an. »Aber sagt, was treibt euch hierher? Wenn ihr vorhabt, in die Dienste einer Kompanie zu treten, ist das der falsche Ort. Hier hängen eher die Gestalten rum, die sich bei keiner Truppe mehr blicken lassen können.« Er beschrieb mit dem Arm einen Kreis. »Wenn ihr allerdings sachkundige Mörder und Halsabschneider sucht, seid ihr hier richtig.«

»Bist *du* denn auch ein Mörder?«, fragte Liocas gespielt naiv.

»Nicht in professioneller Hinsicht. Auch Halsabschneider ist mir als Berufsbezeichnung zu kurz gegriffen.« Salgad leerte seinen Krug und bedeutete dem Wirt, drei neue zu bringen. »Nein, tatsächlich ist es so, dass ich in Diensten eines Herrn außerhalb von Amhas stehe und hier nur einem Auftrag nachging, den ich aber vor kurzem abgeschlossen habe.«

»Na, da haben wir ja Glück gehabt.«

»Aber genug von mir. Ihr macht mich neugierig. Soweit ich weiß, führen doch eure Völker seit Generationen Krieg gegeneinander? Was bringt zwei Feinde dazu, sich zusammenzutun?«

»Ich weiß eigentlich nicht, was dich das angeht«, entgegnete Moriana.

Salgad machte eine beschwichtigende Geste. »Immer mit der Ruhe. Wenn ihr es mir nicht sagen wollt, hab ich kein Problem damit. Ihr müsst ja kein Schild aufstellen, das jedem mitteilt, warum ihr hier sitzt. Andererseits braucht ihr das auch gar nicht. Jeder Zweite hier wird sich die gleiche Frage gestellt haben.«

»Warum? Wir sind einfache Gäste. Freunde, die ein Bier trinken und ihre Ruhe haben wollen. Wieso sollte das den Leuten auffallen?«, fragte Moriana.

Der Söldner lachte dröhnend. »Mädchen, du hättest Vantur nicht den Arsch versohlen müssen, um jeden auf euch aufmerksam zu machen. So zwei wie euch hat noch nie jemand zusammen hier gesehen. Da nützen dir auch die Schminke und die amhasische Rüstung nichts!«

»Sagen wir, besondere Umstände haben uns zusammengeführt«, sagte Liocas leise, der vermeiden wollte, dass sie endgültig im Mittelpunkt der Kneipe standen. »Reicht dir das als Antwort?«

»Wie gesagt, ich bin nur neugierig. Scheinbar spielt die ganze Welt verrückt. Nichts ist mehr so, wie man es gewöhnt ist. Das ist manchmal zu viel für einen alten Mann wie mich«, seufzte Salgad und trank einen großen Schluck Bier.

»War es denn mal anders?«, warf Liocas ein. »Spielt die Welt nicht immer verrückt? Oder sind es nicht einfach nur die Menschen, die verrücktspielen? Ich kann mich nicht erinnern, schon mal Nachrichten gehört zu haben, dass irgendwo Frieden herrsche, Völker sich versöhnten oder Brüderlichkeit über Hass siegte.«

»Da hast du vielleicht recht, Valdorer. Und doch hat sich in letzter Zeit einiges geändert. Ich zieh nun schon seit bald zwanzig Jahren durch Camotea und diene denen, die mich und meine Fähigkeiten benötigen.«

»Du meinst, bezahlen können«, unterbrach ihn Moriana.

»Natürlich. Auch das. Doch wo früher zumindest die Reiche im Inneren einig und stark waren, hat sich heutzutage Uneinigkeit breitgemacht. Hier in Amhas ist es besonders schlimm geworden. Ich sage euch, das Reich steht kurz vor einem Bürgerkrieg, da der Senat einen Großteil seiner einstigen Autorität verloren hat. All jene Häuser, die sich früher noch murrend dem Diktat der Versammlung und des Sebastokrators gebeugt haben, bilden nun unter der Führung von Verasti Delana, der Herrin von Mesoth, eine starke Opposition, die früher oder später mit Waffengewalt gegen den Senat vorgehen wird.«

»Gute Zeiten für jemanden wie dich, nehme ich an«, wandte Liocas ein.

»Müsste man meinen, ja, und in der Tat wird derzeit nicht schlecht verdient. Doch kannst du dich heute auf niemanden mehr verlassen. Auftraggeber, die früher verlässlich waren, heuern heute Massen von Söldnern und Kämpfern aller Art an und verheizen sie in sinnfreien Kämpfen, als wären sie billiges Brennholz. Unglaublichen Versprechungen an Gold und Beute stehen grauenhafte Gemetzel und unsagbarer Verrat gegenüber. Ich selbst wurde im vergangenen Jahr auf eine Erkundungsmission im südlichen Val-Varos-Gebirge geschickt. Wir sollten zusammen mit mesothischen Magiern Iglak-Renegaten aufspüren, die mit ihren Schamanen die Erzbergwerke in der Region unsicher machten. Statt einiger versprengter Trupps fanden wir einen kompletten Stamm von ihnen vor, bis an die Zähne bewaffnet und bereit, sich für ihren Kannibalengott die Bäuche aufschlitzen zu lassen. Ohne Sinn und Verstand stürmten sie wie die wilden Tiere auf uns ein. Denen war es völlig egal, ob wir oder sie starben, Hauptsache, das Blut floss in Strömen zum Gefallen ihrer Götzen. Das wär noch nicht weiter ungewöhnlich gewesen, aber kaum hatte der Kampf begonnen, war er schon wieder vorbei.« Salgad machte eine gewichtige Pause und bemerkte, dass er die volle Aufmerksamkeit seiner neuen Bekannten hatte. »In einer riesigen Feuerwoge vernichteten die Schamanen und Magier beide Seiten, egal ob Freund oder Feind. Die meisten Kämpfer wurden bis auf die Knochen verbrannt, und die wenigen Überlebenden wurden von der Leibwache der Schamanen niedergemacht.«

Moriana und Liocas blickten sich entsetzt an.

»Was ist mit euch los? Der Valdorer wird ja so bleich, als würde er gleich das Bier über den Tisch verteilen!«

Die Tequa fand als erste die Sprache wieder. »Fast genau das Gleiche ist auch uns widerfahren. Im Norden, bei einer Schlacht zwischen unseren Völkern.«

Salgad war sichtlich überrascht. »Das Gleiche? Magier, die scheinbar auf eurer Seite stehen, sich dann aber gegen beide versammelten Heere wenden?«

»Ja«, nickte Liocas. »Fast genauso ist es dort auch gewesen. Nach allem was wir herausgefunden haben, hatte der Großkönig den Orden offenbar einige Zauberwirker aus Yamar zur Seite gestellt, um die Magie der tequarischen Druiden bekämpfen zu können. Kaum hatte die Schlacht begonnen, brach ein Inferno aus, das alle Kämpfer tötete. Nur war es dort kein Feuersturm, es war … etwas anderes, das alles Leben auslöschte. Tausende starben innerhalb weniger Augenblicke.«

»Ich habe davon gehört.« Salgad schüttelte schwermütig den Kopf. »In der Version, die ich kenne, waren es aber zatosianische Verräter, die für den Untergang der valdorischen Armee verantwortlich gewesen sein sollen.«

»Wie bitte? Zatosianer?« Liocas stellte seinen Krug beiseite. »Wer hat denn diese Lügen in die Welt gesetzt? Das waren keine Zatosianer, das waren Magier, das schwöre ich bei Urias' Licht!«

»Nachdem ich jetzt eure Geschichte kenne, vermute ich das ebenfalls«, bestätigte ihn der Söldner. »Ich weiß, was ich selber gesehen habe, und dann könnte es auch woanders passiert sein.« Er seufzte und trank einen Schluck Bier. »Wie … wie konntet ihr überleben?«

»Zufall, Glück, Bestimmung, was auch immer«, antwortete Moriana lapidar und zuckte mit den Schultern. »Die Leiber meiner Clansgeschwister müssen mich vor dem Zauber bewahrt haben. Schließlich war es Liocas, der mich auf dem Schlachtfeld fand.«

»Wir wissen es nicht, jedenfalls waren wir mittendrin. Aber es scheint außer uns kein anderer davongekommen zu sein«, fügte Liocas hinzu. »Und du? Wie bist du dem magischen Feuer entkommen?«

»Ich befand mich auf einem Pferd, als es losging. Irgendwie muss das Tier gespürt haben, dass in unserem Rücken etwas Unnatürliches geschah. Es brach zur Seite aus. Aus dem Augenwinkel erkannte ich, dass sich ein Lichtblitz rasend schnell näherte. Instinktiv trieb ich das Ross an, und wir galoppierten seitlich von der Truppe fort. Kurz bevor ich den Waldrand erreichte, strauchelte das Tier und warf mich ab. Fast im gleichen Moment spürte ich, wie eine heiße Woge über mich hinweg fegte. Geblendet kroch ich zwischen die Bäume. Hinter mir hörte ich ein furchtbares Tosen und dann qualvolle Schreie, bis nach einer Weile Stille einsetzte. Das Licht hatte mich geblendet, und es dauerte recht lange, bis ich wieder normal sehen konnte, doch ich konnte aus der Entfernung noch erkennen, wie die Iglak den Überlebenden der Garaus machten.« Salgad schwieg betroffen und starrte in seinen Bierkrug.

Auch Moriana und Liocas benötigten einen Moment, um das Gehörte zu verarbeiten und die eigenen schrecklichen Erinnerungen, die wieder in ihnen hochkrochen, zu verdrängen. Die Tequa erkannte, wie Liocas sich verstohlen eine Träne aus dem Auge wischte, und auch sie selbst musste mehrmals kräftig schlucken, um das Unbehagen loszuwerden.

»Und was bringt euch dann hierher?«, fragte Salgad, vermutlich auch aus dem Grund, um die bedrückende Stille zu durchbrechen.

Liocas und Moriana tauschten Blicke aus. »Wir glauben, dass diejenigen, die dies zu verantworten haben, aus Amhas kamen«, erklärte ihm Liocas.

»Wir konnten die Magier aufspüren, die Tequari und Valdorer gleichermaßen vernichteten«, fuhr Moriana fort. »Sie versuchten uns zu töten, aber stattdessen erhielten sie ihre gerechte Strafe. Und nun sind wir hier, um Antworten zu finden. Antworten auf die Fragen, wie es dazu kam, und wer die sind, die das ausgelöst haben.«

»Ihr glaubt, die Magier stammen aus Amhas?«, fragte Salgad mit einem beinahe heimlichen Unterton.

»Es deutet einiges darauf hin«, meinte Liocas. »Heute Nachmittag trafen wir einen alten Mann, der behauptete, er würde unsere Fragen beantworten.«

»Deshalb sind wir hier, aber der Alte hat uns offenbar einen Bären aufgebunden«, ergänzte Moriana und deutete mit dem Krug in den Schankraum, während sie Salgad fixierte. »Weißt du etwas über die Magier hier, das damit in Zusammenhang stehen könnte?«

Salgad rieb sich das Kinn und schien angestrengt nachzudenken. »Vielleicht können wir uns gegenseitig helfen. Das, was mir vor einem Jahr widerfuhr, lässt mich seitdem nicht mehr los. Ich habe viele Freude verloren und konnte nichts tun, um die zur Strecke zu bringen, die dafür verantwortlich sind.«

Moriana nickte ihm verstehend zu.

»Ich glaube, ich habe auch etwas herausfinden können, bin mir aber nicht sicher, ob es wirklich damit zusammenhängt. Wer die Magier waren, weiß ich nicht, dazu fehlen mir die richtigen Kontakte. Die

Zauberwirker bewachen ihre Geheimnisse gut vor der Außenwelt. Ich komme viel rum, kenn' mich mit den ansässigen Gilden aus. Zufällig habe ich vor einigen Tagen mitbekommen, dass ein Fernhändler namens Dakris Olgasi Probleme mit General Helnissar Telgar und der Söldnergilde hat.«

»Ja, und weiter?«, wollte Moriana wissen. »Klingt nicht ungewöhnlich.«

»Wartet«, sagte Salgad. »Olgasi wird von der Gilde wegen Kontraktbruchs angeklagt. Er soll einige Söldner in Helnissars Diensten, die er angeworben hatte, nicht beim General ausgelöst haben.« Der Söldner ölte seine Stimmbänder mit einem Schluck Bier und fuhr fort. »In der Regel schert sich die Gilde um sowas nicht, solange sie ihren Anteil am Sold erhält oder von einer der Streitparteien ordentlich geschmiert wird. Und genau da liegt das Problem: Es geht um sehr viel Geld, das Olgasi noch nicht gezahlt haben soll. Helnissar macht Druck auf die Gildenräte, und er hat genügend Einfluss im Senat. Dazu macht das Gerücht die Runde, dass es sich bei den betreffenden Söldnern um eine Truppe des Keliten Kegan Orthanon gehandelt haben soll, falls ihr wisst, was das heißt?«

»Ein Kelit?« Liocas sprang beinahe über den Tisch. »Ihr meint einer von diesen gezüchteten Kriegern?« Seine Stimme überschlug sich, und einige der Umsitzenden drehten sich irritiert zu ihrem Tisch um.

»Was weißt du von dem Bastard?«, fragte Moriana.

Salgad sah die beiden überrascht an und bedeutete Liocas, sich wieder zu setzen. »Ja, genau so einer. Warum regt ihr euch so auf?«

»Die Magier, die unsere Leute getötet haben, wurden von amhasischen Söldnern eskortiert. Ihr Anführer war ein Kelit!«, zischte Moriana.

Salgad lehnte sich zurück und musterte seine Tischnachbarn. »Dann scheint's ja so, als hätte ich tatsächlich eine Spur gefunden«, stellte er fest. »Es geht nämlich noch weiter. Ich habe rausbekommen, dass dieser Kelit vor einem Jahr schon mal von Olgasi angeheuert worden war. Auch eine Eskorte für einige seiner Agenten, die einen Vertrag mit einem Stamm der Iglak aushandeln sollten. Ratet, wohin!«

»Das gibt's doch nicht«, meinte Liocas und stützte seinen Kopf auf dem Tisch ab. »Genau wie bei uns. Steckt dieser Olgasi vielleicht hinter all dem?«

»Weiß ich nicht. Aber ich kann euch sagen, die Information hat mich einige Seral und Gefälligkeiten gekostet.« Er blickte sie fragend an. »Was ist aus Orthanon geworden?«

»Die Missgeburt haben wir mit dem Rest seiner Bande in die Schattenhallen geschickt«, verkündete Moriana.

»Respekt! Ihr beiden seid die ersten, die ich kennenlerne, die einen Kampf mit einem Keliten überlebt haben. Und wenn er wirklich für den Tod meiner Kameraden verantwortlich ist, stehe ich in eurer Schuld.«

Liocas dachte laut nach. »Aber wie passen dieser Händler und die Hexer aus Yamar zusammen?«

»Wir gehen zu diesem Olgasi und prügeln aus ihm heraus, was er weiß!« entgegnete Moriana. »Dann kriegen wir auch den Rest der Drecksbande zu fassen.«

Salagad räusperte sich. »Das dürfte leider nicht ganz so einfach werden. Dakris Olgasi ist ein einflussreicher Mann, aus einem alten Senatsgeschlecht. Ihm gehört einer der Handelstürme, und ich meine damit die großen, die man meilenweit sehen kann. Er unterhält sogar eine eigene kleine Armee.«

Moriana wurde ungeduldig. »Aber wir müssen doch irgendwie an ihn herankommen können?«

Liocas dachte kurz darüber nach. »Mesa könnte uns vielleicht helfen, er ...«

»Auf keinen Fall!«, schnitt Moriana ihm den Satz ab.

Gerade als sie noch etwas sagen wollte, richtete sich ihr Blick auf die Tür. Dort stand Mesa Lemantis, als habe Liocas ihn durch seine bloße Erwähnung in die Schankstube beschworen. Der Magier versuchte durch den Dunst des Tabaks und Rauschkrauts etwas zu erkennen. Auch Liocas hatte ihn gesehen und winkte ihm. Moriana hätte gut und gerne auf seine Gesellschaft verzichten können, aber auch sie hatte die Hoffnung noch nicht aufgegeben, dass er vielleicht doch jemanden gefunden hatte, der ihnen weiterhelfen wollte.

»Dass es sich bei den *Fünf Märtyrern* nur um solch ein Loch handeln konnte, hätten wir uns ja denken können«, sagte Mesa, als er zu ihnen an den Tisch trat. »Wahrscheinlich sitzt dieser Alte irgendwo und freut sich, dass er wieder ein paar ortsfremde Einfaltspinsel an der Nase herumgeführt und den örtlichen Rauschkrauthändlern in die Arme getrieben hat.« Er schüttelte den Kopf und seufzte. »Wenn ihr mir nun vielleicht folgen wollt? Ich habe Kontakt mit jemandem aufgenommen, der uns tatsächlich weiterhelfen kann.«

»Wir kommen vielleicht später drauf zurück, Spaßvogel«, entgegnete Moriana.

Liocas blickte zu Salgad und machte eine auffordernde Geste zu Moriana. Sie schüttelte den Kopf, um anzudeuten, dass Liocas Mesa nichts verraten sollte.

»Ich bitte euch: hier erwartet uns nichts anderes, als ein Dolch, der uns in den Rücken gestoßen wird«, forderte Mesa die beiden auf. »Wir sollten schleunigst von hier verschwinden, bevor jemand auf genau diese Idee kommt.«

»Immer mit der Ruhe, Mesa. Wir warten erst mal ab, was der Alte zu sagen hat.« Liocas schob ihm einen Hocker zu. »Setz dich einfach.«

»Ist das ein Freund von euch?«, fragte Salgad.

»Nein«, erwiderte Moriana sofort.

Liocas sah sie kritisch an. »Ja, ist er«, korrigierte er mit Nachdruck. »Salgad, das ist Mesa Lemantis. Er hilft uns, uns in der Stadt zurechtzufinden.«

Salgad hob die Hand zum Gruß. »Gemessen an der kleinen Vorstellung von vorhin, würde ich mal behaupten, ihr kommt auch ganz gut allein zurecht.«

»Meine Rede«, murmelte Moriana in den halbleeren Krug hinein.

Mesa grüßte Salgad höflich, seufzte und ließ sich auf dem Schemel nieder. »Seid doch nicht so gutgläubig! Ich sage euch, der Alte hat euch reingelegt, nichts weiter.«

»Du kennst dich wohl gut mit solchen Betrügereien aus?« Moriana funkelte den Magier herausfordernd an und trank einen weiteren Schluck. Mesa wich dem Blick der Tequa aus. Er wirkte seit dem Auftauchen des Alten vor der Akademie äußerst angespannt, was ihn für die Tequa noch verdächtiger machte.

»Es ist eure Zeit. Ihr könnt sie vergeuden, wie es euch beliebt«, sagte er zu Liocas gewandt.

Doch als ob er ihn Lügen strafen wollte, erschien der alte Mann auf einmal in der Eingangstür. Er hatte sich einen hellen Turban aufgesetzt und trug eine Robe, die ihn nun deutlich als Gelehrten der amhasischen Universität auswies. Er spähte einen Moment in den Schankraum und kam dann zielstrebig auf die Gefährten zu – nicht ohne dem Wirt auf dem Weg mit einem Handzeichen eine Bestellung aufzugeben.

»Ah, habt's wohl gefunden. Ich grüße euch«, säuselte der Magier, als er zu ihnen in die Nische trat.

»Setz dich, Graubart«, wir haben nicht ewig Zeit, herrschte Moriana ihn an. Sie hatte ebenso wenig Lust, den ganzen Abend mit dem wahrscheinlich sinnlosen Gefasel eines senilen Schwachsinnigen zuzubringen, wie den leeren Versprechungen Mesas Glauben zu schenken. Zumal sie nun durch Salgad eine Fährte gefunden hatten, die sie den Hintermännern der Verschwörung näher brachte.

»Ihr seid's, die Hilfe brauchen«, erwiderte der Alte und ließ sich auf einen Stuhl plumpsen. Er blickte Salgad an. »Kennt man ihn? Ist er euch ergeben?«

»Er bezahlt das Bier – das reicht als Grund!«, antwortete Moriana.

Liocas blickte zu Mesa, der jedoch nur die Augen verdrehte. »Er bleibt!«, entschied Liocas.

»Aber du Spaßvogel kannst dich verpissen, schließlich bist du ja zu gar nichts zu gebrauchen«, sagte Moriana zu Mesa, der sie überrascht anblickte.

»Aber … warum? Ihr wollt doch meine Kontaktleute nicht aufsuchen! Ich hab getan, was ihr verlangt habt, und deswegen will ich auch mein Geld dafür sehen.«

»Geld? Du kannst froh sein, wenn du keinen Tritt in den Arsch bekommst! Und jetzt verschwinde!«

»Moment«, unterbrach Liocas seine Gefährtin, die kurz davor war, ihrer Ankündigung mit Gewalt Nachdruck zu verleihen. Er beugte sich zu ihr herüber und sprach ihr flüsternd ins Ohr. »Wenn's ihm um sein Geld geht, kann er vielleicht doch noch was für uns tun. Man kann ihm vielleicht nicht trauen, aber dem alten Spinner hier trau ich noch weniger über den Weg. Soll Mesa doch hier bleiben und aufpassen, dass uns der Alte keinen Mist erzählt. Er ist der einzige von uns, der sein Gefasel richtig deuten kann.«

Moriana runzelte die Stirn, dachte eine Weile nach, nickte dann aber.

Liocas stand auf, raunte Mesa etwas ins Ohr, was diesen ebenfalls nicken ließ. Dann setzten sich beide wieder und wandten sich dem alten Mann zu, dem zwischenzeitlich ein Krug Wein gereicht worden war.

»Nun gut, nun gut«, eröffnete er das Gespräch. »Sagt mir, was treibt eine Tequa, einen Valdorer, einen Gathori aus Yamar und einen Sagitar dazu, an einem Tisch zu sitzen?«

»Tja, Ihr seid nicht der Erste, der sich das fragt«, seufzte Liocas und blickte zu Salgad. »Aber erlaubt uns erst einmal die Frage: Wer seid Ihr eigentlich, und warum denkt Ihr, dass Ihr uns helfen könnt?«

»Jaja, recht hat er wohl, recht hat er. Natürlich hätten sie's wissen müssen, hätten wissen müssen, dass man sie nicht einlässt. Niemand wird mehr eingelassen, der's nicht verdient, schon seit Jahren nicht. Haben sie geglaubt, mit einem Yamarer weiterzukommen? Nein! Einlassen wird man sie trotzdem nicht! Arrogant sind sie geworden, arrogant und behäbig. Streiten sich, zanken sich, wollen sich gegenseitig ans Leder.«

»Ja, das mag ja alles sein, aber was hast du damit zu tun, und wie könntest du uns helfen? Kannst du uns dort Einlass verschaffen?«, fragte Moriana, der es wie immer zu lange dauerte.

»Einlass wird es keinen geben, nein. Ich bin der, den ihr fragen müsst. Gelebt und gelehrt habe ich dort eine lange Zeit. Kalhani nennt man mich. Lange, lange, habe ich dort gelehrt.« Er öffnete seine Hand. Dort war ein überwiegend purpurfarbenes Muster zu erkennen, das die Handinnenfläche sternförmig ausfüllte. Die verschlungenen, in die Haut gebrannten Linien wurden aus fremdartigen Schriftzeichen gebildet, die im Licht der Phoslyten in verschiedenen Farben schimmerten.

Liocas blickte Mesa fragend an, dieser nickte.

»Es scheint zu stimmen, was er sagt. Die Zeichen weisen ihn als Dhajar aus, einen amhasischen Großmeister der Magie, die an der Ziralla-Universität einen Lehrstuhl bekleiden.«

»Das liegt zurück, vielmehr bin ich wieder Lernender. Als ich aber euch sah, erregte eine Präsenz meine Aufmerksamkeit. Ihr tragt etwas sehr Machtvolles bei euch.«

»Warum sollten wir nicht zweimal Glück haben?«, grinste Moriana, woraufhin Mesa sie zweideutig ansah. »Was ist?«, zischte sie.

»Gar nichts!«, beteuerte er und bemühte sich, Moriana nicht mehr anzublicken.

»Nein, das ist kein Glück. Urias hat uns direkt zu Euch geführt«, sagte Liocas und sah den alten Magier ehrfürchtig an.

»Jetzt geht das wieder los«, seufzte die Tequa. »Willst du ihm nicht lieber den Stein zeigen?«

Liocas griff an seinen Gürtel und legte den Lederbeutel des Druiden Kars auf den Tisch. »Das ist der Grund, warum wir die Magier in der Universität aufsuchen wollten. Darin befindet sich ein mächtiger magischer Stein. Wir können ihn nicht berühren, aber in diesem Beutel scheint seine Kraft von der Umgebung abgeschirmt zu werden.«

Salgad und Mesa starrten auf den Beutel. Liocas und Moriana konnten deutlich die Verblüffung von ihren erstaunten Gesichtern ablesen.

Kalhani hingegen schien nicht überrascht von der Ankündigung eines mächtigen magischen Artefakts. Er betrachtete das Behältnis eingehend und prüfte es in seinen behandschuhten Händen. »Auf das Leder wurden Runen der Macht gestickt, wie ich sie seit Jahrzehnten nicht mehr erblickt habe«, sagte er ernst.

Ausdrucksweise und Gestik des alten Mannes hatten sich verändert. Liocas hatte keineswegs den Eindruck, es hier mit einem altersschwachsinnigen Greis zu tun zu haben, sondern mit einem äußerst wachen Geist.

»Nicht viele verstehen sich auf die Kunst, etwas Derartiges anzufertigen, denn das Wissen darum ist lange verloren. Selbst zu Zeiten des Imperiums von Tân war es überhaupt nur den mächtigsten Zauberwebern, den Dharani am Hofe des Kaisers, bekannt. Woher habt ihr das?«

Moriana spürte Liocas' Blick, und sie begann zu erzählen. Sie berichtete vom Aufbruch der Clans, der Konfrontation mit dem Heer der valdorischen Orden und dem darauf folgenden Gemetzel. Dann ergänzte Liocas die Ereignisse aus valdorischer Sicht bis hin zu dem Bild, das sich nach der magischen Katastrophe auf dem Schlachtfeld geboten hatte. Er sparte nicht an Einzelheiten, und wieder kroch dieses beängstigende Gefühl in Moriana hoch, das sie mit aller Willenskraft, die sie aufzubringen imstande war, hinunterkämpfen musste. Der Knappe schloss seinen Bericht mit dem Kampf gegen Kars und seine Anhänger.

»Was waren das für Leute? Beschreibt sie mir ganz genau!«, forderte Kalhani ihn auf.

»Kars war ein Druide meines Volkes«, antwortete Moriana. »Er erschien eines Tages bei meinem Clansherrn und diente ihm von da an als Berater.«

»Die Frau muss aus Yamar gestammt haben«, sagte Liocas. »Den dritten konnte ich nicht zuordnen. Offenbar war dieser Druide aber ihr Anführer, denn er trug den Stein bei sich.«

Der Magier nickte. »Zu ärgerlich, dass ihr nicht mehr von ihm erfahren habt, was uns weiterhelfen würde. Wenn ihm tatsächlich der Stein anvertraut gewesen ist, muss er ein mächtiger Diener und Anführer der Jünger gewesen sein.«

»Was für Jünger?«, fragte Moriana.

»Lasst es mich von Anfang an erklären. Was wisst ihr über Vandra?«

Liocas und Moriana blickten sich fragend an.

»Manchen ist er auch als Vindrasu bekannt, der Former der unverzehrten Glut.«

»Diesen Namen habe ich noch nie gehört.« Liocas schüttelte den Kopf.

Kalhani seufzte. »Ihr wisst, dass neben der Sphäre Urias' ein weiteres Gestirn am Himmel Camoteas zu sehen ist. Seine Schwester Elotia ist es, die gleichsam über die Geschicke unserer Welt wacht.«

»Guter Mann, bedenkt Eure Worte! Ihr bewegt Euch am Rande der Häresie!«, warnte Liocas den Alten.

»Wir sind hier in Amhas, und ich bin kein Anhänger der valdorischen Kirche, die alles nachbeten, was die Hohe Priesterschaft ihnen auftischt, Junge. Willst du verstehen, um was es sich hier handelt, musst du mir schon zuhören, egal, ob dir das, was ich zu sagen habe, gefällt, oder nicht.« Kalhani blickte Liocas scharf an und sammelte sich. »Elotia aber gebar einst einen Sohn, welchen wir unter dem Namen Vandra kennen oder eben Vindrasu in der alten Hochsprache von Tân. Und während seine Mutter die Ordnung anerkannte, welche nach der Zeitenwende des Feuers vor über zehntausend Jahren erschaffen wurde, und in deren Mittelpunkt der göttliche Urias mit seinen Kindern und erwählten Dienern steht, neidete Vandra ihm seine Stellung und die Unterwerfung der Menschen Camoteas. Ihm und seiner Mutter sollten alle Geschöpfe ebenso dienen und sie anbeten, doch war es ihnen nur vergönnt, über die zu richten, welche diese Welt bereits verlassen haben. Also versammelte er die Ultahir, Geistwesen aus den äußeren Sphären, um sich, und sie wurden zu seinen Anhängern.«

Mesa unterbrach den Magier. »Alter, hört doch auf mit diesen Ammenmärchen! Jeder weiß doch, dass diese Schauergeschichten höchstens dazu taugen, kleine Kinder zu ängstigen. Geistwesen aus den äußeren Sphären … Ihr solltet Euch mal hören! Offenbar ist es Euch nicht gut bekommen, jahrelang in den Schriften der altvorderen Zeiten zu wühlen, und sie haben Euren Verstand vernebelt – wenn es nicht der Alkohol war, der Euch schon zu Kopf gestiegen ist!«

»So wie Ihr, so reden viele. Kaum einer weiß noch davon zu berichten, was die alten Legenden wirklich sagen, zu sehr haben die Vorstellungen der Kirchen und die Vermischung mit dem Aberglauben des gemeinen Volkes dazu geführt, jene Wahrheiten zu vergessen. Ich verüble es Euch nicht, dass Ihr ebenso denkt. Ihr seid jung an Jahren und vermögt kaum, jene Dinge zu erfassen.«

»Wahrheiten? Wir sollten uns Eure Märchen nicht weiter anhören! Liocas, ich kenne jemanden, der euch besser helfen kann als dieser alte Wirrkopf hier!«

»Nein!«, sagte Moriana bestimmt. »Ich will mir anhören, was er zu erzählen hat. Es wirkt keineswegs so, als sei er nicht bei klarem Verstand, auch wenn sich das Ganze abenteuerlich anhört.«

»Natürlich mag es befremdlich klingen, kaum einer will es hören. Selbst hier, in Amhas, das sich gerne als Zentrum der geistigen Kultur ganz Camoteas sieht, sind sie in Vergessenheit geraten, jene Schriften, die einst niedergeschrieben wurden, um die Ordnung der Welt auch uns Sterblichen begreifbar zu machen.«

»Unsinn!«, fuhr Mesa dazwischen. »Gerade Ihr solltet wissen, dass diese Legenden den alten Kaisern dazu dienten, sich selbst als Verteidiger Urias´ gegen die äußeren Kräfte zu stilisieren. Wer die Chroniken kennt, weiß, dass dies geschrieben wurde, um die Allmacht der Tân zu legitimieren.«

»Warum?«, fragte Moriana, Mesas Einwand ignorierend. »Will denn niemand verstehen, was es mit all dem auf sich hat?«

»Mein Kind, ebenso wie der Taefos in Agenost danach strebt, seinem Volk lediglich *seine* Vorstellung der Schöpfung und Ordnung zu predigen, verstehen es die Kleriker des Se'Bás, dem hiesigen Namen des Urias, dafür zu sorgen, dass nichts – das ihrer Meinung nach – göttergewollte Gefüge gefährdet. Auf den Lehrplänen meiner Akademie ist mittlerweile nichts mehr zu finden, das sich mit den Überlieferungen aus jenen Zeiten befasst.«

»Aber in Amhas werden doch viele verschiedene … Götter angebetet«, wandte Liocas ein. »Mir wurde immer gesagt, dass hier jeder Mensch frei wählen könne, an wen oder was er glaubt.«

Kalhani drehte verneinend den Kopf. »Ja und nein. Natürlich findet Ihr hier alle möglichen Verehrungsformen, und auch der Konvent der Zatosianer wird hier geduldet. Aber glaubt nicht, das geschehe nicht alles ohne die Kontrolle des Himmelstempels. Nein, meine Freunde, auch in Amhas darfst du nur an das glauben, was die Hohepriester gestatten, auch wenn es hier liberaler zugeht als in der Allianz.«

»Und was hat das jetzt alles mit unserem Stein hier zu tun?«, wollte Moriana wissen.

»Das, mein Kind, hängt unmittelbar damit zusammen«, lächelte Kalhani. »Ich will versuchen, es in kurzen und einfachen Worten zu erklären, denn euch alles näherzubringen würde wohl Wochen benötigen. Vandra, nachdem er eine Gefolgschaft von Sterblichen und Unsterblichen um sich gesammelt hatte, strebte stets danach, die Ordnung, wie sie gerade erst etabliert war, einzureißen. Da sein Name aber zunehmend aus den Aufzeichnungen und Köpfen der Menschen verschwand, konnte er sich nicht auf eine starke Anhängerschaft verlassen, die ihn anbetete oder die für ihn stritt – was nicht heißt, dass er in heutiger Zeit vollkommen in Vergessenheit geraten ist. Keineswegs! Über die Jahrtausende vermochte er es, im Geheimen diejenigen um sich zu sammeln, deren Geist ebenso von Neid zerfressen und vom Hunger nach Macht getrieben war. Sie schlossen sich ihm willfährig an, gab er ihnen doch Kräfte mit auf den Weg, die weit über das hinausgingen, was die Anhänger anderer Götter von ihren Herren zu erwarten hatten. Wir wissen heute von mächtigen Artefakten, sogenannten Foki, die in ihrer Kraft alles übertreffen, was wir in Camotea, ja auf ganz Caldris, an magischen Steinen finden können. Die Legenden sagen, Vandra selbst habe seinen Dienern diese machtvollsten aller Elyre gesendet, um die Geschicke der Welt bis zur nächsten Feuerflut, dem kataklysmischen Taukar, zu seinen Gunsten zu lenken. Man sagt, sie seien imstande, unvorstellbare Zerstörungen anzurichten, ja, ganze Regionen zu verheeren. Denn in ihnen sitzt ein Ultahir, mit seiner ganzen fürchterlichen Macht. Und nun, werte Tequa, schließt sich der Kreis zu eurem Stein hier. Den Schutzzeichen nach zu urteilen, kann es sich nur um einen dieser Elyre handeln, gesandt aus der Außenwelt, dem Kosmos selbst, um von den Jüngern des Vindrasu genutzt zu werden.«

Moriana wusste nicht, was sie sagen sollte. Ein Stein, von einem wahrhaftigen Gott geschmiedet und auf die Erde gesandt? Konnte das tatsächlich sein?

»Lächerlich!«, winkte Mesa ab und begann zu lachen. »Man müsste schon so verrückt sein wie Ihr, um so leicht durchschaubare Lügen zu glauben!«

»Still, Gathori!«, herrschte Kalhani ihn an. »Zügelt Eure Zunge! Ich werde Euch den Beweis erbringen, dass ich die Wahrheit spreche, damit Ihr meine Worte nicht leichtfertig abtut.« In der Handfläche des alten Magiers begannen die magischen Zeichen aufzuglühen, als er mit seinen Fingern zu spielen begann. Er wob mit den Händen offenbar ein unsichtbares Netz über den Beutel, der mitten auf dem Tisch stand.

»Unserem Freund Arkas ist es schlecht bekommen, als er den Stein auch nur berührte«, warnte ihn Liocas.

»Haltet Ihr es für klug, in einem Gasthaus, ein derartiges Artefakt zu untersuchen?«, fragte Mesa abfällig. »*Ihr* solltet am besten wissen, wie gefährlich das ist.«

»Keine Angst«, lächelte Kalhani. »Es kann nichts passieren.«

Moriana konnte ein Prickeln im Nacken spüren, das aber schnell wieder verschwunden war. Sie blickte zu Salgad, und an dem Gesichtsausdruck des Söldners konnte sie erkennen, dass auch ihm unwohl dabei war, während Kalhani vor ihren Augen einen Zauber wob. Liocas hingegen zeigte keine Regung. Mesa blickte gehetzt im Raum hin und her und rutschte auf seinem Stuhl herum, wagte jedoch nicht, erneut etwas gegen den alten Mann vorzubringen.

»Ich habe ein Feld geschaffen, das uns schützen wird, während ich den Stein untersuche.« Der Magier löste vorsichtig die Verschnürung des Lederbeutels und blickte in das Innere. Dann nickte er, und ein

Lächeln stahl sich auf seine Züge. »Tatsächlich. Es ist ein Elyr. Nie erblickten meine Augen einen Stein von solcher Kraft und Reinheit.« Er streckte die Hand mit Zauberzeichen in den Beutel, schloss die Augen und umfasste den Inhalt. Mehrere Momente lang geschah nichts, den lächelte er die anderen an. »Seht ihr, ich kontrolliere ihn.«

Plötzlich ging ein Ruck durch den alten Mann, als habe ihn etwas in einem eisernen Griff gefangen. Sein Lächeln erstarb, und er versuchte, die Hand aus dem Beutel zu ziehen, doch es gelang ihm nicht. Sein Arm verkrampfte, und die Adern traten hervor. Sie schwollen an, bis sie die Haut zu zerreißen drohten, dann platzten sie auf. Die Haut riss, und das Blut ergoss sich aus dem Arm auf den Tisch. Gleichzeitig traten sein Augäpfel hervor und barsten nach wenigen Momenten ebenfalls mit einem hässlichen Geräusch.

Kalhani fiel vornüber auf den Tisch, und während sich um ihn herum eine große Blutlache ausbreitete, verschmorte sein Arm, der immer noch an dem Stein hing, mit einem Zischen. Innerhalb weniger Sekunden war die Gliedmaße bis zum Ellenbogen nur noch ein fleischiger Überrest, von dem Blut tropfte.

Moriana und ihre Freunde sprangen in Panik auf und blickten entsetzt auf das Grauen, das sich vor ihren Augen abspielte. Keiner war imstande, zu reagieren.

Auch in der Schenke war Stille eingekehrt, alle starrten erschrocken zum Tisch und auf die Überreste des Magiers. Nur das Zischen des kochenden Blutes, das vom Tisch heruntertropfte, war zu hören.

Plötzlich schwang die Tür auf, und der Söldner Vantur stand in der Tür. Er hielt sich die Nase mit einem blutverschmierten Tuch, während er den Raum absuchte. Kurz nach ihm betrat ein Uniformierter die Schenke. Dahinter waren weitere Gardisten zu erkennen.

»Da ist die Schlampe, Hauptmann! Jetzt hat sie auch noch jemanden umgebracht!«, kreischte Vantur und deutete auf Moriana.

Kapitel 15

Die Gardisten stürmten durch den Schankraum. Anstatt nachzufragen, was passiert war, zogen sie aus dem unappetitlichen Anblick ihre Schlüsse und schienen, die um die Leiche des Magiers versammelten Personen sofort festnehmen zu wollen. Mit Schlägen und Tritten bahnten sie sich den Weg durch die Gäste. Einige von ihnen blieben zurück und richteten Säbel und Hellebarden auf die Umstehenden, damit niemand auf den Gedanken kam, sich in die Sache einzumischen.

Moriana und Liocas waren aufgesprungen und hatten die Waffen gezogen, denn eine Flucht schien völlig ausgeschlossen zu sein. Einer plausiblen Erklärung wären die Stadtwachen aufgrund der sich immer weiter ausbreitenden Pfütze aus Blut wahrscheinlich kaum gegenüber aufgeschlossen. Mesa und Salgad erwarteten die Gardisten ebenfalls kampfbereit an ihrer Seite.

Der erste Soldat war ein paar Schritte entfernt, da schleuderte Moriana ihm einen Bierkrug entgegen. Das schwere Tongefäß traf ihn am Kinn, und er ging mit verdrehten Augen zu Boden.

»Einer weniger!«, grinste die Tequa und ließ ihr Schwert bedrohlich um ihren Körper rotieren. Die Gegner ließen sich von der Darbietung aber nicht einschüchtern. Keinen Augenblick später waren zwei weitere Gardisten heran und schlugen mit Säbeln auf sie ein. Es gelang Liocas und Moriana zwar, die Waffen abzulenken, doch von hinten drängten weitere Männer nach, so dass den beiden nichts anderes übrig blieb, als vor der schieren Masse an angreifenden Personen zurückzuweichen.

Während Mesa sich eine Gasse durch diejenigen Gäste bahnte, die nicht schon in die Hinterräume der Schenke geflohen waren, kreuzte Salgad die Klinge mit zwei Angreifern. Diese hatten den Tisch umgestoßen, an dem die Gruppe gesessen hatte. Kalhanis schlaffer Körper war vom Stuhl gefallen, und das Blut lief nun quer über den Boden.

Liocas versuchte, die Stellung auf dem Gang zu halten und Moriana auf diese Weise zu decken, doch die Lage schien hoffnungslos zu sein. »Wir müssen fliehen!«, keuchte er nach einer Weile. »Lange halten wir das nicht durch!«

»Tequari fliehen nicht!«, stellte Moriana klar und warf ihren Gegner mit einem kraftvollen Hieb zurück, der ihnen mehr Bewegungsfreiheit verschaffte.

»Vergiss deinen verdammten Stolz, wenn du …« Weiter kam Liocas nicht, denn er rutschte auf dem schmierigen Untergrund aus und stürzte über einen Stuhl auf den Boden. Sofort wurde er von den Gardisten attackiert.

Moriana stach blitzartig zu, und es gelang ihr, einem der Angreifer die Klinge in den Bauch zu treiben, bevor er dem Knappen den Schädel einschlagen konnte. Dann sprang Mesa herbei und riss Liocas vom Boden hoch. »Der Valdorer hat recht, wir müssen weg von hier!«, schrie der Magier in Morianas Richtung.

Die anderen Gardisten stürmten nun ebenfalls vor, so dass die Gruppe bald einem Dutzend amhasischer Soldaten gegenüberstehen würde.

»Gut, aber wohin?«, rief die Tequa zwischen zwei Hieben.

»Hinten raus!«, schrie Salgad, der den auf der Seite liegenden Tisch mit einem Tritt in Richtung der Angreifer stieß. Er sprang zurück und zog Liocas mit sich.

»Der Stein!«, schrie Moriana, die den Lederbeutel in der Blutlache neben Kalhanis Leiche liegen sah. Sie hatte keine Möglichkeit, an das Behältnis zu gelangen, denn schon drangen die Gardisten wieder auf sie ein. Mit einer Serie von Schlägen und Stichen konnte sie sich immerhin die Gegner vom Leib halten.

Mesa sprang vor und warf sich auf den Boden. Er rutschte einige Fuß durch den Film aus Bier und Blut und streckte den Arm nach dem Elyr aus, doch er kam nicht an den Beutel heran.

Ein Soldat schlug nach ihm. Bevor die Klinge seinen Arm durchtrennen konnte, rollte der Magier zur Seite. Die Waffe streifte seine Schulter, was ihn aufschreien ließ. Panisch hechtete er über Kalhanis Leiche aus der Reichweite des Angreifers. Wieder streckte er sich und versuchte an den Beutel zu gelangen. Diesmal bekam er die Verschnürung zu fassen und zog ihn zu sich.

»Beeil dich, verdammt!«, rief Moriana, die von der Masse der Gardisten immer weiter zurückgedrängt wurde.

Mesa sprang auf. Erneut wich er um Haaresbreite einem Säbel aus. Er rutschte aus, fiel hintenüber und schlug mit dem Kopf auf den Boden, wo er einen Augenblick liegen blieb. Benommen rappelte er sich wieder auf.

»Hierher! Schnell!«, hörten sie Salgad hinter sich rufen. Der Söldner stand in einer Tür und winkte. Moriana schwang ihre amhasische Klinge möglichst weit umher, um sich von den Angreifern zu befreien, während Mesa noch immer Mühe hatte, sich auf dem glitschigen Untergrund auf den Beinen und gleichzeitig die Gegner vom Leib zu halten. Auch er musste nun zurückweichen, doch nicht in Richtung Moriana und Salgad, sondern in die entgegengesetzte Ecke des Schankraums. Dort öffnete sich der Gastbereich in einen weiteren Raum, in den viele der Gäste von der Theke geflohen waren. Immer mehr Soldaten drängten sich zwischen den Magier und die Tequa, bis die Kriegerin ihn kaum noch sehen konnte.

»Mesa!«, rief Moriana verzweifelt, als sie einen Hieb blockte. Sie konnte nur tatenlos zusehen, wie der Magier immer weiter abgedrängt wurde.

»Komm endlich, Mädchen!«, rief Salgad mit Nachdruck.

Die Tequa schlug noch ein paar Mal wild um sich und drängte damit die vordersten Angreifer in ihre Kameraden hinein, so dass diese ins Stolpern gerieten. Das hielt sie eine Weile auf. Moriana ergriff die wahrscheinlich letzte Gelegenheit zur Flucht und stürzte an Salgad vorbei in die Küche des Gasthauses. Der Söldner schlug die Tür zu, und Liocas schob eine Truhe davor, um sie zu verrammeln.

Dann rannten die drei an den verängstigten Bediensteten vorbei durch einen Hinterausgang ins Freie. Sie fanden sich in einer mit Unrat übersäten Gasse wieder.

»Folgt mir!«, forderte Salgad sie auf. »Wenn wir uns beeilen, sind wir verschwunden, bevor sie hier auftauchen.«

Sie rannten durch die Gasse zwischen niedrigen, heruntergekommenen Häusern hindurch und tauchten dann in ein Gewirr aus Straßen ein. Immer wieder bogen sie unvermittelt ab, überquerten

Hauptstraßen, drängten sich durch Menschengewimmel. Selbst den härtnäckigsten Verfolgern musste es jetzt schwerfallen, sie aufzuspüren.

Erst nach einer halben Stunde wilder Flucht durch das Häusermeer hielt Salgad sie an. Er blickte sich noch einmal um, dann winkte er seine Mitstreiter an die mit Efeu bewachsene Wand eines Hauses. Zwischen den Ranken befand sich eine Tür, die er öffnete. Moriana und Liocas eilten hindurch und fanden sich in einem Flur wieder, an dessen Ende sich ein Empfangstresen befand. Salgad schloss die Eingangstür und schnaubte erleichtert.

»Die sollten wir los sein. Selbst mit Magie wird es schwer sein, uns aufzuspüren. Hier sind wir sicher«, versicherte er ihnen.

»Wo sind wir?«, fragte Liocas.

»Hier bin ich abgestiegen. Ich kenn' die Besitzer schon seit Jahren, ihnen kann man vertrauen. Außerdem liegt das Haus weitab von all den Kaschemmen und dem Söldnermarkt, wo man immer mal Probleme von der Art bekommen kann, wie wir sie gerade hatten.«

»Was mir Sorgen macht, sind nicht die Arschlöcher auf unseren Fersen, sondern der götterverfluchte Stein!«, fuhr Moriana den Söldner an. »Dem alten Wrack ist der verdammte Arm weggeschmolzen! Wir haben Probleme ganz anderer Art!«

»Ist mir nicht entgangen!«, entgegnete er und verschränkte die Arme. »Dankt mir bloß nicht alle auf einmal.«

Liocas blickte den Hankar stirnrunzelnd an. »Mir scheint, Ihr seid mehr als nur ein einfacher Söldner, der für ein paar Sclan eine Kehle durchschneidet.«

Salgad lachte. »Bei unserem Valdorer haben wir es mit einem ganz schlauen Bürschchen zu tun! Vielleicht sollten wir uns mal ausführlicher unterhalten. Aber sicher nicht hier auf dem Flur. Lasst uns bei einem Bier besprechen, was es mit mir auf sich hat. Venka hat sicher noch zwei Zimmer frei für euch Hübschen! Oder braucht ihr nur eins?«

»Nein, … natürlich zwei«, stammelte Liocas.

»Was soll die Scheiße? Wir haben keine Zeit für Bier. Wir müssen zurück!«, sagte Moriana.

»Mädchen, da kannst du nichts mehr machen. Dieser Mesa mag euer Freund gewesen sein, aber sie haben ihn wohl erwischt. Ist vielleicht besser so, schien mir kein besonders vertrauenswürdiger Zeitgenosse zu sein, wenn ihr mich fragt!«

Liocas nickte. »Lass gut sein, Moriana! die Hauptsache ist, dass wir überlebt haben … wieder einmal.«

»Ihr versteht nicht. Wir müssen zurück!«, insistierte Moriana mit einem Zittern in der Stimme.

»War… Moment mal! Wo ist der Stein?«, fragte Liocas, kaum in der Lage, seine plötzlich aufkeimende Panik zu unterdrücken.

»Das ist es ja!«, seufzte Moriana. »Wir haben das verdammte Ding verloren. Mesa hat ihn!«

Saresh krabbelte über den Boden. Er war über und über mit dem Blut des toten Magiers beschmiert und bahnte sich den Weg durch das Gewirr aus Stühlen, Tischen und Beinen, die Uniformierten dicht auf den Fersen.

Endlich gelang es ihm, sich an einem umgestürzten Tisch hochzuziehen. Sofort musste er einem Säbelhieb ausweichen, der für seinen Kopf bestimmt war. Er warf sich zurück und prallte dabei auf verängstigte Gäste, die sich in eine Ecke kauerten. Ein großer Mann schubste ihn zurück auf den Durchgang, wo es Saresh nur mit Mühe gelang, auf den Beinen zu bleiben.

Wo ist Nalyd, wenn man ihn mal braucht?

Er blickte sich hektisch um, konnte den Ghulam aber nirgends entdecken.

Dafür grinste ihn nun die von Warzen entstellte Fratze eines Gardisten an, der die Klinge auf ihn richtete. »Is' vorbei, Freundchen! Mach uns jetzt' keine Probleme!«

Normalerweise hätte er den Gardisten ohne mit der Wimper zu zucken mit einem Zauber außer Gefecht gesetzt, doch ohne den Siarra konnte Saresh kaum hoffen, auf die Schnelle mit ihm fertig zu werden.

In die Ecke gedrängt, blieb ihm keine andere Möglichkeit als aufzugeben. Resigniert hob er die Hände, was die Augen des Mannes triumphierend aufblitzen ließ.

Doch unvermittelt verschwand dieser Ausdruck, und die Augen brachen. Aus der Mitte der verängstigten Gäste war eine Gestalt mit wilder Lockenmähne hervorgesprungen und hatte dem Soldat mit einem blitzschnellen Schlag einer kurzen, krummen Klinge die Kehle zerschnitten. Noch während er zusammenbrach, drehte sich die Frau um und lächelte Saresh an.

»Wenn Ihr die Muße hättet, mir zu folgen, werter Gathori!«, bat sie ihn spöttisch und deutete eine Verbeugung an.

»Wer …?«

»Ich bring' Euch in Sicherheit, alles weitere später!«, unterbrach sie ihn und blickte sich um. Die anderen Gardisten hatten ihren Kameraden aufgefangen. Sie brauchten einen Augenblick, um zu realisieren, dass der Kampf doch noch nicht vorbei war. »Kommt!«

Sie sprang zur Seite und verschwand in einer Lücke zwischen den Gästen. Saresh blickte sich noch einmal nach Nalyd um, dann entschied die aufkommende Panik in ihm, ihr so schnell wie möglich zu folgen. Sie rannten durch das Hinterzimmer des Gastraums und durchquerten eine Tür. Dahinter öffnete sich ein Gang.

»Hier runter!«, rief die junge Frau, als sie eine Treppe erreichten. Saresh stürmte hinter ihr die Stufen hinab. Er konnte hören, dass die Gardisten den Gang ebenfalls erreicht hatten und ihnen folgten. Sie rannten durch Lagerräume und kamen schließlich an einem Wandvorhang an, den die Frau zur Seite riss. Ein Durchbruch war im Mauerwerk zu erkennen, doch dahinter war es dunkel. Seine Retterin zog etwas aus dem Gürtel, und wenige Herzschläge später flackerte ein Phoslyt in ihrer Hand.

»Schnell! Wir müssen weiter.« Sie winkte ihn zu dem Durchgang, der sie – dem betörenden Geruch nach zu urteilen – in die Kanalisation führte.

Die Frau lächelte. »Und ich dachte schon, sie hätten ihn wieder zugemauert, ich war lang nicht hier!«

»Wie …?«

»Ich hab doch gesagt, ich erklär's Euch später! Jetzt müssen wir erstmal hier weg!«

Saresh stieg durch das Loch im Mauerwerk. Auf der anderen Seite befand sich ein Gang, der offenbar zu einer Hauptader der Kanalisation unter der Straße führte. Der Geruch von Fäkalien und Fäulnis raubte dem Yamarer den Atem.

Die Frau führte sie jedoch in die entgegengesetzte Richtung, fort von den miasmatischen Düften. Der Stein leuchtete den Gang weiträumig aus, so dass Saresh ihrem Tempo halbwegs folgen konnte. Mehrmals bogen sie in abzweigende Gänge ab, bis er irgendwann vollständig die Orientierung verloren hatte. Glücklicherweise waren aber auch die Schreie und Rufe hinter ihnen verstummt, so dass er annahm, die aufgebrachten Gardisten abgehängt zu haben.

Als auch die Fremde zu dieser Einschätzung gelangt zu sein schien, hielt sie an, so dass beide verschnaufen konnten. Sareshs Lebensgeister kehrten allmählich zurück, als er der überaus ansprechenden Figur seiner Retterin gewahr wurde. Unter ihrem geschnürten Hemd zeichneten sich große Brüste ab, die sich hoben und senkten, während sie schwer atmete.

»Da habt Ihr Euch ja 'ne ganze Menge Freunde gemacht«, sagte sie schelmisch grinsend und strich sich eine rote Lockensträhne aus dem Gesicht.

Saresh bekam kaum Luft und nickte nur. Er bemerkte in diesem Moment das schmerzhafte Pochen in der linken Hand. Er hatte den Beutel mit dem Elyr darin immer noch krampfhaft umklammert. Verlegen blickte er zu der Frau.

»Ich denke, wir sind sie los«, sagte sie.

»Ja ...«, keuchte Saresh. »Vielen Dank. Aber wer seid Ihr überhaupt?«

»Olgasi hat mich geschickt. Er schien zu erwarten, dass Ihr in Probleme geratet, und bat mich, Euch zu ihm zu bringen. Doch sollten nicht auch noch andere bei Euch sein?«

»Olgasi?«, fragte Saresh ungläubig. »Immerhin ist er wenigstens einmal zu etwas nütze! Nein ... die anderen sind ihren eigenen Wegen gefolgt«, druckste Saresh und verstaute den Beutel in seiner Umhängetasche. »Lediglich mein Leibwächter ist noch irgendwo da draußen.«

»Sollen wir ihn suchen?«

Saresh dachte kurz nach. »Nein. Es ist besser, wenn wir sofort zu Olgasi aufbrechen. Nalyd war schon einmal dort. Er kommt allein zurecht und wird uns sicher finden.«

»Dann lasst uns gehen! Wisst Ihr, ich hab auch noch andere Sachen zu tun, als in diesen stinkenden Gängen rumzulaufen.«

»Was Ihr nicht sagt! Wie ist Euer Name?«

»Ihr dürft mich Shanti nennen, Gathori«, erwiderte sie lächelnd und setzte den Weg durch das Gewirr unterirdischer Wege fort.

Shanti also. Saresh nahm sich vor, die junge Frau zu verschonen, sollte es erneut nötig sein, dem Optimaten die Konsequenzen nachlässigen Handelns aufzuzeigen.

Etwa eine halbe Stunde später erreichten sie den Turm von Dakris Olgasi. Draußen war es bereits dunkel, doch die Lichter der hunderte Fuß hohen Türme im Handelsviertel erleuchteten die Stadt beinahe heller als es Urias´ Sphäre vermocht hätte.

Diener zogen die Türen hinter sich zu, nachdem sie Saresh und Shanti den Saal geöffnet hatten, in den nur die engsten Freunde Olgasis geladen wurden. Links und rechts des Eingangs befanden sich große Skulpturen, die amhasische Flussgötter darstellten. Hybride, halb Mensch, halb Wasserwesen, die in ihren ausgestreckten Händen leuchtende Kristalle hielten, tauchten den Raum in warmes Licht. Die

Wände waren mit erlesenen Hölzern vertäfelt, deren Intarsienwerke Szenen aus Legende und Geschichte Camoteas darstellten. Im Licht der Statuen schien es fast, als seien sie zum Leben erweckt worden.

Durch kreisförmige Fenster fiel das Licht der Phoslyten von den anderen Türmen in bunten Farben auf den Boden, dessen Schmuckkacheln durch die Mischung der Lichter wie Jade glänzten. Die Luft roch nach einer Mischung aus exotischen Gewürzen und Tabakrauch. Stufen führten zu einer Gruppe Diwane, die in der Mitte des Raumes um einen Tisch platziert waren. Fünf freistehende Säulen, aus Silan gegossen und mit spiralförmigen Schmuckbändern verziert, auf denen weitere Leuchtsteine saßen, flankierten den Sitzbereich und brachten die Bedeutung dieser zentralen Räumlichkeit zur Geltung.

Die beiden Anwesenden erwarteten Saresh und Shanti bereits. Von Dakris Olgasi schien eine schwere Last abzufallen, als er den Yamarer und seine Agentin durch die Tür schreiten sah.

Shaat Ikastra hingegen wirkte wie immer gefasst, so als hätte er den Lauf der Ereignisse, wie sie sich zugetragen hatten, vorausgeahnt. Sein Meister hatte seinen Ruf vernommen, aber Saresh war überrascht, dass er bereits hier war. Er konnte nicht weit entfernt von Amhas gewesen sein oder musste sich bereits in der Stadt selbst aufgehalten haben. Auch Shanti schien verwundert über die Anwesenheit des Gastes, dessen taubeneigroßer Kasangit in der Handfläche sein Gewerbe unübersehbar verriet.

»Shanti, meine Beste! Du hast uns Meister Arkusa wohlbehalten zurückgebracht, ganz ausgezeichnet! Ich wusste, auf dich ist Verlass«, begrüßte Olgasi sie affektiert. »Wie Ihr seht, werter Shaat, war Euer Argwohn unbegründet. Natürlich hatte ich Shanti nur ausgesandt, um für die Sicherheit Meister Arkusas zu sorgen.«

Shanti schlenderte die Stufen hinab, ohne den blaugewandeten Magier aus den Augen zu lassen. »Ich kam gerade noch rechtzeitig. Nicht viel später, und wir hätten seine Überreste aus dem Fluss ziehen können. Ein paar städtische Gardisten hatten nämlich großes Interesse an ihm.« Sie lächelte Saresh zu, der bei den Säulen stehengeblieben war und Shaat entgeistert anstarrte.

Olgasi legte Shanti die Hand auf den Arm. »Gut gemacht, meine Liebe«, sagte er gönnerhaft. »Warte draußen, bis ich …«

»Dakris, bitte!« Shaat unterbrach den Händler und machte eine Geste, als wolle er Olgasis Worte fortwischen. »Ich habe da noch eine Frage.« Er wandte sich Shanti zu und legte eine Miene auf, die man je nach Standpunkt als freundliches Lächeln oder als zynisches Grinsen werten konnte. »Habt Dank, dass Ihr mir meinen Schüler unbeschadet zurückgebracht habt, meine Schöne, aber …« Er stockte und legte besonderes Gewicht in seine Worte. »Aber wo sind der Knappe und das Mädchen, von dem mir Olgasi berichtete?«

»Wir wurden im Kampf getrennt.« Es war Saresh, der Shaat mit gedämpfter Stimme antwortete. »Ich grüße Euch, Meister«, fügte er hinzu.

Der Magier ging auf seinen Schüler zu und blickte ihn halb glücklich, halb irritiert an. »Und ich dich, mein Schüler. Was ist passiert?«, fragte er, als er Sareshs verschmutzte und blutgetränkte Garderobe betrachtete. »Ist das dein Blut?«

»Zum geringsten Teil. Es ist nicht wichtig, denn ich habe den Elyr.«

Shaat schien in Sareshs Augen zu lesen, dann rieb sich der Magier das Kinn und nickte vielsagend. »Ich hatte gehofft, dass wir uns wiedersehen. Nachdem die Nachrichten aus dem Norden kamen, war ich besorgt.«

Saresh zögerte mit einer Antwort. Er bemerkte, dass Shanti versuchte Abstand zu Shaat wahren. Sie wartete offenbar darauf, von Olgasi hinausgeschickt zu werden. Dieser schien jedoch das Gespräch der Magier nicht unterbrechen zu wollen.

»Zudem bin ich etwas verwirrt. Warum hast du bislang keinen Kontakt mit mir aufgenommen?«, nahm Shaat den Faden wieder auf. »Ich befürchtete schon, du seist ins Licht getreten.«

»Mitnichten. Es war … alles nicht so einfach.« Saresh blickte zu Shaat auf. »Ich bin auch etwas überrascht, Euch hier zu treffen, Meister. Ich dachte, ihr befindet Euch in Agenost.«

»Der Großkönig möchte, dass ich die Hintergründe der Katastrophe aufkläre, die über seine Armee gekommen ist«, erklärte Shaat trocken. »Außerdem soll ich dich und den Elyr zu ihm schaffen. Ich dachte, falls du noch lebst, sollte ich in Amhas mit der Suche beginnen.«

Saresh schluckte. Shaats Antwort trug nicht dazu bei, dass er sich besser fühlte. »Eure Vermutung hat Euch nicht getrogen. Aber was habt Ihr nun vor?«

Sein Meister blickte ihn prüfend an. »Du denkst doch nicht etwa, dass ich dich ihm ausliefern werde? Wir dienen beide einer Sache, die Ennius nie verstehen könnte, habe ich nicht recht?« Er machte eine Pause, stemmte die Arme in die Hüfte und seufzte. »Aber natürlich muss ich wissen, was geschehen ist, Saresh.«

Saresh blickte argwöhnisch zu Olgasi und Shanti, hob die Linke und entblößte die Wunde in seiner Hand. »Wir hatten keine Möglichkeit, es zu kontrollieren. Kaum hatten wir unsere Siarra vereint, begann der Elyr ihnen die Kraft zu entreißen. Noch bevor ich begriff, was dort passierte, brach es los. Diese unbeschreibliche Kraft … ich habe es nicht geschafft – keiner von uns hat es geschafft – dagegen anzukommen. Zuerst hat es meinen Siarra genommen, dann griff es nach mir und den anderen.«

»Aber dennoch hast du es vermocht hierher zurückzukehren«, merkte Shaat fürsorglich an und drückte mit beiden Händen seine Schultern, fast so, als wolle er seinen Schüler umarmen.

»Meister … Ihr macht Euch keine Vorstellung! Es hätte mich beinahe zerstört«, wisperte Saresh. Er musste kämpfen, um die Tränen zurückzuhalten, mit solcher Kraft übermannte ihn die Erinnerung an die Qualen, die er hatte erleiden müssen, als sie die Macht des Elyr im Tal des Asakon entfesselt hatten.

»Ich gestehe, auch ich war überrascht, als ich hörte, was geschehen war, und wie mächtig der Elyr tatsächlich ist. Hätte ich es geahnt, hätte ich dich nicht dieser Gefahr ausgesetzt und wäre stattdessen selbst gegangen. Umso stolzer bin ich auf dich! Mein Vertrauen in deine Fähigkeiten war nicht verfehlt. Ich werde dich nicht länger Schüler nennen. Du hast dich bewiesen, Saresh Arkusa.« Er richtete Saresh auf und hielt seinen Siarra gegen die Stirn seines Schülers. »Aber jetzt werde ich dich von dieser Bürde befreien.« Shaat lächelte väterlich und streckte ihm die offene Hand entgegen.

Saresh zögerte. Trotz aller Gutmütigkeit und Vergebung, die Shaat zeigte, spürte er ein großes Maß an Misstrauen, dass von seinem Lehrer ausging. Er konnte sich nicht erklären, was ihn so sicher machte, dass sein Meister ihm nicht wirklich traute. Andererseits war er mit seinen Kräften am Ende, wusste nicht, was er sonst hätte machen sollen, befand er sich doch erneut auf der Flucht. Letztendlich hatte Shaat auch gute Gründe dafür, ihm nach allem, was geschehen war, zu misstrauen. Vertrauen galt es erst wieder zu erarbeiten. Den wichtigsten Schritt musste er jetzt selbst machen. Er ließ sich die Worte durch den Kopf gehen, dann entschied er sich dazu, die Bürde abzulegen. Er trat einen Schritt vor und legte den verdreckten Beutel in Shaats Hand.

»Ich warne Euch, Meister«, sagte Saresh und sah Shaat an, bemüht um einen festen Blick. »Es hat bisher jeden schwer verletzt oder getötet.«

»Was mich zu der Frage bringt, was aus Miriya geworden ist? Ich vermute, sie hat es nicht geschafft?«

Saresh schwieg.

»Und Kars? Er war ein starrsinniger alter Hund, aber ohne seine Hilfe wären wir niemals so weit gekommen.«

»Wie alle anderen ist er durch die Pforte gegangen. Nur Nalyd und ich haben überlebt.«

Shaat schien zu verstehen und senkte den Kopf für einen Moment. Dann öffnete er die Verschnürung des Lederbeutels und holte den Elyr aus dem Kästchen. »Niemand, der nicht derselben Macht dient wie wir, kann den Elyr berühren«, sagte er. »Niemand, der nicht das Licht gesehen hat, vermag ihn zu sehen.«

Mit einer Handbewegung Shaats fuhr der Stein in die Höhe und kreiste dann funkelnd zwischen den Magiern. Das Artefakt war kaum so groß wie eine Kinderfaust und pulsierte in einem kalten, weißen Licht. Dem gleichen Licht, das Saresh so lange gequält hatte. Er musste sich abwenden und die Augen schließen. Doch kaum waren seine Lider geschlossen, traf ihn das Bild einer schwarzen Sonne mit hellweißer Korona. Er taumelte einen Schritt zurück. Er erkannte Shaat im Schatten der Säule, den hellen Elyr, der zwischen ihnen schwebte, das Glitzern, das von dem Stein in die Augen seines Lehrers geworfen wurde. Saresh erstarrte.

»Meister, wir sind zu weit gegangen«, flüsterte er. »Der Elyr sollte die Tequari einschüchtern, in die Flucht treiben, aber nicht vernichten. Schon gar nicht die Valdorer.«

»Es ist geschehen«, stellte Shaat ungerührt fest. »Wir können es nicht rückgängig machen. Doch nun wissen wir, zu was er imstande ist. Wir werden lernen, diesen Elyr zu begreifen und zu lenken.«

Saresh merkte nicht, wie seine Hände sich zu Fäusten ballten. »Nein, er ist zu gefährlich! Man kann ihn nicht beherrschen, glaubt mir. Wir sollten uns nicht diesem Glauben hingeben, denn er wird uns vernichten, Meister.«

»Was sagst du da? Nur durch diesen Elyr der Kraft Vandras wird es uns gelingen, die Lügen, mit denen die Diener Urias′ die Welt in Ketten legen, zu durchbrechen.« Der Stein hörte auf in der Luft zu kreisen und fiel in Shaats Hand zurück. Er drehte den Kopf zur Seite, ohne den Schüler dabei aus den Augen zu lassen, und schien auf eine Antwort zu warten.

Saresh starrte auf den Elyr in Shaats Hand. Seine eigene pochte, doch die wiederkehrenden Schmerzen nahm er kaum wahr. Stattdessen erkannte er im Augenwinkel, dass Shanti offenbar das Wort ergreifen wollte, aber von Olgasi zurückgeschoben wurde.

Auch Shaat bemerkte das Aufbäumen der Frau, verzog aber keine Miene.

»Saresh, was ist los? Sprich mit mir!«

»Nalyd teilt meine Zweifel.«

»Er teilt deine Meinung?«
»Ja, er denkt ebenfalls, dass die Macht des Elyr zu gefährlich ist.«
»Hat er dir das wirklich so gesagt?«
»Nicht direkt.« Saresh seufzte. »Er hat seine eigene Art, die Dinge zu formulieren.«
»Seine eigene Art? Er ist ein Ghulam und hat die Entscheidungen seiner Herren nicht in Frage zu stellen. Hat er dich so durcheinandergebracht?«
Widerstand regte sich in Sareshs Stimme. »Ohne ihn wäre ich auf dem Schlachtfeld gestorben. Dass wir den Stein überhaupt sicher zu Euch zurückbringen konnten, verdanken wir ihm.«
»Es ist seine Aufgabe, dein Leben zu schützen, damit du deinen Auftrag zu Ende führen kannst, nichts weiter. Wo ist er jetzt?«
»Er hat vor der Taverne auf mich gewartet, als der Tumult ausbrach und Olgasis Dienerin mich herausholte. Wenn er merkt, dass die Söldner mich nicht erwischt haben, wird er bestimmt hierher zurückkehren. Wir müssen nur etwas Gedul…«
Saresh hatte den Satz noch nicht beendet, da öffnete sich die Tür, und Nalyd trat herein, als habe er ihn gerade beschworen. Der Magier war zwar überrascht, aber beruhigt, ihn zu sehen. Der Leibwächter ging lächelnd auf die beiden Magier zu. Er schien noch zufriedener zu sein als sonst.
Olgasi schien vom plötzlichen Auftauchen Nalyds in seinen Privatgemächern keineswegs irritiert zu sein. Shantis Blick kreiste immer noch angespannt durch die Runde, verharrte aber immer wieder auf Shaat, offenbar ohne Nalyd wahrzunehmen.
»Gut, dass du es geschafft hast«, sagte Saresh erleichtert.
Nalyd verschränkte die Arme. »Du weißt doch, ich bin immer einen Schritt hinter dir.«
»Ich dachte schon, wir hätten uns so kurz vor dem Ziel verloren.«
Das Erscheinen des Leibwächters schien Shaat nicht milder zu stimmen. Er konzentrierte sich auf Saresh und antwortete ihm, bevor Nalyd dazu kam. »Was meinst du damit? Wenn wir uns verlieren, Saresh, dann nur, wenn deine Zweifel größer sind, als der Glaube, von dem ich dachte, dass du ihn besitzen würdest.«
»Hört mir doch zu!« Nalyds Anwesenheit ermutigte Saresh, deutlicher zu werden. »Mein Glaube ist erschüttert, ja. Weil ich miterleben musste, dass etwas, das wir zu kontrollieren glaubten, nicht kontrolliert werden konnte. Weil ich begreifen musste, dass meine Taten furchtbare Folgen hatten. Weil ich mir eingestehen musste, dass ich nicht glauben will, dass dies der Wille Vandras sein soll.« Ihm stockte

der Atem, und er musste innehalten. »Aber dennoch bin ich zu Euch zurückgekommen. Denn ich will daran glauben können, dass Ihr weiser seid als ich und dass wir zusammen eine weitere Katastrophe verhindern können. Das ist alles. Fragt Nalyd, er kann Euch bestätigen, dass ich so denke.«

Shaat stutzte und bedachte seinen Schüler mit einem zweideutigen Blick.

»Fragt ihn!«, bekräftigte Saresh.

»Das würde ich, Saresh, wenn er tatsächlich hier wäre«, erklärte Shaat mit ruhiger Stimme.

»Aber, er steht doch direkt neben mir!« rief Saresh und blickte zu seinem Leibwächter hinüber, der ihn zuerst zuversichtlich und dann seltsam mitleidig ansah.

»Nein, steht er nicht!«, entgegnete Shaat bestimmt.

Saresh wandte sich zu seinem Begleiter, Verzweiflung lag in seiner Stimme. »Nalyd, rede mit ihm! Ich bin doch nicht verrückt!«

Der Ghulam hob die Hand, als wolle er etwas erklären, stockte aber. »Ich fürchte, er hat recht, Saresh, zumindest in gewisser Weise«, sagte er schließlich ungewöhnlich verhalten.

Ein Schwarm glühender Wespen begann in Sareshs Bauch zu wüten und wanderte in seine Brust und den Nacken. Ein heftiges Zittern erfasste ihn. »Ich kann dich sehen, warum kann er es nicht?«, fragte er flehend.

Nalyd seufzte. »Ich bin hier, weil du mich gerufen hast. Mein Platz ist an deiner Seite.«

Die Wespen begannen Sareshs Körper von innen heraus aufzufressen. Sein Verstand war im Begriff, sich ebenfalls aufzulösen.

»Ich beginne zu verstehen, was dir widerfahren ist, Saresh«, bemerkte Shaat und kam langsam auf Saresh zu. »Nalyd ist nicht hier, mein Sohn. Du bist allein. Er ist nur eine Halluzination, ein Spiegel, den dir der Avatar Vandras vorhält, der diesem Elyr innewohnt.«

»Was redet Ihr da? Das kann nicht sein! Er steht hier, redet mit mir! Er kämpfte an meiner Seite, er war da, als ich gelitten habe!«

»Er hat recht. Es ist niemand außer uns im Raum!«, warf Shanti ein.

»Was … was soll das alles?«, räusperte sich Olgasi, wurde jedoch von einem strengen Blick Shaats zum Schweigen gebracht.

Saresh wich erschrocken zurück und starrte Nalyd an. »Nein, das kann nicht sein! Du hast mich gerettet, du warst die ganze Zeit bei mir!« Er blickte von Nalyd flehend zu Shaat. »Er hat mich versorgt, er hat mit mir gesprochen!«

»Hör mir zu, Saresh, und beruhige dich!«, ermahnte ihn sein Lehrer.

Nalyd trat neben Saresh und sah den jungen Magier ernst an. »Wenn du auf ihn hörst, wirst du immer im Schatten stehen«, flüsterte er. »Lass dich nicht verschlingen.«

Saresh wurde schwindelig, er stolperte rücklings gegen eine Säule, an die er sich festklammerte. Er wollte etwas sagen, aber über seine zitternden Lippen kam nur ein schwaches Keuchen.

Shaat machte eine kreisende Bewegung mit seinem Siarra, der wie heißes Eisen zu leuchten begann. »Dein Geist wurde vom Licht Vandras geöffnet. Aber du warst nicht darauf vorbereitet, und er hat ein Trugbild erschaffen. Sieh genau hin!«, forderte er Saresh auf.

Saresh hob langsam den Kopf, und als er sich endlich traute, aufzublicken, war Nalyd verschwunden, so, als habe ihn das Zwielicht des Raums einfach verschluckt. Der junge Magier sackte auf die Knie. »Was ist geschehen? Was passiert hier nur?«, stotterte er. »Bin ich verrückt geworden?«

Anstelle der Gestalt seines Leibwächters beugte sich sein Meister zu ihm herab. »Saresh, du bist nicht der erste, der durch einen Elyr Dinge zu sehen glaubt, die gar nicht da sind. Du bist es, der mir zuhören muss. Die Kraft des Elyr hat nicht nur deinen Körper verletzt. Täusch dich nicht selbst! Ich will dir helfen. Du hattest recht, nach mir zu rufen, trotz deiner Zweifel. Ich bin dein Freund.«

Saresh versuchte seine Gedanken und Erinnerungen zu ordnen, vermochte aber nicht zu entschlüsseln, was real und was nur Illusion gewesen war. Je länger er sich darauf konzentrierte, desto stärker wurde die Angst, den Verstand zu verlieren.

Shaat reichte ihm den Arm. »Wir sollten jetzt gehen.«

Saresh blickte stumpf auf die ihm dargebotene Hand, mit dem immer noch leicht glühenden Stein darin. Shaats Siarra spürte die unmittelbare Gegenwart des Elyrs. Er selbst hatte die Verbindung zwischen den Kasangiten auch gefühlt, als er noch im Besitz seines eigenen Siarra gewesen war. Sein Blick wanderte auf die Wunde in seiner Hand. Er fühlte, wie Tränen auf seinen glühenden Wangen trockneten. *Ich bin verloren, was soll ich nur tun?* Er ballte die Hand zur Faust, stützte sich darauf ab und kam mit einem Ruck wieder auf die Beine. Fragend sah er sich im Raum um, doch nur der Anblick seines Meisters versprach ihm Halt. »Vergebt mir meine Anmaßung. Natürlich folge ich Euch.«

Shaat lächelte. »Ich muss dich um Vergebung bitten. Es ist meine Schuld, dass du solche Qualen erleiden musst. Deine Zweifel sind vielleicht berechtigt. Wir werden gemeinsam Antworten auf das finden, was dich erschüttert.« Zur Untermauerung seiner Worte ließ er in seiner Rechten den Elyr kreisen, wie die Miniatur eines vom Nachthimmel gestürzten Sterns. Der Elyr wanderte aus seiner Handfläche zurück in den Beutel, den er sich an den Gürtel hängte und unter seinem Mantel verschwinden ließ. »Doch bevor wir gehen können, müssen wir noch eine Sache aus der Welt schaffen, die mehr Probleme als Vorzüge mit sich gebracht hat.« Shaat drehte sich um und bedachte Olgasi mit einem endgültigen Blick.

Die Augen des Amhasi weiteten sich angsterfüllt, als er begriff, was das zu bedeuten hatte. Er versuchte Shanti zwischen sich und den Yamarer zu bringen. »Warum? Ich habe getan, was ich konnte, um Euch zu helfen!«, beschwor er den Magier.

»Dakris, mein einfältiger Freund, ich muss dich jetzt darüber aufklären, dass es diesmal leider keine Frage deines Könnens ist!«, erwiderte Shaat. »Ganz ohne zu berücksichtigen, dass du bestimmt schon während unserer Unterhaltung darüber nachgedacht hast, an wen du dein neues Wissen über mich und Saresh verkaufen könntest, um deinen Hals aus der Schlinge zu ziehen! Ist es nicht so?«

Shanti macht einen Sprung in Sareshs Richtung, gerade weit genug, dass Olgasi sie nicht als Schutzschild missbrauchen konnte. Der Optimat versuchte weiter, an jenen Teil Shaats zu appellieren, der ihn vor seinem Zorn bewahren würde. »Ganz sicher nicht, Shaat! Ich müsste ja verrückt sein …«

Als Saresh den Blick seines Meisters sah, wurde er aus seiner Apathie gerissen. Es war der Ausdruck eines Instinkts, der wie ein Raubtier in ihm schlummerte, bis es durch Zorn oder Notwendigkeit geweckt, unvermittelt und furchtbar aus ihm herausbrach. »Nicht!«, entfuhr es seinem Mund, bevor er wusste, was er tat. Er wollte eingreifen, doch sein Körper war wie versteinert.

Olgasi hechtete aus dem Säulenkreis zur Tür, um die Wachen zu rufen, als der Treffer eines hell leuchtenden Gegenstandes ihn verstummen ließ. Shaats Macht hatte den Kristall einer Statue aus dem Sockel gerissen und gegen Olgasis Kopf geschleudert.

Olgasi gab einen gellenden Schrei von sich, als ihn das Geschoss traf. Der leuchtende Stein zerbarst in Dutzende glühende Bruchteile, die funkenwerfend durch den Raum flogen. Eine Woge aus Blut folgte ihnen. Der Optimat schlug sich kreischend die Hände vor sein zerfetztes Gesicht und ging zu Boden. Während er wie ein angeschossenes Tier mit den Schmerzen rang, stellte sich Shaat hinter ihn.

»Bitte, lasst ihn gehen!« Saresh zitterte am ganzen Körper, als der Schock sich so weit gelöst hatte, dass er wieder sprechen konnte.

»Das ist leider unmöglich«, urteilte Shaat beinahe mitleidsvoll. »Wir wären nicht mehr sicher. Er weiß einfach zu viel.«

Blutend und geblendet versuchte Olgasi weiterzukriechen. Die Splitter, die in seinem Oberkörper steckten, leuchteten immer noch.

Doch Shaat ließ ihn nicht weit kommen. Mit einer Handbewegung wurde der Leib des Optimaten von arkaner Kraft emporgehoben. Zuckend und vor Qualen schreiend wand er sich in der Luft.

»Ich bedaure, Olgasi, aber ich muss unsere geschäftliche Verbindung hiermit leider beenden.«

Shaat spreizte lediglich seine Finger, aber der Effekt war fatal. Olgasi wurde herumgewirbelt und rückwärts durch die offene Tür auf den Balkon geworfen. Ein weiterer Fingerzeig schleuderte ihn über die Brüstung.

Und Olgasis Schrei verklang in der Tiefe.

Shanti sah das Ende ihres Lohnherren entsetzt mit an. Ihr Überlebenswille war jedoch stärker als der Schock. Sie wollte zur Tür fliehen und dachte, der Magier würde es nicht bemerken. Doch auch sie kam nicht weit. Von einer unsichtbaren Hand gepackt, wurde sie durch die Luft geschleudert und prallte eine Armlänge vor der Tür auf den Boden.

Keuchend versuchte sie wieder auf die Beine zu kommen, als ein bedrohliches Beben und Dröhnen neben ihr einsetzte. Das Gestein der zweiten Statue bekam Risse, und die Figur wankte. Shanti stieß sich vom Boden ab, doch Shaats magische Kraft verhinderte jede Bewegung. Von außen sah es so aus, als hätte sich ein Beradrim auf sie gesetzt. Hilflos schlug sie um sich, nur um noch härter auf den Boden gepresst zu werden.

Shaat schloss langsam die Hand, als er sich auf den nächsten Zauber konzentrierte. Das Echo eines Zauberspruchs wurde von den Wänden zurückgeworfen. Mit einer ausgestreckten Hand drückte er Shanti zu Boden, während zwischen den Fingern der anderen das Leuchten seines magischen Steins zu erkennen war. Mit einer schnellen Bewegung ballte er die Finger zusammen und zog die Hand zum Körper, woraufhin ein Krachen durch die Halle ging und die Statue oberhalb des Sockels abbrach und auf sie kippte.

Shanti presste vor Angst die Augenlider zusammen.

Doch der kräftige Stoß einer unsichtbaren Gewalt lenkte das Abbild zur Seite. Es schlug mit einem ohrenbetäubenden Geräusch neben Shanti auf und zertrümmerte lediglich die kostbaren Kacheln.

Saresh trat zwischen Shaat und die am Boden liegende Shanti. Blut tropfte aus dem dunkelrot angelaufenen Verband seiner linken Hand. »Die Frau hat mein Leben gerettet!«, stellte er mit aufsteigendem Zorn in der Stimme fest. Saresh bemerkte, dass Shaat sichtlich von seinem Eingreifen überrascht war. Doch er vermutete, sein Meister würde sich dadurch nicht in die Defensive zwingen lassen.

»Das macht sie nicht weniger entbehrlich«, stellte Shaat gleichmütig fest.

»Sie hat es nicht verdient und stellt keine Gefahr für uns dar!«

Shaat faltete gefasst die Hände und legte einen milderen Ausdruck in sein Gesicht. »Ich fühle, dass du nicht Herr deiner selbst bist. Aber was deine Loyalität erschüttert hat, kommt nicht aus dir. Du hegst Sympathien für diese Menschen, weil du glaubst, dass sie dir nahestehen. Entsinne dich, wer dir geholfen hat, zu werden, was du bist. Du bist bereits Opfer einer Halluzination, lass dich nicht von einer weiteren blenden!«

Saresh wollte nicht länger auf freundliche Gesten und Worte hereinfallen. Die Schmerzen in seinem Arm erinnerten ihn am besten daran, was er geworden war. »Halluzination oder nicht! Ich erinnere mich daran, dass wir den Menschen helfen wollten!«

»Was ist in dich gefahren, Saresh?« Shaat schüttelte fassungslos den Kopf. »All die Jahre habe ich dich gelehrt, deine Kraft zu nutzen, die wir dem Sohn Elotias verdanken. Es ist unsere Pflicht, seinen Kampf gegen die Lügen der falschen Priester und ihrer Anhänger fortzuführen. Wir befinden uns im Krieg, Saresh. Die Sharsangi sind unsere Waffen. Der Sohn der Morgenröte hat seine Tränen nicht umsonst vergossen. Opfer müssen gebracht werden! Rosen werden dort gepflanzt, wo Dornen wachsen. Alle Völker dieser Welt werden immer in Angst leben müssen, wenn wir sie nicht davon befreien. Wir haben die Gewalt nicht in die Welt gebracht, aber sie hat uns gelehrt, dass die Welt sich nur durch Gewalt ändern wird.«

Shanti hatte sich inzwischen keuchend auf den Bauch gedreht und kam wieder auf die Beine, während sie mit größter Vorsicht nach ihrem Peiniger spähte. Sie wagte es aber nicht, einen neuen Fluchtversuch zu starten, denn Shaat beobachtete jede Regung der Frau wie eine Schlange, kurz bevor sie ihrem Opfer die Giftzähne ins Fleisch schlägt.

»Wenn wir erst die Pforten der Erkenntnis von den Mauern der Lüge befreit haben, werden den Menschen die Dinge endlich erscheinen, wie sie sind – grenzenlos und unerschöpflich. Du weißt das ganz genau, Saresh. Du hast niemals daran gezweifelt.«

»Die totale Vernichtung kann damit kaum gemeint gewesen sein. Es muss einen anderen Weg geben!«, entgegnete Saresh.

»Es gibt keinen.« Shaat warf seinen Mantel zurück, wie ein nächtlicher Vogel, der die Flügel spreizt. »Tritt zur Seite!«

Saresh atmete seine Furcht aus und baute sich entschlossen vor Shaat auf. Er schüttelte langsam den Kopf. Schweiß lief ihm durchs Gesicht. »Ich erinnere mich nur noch daran, wie sich der Himmel schwarz färbte und dennoch überall um mich herum Licht war.« Saresh flüsterte beinahe, und doch war jedes Wort wie Wasser, das auf heiße Kohlen gegossen wurde. »Ich erinnere mich an jeden Blitz, der die Zeit verwischte. Es war wie ein Warnzeichen, weil mich mein Schicksal endlich gefunden hatte.«

Shaat machte einige Schritte nach rechts, Saresh folgte seiner Bewegung, ebenso Shanti, durch seinen Körper gedeckt.

»Nichts war zu sehen, nur meine Erinnerung lag verlassen da. Ich konnte mich nirgends verstecken, als die Asche wie Schnee herabfiel. Der Boden zerbrach dort, wo ich stand. Und alles, was ich hörte, war Eure Stimme, die sagte, ich bekäme, was ich verdiene.«

»Du hast nur gehört, was du hören wolltest!«, brüllte Shaat. »Jene, die ihren Willen zügeln, können das nur, weil ihre Sehnsucht schwach genug ist, gezügelt zu werden.«

»Gebt mir einen Grund, dass ich falsch liege. Genug, um eine Wahrheit zu verstehen, die jenseits dieses Abgrundes liegt, den Ihr zwischen uns bringt!«

»Du weißt bereits alles, was notwendig ist. Du hast dich nur von deinen eigenen Ängsten blenden lassen, anstatt das Unvermeidliche zu akzeptieren! Du folgst Illusionen! *Du* bringst diese Kluft zwischen uns!«

Saresh fühlte sich wie versteinert. »Ich wollte nur mein Leben zurück. Aber wenn das bedeutet, dass dieser Alptraum kein Ende mehr findet, werde ich nicht darum betteln, Meister.«

»Wofür willst du dich opfern?«

»Das habe ich bereits. Nalyd hat es gewusst, er hat es mir gesagt. Ich bin dort gestorben.«

»Was dort hätte sterben sollen, wäre deine Unentschlossenheit gewesen! Wirf dein Leben nicht für eine Einbildung weg.«

»Das Einzige, von dem ich mit Sicherheit sagen kann, dass ich es mir eingebildet habe, ist mein Glaube an Euch.« Hitze kroch seine Wirbelsäule hinauf und nahm die Lähmung von seinen Gliedern.

»Du weißt, ich verzeihe dir alles, Saresh. Aber an diesem Punkt gibt es keine Alternativen mehr. Mach keinen Fehler, der nicht rückgängig gemacht werden kann. Du teilst mein Schicksal oder das ihre.«

Saresh antwortete nicht, während sich die beiden Magier weiter umkreisten. Er wusste nicht, wie er es geschafft hatte, die Statue entgegen Shaats Willen zu bewegen, aber er spürte, dass noch Kraft in ihm steckte. In den staubigen, blutverkrusteten Fingern seiner Linken hielt er einen der letzten Flusskiesel bereit.

»Wie gedenkst du mich aufzuhalten?«, fragte Shaat. »Ich habe den Elyr und meinen Siarra. Du bist verletzt, kraftlos und trägst keinen Symbiolith.« Es lag kein Hohn in der Stimme seines Lehrers, sondern Bedauern. »Du wirst mich nicht aufhalten, und sie wird nicht weit kommen.«

»Seid Euch da nicht so sicher!«, erwiderte Saresh drohend. Er konnte erkennen, dass Shaat für einen Augenblick unsicher war. Doch dieser verging so schnell, wie er gekommen war.

Mitleidlosigkeit erfüllte den Blick seines Meisters. »Dann werden wir uns erst jenseits der Pforte wieder begegnen.«

Saresh nickte stumm.

Shaat riss die Arme hoch, wodurch der Elyr aus seiner Tasche gezogen wurde. Im gleichen Augenblick schrie Saresh: »Tharr!«

Bevor der Stein Shaats Hand erreichte, flog er zu Saresh, der ihn mit der verletzten Hand fing und sogleich gegen Shaat richtete. Doch sein wütender Meister stand schon zur Gegenwehr bereit.

Shanti hechtete zur rettenden Tür, riss sie auf und sprang auf den Gang.

Im Saal hinter ihr wurden Säulen umgeworfen, zersplitterte Tafelwerk an den Wänden, zerbarsten Fliesen und wurden Möbel weggeschleudert, als die Kräfte der beiden Magier aufeinanderprallten.

Kapitel 16

Liocas benötigte eine Weile, um zu fassen, was Moriana gerade ausgesprochen hatte. Es war nicht zu leugnen: Mesa und vor allem der Elyr waren verschwunden!

Nicht verschwunden, nein, wir haben sie vergessen, berichtigte er sich innerlich. Er konnte nicht glauben, dass sie in kurzer Zeit so viel über dieses monströse Artefakt erfahren und es sich quasi im gleichen Augenblick hatten wegnehmen lassen. Es war auch nicht damit zu entschuldigen, dass sie mit letzter Not aus der Schenke entkommen waren. *Nein, wir haben versagt!* Ein Stechen ging durch seinen Magen. Nicht auszudenken, was dieser Stein erneut verursachen könnte.

Lange konnte er nicht über diese Tatsache grübeln, denn seine tequarische Gefährtin schien beschlossen zu haben, sich nicht damit abzufinden.

Moriana war schon halb aus der Tür der Herberge hinausgestürmt, als Salgad sie zurückrief. »Wo willst du hin? In den *Fünf Märtyrern* findest du ihn bestimmt nicht. Da schlitzen sie dir eher den Bauch auf.«

»Aber da kann man mit der Suche beginnen!«, warf sie zurück.

»Das hat doch keinen Sinn. Wahrscheinlich hängen dort immer noch die Söldner herum. Wir laufen ihnen genau in die Arme!«

»Er hat recht«, bekräftigte Liocas. »Vielleicht ist Mesa ihnen ja entkommen. Und wo willst du dann mit der Suche anfangen? Die Stadt ist ein bisschen zu groß, um planlos einen einzelnen Mann zu finden.«

»War ja wieder klar, dass du was dagegen hast. Aber wie immer hat der ach so besonnene Liocas nichts Besseres vorzuschlagen! Was, wenn sie den Magier erwischt haben, oder wenn er tot ist? Lassen wir dieses verfluchte Ding dann einfach in der Kneipe liegen? Vielleicht macht ihr zwei Helden euch darüber mal Gedanken«, rief Moriana. »Ich hab doch diesen ganzen Ärger nicht auf mich genommen, um jetzt aufzugeben.«

»Wer redet denn von aufgeben? Wir sollten nur erst mal nachdenken und nicht losrennen wie die Wil…«

»Komm schon, sag es!«, zischte sie.

»… wie ein Stier durch die Wand«, vollendete Liocas den Satz und ärgerte sich gleichzeitig über die unbedachte Aussage.

»Dann denk schneller nach, denn sonst war alles umsonst, du Klugscheißer!« Moriana warf die Tür mit einem Knall zurück in die Angeln, so dass die Wand erzitterte. Sie baute sich im Flur auf und verschränkte Arme vor der Brust. »Ich bin mal gespannt, was dabei rauskommt.«

Salgad versuchte die Situation zu entschärfen. »Beruhigt euch, noch ist nicht alles verloren. Wir werden ihn und diesen seltsamen Stein finden, glaubt mir.«

»Wie kannst du da so sicher sein? Wir haben nichts, wie euch ja auch schon aufgefallen ist. Nur den Anhaltspunkt in der Kneipe, der dank unserem valdorischen Genie hier jede Sekunde verschwinden kann.«

»Moriana, es reicht jetzt!«, rief Liocas verärgert.

Die Tequa bedachte ihn mit einem Blick ihrer eisblauen Augen, der ihre Abscheu über sein Zaudern offenbarte. Insgeheim musste er ihr recht geben, aber wieder einmal prallten sein Zögern und ihr unbedachtes Voranstürmen aufeinander.

Salgad seufzte. »Hört mir mal zu, bevor ihr euch die Köpfe einschlagt! Ich glaube, ich kann euch ein paar interessante Dinge zu Mesa erzählen, die uns vielleicht zu ihm führen.«

»Du? Was weißt du schon über den Gathori?«, wunderte sich Liocas. »Du kennst ihn doch noch schlechter als wir.«

»Das stimmt nicht ganz«, gab Salgad zu. »Mesa ist mir schon mal begegnet.«

»Das fällt dir ja früh ein!« Moriana griff nach der Lehne eines Stuhls. Für einen kurzen Augenblick dachte Liocas, sie wolle das Möbelstück auf den Söldner werfen.

»Bisher war kaum eine Gelegenheit, euch davon zu erzählen«, beteuerte Salgad. »Bevor er sich zu uns an den Tisch setzte, konnte ich wohl kaum wissen, dass er euer Freund ist.«

»Er ist nicht unser Freund!«, erinnerte ihn Moriana. »Und mir kommen Zweifel, ob wir dich wie einen behandeln sollten!«

Liocas stellte sich zwischen die beiden. »Ganz ruhig, eins nach dem anderen. Woher kennst du ihn?«

»Ihr erinnert euch doch noch an das, was ich euch über den Oligarchen Dakris Olgasi berichtet habe. Als ich mich beim *Kalpeboas* – so nennen die Amhasi seinen Rukh – herumtrieb, um Hinweise zu seinem Konflikt mit Helnissar Telgar zu sammeln, ratet, wer mir da begegnet ist?«

»Mesa«, schloss Moriana.

»Was hat der da zu suchen gehabt?«, wunderte sich Liocas.

»Das kann ich euch nicht sagen, aber er verschwand im Turm. Er ist mir aufgefallen, weil er ziemlich laut mit sich selbst sprach und dann ohne Probleme in einen der Aufzüge für Olgasis Gäste stieg, nachdem er irgendwas mit der Wache gemacht hatte. Es gab zuerst eine kurze Auseinandersetzung, dann gab Olgasis Wachmann plötzlich nach und ließ ihn ein. Außerdem fiel mir dabei die Wunde an seiner Hand auf.«

»Wann war das?«

»Heute Nachmittag, vielleicht zwei Stunden, bevor ich euch in den *Märtyrern* getroffen habe«, überlegte Salgad.

»Sollte Olgasi etwa derjenige sein, der uns helfen kann?«, fragte Liocas ungläubig.

»Naja, einflussreich genug wär' er sicher. Und findet ihr es nicht merkwürdig, dass sich euer Freund ausgerechnet an den Mann wendet, der Keliten und Agenten in genau die Gegenden aussendet, in denen sich danach diese Massaker ereigneten?«

»Hab ich's doch gleich gewusst!«, knurrte Moriana. »Schon, als du uns in der Schenke von diesem Olgasi und seinen Machenschaften erzählt hast, hab ich so ein komisches Gefühl bekommen. Alle Spuren führen zu ihm. Ob mächtig oder nicht, diesmal kannst du mich nicht davon abbringen, ihm den Arsch aufzureißen!« Sie verpasste dem Stuhl einen Tritt. »Und wenn Mesa mit drinsteckt und er uns die ganze Zeit belogen hat … ratet, was dann mit ihm passieren wird!«

»Wir können es uns vorstellen, Moriana«, winkte Liocas ab und dachte nach. Ein Zufall konnte das eigentlich nicht sein. In dieser ganzen Geschichte an Zufälle zu glauben, hieß, den Willen Urias' zu ignorieren oder gar zu verleugnen. Stattdessen sollte er sich bestärkt fühlen, denn einmal mehr tat sich vor ihm ein von Licht durchflutetes Portal auf, wo er zuvor nur eine schwarze Wand gesehen hatte. Er wandte sich an Salgad. »Aber sie hat recht. Olgasi scheint etwas mit der Sache zu tun zu haben. Ich glaube nicht mehr an Zufälle. Wie das alles miteinander zusammenhängt, können wir nur vermuten, aber zumindest sollten wir ihn aufsuchen und zur Rede stellen.«

»Zur Rede stellen?« Salgads Mund entwich ein abfälliger Laut. »Junge, wir können uns glücklich schätzen, wenn wir überhaupt bis zu ihm vordringen. Selbst dann wird er kaum seine Verstrickungen in die Angelegenheiten zugeben«, erwiderte der Söldner. »Warum sollte er auch? Er gehört zu den Leuten in Amhas, die es sich leisten können, die Wahrheit nach ihren Vorstellungen zu verbiegen. Ohne etwas gegen ihn in der Hand zu haben, werden wir kaum etwas aus ihm rausbekommen. Eher lässt er uns von seinem Turm schmeißen.«

»Oh, unsere Tequa kann sehr überzeugend sein, wenn sie will«, grinste Liocas.

»Selbst wenn wir es schaffen, dass er uns etwas über Mesa verrät – nachdem Moriana ihre Überzeugungsarbeit geleistet hat – und falls er dann überhaupt noch zu sprechen in der Lage ist, werden uns seine Wachen in Stücke hacken, sobald wir versuchen zu verschwinden. Nein, mein Freund, so kommen wir niemals wieder aus seinem Rukh hinaus.«

»Aber wir haben etwas gegen ihn in der Hand.«

Die beiden Männer blickten überrascht zu Moriana, die jetzt besonnener wirkte. Ihre Wut schien verraucht zu sein. »Was sollte Mesa denn schon von uns wollen, wenn nicht diesen … Elyr? Er hat uns doch die ganze Zeit versucht, davon abzuhalten, die Akademiker aufzusuchen oder dem alten Zauberer – M'shka möge ihn zu sich genommen haben – zuzuhören. Er wollte dieses … Ding haben, wahrscheinlich von Anfang an. Und ich wette, Olgasi steckt mit ihm unter einer Decke. Vielleicht arbeitet Mesa sogar für ihn. Verschaffen wir uns also Zutritt, indem wir Olgasi zuspielen, dass wir über ihn, Mesa und das verdammte Ding Bescheid wissen.«

Liocas nickte. Er musste sich eingestehen, dass er immer noch dazu neigte, die Auffassungsgabe der Tequa zu unterschätzen. »Könnte funktionieren. Wenn man bedenkt, was man mit dem Elyr anrichten kann, will Olgasi bestimmt nicht, dass seine Rivalen, zum Beispiel dieser Telgar, davon erfahren. Er wird vermuten, dass wir ihn mit unserem Wissen erpressen wollen, und uns zumindest einlassen – wenn auch nur, um uns die Zungen rauszuschneiden.«

Salgad rieb sich das Kinn. »Ist 'ne gefährliche Sache. Aber wahrscheinlich keine schlechte Idee. Auf jeden Fall sollten wir zu Olgasis Turm gehen. Ob der Plan funktioniert, ist fraglich, aber er ist zumindest besser, als uns durch seine Leibwache zu kämpfen. Wie ihr schon sagt, der Name taucht ein bisschen zu oft in dieser ganzen Geschichte auf, als dass wir ihn außer Acht lassen könnten.«

»Worauf warten wir dann noch?«, fragte Moriana ungeduldig.

»Einen Moment!«, bat Salgad und hob den Finger, um sie zum Warten anzuhalten. Er rannte die Treppe hinauf und kam nach einer Weile wieder herunter. In den Händen hielt er eine Kyroi-Schusswaffe, ähnlich denen der Söldner, die Kars begleitet hatten. Sie war allerdings etwas größer, bestand aus schwarzem Holz und wies an den zwei Läufen verschlungene silberne Schriftzeichen auf.

»Jetzt können wir aufbrechen«, lächelte Salgad mit dem schelmischen Gesichtsausdruck eines Siebenjährigen, dem man gerade eine Schleuder in die Hand gedrückt hatte. Er verhüllte die Waffe unter einem Tuch und trat mit Moriana und Liocas hinaus in die Häuserschluchten des nächtlichen Amhas.

Obwohl es schon auf Mitternacht zuging, herrschte auf dem Areal zu Füßen des riesigen Handelsturms noch immer reges Treiben. Auch in der Nacht trafen unablässig Luftschiffe ein oder flogen ab, und alle mussten ent- und wieder beladen werden. Um dies zu gewährleisten, war um die mächtigsten der großen Türme, deren zweithöchster der von Olgasi war, eine regelrechte Stadt in der Stadt errichtet worden. Fünfzig Fuß hohe Lagerhäuser mit mächtigen Toren und ausladenden Lastenkränen flankierten die Zufahrt zum Turm. Auch jetzt war es hier taghell. Riesige Phoslyten, die an Stangenkonstruktionen über der Straße befestigt waren, sorgten dafür, dass rund um die Uhr gearbeitet werden konnte.

Liocas, Moriana und Salgad mussten sich ihren Weg zwischen Gerüsten, Kisten, Fuhrwerken und Arbeitern hindurchbahnen und näherten sich langsam der Brücke. Die mehrere hundert Fuß messende Konstruktion unterhalb des Rukh glich einer Flussbrücke. Auf zwei Trägern, in denen sich von Kasangiten betriebene Maschinen und Gegengewichte befanden, lagerte eine gewaltige Verladestation, zu der ein halbes Dutzend befahrbare Rampen hinaufführten. Dort endeten die Lastenzüge, die von den Anlegern des Turms herunterreichten.

Die Waren der Arcanaeros wurden dort über Ladebühnen von Fuhrwerken aufgenommen.

Der Knappe und die Tequa folgten Salgad unter dem beeindruckenden Bauwerk hindurch in ein Gewirr von Menschen. Hier unten befanden sich kleinere Gebäude, in denen die Mannschaften der Luftschiffe während ihres Aufenthalts im Rukh unterkommen konnten. Teilweise handelte es sich dabei um Kontore von Handelshäusern, Handwerksbetriebe und Gasthäuser oder aber um einfache Baracken und Verschläge, die den oft mittellosen Besatzungen eine Bleibe bis zum nächsten Abflug boten.

»Hier müssen sich ja Tausende von Menschen befinden«, murmelte Moriana, als sie sich durch einen grölenden Trupp Arbeiter drängten.

»Und alle haben Olgasi ein schönes Sümmchen zu entrichten, dafür, dass sie das alles auf seinem Grund und Boden machen dürfen – wenn sie nicht ohnehin direkt für ihn arbeiten«, erklärte Salgad.

»Ich hatte es mir nicht so groß vorgestellt«, staunte Liocas. Als wir sie aus der Luft gesehen haben, schienen mir die Türme kleiner zu sein.« Der Valdorer legte den Kopf in den Nacken und betrachtete die Spitze des Handelsturms, die von aufeinander zulaufenden Phoslyten rot und blau beleuchtet wurde.

»Das macht die Perspektive«, schmunzelte Salgad. »Von oben sieht eben alles kleiner aus.«

Plötzlich war ein vertrauter Tenor aus dem Getöse zu hören. »Ihr da! Hier drüb'n!«

Moriana drehte den Kopf und sah den Mann, zu dem die unverwechselbare Stimme gehörte. Zwischen einigen großen Fässern saß Raijik Caessels, auf dem Schoß eine barbusige Schönheit. Ihre hellrote Haut war übersät von verschlungenen Tätowierungen, und ihr langes weißes Haar war mit grellbunten Federn geschmückt. Das exotische Geschöpf vervollständigte in jeder Hinsicht den Eindruck, den man von Caessels zwangsläufig haben musste. Seine Mannschaft war indessen damit beschäftigt, zwischen den Sitzbänken etwas zu spielen, das augenscheinlich mit dem Werfen von Holzscheiben und dem Konsum von Branntwein zu tun hatte.

»Macht'n ihr hier, hä? Wollter widder weg? Aber nit in der Luft, oda? De Kleene kotzt doch de halbe Stadt zu!« Caessels deutete auf Moriana und prustete lautstark.

Liocas konnte sich nicht verkneifen, ebenfalls zu lachen. »Nein, das hatten wir nicht vor. Aber was treibt euch denn hierher? Ich dachte, ihr wärt schon wieder unterwegs.«

Caessels nahm seinen obligatorischen Zug aus der Flasche und schüttelte dann den Kopf, so dass seine Zöpfe wild hin und her wirbelten. »Nää! De Lieferung hat gebrannt. Hatte de Rab'n da, da wurd's vakant.«

»Wie bitte? Seit wann können Raben Feuer legen? Ist die *Halloran* beschädigt worden? Und was meinst du mit 'vakant'?«

Caessels musste wieder prusten und spuckte dabei einen Großteil des Gesöffs, das er trank, in die Runde. Er konnte sich vor Lachen kaum noch einkriegen. »Bursche«, keuchte er, während er sich zu beruhigen versuchte. »De Rab'n komm'n vom Senat, such'n nach … hm … unverzollter Ware. Der Kram, den ich flieg'n sollt, war heiß!«

Die drei sahen ihn fragend an.

Caessels rollte mit den Augen. »Das Zeug war nit sauber, hatt' jemand 'ne undichte Stelle angezapft ohne's mir zu sag'n.«

Liocas ging endlich ein Licht auf. »Die Raben – du meinst diese Geheimpolizei? Die wollten dein Schiff nach Schmuggelware durchsuchen.«

»Bist das Hirn in eurem Haufen, was, Bursche? Hab' de Lieferung einfach steh'n lass'n. Passiert halt, sowas! Weiß Marut Ardur, warum grad mir! Soll'n jetzt stattdess'n was nach Halosis bring'n, de Vistargo hat was läut'n lass'n. Watt'n jetz' auf de Zuladung. Bis dahin sin' mir erstma' hier!«

»Hier gibt's wahrscheinlich die billigsten Huren!«, mutmaßte Moriana und grinste Salgad an.

»Da hat se recht, de Kleene«, bestätigte Caessels indem er seiner Gespielin in die Pobacken kniff. Sie biss ihm ins Ohr und riss ihm die Flasche aus der Hand, was den Movanten dazu brachte, wieder lauthals loszulachen.

Moriana wartete ab, bis er sich beruhigt hatte, und lächelte ihn dann ebenfalls an. »Wir suchen unseren … Freund Mesa. Du hast ihn nicht zufällig gesehen?«

Caessels kratzte sich zwischen den Beinen, bis die Dirne damit begann, ihn eben dort mit der Hand zu massieren, während sie Moriana herausfordernd anblickte und ihre Zunge um den Flaschenhals kreisen ließ.

»Mesa? Kenn' kein' Mesa!«, schnaufte Caessels und lehnte sich zurück, um die Behandlung der Weißhaarigen zu genießen.

»Er ist mit uns hierhergereist. Auf deinem Schiff!«, erinnerte ihn Liocas.

Caessels blickte auf. »Ach, der dürre Zauberer. Dieser Hungerhak'n. Moment ma' … den hab ich tatsächlich geseh'n! Is' noch gar nit so lang her, ne Stunde vielleicht. Ich saß hier und war grad meine schöne Hase'ba hier am fi... wir begrüßt'n uns grad, mein ich. Da blick ich zur Seite un' wer rennt keine zehn Fuß an mir vorbei, eb'n da, wo ihr grad gelauf'n seid. Dieses halbe Hemd!«

»Wirklich? Wo ist er hin?«

»Hatte`s ziemlich eilig, wollt' wohl zum Rukh. Is' hinner so 'ner Rothaarigen hergerannt. Muss sag'n, die hatt' auch ei-ni-ges zu bieten gehabt! Wär Hase'ba nit grad da, hätt ich se zu mir geruf'n! Kann versteh'n, warum er's da eilig hatt'.«

»Unsere Vermutung war richtig – er besitzt tatsächlich Verbündete in der Stadt«, stellte Liocas fest. »Sie wird ihm mit Sicherheit helfen. Dann müssen wir auch da rauf!« Er deutete auf den Turm.

»Wenn'er jetz' da hoch wollt, könnter's vergess'n!«

»Warum?«

»Is' viel zu voll! Die ham drei überschwere Gevaras für Thalass Horn angedockt, da geht de nächst'n Stund'n gar nix hoch un' runner!«

»Was machen wir jetzt?« Liocas blickte Salgad an, der selbst ein wenig ratlos zu sein schien.

»Wir müssen zumindest an einen seiner höheren Bediensteten, einen Manglabit oder den Prokurator selbst geraten, wenn wir Olgasi wirklich mit unserem Wissen um das Artefakt ködern wollen. Hier unten ist das kaum möglich. Eventuell finden wir jemanden in der Empfangshalle, mit Sicherheit aber in den oberen Stockwerken, bei den Agenturen der Kephalen. Wenn der Hauptaufzug blockiert ist, müssen wir einen Seiteneingang benutzen. Aber die sind bewacht, da kann nicht jeder reinspazieren.«

»Stimmt, da könnt'er nit rein!«

»Aber was ist mit dir?«, fragte Salgad den Movant. »Soweit ich weiß, dürfen doch die Besatzungen der Schiffe mit den Seitenaufzügen fahren.«

»Hab' aber kein Schiff angedockt, Kollege! Wir lieg'n am Jakin Abylyx.« Der Movant zeigte mit dem Daumen hinter seine Schulter grob in die Richtung des größten Rukh von Amhas.

»Aber du gehörst doch sicher der Movantengilde an?«

Caessels richtete sich auf. »Ähm ... wie man's nimmt. Auf jed'n Fall wär ich ohne Plakette nit hier in Amhas.«

»Wie auch immer, könnt ihr uns helfen, einen der Seiteneingänge zu passieren?«, fragte Liocas. »Man muss sich doch sicher irgendwie ausweisen, vielleicht könnt Ihr uns Zutritt verschaffen?«

Caessels nickte. »Stimmt, mit der Plakette könnt's geh'n.« Er wühlte in seiner Weste herum und brachte eine ziemlich übel zugerichtete Bronzeplakette mit eingestanztem Emblem zum Vorschein. »Da isse.«

»Kannst du uns die ausborgen, damit wir hochfahren können?«

»Wie komm ich'n dazu? Am Ende seid ihr un' de Plakette weg, dann kann ich hier de Scheiße schüppen, um meine Kröt'n zu verdien'! 'Ne Ahnung, in wie viele Ärsche man kriech'n muss, um sowas zu bekomm'n?«

Moriana seufzte und kramte in ihrem Beutel, um die Sache abzukürzen. »Hier!« Sie warf dem Movant einen der Fabryt-Streifen zu. »Das sollte reichen, um die Arschkriecherei zu versüßen, wie man mir versichert hat.«

Caessels fing den Streifen auf, sah ihn ungläubig an, blickte mit großen Augen zu Moriana und dann wieder auf die mattierte Kostbarkeit.

Zum ersten Mal schien es ihm die Sprache verschlagen zu haben. Er stand auf, wobei er die Weißhaarige achtlos beiseite schob, ohne den Blick von dem Fabryt zu nehmen. Dann grinste er breit, so dass die Tequa meinte, dass die vielen Ringe gleich seine vollen Lippen zerreißen müssten. »Bist'n gutes Mädchen! Und steckst voller Überraschungen.« Er steckte zufrieden den Streifen zu der Plakette in die Weste. »Die Plakette geb' ich aber nit aus der Hand. Dummer Aberglaube, wisst'er? Ich komm' mit euch rinn.«

»In Ordnung«, sagte Liocas. »Allerdings müssen wir an den Wachen vorbei und auch wieder rauskommen.«

Caessels zuckte mit den Schultern. »Falls'er vorhabt, dies'n Mesa abzustech'n, könnt'er allein seh'n, wie ihr widder rauskommt. Magier abstech'n verkürzt de eig'ne Lebenserwartung drastisch.«

»Keine Angst, wir wollen nur mit ihm reden«, behauptete Moriana und bemerkte, dass Caessels' Blick bereits an Salgads Kyron hängengeblieben war.

»Schon klar. Ich nehm' auch gern de schwer'n Kaliber mit zu 'ner Plauderrunde unter Kumpels. Kommt immer gut an!«, brummte Caessels. »Falls euer Gespräch 'ne unerwartete Wendung nimmt, bin ich weg, verstand'n?« Er wartete jedoch nicht auf das Einverständnis der anderen und marschierte los. »Mir nach jetz'!«

Am Haupttor warteten Lastenträger darauf, dass der große Aufzug wieder unten ankam, um sie und ihre Ladung aufzunehmen. Hier hätte die Gruppe um Caessels tatsächlich länger warten müssen. Doch sie umrundeten das Gebäude und erreichten nach einiger Zeit einen der Seiteneingänge, durch den ebenfalls einige, allerdings wenige, und der Kleidung nach zu urteilen, privilegierte Personen ein und aus gingen. Zwei Männer im Ornat der Wachmannschaft des Rukh sicherten den Zugang zu diesen Türen.

Caessels musste sich nicht bemühen, harmlos zu erscheinen, als er die Plakette vorzeigte, und die vier wurden durchgewunken.

»Einfacher, als ich dachte«, lächelte die Tequa und lief durch die erste Tür in das Gebäude hinein. Von einem langen Gang, der sich zu einer Halle öffnete, ging eine Vielzahl weiterer Türen ab.

Caessels marschierte voran. Er wusste offenbar, dass sich hinter der dritten Tür auf der linken Seite ein Personenaufzug versteckte. Dort fanden sich in einem mit Teppichen ausgelegten Vorraum wieder, aus dem eine Wendeltreppe um den Aufzugsschacht herum nach oben führte. Daneben konnte man die mit zwei großen Symbolen versehene Tür des Lifts erkennen. Nach wenigen Augenblicken öffnete sie sich, und zwei Männer mit Turbanen verließen die Kabine.

Liocas bemerkte, dass die Tequa neben ihm nervöser wurde, kaum dass die Tür sich geöffnet hatte und sie die fremdartigen Instrumente an der Schalttafel in der Kabine erblickte.

»Was hast du denn?«, fragte Salgad, als er mit Caessels ins Innere trat.

Moriana zögerte einen Augenblick und schien dann einen Entschluss gefasst zu haben. »Ich nehm die Treppe, wir treffen uns oben!«, presste sie kurz angebunden heraus und verschwand über die Stufen auf dem Weg hinauf, bevor Liocas oder Salgad etwas erwidern konnten.

»Is' besser, wenn se läuft. Glaub mir«, meinte Caessels und lehnte sich an die Kabinenwand. »Am Ende lässt'se sich de Sache widder durch'n Kopp geh'n.«

Dann schloss sich die Aufzugstür.

Saresh blinzelte. Vor sich erblickte er die Decke des Saals. Die Luft war von Staub geschwängert. Ein eintöniges Pfeifen beherrschte sein Gehör. Von irgendwoher erschallten dumpfe Rufe und ihm war, als würde er Waffengeklirr hören. Seine Lungen brannten vor Anstrengung, der Schmerz pochte in seinen Schläfen. Sein Körper war schweißgebadet, nur die linke Hand erschien ihm unnatürlich kalt. Er hielt dennoch den Elyr krampfhaft darin verschlossen. Instinktiv wusste er, dass dies seine einzige Waffe in diesem ungleichen Kampf war.

Ächzend rollte er sich auf die Seite und stemmte sich mit den Armen vom Boden ab. Durch den aufgewirbelten Staub hindurch versuchte er Shaat zu entdecken. Sein Meister befand sich am anderen Ende des Saals. Regungslos lag er dort neben einer Kommode, die aussah, als habe ein Oger sie als Spielzeug missbraucht.

Jetzt schnell, dachte Saresh und schleppte sich zu Shaat. Der Magier wusste nicht mehr genau, was geschehen war, aber irgendwie hatte er Shaats Attacke mit dem Elyr reflektieren können. Jedenfalls hatte sich das Ergebnis verheerend auf Olgasis zuvor so eindrucksvollen Empfangssaal ausgewirkt. Die Halle war durch die arkane Entladung vollständig verwüstet worden. Kein Teil des Mobiliars stand mehr dort, wo es sich befunden hatte. Von den fünf Silansäulen war lediglich eine einzige intakt geblieben. Eine war in die Sitzgruppe gestürzt und hatte einen Diwan und den Tisch unter sich begraben. Aus dem zerstörten Eshakraton tropfte eine dampfende hellblaue Flüssigkeit, die einen ätzenden Geruch verbreitete. Saresh steuerte auf wackeligen Beinen durch die Trümmer und musste sich hier und da abstützen, um nicht zu stürzen.

Überall lagen die Splitter von Leuchtsteinen herum, die ein zweites, bunt leuchtendes Firmament am Boden bildeten. Die rechte der beiden Statuen an der Tür stand noch. Allerdings waren Teile ihrer ausgestreckten Steinhand zerborsten. Ein einzelner Finger deutete in den Raum, der im Licht der Scherben fast anklagend wirkte.

Saresh trat neben Shaats Körper. Sein Gesicht war unter den Haaren verdeckt, und er konnte nicht erkennen, ob sein Meister noch lebte. Er versuchte sich zu beherrschen und richtete den Elyr in der zitternden Hand auf ihn, obwohl er nicht genau wusste, was er damit tun sollte.

Das wollte ich alles nicht.

Saresh zögerte zu lang.

Shaats Siarra schnellte hervor, gefolgt von einem hasserfüllten Blick, der so dämonisch brannte wie sein Symbiolith. Der Stein entlud sich in einem grellen Blitz, der Saresh wie eine Lanze durchbohren und gleichzeitig verbrennen wollte. Doch anstatt seinen Körper zu zerstören, fuhr er mit einem lauten Zischen in den Elyr. Die Wucht des unvermittelten Angriffs warf Saresh um und riss ihm den Fokusstein aus der Hand. Funkelnd verschwand das Artefakt unter den Trümmern in der Mitte des Raums.

Shaat fletschte die Zähne und erhob sich stöhnend. Seine sonst makellose Erscheinung war durch Blessuren an Armen und im Gesicht verunziert worden. Er blickte schwer atmend zur offenen Tür, von der sich Stimmen und Schatten näherten.

»Du kannst ihn also ohne fremde Hilfe beherrschen«, sagte er zornerfüllt mehr zu sich selbst als zu Saresh, der sich die Seite hielt und versuchte aufzustehen. »Wie ist das möglich?«

Saresh kannte die Antwort auf die Frage nicht. Er suchte verzweifelt nach dem Elyr, ohne Shaat dabei aus den Augen zu lassen.

»Verschwendet!«, murmelte Shaat mit echtem Bedauern in der Stimme. Er stand Saresh wie erstarrt gegenüber. »Du hast dich und dein Talent verschwendet. Sogar der Elyr lässt sich von dir ohne Hilfe lenken. Du hast am Asakon mehr gewonnen als verloren. Sieh es endlich ein! Dennoch, alles, was du weißt, verdankst du mir. Ohne mich wirst du sterben!«

»Ich sehe es ein.« Saresh nickte, das Gesicht voller Zorn. »Ich verdanke Euch, zu wissen, was es heißt, belogen und benutzt zu werden. Was es heißt, wenn man als Figur auf einem Spielfeld geopfert werden soll. Diesem Weg kann ich nicht länger folgen«, stieß er hervor. »Ich habe direkt in die Schwarze Sonne geblickt! Ihr habt mich nicht davor gewarnt, dass der Elyr das Tor so weit aufstößt, obwohl Ihr es immer gewusst habt.«

»Nein! Du hast dich von deiner Angst blenden lassen. Der Angst davor, das Notwendige zu tun.« Kummer stand in Shaats Augen geschrieben. »Ich habe dir vertraut. Ich hätte niemals gedacht, dass ich gerade durch dich lernen muss, was Enttäuschung bedeutet.« Er formte die Finger um den Siarra zu einer Pranke und deutete auf seinen Schüler.

Saresh schloss die Augen und ergab sich, doch ein wilder Schrei ließ ihn wieder auffahren. Ein halbes Dutzend gepanzerter Wachen Olgasis stürmte in den Saal und richtete Kyroi auf Shaat. Der Gathori fuhr herum und spie den Angreifern einen Zauber entgegen. Saresh erkannte das Aufblitzen an den Mündungen der Schusswaffen und vollführte einen Hechtsprung nach vorn in Richtung der Trümmer. Aus der Deckung heraus sah er, wie Shaat in eine Sphäre aus Licht getaucht wurde und kleine Blitze an ihm vorbeizischten. Einer von ihnen bohrte sich wie ein wütendes Insekt in seine Schulter. Mit einem Brüllen warf sein Meister das Licht gegen die Wachen, die geblendet, schreiend und taumelnd zurückgeworfen wurden.

Saresh suchte den Boden erneut nach dem Elyr ab, sein Blick schnellte dabei aber immer wieder zu Shaat. Der Treffer in der Schulter hatte ihn nicht niederstrecken können, offenbar nur gestreift. Er schien sich ihm wieder zuwenden zu wollen, doch weitere Wachen drangen in den Raum ein, die ihn davon abhielten.

Ein Mann rannte mit einem Spieß auf den Magier zu. Als er ihn fast erreicht hatte, wurde er herumgeworfen. Shaats magische Macht zerbrach den Schaft der Waffe und trieb dem Wachmann die abgebrochene Spitze in den Hals. Gurgelnd sank Olgasis Kämpfer auf die Knie, während der Gathori sich bereits dem nächsten Gegner zuwandte.

Saresh kroch an der gefallenen Säule entlang, als eine schwertschwingende Wache darüber hinwegsprang und zum Schlag gegen seinen Meister ausholte. Shaat stoppte den Mann mit einem Trümmerstück, das er wie von Geisterhand gelenkt gegen dessen Kopf schmetterte. Die Leiche krachte neben Saresh in die Trümmer des Saals. Der junge Magier warf sich über die Säule, um sich Shaats Blickfeld zu entziehen. Aus der Deckung konnte er den Fortgang des Kampfes nur noch mit anhören. Viel Zeit blieb ihm nicht, um den Elyr zu finden. Saresh wusste, dass die Wachen seinen Meister nicht aufhalten würden, und ohne den Fokusstein war er ebenfalls nur ein Spielzeug in den Händen Shaats. Der Lärm und die anhaltenden Todesschreie bestätigten ihm das allzu deutlich.

Irgendwo hier muss er sein!

Saresh arbeitete sich durch die Überreste der Vasen und des Tischs, auf dem sie gestanden hatten, da erblickte er einige Phoslyten-Scherben vor sich zwischen den Steinbrocken. Mit einem Mal erstarb ihr Glimmen, wie eine Kerze, die man ausbläst. Kaum war das Glühen verschwunden, ergrauten die Scherben und wurden porös. Saresh schob die Steine zu Seite, wobei er die Scherben berührte, die wie getrockneter Sand zerfielen. Er griff den Elyr und richtete sich auf.

Shaat stand ihm gegenüber und erwartete ihn, triumphierend über zerfetzten Körpern thronend. Keiner der Wachleute hatte den Angriff auf den Magier überlebt.

Moriana hastete die Stufen hinauf. Sie hatte aufgehört, die Stockwerke zu zählen, die sie passiert hatte. Obwohl sie eine ziemlich zähe und ausdauernde Läuferin war, wurden ihre Beine allmählich schwer. Langsam wurde ihr klar, wie viel sie sich vorgenommen hatte. Diese Treppen wurden zu einer echten Prüfung ihrer Ausdauer.

In einer der Verbindungshallen zwischen den Stockwerken blieb sie stehen, schnaufte durch und versuchte, Oberschenkel und Waden zu lockern. Bedienstete gingen auf und ab. Die wenigsten schienen sie überhaupt zu bemerken. Am Ende des Flurs befand sich wieder eine der Türen, die in dieses Höllengerät führten, das die anderen benutzt hatten, um nach oben zu gelangen.

Nein, da gehe ich nicht noch einmal hinein! Moriana konnte sich ihre Schwäche nicht erklären, auch nicht die andauernde Übelkeit auf dem Schiff. Es war beschämend für eine Tequa, einer Sache derart hilflos ausgeliefert zu sein. Aber es ließ sich einfach nicht ändern, da half aller Ärger nichts. Vor allem wäre sie bei einer Konfrontation mit Mesa nutzlos gewesen, wenn sie in diesem Aufzug mitgefahren wäre.

Bor-Tak, deine Prüfungen für mich sind wirklich von erlesener Grausamkeit. Du musst mich wirklich lieben, wenn du mir so viel Beachtung schenkst.

Sie biss die Zähne zusammen und wollte weiterlaufen, als plötzlich Unruhe um sie herum aufkam. Das Klappern von Metallteilen kündigte Wachsoldaten an, bevor sie sie sehen konnte. Eine Handvoll erschien am anderen Ende der Halle.

»Sichert die Aufzüge, keiner darf entkommen«, bellte der Anführer seinen Untergebenen zu. Zwei Männer lösten sich aus der Gruppe, während der Rest weiter durch die Halle rannte, direkt in Morianas Richtung.

Die Tequa hatte einen Augenblick zu lange darüber nachgedacht, warum diese Typen immer im ungünstigsten Moment auftauchten. Schon wurde sie entdeckt.

»Du da!«, brüllte der Anführer. »Rühr dich nicht vom Fleck!«

Moriana wäre niemals eingefallen der freundlichen Aufforderung nachzukommen. Ihre Motivation, die schier unendlichen Treppen zu bezwingen, hatte sich aber in diesem Moment verzehnfacht.

»Vorsicht, sie ist bewaffnet!«

Moriana trat die Flucht die Stufen hinauf an, nur um nach zwei Schritten in einen Diener mit einem Bündel Schriftrollen zu rennen, der ihr von oben entgegenkam. Der ältere Mann kam ins Stolpern und fiel in ihre Arme, so dass sie ihn aus einem Reflex heraus auffing.

»Packt sie!«, tönte es dicht hinter ihr.

Die Kriegerin und der Diener starrten sich einen Wimpernschlag lang an, dann drehte sich Moriana mit dem Mann in den Armen um und stieß ihn in die heranstürmenden Wachen hinein, noch bevor er »Verzeihung« sagen konnte.

Die Wendung der Dinge beflügelte die Kriegerin, und sie preschte in vollem Lauf weiter, zwei Stufen mit jedem Schritt überwindend. Sie hatte keine Zeit, sich auf einen Kampf mit den Wachen einzulassen, auch wenn ihre Chancen nicht schlecht standen. Auf den Stufen bestand eine gute Chance, sie aufzuhalten. Ohne Schusswaffen hätte sich ihr immer nur einer oder höchstens zwei gleichzeitig stellen können. Sie blieb stehen und zog ihre Waffe. Die schwer gerüsteten Söldner kamen aber bei weitem nicht so schnell vorwärts wie Moriana. Nichtsdestotrotz waren sie ihr auf den Fersen, wie sie deutlich hören konnte. Sie rang einige Augenblicke mit sich, ihnen nicht hinter der nächsten Ecke aufzulauern, rannte dann aber weiter. Was würde es schon nützen?

Fragt sich nur, was ich mache, wenn die Treppe irgendwann endet – falls sie denn jemals endet! Verdammte, größenwahnsinnige Amhasi!, dachte sie.

Zwei Stockwerke weiter entschied sie sich, der Jagd eine Wende zu geben, die Treppe zu verlassen und durch die Verbindungshalle zu laufen. Auf der anderen Seite musste ebenfalls ein Treppenhaus sein, oder zumindest eine Ecke, in der man sich kurzfristig verstecken konnte. Sollten diese Idioten doch an ihr vorbei und weiter nach oben rennen!

Was hat diese Kerle nur so aufgescheucht? Die waren doch nicht hinter mir her, oder doch? Ein mieses Gefühl überkam sie, während sie vorsichtig die Halle durchquerte.

Unvermittelt nahm sie eine schnelle Bewegung vor sich wahr, gefolgt von einem Schnaufen. Moriana ging in Verteidigungsstellung und wartete ab. Eine junge rothaarige Frau kam mit gehetztem Gesichtsausdruck um die Ecke gerannt. Als sie Moriana mit dem erhobenen Schwert vor sich sah, stoppte sie. Sie sah die Tequa an, als hätte sie einen Geist erblickt.

Rote Haare!, schoss es Moriana durch den Kopf. Im selben Augenblick musste auch die Frau begriffen haben, dass es tatsächlich die Kriegerin aus den *Märtyrern* war, die ihr den Weg versperrte. Sie versuchte an Moriana vorbeizurennen. Doch die Tequa durchschaute das Manöver und trieb sie gegen die Wand, indem sie die Klingenspitze auf die Brust der Rothaarigen richtete.

»Wohin so eilig?«

»Wir müssen sofort hier raus!«, keuchte die Frau.

»Dann sind sie hinter *dir* her!« Moriana rückte dichter an sie heran und setzte ihr die Klinge an den Hals. »Was ist hier los? Und wo ist Mesa?«

»Mesa?«

»Stell dich nicht dumm, Schwester! Ich weiß, dass du ihn in Olgasis Auftrag hierhergebracht hast! Du ...«

Weiter kam sie nicht. Am Treppenabsatz tauchten ihre Verfolger mit hochroten Gesichtern auf. Zwei von ihnen hatten Kyroi in den Händen. Ohne zu zögern, riss Moriana die Rothaarige am Arm mit sich hinter die Mauer, hinter der sie ihr entgegengekommen war. Ein Schuss sauste ihnen hinterher, verfehlte sie aber um Längen.

Soviel zum Thema Gegenangriff! Moriana presste sich gegen die Wand, ohne Olgasis Dienerin loszulassen. »Dein Name, Schwester?«, fragte sie barsch.

»Shanti.«

»Hör zu, Shanti, wir klären das später. Jetzt müssen wir erstmal unsere Ärsche retten!« Moriana wies mit dem Schwert die andere Treppe hinauf, die die Amhasi eben erst hinuntergelaufen war. »Los!«

»Los? Wohin?« Mit überraschender Kraft gelang es Shanti, sich aus Morianas Griff zu befreien. »Doch wohl nicht nach oben?«

»Hier unten wimmelt es von Wachen. Ich muss da hoch!« Der Tequa fiel nichts Besseres ein, als Shanti wieder mit dem Schwert zu bedrohen. »Und du kommst mit.«

»Wenn du gesehen hast, was da oben los ist, nimmst du es lieber mit den Wachen auf«, entgegnete Shanti. Kaum, dass sie den Satz ausgesprochen hatte, drehte sich Moriana an ihr vorbei in den ersten Angreifer und warf ihn mit einem Tritt zurück. Der überraschte Söldner hatte keine Gelegenheit, sich zu orientieren, denn Morianas Schwert fuhr ihm wie der Stachel eines Skorpions in den ungeschützten Hals und wieder hinaus. Er griff sich entsetzt an die Kehle. Seine Hände färbten sich augenblicklich rot, und er sackte nach hinten.

Ein weiterer Schuss verfehlte Moriana nur knapp und hinterließ auf Kopfhöhe eine Kerbe im Mauerwerk.

»Los jetzt, verdammt!«, brüllte sie.

Shanti ließ sich nicht noch einmal bitten und rannte die Treppe hinauf, dicht gefolgt von der Tequa.

Kapitel 17

Caessels beäugte Salgad argwöhnisch, während er glänzende Metallprojektile in die Läufe seiner Schusswaffe steckte. »Sacht ma', wenn ich das richtig seh', wollt'er das Gespräch wohl gleich mit 'nem freundlichen *Hallo* beginnen, hä?«

»Wir wollen nur reden!«, stellte Liocas mit zusammengezogenen Augenbrauen fest. Er versuchte überzeugend zu wirken, auch wenn er keine Ahnung hatte, was sie taten, wenn sie Mesa und den Elyr tatsächlich oben vorfanden.

Salgad klappte die Waffe zu und setzte ein schiefes Grinsen auf. »Lyssa sollte eigentlich nicht die Begrüßung übernehmen. Aber falls sie ein Wort mitreden muss, habe ich ihr schon mal stichhaltige Argumente in den Mund gelegt.«

»Du hast die Waffe nach einer Frau benannt?«, fragte Liocas ungläubig und zeigte auf den Kyron.

»Streng genommen habe ich sie nach meiner Frau benannt – meiner dritten! War ein Prachtweib.«

Jetzt musste auch Caessels grinsen. »Muss dir ja ganz schön eingeheizt hab'n, wenn de den Prügel nach ihr benannt hast.«

Salgad verschränkte die Waffe vor der Brust. »Du Witzbold hättest dich bestimmt nicht mit ihr anlegen wollen.«

»Schon gut, Bursche!« Caessels hob entwaffnet die Arme. »Der aale Caessels weiß doch selbst, dass de Ehe keen Ponyhof is'.«

»Du warst verheiratet?«, fragte Liocas skeptisch.

»Zumindest das nächste, was ich mir drunter vorstell'n kann. Stellte sich aber raus, dass der kleene Caessels nit nur für eine Dame gemacht wurd'.«

Liocas rieb sich die Stirn und seufzte. »Was auch immer. Wir werden das in aller Ruhe durchziehen. Hier muss überhaupt nicht geschossen werden.« Als er den Satz beendet hatte, kam der Aufzug plötzlich zum Stehen. »Was war das jetzt?«

»Nichts Gutes«, bemerkte Salgad und drängte sich in der Kabine nach vorn.

Liocas bewegte die Hebel, die den Aufzug in Bewegung gesetzt hatten, in der Hoffnung, dass es weiter aufwärts ging, erzielte aber keine Wirkung. »Da tut sich nichts.«

»Wär' besser unne geblieb'n«, brummte Caessels. »Da hätt' sich noch einiges mit der guden Hase'ba zu tun gehabt, verdammter Schess!«

»Still!«, zischte Salgad und beugte sich näher zu den Türen. Sein Ohr berührte fast die Oberfläche, da wurden sie plötzlich mit einem Ruck aufgezogen. Der Sagitan konnte gerade noch einen Sturz vermeiden.

Vor der Kabine standen vier Wachen Olgasis mit gezogenen Säbeln, die ebenso überrascht zu sein schienen wie die Insassen der Kabine. Liocas und Caessels starrten wie in die Ecke getriebene Kaninchen aus dem Aufzug auf die Männer.

»Ergebt euch!«, schrie der erste von ihnen in die Kabine.

Salgad sah sich zu seinen Begleitern um, seufzte und machte Anstalten, den Kyron auf den Boden zu werfen. Stattdessen machte er aber einen schnellen Schritt vorwärts und rammte dem ersten Söldner Lyssas Kolben ins Gesicht. Sofort drehte er die Waffe gegen seine Schulter. Noch bevor die anderen begriffen hatten, was geschah, hörten sie einen Knall, gefolgt von einem grellen Aufblitzen. Der nächste Söldner wurde durch die Wucht von Lyssas erstem Argument umgeworfen. Noch während der Mann umfiel, sprang Salgad aus der Kabine und stieß die dritte Wache mit dem Lauf zurück. Dann drehte er sich zum vierten und drückte ab. Der Mann fiel tonlos nach hinten. In seinem Brustpanzer befand sich ein schwarzes Loch, aus dem eine Rauchfahne aufstieg. Der dritte kam zurückgesprungen und schlug mit dem Säbel nach Salgad. Der blockte mit dem Kyron den Schlag nach unten ab und schlug aus dem Schwung den Kolben gegen sein Kinn. Der Mann ging zu Boden, ein weiterer Treffer in den Nacken schickte ihn in tiefe Bewusstlosigkeit.

»Puh!«, meinte Salgad erleichtert, als es wieder ruhig wurde. Er musste sich einige Strähnen aus dem Gesicht streichen, die sich aus seinem Pferdeschwanz gelöst hatten. »Das hätte übel ausgehen können.«

Caessels stellte sich neben ihn und rieb sich das Kinn. »An so'ner Stelle sacht man wohl: Autsch!«

»Was ...?«, stammelte Liocas und blickte Salgad fassungslos an. »Hätte? Was soll das bedeuten? Hätte übel ausgehen können. War das notwendig? Wir hätten das anders lösen können. Im schlimmsten Fall müssen wir jetzt gegen jede Wache in diesem von Urias verlassenen Turm kämpfen!«

Während Liocas auf Salgad einredete, war der Söldner schon wieder dabei Lyssa mit Projektilen zu füttern. »Glaubst du wirklich, die hätten ihre Meinung geändert und uns zu Olgasi geführt, wenn wir ihnen unsere unerfreuliche Situation geschildert hätten?« Salgads Erwiderung klang, als wäre nichts Gravierendes geschehen. »Jedes Zögern hätte uns diesen Kerlen ausgeliefert. Es gab nur eine Chance, sie loszuwerden, die habe ich ergriffen. Außerdem muss die Luft ohnehin schon brennen, wenn sie mit gezogenen Waffen die Aufzüge anhalten!«

»Da hatter recht«, wandte Caessels ein. »Un' genau das is' dann auch der Augenblick, in dem sich der gute Caessels von euch verabschiedet. So wie's aussieht, kommt'er ganz gut allein zurecht«, sagte der Movant und stieg über einen der Toten hinweg.

»Warte!«, sagte Liocas, obwohl ihm klar war, dass Caessels ihnen keine Hilfe mehr sein würde.

Der Movant spähte bereits das Treppenhaus neben dem Aufzugsschacht hinab. »Vergesst's! Ihr könnt umleg'n, wen 'er wollt, solang' ich ganz woanners bin! Grüßt de Kleene von mir. Mag ihre Art – hat was!« Caessels wartete nicht länger und lief die Treppe hinab.

»Lass ihn!«, sagte Salgad.

Liocas antwortete dem Söldner nicht und beugte sich zu den Wachen hinab. »Der hier lebt noch«, stellte er fest, nachdem er den Puls des Manns gefühlt hatte, den Salgad zuletzt überwältigt hatte. Liocas griff ihn unter den Armen und schleifte ihn in die Aufzugskabine.

»Was wird das denn jetzt?«, wollte Salgad wissen. »Wir haben keine Zeit für sowas!«

»Er braucht Hilfe, bei Urias! Ich schicke ihn nach unten«, entgegnete Liocas scharf, legte die Hebel in der Kabine um und löste die Außenverriegelung, mit der die Wachen den Lift gestoppt hatten. »Seine Kameraden werden den Aufzug wieder anhalten und ihn finden.«

Salgad lächelte. »Jedenfalls werde ich eine Bestattung mit allen Ehren erhalten, wenn ich ins Gras beiße und du bei mir bist. Macht mich irgendwie glücklich, das zu wissen.«

Liocas wies auf die Toten. »Ich würde dich mit dem Aufzug nach unten schicken, wenn ich nicht wüsste, dass sich das hier dann lediglich wiederholt.«

Plötzlich erschallte Lärm aus dem Treppenhaus, in dem Caessels verschwunden war. Schreie waren zu hören. Salgad legte die Waffe an und zielte auf den Durchgang zur Treppe.

Ein Schnauben und Poltern kam näher. Aber statt eines Wachtrupps stolperte der Movant die Stufen hinauf. Er hielt sich die rechte Schulter, seine Hand war blutverschmiert. »Da geht's nit weiter!«, war alles, was er ihnen zurief. Ohne sich umzusehen, rannte er weiter nach oben. Geschrei war von unten zu hören.

»Weg hier!« Liocas winkte Salgad und folgte Caessels. Der Sagitan schulterte Lyssa und schloss sich ihm an.

»Die komm'n von beid'n Seit'n de Trepp'n hoch. Gas'da soll eure Schwänze abfaul'n lass'n!«, fluchte Caessels und spuckte im Laufen aus. »Das is' eure Schuld, dass ich hier draufgeh'!«

»Niemand hat dich gezwungen«, keuchte Liocas, während er versuchte mit dem Movanten Schritt zu halten.

Drei Etagen später veränderte sich der Schnitt des Turms. Die beiden parallel geführten Schächte mit Treppen und Aufzügen endeten in einer großflächigen Halle. Linker Hand führten hinter einem Portal breite Stufen weiter hinauf. Von dort flackerte ein eigenartiges blaues Licht in die Halle, untermalt von einem infernalischen Knall, der die drei Männer vor Schreck zusammenzucken ließ.

Salgad hatte sich als erster wieder gesammelt. »Ich glaube, wir haben den Grund für den Aufruhr gefunden.«

»Was bei den Tosenden Abgründen ist hier nur los?«, fragte Liocas.

»Ich hoffe nur, dass es nichts mit dem Elyr zu tun hat.« Salgad sprach Liocas´ Befürchtung aus.

»Uns bleibt kaum was anderes übrig, als das rauszufinden«, erklärte der Knappe und zog sein Schwert. Er näherte sich dem Portal, das durch schwere Türflügel verschlossen werden konnte.

»Wir sollten die hier schließen und hinter uns verriegeln. Vielleicht halten wir so die Wachen auf.« Salgad wies Liocas auf Seilzüge an der Wand hin, mit denen die Flügel bewegt werden konnten.

»Schön und gut, Salgad, aber wie kommen wir dann wieder hier raus?«, fragte Liocas.

Caessels antwortete ihm. »Die meist'n Rukhanti hab'n Luftbark'n, die oberhalb der Laderamp'n bei den Wohnräum'n festgemacht sin'. Ich fress' meinen eig'nen Schess, wenn Olgasi keine hat!« Er zeigte mit dem Daumen hinter sich. »Runner zu den Anlegern komm'n wir eh nit mehr. Alles volla Wachen, als hätt' man in 'n Wespennest gestoch'n. De Barke is uns're einzige Chance!« Caessels stöhnte vor Schmerz und musste sich gegen die Wand lehnen.

Salgad betrachtete die Wunde des verletzten Movanten. »Hat nur ein bisschen Haut und Fleisch weggerissen«, diagnostizierte er. »Du wirst uns doch nicht etwa umkippen?«

Caessels grinste und entblößte dabei eine Reihe schiefer gelblicher Zähne. »Sicher nit vor dir, Bübchen!«

»Kannst du uns denn mit der Barke sicher von dem Turm bringen?«, fragte Liocas unruhig.

»Ich bin noch mit allem, was fliegt, irgendwie irgendwo widda runnergekomm'n. Reicht dir das?«

»Muss ja!«, bemerkte Salgad. »Dann verrammeln wir die Tür und hoffen, dass der Witzbold richtig liegt und uns nicht verblutet, bis wir oben sind.« Der Söldner wollte einen der Seilzüge greifen.

»Augenblick!«, hielt ihn Liocas auf. »Was ist mit Moriana?«

»Lange können wir hier nicht rumstehen, Liocas.« Salgad ging durch die Tür, lehnte Lyssa an die Wand und griff das Seil. »Die werden gleich hier sein.«

»Ich lasse sie nicht hier zurück, nach allem, was wir durchgestanden haben.« Er spähte links und rechts die Halle hinunter. »Wir warten noch etwas.«

Salgad stöhnte und baute sich vor Liocas auf. »Hör mal zu, Junge! Alles, was ich sagen kann, ist das: Wir sind hier, sie nicht. In den Gängen wimmelt es von Söldnern, die uns ans Leder wollen. Wir können nur hoffen, dass deine Tequa es irgendwie selbst schafft. Warten wir noch länger, sind wir tot, sonst gar nichts.« Er packte Liocas am Arm. Doch der Knappe riss sich los und starrte Salgad zornig an. Die Augen des Söldners zeigten ihm allerdings, dass er sich nicht umstimmen ließ.

»Wir könn'n gar nix für se tun«, mischte sich Caessels ein und richtete sich stöhnend auf. Seine Wunde hatte einen roten Fleck an der Wand hinterlassen. »Wir hab'n gar keene Wahl«, presste er hervor und schleppte sich zu Salgad.

Liocas schwieg. Er kämpfte mit sich selbst und verfluchte Morianas Entscheidung, allein zu gehen. Er hätte sie aufhalten müssen. Aber er wusste, dass Caessels und Salgad die Wahrheit sagten. Seinem Verstand war das vollkommen klar, nur seinem Gewissen nicht. Er schluckte die Reue hinunter und ging zu dem anderen Seilzug. Gemeinsam mit Salgad zog er die Türflügel zu und verriegelte sie.

Liocas blickte noch einmal zur Tür und hoffte, gleich Morianas wütende Faust auf das Holz trommeln zu hören. Doch Salgads Hand zog ihn weiter.

»Komm schon!«, sagte der Söldner, nun mit milderer Stimme.

Der Lärm aus der oberen Etage war verklungen. Die Männer nahmen vorsichtig eine Treppenstufe nach der nächsten, während sie den halbdunklen Raum nach Anzeichen von Gefahr absuchten. Heftiger Wind, der einen beißenden Geruch mit sich führte, schlug ihnen von oben entgegen. Die Treppe führte sie in einen weiteren Flur und vor den Ausgang des Raums, der die Quelle des Lärms sein musste. Davor verteilten sich Splitter und Scherben auf dem Boden, inmitten derer eine Wache lag, deren Glieder seltsam verrenkt waren. Die aufgerissenen Augen verrieten den Schrecken, mit dem der Mann unmittelbar vor seinem Ableben konfrontiert worden sein musste. Der Wind heulte an dieser Engstelle und drückte die Türflügel weit auf, von denen einer nur noch quietschend in einer Aufhängung gehalten wurde.

Salgad gab den anderen ein Zeichen, sich ruhig zu verhalten und zurückzubleiben. Er näherte sich dem Eingang von der Seite und blickte vorsichtig hinein. Dann drehte er sich zu ihnen um und gab ihnen mit zwei Fingern wortlos zu verstehen, wie viele Personen er entdeckt hatte. Er deutete auf die gegenüberliegende Seite. Liocas schlich mit dem Schwert voran. Caessels folgte ihm und zog ein langes Messer mit groben Zacken, die an die Zähne eines Haifischs erinnerten, aus dem Gürtel.

Salgad gab Liocas mit wenigen Handzeichen zu verstehen, dass er zuerst hineingehen sollte, während er ihn mit dem Kyron deckte. Liocas nickte und atmete tief ein.

Urias steh mir bei!

Er preschte durch die Tür. Salgad legte an und folgte ihm.

Der Saal, in den sie stürmten, glich einem Schlachtfeld. Der Boden war mit Trümmern und Leichen übersät. Es gab kaum einen Einrichtungsgegenstand, der nicht zerstört oder beschädigt war.

Liocas erblickte Mesa und einen Fremden, die sich in einigem Abstand belauerten. Mesa war mit Blut und Dreck beschmiert. Er war sichtlich erschöpft. Seine Kleidung war an vielen Stellen zerrissen. Die Gewänder seines Gegenübers waren weniger in Mitleidenschaft gezogen, aber ebenfalls deutlich von den Spuren eines heftigen Kampfes gezeichnet. Der Fremde wurde durch das glühende Licht des Elyr angestrahlt, den Mesa wie eine Waffe auf ihn gerichtet hatte. Das Gesicht des Fremden zeigte einen versteinerten Ausdruck, als er die drei Männer bemerkte.

Mesa hingegen wurde durch das plötzliche Auftauchen der bekannten Gesichter völlig überrascht. Sein Gegner nutzte den Augenblick der Verwirrung und warf ein grell leuchtendes Geschoss aus seiner Hand auf ihn. Der junge Magier schrie auf, als er getroffen wurde und ging zu Boden.

Noch ein Magier!, erkannte Liocas erschrocken.

Salgad richtete Lyssa auf den Fremden und schoss sofort. Dieser versuchte nicht, dem Projektil auszuweichen, sondern streckte ihm nur die Hand entgegen. Entgeistert mussten die drei feststellen, dass es, anstatt in den Körper des Mannes einzuschlagen, vor der Hand des Fremden gestoppt hatte. In seiner Linken konnte man deutlich den glühenden magischen Stein der Gathori erkennen. Der Zauberer ging in die Knie und spreizte die Finger. Er brüllte etwas in einer unverständlichen Sprache, und sein Gesicht verzog sich zu einer raubtierhaften Fratze.

Liocas reagierte als Erster. Er stieß Caessels zur Seite und sprang im selben Augenblick in die andere Richtung. Salgad hingegen konnte nicht schnell genug ausweichen. Eine Druckwelle, die nur durch die Aufwirbelung aus Staub und Splittern sichtbar war, traf ihn und warf ihn rücklings aus dem Raum. Danach riss die Welle die schief hängende Tür endgültig aus der Verankerung.

Moriana hämmerte mit den Fäusten vor die verschlossenen Torflügel. »Verdammt!«, brüllte sie und sah sich nach einem anderen Ausweg um.

»Der Weg in Olgasis Gemächer war eben noch frei«, beteuerte Shanti. »Ich bin hier durchgelaufen. Vielleicht sind die Wachen vor uns hier angekommen? Die Türen können nur von innen verriegelt werden.«

»Ich bin doch nicht Hunderte von Treppenstufen raufgerannt, um von so einer verfluchten Tür aufgehalten zu werden! Die konnten unmöglich schneller sein als wir!«

Plötzlich wurde die Tür von einem Schlag erschüttert und beide Frauen fuhren erschrocken zurück.

Moriana funkelte Shanti entschlossen an. »Ich will endlich wissen, was hier eigentlich los ist, Schwester!«

»Ich hab dir doch gesagt, dass wir besser aus dem Turm fliehen«, entgegnete Shanti mit zitternder Stimme.

»Sag's mir! Ich muss es wissen!«

Shanti schluckte. »Diese beiden Gathori … sie fingen an, gegeneinander zu kämpfen. Der ältere hat Olgasi umgebracht. Es geht ihnen um diesen Kasangiten. Zum Glück konnte ich rechtzeitig verschwinden.«

»*Zwei* Magier? Verfluchter Valdorer!«, fluchte Moriana. »Hätte Liocas bloß auf mich gehört und wäre diesen Mesa losgeworden.«

Shanti war verwirrt »Mesa? Euren Freund, den ich in den *Märtyrern* abgeholt habe, heißt Saresh.«

Moriana verpasste der Tür einen Tritt. »Natürlich. Dieser Dreckskerl hat uns von vorne bis hinten nur belogen.«

»Mir hat er ehrlich gesagt das Leben gerettet«, sagte Shanti. »Ohne ihn hätte mich der andere Magier getötet.«

»Na, dann Glückwunsch.« Moriana hielt inne. »Wo, bei allen Göttern, sind bloß die anderen?«

»Olgasis Männer werden sie erwischt haben.«

Moriana stöhnte erschöpft. »Dann liegt es an mir. Ich muss den Magiern den Elyr wegnehmen.«

»Wegnehmen? Hörst du mir nicht zu? Wir sollten schleunigst von hier verschwinden!«

»Ich wüsste nicht, wie. Von unten kommen Olgasis Kettenhunde und diese Tür ist verriegelt, wie du siehst.«

»Es gibt immer Alternativen.« Shanti deutete auf ein Fenster gegenüber der Tür.

»Bist du verrückt?« Die Tequa starrte ungläubig in die angegebene Richtung. »Da raus? Weißt du, wie hoch das ist?«

»Es ist eine Möglichkeit. Immer noch besser, als gleich abgestochen oder erschossen zu werden«, konterte Shanti gleichmütig.

»Ich sehe weder Seil noch Flügel, die dich sicher nach unten bringen werden«, feixte Moriana.

»Wer sagt denn, dass es nach unten geht?« Shanti ging zum Fenster und zog es auf. Sie blickte hinaus und drehte sich wieder zu Moriana um. »Sechs Fuß unter dem Fenster verläuft ein Sims, gerade breit genug, um darauf zu stehen.«

»Ich hack mich lieber durch jede einzelne Wache, als da rauszugehen. Welcher Dämon hat euch Amhasi eigentlich dazu getrieben, in diesen Höhen zu leben?«

»Welcher Dämon hat dich und deine Freunde in meine Stadt gelockt? Bis vor wenigen Stunden lief hier alles gar nicht so schlecht für mich. Jetzt ist mein Herr tot, und hier laufen alle Amok! Ich kenne mich hier sehr gut aus. Wenn wir auf den Sims den Turm umrunden, können wir durch ein anderes Fenster oder einen Balkon in Olgasis Gemächer gelangen und uns den Wachen entziehen. Und wenn du unbedingt willst, kannst du dich dann immer noch zwischen die beiden Gathori werfen. Auf jeden Fall ist dieser Plan auch nicht selbstmörderischer als deiner.«

Moriana verspürte den Impuls, mit Shanti zu gehen, aber aus irgendeinem Grund kam sie nicht vom Fleck. Anstatt etwas zu erwidern, starrte sie auf das offene Fenster, durch das der Wind auf den Flur zog. Sie konnte lediglich den Kopf schütteln.

Shanti zuckte mit den Schultern. »Na dann viel Spaß, *Schwester*! Ich warte hier nicht auf den sicheren Tod.« Ohne abzuwarten, stieg sie rücklings aus dem Fenster, bis sie sich nur noch mit den Händen an der Bank festhielt.

Moriana blickte sich verzweifelt zur Tür um. »Warte!«, rief sie im gleichen Augenblick, in dem sich Shanti fallen ließ. Die Tequa hechtete zum Fenster und sah hinaus. Die Rothaarige stand tatsächlich sicher auf dem Sims. Unter ihr gähnte die Leere. Moriana wurde bei dem Anblick sofort schwindelig, und sie zog den Kopf schnell wieder ein.

Ihr Herz und ihre Gedanken rasten. *Sie hat recht. Besser aus eigenem Willen abstürzen, anstatt wie eine Ricke in die Ecke getrieben und niedergeschossen zu werden.* Entschlossen griff sie den Fensterrand und zog das Bein hinüber. Sie tastete mit dem Fuß nach einem Halt in den Mauerfugen. Erst, als sie sich einigermaßen sicher war, dass sie ihr Gewicht tragen konnte, zog sie das andere Bein nach und krallte sich mit den Händen an der Bank fest.

»Hast du dich doch entschieden, mitzukommen?«, rief Shanti von unten. »Schön, du musst nur noch die Beine durchstrecken und dich gerade nach unten fallen lassen.«

Rimmon, steh mir bei! Der Wind zerrte an Morianas Kleidung. Er trug die Geräusche der Stadt an ihr Ohr, die sich hunderte Fuß weiter unten befand. Sie konzentrierte sich und versuchte jeden anderen Gedanken zu verdrängen, außer dem, sicher aufzukommen.

Dann ließ sie los.

Ihre Füße trafen das Sims. Sofort versuchte sie sich an der Außenwand festzukrallen, fand aber keinen Halt und rutschte mit den Fingern über den Putz. Panisch suchte sie nach dem Vorsprung unterhalb des Fensters. Dieser war aber außer Reichweite, und Moriana kippte durch die Armbewegung nach hinten. Doch bevor sie stürzte, drückte Shantis Arm sie gegen die Wand. Olgasis Dienerin hatte sich auf dem Sims gedreht, als sie sah, dass Moriana abzugleiten drohte, und sie mit einem Schwung ihres rechten Arms gerettet.

Moriana schrie in Panik.

»Es ist gut!«, rief Shanti. »Du stehst. Ich hab' dich.«

Morianas kurzatmiges Schreien beruhigte sich nur langsam, ihr Herz hämmerte wie wild. »Wo… wohin?« fragte sie irgendwann zitternd.

»Nach rechts. Mach einen Schritt nach dem anderen, dann passiert nichts. Es ist nicht weit. Am besten, du schaust, wohin du trittst.«

»Ich sehe die Mauer, und das reicht mir«, fauchte Moriana und begann mit dem rechten Fuß nach dem Vorsprung zu tasten.

Liocas sprang auf und rannte über den am Boden liegenden Caessels hinweg in Richtung des Fremden. Er holte mit dem Schwert aus und schlug nach dem Oberkörper des Gathori. Eine Handbreit von dessen Schulter prallte die Klinge auf eine unsichtbare Wand. Der Magier hatte sich gedreht und den Kasangiten in Richtung der Waffe gehoben. Liocas blickte ihn verwundert an. Die bernsteinfarbenen Augen des Zauberwirkers brannten im Licht des Kasangiten wie Sonnen. Der Mann schloss in einer schnellen Bewegung die Finger zu einer Faust, woraufhin Liocas das Schwert aus der Hand gerissen wurde. Noch während er der Waffe hinterher starrte, spreizte der Magier die Finger wieder. Den Knappen traf einen Schlag vor den Brustkorb, der ihm die Luft aus dem Körper presste und ihn von seinem Gegner fortschleuderte. Schreiend prallte er gegen eine Wand und fiel wie ein toter Vogel zu Boden.

Der Magier stand noch als einziger im Raum.

Liocas versuchte sich aufzurappeln, doch seine Glieder zitterten zu stark. Der Kopf des Fremden ruckte zu ihm herüber. In der gesenkten Hand des Mannes schwoll ein hellrotes Glühen heran, als er auf Liocas zuschritt. Der Knappe vermochte es immerhin, sich umzudrehen und nach einer Deckung oder Waffe zu suchen. Dabei kroch er instinktiv von seinem Gegner weg, obwohl es kein Entkommen geben konnte.

Die Hand des Magiers wurde jetzt von roten Lichtstrahlen umspielt. Er vollführte eine Geste, als wolle er Liocas gebieten, sich zu erheben. Tatsächlich richtete sich der Körper des Knappen auf, allerdings ohne sein eigenes Zutun. Gegen seinen Willen wurde er in die Luft gehoben, wobei Arme und Beine gestreckt wurden, als ob Pferde daran zögen.

»Ein ungelöstes Rätsel. Noch. Wie passt ihr und euer Auftritt in diese Angelegenheit? Irgendetwas sagt mir, dass du und deine Freunde nicht zu Olgasi gehören.«

Liocas brachte nur ein gequältes Stöhnen zustande. Seine Muskeln und Sehnen waren zum Bersten gespannt. Es gelang ihm lediglich, den Kopf zu heben und seinen Peiniger anzublicken. In dem Licht erschien ihm der Mann mit den schwarzen Haaren und der bronzefarbenen Haut wie ein Dämon, der aus den Tosenden Abgründen aufgestiegen kam.

Der Magier streckte die Finger weiter auseinander, mit dem Effekt, dass ein brutaler Schmerz durch Liocas Körper fuhr und er aufschrie. »Ich komme später darauf zurück«, sagte der Magier nach einem Augenblick und ließ Liocas Körper achtlos hinter sich fallen. Er drehte sich zu Mesa, doch plötzlich stand Caessels mit einem grausamen Grinsen auf dem Gesicht vor ihm und holte mit seinem kruden Messer aus. Der Fremde reagierte schnell. Der Schnitt, der seiner Kehle gegolten hatte, wurde durch arkane Kraft nach oben abgeblockt. Bevor Caessels zu einem weiteren Angriff ansetzen konnte, griff der verlängerte Arm des Magiers einen der umgeworfenen Tische und schmetterte ihn gegen den Movanten, der mitsamt dem Möbelstück fortgerissen wurde.

Der Magier fasste sich ins Gesicht. Blut floss aus einem langen Schnitt entlang der rechten Wange.

Den nächsten Angriff bemerkte er allerdings zu spät. Er konnte sich gerade noch umdrehen und verhinderte damit, im Rücken getroffen zu werden. Der Schuss des Kyron hatte aus kurzer Distanz aber solch eine Wucht, dass er von den Beinen gerissen wurde, als sich das Metallprojektil durch seinen Oberschenkel fraß.

Salgad lehnte mit schmerzverzerrtem Gesicht im Türrahmen, die leer geschossene Waffe zitternd auf den Gegner gerichtet.

Liocas sah, wie der Fremde niedergestreckt wurde. Sein Verstand sagte ihm, dass dies die einzige Chance sein würde. Die bestialischen Schmerzen in Armen und Beinen ignorierte er und zog sich an der Wand hoch. Obwohl er nicht genau wusste, was er tun sollte, torkelte er zu Mesa, der bewusstlos herumlag. Neben ihm lag der Elyr, dessen helles Licht zu allen Seiten hin ausstrahlte. Liocas verspürte den Drang, den Stein aufzuheben, doch er hatte gesehen, welche Konsequenzen das nach sich zog. Also begann er an Mesa zu rütteln.

»Mesa! Mesa, wach auf!«

Die grobe Behandlung des Valdorers zeigte Wirkung. Regung kam in das von Brand- und Schnittwunden versehrte Gesicht des jungen Yamarers.

»Komm gefälligst zu dir, du Bastard!«, schrie Liocas und packte Mesa an den Schultern. Gleichzeitig blickte er sich hektisch um. Der andere Magier lag noch dort, wo er gefallen war. Caessels hatte sich unter dem Tisch nicht mehr gerührt, und Salgad hielt sich offenbar nur mit Mühe auf den Beinen. Liocas konnte erst jetzt erkennen, dass ein Splitter in seiner rechten Schulter steckte.

Noch während Liocas versuchte, einen sinnvollen Gedanken zu fassen, tastete Mesa plötzlich unter ihm nach dem Elyr und flüsterte Worte, die er nicht verstand. Neben ihnen drehte sich ihr Gegner stöhnend auf die Seite. Zwischen den Strähnen seines langen Haares funkelte ein Auge des Magiers den Knappen bösartig an. Der Knappe packte Mesas linke Hand und platzierte sie auf dem Elyr.

»Mach was damit, oder wir sind geliefert!«

Kaum hatte Mesa den Kasangiten berührt, ging ein Ruck durch seinen Körper, der auch Liocas erfasste. Einen Wimpernschlag lang sah er nichts als Licht, und alle Haare auf seiner Haut stellten sich hoch. Mesa riss die Augen auf und starrte ihn an. Dann, als wäre er nie bewusstlos gewesen, wandte er sich dem Fremden zu.

Dieser kniete inzwischen wieder, abgestützt auf dem gesunden Bein. Zwischen den Händen des Mannes knisterte pure Energie. Liocas ließ Mesa los, als dieser sich herumwarf und den Elyr in beide Hände nahm. Der Yamarer schaffte es gerade noch, sich halb aufzurichten, als ein Keil magischer Macht auf ihn geworfen wurde. Die Energie prallte auf den Elyr in Mesas Händen, wie ein Hammer gegen einen Amboss. Dabei entstand eine Druckwelle, die Liocas von den Beinen holte.

Mesa stemmte sich gegen den Sturm, der den Händen seines Widersachers entfuhr. Den Elyr hielt er wie einen Schild vor sich. Mit zusammengebissenen Zähnen stieß er immer wieder ein Wort aus: »Âdâkardan!«

Die von dem Fremden entfesselte Kraft zerrte an Mesas Kleidung und versuchte ihn fortzuschleudern, doch er hielt ihr stand. Alles aber, was nicht fest oder schwer genug war, wurde aus dem Zentrum des astralen Ringens geschoben.

Dem Fremden gelang es trotz seiner Verletzung, einen Schritt vorwärts zu machen, wodurch Mesa zu Boden gedrückt wurde.

Um Liocas wirbelte die Luft. Er musste Mesa irgendwie helfen. Sein Blick fiel auf einen Speer, der neben einer toten Wache lag. So schnell er konnte, humpelte er zu der Waffe und nahm sie auf. Der Knappe versuchte in die Flanke ihres Gegners zu gelangen, ohne von einem umherfliegenden Gegenstand getroffen zu werden. Den Schaft des Speers fest umklammert, richtete er das scharfe Ende auf die Brust des Magiers und rückte vorsichtig näher.

Dieser reagierte erst, als Liocas schon zum Stoß ausholte und ballte eine Faust, woraufhin der Schaft in Liocas Händen in zwei Teile zerbrach und der Knappe aus dem Gleichgewicht kam. Dennoch reichte der kurze Augenblick der Ablenkung für Mesa aus. Mit aller Kraft stemmte er sich in die Welle des Magiers und brüllte. Der Elyr erstrahlte in einem blendenden Licht, und die Welle raste gegen ihren Erzeuger, der schreiend von ihr hinweggefegt wurde. Was immer Mesa getan hatte, war so mächtig, dass es die Außenwand mit einem Donnerschlag aufsprengte, als es auf sie traf. Ein Loch, groß genug, um einen Reiter passieren zu lassen, klaffte im Mauerwerk. Mesa brüllte immer noch und ließ die Kraft des Elyrs fließen. Sein Widersacher konnte sich nicht mehr halten und wurde durch das Loch nach draußen geschleudert.

»Da vorn wird der Sims breiter. Dahinter kommt ein Pfeiler. Daran können wir uns hochziehen und zu dem Balkon klettern.« Shanti klang halb zuversichtlich, halb beunruhigt. Aber Moriana klammerte sich an alles, was Halt bot, auch vage Versprechungen. Mit jedem weiteren Schritt schickte sie Gebete zu Rimmon und hoffte, dass er nicht doch noch seinen Zorn in Form einer heftigen Windböe über sie bringen würde, die sie vom Sims fegte.

Vor ihr balancierte Shanti über einen Absatz, der zu einem steinernen Abfluss gehörte. Moriana war beeindruckt. Ihrer Gefährtin schien die tödliche Höhe nicht das Geringste auszumachen. Die Rothaarige stoppte hinter dem Fallrohr, hielt sich mit einer Hand fest und reichte Moriana die andere.

Die Tequa blickte misstrauisch auf das Ende des Abflusses, der die Form eines Drachenkopfs besaß, ergriff dann aber nacheinander die helfende Hand und das steinerne Ungetüm. Für den Moment hatte sie das Gefühl, sicheren Halt zu haben.

Ihr Gesicht konnte ihre Angst aber nicht verbergen. *Ich wünschte, ich hätte es mit den Wachen aufgenommen*, dachte sie und starrte die aufgerissene Fratze des Steindrachen an.

»Fast geschafft, Kriegerin«, versicherte Shanti und half Moriana unter dem Hindernis hindurch. Sie lächelte und wollte sich wieder an die Wand drücken, als diese vor ihr explodierte. Die Detonation warf Shanti zurück gegen das Fallrohr. Staub und Steine stoben Moriana entgegen. Sie griff reflexartig nach der Stürzenden und umfing sie an der Hüfte, gleichzeitig klammerte sie sich mit aller Kraft an den Drachenkopf. Wegen Shantis Gewicht ging ein Ruck durch ihren Körper. Die beiden Frauen hingen zwischen Rohr und Sims in der

Luft. Alles, was sie vor dem Fall bewahrte, war Morianas rechte Hand, die im Maul des Drachen hing und sich an einem steinernen Eckzahn festklammerte. Sie sahen Trümmer und einen menschlichen Körper, von dem ein blaues Leuchten ausging, unter sich im Dunkel verschwinden. Als Moriana der Gestalt hinterher blickte, begann sich die Welt unter ihr zu drehen. Ein Schrei entglitt Shantis Kehle. Die Frau versuchte sich mit den Händen an Moriana festzuklammern. Die Tequa merkte, wie sie langsam durch das Gewicht der beiden Körper nach unten gezogen wurde. Das Bild des Fallenden vor Augen weckte Morianas Willen. Sie wollte nicht sterben. Mit einem Schnauben stieß sie sich und Shanti von dem Maul zur Mauer und griff dort gleich wieder nach dem Ablauf. Sie bekam die Füße zurück auf das Sims, und auch Shanti hangelte sich hinauf. Als sie schließlich sicher standen, ließ sie Olgasis Dienerin aus der Umklammerung frei und lehnte sich keuchend zurück.

»Was war das?«

Shanti schüttelte den Kopf und rang ebenfalls nach Luft. »Der Grund, warum ich weggerannt bin.« Sie deutete nach unten. »Offensichtlich hat sich die Sache gerade entschieden.« Sie sah Moriana an. »Danke übrigens!«

Der Tequa saß immer noch die Angst in den Gliedern. Sie nickte nur. »Bedanken kannst du dich später. Ich muss jetzt sofort hier runter.« Sie blickte zu dem Loch, das neben ihnen entstanden war und dankte den Göttern, dass diese Prüfung endlich ein Ende hatte. »Da rein, los!« Moriana stand nun vorn und bewegte sich bis zu dem Durchbruch. Sie tastete über die Bruchkante, die sich knapp über ihrer Kopfhöhe befand, darum bemüht, kein loses Mauerwerk zu greifen. Dann zog sie sich daran hoch. Auf halben Weg hielt sie inne, spähte in das Innere, aus dem immer noch Staubschwaden in den Nachthimmel entwichen. Mit einem beherzten Zug erlöste sie sich aus ihrem persönlichen Alptraum. Endlich lag sie auf sicherem Untergrund und atmete erleichtert aus.

»Moriana!«, hörte sie plötzlich Liocas´ Stimme hinter sich. Die Tequa fuhr auf. Der Knappe kam durch den verwüsteten Saal freudestrahlend auf sie zugerannt und reichte ihr die Hand.

»Ich dachte, sie hätten dich erwischt«, sagte er. Aus seiner Stimme konnte sie Erleichterung hören.

»Du machst dir zu viele Sorgen um mich, Valdorer. Ich komm schon klar«, antwortete sie betont reserviert.

Liocas schüttelte den Kopf und lächelte. »Ich freue mich auch, dich zu sehen.«

Moriana versuchte seinem Blick auszuweichen. »Ich muss aber zugeben, dass ich Hilfe hatte.« Als ein roter Lockenschopf an der Kante erschien, zog sie Shanti ebenfalls ins Innere des Turms. Liocas sah die beiden Frauen verwirrt an. »Seid ihr verrückt? Wisst ihr, wie hoch das ist?«

»Danke für den Hinweis«, entgegnete Moriana. »Das ist übrigens Shanti. Sie wird uns helfen, hier wieder rauszukommen.« Moriana blickte sich um. Salgad half Caessels auf und drückte ihm seine Waffe in die Hand. Die beiden Verletzten stützten sich gegenseitig. Dann fiel ihr Blick auf den bewusstlosen Mesa. »Was ist mit diesem räudigen Hund? Was hat der hier veranstaltet?«

Liocas ging zu dem Gathori hinüber und versuchte festzustellen, ob er noch lebte. Er atmete noch und hielt den Elyr verkrampft in der Hand.

»Wenn er tot ist, hat er sich die schlimmsten Schmerzen erspart. Ich werde ihm nämlich seine verlogene Kehle herausreißen«, kündigte Moriana an.

»Er lebt noch«, stellte Liocas fest. »Ich weiß nicht, was sich hier abgespielt hat, bevor wir eintrafen, aber Mesa ist gelungen, was wir nicht geschafft haben, nämlich diesen fremden Magier zu besiegen.«

Moriana wollte Liocas Feststellung beiseite wischen, doch Shanti fiel ihr ins Wort. »Er hat verhindert, dass dieser Gathori mich töten konnte. Er hat sich gegen ihn gestellt, und sie begannen zu kämpfen.«

»Ohne Mesa hätte dieser Magier uns alle erledigt. Er hat es geschafft, den Stein gegen ihn zu richten.« Liocas zeigte zum Beweis auf das Loch in den Wand.

»Na und? Reiner Selbstzweck. Diese Schlange hat uns doch immer nur belogen«, erwiderte Moriana. »Wer weiß, wie lange er uns schon verfolgt und manipuliert. Er hat den Magier besiegt? Werfen wir ihn direkt hinterher!«

»Warte!«, rief Liocas. »Wir haben keine Ahnung, was hier vorgeht. Der Einzige, der uns das sagen kann, liegt dort. Aber mit einer Sache hast du recht, er weiß mehr, als er uns gesagt hat. Also nehmen wir ihn mit. Er wird uns schon die nötigen Erklärungen liefern.«

»Verdammt, deine Gutgläubigkeit wird uns noch alle umbringen! Shanti, wer war dieser andere Gathori? Kanntest du ihn?«

»Ein Geschäftspartner Olgasis, denke ich. Ein Mann namens Shaat. Er behauptete, der Lehrer Sareshs oder Mesas oder wie immer euer Freund hier heißt, zu sein. Mehr kann ich euch nicht sagen. Wir sollten jetzt von hier verschwinden.«

»Ein Antrag, der meine volle Unterstützung findet«, warf Salgad ein. »Aber ich bin auch dafür, unseren Retter hier nicht seinem Schicksal zu überlassen. Lügner hin oder her, er weiß immer noch mehr über das, was hier vorgeht, als wir alle zusammen.«

Moriana blickte düster in die Runde. »Macht mit ihm, was ihr wollt, aber dieses Elyr-Ding nehme ich jetzt an mich.« Ohne auf eine Erwiderung zu warten, leerte sie ihren verstaubten Geldbeutel, ging zu Mesa und streckte mit den Beutel in der Hand ihren Arm nach dem Kasangiten aus.

Doch ihr Griff ging ins Leere. Der Stein wurde ruckartig fortgezogen. Alle Blicke folgten augenblicklich seiner Bahn, die in der Hand Shaats endete, der unversehrt in dem Durchbruch stand.

Alle Anwesenden waren völlig überrumpelt. Sie hatten den Mann doch in die Tiefe stürzen sehen!

Wie kann das sein?, schoss es Moriana durch den Kopf.

Der schwarzhaarige Magier schien den Gedanken lesen zu können und sah sie verächtlich an. »Euer Widerstand ist beeindruckend. Aber dies ist das Ende.« Er warf den Elyr über seinen Kopf, wo der Stein verharrte und zu glühen begann. Bevor jemand reagieren konnte, blitzte ein Licht auf, so grell, dass sich alle geblendet abwenden mussten. Im Zentrum des Lichts intonierte Shaat Worte der Macht. Seine Umrisse zuckten in einer flammenden Aureole, sein Körper schien sich darin zu verformen. Für einen Wimpernschlag schien er darin zu wachsen, dann löste sich der Magier ganz in dem Licht auf und machte einer neuen Gestalt Platz, die nur noch vage die eines Menschen war. Ein ohrenbetäubendes Brüllen und Heulen ertönte. Die leuchtende Erscheinung schlug wild um sich und wuchs mit dem Licht zu titanenhaften Proportionen heran, die den halben Saal füllte. Moriana und die anderen versuchten Deckung zu finden. Die Gestalt bäumte sich auf und zerrte an dem Licht, als seien es Fesseln, die sie hielten. Mit einem Kreischen befreite sich das Wesen aus der Umklammerung und wurde gleichzeitig selbst vom Licht verschlungen. Es stampfte mit dem Fuß auf und hämmerte die Fäuste gegen die Wände, wo glühende Risse entstanden. Es brüllte noch einmal, dann dehnte sich seine Form aus, wie eine sterbende Sonne. Eine strahlende Lichtwoge wälzte sich durch den Raum und bohrte sich glühend in die Wände, die Decke und auch in den Boden, der sofort zu beben begann. Ein dumpfes Rumpeln erschütterte die Grundfesten des Turms. Die Kreatur war verschwunden wie der Magier zuvor, und das Brüllen war verklungen. Die Wände zitterten allerdings immer noch unter dem arkanen Schlag, der sie getroffen hatte.

Moriana überkam ein schreckliches Gefühl, dass sich bestätigte, als der Raum erneut erzitterte. Ein Blick in die verängstigten Gesichter ihrer Gefährten verriet ihr, dass sie dasselbe ahnten.

»Bei Urias, der Turm stürzt ein!« Liocas rannte zu Moriana und zerrte an Mesa. »Schnell weg! Wo ist diese Luftbarke, Caessels?«

Der Movant war bereits zum zweiten Ausgang gehumpelt. »Irgendwo hinner der Tür, hoff ich ma'! Sonst sin' wer geliefert!«

»Ja, da rein!«, rief Shanti. »Olgasi besitzt eine Vendrasse, die man von seinen Gemächern aus erreichen kann.«

Salgad und Liocas klemmten Mesa zwischen sich und schleiften ihn mit. Shanti und Moriana liefen durch die Tür voraus, Caessels war direkt dahinter. Der Movant stöhnte vor Schmerzen, hielt sich aber aufrecht.

Unter ihnen waren gedämpfte Schläge zu hören, die in der Folge als Beben durch das gesamte Bauwerk liefen. Ein unheilschwangeres Grollen folgte ihnen. Der Turm fing an, sich zu bewegen, als sie die Treppen hinter Olgasis Schlafzimmer zum vermeintlichen Landeplatz hinaufrannten. Kostbares Porzellan rutschte von den Oberflächen der lackierten Möbel und zerbarst zu Myriaden von Splittern. Dann fielen die Gemälde von den Wänden. Die Risse folgten dem Grollen, sie waren so zahlreich, als wären die Mauern dünnes Eis, das allerorten zu brechen begann.

Der Putz rieselte von der Decke, als die Gruppe endlich die Tür in die Halle aufstieß, in der die Luftbarke stand. Sie befanden sich auf einer breiten Galerie, die wie ein Pier um das Schiff herum lag. Das Gefährt war vielleicht siebzig Fuß lang und aus erlesenen Hölzern und Metallen gefertigt. Ein Steg führte hinter dem Bugsprit über die Ausleger auf das Oberdeck. Der zitternde Boden unter ihren Füßen ermahnte sie, so schnell wie möglich aufzubrechen.

Caessels hinkte zielstrebig zum Steuer am Heckaufbau. »De Leinen los! Einer zum Bug, einer zum Heck! Einer mit mir zum Höhenruder nach Achtern!«, rief er den anderen zu. »Macht hinne!«

Moriana und Shanti kamen seinem Befehl sofort nach. Sie sprangen von Bord und lösten die Taue, mit denen die Barke an der Galerie festgemacht war. Liocas und Salgad legten Mesa auf eine samtbezogene Liege, die offenbar Olgasis Platz während der Flüge gewesen war. Dann rannte Liocas zu Caessels, der sich abmühte, die Barke in Betrieb zu nehmen.

»Was soll ich machen?«, fragte er.

Der Movant deutete auf zwei Metallhebel. »Alleene kann ich das Ding nit steuern. Wenn ich's sag', drückst'e dich geg'n de Teile, als wärn's de Titten deiner Mutter!« Dann betätigte er verschiedene Armaturen. Ein Brummen ging durch den Kiel des Gefährts, dann hob sich der Rumpf aus dem Halterahmen, und die Vendrasse schwebte. »Bloß weg hier!«, schnaufte Caessels und drückte den Schubhebel zum Bug, woraufhin der Kasangit seine astrale Kraft in den Antrieb leitete, und sich das Schiff stotternd in Bewegung setzte.

Gerade, als die Barke die Landebucht verließ, ging ein weiteres Stöhnen durch die Mauern. Es war ein Geräusch, als würde ein Gigant seinen letzten Atem ausstoßen. Der Boden brach auf, und in einem finalen Beben gaben Wand und Decke nach. Sie stürzten in Richtung der entstandenen Kluft. Caessels drückte den Hebel ganz nach vorn, und mit einem Ruck, der Moriana und Salgad von den Beinen riss, beschleunigten sie weiter und schafften es, den Ausgang zu passieren, bevor die Deckentrümmer den Raum unter sich begruben.

»Jeeetz'!!!«, schrie Caessels.

Liocas stemmte sich gegen das Gestänge, während ein Trümmerregen auf das Deck prasselte. Sie sackten ab, wie ein Schiff, das einen Wasserfall hinunterstürzt. Liocas spürte ein Ziehen im Magen, der auf einmal schwerelos durch seinen Körper zu wandern schien.

»Drück, Bursche, verdammt!«

Liocas tat, was er konnte.

Als er fürchtete, sich übergeben zu müssen, stabilisierte die Kraft des magischen Steins endlich das Luftschiff.

»Festhalt'n!«, rief Caessels und warf sich mit dem Steuer nach rechts. Der Pferdekopf am Bug der Barke wurde nach oben gerissen und drehte nach links. Das Schiff gewann in einer engen Schleife an Höhe und ließ den einstürzenden Steinriesen hinter sich.

Entlang der Längsachse des Rukh hatten sich Risse gebildet, die immer schneller auseinanderdrifteten, bis sie einen kritischen Punkt erreichten, an dem die Wände zerbrachen. Ein Teil fiel – bizarrerweise vollkommen geräuschlos – in die Dunkelheit. Der andere stürzte laut krachend in das Gebäude, richtete weitere Zerstörungen an und schleuderte Staubwolken in den Nachthimmel, die die Sterne verdunkelten. Die Aufbauten an den Landeplattformen wurden zerquetscht oder stürzten in Richtung Straße. Menschen wurden wie Puppen in die Tiefe geschleudert, ohne dass man ihre Schreie gehört hätte. Die Arcanaeri an ihren Auslegern hatten keine Möglichkeit mehr, davonzukommen. Ein Luftschiff wurde von einem abbrechenden Ausleger in die Tiefe gerissen. Ein anderes wurde von Trümmern getroffen und gegen den Turm gerammt. Bevor es abstürzen konnte, gab es einen hellen Blitz in seinem Rumpf, dem eine Explosion folgte. Die

Kasangiten zerrissen den mächtigen Schiffskörper von innen heraus und seine Überreste fielen brennend hinab.

Weiter unten dröhnte ein kolossales Knirschen, wo sich ein Riss quer durch das Gebäude fraß. Der Turm knickte seitlich weg, so dass am gegenüberliegenden Ende ein gewaltiger Spalt entstand. Die Wände wurden auseinandergerissen und spien eine Trümmerwolke aus, wie aus dem aufgerissenen Maul eines sterbenden Drachen. Nichts hielt mehr den oberen Teil des Turms. Das letzte Drittel brach wie ein morscher Ast weg und stürzte, riss den letzten intakten Arcanero mit sich und fiel auf die dicht bevölkerten Straßen. Beim Aufschlag begrub es kreischend einen Teil der Laderampen und viele kleinere Gebäude unter sich. Die Menschen rannten in Panik davon, doch viele wurden von den herabregnenden Trümmermassen begraben.

Während sich die Vendrasse entfernte, blickten die fünf Insassen ungläubig auf den zusammenfallenden Rest des stolzen Rukh und die gewaltigen Staubschwaden, die sich an dessen Stelle im Zentrum von Amhas in den Nachthimmel erstreckten.

Unten auf den Straßen und bei den Verladerampen der Brücke mussten Hunderte umgekommen sein.

Nach und nach sickerte eine Erkenntnis in Morianas Verstand ein, die durch den Anblick dieser Zerstörung über sie kam.

Nichts würde der Macht des Elyr widerstehen können!

Kapitel 18

Saresh lehnte an der Reling am Bug der *Halloran* und sog die frische Morgenluft ein. Sein geschundener Körper hatte sich erstaunlich schnell vom Kampf gegen Shaat erholt. Dennoch hatte er für seine Entscheidung einen hohen Preis bezahlt und der brennende Schmerz in seinem Kopf und seinen Gliedern ließ ihn das nicht vergessen.

Schlimmer als jeder Schmerz war jedoch diese eine Gewissheit, die sich tief in seinen Verstand bohrte: Er hatte nun endgültig alles verloren, was eine Bedeutung für ihn besessen hatte. Er war allein. Ironischerweise war es eine Gewissheit, die er sich ersehnt hatte, als er ausgezogen war, die Pforten der Erkenntnis zu öffnen. Nun lag sie klar und erbarmungslos vor ihm.

Sein Blick schweifte über die Gegend, die sie in diesem Moment überflogen. Tamar kam ins Blickfeld, eine Landstadt im Süden von Amhas. Von oben betrachtet erschien ihm das über sechs Jahrhunderte gewachsene Zentrum der südöstlichen Provinzen mit seiner spiralförmigen Hauptstraße wie ein gigantisches Schneckenhaus. Inmitten der Felder und Äcker mit ihren streng rechtwinkligen Abgrenzungen stach dieser Kontrast umso auffälliger heraus.

Saresh beobachtete, wie die ersten Wagenzüge aus dem Umland im Licht des Morgens die Stadt erreichten. Bauern, die den Ertrag ihrer Arbeit endlich an die Zwischenhändler unterhalb der Speichertürme verkaufen konnten und ihrer Familie auf dem Rückweg die benötigten Güter für Haus und Hof mitbrachten.

Wo die Rukhs der Hauptstadt durch schiere Höhe zu beeindrucken wussten, stachen die Lager und Silos von Tamar eher durch ihre Ausmaße hervor. Das Octogon, ein achtseitiger Monumentalbau der Getreidehändler, übertraf mit seiner Grundfläche wahrscheinlich sogar das Senatsgebäude in Amhas, dachte Saresh. An den acht Seiten dockten Arcanaeros an, behäbige Massengutfrachter, bei denen man befürchten musste, dass sie mit ihren dicken, prall gefüllten Bäuchen jeden Moment in die Tiefe stürzten. Ohne diesen Umschlagplatz und die weiteren Handelstürme in Tamar hätten an anderen Orten Tausende an Hunger leiden müssen, denn die Getreidekartelle versorgten fast ganz Amhas mit ihren Erzeugnissen.

Die Uriasscheibe versteckte sich noch hinter den südlichen Ausläufern des Val-Varos-Gebirges. Das Licht ließ Stadt und Land überaus friedlich erscheinen.

Doch die Kunde von den Ereignissen in der Hauptstadt, von der Zerstörung, die das Herz des Amhasi-Reiches getroffen hatte, würde früher oder später auch die Bewohner von Tamar in Aufruhr versetzen – wenn es nicht schon längst geschehen war. Saresh wagte sich nicht auszumalen, was die Suche nach den Verantwortlichen für Auswirkungen auf das fragile Gebilde der Machtverteilung in Amhas haben konnte.

Plötzlich erschien dem Magier das Bild bei weitem nicht mehr so friedvoll. Unter der Oberfläche des Alltäglichen wartete man auf das Licht des neuen Tages, um Konsequenzen aus der Katastrophe zu ziehen, Schuldige zu benennen, Veränderungen zu fordern – natürlich jeder nur in seinem Sinne. Das Chaos war absehbar, und das rötliche Zwielicht der Morgendämmerung war eine Vorahnung der Blutströme, die fließen würden.

Der Magier seufzte.

»Na, schlechtes Gewissen?«, riss ihn eine Stimme aus der Nachdenklichkeit. Er wandte sich um und sah Moriana wenige Schritte neben sich an der Reling stehen. Die Tequa war mit einem Leinenhemd bekleidet und hielt einen dampfenden Tonkrug in den Händen, an dem sie vorsichtig nippte. Barfuß stand sie da und blickte ebenfalls zur Stadt hinüber, an der die *Halloran* vorbeischwebte. Zwischen den Schlücken erhaschte er einen Blick von ihr. Er fühlte ihren Zorn, als sei es sein eigener. Doch die eisblauen Augen trafen ihn stattdessen mit vorwurfsvoller Ernsthaftigkeit, die ihm unangenehm war. Saresh wusste nicht, was er entgegnen sollte und brachte nicht viel mehr als ein gequältes Lächeln zustande.

»*Warum sollte ich ein schlechtes Gewissen haben?*, fragst du dich jetzt, Magier. *Warum sollte ich der Barbarin eine Antwort schuldig sein?*, lese ich die Vorwürfe in deinen Augen. Soll ich dir auf die Sprünge helfen, warum du dich quälen solltest, oder schaffst du es von selbst?« Sie nippte an ihrem Getränk und richtete den Blick in die Ferne. »Aber wahrscheinlich hat jemand wie du – ein Zauberer – ohnehin kein Gewissen, das dich plagen könnte«, fügte sie mit gleichgültigem Ton hinzu. »Ist ja auch viel einfacher.«

»Da irrst du dich!«, platzte es aus ihm heraus, heftiger als beabsichtigt.

»Tatsächlich?«

»Nichts von dem, was passiert ist, macht mich stolz, auch wenn du mir das vielleicht nicht glaubst.«

»Natürlich glaub ich dir das nicht«, entgegnete sie. »Hast du irgendwann mal die Wahrheit gesagt, Mesa oder Saresh oder wie immer dein wirklicher Name ist? Nenn mir einen Grund, warum ich dich nicht sofort über Bord werfen sollte!«

Saresh konnte gegen einen Angriff der Tequa nichts ausrichten, trotz der voranschreitenden Genesung. Er wäre ihr ausgeliefert gewesen. Der Magier hatte die Kriegerin im Kampf gesehen und wusste, wozu sie fähig war. Doch im wurde bewusst, dass ihn ihr Vorwurf der Gleichgültigkeit gegenüber all den Schrecken, die er mit zu verantworten hatte, härter traf, als die Androhung, ihn kurzerhand in die Tiefe zu stoßen.

»Ich habe niemals absehen können, was passiert! Shaat … der Magier, gegen den ich in Olgasis Turm gekämpft habe, hat uns von Anfang an im Dunkeln darüber gelassen, was seine wahren Absichten sind. Und Kars war kein Stück besser, er allein verfügte über die Fähigkeit, die den Elyr zu kontrollieren. Sie haben Miriya und mich, Nalyd und auch die Söldner für eine Sache missbraucht, die wir nie gewollt haben! Wir zogen aus, eine Schlacht für Ghalsar Ennius zu gewinnen. Miriya ist nun tot, ich verlor fast den Verstand – von meinen Kräften ganz zu schweigen.« Saresh deutete auf die Wunde in seiner Hand, wo sich zuvor der Siarra befunden hatte. »Sie haben es geplant und uns benutzt. Unsere Naivität wurde uns zum Verhängnis, nicht unsere Gleichgültigkeit!«

»Willst du etwa mein Mitleid? Mir kommen gleich die Tränen. Du bist hier der Wolf, nicht das Lamm! Du bereust das, was mit meinen Brüdern und Schwestern geschehen ist? Das glaube ich dir nicht. Du hast den Stein zu diesem Shaat zurückgebracht, obwohl du wusstest, wozu er imstande ist, obwohl du wusstest, dass er ihn erneut einsetzen würde. Erst starben Tausende am Asakon, dann unzählige weitere in Amhas.«

»Aber ich habe versucht, ihn aufzuhalten!«

»Dann hast du versagt! Wo du am Asakon blind für den Schrecken gewesen bist, warst du in Amhas einfach zu schwach«, zischte Moriana und blitzte ihn drohend an. »Du kannst Shaat nicht aufhalten, zu was bist du uns dann nützlich? Welchen Grund hätte ich, dich nicht auf der Stelle zu töten?«

Saresh wusste nicht, was er entgegnen sollte.

»Weil wir Shaat und Ennius nicht ohne ihn aufhalten können«, antwortete stattdessen eine Stimme hinter ihnen. Salgad, Shanti und Liocas traten aufs Deck. Während der Valdorer ebenfalls einen Becher bei sich trug, entzündete Salgad sich und der Amhasi zwei getrocknete Tabakstengel, an denen beide sogleich zogen, um sie zum Glimmen zu bringen.

»Außerdem hätte uns Shaat alle umgebracht, wäre Mesa nicht gewesen«, merkte Liocas an. »Auch wenn er uns ein paar Erklärungen schuldig ist, denke ich, dass diese Vorleistung ausreicht, ihn am Leben zu lassen.« Sein versöhnlicher Ton nahm die Spannung aus der Situation.

»Ich glaube, er sagt die Wahrheit, Moriana«, pflichtete Shanti ihm bei. »Bevor der Kampf zwischen den Gathori ausbrach, kam es mir wirklich so vor, als habe sich ihm erst dort oben in Olgasis Gemächern das volle Ausmaß dessen, was sein Meister beabsichtigte, erschlossen. Viel habe ich nicht mitbekommen, aber dort kam es zum Bruch zwischen ihnen. Shaat wollte nicht nur Dakris Olgasi beseitigen, er hat ja auch versucht, mich und Saresh zu töten.« Sie blickte Saresh an. »Wäre es anders, wären wir wohl kaum hier, sondern lägen wie zerquetschte Insekten in den Trümmern des Rukh.«

Moriana legte den Kopf schief und blickte von einem zum anderen. Aus ihrer Miene konnte Saresh nicht lesen, ob sie den Worten ihrer Freunde Glauben schenkte. Aber es kam ihm so vor, als sei diese Diskussion in der Gruppe schon einmal geführt worden. Die Tequa musste schon zuvor eingesehen haben, dass ihr Misstrauen nicht vollends berechtigt war, sonst hätte sie ihn schon längst getötet, dessen war sich Saresh sicher. Ihre widerstreitenden Gefühle rollten wie aufgepeitschte Wellen über seinen Geist hinweg. Vielleicht forderte sie ihn nur heraus, testete ihn. Er durfte nicht den Fehler machen, die junge Frau zu unterschätzen.

Tatsächlich besaß die Gruppe aber wenig Grund, ihm zu trauen. Den Vertrauensvorschuss, den er sich beim Kampf in Olgasis Gemächern erworben hatte, sollte er nicht verspielen. Dass er von Liocas und Shanti Hilfe bekam, bestärkte ihn allerdings, wieder das Wort zu ergreifen: »Ich bin nicht ehrlich zu euch gewesen, das stimmt. Nicht in Kol Tassa, nicht in der Universität und auch nicht in den *Fünf Märtyrern*. Mein Auftrag bestand von Anfang an darin, den Elyr nach Amhas zurückzubringen. Das habe ich getan, als Schüler habe ich meinem Meister gedient. Doch ihr müsst mir glauben, dass alles, was durch die Kraft des Fokussteins verursacht wurde, für mich ein ebenso großer Schock gewesen ist wie für euch.«

»Es war nicht das erste Mal, dass Magier ihre Kräfte derart eingesetzt haben«, unterbrach ihn Salgad. »Es ist bereits vor der Vernichtung der Tequari und Valdorer geschehen, hier in Amhas. Genau wie Moriana und Liocas wurde ich Zeuge davon, wie die Kräfte der Elemente die Menschen verzehrten, als seien sie Schlachtvieh.«

»Schon einmal geschehen?«, fragte Saresh erschrocken. Er konnte nicht glauben, was er da hörte. War auch dies das Werk von Shaat gewesen? War das Spiel, dass er mit Miriya, Nalyd und ihm trieb, noch grausamer als er befürchtet hatte? »Davon weiß ich nichts. Seid ihr sicher, dass es einen Zusammenhang gibt?«, fragte er, obwohl die Antwort auf der Hand lag.

»Ich habe keine Beweise, aber es besteht wenig Zweifel, zu sehr gleichen sich die Ereignisse am Asakon und in den Bergen der Iglak«, erwiderte Salgad.

»Hat Shaat euch etwa weisgemacht, dass diese Massaker geheim gehalten werden können?«, fragte Shanti. »Auch wenn niemand wusste, was hinter den Vorgängen steckte, Gerüchte gingen schon seit langem umher. Unter den Söldnern in Amhas erzählte man sich von Kompanien, die bis auf den letzten Mann aufgerieben wurden. Die meisten taten es als Geschwätz ab, andere vermuteten, dass Helnissar Telgar sich dieses Mal die falschen Feinde gemacht hat.«

»Was hat der Söldnergeneral damit zu tun?«, fragte Liocas.

»Jedes Mal waren seine Truppen darin involviert. Und nicht einmal die Keliten kehrten von den Missionen zurück«, erklärte Salgad. »Diese Elitekämpfer reibt man nicht einfach auf Pfortenkommandos auf. Der Tod eines gezüchteten Kriegers ist nicht nur finanziell ein herber Verlust.«

Shanti bestätigte Salgads Ausführungen mit einer Handbewegung. »Der Ruf Telgars litt enorm, normale Söldner wollten kaum noch in seinen Dienst treten bei den Verlustquoten, die seine Kompanien vorwiesen. Selbst in den Linienregimentern der Verasti von Mesoth gab es Aufruhr, der nur mit höheren Soldzahlungen beruhigt werden konnte.«

»Das heißt also, dass Telgar mit Shaat unter einer Decke stecken könnte, wenn er solch ein Risiko in Kauf nimmt, seinen Ruf und sein Geschäft zu ruinieren«, überlegte Liocas.

»Wenn der Ertrag aus diesen Aktionen höher ist als das Risiko und die Verluste, die er macht, wird ihm das herzlich egal sein«, merkte Shanti an.

»Vielleicht kann uns der 'gefallene Schüler' mehr dazu sagen, wie sein Hurenmeister die Söldner um den Finger gewickelt hat«, sagte Moriana.

Die Blicke richteten sich auf Saresh.

»Viel kann ich nicht dazu sagen. Ich weiß, dass eine Vereinbarung bestand, Söldner und Keliten zur Bedeckung von Kars und uns anderen bereitzustellen. Soweit mir bekannt ist, stellt das in Amhas nichts Ungewöhnliches dar. Dass reguläre Truppen Telgars in anderen Kämpfen verheizt wurden, höre ich zum ersten Mal.«

»Klar«, brummte Moriana. »Dein Meister hat alles von langer Hand geplant, und ihr Idioten habt natürlich nicht die leiseste Ahnung davon gehabt, was überhaupt vor sich geht. Ich hab eigentlich keine Lust, mir diesen Schwachsinn weiterhin anzuhören!«

Offenkundig glaubte ihm die Tequari-Kriegerin kein Wort.

»Wie seid ihr überhaupt an diesen monströsen Stein gekommen?«, fragte Salgad.

Saresh wusste nicht, wo er beginnen sollte. »Olgasi hat ihn beschafft. Das Geld dafür kam von Ennius, es geschah alles in seinem Auftrag. Woher oder wie der Stein an Olgasi gelangt ist, kann ich Euch aber nicht sagen.«

Saresh war unklar, wie er weitere Aufklärung in dieser Sache betreiben konnte, denn von den Einzelheiten der Pläne Shaats hatte er nicht die leiseste Ahnung. Er erschrak erneut darüber, wie naiv er gewesen war, und welches Vertrauen er in die Vorhaben seines Meisters gelegt hatte, während er von einem neuen Zeitalter träumte. Nalyd und Miriya hatten durch diese Naivität mit dem Leben bezahlt. Tausende andere ebenfalls.

»Ganz unrecht hat Moriana nicht.« Liocas riss ihn aus den Gedanken. »Sollen wir dir wirklich glauben, dass du von all dem nichts wusstest? Und das, nachdem du uns die ganze Zeit schon belogen hast?«

»Auch wenn du so etwas wie irgendwelche Vereinbarungen mit Telgar nicht kennst«, warf Salgad ein. »Irgendwas muss dich ja bewogen haben, bei dieser ganzen Sache mitzumachen.«

»Ich wünschte, ich würde mehr dieser Einzelheiten kennen. Glaubt mir, ich würde sie euch erzählen«, bekannte Saresh reumütig. »Ich stehe vor euch, denjenigen, denen meine und meines Meisters Taten Tod und Leid gebracht haben. Natürlich hatte ich einen Grund, Shaat zu folgen. Ich bin ihm nicht nur seit langer Zeit verbunden. Erst er ermöglichte mir, den Weg der Gathori in einem ihrer Orden zu beschreiten. Nachdem er mir vor Augen geführt hatte, wie korrupt die Gesellschaft Yamars ist, zeigte er mir einen Weg aus dem Verfall und dem Niedergang Camoteas auf. Er offenbarte uns eine Vision, die über all das hinausgeht, was die Priester Vureshs uns glauben machen wollen.«

»Ich kann mir schon denken, worauf das hinausläuft«, murmelte Liocas. »Natürlich würde es unter der Herrschaft Vandras allen Menschen besser gehen, ein Zeitalter des Friedens und so weiter. Das ist nicht nur Blasphemie, sondern ein lächerliches Ammenmärchen. Wahrscheinlich gibt es diesen Vandra gar nicht, und Shaat hat euch sogar noch mehr manipuliert.«

»Ich habe die schwarze Sonne gesehen«, flüsterte Saresh, und er konnte der Gruppe ansehen, dass diese Worte ihre Wirkung nicht verfehlten. »Märchen sehen anders aus, fühlen sich anders an.« Ihm fröstelte, und er begann gleichzeitig zu schwitzen, als das schwarzglühende Vandramal vor seinem inneren Auge erschien. Die Kraft schwand aus seinen Gliedern, und er ging in die Knie. Ein Hustenkrampf schüttelte ihn, Blutstropfen besprenkelten die Planken der *Halloran*. »Aber ich habe mich getäuscht. Ich war … zu gutgläubig …« Wieder hustete er Blut, dann richtete er den Kopf auf und versuchte mit möglichst festem Blick von einem zum anderen zu schauen. »Doch ich werde nicht zulassen, dass es noch einmal geschieht. Ich werde … ich muss ihn aufhalten. Das bin ich schon Nalyd und Miriya schuldig.«

Einen Moment herrschte Stille, um ihn herum begann sich die Welt in wabernde Schlieren aufzulösen.

Dann wurde er bewusstlos.

Später saßen Moriana, Licoas, Salgad und Shanti zusammen und nahmen etwas zum Frühstück zu sich. Sie hatten Saresh in seine

Kabine gebracht, nachdem er auf Deck zusammengebrochen war. Er atmete ruhig und gleichmäßig, doch es war offenkundig, dass sein Körper die Strapazen des Kampfs gegen Shaat noch nicht weggesteckt hatte.

»Wie geht es jetzt weiter?«, fragte Moriana kauend, nachdem sie sich eine Weile angeschwiegen hatten. »Was machen wir, wenn wir Halosis erreicht haben?«

»So oder so, wir müssen Shaat aufhalten, koste es, was es wolle«, murmelte Liocas. »Wir wissen jetzt viel mehr als vor einigen Wochen aber trotzdem stellt sich weiterhin die Frage, was Shaat damit bezweckt, überall Aufruhr zu entfachen.«

»Er schwächt die Reiche, sät Zweifel an ihren Herrschern und Klerikern. Ich denke, er strebt an, aus dem Chaos heraus eine Anhängerschaft für diesen Vandra zu erzeugen, der den Menschen eine bessere Zukunft zu bieten hat als Urias«, überlegte die Tequa.

»Aber …«, setzte Liocas an, doch Salgad schnitt ihm das Wort ab.

»Ich glaube, es ist sogar noch einfacher. Zerfleischen sich die Reiche selbst, versinken sie erst in Bürger- und Bruderkriegen, dann ist es für einen dritten leicht, sie zu unterjochen.«

»Wem könnte daran gelegen sein?«, fragte Liocas.

»Yamar? Marhynistan? Oder gar die Söldner um Helnissar Telgar?«, überlegte Shanti.

»Ich weiß es nicht«, erwiderte Salgad. »Ausschließen können wir nichts.«

»Wenn die Zeit des letzten Kampfes angebrochen ist, versinken die Lande in ewigem Winter, wenn dereinst der Zorn der Schattenhallen erwacht ist, werden sich Götter und Dämonen um die Herrschaft über die Unendlichkeit streiten«, murmelte Moriana.

Überrascht richteten sich die Blicke auf sie.

»Es ist eine Vorhersehung aus den Überlieferungen der Ahnen. Wenn die Götter und Krieger der Menschen gegen die Dämonen der Unterwelt streiten, beginnt der letzte Winter, die Zeit des langen Schlachtens, in der über die Zukunft der Welt entschieden wird. Erinnert ihr euch an das, was uns der alte Magier in Amhas erzählt hat? Diese Vandra-Anhänger warten auf eine Zeitenwende. Es ist ganz einfach: Sie wollen alles dafür bereiten, dass den Dämonen der Unterwelt keine Gegenwehr geleistet werden kann.«

»Den Dienern Vandras, die den Elyren innewohnen«, sagte Liocas.

Moriana nickte. »Wenn schon ein Einzelner von denen durch die derartige Zerstörungen hervorrufen kann, will ich mir gar nicht ausmalen, wie es ist, wenn Camotea von einer ganzen Heerschar dieser Geisterwesen angegriffen wird.«

»Und diejenigen, die Gegenwehr leisten könnten, die die Kraft der Götter auf ihrer Seite wissen, sind dann bereits tot oder zu zerstritten, um sich ihnen entgegenzustellen«, fügte Salgad hinzu.

Betretenes Schweigen machte sich breit.

»Wenn es wirklich so ist, was können wir dagegen ausrichten? Ist Shaat mit seinen Plänen nicht schon viel zu weit fortgeschritten, um all das aufzuhalten?«, fragte Liocas zerknirscht.

Salgad hob abwehrend die Hand. »Noch sind die Reiche nicht dem Chaos verfallen, das die Vandra-Jünger geplant haben. Noch können wir verhindern, das Valdora als erstes von den Machenschaften Shaats zerstört wird. Wenn wir ihn und Ennius aufhalten, ist es noch nicht zu spät.«

»Aber was können wir tun? Wir besitzen keine Unterstützung in der Allianz. Und wer sollte schon einem Ketzer, einer Tequari, einem Sagitar und einer amhasischen …« Liocas blickte zu Shanti.

»Dame«, ergänzte sie grinsend.

»Gut – … einer amhasischen Dame Glauben schenken? In Valdora würde man sich doch eher fragen, ob sich alle Feinde des Reichs zusammengetan haben, um den König zu stürzen.«

»Wir gehen nach Agenost und bringen sie einfach beide um. Ich lasse mich nicht von irgendwelchen Priestern oder sonstigen valdorischen Arschkneifern aufhalten«, sagte Moriana.

Salgad lachte. »Die Idee ist nicht schlecht. Aber ich fürchte, wir brauchen ein wenig Hilfe dabei, sonst klopfen wir schneller an Elotias Pforte, als uns lieb ist.«

»Ja, aber von wem sollten wir schon Hilfe bekommen?«

»Ich habe Verbindungen in die Allianz, vielleicht lässt sich da was machen«, erwiderte Salgad. »Ich habe euch doch erzählt, dass mein Auftraggeber mich nach Amhas geschickt hat, um dort die Augen offenzuhalten, speziell, was die Umtriebe von Helnissar Telgar angeht. Wenn wir erst in Halosis sind, werde ich ihm eine Nachricht zukommen lassen und ihm von den Ereignissen und unseren Erkenntnissen berichten. Ich schätze ihn als vernünftigen Mann, dem das Wohl des Reiches über alles geht. Zudem ist sein Einfluss in Adel und Ritterschaft der Allianz beträchtlich. Wenn er uns Glauben schenkt, stehen wir nicht mehr auf so verlorenem Posten wie jetzt, glaubt mir.«

»Das hättest du uns auch früher erzählen können«, beschwerte sich Moriana. »Dann wären wir schon einen Schritt weiter.« Sie seufzte.

»Vermutlich hat hier jeder außer mir irgendwelche Geheimnisse«, sagte sie an Liocas gewandt.

»Da war mir noch nicht klar, dass wir auf die Hilfe meines Auftraggebers angewiesen sein könnten«, entgegnete Salgad und zuckte mit den Schultern.

»Und wer ist nun der ominöse Mann im Hintergrund, der alle Probleme löst?«, fragte Shanti.

Salgad lehnte sich zurück und lächelte. »Sakarius ga Dyan, Erster Heermeister und Befehlshaber der königlichen Truppen von Valdora.«

Ifanae stieg die Stufen der Wendeltreppe hinauf, die in den Rücken des Parnoras geschlagen waren und zur Kapelle auf dessen Spitze führten. Das Gotteshaus war dem *Einen* geweiht und seine ganze Architektur streckte sich zu seinen Ehren dem Himmel entgegen. Hohe Fenster aus Buntglas fingen das Licht ein und warfen es in schillernden Farben in den Raum. Flammende Phönixdarstellungen stiegen vom Marmorboden an den Pfeilern in das ebenfalls verglaste Gewölbe hinauf. Wenn die Sonne ihren Zenit erreichte, so wusste Ifanae, sah es aus, als würden die Feuervögel um sie herumkreisen. An hellen Tagen schienen sie ganz mit dem Licht verschmelzen zu wollen, dem sie entgegeneilten. Doch nun lagen Schatten auf den Boten des Urias.

Der Abend dämmerte über den Fluten des Spaltsees. Urias' Schild sandte seine letzten Strahlen über die Wasser, während er sich langsam zum Horizont senkte. Der Spaltsee war von tiefem Rot erfüllt, während die Wolken darüber in Feuer zu stehen schienen. In den Fenstern der Wohnhäuser weit unter ihnen wurden ungleich kleinere Lichter entzündet, um der Dunkelheit der nahenden Nacht zu trotzen. Allen voran das *Ewige Feuer* auf dem Tempel sowie das Leuchtfeuer in der Hafeneinfahrt.

Ifanae fand Ghalsar kniend vor dem Rundaltar im Zentrum des Raumes. Der Großkönig trug wie so oft nur eine einfache Tunika aus schwarzem Stoff mit silbernen Knöpfen.

Sie war sich sicher, dass er ihr Kommen bemerkt hatte, auch wenn er nicht die geringste Reaktion auf ihr Eintreten zeigte.

Ifanae setzte sich auf eine Steinbank neben dem Eingang, nachdem sie das Uriasrad vor ihrem Gesicht geschlagen hatte. Während sie still wartete, verschwand die Sonne mit einem letzten Gleißen. Nea stand bereits am Firmament und Arradyn folgte ihr. Außer den Monden spendete lediglich die Feuerschale auf dem Altar Licht. Sie betrachtete die Serpentinfigur, die Ghalsar auf der Stufe des Altars platziert hatte. Die ellenlange Gestalt stellte eine stehende Frau mit langen Haaren dar. Für eine Totenfigur war sie sehr lebensecht gearbeitet. Ifanae bildete sich ein, dass ihr Gesicht nahezu perfekt nachgebildet war. Aber vielleicht hatte sie nach all den Jahren vergessen, wie sie eigentlich ausgesehen hatte. Vielleicht spielten ihr die Erinnerung und das unstete Licht einen Streich. Die hohen Wangenknochen, das schmale Kinn. Im flackernden Schein der Flammen schien die Statue ein Eigenleben zu entwickeln. Sie hätte schwören können, dass die diese sie auslachte.

Die Figuren dienten in Valdora der Erinnerung an geliebte Menschen. Meistens handelte es sich dabei um einfache Figuren aus Holz oder Speckstein, die nicht viel mehr als die vagen Abbilder der Verstorbenen zeigten. Nur der Adel und reiche Bürger konnten sich den Luxus erlauben, von einem spezialisierten Steinmetz anhand einer Totenmaske ein naturgetreues Antlitz der Person anfertigen zu lassen.

Ifanae wartete, bis Ghalsar seine Andacht beendet hatte. Er nahm die Figur bedächtig auf und stellte sie in einen Schrein aus Silan, der auf einem Sockel an der Wand stand.

»Er hat dir gesagt, dass ich die Gathori beauftragte, einen Elyr in ihren Besitz zu bringen und auf mein Geheiß hin einzusetzen.« Ghalsar blickte nicht auf, während er die Figur verstaute.

Ifanae schluckte ihre Besorgnis herunter. »Das hat er, ja.« Sie sah ihn fest an. »Warum hast du das getan?«

Ghalsar nahm ein Zunderholz und ging zurück zum Altar. Die Flammen der Feuerschale flackerten in seinen Augen. »Du weißt, ich habe mich lange mit der Geschichte von Agenost befasst.« Er zeichnete mit dem Holz einen Halbkreis durch den Raum. »Diese Kapelle stammt noch aus der Zeit der Tân. An hellen Tagen sieht man von hier die Geister der Vergangenheit in den Tiefen des Sees. Wir beide wissen, worauf die Fundamente der Stadt ruhen. Auf den Gebeinen derer, die sich den Mächtigen widersetzt haben.«

Ifanae stand auf, aber sie wagte es nicht, einen Schritt auf ihn zuzugehen. »Die Ruinen Lamadêls, von den Tân zerstört. Es heißt, dass es die prachtvollste Stadt Valdoras in ihrer Zeit gewesen ist.«

Ghalsar nickte versonnen.

»Ich komme immer wieder hierher, um das nicht zu vergessen – um nicht zu vergessen, was mit denen geschieht, die sich den Mächten widersetzen, die die Welt nach ihrer Vorstellung formen. Je länger ich an diesem Ort bin, desto klarer wird mir diese einfache Formel, nach der die Welt gestaltet ist.« Er hielt das Holz in die Feuerschale und das alchemische Pulver an seinem Kopf entzündete sich mit einem Zischen. Ghalsar hielt ihr die Flamme entgegen. »Lehrt uns dies nicht der Uriasglaube? Urias gewann die Herrschaft, weil er seine Schwester Elotia unterwarf.«

Ghalsar führte das brennende Holz unter den Silanschrein, woraufhin die Figur darin in ein blaues Licht getaucht wurde. »Als ich damals vor Vikos stand, konnte ich erkennen, dass kein Bedauern, keine Reue in den Augen des Thronräubers lag, für das, was er getan hatte. ‚Ich will nicht ihr Gefangener sein. Ich will nicht nach ihren Regeln enden', hat er zu mir gesagt. ‚Tu, was du tun musst.'

Ghalsar hielt inne und zerbrach den rauchenden Holzstab zwischen seinen Fingern.

»Ich stach zu. Ich stach zu, weil ich dem Wunsch meines Freundes nachkam. Kopios hatte mir im Geheimen aufgetragen, dass der Tyrann auf keinen Fall am Leben bleiben dürfe.«

Ifanae war wie versteinert. Das hatte sie nicht gewusst. Die Machtergreifung Vikos' von Tyra war der Stoff für viele Geschichten, aber was tatsächlich vorgefallen war, hatte Ghalsar bisher nicht preisgegeben und sie hatte ihn auch nicht dazu gedrängt. Sie faltete die Hände, weil sie nicht wusste, wie sie damit umgehen sollte.

»Danach war ich ein Held, ich hatte den Despoten getötet. Sie sagten, ich sei ein Paragon aus den alten Tagen.« Ghalsar schüttelte seufzend den Kopf. »Aber wer hätte solche Erwartungen erfüllen können? Ich hatte mit Politik nichts im Sinn. Ich wollte davon nichts wissen. Aber die Menschen sind, wie sie sind. Sie wollen alle einen Anführer. Sie wollen einen, der sie aus ihren Schwierigkeiten herausführt.«

Der König trat neben Ifanae. Ghalsar war ein Mann von großer Selbstbeherrschung, er konnte seine Emotionen vielleicht vor der Welt verbergen, aber nicht vor ihr. Sie sah, wie aufgewühlt er war.

»Was Vikos meinte, begriff ich erst später, als mein *Freund* mir Verrat an der Unterweisung der letzten Tage vorwarf und damit an den Prinzipien, auf denen die Allianz fuße – dabei hatte er mir selbst den Mord an Vikos befohlen. Kopios wollte durch den Mord seinen eigenen Aufstieg zum Thron sichern, aber nun begann er mich als Gegner zu betrachten, mich zu bekämpfen, nach allem, was ich für ihn getan hatte.«

Ghalsar nahm ihre Hände.

»Dennoch muss ich ihm danken, ihm und Vikos. Sie haben mir die Augen geöffnet, dafür, was die Allianz wirklich ist. Durch sie habe ich meine ganz eigene Unterweisung erhalten. Ich entschied mich, nicht länger nach ihren korrupten Regeln zu spielen. Ich hatte mich entschieden, die Welt nach meinen Vorstellungen zu formen – und ich bin damit noch nicht fertig.«

Ifanae begann zu verstehen, was Ghalsar antrieb, was ihn zu dem Schritt verleitet hatte, sich gegen jede Regel, gegen jede Tradition Hilfe von diesen Zauberwirkern aus Yamar zu holen. Sie ergriff nun ihrerseits Ghalsars Hände.

»Ich verstehe dich. Aber du darfst dabei nicht ihren Weg einschlagen. Was unterscheidet dich denn von ihnen, wenn du alle vernichtest, die sich dir in den Weg stellen. Was für eine Welt willst du Inchari damit hinterlassen?«

»Ich habe seitdem einmal Schwäche gezeigt. Meine Schwester und ihr Mann mussten dafür den Preis bezahlen.«

Ifanae erinnerte sich. Ghalsars Schwester Loukia und ihr Mann Panain, waren während einer diplomatischen Reise nach Mesoth durch eine Hofintrige im Palast der Verasti ermordet worden. Es war nie ganz aufgeklärt worden, wer die Verantwortlichen waren, aber Ghalsar lastete der Verasti den Tod der beiden an.

»Nein, der Tag, an dem ich Inchari sagen musste, dass ihre Eltern nie wieder zurückkommen, war der Tag, an dem ich beschloss, dass die neue Ordnung nur mit Gewalt erzwungen werden kann. Ich habe meiner Nichte versprochen, dass sie sich nie wieder fürchten muss. Der einzige Weg, ist daher, dass alle mich fürchten.« Ifane erschauderte. Sie betrachtete Ghalsar. Sein Gesicht war hart geworden, er erschien ihr fremd und unnahbar.

»Meine Feinde behaupten, ich sei ohne Grundsätze, ohne Moral – mein einziges Ziel sei der Machterhalt«, sagte Ghalsar. »Du weißt, wie sie mich nennen.«

»Ja, sie nennen dich *Drache*.«

»Ich habe das immer als Schmeichelei meiner Person erachtet, denn das heißt doch, dass nur Urias selbst oder der Anea-ari mich besiegen kann oder?« fragte er bitter. »Nur Urias konnte den Drachen bezwingen, alle anderen fürchten ihn.«

Ifanae wusste nicht, wie sie darauf antworten sollte und blickte bestürzt zu Boden. Ghalsar schien jedoch nicht wirklich eine Antwort erwartet zu haben.

»Dabei trugen doch die Iramon den Roten Drachen auf ihren Bannern. Das ist doch Ironie oder?«

»Wenn es so ist, wie du behauptest, dass man sich den Mächtigen nicht in den Weg stellen kann, wie kannst du dann darauf vertrauen, dass der Gathori seine Macht nicht gegen uns – gegen dich einsetzt? Wie kannst du annehmen, dass nicht *er* es ist, der dich für seine Zwecke benutzt?«

»Oh, ich bin mir sicher, dass er genau das versucht. Er befindet sich vermutlich in dem Glauben, dass seine Magie ihn mächtiger macht als einen König. Ich lasse ihm diese Arroganz.« Sein Blick verhärtete sich. »Aber selbst Magier kennen Furcht. Und ich weiß, warum dieser Magier nicht ruhig schlafen kann. Sollte er sich gegen mich wenden, wird er lernen, was wahrhaftige Macht ist.«

Ifanae spürte Angst in sich aufsteigen und riss sich von ihm los. »Nein, ich halte es dennoch für einen Fehler. Ich bitte dich, sei kein Narr!«

»War es nicht sogar Zatos, der sagte: Die Fehler eines weisen Mannes sollen deine Herrschaft bestimmen, nicht das Meisterwerk eines Narren?«

»Warum hast du all das für dich behalten? Es gab eine Zeit, da gab es keine Geheimnisse zwischen uns dreien.«

Ghalsar zog amüsiert einen Mundwinkel hoch. »Ich war nicht derjenige, der damit begonnen hat, deinem Bruder etwas vorzuenthalten.«

Ifanae versuchte, ihr Unbehagen nicht zu zeigen. »Was uns betrifft, ich wollte es ihm endlich sagen, bevor du ihn fortgeschickt hast.«

»Was hielt dich davon ab?«

»Was er mir über dich berichtete, hatte ihn sehr aufgewühlt. Er hat sein Vertrauen in dich verloren.« Sie sah verlegen neben sich. »Ich hatte Angst, dass ich sein Vertrauen ebenfalls verlieren könnte, daher habe ich geschwiegen.«

Ghalsar atmete schwer aus und verschränkte die Arme. »Ich habe mehr Angst davor, dass er sich zu unbedachten Handlungen hinreißen lassen könnte, als sein Vertrauen zu verlieren.«

»Und du? Ich habe den Eindruck, deine Handlungen sind unbedacht. Bist du sicher, dass du all dies nicht lediglich deshalb machst, weil Kopios dir Chatira genommen hat?« Sie deutete auf die Figur in dem leuchtenden Schrein. »Weil du dich schuldig an ihrem Tod fühlst und am Tod deiner Schwester?«

Ifanae versuchte zu ihm durchzudringen. »Es ist nicht deine Schuld. Du hast ihren Tod nicht zu verantworten.« Sie wog ihre Worte vorsichtig ab. »Und auch nicht die, denen nun deine Vergeltung gilt.«

Ihre Worte hatten nicht den gewünschten Erfolg. Der Zorn in seinem Blick loderte für einen Wimpernschlag heller als das Feuer auf dem Altar.

»Vergeltung? Nein, was ich getan habe, habe ich getan, weil ich begriffen habe, was erforderlich ist.« Er schien nach Worten zu ringen. »Im Gegenteil. Um das zu tun, was erforderlich ist, musst du deine eigenen Begierden bezwingen.« Plötzlich verflog die Wut in seinem Gesicht und er sah sie fast wehmütig an. »Auch wenn es noch so sehr schmerzt.«

Ghalsar fasste Ifanae an den Unterarmen. Er gab ihr einen Kuss auf die Wange und verließ die Kapelle.

Kapitel

19

»Da unt'n isses. Halosis«, stellte Caessels fest.

In einigen Meilen Entfernung konnte Liocas die Küstenlinie erkennen. Im Dunst des Morgens ließen sich dort, an der Mündung eines großen Flusses, die Umrisse einer Stadt ausmachen. Halosis, einst wichtigster Kriegshafen Valdoras, hatte sich in mittlerweile zweihundert Jahren Eigenständigkeit den Status einer freien Stadt bewahrt und wurde von den Oberhäuptern seiner einflussreichsten Handelsgilden und Patrizierfamilien regiert. Durch unzählige Schiffe zu Wasser und in der Luft kontrollierte die Stadt die Einfahrt in den Golf von Hara, an dessen Ende der einzige noch bestehende valdorische Hochseehafen Vangardia lag. Selbst Ghalsar Ennius hatte es bislang nicht gewagt, die Stadt herauszufordern, war ihm doch die Gefahr bewusst, dass die Allianz im Falle eines Krieges vollends von den Handelsrouten zum Meer der Säulen abgeschnitten werden könnte. Ein wesentlicher Grund, warum der Adel Valdoras dem Großkönig folgte, war nicht zuletzt, dass er es verstand, die Versorgung mit Rohstoffen und Luxusgütern aus ganz Camotea durch die Einfallstore wie Kol Tassa und Halosis zu gewährleisten, wie sich Liocas erinnerte. Auch sein Vater hatte sich seinerzeit auf Ennius' Seite gestellt, weil er die einstigen Predigten des Verzichts, die Kopios von Iramon dem Rat der Häuser vorgetragen hatte, für Heuchelei hielt.

Sein Vater … Akkos von Marmadon war ihm tatsächlich seit langer Zeit nicht mehr in den Sinn gekommen. Er wusste, dass er sich nicht dem Nordheer angeschlossen, sondern stattdessen seinen Gardehauptmann mit den besten Truppen der Baronie entsendet hatte. Wahrscheinlich war niemand von ihnen zurückgekehrt, und nun musste Akkos auch noch den vermeintlichen Tod seines einzigen Sohnes betrauern, des Sohnes, der ohnehin eine Enttäuschung für ihn gewesen war.

Liocas erschauderte und schüttelte den Gedanken an seinen Vater ab. Er konzentrierte sich auf den Anblick, den Halosis bot.

Caessels zog neben ihm genüsslich an einer beinernen Pfeife und deutete dann in Richtung See. »Da hinten mach'n wir fest. Hoffentlich verlang'n die da nit widder so'n bekackt hoh'n Zoll.«

Der Movant leitete den Sinkflug ein, und die Konturen der Stadt wurden deutlicher. Der zur See hingewandte Teil wurde durch die Lagerhallen, Docks und Werften der Fernhändler dominiert, die hinter einem Küstenwall lagen. Die unregelmäßig verlaufenden Wehranlagen strotzten vor Bastionen mit Plattformen, auf denen technomantische Geschütze thronten. Im Hafenareal waren vereinzelt Türme für den Luftschiffverkehr zu erkennen, wesentlich kleiner als jene in den amhasischen Metropolen.

Unter ihnen lichteten sich die Wälder, und über die restlichen Meilen bis zum Meer erstreckte sich Ackerland. Liocas blickte die Küste hinauf. Die Wälder in der näheren Umgebung von Halosis waren vor etwas mehr als zwei Jahrhunderten gerodet worden, um das Holz für eine Flotte von Kriegsschiffen zu verwenden. Den Herrschern von Valdora war es seit jeher ein Dorn im Auge gewesen, dass der Kampf um Macht und Ressourcen zu hoher See stets ohne ihre Beteiligung stattgefunden hatte. Nach dem Aufstieg von Amhas, das die yamarische Hegemonie zur See in mehreren großen Schlachten gebrochen hatte, war Valdora in seiner Stellung im Meer der Säulen und auf dem Grünen Ozean auf einen hinteren Platz zurückgefallen.

Diese Tatsache hatte den damaligen Kanzler Tamon derartig erzürnt, dass er sämtliche Ressourcen in den Schiffsbau steckte, um zu den großen Seemächten Yamar, Amhas und Mahyrnistan aufzuschließen. Halosis entwickelte sich innerhalb weniger Jahre von einem verschlafenen Fischerstädtchen zu einem der wichtigsten Handelsplätze Camoteas, da Valdoras Herrscher Rohstoffe aus dem gesamten Kontinent einführen ließen.

Liocas schüttelte den Kopf, denn Tamon galt in der valdorischen Geschichtsschreibung als einer der am wenigsten befähigten und gleichzeitig tragischsten Führer. Als nämlich seine Flotte, bestehend aus hunderten Galeeren und riesigen Kavennen, fertiggestellt war, kam es sofort zu einem Krieg mit Amhas, das zuvor mit der Lieferung von Segeltuch und Geschirr erheblich am Aufbau der Flotte verdient hatte. Tamon persönlich führte den Angriff auf Mesoth an. Die Vernichtung der Stadt im Sokali-Delta sollte ein Zeichen setzen, um das Nachbarreich in die Schranken zu weisen. Doch die Valdorer liefen in einen Hinterhalt, denn die Amhasi hatten den Angriff erwartet und lockten die unerfahrene valdorische Marine in eine Falle. Mit ihren überlegenen Galeonen, Luftschiffen und neuartigen Kasangit-Geschützen zerstörten sie einen Großteil der Flotte. Am Ende Tamon starb in den Flammen seines sinkenden Flaggschiffs.

Infolge dieser Schwächung der valdorischen Herrschaft sagten sich Städte wie Halosis, Yaturda und Ata-Jarvon von Valdora los. Tamons politisches Abenteuer hinterließ ein zutiefst gedemütigtes Valdora, eine Reihe freier Städte, die von mächtigen Handelsgilden beherrscht wurden, sowie ein Amhas, das seinen Großmachtstatus mit valdorischem Gold noch weiter ausgebaut hatte und einen Kriegsgegner mit überlegenen Waffen darstellte.

»Wir sind gleich da!«, rief Liocas Moriana zu, die mit Shanti auf einer Bank in der Mitte des Decks saß und würfelte. Wenigstens war ihr nicht mehr andauernd übel. Sie winkte ihm zu und machte eine Geste, die zu verstehen gab, dass sie über die Tatsache erleichtert war, bald wieder festen Boden unter den Füßen zu spüren.

Auch Liocas freute sich auf ein Gasthaus mit gutem Essen und einem Bett, mit dessen Gleichgewicht keine obskuren Windgötter ihre Spielchen trieben. Er blickte wieder hinunter auf die Stadt, deren äußere Umfriedungen sie fast erreicht hatten. Rund um die Mauer, aber auch im Inneren stiegen dunkle Rauchwolken verschiedener Größe auf, und allenthalben liefen größere Gruppen von Menschen umher, bei denen es sich offenbar um Bewaffnete handelte.

»Was'n da los?«, fragte Caessels und setzte sein Fernrohr an.

Fast im gleichen Moment ertönte eine Explosion vom Rumpf, die die gesamte *Halloran* erzittern ließ, verbunden mit dem Geräusch von berstendem Holz. Splitter stoben durch die Gegend, und Liocas wurde über das Deck geschleudert. Ihm wurde schwarz vor Augen. Erst nach einer Weile kam er zwischen einem Haufen Fässern zu sich. Er blickte sich um. Auch Moriana und Shanti waren umgeworfen und vor die Reling gedrückt worden. Während die Tequa verwirrt zu ihm blickte, fasste sich Shanti an die Stirn. Blut trat zischen ihren Fingern hervor.

»So en Schess, vefluchter! Die schieß'n auf uns, bei Pan-Katos haarig'n Klöt'n!«, fluchte Caessels und rannte zum Steuerdeck hinauf. Als er die Apparaturen erreicht hatte, die zum Steuern des Arcanaeros dienten, ging ein weiterer Ruck durch das Schiff. Die *Halloran* bäumte sich am Heck auf, sackte daraufhin jedoch schlagartig ab. Verstrebungen, die die Ruder mit der Mechanik verbanden, barsten. Am Bug wurden überraschte Hatairen von Bord geschleudert, und auch Caessels stürzte vom Steuerdeck hinunter auf die Planken des Oberdecks.

Liocas hatte sich an einem Tau festklammern können und war nicht weitergerutscht. Moriana und Shanti hingegen schlugen am Bug auf einem Stapel Tauwerk auf, der glücklicherweise verhinderte, dass auch sie von Bord rutschten.

»Verschiss'ne Bande!«, schrie Caessels, als er sich aufrappelte. »Alver, nach vorn! Geras, Macco, zieht de Gestänge widder an!« Der Movant rannte mit einer Behändigkeit, die man ihm kaum zugetraut hätte, über das in Schieflage geratene Deck des Arcanaero zum Steuer hinüber. Er riss an mehreren Hebeln, jedoch tat sich nichts. »Die sin' hin! Müss'n wer von Hand mach'n! Hatairen, mit mir in den Kasanger! 's heißt jetzt anpack'n, oda wir sin' alle verlor'n!«

Der Hüne stürmte mit seiner Mannschaft unter Deck, während mehrere Brandgeschosse das trudelnde Luftschiff nur knapp verfehlten.

»Urias!«, murmelte Liocas. Er hielt sich immer noch verkrampft an dem Tau fest, da er jeden Moment mit einem weiteren Einschlag rechnete.

»Valdorer, hilf mir!«, hörte er Moriana hinter sich schreien. Die Tequa kam langsam zu ihm hinaufgekrochen, Shanti an der Hand, die ihn aus glasigen Augen anblickte und sich kaum mehr aus eigener Kraft bewegen konnte. Der Knappe packte den anderen Arm der Amhasi, und zu dritt kauerten sie sich an die mittleren Aufbauten, die verhinderten, dass sie bei noch größerer Schlagseite vom Schiff stürzten. Sie nahmen Shanti in ihre Mitte. Mit einem Seil banden sie sich an dem dickeren Tau fest, damit sie bei weiteren Treffern nicht einfach in die Tiefe geschleudert wurden.

»Ich hab gleich gesagt, dass wir nicht wieder auf das verfluchte Luftschiff gehen sollen«, schrie Moriana. An dem Beben in ihrer Stimme erkannte Liocas, dass sie damit nur ihre Angst überspielen wollte. Die

Angst davor, mit den Trümmern des Luftschiffs in den Straßen von Halosis zu zerschellen.

Angst vor dem Tod, die auch ihn in den Würgegriff nahm.

Shanti hingegen rührte sich nicht mehr. Liocas zog sie zu sich und drückte ihren Kopf gegen seien Brust. Die Blutung hatte nachgelassen, aber sie hatte das Bewusstsein verloren. Er presste sie mit einem Arm an sich und klammerte sich mit dem anderen an Moriana. Die Tequa erwiderte dies mit festem Griff. Gemeinsam konnten sie nur noch warten. Warten und darauf hoffen, dass Caessels, dieser versoffene alte Hurenbock, sein fliegendes Wrack wieder in den Griff bekam.

Wenn wir sterben, dann wenigstens gemeinsam, dachte Liocas. Keiner von ihnen würde alleine über Elotias Pforte treten müssen. Er wusste nicht, warum, aber es beruhigte ihn, dass er die beiden Frauen an seiner Seite wusste, sollte Urias ihm tatsächlich dieses Schicksal beschieden haben.

Saresh wurde aus der Koje geworfen und landete unsanft an der gegenüberliegenden Wand. Das Schiff erzitterte. Hinter den Wänden hörte er Schmerzensschreie und aufgeregte Rufe.

Er rappelte sich auf und versuchte, zu sich zu kommen. Seine Schulter schmerzte vom Aufprall auf das Deck, aber er spürte, dass er den Arm noch bewegen konnte. Im ersten Moment hatte er geglaubt, Moriana wäre gekommen, um ihr Versprechen wahr zu machen, ihm eine neue Dimension des Schmerzes zu offenbaren.

Saresh war immer noch überrascht darüber, dass sie ihn nicht umgebracht hatten. Stattdessen schienen sie ihm geglaubt zu haben – vielleicht das erste Mal, seit sie sich kannten. *Und das nach dem Desaster in Amhas,* dachte er und seufzte. Der Elyr war vorerst verloren, aber vielleicht hatten die Ereignisse tatsächlich ein erstes, schwaches Band des Vertrauens zwischen ihm und den anderen geknüpft. Er kam nicht dazu, weiter darüber nachzudenken, denn eine erneute Erschütterung warf ihn nach vorne. Er prallte vor die Kabinentür und stürzte wieder zu Boden.

Wir werden angegriffen!, wurde ihm bewusst, als sich die Sterne vor seinen Augen verzogen hatten. *Shaat! Ich hätte wissen müssen, dass es noch nicht vorbei ist! Er wird uns nicht davonkommen lassen!*

Mühsam kam er erneut auf die Beine und schüttelte den Kopf, um die Benommenheit zu vertreiben. Im gleichen Moment riss jemand die Tür auf.

»Alles klar bei dir?«, rief Salgad und stürzte mit dem nächsten Ruck, der durch den Schiffsbauch ging, in den Raum.

Saresh winkte ab. »Mir geht es gut … soweit. Was ist passiert?«

»Scheinbar schießt jemand auf uns … schon wieder. Ich war in meiner Kabine, als es losging. Wir sollten raufgehen und sehen, was los ist!«

Saresh nickte und folgte dem Sagitar auf den Kabinengang. So schnell sie konnten, rannten sie zur Treppe im hinteren Teil des Schiffs. Immer wieder mussten sie sich an den Wänden festhalten, da das Arcanaero wild hin- und herschaukelte. An den Stiegen angekommen, vernahmen sie Caessels Geschrei.

»Mi' platzt gleich der A'sch! Kommt bei, macht hinne! Wenn's nit schneller geht, könn wa's vergess'n!« Wie ein geölter Blitz schoss der Movant vor Salgad die Leiter hinunter und an ihm vorbei. Auf dem Fuß folgte ihm eine Handvoll Schiffsleute. Sie verschwanden im letzten Raum des Decks.

Salgad hielt einen Nachzügler fest. »Was ist passiert?«

»Die Halosianer schießen auf uns! Wenn wir nicht schnell hier wegkommen, erreicht nur unsere Asche den Boden.«

»Und was wollt ihr da hinten?«

»Die Steuerung ist bei Pan-Katos! Wir müssen die Ruder von Hand ausrichten!«, schrie er und riss sich los.

»Wir helfen euch!«, sagte Salgad und blickte Saresh an. »Jetzt kannst du beweisen, was es wert war, dich am Leben zu lassen, Gathori!«

Saresh nickte, dann folgte Salgad und dem Hatairen den Gang zurück in den Antriebsraum des Arcanareo. Von der Mannschaft wurde er Kasanger genannt, weil dort die Kasangiten, die magischen Steine, untergebracht waren, die das Konstrukt in der Luft hielten und bewegten.

In der Mitte des Raumes waren die Kasangiten auf einer Art Pult aufgepflanzt, wo sie ein bläulicher Schein umgab. Davon führten filigrane Leitungen und Verstrebungen weg, in die ebenfalls magische Metalle eingelassen waren. Sie übertrugen die Kraft auf Metallzahnräder ansteigender Größe, die die Energie der Steine für die Ruder der *Halloran* bereitstellten. Mehrere der Verstrebungen waren geborsten und verbogen. Zudem klaffte an der Steuerbordseite des Schiffs ein großes Loch, an dessen Rändern Flammen züngelten. Das immer lauter werdende Knistern verriet, dass bald die die gesamte äußere Schiffswand brennen würde.

»Feste jetz'!«, brüllte Caessels seine Mannschaft an, als sie versuchten ein großes Zahnrad mithilfe von Stangen zu bewegen. Langsam veränderte es seine Position. Wieder ging eine Erschütterung durch das Schiff, und es fiel in eine unruhige Seitenlage. Einer der Hatairen wurde aus dem Loch geschleudert und verschwand schreiend in der Tiefe.

Mit einem Knall rissen weitere Leitungen.

»Verfluchter Schess! Wenn da noch mehr abreiß'n, fall'n wer runter wie'n Stein!«, schrie Caessels.

Saresh konnte die Panik in seiner Stimme hören. Wenn selbst der alte Haudegen verzweifelt war, musste es schlimm um die *Halloran* stehen.

Während Salgad dem Movanten zur Seite sprang und mit anpackte, betrachtete der Magier das Kraftfeld um die Steine. Nur noch drei der Verstrebungen waren mit ihnen verbunden, bei der nächsten Erschütterung würden auch sie reißen, dessen war er sich sicher. Ein Vibrieren ging durch die Kasangiten. Saresh spürte die Energie, die von ihnen ausging. Ein Schauer erfasste ihn.

Der Magier dachte nicht weiter nach und fasste so viele der abgerissenen Verbindungen mit einer Hand, wie er konnte. Die andere tauchte er tief in das blaue Schimmern der Steine ein. Es war fast so, als würde ihm jemand sagen, dass er das Richtige tat. Doch als er die Energiequelle berührte, hatte er das Gefühl, in einen rostigen Nagel gegriffen zu haben. Ein Stechen fuhr von der Hand in den Kopf, und fast hätte er das Bewusstsein verloren. Er fokussierte seine Gedanken und kämpfte den Impuls loszulassen nieder. Es kam es ihm vor, als würde er mit bloßen Fäusten versuchen, eine Steinmauer einzureißen, doch dann verließ ihn der Schmerz unvermittelt. Saresh blinzelte und sah dann alles klarer als zuvor. Es war, als sei sein Geist eins mit dem Kristall geworden. Er spürte, dass die Kasangiten kaum noch in der Lage waren, das Flugschiff in der Luft zu halten.

Unwillkürlich ließ er Teile seiner eigenen Kraft in das Feld einfließen, das den Arcanaero umgab.

Erneut ging ein Ruck durch die *Halloran*, doch sie sackte nicht weiter ab, sondern stabilisierte langsam ihre Flugbahn. Er spürte, wie die Kraft der Steine durch ihn hindurch- und aus ihm herausfloss, als wäre sein Körper ein gebrochener Staudamm, durch den die entfesselten Wassermassen nach außen drängten. Er schloss die Augen und konzentrierte sich darauf, den Strom nicht versiegen zu lassen. Seine Arme begannen zu zittern, und seine Beine drohten, unter dem Eindruck der gewaltigen Kräfte, die sein Körper zu verarbeiten hatte, wegzuknicken.

Er konnte das arkane Feld um das Schiff fühlen, es lag wie ein schweres Joch auf seinen Schultern. Aber er spürte, dass er dennoch in der Lage war, das Joch zu tragen. Am Horizont seiner Einbildung sah er ein Glänzen, als würde sich die Sonne auf Wasser spiegeln. Dort musste er hingehen. Er richtete sich auf und machte einen Schritt darauf zu.

»Dreh'n, Männer! Wir komm'n weg!«, hörte Saresh das Echo von Caessels Stimme in seinem Geist.

Saresh machte einen weiteren Schritt und einen weiteren. Er keuchte, hielt sich aber weiterhin aufrecht. Mit jedem Schritt schien er schneller und das Joch schwerer zu werden. *Nicht mehr lang,* trieb er sich an. *Nicht mehr lang!* Das Glänzen vor ihm wurde intensiver, er rannte mit weiten Schritten darauf zu, das Joch grub sich in das brennende Fleisch seiner Schultern.

Der Schiffsrumpf wurde von einem weiteren Geschoss und Saresh von einem unsichtbaren Hammerschlag getroffen. Das Brüllen von berstendem Holz und Metall explodierte in seinem Hirn. Mit einem Aufschrei ließ er die Verstrebungen los und brach zusammen. Gekrümmt vor Schmerzen fasste er sich an den Kopf. Das letzte, was er wahrnahm, war, wie die *Halloran* in einen Sturzflug überging, bevor ihn gnädige Schwärze umfing.

»Bei Rimmon, wir stürzen ab!«, hörte Moriana sich schreien. Hilflos hing sie in dem Seil, neben ihr die bewusstlose Shanti und Liocas, der sich panisch an sie klammerte.

Bei dem Einschlag waren sie vom Mittelschiff geschleudert worden und baumelten nun an der linken Rumpfseite. Nur das Seil, das mit der Vertäuung auf dem Deck verbunden war, hatte ihren Absturz verhindert.

Die *Halloran* schwankte wild hin und her, der Bug wies schräg nach unten in die Wälder, die ein gutes Stück westlich von Halosis lagen. Die Stadt hatten sie hinter sich gelassen, stattdessen rasten sie nun auf die Bäume zu. Auf ihrem fatalen letzten Kurs beschleunigte das Arcanaero und stürzte gen Erdboden.

Verzweifelt bemühte sich die Tequa, Halt am Rumpf zu finden, doch vergebens. Auch Liocas versuchte, sich in den Ritzen zwischen den Planken festzukrallen.

So soll es also enden? Mit diesem verfluchten Luftschiff abstürzen und zerschmettert werden? Moriana konnte sich nicht vorstellen, dass das der Plan der Götter für sie gewesen sein sollte. Sie war bis an diesen Punkt geführt worden, nur um am Ende wie ein Stein vom Himmel zu fallen? Vielleicht hatte Bor-Tak im Spiel mit Rimmon, den Herrn der Lüfte und Stürme, verloren und ihr Leben einfach so verzockt!

»Da mach ich nicht mit!«, presste sie grimmig hervor. Selbst wenn es so gewesen sein und sie wie ein Würfel fallen sollte, würde sie Rimmon den Sieg versauern! Ihre Angst verringerte sich mit jedem Fuß, den sie an Höhe verloren. »Hilf mir!«, forderte sie Liocas auf, der angsterfüllt die grüne Mauer anstarrte, gegen die sie prallen würden.

Sie stieß sich mit den Beinen vom Schiffsrumpf ab und begann hin- und herzupendeln.

»Was machst du da?«, schrie Liocas panisch. »Willst du uns etwa sofort umbringen?«

»Ich werd' nicht einfach mit diesem Ding abstürzen und hilflos wie ein Fisch am Haken baumeln! Wenn wir hier hängenbleiben, gehen wir auf jeden Fall drauf! Wir müssen wieder aufs Deck. Hilf mir gefälligst, wenn du überleben willst!«

Der Valdorer stieß sich ebenfalls zögerlich ab und fiel dann in Morianas Rhythmus ein. Erst wenige Fuß, dann wirbelten sie in immer weiteren Bögen um den Rumpf des Arcanaeros herum.

»Jetzt!«, schrie Moriana nach einem guten Dutzend Durchläufen. Als sie wieder den Rumpf an der Heckseite des Schiffs berührten, gingen sie in die Knie und stießen sich so kraftvoll ab, wie sie konnten. Sie wirbelten einmal über die halbe Länge des Rumpfes und schwangen auf der anderen Seite über die Reling hinaus. Moriana bekam eine der Tierfiguren beim Zurückschwingen zu greifen, welche die Reling stützten. Auch Liocas gelang es im Nachfassen, sich daran festzuklammern. Die hölzernen Affenfratzen schienen von Panik gezeichnet. Sie brüllten ihr stumm entgegen.

Ächzend wuchteten sie sich und Shanti, die immer noch regungslos zwischen ihnen hing, auf das Deck. Schließlich war sie völlig außer Atem und es dauerte einen Moment, bis sie wieder sprechen konnten.

»Geschafft!«, schnaufte Moriana.

»Ja, das war's!«, erwiderte Liocas entsetzt und deutete mit der Hand nach vorne. Die *Halloran* stürzte zwar nicht mehr in so steilem Winkel nach unten, aber sie konnten schon die Wipfel der Bäume auf sich zukommen sehen.

»Festhalten!«, schrie Moriana. Sie versuchten, sich mittschiffs zwischen an den Verstrebungen des Silanringes festzukrallen. Keine drei Wimpernschläge später vernahm sie das Geräusch brechender Äste. Der Rumpf streifte die ersten Bäume. Ein Ast erfasste zwei Schiffsleute, schleuderte sie quer über das Deck und warf sie mit zerschmetterten Knochen in den Bug. Holz zerbrach auf beiden Seiten des Rumpfes, der eine breite Schneise in die Baumkronen schlug.

Vertäuungen rissen, Verstrebungen barsten und über das Deck flogen Metall- und Holzsplitter. Moriana hörte Schmerzensschreie von links, wo sich mehrere Hatairen an den Holzplanken festgekrallt hatten. Sie betete zu Bor-Tak, dass es ihr erspart bleiben würde, von Splittern durchbohrt zu werden. Viel Zeit hatte sie nicht für ihre Bitten, denn der Arcanaero wurde auf die Seite geworfen und traf den Boden.

Oder zumindest auf das, was der Boden hätte sein sollen, denn statt eines Berstens ertönte ein lautes Platschen. Moriana, Liocas und Shanti wurden durch die Luft geschleudert und schlugen erneut gegen die Unterseite des Luftschiffs. Die drei tauchten in kaltes Wasser ein.

Moriana versuchte trotz ihrer Benommenheit sofort zur Oberfläche zu kommen. Sie kam jedoch nicht weit, strampelte durch das Wasser und wurde von dem Tau zurückgehalten, an dem auch Liocas und Shanti hingen. Die Amhasi sank weiterhin bewusstlos neben ihr ab. Moriana kämpfte gegen den Drang nach Luft zu schnappen an. Sie konzentrierte sich darauf, nicht in Panik zu verfallen. Mit zusammengebissenen Zähnen zerrte sie am Knoten des Taus, lockerte ihn und löste ihn schließlich. Dann griff sie nach Shanti. Wenige Armzüge später schnellte ihr Kopf prustend aus dem Wasser. Ohne lange zu zögern, zog sie die Amhasi fester an sich und versuchte nach etwas zu greifen, an dem sie sich festhalten konnten. Neben ihr ächzte der zerschmetterte Rumpf der *Halloran*. Ein Geruch, wie von heißem Metall stieg Moriana in die Nase. Überall trieben Wrackteile auf dem Wasser, zwischen denen auch einige Hatairen verzweifelt herumschwammen oder regungslos mit Holz und Tauwerk davontrieben. Die Tequa erreichte ein Stück der zerbrochenen Bordwand und klammerte sich daran. Sie erlaubte es sich, durchzuatmen und zog Shanti aus dem Wasser auf das Wandstück. Sie legte ihr die Hand auf die Brust. Die Amhasi atmete noch.

Liocas! Moriana suchte das Wasser nach dem Knappen ab. Gerade als sie wieder hinabtauchen wollte, kam sein rotblonder Schopf zum Vorschein. Er schrie vor Angst, und das Tau war noch immer um seine Schultern gewickelt. Sofort ging er wieder unter, nur um erneut brüllend aufzutauchen. Mit einem Satz war Moriana im Wasser und schwamm auf ihn zu. »Halt still, Valdorer!«, rief sie dem wild um sich Schlagenden zu. Sie griff hastig das Tau, während sie versuchte, Liocas mit der anderen Hand über Wasser zu halten. Schließlich hatte sie die Seilstränge gelöst und das vollgesogene Tau fiel an Liocas hinab.

»Schwimm!«, befahl die Tequa und zog Liocas hinter sich her. Die beiden erreichten hustend Shanti auf dem Trümmerstück, das mit sanften Stößen gegen die *Halloran* getrieben wurde, als wolle es wieder Teil des zerstörten Schiffes werden.

Die Überreste des Arcanaero begannen unter dem eigenen Gewicht aufzustöhnen. Das Sterben der *Halloran* war noch nicht beendet. Ein Blubbern und Gurgeln kündigte an, dass der Rumpf anfing, sich mit Wasser zu füllen und das Luftschiff bald sinken würde.

»Wir sind noch nicht sicher«, stellte Moriana fest. »Wir müssen hier weg. Ich will nicht wissen, was passiert, wenn das Ding direkt neben uns absäuft.«

»Ja, du hast Recht. Das Ufer ist nicht weit weg«, keuchte der Knappe. »Was ist mit Shanti?«

»Sagen wir mal so: sie wird es uns nicht leichter machen, das Ufer zu erreichen.«

»Keine Ahnung, ob ich das noch schaffe«, meinte Liocas und ließ sich ins Wasser fallen. Moriana hievte Shanti zu ihm hinunter, bevor sie zu ihm in den See glitt. Er hatte Mühe, sich über Wasser zu halten, und die Amhasi, die wie ein schlaffer Sack zwischen ihnen hing, machte es ihnen nicht einfacher.

»Dann los!«, trieb Moriana ihn an. Die Tequa spürte ebenfalls, wie die Kraft aus ihren Gliedern wich, kaum dass sie die ersten Schwimmzüge gemacht hatte.

»Ihr da! Wattet ma!«, hörten sie Caessels nach einer Weile hinter ihnen schreien.

Moriana drehte sich um und sah den Movanten auf sie zuschwimmen. Zu ihrer Erleichterung folgte ihm auch Salgad und auf einer herausgerissenen Planke der *Halloran* bugsierten sie einen weiteren Körper durch das Wasser, bei dem es sich um Saresh handelte.

»Na, dich bekommt man ja wirklich nicht kaputt, Mädchen!«, lächelte Salgad sie schelmisch an. Seine Augen verrieten jedoch, dass er sich dazu zwingen musste. Ihm war der Schreck über die unplanmäßige Landung anzusehen.

Moriana nickte zustimmend und blickte zu dem regungslosen Saresh. »Ist er …?«

»Nee! Schläft nur. Ich schlepp doch keene Leich'n mit mir rum! Dem Kristallsänger hammer's Leben zu verdank'n, Kleene!«, erklärte Caessels. »Sin' ihm was schuldig. Hätt' er nit die Kiste zusammengehalt'n ob'n, wär'n wir wie'n Stein abgeschmiert. Dann steckt'n wir jetz wie die Rüben in den Feldern vor Halosis.«

»Wie …«

»Wir haben jetzt keine Zeit für Geschichten!«, unterbrach sie Salgad. »Lasst uns ans Ufer schwimmen, sonst war alles umsonst.«

Zum Glück war der Waldsee tatsächlich nicht besonders groß. Trotz ihres geschwächten Zustands hielten sie sich einigermaßen über Wasser, und mit vereinten Kräften schafften sie es schließlich, ihre bewusstlosen Gefährten die knapp dreihundert Fuß bis ans Land zu bringen.

Danach lagen sie minutenlang am Ufer und versuchten, zu Atem zu kommen.

Caessels war der erste, der sich aufrichtete. »So en Schess!«, begann er zu fluchen. Er sprang unvermittelt auf und gestikulierte schimpfend in der Luft herum. Moriana konnte kaum etwas von seinem wütenden Gebrabbel verstehen, außer »Die is' hin! Die is' hin! Die war fast abbezahlt!«.

Sie musste sich verkneifen, dem Movanten einen hämischen Kommentar zu seiner Feststellung des Offensichtlichen entgegenzuwerfen. Alle waren froh, diesem Irrsinn mit einigermaßen heiler Haut entkommen zu sein, und dieser undankbare Hund regte sich über seine kaputte Höllenfähre auf.

Sie setzte sich auf und schaute auf den See hinaus. Soeben versanken die letzten Aufbauten des Arcanaero in den Tiefen. Eine große Traube Trümmerteile, die vor sich hin dümpelte, war das einzige, das noch an die *Halloran* erinnerte. Moriana richtete Worte des Dankes an Rimmon, lediglich dieses Konstrukt der Schattenhallen zerstört und sie nicht alle zerschmettert zu haben.

»Was mach ich'n jetz'?«, fragte Caessels und drehte sich um. »Ihr da! Das is' nur weg'n euch passiert! Ihr werdet für den Schad'n aufkomm'n!«

»Moment mal!«, beschwerte sich Liocas, noch bevor Moriana etwas sagen konnte. »Ihr wart es doch, der unbedingt nach Halosis fliegen wollte. Ihr hattet eine Ladung für die Stadt, habt Ihr erzählt. Also ob mit oder ohne uns – Ihr wärt doch sowieso hierhergekommen!«

»Komm mir jetz' nit frech, Bübchen, sonst gibt's 'n Satz heiße Ohr'n! Die ham uns doch nur weg'n euch abgeknallt! Seitdem ich euch uffgelad'n hab' brennt de Luft – nee, stürz'n sogar riesige Türme inn, weil so'n paar Bekloppte …«

Moriana reichte es. Sie sprang auf und baute sich vor dem zwei Köpfe größeren Movanten auf, als sei er ein jugendlicher Halbstarker, den es in die Schranken zu weisen galt. »Woher sollen die wissen, wer da an Bord war? Außerdem ist Halosis doch angeblich eine neutrale Stadt, hast du selbst gesagt! *Da sin' wer sicher, glaubt mir!*«, äffte sie ihn nach. »Wenn überhaupt, haben die auf uns geschossen, weil sie deine verranzte Schrottmühle und deinen stinkenden Schmugglerarsch schon von weitem gerochen haben!«

Caessels kniff die Augen zusammen und nahm eine drohende Haltung ein. »Wenn de Kleene jetz' patzig wird, muss ihr mal jemand 's Maul stopfen«, knurrte er.

»Das kannst du ja versuchen«, entgegnete ihm die Tequa eisig und bemühte sich dabei, keinen Fußbreit vor Caessels' massiger Gestalt zurückzuweichen.

Beide starrten sich in die Augen, bis der Movant plötzlich die Spannung aus dem Körper nahm und dröhnend zu lachen begann. »Se würd's drauf ankomm'n lass'n! Gefällt mir immer mehr, de Kleene!«, lachte er und klopfte ihr auf die Schulter.

Moriana blieb verwirrt zurück, als er sich abwendete und der letzten Handvoll Hatairen aus dem See half. Liocas blickte sie ebenfalls verwundert an und zuckte dann schmunzelnd mit den Schultern.

»Warum auch immer sie angegriffen haben, jedenfalls sind wir nicht allzu weit von unserem Zielort entfernt angekommen«, stellte Salgad fest.

»Aufgeschlagen!«, verbesserte ihn Moriana.

Der Söldner ignorierte sie. »Wir sollten ein wenig zu Kräften kommen, und uns dann nordwärts von Halosis entfernen. Wenn sie gesehen haben, wo wir abgestürzt sind, schicken sie bestimmt Kundschafter, um herauszufinden, was von uns übrig ist. Und ich glaube kaum, dass die uns freundlich auf eine Tasse Tee einladen.«

»Bevor Shanti und Saresh nicht laufen können, hat es keinen Sinn aufzubrechen«, sagte Liocas und betrachtete die Bewusstlosen. »Wir sollten ihnen etwas zur Stärkung einträufeln. Tee wär da zum Beispiel gar nicht schlecht.«

»Wir laden euch gerne auf ein Tasse ein!«, war plötzlich eine Stimme aus dem Hintergrund zu vernehmen.

Zwischen den Bäumen um sie herum waren Gestalten zu erkennen. Auf sie gerichtete Pfeilspitzen blitzten zwischen den Bäumen auf.

Morianas Hand zuckte zu ihrem Schwert, doch sie hatte sich das Gehänge abgeschnallt, kaum dass sie an Land gewesen waren. Die Klinge war so ziemlich das Einzige, das sie hatte retten können, befand sich aber außerhalb ihrer Reichweite.

Ohne Möglichkeit zur Flucht oder Gegenwehr konnte sie nur abwarten, was passierte.

»Wer seid ihr? Gebt euch zu erkennen!«, forderte Salgad die versteckten Angreifer auf.

Keiner antwortete. Erst einen schier endlosen Augenblick später trat ein Mann aus dem Gebüsch.

»Seid willkommen in den Wäldern des Südens!«, sagte er und verbeugte sich spielerisch.

»Arkas!«, riefen Moriana und Liocas fast gleichzeitig aus.

Die Eroberung von Halosis war beinahe abgeschlossen. Das Sternenbanner des Großkönigs wehte bereits von der alten Zitadelle und der Hafenbefestigung. Sakas Truppen kontrollierten auch den Stadtkern. Vom Meer schlug dem Heermeister ein kalter Wind entgegen, und er zog den pelzbesetzten Mantel enger um sich, während er das Vorrücken der königlichen Truppen aus einer Verschanzung heraus am Ufer des Hariethdeltas beobachtete. Über ihm flatterte die schwarzsilberne Standarte des Heermeisters der Allianz in Richtung der Tore, fast so, als wolle sie selbst voranstürmen. Der Wind hatte während der gesamten Nacht der Eroberung geweht, und trotz des Mantels war Saka die Kälte bis in die Knochen gekrochen. Er besaß genügend militärisches Verständnis, um einen Angriff wie diesen aus dem Hintergrund zu dirigieren, aber es missfiel ihm, nicht bei seinen Soldaten zu sein und an ihrer Seite den Kampf durchzustehen. Stattdessen hatte er die Nacht in der Schanze auf der Anhöhe verbracht, Meldungen gelesen und Befehle ausgegeben. Der einzige Gegner, dem er hier die Stirn zu bieten hatte, war die Kälte. Ein warmer Hauch umspielte seine Wangen, aber diese Wärme stammte nicht von der Uriasscheibe, die sich langsam über die Landzunge erhob, auf der Halosis errichtet worden war.

In der Einfahrt des Kriegshafens lagen die brennenden Wracks von Galeeren, die versucht hatten, aus der Stadt zu entkommen. Saka hatte eine Geschützbatterie vor der Einfahrt positioniert, um zu verhindern, dass die Fernwaffen auslaufender Schiffe eine Gefahr für das Belagerungsgerät werden konnten.

Der General beobachtete eines der Wracks, das von der Strömung langsam hinausgetrieben wurde, während es nach und nach auseinanderbrach. Der Wind trug den scharfen Geruch von Naphta zu ihm herüber, aber es war alles andere als der Geruch des Sieges. Ein Melder hatte ihm soeben die Nachricht von der Einnahme des Palastes des Gildenrates berichtet. Dort hatte die Leibgarde von Valandros Usil den Angreifern wohl in einem letzten Aufbäumen heftigen Widerstand entgegengesetzt. Der befehlshabende Hauptmann meldete Saka, dass auch der Stragon in den Hallen des Herrschaftssitzes gefallen sei.

Damit ist es getan, dachte der Heermeister. Der Wille des Großkönigs wurde vollstreckt. Er überreichte dem wartenden Melder das Papier, dann rief er seine Ordonnanz herbei und befahl dem Burschen, sein Pferd vorzubereiten, damit er in die Stadt reiten konnte. Er warf noch einen Blick auf die Rauchsäulen, die von innerhalb der Mauern aufstiegen, bevor er sich an die versammelten Offiziere seines Stabes wandte.

»Stragon Usil ist tot, der Palast genommen. Lasst die Nachhut einrücken, besetzt den Hafen und das Vangardische Tor. Sobald alle Stadtviertel gesichert sind, beginnt damit, die Brände einzudämmen, bevor sie auf die gesamte Stadt übergreifen. Erinnert Eure Männer daran, dass auf Plünderung, Vergewaltigung und die Ermordung Gefangener die Todesstrafe steht.« Saka sah jedem seiner Untergebenen in die Augen, um zu unterstreichen, dass er keine Übertretung dieses Befehls dulden würde. »Außerdem will ich, dass die überlebenden Gildenräte im Palast festgesetzt werden.«

»Meinen Glückwunsch, General. So schnell habe ich noch keine Stadt fallen sehen.« Baron Narkan von Yaturda drängte sich in den Vordergrund. Saka verachtete den selbstherrlichen Aristokraten, der keinen Augenblick gezögert hatte, sich von seinen amhasischen Verbündeten loszusagen und – gegen eine enorme Summe Gold – mit seinen Schiffen die Wasserwege von Halosis zu blockieren.

»Seine Majestät wird äußerst zufrieden sein, zumal es Euch gelungen ist, die Stadt beinahe intakt zu erobern. Ich stimme mit Euch überein, dass die Bevölkerung unbedingt geschont werden sollte.«

Verlogener Bastard! Du wirst Halosis als Preis für deine Hilfe von Ghalsar verlangen. Sonst wäre dir das Schicksal der Stadt oder seiner Bewohner doch gleichgültig. Saka bemühte sich dennoch, das Spiel mitzuspielen.

»Das hätten wir nicht ohne Eure Hilfe bewerkstelligen können, Baron. Die Blockade durch Eure Schiffe und vor allem Eure Infiltratoren, die uns die Tore geöffnet haben, ermöglichten erst diesen raschen Sieg.«

Der Plan, eine als Händler getarnte Kommandogruppe in die Stadt zu schleusen, die sich mit Hilfe gekaufter Überläufer Zugang zu den Toren verschafften, hatte Saka nicht gefallen. Es war schlichtweg unehrenhaft, aber er musste einsehen, dass es der am wenigsten blutige Weg war, um Halosis einzunehmen.

Nakan deutete eine anerkennende Verbeugung an. »Was ist mit den Zatosianern innerhalb der Stadt?«, fragte er.

»Alle uns bekannten Führer des örtlichen Konvents werden in Gewahrsam genommen. Ich wünsche sie zu verhören und zwar in einem Zustand, der es mir ermöglicht in Erfahrung zu bringen, ob und wie sie gegen die Allianz konspiriert haben. Wer also unnötige Gewalt gegen diese Männer und Frauen verübt, muss sich mir gegenüber verantworten.«

»Wie Ihr wollt, General.«

Saka war im Begriff, die Versammlung aufzulösen, als ein junger Ritter seiner Leibwache die Schanze betrat und vor ihm niederkniete. »Mein Herr.«

»Was ist, Jarun?«

Der Ritter erhob sich. »General, ein Bote des Königs ist eingetroffen, er sagt, er habe dringende Order. Er wartet in Eurem Zelt.«

Saka versuchte abzuschätzen, was dies bedeuten könnte. Er hatte noch keine Nachricht vom Fall der Stadt nach Agenost gesandt. Was mochte Ghalsar von ihm wollen?

»Sag ihm, dass ich auf dem Weg bin.« Er legte dem Ritter die Hand auf die Schulter und entließ ihn. »Baron, meine Herren, Sie haben Ihre Befehle.« Saka verließ die Schanze ohne ein weiteres Wort. Die Sonne stieg bereits über die Hügel im Osten. Durch die ersten warmen Strahlen wurde die Kälte aus seinen Gliedern vertrieben. Seine Stimmung verschlechterte sich dennoch mit jedem Schritt, den er auf sein Zelt zuging. Was immer der Bote für eine Nachricht zu überbringen hatte, er war sich sicher, dass sie ihm nicht gefallen würde.

Er passierte die beiden salutierenden Wachen vor dem Eingang ohne Gruß und trat ins Innere seines geräumigen Zeltes. Der Bote betrachtete den hölzernen Uriasschrein, den Saka von seiner Schwester erhalten hatte. Die Kerzen flackerten auf, als der Wind durch den geöffneten Vorhang drang, ihr unstetes Licht verwischte die Konturen des Mannes im Dunkel für einen Augenblick. Die Schatten verfingen sich in den Falten einer weiten Robe.

Saka ließ sich die Überraschung nicht anmerken, als er den Mann erkannte.

»Kündigt Euer Kommen demnächst an, ich bin hier ziemlich beschäftigt«, sagte er barsch und wartete auf eine Reaktion.

Shaats Blick verharrte auf dem Schrein, während er sprach. »Sehr kunstvoll, die Intarsien, die Schnitztechnik der Figuren, die Goldverzierungen. Wirklich sehr reich ausgestattet, Euer Kleinod, aber doch fehlt mir etwas Wesentliches.«

»Was wollt Ihr?« Saka verspürte nicht die geringste Lust, mit diesem ungebetenen Gast über Kunst zu debattieren.

»Das hat man Euch doch bereits ausgerichtet«, stellte Shaat fest, drehte sich zu ihm um und kam einen genau bemessenen Schritt auf ihn zu. »Ich überbringe Euch eine Order Eures Herrn, General.«

»Warum schickt Ghalsar Euch und lässt mir seine Befehle nicht auf dem gewöhnlichen Weg zukommen?«, fragte Saka. Er wurde ungeduldig.

Shaat winkte ab. »Das müsst Ihr seine Majestät schon selbst fragen, General.« Der Yamarer runzelte die Stirn. »Vielleicht, weil ich imstande bin, Nachrichten schneller als gewöhnlich zu übermitteln, vielleicht, weil der König Euch durch mich eine spezielle Erinnerung schicken will.«

Saka nahm die Kränkung gelassen hin. »In meiner Erinnerung überbringen nicht Magier zweifelhaften Ranges und Rufes die Befehle des Großkönigs der Allianz von Valdora.« Saka wollte sich von dem Gathori keinesfalls einschüchtern lassen. Er legte den Mantel ab und ging provozierend dicht an ihm vorbei. Ohne dem Yamarer etwas davon anzubieten, goss er sich Wein in einen Pokal. Stattdessen ließ er ihn einige Augenblicke warten. »Dann sprecht. Welche Order hat seine Majestät Euch mitgegeben?«

»In den südwestlichen Grenzgebieten haben sich Adlige zusammengeschlossen und ihre Truppen versammelt. Einige haben ganz offen Widerstand gegen den König angekündigt, andere verstecken sich in den Wäldern.«

Saka unterbrach ihn. »Das ist mir nicht entgangen. Es ist genau das eingetreten, wovor ich gewarnt habe. Der scheinbar grundlose Angriff auf eine freie Stadt und das rücksichtslose Vorgehen der Inquisition hat die Opposition gegen Ghalsars Herrschaft verstärkt.«

Shaat wehrte Sakas Protest mit einer ausgreifenden Geste ab. »Ich weiß nur, dass sich diese Untertanen gegen den Frieden des Königs auflehnen und dass es sein Befehl ist, dass Ihr eben jenen wiederherstellt, indem Ihr diese Opposition zerschlagt. Sobald die Stadt in Eurer Hand ist, sollt Ihr Euch gegen die Aufständischen wenden und Baron Nakan die Sicherung von Halosis anvertrauen.«

Saka schnaubte verächtlich. Er brachte kaum die Beherrschung auf, Shaat nicht seine volle Verachtung zu zeigen, aber er konnte es sich nicht leisten, dem Magier den geringsten Vorwand zu liefern, den dieser bei Ghalsar gegen ihn ausspielen könnte. Andererseits war dies die beste Möglichkeit, herauszufinden, welchen Anteil Shaat an den Ereignissen hatte.

»Was haltet *Ihr* von all dem, Shaat?«

Shaat lächelte vielsagend. »Ich bin lediglich ein Abgesandter.«

»Ihr wagt es tatsächlich, so zu tun, als hättet Ihr an der ganzen Misere keinen Anteil?«

Shaat faltete die Arme hinter dem Rücken und machte einen weiteren Schritt auf Saka zu. »Warum so skeptisch, General? Gab ich Euch Grund dazu?«

Saka nahm einen tiefen Schluck Wein. »Nur eine einfache Frage. Mich interessiert, ob Ihr Ghalsar dient oder nur Euch selbst?«

Der Magier blickte ihn an, und Saka versuchte die Augen seines Gegenübers zu lesen. Sie waren groß und unbeweglich, wie die einer Eule. Besaßen sie eine Farbe, so konnte Saka sie nicht erkennen. Was er sah, waren zwei schwarze Schächte in einer Wand aus Eis.

»Ich diene derselben Idee, der sich auch Euer König verschrieben hat – einer neuen Ordnung«, sagte Shaat mit eindringlicher Stimme. »Mein Haran wünscht Freundschaft mit der Allianz. Ich wurde entsandt, um seinen guten Willen zu beweisen und den Großkönig im Kampf gegen seine Feinde zu unterstützen.«

»Da habt Ihr ja bisher ganze Arbeit geleistet. Eine ganze Armee fehlt uns schon, um uns gegen unsere Feinde zu verteidigen, ... egal, von wo sie angreifen.«

»An diesem Gemetzel hatte ich keinen Anteil, General«, merkte der Magier gelassen an. »Aber Ihr könnt beruhigt sein, ich habe meinen Schüler Saresh bereits gefunden. Er hat zu verantworten, was Eurem Heer zugestoßen ist. Ich habe die Dinge wieder in die richtigen Bahnen gelenkt.«

»Tatsächlich? Wo ist Euer Schüler? Ich würde gern aus seinem eigenen Mund hören, was sich zugetragen hat.«

Saka bemerkte, dass für einen Bruchteil eines Augenblicks Unsicherheit auf Shaats Zügen lag. *Er macht seinen Schüler zum Sündenbock. Vielleicht habe ich mit dieser Frage einen Spalt in seinem Panzer gefunden.*

»Das wird nicht möglich sein, General. Es stellte sich leider heraus, dass er den Kräften nicht gewachsen war, die er gegen meine Anweisungen heraufbeschworen hatte. Er hat dem, was ihm beigebracht wurde, entsagt. Als ich ihn fand, war er so verwirrt, dass er dachte, ich sei sein Feind.« Shaat stockte. »Er ließ mir keine Wahl.«

Seltsamerweise glaubte Saka, aufrichtiges Bedauern in der Stimme des Gathori zu hören. Jedenfalls war dies bisher das einzige, das er

Shaat abnahm. Er war von der unerwarteten Offenheit durchaus überrascht, wollte sich aber nicht abwiegeln lassen.

»Durch die Unfähigkeit Eures Schülers mussten nicht nur unzählige Soldaten sterben, sondern auch tausende Menschen vor und in Halosis ihr Leben lassen. Dafür mache ich Euch verantwortlich! Ihr hättet es besser wissen müssen. Ihr hättet Ghalsar niemals davon überzeugen dürfen, Euren Schüler oder Euch oder sonst irgendeinen Magier gegen die Tequari einzusetzen!« Saka merkte, dass sein Zorn dabei war, ihn davonzutragen und versuchte ihn zu zügeln. »Und nun überfallen wir Föderaten und die Inquisition hat freie Hand, gegen jeden vorzugehen, der nicht dem Bild der Prälaten entspricht. Angst geht um, und sie wird der Nährboden für neue Gewalt sein.«

»Ihr scheint zu vergessen, dass es ein Befehl des Königs war, gegen diese … Abweichler vorzugehen.«

»Auf wessen Rat hin, frage ich mich?«

»Ihr solltet Euch besser fragen, General, warum *Ihr* so sehr davon überzeugt seid, dass ich es war, der Euren Freund und König dazu gebracht hat, all dies zu tun – und nicht er selbst.«

Shaat ließ seine Worte wirken. »Ich trage für all das nicht mehr Verantwortung als Ihr selbst. Ihr habt doch diese Stadt erobert, wie von Euch gefordert wurde.«

»Ich habe meine Pflicht getan«, erwiderte Saka scharf.

Der Gathori lächelte selbstsicher. »Ihr werft mir vor, meine Handlungen hätten uns bis hierher geführt, aber es war Euer Gehorsam, der den Menschen von Halosis den Tod brachte. Ihr müsst Euch schon entscheiden, General, ob Ihr Eure Pflicht erfüllen oder ob Ihr Euren Prinzipien folgen wollt. Denn mir scheint, egal welchen Anteil ich daran gehabt haben mag, Ihr seid an einem Punkt angelangt, an dem sich beides nicht mehr miteinander vereinbaren lässt.«

Saka trank den Pokal leer. Auf dem Boden traf sich sein Blick mit dem seines Spiegelbildes, das im schwachen Licht unscharf durch das Silbergefäß reflektiert wurde. Shaat hatte ebenfalls die Lücke in seinem Panzer gefunden.

»Wir ähneln uns wirklich, General – vielmehr waren wir uns ähnlich. Ich habe auch lange Zeit geglaubt, man könne Veränderungen herbeiführen, ohne dass jemand einen Preis dafür zahlen muss. Aber Veränderungen werden auch immer Opfer fordern, dessen wurde ich belehrt. Das werden weder ich noch Ihr verhindern können.«

Saka stellte den Pokal beiseite. »Ich lebe mit dem Schwert in der Hand, solange ich denken kann. Glaubt Ihr wirklich, ich bin so naiv, anzunehmen, dass nicht immer zuerst die Unschuldigen sterben?«

»Nein, das seid Ihr sicher nicht – im Gegenteil. Ihr kennt das Antlitz von Krieg, Flucht und Elend am besten – Ihr und Eure Schwester.«

Saka verspürte den Drang, den Magier zu schlagen. Er fühlte, dass er im Begriff war, von ihm in die Ecke gedrängt zu werden. »Ich verstehe nicht, warum Ghalsar auf Euch hört!«, brach es schließlich aus ihm hervor.

Shaat brauchte nicht lange nach einer Antwort suchen. »Weil der König und ich verstehen, was Ihr Euch zu akzeptieren weigert, General.«

»Dann erleuchtet mich bitte!«

»Was uns verbindet, ist die Erkenntnis, dass man keine neue Welt errichten kann, ohne die alte einzureißen. Im Gegensatz zu Euch folge ich bedingungslos diesem Prinzip. Damit diene ich ihm besser als Ihr.«

Saka schwieg und blickte ins Leere. Sein Kopf brummte. Statt Kälte erfüllte seinen Leib nun eine quälende Hitze.

»Ich wünsche Euch Erfolg bei der anstehenden Aufgabe, General«, sagte Shaat. »Ich gehe davon aus, Ihr wisst nun, was zu tun ist.« Shaat wandte sich zum Ausgang und schritt darauf zu.

»Shaat?«

Der Magier drehte sich um.

»Sollte Eure Magie meinen Freund den Verstand gekostet haben, werdet Ihr als erster erleben, wie bedingungslos ich meinen Grundsätzen folge.«

Kapitel 20

Liocas folgte dem Waldläufer und seinen Kameraden durch das Dickicht. Er konnte diese Fügung des Schicksals kaum glauben. In der größten Not hatte Urias ihnen erneut einen Ausweg offenbart. Selbst, wenn alles verloren schien, gab es Grund zu hoffen!

Zuerst hatte er ihm Moriana gesandt, um ihm Kraft und Zuversicht zu geben. Dass sie nun den Absturz nahezu unbeschadet überstanden hatten, bewies Liocas endgültig, wie gnädig der *Eine* ihnen gesonnen war. Liocas hatte in Amhas darauf gehofft, dass ihr langer Weg – und damit die Prüfung, die Urias ihm auferlegt hatte – ihr Ende finden würde. Doch seit dem Auftreten Shaats und dem Kampf in Olgasis Turm hatte er daran gezweifelt, ob es ihm und Moriana tatsächlich beschieden war, in *seinem* Licht zu wandeln und die Bedrohung von der uriasgewollten Ordnung abzuwenden.

Doch aus dem Erscheinen von Arkas schöpfte Liocas neue Kraft, denn er erkannte darin das göttliche Wirken. Er schalt sich einen Narren, dass er mit seinem Glauben gehadert hatte.

Am liebsten wäre er Arkas um den Hals gefallen, als er realisierte, wer den elenden Haufen Abgestürzter da so hinterrücks überrascht hatte. Der Waldläufer hatte ihnen eröffnet, dass sich nicht weit vom

See ein Lager seiner Leute befand, die ihnen Hilfe und Unterstützung leisten würden. Sie waren mit Moriana, Salgad und der wieder zu sich gekommenen Shanti aufgebrochen, um Unterstützung für Caessels' Mannschaft zu holen, von denen viele der Überlebenden verletzt waren. Was Arkas gerade hierhin verschlagen hatte, wollte er erst eröffnen, wenn sie das sichere Lager erreicht hätten.

Etwas mehr als eine halbe Stunde wanderten sie durch den Kiefernwald, bevor sie zu einer Anhöhe kamen.

»Dort lagern wir.« Arkas deutete mit seinem Bogen auf ein Bauwerk im Norden, das sich auf einem steilen Felsen aus dem Meer von Bäumen erhob. Ein großer Turm, der wie ein mahnender Finger in den grauen Himmel zeigte, war besonders auffällig.

Moriana betrachtete das Gebäude. »Das ist eine Festung«, bemerkte sie nach einer Weile.

»Es *war* eine Festung«, verbesserte sie Arkas. »Targoas wurde von den Tân errichtet, lange vor den Tagen der Gründer. Angeblich war sie die größte Wehranlage im westlichen Imperium, deren Mauern durch die Magie ihrer Erbauer geschützt wurde. Heute dürfte sie wohl die größte Ruine Valdoras sein.«

»Warum nutzt niemand diese Burg? So wie sie gelegen ist, dürfte sie schwer einnehmbar sein«, fragte Liocas.

»Ihre schiere Größe war ihr Verderben. Keines der Häuser hatte die Mittel, um die Anlage dauerhaft zu besetzen, geschweige denn instand zu halten. Die Iramon haben es lange Zeit versucht, aber vergebens. Targoas war nur noch ein Symbol alter Größe. Außerdem verlor die Festung die strategische Bedeutung, die sie einst besaß. Sie liegt auf halbem Weg der Südroute zwischen Amhas und Agenost und bewachte die alte Hochstraße, die die Städte miteinander verband. Die dort stationierten Truppen konnten innerhalb kürzester Zeit über diese Straße verlegt werden. Aber diese Passage hat heute keine Bedeutung mehr.«

»Eine Hochstraße?« Moriana seufzte. »Warum könnt ihr Südländer eure Füße nicht einfach auf M'Shkás Boden lassen?«

Es war Liocas, der ihr antwortete. »Urias lehrt uns, nach Höherem zu streben, und die alten Imperatoren strebten zu seinen Ehren nach Größe in allem, was sie taten.«

»Ist nicht zu übersehen.« Moriana warf einen skeptischen Blick zu dem Turm hinüber und suchte den Wald ab. »Wenn diese Straße so hoch ist, wieso kann ich sie dann nirgends entdecken?«

»Das werdet ihr«, erwiderte Arkas. »Dieser Wald ist seit langer Zeit unberührt geblieben, seine Bäume verbergen nicht nur die Bauwerke der Altvorderen.«

Sie folgten schweigend den Waldläufern. Der Wald lag wie ein Wall von Speeren vor ihnen. Größtenteils standen die Bäume so dicht, dass kaum ein Sonnenstrahl auf den Boden fiel und Liocas durch die Stämme keine hundert Schritte weit blicken konnte. Der Weg von der Anhöhe hinunter war zudem beschwerlich, da die Hügelflanke von Felsen und Geröll bedeckt wurde. So entstanden regelrechte Höfe zwischen den Baumriesen, die von dornigem Buschwerk kolonisiert wurden. Liocas versuchte dicht bei Arkas zu bleiben, der sich zielstrebig durch das tückische Gelände bewegte und dabei kaum ein Geräusch verursachte. Zuletzt folgte er ihm einen Hang hinauf. Liocas nutzte einen Vorsprung des Felsens als Trittfläche und hakte sich in einen zweiten mit der Hand ein. Als er sich hochzog, erschrak er und wäre fast wieder hinunter gestürzt. Doch Arkas griff ihn am Arm und hielt ihn fest.

Liocas blickte in ein steinernes Auge, das ihn ausdruckslos anstarrte. Es gehörte zu einem Kopf, der eine Kapuze aus Moos trug.

»Vorsicht, sonst bist du der erste, der durch diesen alten Kämpfer zu Tode kommt«, sagte Arkas scherzhaft.

Liocas stellte fest, dass die Trittfläche des vermeintlichen Felsens die Schulter einer Statue war. Er blickte an ihr hinab und erahnte die Form eines Menschen. Die Statue war groß, so dass sie aufrecht nicht durch das Burgtor von Marmadon gepasst hätte. Der Stein war ausgewaschen und teilweise gebrochen. Die linke Hälfte der Figur war von Moos und Flechten übersät. Vor allem der Schild, den sie hielt, war in den Grüntönen ihres neuen Herrn überwuchert, für den dieser steinerne Krieger nun Wache stand.

Liocas wandte sich ab und stellte sich neben Arkas.

In der Senke vor ihnen erblickte er Pfeiler zwischen den Baumstämmen, die sich unterhalb der Wipfel zu Bögen vereinten, auf denen die alte imperiale Straße verlief. Er war beeindruckt. Die Arkaden verliefen quer durch den Wald, soweit er zu sehen vermochte, und waren in all den Jahrhunderten nicht zerfallen.

»Wir folgen diesem Hügel. Er führt uns auf die Straße. Dort befindet sich einer unserer Wachposten«, sagte Arkas und riss Liocas aus den Gedanken. Der Waldläufer erkannte sein Staunen und lächelte. »Ging mir beim ersten Mal auch so.« Er schlug Liocas auf die Schulter. »Komm. Von oben ist es noch imposanter.«

Liocas warf auf dem Weg immer wieder einen Blick auf die Hochstraße. An vielen Stellen war sie zerstört, da Bäume geradewegs durch die Bögen gewachsen waren oder die Witterung den Stein so sehr zermürbt hatte, dass er geborsten war. Der Hügel wandelte sich allmählich zu einer Felswand, und der Wald um sie herum lichtete sich. Lediglich einige Kiefern und Pinien hatten ihre Wurzeln in die Spalten zwischen dem Stein getrieben. Direkt vor ihnen ragten die Überreste des Turmes über Felsen und Bäume hinaus. Liocas erkannte, dass der Fried so gewaltig war, dass er von mehreren Reihen Außenpfeilern gestützt werden musste. Eine Bruchkante zeugte davon, dass seine Spitze nicht mehr und einer der Strebepfeiler nur noch zur Hälfte vorhanden war. Von der einschüchternden Wirkung hatte der Turm jedoch nichts eingebüßt. Liocas konnte nachvollziehen, wie unbedeutend sich der einzelne Mensch im Schatten der gewaltigen Bauten gefühlt haben musste.

»Kommt!«, rief Arkas und wies auf eine Rinne im Fels, in der sich in unregelmäßigen Abständen Stufen befanden. »Hier hinauf.«

Liocas kletterte die sich windende Passage in den Fels hinauf. Er spürte, wie erschöpft er tatsächlich war. Oben angekommen, musste er schwer atmend feststellen, dass sie immer noch nicht die Straße, geschweige denn die Festung erreicht hatten. Auch von dem Wachposten, den Arkas erwähnt hatte, war nichts zu sehen. Im Gegenteil, vor ihnen erhoben sich die Felsen noch steiler. Der Waldläufer konnte nicht ernsthaft erwarten, dass sie alle diese Wand erklommen. Er blickte Moriana fragend an, aber seine Gefährtin wartete geduldig, während sie etwas in den umliegenden Felsen zu suchen schien.

Arkas trat hervor und zog eine hölzerne Pfeife hervor, die er an einem Lederband um den Hals trug. Er setzte die Pfeife an die Lippen und ein dreifaches sonores Trällern erschallte.

»Wusste ich's doch«, wisperte Moriana gerade laut genug, dass Liocas sie noch hören konnte. Sie deutete nach oben. Über ihnen erschienen zwei Männer. Einer trug einen Langbogen, der andere einen Speer mit breiter Klinge.

Arkas winkte ihnen zu: »Wir haben ein paar abgestürzte Vögel aus dem See gefischt. Lasst uns rauf, Corlagon soll sie sehen!«

Der Speerträger legte die Waffe aus der Hand und hantierte am Boden herum. Kurze Zeit später fiel zuerst eine, danach eine weitere Strickleiter die Steilwand herunter.

Auf dem Plateau hielten sich weitere bewaffnete Frauen und Männer auf. Einige kamen aus ihren Verstecken zwischen den Felsen hervor, andere saßen im Kreis zusammen und beäugten die Besucher neugierig. Arkas und seine Männer begrüßten die Wachen und tauschten einige Worte miteinander. Dabei deutete Arkas immer wieder auf Liocas und Moriana.

Liocas sah sich etwas verunsichert um und blickte in verhärmte Gesichter. Es schienen einfache Leute zu sein, Bauern und Tagelöhner. Einer der Männer trug ein Fleischerbeil in seinem Gürtel. Keiner trug eine Rüstung und nur wenige eine richtige Waffe. Er ging an einem Mann mit einer Sense vorbei, deren Blatt aufgestellt worden war, ein anderer führte nicht mehr als die Forke, mit der er eigentlich das Heu auf seinem Feld wenden sollte. Oberhalb des Lagerplatzes waren Äste und Reisig für ein Signalfeuer aufgetürmt worden. Davor hatten die Wächter einen Sichtschutz aus Steinen und Astwerk errichtet. Ein junges Mädchen, jünger noch als Moriana, kam dahinter hervor. Sie hielt einen Bogen in der Hand.

Liocas folgte Arkas durch das Lager. Am anderen Ende konnte er die Hochstraße wieder sehen, die genau vor dem Plateau eine Kurve beschritt und zwischen den Felsen verschwand. Arkas´ Leute hatten an der engsten Stelle eine Hängebrücke aufgespannt, über die man von dem Wachposten auf die Straße gelangen konnte.

Er sah, dass Moriana beim Anblick des schwankenden Stegs einen Augenblick innehielt, ihr Gesicht wirkte verkrampft.

»Wird es gehen?«, fragte er.

»Hast du schon vergessen, was wir grade durchgemacht haben? Da werde ich nicht vor einer lächerlichen Brücke zurückweichen.«

Liocas ging nicht darauf ein, dazu war er zu müde. Er trat einen Schritt zur Seite und winkte sie durch. »Wie käme ich dazu, dich aufzuhalten? Bitte sehr.«

»Ich geb dir gleich 'Bitte sehr'«, murmelte Moriana und griff nach den Seilen.

Liocas folgte ihr, versuchte aber dicht hinter ihr zu bleiben, falls ihr die Höhenangst erneut die Beine versagen lassen würde. Sie überquerten den Steg, und Moriana machte zum Schluss einen hektischen Sprung von der Brücke auf die Hochstraße.

Arkas hatte nicht übertrieben, der Anblick war wirklich imposant. Die Straße war breit genug, dass zwei schwere Fuhrwerke einander passieren konnten. Jedenfalls früher. Inzwischen war sie bestenfalls noch begehbar. Überall lag Schutt, teilweise war die Steindecke geborsten oder in die Tiefe gefallen. Die Vegetation drängte durch jeden Spalt an die Oberfläche und bildete grüne Inseln auf dem Weg. Dennoch hatte die Straße dem Zahn der Zeit widerstanden. Liocas blickte zurück in die Richtung, aus der sie gekommen waren. Das Bauwerk verlief schnurgerade durch den Wald, der sich von beiden Seiten dicht dagegen drängte. Ein Tunnel aus Ästen und Blättern, durch den ein graues Band lief.

»Erstaunlich«, war alles, was er hervorbrachte.
»Ja, das ist es wirklich«, entgegnete Arkas. »Aber in diesem Zustand existiert sie nur bis zum Waldrand, dahinter ist sie schlichtweg zerstört oder wurde von den Bewohnern des Umlands als Baumaterial abgetragen.«
Liocas wurde neugierig. »Ich habe mal gehört, Ghalsar Ennius versuche einige dieser Straßen wieder zu errichten.«
Arkas wendete sich ab und schwieg.
»Stimmt es?«, hakte Liocas nach.
»Es stimmt.« Der Blick des Waldläufers wurde hart. »Und es beweist, wie gefährlich dieser Mann ist.«
Sie folgten der Biegung der Straße in die Schlucht. Die Felsen gaben den Blick auf die Festung frei. Targoas thronte auf blankem Fels. Der große Turm ragte am Rand der Klamm unmittelbar über der Straße auf. Nach Osten hin fiel der Berggrat flach ab. Hinter zerfallenen Wällen erhoben sich weitere Gebäuderuinen. Terrassen mit Bastionen waren rund um den Kamm in den Felsen gehauen und bildeten den äußeren Festungsring. Über Liocas ragten die Reste einer Wehrbrücke aus einer vorspringenden Bastion heraus, über die einstmals der Verkehr auf der Straße überwacht werden konnte. Er versuchte sich vorzustellen, wie die Soldaten auf den Wehrgängen patrouillierten, Händler über die Straße zogen und auf den Wällen stolze Banner im Wind flatterten. Der helle Klang von Posaunen hallte durch die Schlucht, doch alles, was tatsächlich um ihn herum zu hören war, war das Rauschen des Windes in den Bäumen, die den von den Menschen verlassenen Ort zurückerobert hatten.
Die Straße passierte Targoas und wand sich wie eine träge Schlange in die Schlucht hinein. Arkas und seine Waldläufer verließen sie über einen zerfallenen Brückenbogen, der notdürftig mit Holzbohlen wieder begehbar gemacht worden war. Das Holz knarrte bedenklich unter ihren Schritten, darunter gähnte ein Abgrund. Im Schatten des Turmes folgten sie dem Weg zum Haupttor hinauf, vorbei an armlosen Statuen mit verwitterten Gesichtern.
Lediglich die Fundamente des gewaltigen Torkastells standen und die Lücken zu den Mauern waren mit einer Palisade verschlossen worden. Auf einem zerfallenen Turm konnte Liocas Bogenschützen auf einer Holzplattform ausmachen, die den Weg zum Tor im Auge behielten.
Arkas grüßte die Torwache und wurde hineingewunken. Beim Passieren glaubte Liocas die Darstellung eines aufsteigenden Phönix in den Überresten einer Säule zu erkennen. Er ging darauf zu und stellte

fest, dass er richtig lag. Mit der Hand strich er vorsichtig über das abgewetzte, steinerne Federkleid des Feuervogels. Sein Blick folgte den Flammen, aus denen Urias' Bote sich erhob. Der Sockel der Statue schien ein Relief zu tragen, welches von einem Busch verdeckt wurde. Mit einer Hand drückte er das Buschwerk zur Seite und wurde nicht enttäuscht.

Liocas kannte das Bildnis nur zu gut, das er freigelegt hatte. Eine *Dracochtonie* – die Tötung des Drachen durch Urias. Dieses Motiv war Mittelpunkt eines jeden Tempels in Valdora, vor dem Liocas so oft gebetet hatte. Es stellte die Erneuerung der Welt durch Urias dar. Im Zentrum befand sich der *Eine*, der den roten Drachen von oben mit einer Flammenlanze durchbohrte. Der Drache lag zu seinen Füßen und windete sich im Todeskampf.

Während er das Relief betrachtete, begann ihn etwas zu stören, er knickte den Busch ganz beiseite und ging in die Knie.

»Willst du hier Wurzeln schlagen?«, fragte ihn Salgad, der sich mit verschränkten Armen gegen die Säule lehnte.

»Bei dieser Drachentötung stimmt etwas nicht«, erwiderte Liocas ohne aufzublicken.

»Hier, die Lanze durchbohrt den Drachen auf diesem Bildnis nicht, sie liegt vor seinem Körper – und Urias sieht den Drachen an, nicht von ihm weg.«

»Verstehe.« Salgad zog verständnislos die Schultern hoch. »Ist das denn wichtig?«

Liocas stand auf und blickte den Söldner mit einer Mischung aus Verwunderung und Mitleid an. »Wichtig? Hättest *du* dieses Relief angefertigt, würde man dich vor ein Inquisitionsgericht schleifen und dich wegen Häresie anklagen.«

»Aber das sind doch nur Kleinigkeiten.« Salgad rieb sich das Kinn.

»Keineswegs! Da wurde nichts dem Zufall überlassen, alles auf diesem Bild hat eine Bedeutung. Hilf mir mal, den Busch zu entfernen.«

Salgad zog seinen Krummsäbel blank und hackte den Strauch mit drei Hieben um.

»Hier, sieh nur, noch mehr Abweichungen. Es müssten drei Figuren sein, die ihre Fackeln an Urias' Strahlenkrone entzünden. Nea, Argusil und Arradyn – wie die Monde. Aber hier ist ein vierter Fackelträger zu sehen.« Liocas merkte, wie sich sein Herzschlag aufgrund dieser Entdeckung beschleunigte. »Der vierte Fackelträger steht direkt unter dem Drachen. Man könnte fast meinen, er entzündet seine Fackel durch dessen Feueratem. Und in der anderen Hand trägt er eine Schale.«

»Was macht er damit?«

Liocas schluckte. »Er fängt damit seine eigenen Tränen auf.«

»Sieht mir eher nach Steinen aus«, meinte Salgad.

Liocas konnte ihm nicht widersprechen.

»Gut, wenn das alles kein Zufall ist, wie du sagst, was hat es dann zu bedeuten?«

Liocas wusste nicht, was er davon zu halten hatte. *Kalhani hatte Vandra den Former der unverzehrten Glut genannt. Vandra habe die Elyre geschaffen. Könnte das der Gegenspieler Urias' sein, von dem der alte Magier gesprochen hatte? Aber warum war er Teil dieses heiligen Bildnisses des Uriasglaubens?*

Liocas blickte noch einmal auf das Relief. Je länger er es betrachtete, desto weniger gefiel ihm das, was er sah. »Ich habe keine Ahnung, Salgad, aber es macht mir Angst.«

»Angst? Angst wovor?«

»Dass Kalhani nicht so verwirrt war, wie wir gedacht haben.«

Liocas wandte sich von der Säule ab, er und Salgad und folgten den anderen.

Hinter dem Tor öffnete sich ein mehrstufiger Hof, der von zerfallenen Arkaden umfriedet wurde. An seinem Ende erhoben sich die Reste einer Säulenhalle, deren Kuppeldach eingestürzt war. Im Innenhof und der ehemaligen Halle befanden sich etwa zwei Dutzend Zelte, wie sie auch von Ordensrittern im Feld verwendet wurden. Liocas konnte jedoch keine Farben eines Hauses ausmachen.

Im Lager herrschte Unruhe. Männer rannten in ein großes Zelt, aus dem Schreien und Stöhnen zu hören waren. Zerschundene und blutverschmierte Gestalten saßen oder lagen im Lager herum. Dazwischen konnte Liocas allenthalben die verhärmten Gesichter von Kriegern entdecken, denen vorangegangene Kämpfe und die Begegnung mit Schmerz, Leid und Tod puren Schrecken oder stoische Gleichgültigkeit ins Antlitz gemeißelt hatten. Erinnerungen an den Asakon krochen in ihm hoch.

Moriana nahm ihm die Frage vorweg. »Was ist hier passiert?«

»Halosis wurde von Ennius' Truppen angegriffen. Die Bastarde haben die Stadt gestürmt. Angeblich hat ein Verräter die Tore geöffnet.«

»Aber Halosis ist eine freie Stadt«, wandte Licoas ein. »Oder war Halosis in der Hand der Rebellen?«

Arkas schüttelte den Kopf. »Nein, nicht wirklich. Aber der Gildenrat hat zatosianischen Flüchtlingen Unterschlupf gewährt. Um dem

Wachstum der Bevölkerung und den sich verschlechternden Verhältnissen in der Stadt Herr zu werden, haben sie ein Handelsabkommen mit Amhas geschlossen. Die Amhasi erkannten ihre Chance und erwirkten eine Hafensperre für valdorische Schiffe, um sich ihre Vormachtstellung am Golf von Hara auszubauen. Das hat das Fass für Agenost wohl zum Überlaufen gebracht.«

Liocas seufzte. »Der Großkönig bekommt den Hals nicht voll. Reicht es nicht, dass das Nordheer vernichtet wurde? Muss er jetzt auch im Süden Krieg führen?«

»Das ganze Reich ist im Aufruhr, Liocas. Kurz nachdem Ghalsar von der Niederlage am Asakon erfuhr, schwärmten die Venatoren aus, und überall begann die Verfolgung von Zatosianern und anderen dem Großkönig und der Hohen Priesterschaft unerwünschten Personen. Nur, dass er dieses Mal nicht damit durchgekommen ist. Einige Barone, Priester und Ritter widersetzen sich den Befehlen von Ennius. Sie wollen nicht tatenlos der Ermordung oder Verschleppung von Valdorern gegenüberstehen, deren Vergehen so vage wie unbegründet sind.«

»Heißt das, es gibt einen Aufstand?«

»Wie groß oder stark die Opposition gegen den Großkönig ist, können wir noch nicht abschätzen«, erwiderte Arkas. »Aber lasst uns zu jemandem gehen, der euch mehr darüber erzählen kann. Marin Corlagon ist einer der Anführer des Widerstandes gegen den Großkönig und ist sicher sehr interessiert an euren Erlebnissen. *Ich* bin es übrigens auch«, fügte er hinzu.

Er führte sie zu einem Zelt, auf dem ein dunkelgrüner Wimpel aufgepflanzt war. Die Wache grüßte ihn und schlug einen Vorhang zur Seite. Liocas folgte den anderen ins Innere. In der Mitte des Zelts war ein Tisch aufgebaut, an dem sich vier gerüstete Männer über ein Pergament beugten. Sie blickten auf, und ein Lächeln fuhr über die Miene des ältesten Mannes, der am Kopfende stand.

»Arkas, du bist zurück!«, sagte er, umrundete den Tisch und schüttelte die Hand des Waldläufers. »Was hast du zu berichten?«

»Wir haben Überlebende des Luftschiffs gefunden, das über Halosis abgeschossen wurde. Ich bringe dir einige von ihnen, die du sicher kennenlernen möchtest.« Er stellte Shanti, Salgad und Liocas vor. »Und dies hier ist Moriana, eine Tochter der Clans der Tequari.«

Das Gesicht des älteren Ritters weitete sich vor Erstaunen. Er blickte Moriana in die Augen und begann dann langsam zu nicken.

Liocas erkannte überrascht, dass der Mann mit der Fassung rang.

»Sie ist es. *Du* bist es!«, flüsterte er. Dann schloss er Moriana in die Arme. »Du bist zurückgekehrt!«, wisperte er. »Charissa!«

Moriana schaute Liocas hilfesuchend an. In ihrem Blick sah er, dass sie ebenso überfordert von der Reaktion des Valdorers war wie er selbst.

Zwanzig Jahre zuvor

Die Nacht hatte sich über die Grenzwälder im Norden gelegt. Einzig der hinter den Wolkenfetzen hervorschauende Halbmond beleuchtete die Weiten dunkler Nadelbäume. Wölfe heulten, und eine Eule schwebte mit lautlosem Flügelschlag über die Bäume hinweg, um nach Beute Ausschau zu halten.

Sonst war kaum etwas zu hören.

Auf einer Anhöhe über dem schmalen Flusses war zwischen dem Dickicht der Tannen ein Licht zu entdecken – gut verborgen, aber nicht völlig unsichtbar.

Es war die Glut eines Lagerfeuers, die einem einsamen Wächter genug Wärme bot, um auch die erste kalte Nacht des Winters zu ertragen. Er war von Kopf bis Fuß in Felle gekleidet und richtete den Blick stoisch geradeaus, gerade so, als ob er in den Schemen der Büsche noch die letzte Regung verfolgte. Dennoch hätte die nächtliche Gestalt genauso gut eine in Stein gehauene Statue eines Kriegers sein können, die auf alle Ewigkeit ihre grimme Wacht hielt.

Hinter dem Wachposten waren im Schatten der Bäume die Umrisse einer Handvoll Zelte zu erkennen. Nichts regte sich dort, und der Wald schien sich ebenso wenig um die schlafenden Bewohner des Lagers zu scheren, wie sich diese um ihn.

»Glaub nicht, ich hätte dich nicht bemerkt, Valdorer«, sagte die Wache, als sich eine Gestalt unvermittelt aus dem Unterholz schälte.

»Und gib du dich nicht dem Irrglauben hin, ich hätte dich nicht absichtlich bemerken lassen, dass ich in der Nähe bin, Barbar«, gab der Neuankömmling zurück und ging wie selbstverständlich auf das Feuer zu. Er wartete einen Moment, bis der vernarbte Krieger ihm mit der Hand den Platz gegenüber anbot, und ließ sich dann nieder. Während er sich setzte, kamen unter seinem Umhang Teile eines Kettengeflechts zum Vorschein, wie es in diesen Gegenden nur die Ritter der valdorischen Orden trugen. Behutsam legte der Mann ein Stoffbündel neben sich ab.

»Was verschlägt dich hierher, Valdorer? Ich hab dich seit sechs oder sieben Monden nicht mehr gesehen. Ich hoffe, du weißt, dass es in den Grenzwäldern für Leute wie dich unsicher geworden ist. Außerdem frage ich mich, wie du wissen konntest, dass ausgerechnet ich in die Wälder zurückgekehrt bin.«

»Mir war klar, dass die Clans nicht tatenlos zusehen würden, wenn sich die Dinge derartig verändern wie zuletzt. Sie würden Beobachter schicken, sie würden Krieger schicken, und sie würden nur ihre besten Männer und Frauen aussenden, um zu erkunden, was an der Südgrenze der Clangebiete vor sich geht.« Der Ritter lächelte. »Du musstest früher oder später hier auftauchen.«

»Dein scharfsinniger Geist war deinem Schwertarm schon immer ebenbürtig.« Der Tequar blickte über das Feuer zu dem Valdorer herüber. »Wir haben die Schreie der Frauen und Kinder bis hierher vernommen. Wir haben die Rauchsäulen gesehen, und wir haben von unseren Kundschaftern von den Kämpfen jenseits der Grenze gehört, Valdorer. Nicht mal die Ältesten unter uns können sich daran erinnern, dass es zwischen den Kriegern eures Volkes so etwas gegeben hat. Die Zeiten haben sich geändert! Ihr nennt uns Barbaren, aber jetzt sind es eure eigenen Leute, die ihre Frauen schänden, ihre Kinder töten und ihre Kinás gegenseitig niederbrennen.«

»Eure Kundschafter haben gute Arbeit geleistet, scheint es. Tatsächlich: Die Zeiten ändern sich, und die alte Ordnung hat schon lange keinen Bestand mehr.«

Der Tequar unterbrach ihn. »Es gärt in den Clans, mein Freund. Viele sind der Meinung, die Gelegenheit nutzen zu können, um endlich zurückzufordern, was seit jeher unser gewesen ist.« Er wies mit einer ausladenden Armbewegung hinter sich. »Wir hier sind nur ein paar Späher, aber die Heere Sam Athrods sammeln sich in den Ebenen von Makeera. Der Clansherr giert nach dem Blut derer, die einst seine Väter aus ihrer Heimat vertrieben haben. Eine Rückforderung eurer Kolonien wird die Stellung von Athrod innerhalb der Clans stärken und ihn dem Thron in Oròm einen gewaltigen Schritt näher bringen.«

Der Ritter seufzte und schwieg einen Moment. »Das ist mir bewusst, Rodak, auch wir haben Augen und Ohren, die uns vieles mitteilen. Sollte es erneut zum Krieg kommen, wird es so sein – aber diesen Kampf sollen andere ausfechten.« Er machte eine Pause und sah dem Tequari-Krieger direkt in die Augen. »Ich hingegen wende mich in verzweifelter Lage an dich. Ich bitte dich, mir zu helfen, so wie ich dir einst geholfen habe.«

Rodak stutzte und zog die Stirn in Falten. Nach einem Moment trat ein selbstgefälliges Grinsen auf sein Gesicht. »Und wenn ich mich weigere?«

»Wenn du dich weigerst, wirst du hier und heute sterben«, entgegnete der Ritter mit harter Stimme.

Der Barbar lachte. »Du drohst mir inmitten meines Lagers? Ein Schrei von mir weckt zwanzig Tequari aus dem Schlaf, die einen valdorischen Bastard wie dich nur allzu gerne in Scheiben schneiden würden.«

»Natürlich würden sie das, aber dann können sie deinen Kopf irgendwo im Gebüsch suchen«, gab der Valdorer zurück.

Rodak schwieg einen Moment und nickte dann. Offenbar war er von der Ernsthaftigkeit seines Gegenübers überzeugt. »Und wie soll ich dir helfen? Soll ich dich vor deinen Feinden verstecken? Brauchst du meine Krieger? Was ist es?«

Der Ritter winkte ab. »Nein, nichts in der Art. Es ist ein kleiner und doch ungleich größerer Gefallen, um den ich dich bitte.« Er blickte Rodak ernst an. »Schwöre mir bei deiner Ehre, dass du dich an unsere Abmachung halten wirst!«

»Ohne zu wissen, worauf ich mich einlasse? Du verlangst viel von mir, Valdorer!«

»Ich verlange nicht mehr von dir, als ich dir in der Vergangenheit gewährt habe, darauf gebe ich dir mein Wort.«

Rodak dachte einen Moment nach und nickte dann.

»Was bleibt mir übrig? Wie könnte ich meinem Clan noch mit reinem Herzen dienen, selbst wenn ich dich hier und jetzt töten würde und danach die ganze Sache vergesse? Also schwöre ich dir bei meiner Ehre als Tequari, dir den Gefallen, um den du mich bittest, zu erfüllen, was immer es auch sein mag und was immer es mich auch kosten sollte.«

Der Ritter schien erleichtert. »Ich danke dir. Du erweist dich als der Mann, für den ich dich gehalten habe, und weswegen ich mitten in der Nacht in ein Lager des Feinds schleiche. Ich will also ehrlich sein: Mein Haus ist am Ende, der Hochmeister tot und die Kolonien brennen. Wo Valdora früher geeint war, sind Neid, Hader, Zwist und zuletzt offener Krieg entbrannt.«

»Kopios ist tot?«, japste Rodak ungläubig. »Diese Nachricht ist uns bisher verborgen geblieben.«

Schmerz und Trauer standen in dem Gesicht des Ritters geschrieben. »Ja, vor zwei Tagen fiel er einem feigen Attentat zum Opfer.«

»Wenn Athrod das erfährt, wird er sofort die Hörner zum Angriff blasen lassen, Valdorer. Eure Kolonien werden brennen!«

»Ihr werdet nur Trümmer und Asche vorfinden, Rodak, kein glanzvoller Sieg wartet auf euch. Ghalsar Ennius hat mit seinen Lügen bereits das erreicht, was euch zehn Jahre verwehrt geblieben ist. Das Haus Iramon ist vernichtet. Ich bin einer der wenigen, die es lebend aus Kopiomon hinausgeschafft haben.«

»Dann werden wir eben Ennius' Truppen vernichten und ihm die Stadt wieder entreißen«, sagte Rodak mit feurigem Glanz in den Augen.

»Tut, was ihr nicht lassen könnt! Ich bin ein Ausgestoßener und in den Ländereien der Allianz meines Lebens nicht mehr sicher.«

»Mir blutet das Herz, Valdorer!«

»Deine Meinung ist für mich nicht von Interesse«, entgegnete der Ritter und begann mit einem Stock in der Glut herumzustochern. »Tatsache ist, dass ich von nun an auf der Flucht bin. Doch ich bitte dich nicht darum, mich zu verstecken. Was jetzt an der Grenze oder in den Kolonien passiert, ist mir gleichgültig. Hier hält mich nichts mehr.«

»Was willst du dann von mir?«

Der Ritter stand auf, nahm das Bündel und legte es behutsam neben dem Barbaren ab. Dann setzte er sich wieder auf die andere Seite des Feuers. »Schau es dir an!«, forderte er sein Gegenüber auf.

Rodak lupfte einen Teil des Fells, das das Innere des Bündels verbarg, und blickte hinein. Ungläubig glotzte er den Ritter an. »Ein Kind?«

Der Valdorer nickte. »Ja, kaum drei Monde alt. Ich bitte dich darum, für sie zu sorgen, sie zum Nachwuchs deines Clans zu bringen und auf sie zu achten.«

»Ein valdorisches Mädchen? Sie wäre tot, bevor sie auch nur vier Sommer gesehen hätte!« Rodak schüttelte den Kopf. »Wir erziehen unseren Nachwuchs nicht wie ihr, verhätscheln und tätscheln sie, behüten sie in einem behaglichen Heim, fördern ihre Talente. Nein, sie werden erzogen, um zu kämpfen und zu dienen – oder sie sterben.«

»Ich weiß, dass eure Kinder anders aufwachsen als unsere. Sie soll nicht behütet werden, sie soll sich behaupten. Sie wird sich durchsetzen, davon bin ich überzeugt. Die einzige Bedingung, die ich an dich stelle, ist, dass sie überlebt!«

»Das kann ich kaum versprechen, Valdorer, und das weißt du.«

»Du hast es bereits versprochen, erinnerst du dich? Brichst du dein Versprechen, bist du tot, Rodak, auch daran seist du noch einmal erinnert. Stirbt das Kind, stirbst du! Haben wir uns verstanden?«

Rodak überlegte einen Moment. »Also gut, vielleicht kann sie in einer der niederen Kasten zu einer Arbeiterin oder Dienerin werden, ohne gleich den Schädel eingeschlagen zu bekommen.«

»Sie ist zum Herrschen geboren, sie wird sich durchsetzen!«, antwortete der Ritter bestimmt.

»Wie ist ihr Name?«

»Ihren wirklichen Namen kenne nur ich, und dabei bleibt es, zu ihrer Sicherheit. Gib ihr einen Namen deines Volkes!«

Der Barbarenkrieger dachte einen Moment nach, erhob sich und hielt den Säugling dann mit beiden Händen über der Glut. Auch der Ritter hatte sich erhoben.

»Dann sollst du Moriana gerufen werden, Tochter der Dunkelheit und der Schatten, aus denen du zu unserem Clan gestoßen bist«, sagte Rodak feierlich.

»Du bedienst dich der alten Sprache der Tân! Ein treffender Name, mein Freund«, nickte der Ritter. »Ich breche jetzt auf. Sollte es mir möglich sein, werde ich zu jedem Mittsommer in das Land der Clans kommen, um nach … Moriana zu sehen«, sagte er und reichte dem Barbaren zum Abschied die Hand. Rodak ergriff sie und fand einen kleinen Gegenstand in seiner Handfläche wieder. Ein dunkelblauer Schmuckstein an einem schmalen Lederband. Fragend blickte er den Ritter an.

»Sorg dafür, dass sie den Stein erhält. Es ist das einzige, das ihr von ihrem alten Leben bleiben wird.«

Rodak nickte. »Ich halte mein Versprechen, Valdorer.«

Dann verschwand der Ordensritter ebenso lautlos im Unterholz, wie er gekommen war.

Kapitel 21

Moriana und Liocas zogen sich mit Arkas und Corlagon in das Zelt des Rebellenanführers zurück, während Shanti von einem Wundheiler behandelt wurde. Salgad war mit anderen aus dem Lager zur Absturzstelle zurückgekehrt, um Saresh und Caessels zu helfen.

Während sie gemeinsam aßen, berichtete Corlagon davon, wie Moriana in den Wirren des valdorischen Thronfolgekriegs zu den Tequari gelangt war. Liocas hörte dem älteren Mann erstaunt zu, während die Tequa selbst keinerlei Regung zeigte.

Als Corlagons Erzählung geendet hatte, saßen sie eine Weile schweigend da. Gedankenverloren tunkte Liocas sein Weißbrot in kalte Bratensoße. Weder er noch Arkas wollten Moriana mit den Fragen zuvorkommen, die ihnen auf der Zunge lagen. Sie aber starrte mit versteinerter Miene in eine Ecke des Zelts und schien keine Anstalten zu machen, etwas zu sagen. Die Zeit verstrich, und außer dem Plätschern des Regens war nichts zu hören.

Liocas blickte seine Gefährtin an, mit der er nun schon seit … er überlegte, wann genau er die verletzte junge Frau unter den Leichen auf dem Schlachtfeld hervorgezogen hatte. Es musste weit länger als einen Mond her sein. Die Zeit und die Ereignisse waren so schnell an ihm vorbeigezogen, dass er kaum zu sagen vermochte, wie lange er schon mit ihr unterwegs war. Fast immer hatten seine Gedanken dem nächsten Augenblick, dem folgenden Tag, der kommenden Aufgabe oder Bedrohung gegolten. Mehr als einmal war er sich sicher gewesen, vor Elotias Tore treten zu müssen.

Allen Widrigkeiten zum Trotz hatten sie überlebt.

Das, was Liocas zu Beginn als vage Ahnung – eher als Hoffnung – mit sich getragen hatte, schien sich zu bewahrheiten. Ihrer beider Schicksal, ihr gemeinsamer Weg durch Valdora und Amhas wurde durch die Macht des Allsehenden gelenkt. Es musste so sein, auch wenn er nicht mit letzter Bestimmtheit sagen konnte, ob Urias ausgerechnet sie beide erwählt hatte, um in seinem Namen zu streiten. Doch er wäre ja taub und blind, würde er abstreiten, dass *Er* seine Hände im Spiel hatte!

Jetzt stellte sich auch noch heraus, dass diese sture und schimpfende, gewalttätige und zynische Kriegerin der Tequari in Wahrheit eine Valdorerin war.

Eins der geschminkten Püppchen, die sie so verachtet, dachte Liocas und lächelte. Er sah, wie sehr Corlagons Worte sie aufwühlten, wie sie versuchte, mit dem soeben Gehörten klarzukommen, so sehr sie sich auch bemühte, es sich nicht anmerken zu lassen. Dass sie dem Aussehen nach nicht den Vorstellungen der Valdorer von den Barbaren entsprach, war ja die eine Sache, schließlich hatte auch Liocas lernen müssen, dass dieses Bild von Vorurteilen und jahrhundertelang gepflegtem Hass geprägt war. Aber ihre – wenn auch niemals eingestandene – Bereitschaft zur Anpassung und Erweiterung ihrer Weltsicht, ihre Fähigkeit zur Selbstreflexion und Neugier auf das Unbekannte sowie nicht zuletzt der Wille, ihre Ziele zu verfolgen, legten nahe, dass sie tatsächlich zu Höherem bestimmt sein konnte. Tatsächlich entstammte sie einem der ältesten Adelsgeschlechter Valdoras, das seine Herkunft bis in die Tage der Tân zurückverfolgen konnte. Kein Tequariblut, sondern eines von edelster Herkunft floss durch ihre Adern. Das Heil der ersten Könige von Valdora lag auf ihr.

Liocas konnte sich kaum ausmalen, wie sie das alles verwirren musste. Corlagons Offenbarung brachte ihre ganze Identität ins Wanken.

Wenn er sie so betrachtete, wie sie grimmig in die Ecke starrte, eisern darum bemüht, den anderen nichts davon preiszugeben, was in ihr vorging, ahnte er schon, was kommen würde, als sie plötzlich aufsprang und Corlagon fixierte. Liocas war auch der einzige, der sah, dass ihre Augen von Tränen verschleiert waren.

»Du lügst!«, zischte sie in Richtung des Ritters.

Ohne sich umzudrehen, verließ sie das Zelt und lief hinaus in den Regen.

Moriana rannte ziellos durch das Lager. Obwohl sie ohnehin sofort nass wurde, spürte sie, wie ihr auch Tränen durchs Gesicht liefen. Ihre Gedanken überschlugen sich. Wut, Enttäuschung, Traurigkeit – alles stürzte auf einmal auf sie ein.

Das kann nicht wahr sein! Charissa! Eine Valdorerin! Niemals! Ich bin Moriana von den Clans des Südens, Führerin des tapfersten Katu des Clansherrn Kal Athrod. Egal, was dieser valdorische Blender erzählt, ich werde ihm niemals glauben! Ich habe zu viel Zeit unter diesen Leuten – Feinden! – verbracht und vergessen, dass die elenden Bastarde nur Übles im Sinn haben.

Sie blieb stehen.

Ich muss weg von hier!

Gehetzt blickte sie sich um. Die meisten der Aufständischen hatten sich in die Zelte zurückgezogen, saßen unter dem schützenden Blätterdach der Bäume oder den Resten der steinernen Bögen, die einmal die Hallen von Targoas getragen hatten. Es war bereits ein Trupp mit einer voll beladenen Trage zurückgekehrt, der die wenigen Überreste der *Halloran* transportierte, die der See nicht in die Tiefe gezogen hatte. Caessels dirigierte die Träger mit ausladenden Gesten durch das Tor.

Moriana lief wieder los. *Sollen sie doch ohne mich zurechtkommen. Ich habe mich in all das nur hineinziehen lassen. Gegen meinen Willen. Gegen meinen Verstand. Was kümmert es mich, wenn eine Gruppe größenwahnsinniger Magier meine Feinde vernichten will?*

Weit kam sie nicht.

»Moriana!«, hörte sie Liocas hinter sich rufen. War ja klar, dass der Knappe sie nicht einfach gehen lassen würde. *Er weiß einfach nicht, wann es zu viel ist!* Sie tat so, als hätte sie ihn nicht gehört und beschleunigte ihre Schritte, so dass sie nun fast über den ehemaligen Burghof rannte.

»Warte!«

Sie ignorierte ihn weiter und versuchte sich zwischen Trägern und Torpfosten durchzuwinden. Genau in diesem Augenblick scherten die Träger aus, weil Caessels im Weg stand. Sie musste zurückspringen, um nicht vor den Torflügel gedrückt zu werden.

Ob Caessels dafür gesorgt hatte oder es zufällig passiert war, wusste sie nicht, jedenfalls hatte Liocas sie dadurch eingeholt. Es gab vorerst keine Möglichkeit mehr, ihm auszuweichen.

»Wovor willst du denn weglaufen? Und vor allem wohin? Das hat doch keinen Sinn.«

Trotzig blickte sie ihn an. Sie dachte kurz darüber nach, ihn zur Seite zu schubsen oder sogar niederzuschlagen, um einen anderen Weg aus dem Lager zu suchen, verwarf den Gedanken aber schnell wieder.

»Würdest du vielleicht mit mir reden?«, fragte Liocas ungehalten.

Sie atmete zwei-, dreimal tief durch, um ihn nicht anzuschreien. Obwohl sie wusste, dass er nichts dafür konnte, fiel ihre Antwort schärfer aus, als sie beabsichtigt hatte. »Ihr Valdorer wollt mich zu einer von euch machen. Wer weiß, was Arkas über mich erzählt hat. Wahrscheinlich erträgt er es nicht, dass ich eigentlich euer Feind bin. Ich verachte alles, was ihr seid!«

Liocas runzelte die Stirn, sie ließ ihn aber nicht zu Wort kommen.

»Ich habe mich schon viel zu weit davon entfernt, was ich bin, Liocas. Ich lasse mich nicht benutzen!«

»Wie kommst du auf solche Gedanken? Du glaubst doch nicht, dass die hier in den Ruinen gehockt und überlegt haben, was sie einer Tequa für ein valdorisches Märchen erzählen, wenn denn plötzlich mal eine vom Himmel fällt? Ich glaube, du nimmst dich ein bisschen zu wichtig.«

»Ohne mich … ohne uns wüssten die doch sowieso nicht, wer hinter all dem steckt.«

»Genau deswegen darfst du ja auch nicht gehen! Wir sind die einzigen, die wissen, was es mit dieser ganzen Sache auf sich hat, die einzigen, die Ghalsar Ennius, aber vor allem diesen Magier, aufhalten können. Seit wann läuft eine Tequa vor ihren Feinden davon?«

»Komm mir nicht damit, Valdorer! Ich habe mich in die ganze Sache doch nur wegen deines Geredes hineinziehen lassen. Ich dachte, es gäbe keine andere Möglichkeit, aber das war falsch. Es war falsch, sich mit den Problemen anderer Völker zu befassen. Ich kehre zu den Clans zurück, und was mit Valdora oder Amhas passiert, interessiert mich dann nicht mehr. Sollen sie doch alle unter den Händen der Magier verrecken!«

Liocas schüttelte ungläubig den Kopf. Seine Antwort war deutlich. »Wochenlang habe ich deine Wut und Vorurteile ertragen, aber das ist mit Abstand der größte Schwachsinn, den du bislang von dir gegeben hast.«

Moriana war von den klaren Worten des Knappen überrascht. Er schien allerdings noch nicht fertig zu sein.

»Wie oft soll ich es wiederholen? Du kannst vor dieser Sache nicht davonlaufen. Das konntest du am Asakon nicht, und du kannst es auch heute nicht. Keiner von uns kann das! Die Diener Vandras werden nicht an der Grenze zu den Tequari haltmachen, nur weil ihr an andere Götter glaubt als wir. Euer so hoch angesehener Druide Kars ist doch das beste Beispiel dafür. Früher oder später wird dich die Sache einholen. Vielleicht erst dann, wenn du wieder mit deinen Clansbrüdern und -schwestern an einem Lagerfeuer sitzt. Aber glaub mir, sie wird dich einholen.« Er machte eine Pause. »Außerdem hast du selbst gesagt, dass dich die Tequari eher als Verräterin hinrichten werden, anstatt dich wieder in ihre Gemeinschaft aufzunehmen.«

Die Tequa wusste nicht, was sie entgegnen sollte. Natürlich hatte Licoas recht. Darüber hatten sie schon mehr als einmal gestritten. Das, was sie eigentlich besser wissen musste, hatte sie von sich geschoben, als Corlagon ihr diese Geschichte erzählt hatte, die ihre eigene sein sollte. Konnte nicht alles wieder einfacher sein? Konnten sich nicht klare Fronten aus dem Chaos heraus entwickeln? Stattdessen wurde alles immer komplizierter und verwirrender. Sie ballte die Fäuste und presste die Zähne aufeinander, um die erneut aufkommenden Tränen zu unterdrücken.

Es kann nicht sein, es darf einfach nicht sein!

Moriana schloss die Augen. Am liebsten hätte sie geschrien, all die Wut, Verwirrung, Verzweiflung aus sich herausgebrüllt.

»Ich kann mir vorstellen, dass dich das ganz schön umgehauen hat«, sagte Licoas, jetzt mit sanfterer Stimme. »Ich weiß nicht, wie ich reagieren würde, wenn man mir so etwas sagte.« Er blickte sie durchdringend an. »Stimmt es denn?«

»Was?«

»Naja, das, was Corlagon erzählt hat?«

»Was weiß ich?« Moriana überlegte einen Augenblick, obwohl sie eigentlich schon wusste, was sie sagen wollte. Ihre Hand fuhr zu dem blauen Stein, den sie an einem Lederband um den Hals trug. »Rodak habe ich gekannt. In meiner Kindheit kam er hin und wieder in unserem Kina vorbei und blieb einige Tage. Er hat sich immer sehr für mich interessiert, mir Dinge aus den Grenzlanden erzählt, mir Lesen und Schreiben beigebracht. Ich dachte, dass alle Kinder einen Lehrer hätten, der ihnen mehr beibringt, als es die Ausbilder eines Katu tun. Als ich älter war, erfuhr ich, dass ich die einzige war, die so jemanden hatte.«

»Was ist aus Rodak geworden?«

»Ich weiß es nicht. Zuletzt habe ich ihn gesehen, da muss ich ungefähr zwölf Sommer erlebt haben. Wahrscheinlich ist er tot.« Sie seufzte. »Aber das heißt nicht, dass der Rest von diesem Geschwafel auch stimmt.«

»Sieh es doch mal anders. Jetzt hast du auch dein Geheimnis, und es ist größer als alles, was Salgad, Shanti oder sogar Saresh zu bieten hatten.«

»Nur, dass ich die Geschichte dazu nicht selbst erzählt habe.«

»Mag sein, aber es kam mir nicht so vor, als hätte Corlagon sich einfach nur eine Geschichte ausgedacht«, entgegnete Liocas. »Was hältst du davon, wenn wir wieder hineingehen, und er dir mehr erzählt? Bis jetzt wissen wir ja nicht viel, außer, wie es dazu kam, dass du zu den Tequari gebracht wurdest. Er weiß sicher noch mehr zu berichten, damit du besser verstehen kannst, woher du stammst, wer deine Eltern waren und was das bedeutet.«

Moriana wollte den Vorschlag eigentlich sofort ablehnen, aber sie wusste, dass sie diesem Rat zumindest eine Chance einräumen sollte. »Vielleicht. Aber glaub nicht, dass ich mich von den Valdorern auf Kreuz legen lasse!«

»Dann komm.« Liocas legte ihr den Arm um die Schulter und drückte sie kurz an sich. Zu Beginn ihrer Reise hätte sie ihm dafür wahrscheinlich die Nase eingeschlagen oder den Arm gebrochen, doch nun schien sie diese Geste der Vertrautheit und Nähe annehmen zu können.

Während sie durchnässt bis auf die Haut zurück zu Corlagons Zelt gingen, nahm Caessels, der die Szene aus der Entfernung beobachtet hatte, grinsend einen Schluck aus seiner Branntweinflasche und trieb pfeifend seine Männer weiter an.

Mit gesenktem Blick trat Moriana hinter Liocas in das Zelt. Corlagons Gesicht hellte sich auf, als er erkannte, dass der Knappe sie zur Umkehr hatte überreden können. Auch Arkas war Erleichterung anzusehen.

»Charissa, ich ...«, begann Corlagon.

Moriana hob die Hand und schnitt ihm das Wort ab. »Zuerst ... will ich nicht, dass mich hier irgendwer Charissa nennt! Ich kenne diesen Namen nicht. Mein Name ist Moriana, und jedem, der sich nicht daran hält, schneide ich ... der kann was erleben.« Sie machte eine Pause und blickte dem Ritter mit eisernem Blick ins Gesicht. »Und zweitens entschuldige ich mich für mein Verhalten. Es ist einfach ... zu viel auf einmal.«

Corlagon nickte. »Es muss sich alles sehr abenteuerlich anhören, wie eine der Legenden, von denen man als Kind erzählt bekommt. Dennoch ist es die Wahrheit, von der ich dir berichtet habe, so verstörend oder widersprüchlich sie dir auch erscheinen mag.«

»Ich will wissen, warum das, was du mir berichtet hast, geschehen ist, Valdorer.« Moriana nahm einen versöhnlicheren Ton an als zuvor. »Ich meine, aus welchen Gründen ich von meinen Eltern getrennt wurde. Aber vorher muss noch eine Sache klargestellt werden.« Sie wandte sich an Arkas. »Du scheinst ja von meiner angeblichen Herkunft gewusst zu haben. Warum hast du bei unserer ersten Begegnung nichts davon gesagt? Ich hoffe, du hattest Freude an dem Spaß, den du dir erlaubt hast!«

»Du hättest uns sagen müssen, wie tief du in die Angelegenheit verstrickt bist«, fügte Liocas hinzu. »Immerhin hattest du ja auch genügend Vertrauen, uns mit dem Elyr ziehen zu lassen.«

Arkas schien keine andere Reaktion von Moriana und Liocas erwartet zu haben. »Ja, vielleicht. Ich hielt es aber für wichtiger, ein gefährliches Artefakt aus Valdora fortschaffen zu lassen und herauszufinden, womit wir es zu tun haben. Je weniger ihr wusstet, desto weniger hättet ihr bei einer Gefangennahme verraten können.« Er wies auf Moriana. »Vor allem nicht euch selbst.«

»Dann hast du uns bloß benutzt«, stellte Moriana abfällig fest.

Arkas verschränkte die Arme. »So kann man es kaum nennen, wenn man keine Alternativen hat. Ich hielt es für unsere einzige Chance. Solche Entscheidungen müssen im Krieg getroffen werden. Das sollte gerade dir klar sein.«

Moriana drehte sich von ihm weg.

»Als wir uns trafen, hatte ich keine Ahnung, wer Moriana ist. Ich kannte die Geschichte von Kopios' Tochter, weil Marin sie mir erzählt hatte. Nach und nach kam mir der Verdacht, dass es sich bei Moriana um eben diese Tochter handeln könnte.«

»Wenigstens das hättest du preisgeben können«, wandte Moriana ein.

»Ja, klar! *Moriana, du bist übrigens eigentlich eine Valdorerin!* Zack! Da, wo eben noch Arkas' Kopf saß, sprudelt jetzt eine ansehnliche Blutfontäne. Ich hätte nur eine vage Vermutung äußern können. Hättest du mir etwa geglaubt?«

Moriana starrte Löcher in die Zeltwand und schwieg.

Stattdessen antwortete Liocas. »Nicht einmal ich hätte dir sowas abgenommen, denke ich.«

»Nein, ganz bestimmt nicht! Ich war mir ja auch nicht sicher. Als ich Marin traf, berichtete ich ihm, dass ich eine Tequa getroffen hatte, die Moriana heißt. Da klärte er mich über den Namen auf, den man Kopios' Tochter bei den Barbaren gegeben hatte. So viele Tequari mit telanischen Namen dürfte es nicht geben, was meint ihr?«

»Arkas tat das Richtige, als er euch mit dem Sternenstein nach Amhas schickte«, entgegnete Corlagon in schlichtendem Tonfall. »Wir haben gehofft, dass du deinen Weg zu uns findest und uns in unserem Kampf unterstützt. Ich danke Urias, dass er seinen Schild über dich gehalten und den Kreis geschlossen hat.«

»Du hast ja keine Ahnung, was wir durchgemacht haben, alter Mann. Unser Weg ist gepflastert mit Leichen von Unbeteiligten – und zu allem Überfluss haben wir den Elyr wieder an diesen Gathori Shaat verloren. Ich habe jedes Recht, alles über mich zu erfahren«, knurrte Moriana. »Erzähl mir, was du darüber weißt – und ich rate dir, nicht zu lügen.«

»Das ist das Mindeste, das wir für euch tun können. Wo soll ich beginnen?«

»Vielleicht könnt Ihr uns mehr aus der Zeit berichten, als der Thronfolgekrieg Valdora erschütterte, und Ihr Kopios´ Tochter zu den Tequari brachtet«, schlug Liocas vor und suchte Bestätigung bei Moriana. Sie nickte.

»Das kann eine Weile dauern, aber gut. Setzen wir uns«, sagte Corlagon und bat sie in eine Ecke, in der Stühle um einen runden Tisch gruppiert waren. Arkas schenkte ihnen einen Becher Wasser ein und setzte sich dann dazu.

Corlagon lehnte sich an den Tisch und schien seine Erinnerungen zu sortieren, bevor er zu sprechen begann. »Moriana hat sicherlich kaum etwas von der valdorischen Geschichte bei den Barbaren gehört, und wenn, dann sicher nur Lügen und Übertreibungen.«

»Ich wünschte mir, du würdest mein Volk nicht als Barbaren bezeichnen, alter Mann«, brach es aus Moriana heraus. »Liocas und ich mussten auf unserer Reise feststellen, dass sich unsere Völker in der Betrachtung und Behandlung ihrer Feinde kaum voneinander unterscheiden. Wer sind also die Barbaren?«

Arkas lachte. »Gute Frage! Barbaren sind wohl immer die anderen, egal welchem Volk man angehört.«

»Belassen wir es dabei«, unterbrach Liocas die aufkommende Diskussion. »Darüber könnt Ihr Euch zu gegebener Zeit austauschen, jetzt gibt es Wichtigeres zu klären!« Er blickte die Tequa an. »Ein wenig kenne ich mich in dieser Zeit aus, schließlich ist es ja erst knapp zwei Dekaden her, und viele der älteren Generation waren in die Kriege um die Herrschaft der Allianz verwickelt, wie auch meine eigene Familie. Im Kloster habe ich Aufzeichnungen aus dieser Zeit studiert, weil es mich interessiert hat, welche Rolle die Zatosianer darin gespielt haben. Dort hieß es, dass es bereits vor der Machtergreifung durch Vikos von Tyra Spannungen zwischen den Adligen im Reich gegeben hatte. Während der greise Herrscher kaum in der Lage war, die rivalisierenden Adelsgruppen unter seinem Herrschaftsanspruch zu vereinen, waren vor allem die Fraktionen der Traditionalisten und Erneuerer innerhalb der Kirche bedeutend. Eine Alleinherrschaft von Vikos war ohne die Unterstützung einer der beiden Gruppen zum Scheitern verurteilt. Gleichzeitig sahen beide Fraktionen die Möglichkeit gekommen, ihre religiösen Vorstellungen über den zukünftigen Herrscher der Allianz durchzusetzen.«

»Traditionalisten? Erneuerer? Meinst du damit die Anhänger der Hohen Priesterschaft und die Zatosianer?«, fragte Moriana.

»Nicht ganz«, erklärte Liocas. »Die Hohe Priesterschaft erfuhr in jener Zeit eine starke Wandlung, fort vom über Jahrhunderte bestehenden Dogma der Trennung von weltlicher und geistlicher Herrschaft. Eine neue Generation Priester, meist jüngere Söhne von Adelsfamilien, die nominell von der Herrschaft ausgeschlossen waren, kamen in wichtige Ämter. Nahezu jeder dritte Praefos, vor allem in den östlichen Grafschaften, entstammte diesen Kreisen. Als die Grenzkriege gegen die Hankardri und vor allem der lange Krieg des Nordens gegen die Tequari durch Kopios von Iramon beendet worden war, übernahmen viele dieser jungen Priester die weltliche Herrschaft, da ihre älteren Brüder gefallen waren. So formierte sich eine starke Fraktion gegen diejenigen Adligen, die in den Jahren zuvor versucht hatten, den Einfluss der Hohen Priesterschaft einzudämmen und die Religion wieder eher auf den einzelnen Menschen, gleich welchen Standes, zu beziehen. Diese war sehr durch die zatosianischen Einflüsse jener Zeit geprägt.«

Corlagon pflichtete dem Knappen bei. »Kopios von Iramon – dein Vater – wollte nach der Eroberung und Etablierung der Kolonien im Norden die Kriege gegen die Nachbarvölker beenden und die innere Einheit der Allianz vorantreiben. Dieses Vorhaben sowie die Tatsache, dass er zatosianische Gemeinden in seinem Herrschaftsbereich duldete, brachte die traditionell gesinnten Fürsten gegen ihn auf.«

»Und dann brach offener Krieg zwischen beiden Seiten aus?«, fragte Moriana.

»Nicht sofort.« Arkas schüttelte den Kopf. »Auch wenn es an den valdorischen Grenzen zu dieser Zeit ruhiger war – schließlich hatte man die stärksten Feinde in die Schranken gewiesen – war mit der Machtergreifung durch Vikos etwas geschehen, was lange Zeit unvorstellbar gewesen war: Ein Lord eines der Häuser Valdoras hatte sich über seine Mitfürsten erhoben, auf den Thron der Gründer gesetzt und von seiner Anhängerschaft zum Großkönig ausrufen lassen. Die eigentlichen Grenzen verliefen zu diesem Zeitpunkt schon viel tiefer durch die Reihen der Adelshäuser und der Kirche als an den Rändern der Allianz.«

Moriana war verwirrt. »Ich dachte, Ghalsar Ennius sei der Tyrann, der Thronräuber und selbsternannte König, den ihr loswerden wollt?«

»Ist er auch«, versicherte ihr Corlagon. »Aber sein Aufstieg ist mit dem von Vikos von Tyra verbunden.« Er machte eine Geste mit der Hand, als suchte er nach Worten, die ihr die Zusammenhänge deutlich machen konnten. »Ghalsar Ennius war ein Jugendfreund von Kopios, aber von weitaus niedrigerem Rang als der Fürstensohn.«

»Die waren befreundet? Ich dachte, die wären schon immer Todfeinde gewesen«, fragte Liocas erstaunt.

Corlagon schnaubte verächtlich. »Das könnte durchaus irgendwann so in den Chroniken stehen, sollte Ghalsars Herrschaft nicht gebrochen werden. Nein, die beiden waren wie Brüder, schon von Kindesbeinen an. Ghalsar besaß ein angeborenes Talent für die Kriegskunst und dafür, Männer in die Schlacht zu führen. Dank Kopios brachte es der Sohn eines einfachen Ritters bis zum Heermeister des Hauses Iramon. Ghalsar war es, der Kopios' Banner in dessen siegreichen Schlachten führte. Auch ich habe unter ihm gekämpft.«

»Ja, aber laut dem, was ich gelesen habe und weiß«, warf Liocas ein, »hat er sich schon immer gegen die Erneuerer gestellt und gegen die Ansichten, die Kopios vertrat.«

Corlagon winkte ab. »Nein, Ghalsars Interesse galt eigentlich nie irgendwelchen Ideologien. Das macht ihn ja so gefährlich. Er kennt keine Prinzipien. Genau hier liegt vielleicht die Ursache ihres Zerwürfnisses. Kopios wurde nach seinen erfolgreichen Feldzügen gegen die äußeren Feinde von den anderen Häusern als Führer der Allianz akzeptiert und mit etwas Geduld und Zeit wäre er von ihnen bestimmt zum König erhoben worden. Immerhin gehörte er einem Geschlecht der Gründer an. Jedoch kam ihm Vikos von Tyra zuvor. Noch während dein Vater im Norden kämpfte, Moriana, warf Vikos ein Auge auf die Herrschaft – während alle anderen zögerten, streckte er die Hand nach der Krone aus. Kopios scharte die Gegner des Tyrannen um sich, auch die Erneuerer. Dann begann eine Kampagne gegen Vikos, die über zwei Jahre dauerte und mit der Eroberung Agenosts endete. Ich gehörte damals zum engsten Kreis von Vertrauten deines Vaters.« Der Ritter hielt kurz inne. »Als die Stadt gefallen war, gelang es Ghalsar Vikos gefangen zu nehmen.« Er blickte finster in die Runde. »Gegen den ausdrücklichen Befehl von Kopios tötete er Vikos sofort, als er ihm habhaft geworden war.«

Moriana unterbrach Corlagon. »Warum wollte Kopios ihn am Leben lassen? Ein lebender, mächtiger Rivale in einer solch brisanten Situation – so jemand kann nur Schaden anrichten. Ghalsar hat genau das Richtige getan. Er hat wie ein Kriegsherr gehandelt.«

Corlagon musterte die junge Frau eindringlich, doch Liocas ergriff das Wort. »Einen Hausfürsten zu töten, wäre ein radikaler Schritt gewesen, der gegen die Prinzipien der Allianz, die sogenannte *Unterweisung der letzten Stunde* verstoßen hätte. Ich nehme an, deinem Vat…, also Kopios war bewusst, dass er damit andere Lords gegen sich aufbringen würde, sollte er zulassen, dass man Vikos ermordete.«

»Prinzipien? Das ist doch lächerlich! Wenn ich nicht alles falsch verstanden habe, was ich bisher gehört habe, ist es doch erst so weit gekommen, weil sich keiner mehr an diese Prinzipien gehalten hat. Wenn das alles ist, was ihr Ghalsar Ennius vorwerft …«

»Das ist Politik, Moriana. Kopios war sich bewusst, dass er dann die Führung der Allianz ebenfalls für sich hätte erzwingen müssen«, erklärte Corlagon. »Schließlich hätte sich kein Fürst mehr sicher gefühlt. Das war jedenfalls der Gedanke, der dahinter steckte.« Er fuhr sich mit den Händen durch das zerfurchte Gesicht und seufzte. »Aber wie gesagt: es kam anders. Ghalsar streckte Vikos nieder und präsentierte den siegreichen Truppen das abgeschlagene Haupt des Tyrannen. Seine Gunst bei Volk und Soldaten stieg ins Unermessliche. Er war ein Held – ein Paragon, nach dem sich Valdora nach Jahren der Auseinandersetzung gesehnt hatte. Das Ansehen, welches er bei jedermann, einschließlich des hohen Adels, genoss, stieg ihm bald zu Kopf und ließ ihn arrogant werden. Er vergaß, wessen Armeen er zum Sieg geführt hatte, und dass er seinen Erfolg einzig der Freundschaft zu einem mächtigen Hausfürsten verdankte. Er vergaß, welchen wichtigen Wert Loyalität, Rang und Ehre in unserer Welt besitzen. Kopios wollte dem Reich endlich Frieden und Ordnung zurückgeben. Vielleicht aber fürchtete er mögliche Ambitionen Ghalsars, selbst den Thron zu besteigen, als er damit begann, den wachsenden Einfluss seines Freundes beim Adel einzudämmen.«

»Funktioniert hat es jedenfalls nicht, wie wir ja wissen«, fügte Arkas augenzwinkernd hinzu.

»Es gab mehrere Treffen in Agenost«, fuhr Corlagon fort, »um die zukünftige Ordnung der Allianz zu beschließen, doch sie verliefen ohne entscheidende Ergebnisse. Im Verlauf der Gespräche kam es dann zum endgültigen Bruch zwischen Kopios und Ghalsar.«

»Weil sich Ghalsar gegen Kopios wandte und sich wie Vikos zum Großkönig ernannte?«, schlussfolgerte Liocas.

Corlagon schüttelte den Kopf. »Nein, das Fass zum Überlaufen brachte der Streit um eine Frau.«

»Eine Frau? Ich dachte, es ging um Machtfragen.«

»Macht?« Arkas lachte. »Keine Macht ist größer als eine Frau, die zwischen zwei Männern steht.«

»Chatira Katân, die Verlobte von Ghalsar Ennius, war der Grund für ihr endgültiges Zerwürfnis«, sagte Corlagon.

Liocas blickte ihn erstaunt an.

»Was ist los?«, fragte Moriana.

»Chatira ... das wusste ich nicht. Das ist ...«

»... deine Mutter«, vollendete Corlagon den Satz.

»Na toll«, seufzte Moriana. »Kommen noch mehr solche Sachen? Kann jemand Caessels rufen? Ich glaube, ohne mindestens eine halbe Flasche von seinem abartigen Branntwein übersteh' ich diese Geschichte nicht!«

Arkas lächelte, stand auf und holte aus einer Truhe eine dickbauchige Glasflasche mit einer dunklen Flüssigkeit sowie einige Tonbecher hervor. »Roter Miral – der Beweis dafür, dass Urias uns lieben muss«, sagte er und goss jedem von ihnen großzügig von dem Schnaps ein. »Ein weiser Mann hat mal gesagt, man sollte dem Leben immer einen Miral voraus sein.«

Moriana probierte einen Schluck und wartete ab, bis sich das warme, brennende Gefühl in ihrem Magen ausgebreitet hatte. »Wie ging es dann weiter?«, fragte sie.

»Kopios und Chatira standen sich schon immer sehr nahe, aber sie war von Jugend an Ghalsar versprochen. Die Liebe, die sich zwischen deiner Mutter und deinem Vater über die Jahre entwickelt hatte, war aufrichtig und tief. Aufgrund ihres Rangunterschieds wäre eine Heirat jedoch schwierig gewesen. Doch ich schwöre, diese Verbindung war von dem *Einen* gesegnet, der unser aller Schicksal bestimmt, Moriana.«

Corlagon nahm einen kräftigen Schluck, bevor er weitersprach. »Während der Verhandlungen in Agenost kam Ennius dahinter, dass die beiden seit Jahren eine Affäre hinter seinem Rücken geführt hatten. Natürlich war Ghalsar außer sich vor Zorn. Er fühlte sich von Kopios nicht nur um die Früchte des Sieges betrogen. Er wollte ebenso wenig den Ruhm teilen wie diese Frau, die ihm eigentlich nichts bedeutete. Als Ghalsar versuchte, Chatira das Ehegelübde aufzuzwingen, halfen ich und einige andere Vertraute deines Vaters ihm, sie in Sicherheit zu bringen. Ghalsar beschloss, seinen Ansprüchen Nachdruck zu verleihen und brachte jeden Mitwisser dieser Sache um, den er finden konnte. Kopios hingegen wurde er nicht habhaft. Die Verhandlungen in Agenost gingen derweil in die letzte Runde und scheiterten – nicht zuletzt daran, weil die Geschichte bekannt und Kopios dadurch diskreditiert wurde.« Corlagon stand auf und ging zum anderen Ende des Zelts. »An eine Einigung war danach nicht mehr zu denken. Natürlich hingen da noch einige andere Dinge dran, aber darauf lässt es sich wohl reduzieren.« Der Ritter blieb vor einem Banner stehen, das einen roten Drachen auf silbernem Grund zeigte. Er strich über den festen Stoff, als wäre es eine Reliquie aus dem Tempel des Urias. »Man kann sich vorstellen, dass unter den gegebenen Voraussetzungen kaum jemand Kopios als Herrscher akzeptiert hätte«, fügte er hinzu. »Stattdessen vertiefte sich die Spaltung der valdorischen Adligen. Kurze Zeit später brachen die ersten Kämpfe aus, die nur Vorboten dessen waren, was kommen sollte. Kopios sah nicht ein, seinen Anspruch fallenzulassen und drohte damit, Agenost zur Not mit Gewalt einzunehmen, um den Thron für sich zu reklamieren. Da kehrte Ennius zurück in die Hauptstadt und kündigte an, das Reich um jeden Preis vor deinem Vater zu schützen. Gleichzeitig erklärte die Hohe Priesterschaft Kopios zum Verräter und Häretiker, begründet auf seinen Verhandlungen mit den Tequari, der Toleranz gegenüber den Zatosianern und der ›Entführung‹ von Ennius' Verlobter. Ennius fiel es danach leicht, die Häuser der Traditionalisten hinter sich zu sammeln. Er erklärte Kopios zum ›Feind der Allianz von Valdora‹.«

»Wie lange dauerte dieser Konflikt?«, fragte Moriana.

»Nicht lange, wenn man bedenkt, wie heute darüber gesprochen wird. Nach dieser Vorgeschichte brachten sich die Truppen beider Seiten in Stellung. Schnell wurde klar, dass Ennius mehr Unterstützer hatte. Die Kampagne der Hohen Priesterschaft und der Opportunismus von Hausfürsten und Ordensmeistern, wie zum Beispiel Makros, zeigten Wirkung. Es gab eine Reihe von Schlachten, die keine Entscheidung brachten. Ennius ging mit aller Härte gegen Kopios und seine Parteigänger vor. Er setzte ganz Valdora in Brand, um seinen Machthunger und seine Rachegelüste zu befriedigen.«

»Der Krieg hat insgesamt kein Jahr gedauert«, ergänzte Arkas. »Am Ende hielt Kopios nur noch die Kolonien im Norden mit ihren kaum zu erobernden Wäldern und Gebirgszügen. Viele legten Ennius nahe, Valdora endlich wieder einen König zu geben – nämlich ihn selbst. Statt einen langwierigen und verlustreichen Feldzug im Norden zu führen, sollte Kopios mit den von den Tequari eroberten Gebieten aus der Allianz ausgeschlossen werden. Es wäre nur eine Frage der Zeit gewesen, bis die Clans blutige Rache an ihrem isolierten Bezwinger genommen hätten.«

Corlagon ging einige Schritte hin und her. Dabei nippte er an seinem Becher. »Doch Ennius wollte mehr, er wollte Kopios´ Kopf. Es muss kurz nach deiner Geburt gewesen sein, als er begann, die Dörfer in den Kolonien auf der Suche nach deinem Vater niederzubrennen. Obwohl wir ihm davon abrieten, rückte Kopios aus, um Ennius endlich auf dem Feld zu schlagen und seine Bevölkerung zu schützen. Doch der hatte damit gerechnet, und es war wohl auch genau sein Ziel gewesen, den Feind aus seiner sicheren Position zu locken. Er kannte seinen ehemaligen Freund eben zu gut.« Corlagon seufzte. »Es kam, wie es kommen musste. Wir ritten in einen Hinterhalt, wurden von drei Seiten angegriffen. Die meisten unserer Männer starben im Hagel der Pfeile und Geschütze, so auch Kopios. Bevor sich unsere Ritter überhaupt zur Schlacht stellen konnten, war ihr Anführer tot.«

»Und wie bist du dieser Falle entkommen?«, wollte Moriana wissen.

»Ich und eine Handvoll Ritter der Iramon sind geflohen, wie ich zugeben muss. Den Leichnam deines Vaters mussten wir zurücklassen. Wir taten das Einzige, was noch möglich war: Wir warnten die Bevölkerung und organisierten ihre Flucht in die Wälder.«

»Was geschah mit meiner Mutter?«

Corlagon blickte zu Arkas. Der Waldläufer antwortete für ihn. »Als sie vom Tod ihres Geliebten erfuhr, muss etwas in ihr zerbrochen sein. Bedienstete sahen, wie sie eines Nachts in den Wäldern verschwand, nahezu unbekleidet. Niemand hat sie je wieder gesehen. Mit ziemlicher Sicherheit ist sie tot, ebenso wie alle anderen Bewohner der Kolonien, die den Männern von Ennius in die Hände fielen.«

Corlagon nahm den Faden wieder auf. »Nach Kopios´ Tod bestieg Ghalsar den Thron und zerschlug kurze Zeit darauf das alte Synhedrion. Die Hausfürsten wurden nach und nach ihrer Macht beraubt, allen voran die Iramon. Wer Ennius nicht Gefolgschaft schwor, dem blieb nichts anderes übrig, als über die Grenze zu fliehen.«

»Und trotzdem dauerte es zehn Jahre, bis Ghalsar seinen Anspruch als Herrscher gegen alle Häuser durchgesetzt und ihren Widerstand gebrochen hatte.«

Moriana hörte, wie Liocas ein Gebet zu Urias sandte.

»Deshalb hast du mich zu den Clans gebracht?«, fragte sie Corlagon. »Warum ausgerechnet dorthin?«

»Ich wusste nicht, an wen ich mich wenden sollte. Die Kolonien brannten, die meisten meiner Freunde waren tot. Die Überlebenden waren Geächtete und mussten sehen, wie sie ihre Haut retten konnten. Da ich in den Jahren zuvor Kopios´ Hauptunterhändler gegenüber den Clans der Grenzlande gewesen war, kannte ich mich dort aus. Mit einigen ihrer Krieger und Kundschafter hatte ich eine Art Vertrauensverhältnis aufgebaut. Die Tequari wussten, dass man sich auf mein Wort verlassen konnte, und sie waren froh, dass an der Grenze zumindest vorübergehend Frieden herrschte, da es auch in ihrem Reich zu Machtkämpfen gekommen war.«

»Das stimmt«, bestätigte Moriana. »Nach der Niederlage und den großen Gebietsverlusten begehrten einige Clansherren gegen Argan auf. Nicht zuletzt deswegen wollte der Alte unbedingt die Schlacht am Asakon gewinnen. Seine Herrschaft wäre sonst auf ewig mit der Schmach dieser Niederlage verbunden gewesen.«

»Ein Wunder, dass er sich überhaupt solange gehalten hat«, bemerkte Corlagon lakonisch. »Wie auch immer, jedenfalls war Rodak einer dieser Krieger, denen ich vertraute. Zudem stand er in meiner Schuld, da ich zuvor den Verlust seiner Ehre verhindert hatte. Ich hoffte, dass er mich aus diesem Grund nicht enttäuschen würde.«

»Dass der Fortbestand unseres Hauses ausgerechnet durch unsere schlimmsten Feinde gesichert wurde, entbehrt nicht einer gewissen Ironie«, bemerkte Arkas und nahm einen Schluck Miral.

»Unseres Hauses?«, fragte Liocas. »Jetzt kannst du dich nicht mehr herausreden, wie damals nach dem Kampf gegen die Magier. Bist du mit Moriana verwandt?«

Arkas lachte, und auch Corlagon musste schmunzeln. »Ja, allerdings nur entfernt, ein Vetter dritten Grades. Marin Corlagon ist mein Vater, und auch ich diene dem Drachenbanner des Hauses Iramon.« Er machte eine gewichtige Pause, in der er seine Worte wirken ließ und amüsiert die erstaunten Gesichter von Liocas und Moriana betrachtete. »Zu jener Zeit war ich etwa in eurem Alter und stand kurz vor der Schwertleite. Ebenso wie andere Feinde Ghalsars floh ich in die Wälder und machte sie zu meiner Heimat – bis heute.«

»Lebst du seitdem in der Grenzwacht?«, fragte Liocas.

»Mehr oder weniger. Die Wälder dort gehörten damals zu Kopios' Herrschaftsgebiet. Lord Makros war einer derjenigen, die Morianas Vater verrieten. Zum Dank bekam er von Ennius Burg Dunvan und die umliegenden Gebiete als Lehen zugesprochen. Im Kloster und im nahen Dorf leben einige ehemalige Flüchtlinge aus Kopiomon, wovon Makros nichts ahnt. Luun, der Schmied, ist zum Beispiel einer von ihnen. Ich kenne ihn mein ganzes Leben lang.«

Corlagon nickte. »Jeder, der in diese Ereignisse verstrickt war, hat in den letzten zwanzig Jahren mit den Konsequenzen leben müssen – egal ob Ritter, Handwerker oder Bauer. Jeder von ihnen trägt den Untergang Kopiomons und die Machtübernahme von Ghalsar Ennius wie einen Dorn in seinem Herzen. Diesen Dorn gilt es herauszureißen.«

»Dann verblutet man«, bemerkte Moriana.

»Oder die Wunde verheilt, das wissen wir nicht. Und auch du, Charissa Myoxeres, Tochter von Kopios und Chatira, bist Teil dieser Geschichte. Es ist kein Zufall, dass du gerade jetzt heimgekehrt bist, zu einem Zeitpunkt, an dem – knapp zwanzig Jahre nach jenen Ereignissen – die Dinge wieder in Bewegung geraten. Wir stehen an der Schwelle, das einzufordern, was uns von Ennius brutal genommen wurde.«

Moriana erkannte, dass Corlagon bei diesen Worten durchaus bewegt zu sein schien. Auch der sonst so stoische Arkas rang ein wenig mit der Fassung. Sie spürte, wie den Männern die Ereignisse noch immer nahe gingen. Gleichzeitig war sie nun überzeugter davon, dass sie die Wahrheit sprachen – zumindest aus ihrer Perspektive gesehen. Doch wenn sie an die Bedeutung ihrer Rückkehr, ihre Rolle in dieser Geschichte und die Konsequenzen, die dies mit sich bringen könnte, dachte, kroch ihr ein beängstigendes Gefühl den Rücken hinauf. Sie schob die aufbrausenden Gedankenstürme fort von sich.

»Ich glaube, das reicht mir jetzt«, sagte sie. »Es ist so viel, so unerwartet. Ich muss einfach erstmal über alles nachdenken.« Sie blickte in die Runde. »Aber nicht hier.« Sie hob die Hand, als sie erkannte, dass Liocas einen Einwand vorbringen wollte. »Keine Angst, ich haue nicht ab. Eine Tequa … oder jemand, der bei den Tequari aufgewachsen ist, flieht nicht, vor nichts und niemandem, das weißt du doch.« Sie zwinkerte Liocas zu und blickte dann Corlagon an. »Ich glaube dir … denke ich. Zumindest nehme ich euch ab, dass ihr das alles nicht erfunden habt. Aber ich muss jetzt … einfach eine Weile für mich alleine sein.« Sie erhob sich.

Liocas stand ebenfalls auf und strich ihr freundschaftlich über den Arm.

Dann verließ Moriana das Zelt.

In ihrem Kopf regierte das Chaos.

Liocas wartete, bis Moriana außer Hörweite war, bevor er etwas sagte. »Sie hat es besser aufgenommen, als ich erwartet hätte. Ich weiß nicht, wie ich an ihrer Stelle reagieren würde. Vielleicht wäre ich nicht so ruhig geblieben.«

Corlagon nickte. »Sie glaubt uns jetzt. Sie muss schon immer gespürt haben, dass sie keine von denen ist.«

»Überfordert sie nicht!«, mahnte Liocas. »Sie wird eine Weile brauchen, um das alles zu verkraften. Ich kann mir kaum vorstellen, dass sie allzu bald die Rolle annimmt, die Ihr für sie vorgesehen habt. Was sie nun weiß, wird sie noch mehr entwurzeln als die Schlacht am Asakon.«

»Charissa wird nicht bloß *irgendeine Rolle* spielen, Knappe, sondern sie wird den Platz einnehmen, der ihr von Geburt an zustand«, stellte Corlagon klar. Dafür werden wir sorgen.«

»Ihr redet über eine junge Frau, die alles verloren hat – ihre Heimat, ihr Volk, vielleicht auch ihren Glauben daran, was richtig und falsch ist. Sie stolpert gerade orientierungslos durch eine Welt, die sie nicht kennt. Unsere gemeinsame Aufgabe war bislang das Einzige, das ihr Halt gegeben hat«, entgegnete Liocas und versuchte Corlagons Blick standzuhalten. Dass er dahinter eine weit höhere Fügung vermutete, behielt er lieber für sich.

»Du hast recht, Liocas. Sie hat alles verloren. Aber meinst du nicht, dass sie ungleich mehr gewinnen kann? Sie wird ihren Halt wiederfinden, und dieser Halt ist hier bei uns«, sagte Arkas.

»Kann sein, aber das wird Zeit brauchen. Ihr mögt einen ersten Eindruck von ihr gewonnen haben, aber ihr kennt sie nicht. Bisher wurde sie nur von ihrer Wut angetrieben. Wut auf die Feinde der Tequari, Wut auf Valdora, Wut auf diejenigen, die danach trachten, Leid über Camotea zu bringen. Politik ist ihr egal, und wer in Valdora auf dem Thron sitzt, ebenso. Bevor ihr klar wird, dass …«, die Worte kamen Liocas schwer über die Lippen. »… dass tatsächlich sie selbst es sein könnte, wird viel Zeit vergehen – glaubt mir das.«

»Zeit, die wir nicht haben«, sagte Corlagon. »Wir müssen *jetzt* zuschlagen, und es muss ein entscheidender Schlag sein. Noch ist Ennius verwundbar. Er hat sich mit den falschen Verbündeten eingelassen, kämpft an vielen Fronten. Er macht Fehler und lässt sich mehr von seinem Rachedurst leiten als von seinem Verstand. Doch das wird nicht lange der Fall sein. Selbst wenn er es nicht schafft, die Rebellion zu zerschlagen, wird er die Reihen über kurz oder lang wieder um sich schließen, weil die Lords keine Alternative zu Ennius haben. Diejenigen, die momentan an seiner Herrschaft zweifeln, werden erneut an seiner Seite stehen, und die Möglichkeit, sie für uns zu gewinnen, wird vergeben sein. Durch Charissas unverhoffte Rückkehr ist ein erster Schritt getan, die alten Häuser davon zu überzeugen, ihren Anspruch zu stützen. Viele Lords werden die Tochter von Kopios als Führerin unseres Widerstands anerkennen, auch wenn nicht allen gefallen wird, wo und wie sie aufgewachsen ist.«

»Aber reicht das aus?«, fragte Liocas. Morianas Bedeutung in dieser Sache wurde seiner Meinung nach ziemlich überhöht, zumal er die Einstellung der Traditionalisten gegenüber den Tequari und auch gegenüber Frauen nur zu gut kannte.

»Wahrscheinlich nicht«, antwortete Arkas. »Sicher, viele werden sagen, dass ihnen Charissa von Iramon auf dem Thron lieber ist als ein selbstherrlicher General niederer Herkunft. Allerdings genießt Ghalsar innerhalb der Ritterschaft und der Soldaten noch immer hohes Ansehen. Schließlich hat er mit den Machenschaften der hohen Herren in Agenost rigoros aufgeräumt. Militärische Erfolge und eine gute Versorgung der Truppen, ein akzeptabler Sold sowie üppige Leibrenten für verdiente Kämpfer haben die Situation für den einfachen Soldaten in den Jahren seiner Herrschaft deutlich verbessert. Erst die Niederlage am Asakon, die Gerüchte um seine Paktiererei mit Magiern aus dem Süden und die angebliche Unzucht der Schwester des Ersten Heermeistes haben an seinem Ansehen gekratzt.«

»Unzucht?«, fragte Liocas ungläubig. »Ich habe noch nie davon gehört, dass die Dame Ifanae mit etwas Derartigem in Verbindung gebracht wurde.«

Arkas und Corlagon warfen sich einen Blick zu. »Einige wohl platzierte Gerüchte hier und da. Einige Münzen an Huren, die in den richtigen Betten das Falsche erzählen, und schon ist davon die Rede, dass die Statthalterin von Agenost Orgien mit Lakaien abhält und sich heimlich den Offizieren der königlichen Garde hingibt.«

Liocas war sprachlos. »Das ist …«

»… Strategie«, beendete Arkas den Satz.

»Wie auch immer«, sagte Corlagon und goss sich einen Becher Wasser ein. »Was ich damit sagen will, ist, dass die Stimmung im Moment auf der Kippe steht. Ghalsars makelloses Ansehen hat gelitten, aber noch nicht genug. Die Ritter und Offiziere halten weiter an ihm fest, daran wird auch eine tot geglaubte Prinzessin nichts ändern. Wir benötigen also einen Stimmungsumschwung, der uns garantiert, dass sich zumindest ein Teil der königlichen Truppen gegen ihn wendet.«

»Doch das wird schwer möglich sein«, sagte Arkas. »Mit dem Angriff auf Halosis hat die valdorische Armee ihre Schlagkraft unter Beweis gestellt. Neben der Tatsache, dass die freie Stadt – und auch die Ambitionen von Amhas – in die Schranken gewiesen wurden, hat Ennius deutlich gemacht, dass die Vernichtung seiner nördlichen Truppen nicht mit einer Schwäche seiner gesamten Streitkräfte einhergehen muss. Jeder Feind, der sich Hoffnungen gemacht hat, seine Macht in Frage zu stellen, wird sich jetzt zweimal überlegen, ob er ihn herausfordert.«

»Und ihr werdet es euch nicht noch einmal überlegen?«, fragte Liocas und lächelte.

»Natürlich nicht, dafür sind wir bereits zu weit gegangen. Entweder wir besteigen im Kampf gegen ihn eine neue Stufe mit Aussicht auf Erfolg, oder wir kehren in die Löcher zurück, in denen wir uns zwanzig Jahre lang verkrochen haben«, stellte Corlagon fest. »Diejenigen Adligen allerdings, die noch mit sich hadern, deren Unzufriedenheit gärt, aber noch nicht zur offenen Rebellion ausgereicht hat, könnten dadurch wieder den Schwanz einziehen und unter Ghalsars Banner zurückkehren.«

»Und ohne diese Häuser wäre Euer Vorhaben zum Scheitern verurteilt«, mutmaßte Liocas.

»Aller Wahrscheinlichkeit nach ja, Knappe. Wir verfügen jetzt zwar über eine *Galionsfigur*, aber die alleine gewinnt noch keinen Krieg.«

Galionsfigur … Liocas gefiel diese Bezeichnung überhaupt nicht. Dennoch versuchte er seine Zweifel an Corlagons Plänen für Moriana mit aller Vorsicht vorzutragen. »Werden Euch die Lords überhaupt die Geschichte von der verschollenen Tochter der Iramon abnehmen? Wenn ich es nicht selbst erlebt hätte, würde ich eher glauben, Ihr hättet Euch das Ganze nur ausgedacht, um den Aufstand gegen Ennius zu rechtfertigen.« Er machte eine Pause und nahm all seinen Mut zusammen. »Oder sie denken, Moriana sei nur eine Marionette, die Euch hilft, die eigenen Ambitionen zu verwirklichen.«

Corlagon schwieg.

Liocas spürte, wie die Luft in dem Zelt förmlich erstarrte.

»Ich meine …«

»Ihr meint also«, schloss Corlagon ernst, »dass ich all dies aus eigensüchtigen Motiven unternehme?«

»Nein, ich …«

»Wer seid Ihr, dass Ihr meine Beweggründe anzweifelt – Knappe?« Das Gesicht des Ritters glich einer ausdruckslosen Maske, und Liocas versuchte zu reagieren, bevor ihm der Boden unter den Füßen weggezogen werden konnte.

»Ich mache mir einfach Sorgen um Moriana! Was passiert mit ihr, wenn Euch die Lords nicht abkaufen, dass sie diejenige ist, als die sie präsentiert wird?« Liocas studierte Corlagons Gesicht und hoffte etwas in ihm zu bewegen. »Habt ihr Euch darüber Gedanken gemacht? Wie wollt Ihr ihnen beweisen, dass sie tatsächlich Charissa ist?«

Tatsächlich blitzte etwas Versöhnliches in Corlagons Augen auf. »Es wird Eure Aufgabe sein, andere davon zu überzeugen, dass das Mädchen die Erbin der Iramon ist.«

»Ich? Wie soll ich einen Lord davon überzeugen, dass Moriana …«

Corlagon unterbrach ihn mit erhobener Stimme. »Weil Ihr davon überzeugt seid, dass es so ist, oder täusche ich mich darin?«

Liocas wollte etwas sagen, aber die Worte blieben ihm im Hals stecken. »Du wusstest, dass sie etwas Besonderes ist, noch bevor wir dir die Hintergründe eröffneten«, ergänzte Arkas. »Auch wenn dir nicht klar war, was es damit auf sich hat.«

Liocas blickte zu Boden, er konnte nicht widersprechen.

Corlagon erhob sich. »Wenn Euch etwas an ihrem Schicksal liegt, Liocas, müsst Ihr überzeugend sein. Euer Wort, Eure Geschichte – eure gemeinsame Geschichte ist das Glaubhafteste, das wir haben, um die Lords dazu zu bewegen, ihre Banner dem unseren anzuschließen.«

»Nur du kannst das bewerkstelligen und gleichzeitig verhindern, dass man sie als Hochstaplerin ansieht«, bemerkte Arkas. »Wir haben nicht die nötige Schlagkraft, um im Feld zu bestehen. Vielleicht schließen sich uns noch vereinzelte unzufriedene Kämpfer an. Um Ennius in die Knie zu zwingen, benötigen wir aber mehr als das. Wir brauchen die Heere der Häuser Valdoras.«

»Uns läuft die Zeit davon«, fügte Arkas hinzu. »Denn wenn Ghalsar und Shaat den Fokusstein erneut einsetzen sollten … du weißt selbst am besten, was uns dann droht, Liocas.«

»Ich möchte am liebsten gar nicht daran denken«, antwortete der Knappe, und er spürte, wie ihm ein Schauer über den Rücken lief. »Ich verstehe, was ihr sagt.«

»Könnt Ihr tun, worum wir Euch bitten, Knappe?«, fragte Corlagon.

Liocas' Herz trommelte in seiner Brust, er wusste nicht, wie er das schaffen sollte, aber er wusste auch, dass er Moriana nicht im Stich lassen konnte.

»Wenn Moriana sich dazu entscheidet, euch zu helfen, werde ich mein Möglichstes tun, die Sache zu einem guten Ende zu bringen.« Er versuchte seine Bedenken in Wort zu fassen. »Aber ein Angriff auf Ennius kann nur erfolgreich sein, wenn zuvor der Magier ausgeschaltet wurde.«

»Das ist der schwierigste Teil«, bekräftigte ihn Arkas. »Allerdings können wir nicht einfach so nach Agenost marschieren, um in ihre

Reichweite zu gelangen. Die Truppen von Heermeister Sakarius liegen zwischen uns und der Stadt.«

Liocas horchte auf. »Sakarius? Meinst du Sakarius ga Dyan?«

»Ja, Ghalsars Heermeister hat den Angriff auf Halosis befehligt«, antwortete Corlagon. »Ein fähiger und kriegserfahrener Mann – leider auf der falschen Seite. Durch seine Reiterei hat er einen langen Arm, es gibt überall Patrouillen, die nach versprengten Einheiten der Halosianer suchen. Selbst wenn wir versuchten, nur mit einer kleinen Gruppe in den Palast einzudringen, müssten wir genügend Ablenkung erzeugen, um sicher zu gehen, dass Sakarius uns nicht erwischt.« Corlagon musterte Liocas. »Warum fragt Ihr?«

»Vielleicht gibt es ja noch eine andere Möglichkeit, bis nach Agenost vorzudringen.« Liocas musste lächeln, als er in die fragenden Gesichter der beiden Ritter blickte.

Kapitel 22

Es regnete erneut, und Salgad war nass bis auf die Haut, als er das Zelt von Marin Corlagon erreichte. Er betrat das Zelt des Rebellenanführers in dem sich Liocas und zwei valdorische Ritter von ihren Plätzen erhoben, als er hereinkam. »Ihr habt mich rufen lassen?«

»Ihr seid also dieser Sagitar, von dem uns der Knappe berichtet hat«, sagte der ältere der beiden Männer. »Merkwürdig, mit welchen Dienern sich der Heermeister des Großkönigs abgibt.«

»Merkwürdig, von einem valdorischen Ritter so begrüßt zu werden, der sich im Wald versteckt.«

»Glaubt Ihr, Ihr könnt mich damit beleidigen, Söldner?«

»Wenn diese einfache Feststellung als Beleidigung aufgefasst wurde, nehme ich es gerne in Kauf.«

Eine angespannte Stille setzte ein, bevor Liocas das Wort ergriff. »Ich glaube nicht, dass wir auf diese Weise irgendwie weiterkommen. Salgad, berichte Marin Corlagon und Arkas, was du uns erzählt hast. Und damit meine ich deine Erlebnisse in Amhas, und warum du in den Dienst von Sakarius ga Dyan getreten bist.«

»Soll mir hier die Anklage gemacht werden, weil ich dem Feind dieser *Herren* hier diene?« Salgad verschränkte die Arme, seine Augen fixierten Corlagon, und der Ritter hielt seinem Blick stand.

»Keineswegs«, mischte sich Arkas ein. Der Ton seiner Stimme war beschwichtigend, offenbar spürte er, was die harsche Begrüßung seines Vaters angerichtet hatte. »Ganz im Gegenteil: Wir benötigen Eure Hilfe.«

Salgad blickte ihn fragend an. »Meine Hilfe?«

»Wir waren uns doch einig, dass Shaat und Ennius um jeden Preis aufgehalten werden müssen, bevor sie den Elyr erneut einsetzen können«, sagte Liocas. »Wir haben darüber *beraten*, und es sieht ganz so aus, als hätten wir ohne deine und die Hilfe deines Herrn kaum eine Möglichkeit dazu.«

»Ihr habt darüber beraten?«, fragte Salgad. »Glaubt Ihr, Heermeister Sakarius wird Aufständischen einfach so helfen, weil ich es ihm sage? Ihr verwechselt da einiges, fürchte ich. Habt ihr überhaupt eine Ahnung davon, was mich dann erwartet? Da kann ich mich gleich selbst am nächsten Baum aufknüpfen!«

»Du erinnerst dich doch noch, was du uns auf dem Weg nach Halosis erzählt hast, oder?«, fragte Liocas. »Du warst doch der Ansicht, dass der Heermeister uns Glauben schenken wird und uns helfen könnte, wenn du ihm von den Geschehnissen und Machenschaften des Großkönigs berichtest?«

»Tatsache ist, dass Sakarius zwischen uns und Agenost steht und alle unsere Versuche, etwas zu unternehmen, zu Nichte machen kann«, gab Corlagon preis. Der ältere Mann entspannte seine Körperhaltung und lud Salgad mit einer Handbewegung ein, am Tisch Platz zu nehmen.

Der Sagitar zögerte einen Augenblick, setzte sich dann aber mit den anderen Männern hin. »Das galt für unsere Gruppe«, merkte er an. »Nicht für irgendwelche valdorischen Rebellen. Euer Kampf hier ist eine anderer als der unsere. Hier geht es um Macht. Für uns geht es schlichtweg ums Überleben – um das Überleben ganzer Reiche.«

»Sakarius soll der Rebellion auch gar nicht Tür und Tor für einen Angriff auf Agenost öffnen«, winkte Liocas ab und sah sich Corlagons skeptischem Blick ausgesetzt. »Aber er könnte uns – damit meine ich dich und mich, Moriana und Saresh – den Weg in die Hauptstadt frei machen. Ganz so, wie wir es ohnehin schon einmal auf der Reise überlegt haben.«

»Es zeigt sich nur, dass unser und euer Ziel letztlich das gleiche gewesen sind – wenngleich auch aus anderen Gründen«, sagte

Corlagon. »Aber durch den Bericht, den uns der Knappe und seine … tequarische Gefährtin geliefert haben, stehen wir plötzlich gemeinsam einer *Sache* gegenüber, die größer ist als die Frage, welcher König in Agenost auf dem Thron sitzt.«

Salgad schüttelte den Kopf. »Diese Sache wird nicht auf dem Schlachtfeld entschieden. Ihr könnt tausend Siege gegen Ennius' Armeen gewinnen und werdet letztlich durch den Elyr vernichtet werden.«

»Das stimmt«, sagte Arkas. »Deswegen ist es an euch, die Sache zu Ende zu bringen, wie Liocas gesagt hat. Wenn ihr aber nach Agenost aufbrecht, dürfen wir nicht in der Zwischenzeit von den Truppen des Heermeisters aufgerieben werden. Um dies sicherzustellen, benötigen wir die Zusage von Sakarius.«

Salgad dachte nach. »Was Liocas sagt, macht Sinn. Ob von Halosis aus oder von hier, wir müssen dem Heermeister von den Ereignissen berichten.« Er wandte sich an Corlagon. »Was Euch angeht – sicher, ich kann Euch ebenfalls zu ihm führen. Überzeugen müsst Ihr ihn dann aber schon selbst. Eure Rebellion ist mir gleichgültig.«

Arkas blickte seinen Vater an, der nach einer Weile wortlos nickte. »Mehr verlangen wir von Euch nicht«, sagte er zu Salgad.

»Damit aber eins klar ist – ich tue das nicht für Euch und Euren 'Umsturz'. Im Gegensatz zu Euch habe ich gesehen, am eigenen Leib verspürt, zu was der Elyr imstande ist, und das wird mich zu Lebzeiten stets in meinem Träumen heimsuchen.«

Die Schreie und das Stöhnen der Verwundeten waren schon von draußen zu hören. Moriana betrat das weiträumige Zelt und strich sich die nassen Haare aus dem Gesicht. Auf dem Boden lagen zahlreiche Verletzte, meist nur notdürftig auf etwas Stroh gebettet. Viele waren bewusstlos, einige von ihnen offenbar in Fieberträumen gefangen. Andere spielten Karten oder unterhielten sich leise.

Die Tequa versuchte, bekannte Gesichter unter den Valdorern auszumachen.

»Kann ich helfen?«, fragte ein Mann in einer grauen Robe, der von einem der Lager aufgestanden war. Seine Hände waren blutverschmiert, und es ging ein beißender Kräutergeruch von ihm aus, der Moriana an den Verband erinnerte, der ihr im Kloster der Zatosianer angelegt worden war.

»Was ist mit ihm passiert?«, fragte sie und deutete auf den Verletzten.

»Bei der Bergung dieses Luftschiffs hat es eine Entladung gegeben«, erklärte der Mann, während er sich die Hände abwischte. »Vermutlich von einem dieser Steine, die dieser verrückte Kapitän unbedingt finden wollte. Ich weiß ja nicht, von welchen Kräften diese Dinger in der Luft gehalten werden, aber man sollte besser nicht damit herumspielen.«

»Wird er wieder auf die Beine kommen?«

»Vermutlich ja. Aber ob er seine Hände noch benutzen kann, ist eine ganz andere Frage.«

Für Moriana war der Anblick Verwundeter nichts Ungewohntes. Dennoch spürte sie ein sonderbares Unbehagen in sich aufwallen, als sie die gewaltsam verdrehten Finger des Mannes sah. Sie fühlte sich mitschuldig an seinem Leid, obwohl er ein wildfremder Valdorer war. »M'shká helfe ihm«, murmelte sie.

»Ihr seid doch auch von diesem Schiff, oder?«, fragte der Mann nach einer Weile. »Ihr sucht wahrscheinlich Eure Freunde.«

»Naja, sie sind eigentlich nicht meine ... Sind sie denn hier? Ich konnte sie nirgends entdecken.«

»Da hinten«, sagte der Mann und deutete auf einen Durchgang. »Wir haben diesen Gathori vorsorglich in ein Seitenzelt gelegt. Ehrlich gesagt, war er uns nicht ganz geheuer. Er ist zwar noch bewusstlos, aber wir wollten ihn lieber von den anderen Verwundeten fernhalten, wenn er wieder zu sich kommt. Bei diesen Hexern weiß man ja nie.«

»Er ist kein Hexer!«, zischte Moriana. Die Worte entfuhren ihr ungewollt, für einen Augenblick war sie über sich selbst überrascht. *Was soll er denn sonst sein?*, fragte sich ein anderer Teil von ihr.

Der Mann blickte sie befremdet an, erkannte aber offenbar ihre Anspannung und bemühte sich um ein Lächeln. »Seid unbesorgt, für das, was er hinter sich hat, geht es ihm ziemlich gut.«

»Und Shanti?«

»Wenn Ihr die Frau meint, die haben wir gleich dazugelegt.«

»Danke«, sagte Moriana und lief zu dem bezeichneten Durchlass. Vorsichtig blickte sie um die Ecke und erkannte die Amhasi, wie sie auf einem behelfsmäßigen Bett saß. Ihre roten Locken wurden von einem dicken Verband bedeckt. Gedankenverloren spielte sie mit den Holzkugeln der Kette, die sie am Handgelenk trug. Dennoch bemerkte sie Moriana sofort.

»Na endlich.« Shanti lächelte sie trotz des Verbandes schelmisch an. »Ich habe mich schon gefragt, wann mich endlich mal jemand besucht. Ich sterbe hier vor Langeweile, und Saresh ist im Moment kein sonderlich spannender Gesprächspartner.« Sie deutete auf den

Magier, der nicht weit von ihr ebenfalls auf dem Boden lag. Jemand hatte seine Hände mit gefalteten Fingern auf die Brust gelegt. Er war so bleich, dass er wie eine Leiche wirkte, die für die Bestattung aufgebahrt worden war. Moriana konnte jedoch erkennen, dass sich seine Brust leicht hob und senkte.

»Den Spaßvogel hat's wohl ziemlich derbe erwischt«, sagte sie. Obwohl sie ihren Spottnamen für Saresh benutzte, lag kein Hohn in ihrer Stimme.

»Soweit ich gehört habe, hat er das Arcanaero mit seinen magischen Kräften zusammengehalten, als es am Auseinanderbrechen war«, sagte Shanti. »Ohne ihn wären wir vermutlich abgestürzt.«

»Ohne ihn und seine Machenschaften wäre gar nicht erst auf uns geschossen worden«, schnaubte Moriana. »Glaub nicht, dass ich ihm irgendwie dankbar bin.«

Shanti blickte sie an. Sie wusste nicht warum, aber es war der Tequa unangenehm, dem kritischen Blick der Frau aus Amhas ausgesetzt zu sein. »Was ist?«, fragte sie ungeduldig und wich den grünen Augen aus, indem sie wieder zu Saresh blickte.

»Ich habe noch nie jemanden getroffen, der so viel Zorn in sich trägt wie du«, sagte Shanti.

Moriana ließ ein bitteres Lachen hören. »Wundert dich das? Gibt es jemanden, der mehr Grund hat, zornig zu sein, als ich?«

Shanti antwortete mit einer Frage. »Ist das alles, was dich antreibt? Wut und das Bedürfnis nach Rache?«

»Ohne meine Wut wäre ich kaum bis hierher gelangt. Du hast nicht erlebt, nicht gesehen, was ich gesehen habe, Shanti.« Moriana spürte, wie Gefühle aufwallten, von denen sie geglaubt hatte, sie in den vergangenen Wochen überwunden zu haben. Zusammen mit der neuerlichen Verwirrung um ihre Herkunft bildete sich in ihrem Kopf ein bodenloser Wirbel aus Gedanken und Emotionen. Sie fühlte sich, als würde sie den Halt verlieren. Da gab es nur noch die Wut, an der sie sich festklammern konnte. »Was bleibt mir außer der Rache? Ich hätte mich schon am Asakon in ein Schwert gestürzt, gäbe es nicht wenigstens eine geringe Aussicht, diejenigen zu bestrafen, die alles zerstört haben«, sagte sie mit erstickter Stimme.

Shanti legte ihr die Hand auf den Arm. Moriana wollte schon dem Impuls nachgeben, ihn wegzuschieben, ließ es dann aber doch zu.

Schweigend saßen sie einige Zeit da.

»Glaub mir, ich habe auch schon einiges gesehen, das ich mir lieber erspart hätte – allem voran die Zerstörung von Olgasis Turm. Aber ich kann verstehen, wie du dich fühlst«, sagte die Amhasi nach einer

Weile. »Wenn es auch sicher nicht ganz vergleichbar ist, habe ich ebenfalls mein bisheriges Leben hinter mir gelassen und stehe vor dem Nichts. Schon zum zweiten Mal …«, murmelte sie und ihr Blick verlor sich.

»Zum zweiten Mal?«

»Obwohl Olgasi ein verlogener Windhund gewesen ist, der so etwas wie seine gerechte Strafe erhalten hat, war er doch mein Herr, auf den ich mich in den vergangenen Jahren habe verlassen können. Er half mir einst auf die Beine, als ich ebenso am Boden lag wie du jetzt.«

Moriana wurde neugierig. Zum ersten Mal gab Shanti etwas Persönliches von sich preis. Die Amhasi war ihr bislang fremd geblieben, auch wenn Moriana zugeben musste, dass sie sich nicht sonderlich für sie interessiert hatte. Sie war viel zu viel mit sich selbst beschäftigt gewesen. »Wie das?«, fragte sie.

»Es ist eine komplizierte Geschichte«, erwidert Shanti seufzend. »Ursprünglich stamme ich aus Mesoth, einer großen Stadt an der Südküste.«

»Ich habe davon gehört. Herrscht dort nicht diese … Verasti?«

»Verasti Delana, ja«, bestätigte Shanti. Sie schien für einen Augenblick innerlich mit sich zu kämpfen. In Mesoth gehörte ich einer … Gruppe an, die sich darauf versteht, sich möglichst geschickt der Besitztümer anderer anzunehmen. Kurz gesagt, ich war eine Diebin, und zwar eine ziemlich gute – das bildete ich mir jedenfalls ein. Irgendwann musste ich aber über diesen Hochmut stolpern. Ich ließ mich überreden, in die falschen Hallen einzubrechen, nämlich in die der Verasti.«

»Tatsächlich?«

»Ja, natürlich haben sie mich dabei geschnappt, und der Henker hatte recht schnell den Strick gebunden. Bevor es dazu kam, bot mir Delana allerdings einen Handel an. Ich sollte eine wichtige Fracht nach Amhas befördern, gemeinsam mit einigen anderen Gestalten, die der Verasti ausgeliefert waren.«

»Warum?«

»Was weiß ich, jeder von denen hatte seinen eigenen Dreck am Stecken«, winkte Shanti ab. »Jedenfalls transportierten wir diesen Gegenstand zu Olgasi, und bei der Übergabe an den Optimaten explodierte das Gefäß, das wir ihm überreichten. Es tötete ihn zwar nicht, zerfetzte aber sein Gesicht. Wir konnten mit letzter Not fliehen, fanden uns irgendwo in Amhas wieder. Wider Erwarten erhielten wir Hilfe einer Gruppe, die ebenfalls mit der Verasti verfeindet war. Gemeinsam betrogen von Delana wandten wir uns über Mittelsmänner an

Olgasi, um gegen sie vorzugehen, schließlich waren wir alle Opfer ihrer Machenschaften geworden.«

»Warum seid ihr nicht einfach eurer Wege gegangen?«

»Wären wir gerne. Leider hatte sich die Verasti schon bei unserem Aufbruch in Mesoth versichert, dass wir ihre ergebenen Diener sein würden, indem sie uns magische Bänder anlegte, die uns jeden Augenblick töten konnten, würden wir ihr Grund dazu geben. In Amhas mussten wir also diese Bänder loswerden, und der einzige, der uns dabei helfen konnte, war Olgasi. Wir gingen also einen Handel mit ihm ein, es gelang uns, die Intrige der Verasti aufzudecken und sie im Senat von Amhas bloßzustellen. Olgasi profitierte enorm davon, da er sich die Aufdeckung auf die Fahnen schreiben konnte. Danach trat ich in die Dienste des Optimaten, zumal ich nicht nach Mesoth zurückkehren konnte.«

»Dort würdest du wohl keinen Tag überleben.«

»Die Verasti würde mich wahrscheinlich in Stücke hacken lassen.« Shanti verzog das Gesicht bei dem Gedanken.

»Erst Mesoth, jetzt Amhas. Leicht hast du es wohl nicht gehabt«, sagte die Tequa.

»Es mag anders sein als bei dir, aber das, was ich als mein Leben bezeichnet habe, ist mit Olgasis Turm in sich zusammengebrochen.« Sie blickte Moriana an und grinste. »Und was ist mir geblieben? Eine Bande zorniger und rachsüchtiger Tequari, Valdorer und Sagitan, die ich fast überhaupt nicht kenne.«

Auch Moriana lächelte nun.

»Auch ich bin wütend, Moriana! Wütend auf Belkiren, den göttlichen Spötter, dass er mich schon wieder dem entrissen hat, was ich glaubte Heimat nennen zu können. Wütend auf diesen Gathori Shaat, dass er meinen Herrn ermordet hat. Ja, irgendwie bin ich auch wütend auf euch, weil seit eurer Ankunft alles durcheinandergekommen ist.«

»Auf mich wirkst du überhaupt nicht wütend«, sagte Moriana.

»Das ist der Unterschied zwischen uns«, erwiderte Shanti und zwinkerte ihr zu. »Vielleicht liegt es daran, dass ich es schon einmal erlebt habe und die Situation kenne.« Shanti runzelte die Stirn. »Vielleicht hat Belkiren eine perfide Freude daran, mich ständig aus großer Höhe stürzen zu lassen und zu sehen, wie ich die Aufgabe diesmal löse, bevor ich auf dem Boden aufschlage.«

»Müsstest du deswegen keine Angst vor Höhen haben?«

»Nein. Ich weiß, dass ich fallen kann, aber ebenso gewiss bin ich mir, dass der Aufschlag nicht so schlimm sein wird, als dass er das Ende bedeutet.«

Moriana seufzte. »Ich wünschte, ich hätte deine Zuversicht. In den vergangenen Wochen habe ich das Gefühl, dass ich immer schneller falle, und egal, was ich auch tue, der Aufschlag verspricht umso härter zu werden.«

»Vielleicht ist der Fall also auch schon längst beendet und du bist längst gelandet, aber du erkennst es gar nicht, weil du zu viel Angst vor dem Aufprall hast.«

Moriana dachte nach. Möglicherweise hatte Shanti recht, und sie sah die Dinge aus dem falschen Blickwinkel.

Saresh erwachte schreiend und fuhr von seinem Lager auf. Sein Herz hämmerte in der Brust. Schatten tanzten vor seinen Augen, runde brennende Schatten. Schwer atmend blinzelte er und stellte fest, dass es um ihn herum dunkel war. Offenbar lag er auf dem Boden, auf nichts anderem gebettet als Stroh und einer alten Decke. Ein kaum zu ertragender Geruch drang in seine Nase. Er blickte auf seine vernarbte Hand, die vor Schmerz pochte und schob sie unter die rechte Achsel. Nur mit Mühe stemmte er sich in die Hocke und stolperte einige Schritte. Um ihn herum befanden sich Verletzte, manche husteten leise, andere wälzten sich im Schlaf hin und her. Ein Mann atmete nicht mehr. Saresh nahm wahr, dass er sich in einem Zelt befand – offenbar in einem Durchgang – das ein großes mit einem kleineren verband.

Sein Geist stand erneut in Flammen und er hatte das Gefühl, dass sein ganzer Körper erzitterte, weil raue Energie hindurchfloss. Er wollte nach Nalyd rufen, aber ein Teil seines Verstandes sagte ihm, dass es nichts bringen würde. Bilder von Feuer, Kasangiten, Shaat und Morianas Gesicht, daneben das Gefühl des Ertrinkens, vermischten sich zu einem Strudel von Eindrücken, der ihn schwindeln ließ. Er versuchte zwischen dem zu trennen, was tatsächlich geschehen war und was er sich lediglich einbildete.

In dem Seitenzelt entdeckte er Shanti. Sie schlief und ihre Locken fielen in roten Kaskaden über ihre Schulter. Zwischen den Haarsträhnen erblickte Saresh mehrere lose Lagen eines Verbands. Er betrachtete sie, dann ging er zum Ausgang des Zeltes. Während sich immer neue Bilder aus dem schwarzen Schacht seiner Erinnerung erhoben und ihn umkreisten, stolperte er ins Freie und fand sich in einem von Mauern umschlossenen Hof wieder. Von der Umgebung waren nur Umrisse zu erkennen. Es war dunkel, und die kühle Luft roch nach Regen. Saresh blieb stehen und saugte sie tief ein, in der Hoffnung, die Feuchtigkeit könne das Feuer in seinem Kopf löschen. Er konzentrierte sich nur auf seine Nase, seine Brust, seinen Bauch. Tatsächlich wurde ihm wohler, als er eine Weile dastand und einfach nur atmete. Die Erinnerungen kehrten zurück, erschienen klarer. Der Turm, das Luftschiff, Shaat und der Elyr, all das kam mit furchtbarer Gewissheit zurück.

Ein bewaffneter Mann ging an ihm vorüber, eine Laterne in der einen und einen Spieß in der anderen Hand. Er ging grußlos vorüber, als sei Saresh ein Geist. Der Gedanke erschreckte den jungen Magier doch die Schmerzen in seinen Gliedern sprachen dagegen, dass er gestorben war. Aber müsste er nicht tot sein? Saresh konnte sich daran erinnern, dass er in einen brennenden Kasangiten gegriffen hatte. Er konnte immer noch die Energie spüren, die von dem Sternenstein ausging. Sie hätte ihn verzehren müssen und doch stand er aufrecht auf dem großen Plateau vor den valdorischen Zelten. Die Umgebung erschien ihm mit einem Mal klarer. Die Mauern um ihn herum gehörten zum Teil zu einer zerfallenen Burg. Linkerhand sah er die Umrisse eines Turmes aufragen. Hier und da erhellten Fackeln die Umgebung und der Himmel über dem Hof war wolkenlos, so dass Saresh zwei der drei Monde von Caldris erkennen konnte. Besonders hell erschien ihm ein rötlicher Stern, der wie ein feuriges Auge auf ihn herabzublicken schien. *Elotias Pforte.* Saresh erschauerte. So deutlich hatte er sie noch nie gesehen. Elotia, der Drache, von Urias als Wächterin hinter die letzte Pforte verbannt. Er hatte daran geglaubt, dass dort die Erkenntnis zu finden war, die ihn und alle Menschen reinigen und erhöhen würde. Der Stern war ihm stets ein Wegweiser in der Dunkelheit gewesen, ein Leuchtfeuer der Hoffnung. Doch nun schien es Saresh, als blicke *das rote Auge des Drachen* nur neidisch und zornig auf die Schöpfung Urias'. Während er die *Pforte* beobachtete, wurden die Sterne rundherum blasser, der nahende Tag tauchte das schwarze Zelt in dunkles Blau.

Der Orden von Elliad, dem er den größten Teil seines Lebens angehört hatte, war in Yamar für seine Astrologen berühmt, die von reichen Adeligen über die Landesgrenzen hinaus an ihre Höfe eingeladen wurden. In Sterndeutung wurden die Eleven während ihrer gesamten Lehrzeit unterrichtet, und auch danach konnte man nur in die höheren Grade aufsteigen, wenn man seine Fähigkeiten in dieser Kunst verfeinerte.

Die Gestalt der Dinge, die sein werden, ist in die Sterne geschrieben. Nur wenige können lesen, was dort geschrieben steht, hatte Shaat einmal zu ihm gesagt. Saresh stellte fest, dass er dort oben zum ersten Mal nichts lesen konnte. Er wollte schon zu Shanti zurückkehren oder einen der anderen suchen, als er unvermittelt eine leise Melodie vernahm. Anstatt einen Musikanten im Hof zu entdecken, erkannte er aber nach wie vor nur schlafende oder kauernde Gestalten. Er lauschte konzentriert der Musik und ging mehrere Schritte über den Hof, in die Richtung, aus der sie zu kommen schien. Sie wurde lauter und ihre Melodie trug etwas Bekanntes in sich – beruhigend und aufwühlend zugleich. Sie erinnerte ihn an etwas, ohne dass er sagen konnte, was es war.

Saresh folgte dem Lied und stieg über eine Treppe auf eine weitläufige Terrasse hinab, die auf einer Felskante ruhte. Unter ihm öffnete sich eine Schlucht. Aus dem Abgrund fuhr ihm Wind entgegen und ließ seine Robe flattern. Die Linien am Horizont zeichneten sich bereits klar und scharf gegen den Himmel ab und ganz im Osten legte die Dämmerung ihr glutrotes Band über den Wald, das breiter und breiter wurde.

Er bewegte sich vorsichtig über den mit Geröll übersäten Untergrund. Die Terrasse, die früher eine Bastion der Burg gewesen sein mochte, schmiegte sich an den blanken Fels. Ihre Außenmauer war zu großen Teilen zerfallen und in die Tiefe gestürzt. Die Plattform setzte sich den Felsen herum nach rechts fort. Wenn ihm seine Sinne nicht wieder einen Streich spielten, musste die Melodie aus dieser Richtung kommen, die er nun immer deutlicher vernahm.

Der Magier machte einen Schritt um die Biegung. Die glühende Woge des Morgens breitete sich langsam über die Hügel aus. Saresh hob die Hand und sah einen Torbogen, den das Dämmerlicht umspielte. Dort saß jemand auf den Resten der Mauer und spielte Flöte. Im schwachen Zwielicht konnte er allerdings nur seinen Umriss ausmachen. Die Musik war nun gedämpfter, überdeckte aber dennoch jedes andere Geräusch und zog Saresh zu sich hin. Zitternd gehorchte er und hob fast demütig den Kopf. In der absoluten Klarheit des anbrechenden Morgens, während die Natur im aufsteigenden Licht in überwältigenden Farben erwachte, sah er in eben jene glänzende Augen seines Freundes und Helfers, sah er die strenge, gekrümmte Nase zwischen diesen gutmütigen Augen, die ihn schelmisch anlächelten, sah die Mundwinkel, die sich zu einem halben Grinsen verzogen.

Saresh bemerkte all das, konnte es aber nicht glauben. Sein Körper begann erneut zu zittern, er war unfähig, sich zu bewegen. Ihm war bewusst, dass er etwas sagen musste, aber seine Zunge schien im Mund festgefroren zu sein.

»Hast du Angst, Achar?«, fragte ihn Nalyd Johewa unbewegt.

»Du bist tot«, war alles, was Saresh bebend erwidern konnte.

»Der Nalyd, den du kanntest, ist am Asakon gestorben.« Die Gestalt sprang von der Mauer und lehnte sich mit verschränkten Armen an die Pforte.

Saresh musste sich zusammenreißen, um nicht zu stottern. »Dann bist du nur eine Einbildung, eine Illusion.«

»Wenn du es eine Einbildung nennen willst.« Nalyd lachte vergnügt. »Dein Urteil ändert aber nichts daran, dass ich hier bin.«

»Wer bist du und was willst du von mir?«

Nalyd hob verständnislos die Schultern. »Was ich von Anfang an getan habe: Dir helfen.«

Saresh wagte es, einen Schritt auf die Gestalt zuzumachen. »Ich verstehe das einfach nicht. Ich habe doch die Musik gehört, die kam doch von dir. Du hast mich doch hierher gerufen.«

»Ja, denn ich bin ein Teil von dir, der endlich gehört werden will. Aber den Zeitpunkt dafür hast du ausgewählt, nicht ich.« Er deutete auf Sareshs linke Hand. »Meine Melodien hast *du* mich gelehrt, Steinsänger. Mein Antlitz sind die Narben in deiner Hand, du trägst mich mit dir, seit dem Tag, als du deinen Schwur vor dem Zirkel der Meister geleistet hast.«

Saresh blickte verwundert auf die Stelle, an der sein Symbiolith gesessen hatte. Die Erkenntnis traf ihn wie ein Faustschlag. »Du bist … du warst in meinem Siarra!«

Nalyd schien sich fast über ihn zu amüsieren. »Ja, und du hast mich gerufen, als du an der Schwelle der Letzten Pforte gestanden hast. Ich habe deinen Ruf gehört und bin zu dir gekommen.«

»Dann warst tatsächlich du … ich es, der sie geöffnet hat?«

»Du irrst dich, mein Freund. Wir haben die Pforte gemeinsam durchschritten, als ihr in eurer Anmaßung meinen machtvollen Bruder aus seinem Schlaf erweckt habt. Er hat die Pforte aufgestoßen, aber wir beide konnten sie gemeinsam wieder versiegeln.«

Saresh schloss die Augen und versuchte einen klaren Gedanken zu fassen.

»Warum hast du mir das nicht damals gesagt, als ich wieder zu mir kam?«

»Das musst du dich nun wirklich selbst fragen, denn ich bin lediglich das, was du aus mir machst, mein Freund.«

»Du …«, Saresh wusste nicht weiter, aber auf eine irrsinnige Art und Weise war ihm bewusst, dass Nalyd damit recht hatte. *Er war bei mir, als die Welt hinter mir verging.*

»Du warst der neue Weg, der die ganze Zeit vor mir lag, den ich aber nicht beschreiten wollte«, dachte er laut. Vieles von dem, was sein Leibwächter gesagt und getan hatte, erschien ihm nun in einem neuen Licht. »Du warst da, seit dem Augenblick, in dem mir bewusst wurde, was ich getan habe.«

»Dass du mich sehen kannst, heißt, dass du dich weit von dem entfernt hast, was du einst warst«, erklärte Nalyd mit ernster Miene. »Du hast die Pforte durchschritten und bist zurückgekehrt. Was glaubst du eigentlich, warum du immer noch am Leben bist? Gewissermaßen hatte Shaat recht, als er sagte, Vandras Licht habe deinen Geist geöffnet. Das, was Gathori lediglich an sich binden und in ihrer Hand tragen, das ist nun mehr als nur ein Teil von dir – es erfüllt dich, brennt in dir, gibt dir Kraft und wird dich eines Tages verzehren.« Er hielt inne, aufsteigendes Licht umspielte seine Züge. »Du hast erreicht, was du wolltest. Und jeder neue Gedanke ist ein Funke, der die Kraft hat, das Universum in Flammen zu setzen, wenn du nur willst.«

Nalyds Worte ließen Saresh erschaudern, auch wenn er sie nicht vollständig verstand. Er konnte ihm nicht widersprechen. Wie sonst war zu erklären, dass er seine Kraft mit den Kasangiten des Arcanaero verschmelzen konnte, dass er Shaat die Stirn hatte bieten können? Zum ersten Mal war er wirklich bereit, den Rat seines Leibwächters bedingungslos anzunehmen.

»Was soll ich jetzt tun?«

»Wir würden nicht hier stehen und miteinander sprechen, wenn du das nicht bereits entschieden hättest.«

Saresh kannte tatsächlich die Antwort und er fand in sich den Funken, der immer da war und ihm den Mut gab, sie auszusprechen. »Ich werde meinen Weg gehen. Dazu werde ich aus dem Schatten treten.« Der junge Magier trat in den Torbogen zu Nalyd. Plötzlich und herrlich stieg Urias' goldener Schild ganz über den Horizont und die Dämmerung ergab sich der Umarmung der Sonne. Ihr Licht traf Saresh direkt in die Augen und blendete ihn. Als er wieder sehen konnte, war Nalyd verschwunden. Die Luft war erfüllt von Vögeln, die mit ihrem Gesang den Morgen grüßten. Einen Herzschlag lang erschien Saresh die Wirklichkeit grenzenlos und unerschöpflich.

Man hatte Sakarius einen neutralen Ort für das Treffen vorgeschlagen. Das Treffen sollte auf der Brücke von Artikos stattfinden, einer Stadt, die seit dem Thronfolgekrieg in Trümmern lag. Die Steinbrücke, die dort mit ihren vier Bögen über den Fluss Potakon führte, war lange Zeit die wichtigste Verbindung von Halosis in das zentrale Valdora gewesen. Seit der Errichtung eines Damms weiter oberhalb des Flusslaufs hatte sie jedoch an Bedeutung verloren, da der Fluss nur noch sehr flaches Wasser führte und an anderen Stellen ebenso überquert werden konnte. Aus diesem Grund hatte sich auch in Artikos niemand mehr angesiedelt, da die Lage der Stadt für den Handel oder die Armee des Großkönigs nahezu bedeutungslos geworden war.

Nach Westen hin, der Richtung, aus der Salgad und Moriana gekommen waren, erhob sich der höchste Brückenbogen. Dort oben wartete die Gruppe auf Heermeister Saka. Von der Ebene aus konnte man sie gut erkennen. In dem Wind, der den Geruch von Brand und Tod aus Halosis zu ihnen brachte, flatterte auch ihre grün-weiß gebänderte Fahne als Zeichen dafür, dass es sich bei ihnen um Emissäre handelte, die unter göttlichem Schutz standen und gegen die keine Waffen erhoben werden durften.

Es dauerte nicht lange, bis sie in der Ebene Reiter entdeckten, die sich rasch der Brücke näherten. Sie führten ebenfalls die Parlamentärsflagge mit sich, daneben ein Banner mit dem zehnstrahligen Stern des Großkönigs.

»Er kommt allein. Zumindest scheint er sich an die Abmachung zu halten«, bemerkte Corlagon.

»Natürlich«, sagte Salgad. »General Sakarius ist ein Ehrenmann.«

Der valdorische Ritter musste lachen. »In den Jahren von Ghalsars Herrschaft haben wir so viel erlebt, da erwarte ich kein ehrenhaftes Verhalten mehr. Von niemandem.«

»Glaubt Ihr nicht, dass es auch auf Seiten des Großkönigs noch Männer mit Prinzipien geben könnte?«, fragte Liocas.

»Mein Glauben daran wurde im Blut der Bewohner der Kolonien ertränkt«, gab Corlagon lakonisch zurück.

»Wie könnt Ihr dem Heermeister das zur Last legen?«, fragte Liocas ungehalten.

Corlagon gab sich unbeeindruckt. »Seid doch nicht naiv. Ich …«

»Seid still!«, fauchte Moriana.

»Aber …«, setzte Liocas an.

»Kein ›*aber*‹ mehr«, gab Moriana in einem Ton zurück, so kalt und scharf wie der Winterwind. »Es ist alles gesagt. Wir treffen den Heermeister und überzeugen ihn von unserer Sache. Er wird uns den Weg nach Agenost freimachen, dann töten wir Shaat und Ghalsar Ennius, damit das alles endlich ein Ende hat!«

Corlagon schien erst gekränkt zu sein, bedachte Moriana dann aber mit einem breiten Lächeln und deutete eine Verbeugung an. Sie ignorierte ihn und richtete den Blick wieder auf die nahenden Banner.

Während der Heermeister und seine Begleiter ihre Pferde die Brücke hinaufführten, sprach keiner von ihnen ein weiteres Wort.

Sakarius ga Dyan, Erster Heermeister von Valdora und Befehlshaber der großköniglichen Truppen, die soeben Halosis erobert hatten, war überaus erstaunt, als er auf die Abordnung der Rebellen zuritt. Neben Salgad erkannte er zwei Personen, die er seit sehr langer Zeit nicht mehr gesehen und vielmehr tot geglaubt hatte. Er versuchte sich die Überraschung nicht anmerken zu lassen.

Die Nachricht von Salgad Ishrundzavail, den er vor längerer Zeit nach Amhas geschickt hatte, hatte ihn unerwartet erreicht. Wochenlang war nichts von dem Sagitar-Söldner zu hören gewesen, und jetzt, zu einem Zeitpunkt, da eine Rebellion gegen den Großkönig aufflammte, traf er ihn an der Seite von Männern wieder, die er beim besten Willen nicht mit den Ereignissen in Amhas in Verbindung bringen konnte. Den Aufständischen ließen sich diese Gestalten schon eher zuordnen. Wer sich genau hinter diesen Rebellen gegen die Herrschaft des Großkönigs verbarg, hatte Saka bislang nur vermuten können – sah man einmal von der allfälligen Propaganda der Hohen Priesterschaft ab, die meist pauschal von *zatosianischen Ketzern* sprach.

Jetzt erhielt der Aufstand ein Gesicht, leider ein dem Heermeister allzu vertrautes. Diese Erkenntnis verstärkte seine Unruhe.

»Aspondai Uriash katei!«, rief Sakas Bannerträger und beschwor mit den alten Worten einen Waffenstillstand vor Urias' Augen.

»Spondai dhéchoma katei!«, antwortete der Bannerträger der anderen Seite zustimmend.

Nachdem die rituellen Formeln zur Wahrung des Waffenfriedens in Telan ausgesprochen waren, übergab Saka einem seiner Begleiter die Zügel und trat vor die Delegation der Rebellen.

»Wie komme ich zur Ehre dieses Treffens?«, fragte Saka, ohne zu grüßen. Sein Blick verharrte dabei auf dem grauhaarigen Ritter, der neben Salgad an der Spitze der Gruppe stand.

Doch statt des Angesprochenen richtete Salgad das Wort an ihn. »Mein Herr, ich danke Euch, dass Ihr so schnell auf meine Botschaft reagiert habt.«

»Salgad, ich freue mich, Euch lebend zu sehen«, sagte Saka und wendete sich ihm zu. »Ich bin allerdings erstaunt, Euch in Gesellschaft gerade dieser … Herren zu erblicken. Ich nehme an, Ihr habt Eure Gründe, mich mit ihnen zusammenzubringen.«

»Gründe, wie sie wichtiger kaum sein könnten, mein Herr.« Der Sagitar wirkte ungewöhnlich nervös, ganz anders, als Saka ihn in Erinnerung hatte. Handelte es sich vielleicht doch um einen Hinterhalt, vor dem ihn seine Berater gewarnt hatten? Das ungewöhnliche Verhalten trug nicht gerade zu seiner Beruhigung bei.

»Es muss unerwartet für Euch sein, mich hier zu treffen«, fuhr Salgad fort.

»Tatsächlich war ich etwas überrascht, als mich Eure Nachricht in Halosis erreichte.«

»Ich kann mir denken, dass Ihr äußerst beschäftigt seid, aber es duldete leider keinen Aufschub, mein Herr.«

»Damit liegt Ihr richtig. Meine Zeit ist begrenzt, meine Geduld ebenso. Kommt also zur Sache, Salgad.« Saka ließ den Blick in die Runde schweifen.

Der Sagitar wies auf seine Begleiter. »Dies sind der Knappe Liocas und die Tequari Moriana, die beide die Schlacht am Asakon überlebt haben.«

»Die Schlacht am Asakon?« Saka wurde neugierig.

Konnte das tatsächlich wahr sein?

Die bislang einzigen Zeugen der Schlacht waren Kundschafter gewesen, die im Angesicht des Schlachtfelds nahezu den Verstand verloren hatten. Sakarius musterte die Frau mit den geflochtenen Zöpfen und den fremdartigen Hautbildern auf den Unterarmen. Sie trug Lederkleidung und ein Schwert amhasischer Machart. Sie erwiderte seinen Blick mit Augen so still und eisig wie ein Gletschersee.

Der Heermeister ließ den Blick noch einen Moment auf ihren Zügen ruhen und wandte sich dann dem jungen Mann mit den rötlichen Haaren und Bartstoppeln zu. Dieser hielt seinem Blick nicht lange stand und wendete die Augen ab.

»Seid ihr Valdorer?«, fragte Saka ihn.

Der Junge wollte etwas sagen, nickte dann aber stumm.

»Woher stammt ihr?«

»Mein … Name ist Liocas Menaphon, mein Herr war Volkos von Nordwacht. Er starb am Asakon.«

»Menaphon … aber ja. Ist Euer Vater Baron Akkos von Marmadon?«

»Das ist er, mein Herr.«

Saka war verblüfft. »Erstaunlich. Ihr ward Teil der vernichteten Armee unter Heermeister Termonas, sagt Ihr? Ich denke, der Baron wird erfreut sein, zu erfahren, dass Ihr noch lebt. Und ich fände es aufschlussreich zu erfahren, was Euch hierher führt – und warum Ihr dem Großkönig nicht berichtet habt, was dort vorgefallen ist?«

Salgad antwortete für den Knappen. »Mein Herr, um Euch das zu berichten, baten wir um diese Zusammenkunft. Die Geschichte ist lang … und kompliziert. Doch zuerst sollte ich Euch sagen, wer noch an meiner Seite ist. Bei den Herren handelt es sich um …«

Saka winkte ab. »Ich weiß nur zu gut, wer die beiden sind. Marin Corlagon Myoxeres, engster Freund des Kopios von Iramon und damit Komplize eines Verrats, der ohne Beispiel ist. Der andere ist sein Sohn Arkas. Er hat die Züge seiner Mutter, aber offenkundig nicht ihr Pflichtgefühl.«

Sakarius nahm nicht ohne Zufriedenheit zur Kenntnis, was seine Worte bei den Männern auslösten.

»Gradeheraus wie eh und je«, sagte Corlagon in eisigem Ton. »Das hat dich schon immer ausgezeichnet, nicht wahr? Doch sei gewarnt, Saka. Deine Offenheit ist auch deine größte Schwäche! Weitere Beleidigungen, und die Parlamentärflagge wird dich nicht schützen!«

»Ich sehe, auch zwei Jahrzehnte Flucht und Exil ändern manche Männer nicht. Marin der Ehrenmann«, gab Saka süffisant zurück. »Jedenfalls, solange es sich für dich auszahlt. Sag mir, wie weit und schnell bist du damals gerannt?«

Corlagons Hand wanderte zu seinem Schwertgriff. »Noch ein Wort, Verräter ...«

»Verräter? Ich gebe dir ein Wort, du selbstgerechter Bastard!« Saka machte einen schnellen Schritt vorwärts, sein Zeigefinger wies drohend wie eine Lanzenspitze auf Corlagons Herz. »Mörder!«

Sakas Begleiter zogen die Schwerter aus ihren Scheiden, ebenso Arkas.

»Aufhören!«, brüllte die Tequari. Sie drückte Arkas' Klinge zur Seite und drängte sich nach vorne neben Corlagon. »Verdammte Valdorer! Spart euch das für sonstwann auf! Meinetwegen könnt ihr Idioten euch alle gegenseitig abstechen, ist mir völlig gleich! Aber erst, *nachdem* wir miteinander gesprochen haben! Wenn ihr dann immer noch nicht kapiert habt, was ihr bekämpfen müsst, macht es nämlich keinen Unterschied mehr, wenn wir alle draufgehen.«

Corlagons Gesicht war wutverzerrt, aber er beherrschte sich, nicht ebenfalls die Waffe zu ziehen. Stattdessen trat er einen Schritt zurück und legte die Hand auf den Arm seines Sohnes. Arkas entspannte seine Haltung.

Marin Corlagon lässt sich von einer Tequari-Frau in die Schranken weisen? Saka war erstaunt. Seine Begleiter blickten ihn fragend an, und er bedeutete ihnen, die Klingen ebenfalls wegzustecken.

»Ihr habt mich hierher bestellt, ihr behauptet reden zu wollen. Also – hier bin ich«, sagte er an die Frau gewandt, doch Salgad übernahm erneut das Reden.

»Mein Herr, ich versuche, möglichst knapp und genau zu berichten, was uns zu dieser Zusammenkunft bewogen hat, von der wir wussten, dass sie nicht einfach wird. Ihr hattet mich nach Amhas geschickt, um Nachforschungen über Helnissar Telgar und seine Keliten anzustellen. Dort stieß ich auf eine Verbindung zwischen diesen und einer Gruppe Gathori, also Zauberwirkern aus Yamar, deren Dienste offenbar auch der Großkönig in Anspruch nimmt.«

Sakas Augen verengten sich. Das Ganze ging in eine Richtung, die ihm überhaupt nicht gefiel. Alleine, dass sich herumgesprochen hatte, dass Ghalsar sich mit Magiern aus Yamar eingelassen hatte, war höchst bedenklich. »Wer noch?«, fragte er ungeduldig.

»Telgar selbst und andere Kräfte in Amhas, denen daran gelegen ist, die dort bestehende Ordnung zu unterwandern. Immer wieder stieß ich auf Hinweise über Keliten und yamarische Magier, das konnte kein Zufall sein, da war ich mir sicher. Sie stecken bereits dort hinter Ereignissen, die unzählige Tote verursachten, und letztlich sie sind es auch, die das Massaker am Asakon zu verantworten haben.«

»Wie könnt Ihr da so sicher sein?«, fragte Saka. Er ahnte bereits, was nun folgen sollte und versuchte ruhig zu bleiben. In seinem Inneren breitete sich jedoch ein merkwürdiges Gefühl aus.

»Wir waren dort, wir haben es miterlebt, mein Herr«, sagte der Knappe mit gesenkter Stimme. »Wir haben nicht nur gesehen, was sie angerichtet haben, sondern wir haben sie auf der Flucht gestellt und den Gegenstand geborgen, der all das verursacht hat.«

»Zauberwirker aus Yamar, ein Tequari-Druide, amhasische Keliten – sie alle trieben sich in den Wäldern unweit des Asakon herum. Es war offensichtlich, dass all das mit den Ereignissen zusammenhängen musste«, bestätigte Arkas.

Saka wollte nicht glauben, was er da hörte. Alle seine Befürchtungen schienen sich in diesem Augenblick zu bewahrheiten. »Was ist mit ihnen geschehen?«

»Wir haben sie getötet«, gab die Tequari-Frau lapidar zurück.

»In Amhas traf ich die beiden«, ergänzte Salgad. »Sie trugen eine Art Kasangit bei sich, mit dem all dies ausgelöst wurde, einen so genannten Elyr.«

»Wir fanden heraus, dass es sich dabei um ein äußerst gefährliches Artefakt handelt, das Mächte entfesseln kann, die über unsere Vorstellungskraft hinausgehen«, warf Liocas ein. »Vieles deutete darauf hin, dass ein amhasischer Oligarch namens Dakris Olgasi die Finger im Spiel hatte, also suchten wir ihn auf. Dort wurden wir Zeuge eines Konflikts zwischen zwei Gathori, von denen einer für das Geschehen am Asakon mitverantwortlich war.«

»Ich dachte, die wären alle von Euch getötet worden?«, fragte Saka. Er war nicht sicher, ob er dieser abenteuerlichen Geschichte wirklich glauben konnte.

»Alle … bis auf einen, der sich Mesa nannte …«, murmelte die Tequari-Frau.

Der Knappe nickte und fuhr fort. »Ja, einer von ihnen war entkommen. Er verfolgte uns bis Amhas und brachte dort den Elyr an sich. Wir fanden heraus, dass er zu Olgasi geflohen war. Er hatte uns einen falschen Namen genannt, um unser Vertrauen zu gewinnen. Jedenfalls spürten wir ihn in Olgasis Gemächern auf, verstrickt in den Kampf gegen einen anderen Magier, der sich als sein Lehrmeister entpuppte. Er ist der, der offenbar hinter allem steckt, was bisher passiert ist.«

»Der Name des Meisters ist Shaat«, fügte Moriana hinzu.

Saka wurde schwindlig. *Shaat! Ghalsar hat richtig gelegen: Es gibt einen Verräter, aber keinen aus den eigenen Reihen, sondern einen, der sich von außen in den engsten Kreis um den Großkönig eingeschlichen hat. Shaat, diese yamarische Schlange! Ich hätte niemals zulassen dürfen, dass er so viel Einfluss auf Ghalsar nehmen konnte!*

Salgad durchbrach den Gedankenwirbel in Sakas Kopf. »Diese Gathori stecken allem Anschein nach mit den Mächtigen verschiedener Reiche unter einer Decke: Dem Söldneranführer Telgar, den Clansherrn der Tequari, der Verasti von Mesoth – und nicht zuletzt mit dem Großkönig von Valdora Ghalsar Ennius.«

»Ghalsar? Nein!«, gab Saka barsch zurück, obwohl er wusste, dass das reiner Selbstschutz war. »Niemals würde er billigen, seine eigenen Leute zu opfern, geschweige denn, dass er den Befehl dazu erteilen könnte.« Der Heermeister spürte, wie die Zweifel, die er wochenlang in eine verborgene Ecke seines Bewusstseins verdrängt hatte, mit größerer Kraft denn je zurückkehrten. *Das darf einfach nicht sein!*

»Diesem selbsternannten König war noch nie etwas heilig«, spie Corlagon aus. »Er hat damals die Bevölkerung in den Kolonien ebenso abgeschlachtet wie in den vergangenen Wochen hunderte, wenn nicht tausende Zatosianer. Der *Drache* würde alles tun, um seine Macht zu sichern. Warum soll er da vor den Häusern des Nordens haltmachen?«

»Verdreh nicht wieder alles, wie es dir gefällt, Marin! Damals war es Kopios, der seine Ehre beschmutzt hat, indem er Ghalsar alles nahm, was er liebte. Sein Neid hat all das erst ausgelöst!«, gab Saka mit lauter Stimme zurück.

»Das gibt ihm kein Recht, Unschuldige auf dem Altar seiner Machtgier zu opfern, wie es ihm beliebt!«, mischte sich nun auch Arkas ein. »Erst Kopios und die Iramon, dann die alten Häuser, schließlich die Zatosianer – die Menschen erheben sich nun, weil sie nicht darauf warten wollen, dass sie die nächsten sind, die auf den Scheiterhaufen der Venatoren brennen!«

Saka schluckte. Die Worte erinnerten ihn an Gespräche mit seiner Schwester Ifanae. Sie hatte ganz ähnliche Dinge geäußert, und er hatte sie in der Hoffnung verworfen, dass sein Bild von Ghalsar das richtige war. Dennoch konnte er die Vorwürfe dieser Abtrünnigen nicht unwidersprochen lassen.

»Du vergisst allzu gern, Corlagon, dass erst Ghalsar Valdora aus dem Würgegriff endloser Kriege befreit hat. Kriege, befeuert durch die Arroganz von Häusern wie eurem, die nichts neben sich duldeten, das von scheinbar geringerem Blute war. Ihr macht die Opfer von Ghalsars Kampf zu euren Kronzeugen und vergesst die unzähligen Toten, die eure sogenannte alte Ordnung zu verantworten hat. Die alten Häuser, das alte Synhedrion, das alte Valdora – das alles war nichts weiter als Heuchelei! Ihr habt das Wort der *Unterweisung* verdreht, wie es euch gefiel und das auch noch als Schild eurer Selbstherrlichkeit vor euch hergetragen.«

»Was weißt ausgerechnet *du* von der alten Ordnung?«, entgegnete Corlagon.

»Mehr, als ihr euch vorstellen könnt. Der Hass und die Gier der Nuáth haben mir Vater und Mutter, haben mir mein Erbe entrissen. Eines Hauses, das zu den engsten Verbündeten von Kopios Myoxeres, eurem Familienoberhaupt, gehörte. Erst Ghalsar hat sie alle in ihre Schranken verwiesen und brachte dem Reich Gerechtigkeit. *Wir* brachten Valdora den Frieden.«

Corlagon lachte affektiert. »Du glaubst am Ende wirklich, was du da sagst. Du hast dich längst zum Komplizen einer unheiligen Sache gemacht. An deinen Händen klebt das Blut der Einwohner von Halosis – und weit mehr als das, Sakarius. Du merkst nicht einmal, was um dich herum geschieht!«

»*Du* nennst mich keinen Lügner, Marin Corlagon!« Saka unterdrückte mit aller Gewalt den Impuls, sein Schwert zu ziehen und es dem Verräter an Ort und Stelle in den Bauch zu rammen.

»General, uns droht hier eine Gefahr, die für uns kaum zu ermessen ist!« Der junge Liocas stand plötzlich zwischen Corlagon und Saka. »Dieser Elyr ist ein Fokusstein der Altvorderen, der die Mächte von jenseits der Pforte in diese Welt tragen kann. Durch ihn kann eine Zerstörungskraft entfacht werden, die keinen Unterschied zwischen Adelshäusern, Herrschern oder Rebellen, Valdorern, Tequari oder Amhasi macht.«

»Die Gathori sind nichts anderes als die Jünger dieser Kraft, und sie haben sich Ghalsar Ennius und andere Mächtige zu Handlangern gemacht, ob wissentlich oder unwissentlich«, fügte Salgad hinzu.

»Das ist das, was wir herausgefunden haben und weshalb wir Euch treffen mussten.«

Saka wusste nicht, was er dazu sagen sollte.

»Verstehst du jetzt, warum wir euren Zwist von nun an außen vor lassen sollten?«, fragte die Kriegerin. »Kurz gesagt: Wir sind hier, weil wir deine Hilfe brauchen, um Ghalsar Ennius und vor allem Shaat zur Strecke zu bringen. Salgad hat von dir als einem Mann von hoher Ehre gesprochen, dem man Vertrauen entgegenbringen kann. Jetzt wäre es an der Zeit, genau das zu beweisen.«

Saka dachte nach. Er suchte in den Gesichtern seiner Gegenüber nach einer Antwort. *Das ist nur ein weiterer Versuch, mich zu manipulieren. Da steckt etwas anderes dahinter. Aber wer denkt sich so verrückte Geschichten aus?*

»Mächte von jenseits der Pforte ...«, murmelte er mehr zu sich selbst als zu seinen Gesprächspartnern. »Das sind Schauergeschichten, Alpträume, Legenden die man Kindern erzählt.«

Kann es tatsächlich möglich sein, diese Kräfte zu entfesseln?

»Elotias Diener, die Kraft des Drachen, die verschlossene Pforte – das alles gibt es nur in den Predigten der Priester, nicht in der wirklichen Welt!«

»Doch, General«, bestätigte Liocas. »Und was dann passiert, haben wir am Asakon erleben müssen.«

»Ich bin nicht so naiv oder blind alles zu glauben, was mir hier aufgetischt wird.« Er breitete herausfordernd und fragend zugleich die Arme aus und blickte Salgad und die Tequari-Frau an. »Doch wie wollt Ihr Ghalsar von dieser Geschichte überzeugen? Mit einem Knappen und einer Tequari-Kriegerin ganz sicher nicht.«

»Wir haben den Schüler ...«, sagte die Barbarin.

»Den ... Schüler?«, fragte Saka.

»Saresh Arkusa. Das ist sein wahrer Name. Er ist einer der Handlanger der Verschwörung ... einer der Gathori«, erklärte der Knappe und trat einen Schritt nach vorn. »Es zeigte sich, dass er nicht nur ein Diener, sondern der persönliche Schüler von Shaat gewesen ist.«

»Gewesen ist?«

»Er hat sich von seinem Meister abgewendet«, antwortete Salgad.

»Allerdings erst, nachdem das Unheil angerichtet war«, ergänzte Moriana. »Er hat es wohl plötzlich mit seinem Gewissen zu tun bekommen, als ihm das Ausmaß seiner Taten bewusst wurde.«

Arkusa ... dann hat Shaat mich belogen, dachte Saka. »Warum ist er nicht hier? Ich hätte diesem Mann gerne ins Gesicht geschaut und mir angehört, was er zu sagen hat.«

»Das werdet Ihr«, sagte Liocas. »Er wird mit uns gehen. Er hat geschworen, er wolle seinen Meister stellen.«

»Dann habt Ihr das Wort eines abtrünnigen Magiers, einige phantastische Geschichten und eine ungeheure Anschuldigung gegen meinen Herrn und König, und das von Leuten, die ich – bis auf Salgad – zu meinen Feinden zählen muss. Was soll ich Eurer Meinung damit anfangen? Mich auf die Seite der Rebellion schlagen? Vielleicht mit meinem Heer nach Agenost ziehen?« Saka lachte bitter. »Selbst wenn Ghalsar bewusst oder unbewusst unter der Kontrolle des Magiers steht, wie ihr behauptet – *ohne ihn* fallen wir zurück in endlose Machtkämpfe.«

»Soweit soll es nicht kommen«, antwortete überraschenderweise Corlagon. »Worum wir bitten, ist freies Geleit für … Moriana, Saresh und ihre Gefährten, um die Dinge in Agenost zurechtzurücken.«

»Es geht nicht darum, wer auf dem Thron sitzt«, fügte Liocas hinzu. »Den Gathori geht es erst recht nicht um Rache oder Politik, sondern darum, dem Feind Urias´ den Weg zu bereiten.«

Saka schüttelte den Kopf. »Ich kann und will einfach nicht glauben, dass Ghalsar Ennius sich zum Handlanger dieser Gathori hat machen lassen oder dass er sogar zu ihnen gehört.«

»Also werdet Ihr uns nicht helfen?«, fragte Liocas.

Wenn Shaat mir vormachen wollte, dass er seinen eigenen Schüler getötet habe, könnte er tatsächlich gefährlich für ihn sein, dachte Saka. *Aber der Magier hatte recht, als er sagte, ich müsse mich irgendwann entscheiden.*

»Doch, werde ich. Aber vielleicht nicht so, wie Ihr Euch das gedacht habt«, erwiderte Saka schließlich. »Ich eröffne Euch genau eine Möglichkeit, Eure Behauptungen zu beweisen. Diese eine und keine andere. Ich werde Euch die Reise nach Agenost ermöglichen, Salgad. Euch, der Tequari und dem Knappen. Aber ich begleite Euch. Wir nehmen diesen *Überläufer* Saresh mit und konfrontieren den Großkönig und seinen Berater mit Euren Erkenntnissen. Ich will aus Ghalsars eigenem Mund hören, dass er von den Machenschaften nichts wusste. Bis dahin werden die Waffen schweigen.«

»Und wenn wir dem nicht zustimmen?«, fragte Corlagon.

»Dann werde ich meine Truppen nach unserem Treffen nach Targoas beordern.«

Corlagon und Arkas schienen überrascht davon, dass Saka ihren Lagerplatz kannte.

»Wir haben noch genügend Naphta übrig, um diese Ruine und jeden darin in den größten Aschehaufen Valdoras zu verwandeln.«

Seine Gesprächspartner blickten sich einen Augenblick an. Sie schienen ihre Optionen abzuwägen. Saka war ihnen zwar entgegengekommen, aber er hatte ihnen keine Möglichkeit gelassen, außer ihm zuzustimmen. Das verschaffte ihm vor allem gegenüber Corlagon ein befriedigendes Gefühl.

»Ich denke, wir können uns darauf einlassen«, sagte die Barbarin schließlich.

Saka nickte. »Dann werden wir morgen aufbrechen. Ich kehre zu meinem Lager zurück und übergebe meinen Adjudanten das Kommando.«

»Morgen, kurz nach Sonnenaufgang werden wir über diese Brücke kommen«, sagte Salgad. Der Sagitar führte die rechte Faust an sein Herz, um damit bei seiner Ehre zu bekräftigen, dass sie sich an diese Vereinbarung halten würden.

»Vergesst eins nicht«, sagte Saka und nahm dabei vor allem Marin Corlagon in den Blick. »Wäre ich nicht von der Ehrenhaftigkeit Salgads überzeugt, würden wir hier nicht stehen. Er hat sein Wort gehalten und ich werde meines halten. Ich garantiere euch aber ebenso Folgendes: Meine Offiziere werden von mir genaue Instruktionen für meine Abwesenheit erhalten. Sollten Eure Leute auch nur einen Fuß aus den Wäldern hinausstrecken, schwöre ich, dass meine Truppen einen nach dem anderen jagen und zur Strecke bringen, bis der letzte Mann gefunden ist!«

Damit wandte er sich von der Gruppe ab und nahm von seinem Bannerträger die Zügel seines Pferds entgegen. Ohne sich noch einmal umzublicken, bestieg er das Pferd und ritt davon.

»Ist Euch das auch aufgefallen?«, fragte Sakas Begleiter, während sie die Brücke in Richtung des Ufers hinunterritten. »Die Frau. Das ist keine Tequari, mein Herr.«

»Ich weiß«, erwiderte Saka.

Kapitel 23

»Wollter'n hin, hä?«, fragte Cassels. Der Movant kam gewohnt breitbeinig auf Liocas und Moriana zu. Die beiden waren gerade damit beschäftigt, Proviant und Ausrüstung auf Pferde zu verladen, die ihnen von Corlagon für die Reise nach Agenost zur Verfügung gestellt worden waren.

»Die Sache zu Ende bringen«, gab Moriana zurück. »Es wird allmählich Zeit.«

»Widder'n Turm einreiß'n, wie?« Caessels spuckte prustend eine Ladung Kautabak neben sich. Offenbar hatte er seine gute Laune nach dem Verlust der *Halloran* wiedergefunden.

»Und ihr? Was habt ihr vor?«, fragte Liocas, während er sich mit der Verschnürung einer Wolldecke am Sattel abmühte.

»Ma seh'n. Werd mich wegmach'n aus Valdora, bevor de Luft hier noch mehr brennt. Krieg is im Verzug, das könnt'er mir glaub'n.«

»Nicht, wenn wir es verhindern können«, sagte Moriana.

Caessels winkte ab. »Bist mutig, Kleene, hast nich' nur'n großes Maul, is mir schon klar. Aber der alte Raijik riecht, wenn's nach Krawall stinkt. Vielleicht verpisst'er euch besser, wenn ihr eure Ärsche rett'n wollt.«

»Eine Tequa rennt nicht davon«, erwiderte Moriana todernst. Sie grinste Caessels an und blickte dann auch zu Liocas. »Ihr wisst doch, wie gut ich darin bin, meinen Arsch zu retten.«

Liocas lachte, und der Movant stimmte ein.

»Aber wie wollt Ihr ohne Luftschiff überhaupt irgendwo hinkommen?«, fragte er den Movant.

»Bübchen, de Schiffe komm'n und geh'n, aber das, was bleibt, bin ich. Der Caessels hat bis jetz' immer noch 'ne Möglichkeit gefund'n. 's gibt bald ne neue *Halloran*, Junge, das is so sicher wie, dass ich gleich ordentlich eenen heb'n geh!«

»Wie viele von den Dingern sind dir eigentlich schon abgestürzt?«, fragte Moriana.

»Will se widder frech wer'n, de Kleene, wie?« Im Gegensatz zum Vortag ließ sich Caessels aber nicht aus der Ruhe bringen. Aus der Westentasche zog er einen ellenlangen Kasangitsplitter. »Da is das Ding! Der is noch lang nit am Ende, der hat noch Kraft! Und außerdem kauf ich mir davon 'n anderes Mädchen – und zahl 'n Arcanaero an, wisst'er?« In der anderen Hand präsentierte er den Fabryt-Streifen, den Moriana ihm in Amhas gegeben hatte. »De Nummer Fünf war schon ne Gute, aber bei der Sechs, Leute, da hab ich 'n besseres Gefühl. Is' ne runde Zahl, ne nette Zahl – passt zu mir!« Caessels brach erneut in Gelächter aus.

Moriana und Liocas stimmten kopfschüttelnd ein.

»Für das, was uns bevorsteht, seid ihr bemerkenswert gut gelaunt«, unterbrach sie eine Stimme. Saresh trat zu ihnen, Shanti an seiner Seite. Auch ihnen waren Pferde gestellt worden, die sie ebenfalls bepackten.

Moriana schnürte ihr Bündel fest und ging nicht auf die Bemerkung ein.

»Ich verpiss mich, wünsch viel Glück bei dem, wat ihr macht. Gebt dem Zieg'nficker von 'nem Gathori eins von mir aufs Maul, wenn ihr ihn trefft«, sagte Caessels und hob die Hand zum Gruß. »Vielleicht braucht'er ja mal ne Passage irgendwohin, dann sucht'er nach'm alten Raijik und der *Halloran Sechs*.« Damit entfernte sich der Movant.

»Bestimmt nicht«, murmelte Moriana und beendete ihre Arbeit am Sattel.

»Wann brechen wir auf?«, wollte Shanti wissen. Die Amhasi trug einen leichteren Verband als am Vortag und hatte die Haare dahinter zu einem Zopf zusammengebunden. An ihrer Hüfte hing ein Kurzschwert.

»Wir haben nicht mehr viel Zeit. Arkas wird uns bald abholen. Er begleitet uns bis zur Brücke, von dort an sind wir auf uns alleine gestellt«, antwortete Liocas.

»Hoffen wir, dass Sakarius ga Dyan sich an sein Wort hält und uns nicht hintergeht«, sagte Saresh. »Mir gefällt das nicht. Ihr habt uns ihm völlig ausgeliefert, wir reisen ohne jedwede Sicherheit durch halb Valdora, immer abhängig von seinem guten Willen.«

»Hört, hört«, sagte Liocas. »Solch warnende Worte ausgerechnet aus deinem Mund zu hören, ist ... etwas merkwürdig, meinst du nicht?«

»Heermeister der Allianz hin oder her, ich rate ihm, uns nicht zu hintergehen«, sagte Moriana. »Aber ich glaube, ihm ist bewusst, dass er so etwas eben so wenig überleben würde wie wir. Das sollte ihn zuverlässig genug für uns machen.«

»Schon eine Ironie, dass uns der Verräter eines Verräters vor dem möglichen Verrat eines anderen Verräters warnt«, sagte Shanti und schmunzelte. »Das erinnert mich an die Verhältnisse in Amhas.«

Moriana kam nicht dazu, etwas zu erwidern, denn Marin Corlagon, Arkas und Salgad traten zu ihnen.

»Ich hoffe, ihr seid bereit, für das, was vor euch liegt«, ergriff Corlagon das Wort. »Ich bete zu Urias, dass wir uns nach einem erfolgreichen Ausgang eurer Unternehmung wiedersehen.«

»Urias wird uns leiten, dessen bin ich gewiss«, erwiderte Liocas.

Corlagon blickte Moriana an. »Bevor ihr aufbrecht, möchte ich dir noch etwas geben, Charissa.« Er hob die Hand, um ihren Protest gegen die Verwendung ihres valdorischen Namens zurückzuweisen. Die andere streckte er ihr entgegen, öffnete sie und zeigte auf den Gegenstand, der auf der Handfläche lag. »Dies habe ich zwanzig Jahre bei mir getragen. Ich habe gehofft, sie dir irgendwann anvertrauen zu dürfen.«

»Was ist das?«, fragte Moriana.

»Der Siegelring deines Hauses. Er trägt das Emblem der Iramon.«

Moriana nahm den Ring aus Corlagons Hand entgegen und betrachtete ihn. Er schien alt zu sein, denn was einstmals glänzendes, schweres Gold gewesen sein musste, war nun abgerieben und voller Kratzer. Das Wappen der Iramon war aber noch gut zu erkennen, und der rote Drachenkopf auf der Silberplattierung strahlte Moriana entgegen, als sei die stilisierte Figur gerade erst von einem Goldschmied erschaffen worden.

»Ich erhielt den Ring von deinem Vater kurz bevor er starb, bevor ich ihn in den Wäldern der Kolonien zurücklassen musste. Mein Versprechen, ihn zu bewahren und einst seinem Fleisch und Blut zu übergeben, komme ich jetzt nach. Auch wenn das Haus der Iramon lediglich im Verborgenen existiert, gibt es noch eine Familie, die das

Wappen mit Stolz zu tragen weiß. Wir erinnern uns an eintausendachthundert Jahre Geschichte unseres Hauses. In dieser Zeit wurden wir nie gebrochen. Und mit dir, Charissa Myoxeres von Iramon, wird diese Tradition nicht enden.«

Moriana war irritiert. »Was bedeutet das?«

»Das bedeutet, dass du von jetzt an die Familie führst, so, wie es dein Vater vor dir getan hat. Jeder, der diesem Wappen die Gefolgschaft geschworen hat, darf auch dir seine Treue nicht verweigern.«

»Ich … ich weiß nicht, ob ich bereit bin, so eine Last zu tragen«, gab Moriana stockend zurück.

»Bei Urias, du bist es. Spätestens beim Treffen mit Sakarius hast du bewiesen, dass du imstande bist, für das zu streiten, wofür er steht.«

Es war Moriana unangenehm, im Mittelpunkt zu stehen. Sie konnte spüren, wie Saresh und Shanti sie mit ihren Blicken förmlich aufspießten, hatten sie doch bislang nichts von Corlagons Enthüllungen gewusst.

»Etwas anderes trägst du dagegen schon lange mit dir, und es ist eigentlich nichts Wertvolles«, sagte der Valdorer. »Andererseits ist es vielleicht tausendmal mehr wert als alles Kasangit in ganz Camotea.«

»Was soll das sein?«, fragte Moriana verwundert. Tatsächlich wusste sie aber ganz genau, was er meinte.

»Du trägst es um den Hals, wenn ich es recht gesehen habe«, sagte Corlagon.

Ihre Hände fuhren zu dem Lederband mit dem blauen Stein, der sie begleitete, solange sie sich erinnern konnte. »Was ist damit?«, fragte sie.

»Bitte zeig ihn mir«, bat Corlagon sie.

Sie nahm das Band ab und legte den Stein auf ihre Handfläche. Vorsichtig präsentierte sie ihn dem Ritter, darauf bedacht, ihn keinesfalls aus der Hand zu geben.

Corlagon betrachtete den Schmuckstein, der kaum größer als ein Fingernagel war. »Kein Kratzer konnte ihm in all den Jahren etwas anhaben. Für viele mag er wirken wie ein profanes Mineral, doch in Wahrheit ist er aus Silan. Auch dein Vater besaß einen solchen, und wenn sie zusammengeführt werden, leuchten sie so hell wie das Uriasrad.«

Moriana starrte auf den Gegenstand, der doch schon immer ihr größter, ihr einziger Besitz von Wert gewesen war, als würde sie ihn zum ersten Mal sehen.

»Es ist das Einzige, das uns von Chatira geblieben ist«, fügte Corlagon hinzu.

Moriana kniff die Augen zusammen. »Die Götter allein wissen, ob ich imstande bin – ob ich es überhaupt will –, solch ein immenses Erbe anzutreten.«

»Was wir wünschen, ist lediglich, dass du die Hoffnung, die deine Eltern in dich gesetzt haben, erfüllst«, erwiderte Corlagon.

Moriana nickte, sagt aber nichts mehr.

Für einen Augenblick lag unbehagliches Schweigen über der Gruppe.

»Wir sollten aufbrechen«, sagte Arkas schließlich. »Wenn wir Sakarius warten lassen, wird das seinem Vertrauen uns gegenüber nicht helfen.« Er stieg auf sein Pferd, und die anderen nahmen ebenfalls ihre Plätze im Sattel ein.

»Urias´ Licht über euch«, verabschiedete Corlagon sie. »Steh er euch bei, um den Gathori zur Strecke zu bringen.«

Salgad und Saresh folgten Arkas als erste, dahinter Liocas und Shanti. Moriana hingegen zögerte. Sie trieb ihr Pferd erst an, um das Lager der Rebellen zu verlassen, nachdem sich Corlagons und ihr Blick noch einmal getroffen hatten.

Bis zur Brücke von Artikos waren es rund zwei Stunden Wegstrecke, die überwiegend durch den Wald führte. Lange Zeit ritt Moriana den anderen mit etwas Abstand hinterher. Sie musste allein sein. Gerade als sie sich mit der neuen Situation abgefunden hatte, belud man sie erneut mit einer Bürde, deren Tragweite sie kaum abschätzen konnte. Sie fühlte sich unter der Last einer Verantwortung begraben, die sie nie eingefordert hatte. Gleichzeitig wurde sie nicht schlau aus Corlagon, der ihr einerseits das Wohlwollen eines väterlichen Freundes entgegenbrachte, andererseits offenbarte, dass es vor allem Vergeltung war, die ihn antrieb und sein Handeln zu bestimmen schien.

Aber bin ich anders? Worin unterscheidet er sich von mir?

Moriana wurde bewusst, dass die Ereignisse der vergangenen Wochen ihr Denken nachhaltiger beeinflusst haben mussten, als ihr bislang klar gewesen war. Anders konnte sie sich nicht erklären, warum ihr Corlagons Denkweise befremdlich erschien.

Shanti lenkte ihr Pferd an ihre Seite und riss sie damit aus den düsteren Gedanken.

»Wieder im Nahkampf mit den Gefühlen?«, fragte die Amhasi.

»Wer hat dich eigentlich zu meiner Säugamme berufen?«, entgegnete ihr Moriana ungehalten, was ihr einen Augenblick später bereits leidtat.

Die Amhasi wollte sich abwenden.

»Shanti, warte! Im Moment bin ich einfach nur ... verwirrt. Ich bekomme die Gedanken über meine Vergangenheit und Zukunft, über meine Eltern und meine angeblich so edle valdorische Familie nicht aus dem Kopf. Gerade denke ich noch, es wird alles klarer, schon werde ich wieder mit einer Vergangenheit konfrontiert, die mir nichts sagt – mit Eltern, die ich nicht kenne, mit einer Verantwortung, die ich nicht will. Ich hatte nie einen Vater oder eine Mutter, eigentlich wusste ich die meiste Zeit meines Lebens gar nicht, was das überhaupt sein soll. Als Tequari ist das Katu deine Familie. Ich habe keine Ahnung, wie es sich anfühlt, Eltern zu haben, und plötzlich besitze ich Dinge von ihnen – wertvolle Dinge –, die mich dazu bestimmen sollen, ihren Platz einzunehmen. Einen fremden Platz, eine fremde Verpflichtung.« Moriana zuckte mit den Schultern. »Ich weiß nicht, wie ich damit umgehen soll. Corlagon hat mich nicht einmal gefragt, ob es mir passt, die Stellung einzunehmen, die für mich vorgesehen sein soll. Er geht davon aus, dass ich diese Rolle annehme, weil es vermutlich der Lauf der Dinge ist, wie er ihn kennt ... oder wie er sich das alles in den letzten zwanzig Jahren ausgemalt hat.«

»Das kann ich verstehen.« Sie suchte einen fernen Punkt in der Landschaft. »Manchmal werden uns Dinge ungefragt aufgezwungen, die wir kaum begreifen und nur schwer akzeptieren können.«

»Corlagon hat mich den Tequari übergeben. Was hat er denn erwartet? Auch wenn ich als valdorische ... Adlige geboren wurde. Das Katu hat mir gezeigt, wer ich bin und was ich sein kann, das schafft dieser Ring nicht.« Sie hielt Shanti den glänzenden Drachenkopf hin. »Dieses Ding hier gibt mir keine Antworten, im Gegenteil.«

Shanti rang sichtlich nach den richtigen Worten. »Vielleicht kann der Ring dir keine Antworten geben, sondern lediglich einen weiteren Weg aufzeigen, der dir mitgegeben wurde.« Sie machte eine Pause. »Du bist frei, eine Entscheidung zu treffen. Niemand kann dich zwingen, auch nicht Corlagon.«

Ein Seitenblick von Liocas, der Shantis Bemerkung gehört hatte, veranlasste Moriana, den Kopf zu schütteln. »Ja, ich weiß, ich kann das alles nicht abklopfen wie lästigen Staub aus einem Umhang, mit dieser Bürde muss ich jetzt für immer leben. Und bevor du es sagst, Valdorer – es sollte mir vielmehr eine Ehre als eine Bürde sein.«

Liocas setzte ein ernsteres Gesicht auf, als Moriana es sich gewünscht hätte. »Ich werde dir nicht vorschreiben, wie du mit alldem umzugehen hast – wie käme ich dazu? Denn streng genommen bin ich ja nun dein potentieller Vasall. Aber wenn ich meiner Lehnsherrin in dieser Funktion den geschuldeten Rat geben darf?«

Moriana spielte sein Spiel mit. »Es sei Euch gestattet«, erwiderte sie sarkastisch.

»Ich glaube, es ist so, wie Shanti sagt: Dir wurde ein neuer Weg eröffnet. Du weißt: Für mich ist das alles kein Zufall.« Er wies auf den Ring. »Der rote Drache ist das Symbol der Iramon. Urias selbst musste den Drachen bezwingen, um die Welt zu formen, in der wir leben. Jetzt hast du deinen eigenen Drachen. Er wartet nur darauf, von dir bezwungen zu werden.«

Moriana blickte wieder auf das metallische Ungeheuer in ihrer Hand. Im Sonnenschein wirkte es nicht sonderlich bedrohlich. *Ob sich das ändert, wenn man ihn angesteckt hat? Wird er lebendig und frisst dich auf?* Ihr Blick traf unbeabsichtigt Saresh und fiel auf seine verletzte Hand, wo sich der magische Stein befunden haben musste. *Ob er wohl freiwillig dieses Ding in sein Fleisch hat wachsen lassen? Wurde er überhaupt gefragt?*

Als der Magier den Kopf zu ihr wandte, drehte sie sich schnell weg.

Liocas entfernte sich lächelnd.

Shanti ritt eine Weile wortlos neben ihr her, doch irgendwann konnte sie die Neugier nicht mehr im Zaum halten. »Charissa von Iramon?«, fragte sie. »Ich glaube, während ich im Lazarett lag, habe ich mehr verpasst, als ich dachte.«

»Glaub mir, ich hätte gern mit dir getauscht.«

»Sag das nicht. Mein Schädel brummt immer noch ganz schön. Ich bekomme eine Kopfnuss von epischem Ausmaß, und du wirst in der Zwischenzeit von der Barbarin zur valdorischen Hochadligen. Wen hat's also bitte schlimmer erwischt?«

»Genau das ist die Frage.«

Die strahlend helle Uriasscheibe hatte noch lange nicht ihren Zenith erreicht, als die Brücke über den Artikon in Sicht kam. Auf der gegenüberliegenden Flussseite wurden sie bereits erwartet.

Moriana blickte der Begegnung mit gemischten Gefühlen entgegen. Sie zweifelte nicht an der Aufrichtigkeit des Generals, allerdings blieben Sareshs Motiv noch immer undurchschaubar für sie. Ihre Erfahrung und ihr Verstand geboten, dem Gathori kein Vertrauen zu schenken. Sie durfte nicht vergessen, wie gefährlich er war. Ihm gegenüber nicht mehr wachsam zu sein, wäre ein Fehler, der fatale Konsequenzen nach sich ziehen konnte.

Dennoch gab es da etwas – sobald er sie ansah – ein Gefühl der Verbundenheit, das sie nicht wirklich beschreiben konnte. Vielleicht versetzte sie gerade das in Wut, wenn er in ihrer Nähe war – es gab etwas, dass sie gemeinsam hatten.

Ihre Gedanken begannen erneut zu kreisen. Seitdem ihr Corlagon eröffnet hatte, wer sie war – wer sie sein sollte – fühlte sie sich allein, eingesperrt in einem Käfig diffuser Verantwortungen und Verpflichtungen, die gleichermaßen vage wie angsteinflößend auf sie wirkten.

Sie ritten über die Brücke. Auf der gegenüberliegenden Seite wartete der Heermeister mit drei valdorischen Soldaten. Salgad hob beim Überqueren die Hand, und Sakarius ga Dyan erwiderte den Gruß. Als sie ihn erreichten, sprang Salgad vom Pferd.

»Ich wusste, ihr würdet Wort halten«, sagte der Sagitar.

»Ihr das Eure nicht, Salgad. Ich warte hier bereits seit Sonnenaufgang«, erwiderte der Heermeister, bevor er auch Moriana und Liocas grüßte. »Wer ist die Frau?«

»Shanti, eine ehemalige Dienerin des Optimaten Olgasi«, antwortete Salgad. »Shaat hat versucht sie als Mitwisserin dieser Geschichte umzubringen.«

»Seitdem hänge ich auch mit drin – irgendwie«, fügte die Amhasi hinzu und sprang vom Pferd. Sie schenkte dem General ihr gewinnendstes Lächeln, was dieser allerdings nicht erwiderte.

Stattdessen wandte er sich an Salgad. »Irgendwie?«

Salgad zuckte verlegen mit den Schultern und versuchte dem finsteren Blick des Generals auszuweichen. »Sollten wir sie zurücklassen? Sie hat uns geholfen.«

»Die Frage ist, Salgad, ob sie uns eine Hilfe oder eine Last sein wird?«

»Ich kann selbst auf mich aufpassen, falls Ihr das meint, General«, protestierte Shanti. »Im Gegensatz zu Euch habe ich schon erlebt, was uns bevorsteht, wenn wir auf den Gathori mit dem Elyr treffen.«

»Ich verdanke ihr mein Leben. Sie wird uns begleiten!« Sareshs Stimme war laut und fordernd.

Moriana und Liocas tauschten verwunderte Blicke aus. Von dem Magier ging eine ungewohnte Entschlossenheit aus.

Saka trat vor und beäugte den Yamarer, der ebenfalls von seinem Reittier gestiegen war. »Du bist Ikastras Schüler?«

Saresh hielt dem Blick des Generals stand. »Ich *war* sein Schüler.«

Einen Augenblick war nur das Rauschen des Flusses zu hören.

»Haben wir dir das alles zu verdanken?«

»Ja.«

»Du gibst also zu, dass du das Massaker am Asakon zu verantworten hast?«

»Ja.« Saresh klang ungerührt, weder Reue noch Widerspruch lag darin.

Zorn funkelte hingegen in den Augen des Heermeisters. »Was, bei Urias, hat dich dazu verleitet? Sag es mir, damit ich endlich begreife, was der Grund für all dies ist!«

Saresh stand mit unbewegter Miene vor dem Heermeister der Allianz. »Ich habe meinen Mentor, den ich für meinen Freund hielt, zu sehr vertraut und wurde dafür von ihm hintergangen, obwohl ich alles für ihn getan habe – selbst als ich bereits wusste, dass es falsch war.« Seine Stimme war kalt und klar wie die rauschenden Wasser unter ihnen. »Ich glaubte an eine Idee und wurde benutzt.«

Der Zorn verschwand aus Sakas Blick und machte Erstaunen Platz.

»Ich verstehe.« Saka verschränkte die Arme. »Warum willst du jetzt helfen, Shaat aufzuhalten?«

»Ich habe begriffen, dass ich nur aus seinem Schatten treten kann, wenn ich verhindere, was er zu tun gedenkt. Sonst hat er verschlungen, was ich bin. Ich kann mich nicht länger hinter guten Absichten verstecken.«

Der General und der junge Gathori blickten sich lange schweigend an. Moriana ertappte sich dabei, eine Art Bewunderung für Saresh zu empfinden. Er wirkte aufrichtig und geradezu furchtlos. Verwirrender war aber, dass sie keine Wut mehr ihm gegenüber verspürte.

Saka brach das Schweigen. »Ich habe vor wenigen Tagen mit deinem einstigen Meister gesprochen. Er hat behauptet, er habe dich getötet.«

»Wenn er das wirklich glaubt, haben wir einen Vorteil auf unserer Seite«, antwortete Saresh.

»Was hat Shaat vor?«, fragte Saka.

»Shaat und ich glauben an die Kraft Vindrasus, den ihr Vandra nennt, den Sohn Elotias.« Saresh blickte in die Runde und fuhr fort. »Als Vandra die Verbannung seiner Mutter durch Urias hinter die Pforten erleben musste, schwor er, sie zu befreien und die Tränen, die er vergaß, bargen seine Kraft – seinen Zorn auf die Tyrannei Urias' und seine sogenannte Ordnung.

Der Elyr ist wie ein Gefäß seines Willens, den der Sohn der Morgenröte in die Wogen der Wirklichkeit geworfen hat. Es ist der Sitz der Ultahir, der Avatare seiner Kraft. Eine Kraft, die erschaffen wurde, alle Ketten zu sprengen, alle Dämme zu brechen, jedes gewobene Muster zu zerreißen, jede gegossene Form zu zerschlagen, jede bestehende Ordnung hinwegzufegen – und selbst die letzte Pforte zu zerschlagen. Durch die Tränen, das Kasangit – wie ihr es nennt – können die Menschen ihren Geist erweitern, sie sollten von der Knechtschaft einer ungerechten Ordnung befreit werden. Das ist es, was ich erreichen wollte, das ist es, was Shaat anstrebt.« Saresh machte eine Pause und ließ den Blick über seine Begleiter schweifen, die ihm gebannt zuhörten, bevor er sich wieder Saka zuwandte. »*Hier fallen die Türme der Lüge, hier brechen die Mauern des Unrechts!* Das hat mir Shaat gesagt, bevor ich mit dem valdorischen Nordheer aufbrach, das ist es, woran ich glaubte. Ich wollte die Wahrheit hinter den Lügen erkennen, … aber das war die Lüge. Ich habe nur das gesehen, was ich sehen wollte. Alle Wahrheiten der ganzen Welt summieren sich am Ende zu einer großen Lüge. Das habe ich verstanden, nachdem ich hinter die Mauern blicken musste, die ich durch den Elyr eingerissen habe. Alles, was jenseits dieser Mauern lag, war eine Flut aus Feuer und Licht, die noch heute auf mich einstürmt, und an den Barrikaden zerrt, die ich in meinem Geist errichtet habe. Shaat wird auch die letzte Pforte öffnen, um diesem Strom der Vernichtung, der der Schwarzen Sonne entspringt, den Weg zu ebnen. Valdora und sein Großkönig sind dabei nur Mittel zum Zweck.«

»Hat er Ghalsar Ennius in seiner Hand, hat er ihn durch seine Magie manipuliert?«, fragte Saka.

Saresh schüttelte den Kopf. »Nein, er hat es ja auch vermocht, mich zu manipulieren, ohne den geringsten Zauber zu wirken, indem er mir das gegeben hat, was ich suchte, was ich mir sehnlichst gewünscht habe. Der Glaube an eine Welt ohne Schranken und Ketten.«

Saka ließ plötzlich kraftlos die Arme sinken. Er wirkte wie gelähmt. »Er gibt dem König, was er will. Eine neue Ordnung – er reißt die alte Welt ein, um eine neue zu errichten.«

»Ja, Shaat ist davon überzeugt, dass er die Kraft Vindrasus durch den Elyr befreien kann, um damit die Diener der falschen Ordnung zu zerschmettern.«

Saka trat von Saresh zurück und fixierte ihn. »Ich traue keinem von euch Gathori. Ihr spielt mit Kräften, die nicht für Menschenhand gemacht wurden.«

»Ihr habt recht, und ich bin mir dessen bewusst. Deshalb benötigt Ihr mich und jeden einzelnen, der erlebt hat, was die Tränen Vindrasus entfachen können und noch davon zu berichten imstande sind.« Er deutete mit der Hand in die Reihe seiner ungleichen Mitstreiter. Zuletzt verharrte sie auf Shanti.

Moriana hatte Saresh aufmerksam zugehört. Der alte Kalhani hatte die Geschichte des verstoßenen Vandra zwar bereits in Amhas erzählt, doch durch Sareshs Worte verlor sie das Legendenhafte und verwandelte sich in erbarmungslose Gewissheit.

Saresh registrierte die Skepsis des Heermeisters. Seine Stimme nahm einen Ton an, der gleichermaßen ernsthaft wie angsteinflößend auf Moriana wirkte. »Ich bin bereit, hinter die letzten Pforten zu treten. Ich war bereits dort, ich habe das Inferno dahinter geblickt – ich habe die Schwarze Sonne gesehen.«

»Dass du der Gefahr entgegentrittst, nachdem so viel Leid durch dich verursacht wurde, mag dich in den Augen mancher zwar ehren, aber in den meinen wäscht es dich nicht rein.« Er trat zurück und griff die Zügel seines Pferds. »Wie gesagt, es ist ein Zweckbündnis. Das bedeutet nicht, dass ich irgendetwas von dem billige, was du repräsentierst, Magier.« Er gab seinen Begleitern ein Zeichen. »Behaltet ihn im Auge. Beim geringsten Anzeichen von Verrat bringt ihr ihn zur Strecke.«

Der Heermeister saß auf, ebenso die valdorischen Soldaten.

»Na, das verspricht ja eine weitere interessante Reise zu werden«, flüsterte Shanti Moriana zu, als sie aufbrachen.

Moriana nickte, obwohl sie ihr kaum zugehört hatte. Sie begriff nun, was es war, das sie mit Saresh verband. Sie waren beide durch höhere Mächte von den anderen getrennt worden. Sie waren beide allein. Wenn jemand diese Last ebenfalls spüren konnte, dann Saresh.

Die Stunden vergingen, und Saka führte sie auf der Reichsstraße entlang des Golfs von Hara stetig nach Norden. Das Sternenbanner wies sie weithin sichtbar als Repräsentanten des Großkönigs aus, und so konnten sie verschiedene Posten sowie die Zollstation am Ufer des Harieth-Stroms passieren, ohne aufgehalten zu werden. Die Mittagshitze war im Süden Valdoras allerdings noch intensiver als in Amhas, weshalb die Pferde immer wieder Pausen einlegen mussten, um zu trinken.

Während der Unterbrechungen blieben die valdorischen Soldaten und ihr Heerführer meist unter sich, einzig Salgad gesellte sich mitunter zu ihnen. Nicht nur für den Sagitar war das Misstrauen, das zwischen beiden Gruppen herrschte, nahezu mit Händen greifbar. Der Söldner fürchtete, dass dieser Argwohn der zweite Feind war, den es zu besiegen galt, wenn sie lebend aus dieser Geschichte herauskommen wollten.

Moriana, die beim ersten Zusammentreffen mit Sakarius ungeahnte Führungsstärke offenbart hatte, war seit ihrem Aufbruch in sich gekehrt und sprach kaum ein Wort, außer mit Shanti. Liocas legte gegenüber dem Heermeister mehr Ehrfurcht an den Tag, als durch seine Erlebnisse und sein Wissen um die Hintergründe der Verschwörung Shaats nach Salgads Meinung angemessen gewesen wäre. Da Saresh in der Gruppe ziemlich isoliert war, lag es an Salgad, das schwache Band der sie verbindenden Sache stärker zu knüpfen. Er hatte das Gefühl, dabei vor allem ein Auge auf den Magier haben zu müssen.

Er beschloss, die anstehende Wegstrecke an der Seite des Yamarers zu reiten, um in Reichweite zu sein, falls es zu Anfeindungen kommen sollte.

Sie waren kaum von einer weiteren Pause aufgebrochen, als Salgad ein merkwürdiges Gefühl den Nacken hochkroch, ein Gefühl, das er schon einmal verspürt hatte.

Damals, in den Bergen der Iglâk.

Gehetzt blickte er zu dem Magier hinüber.

Saresh schien sich zu konzentrieren.

»Was wird das?«, fragte Salgad. Ihn fröstelte am ganzen Körper, obwohl die Sonne nach wie vor brannte.

Der Gathori antwortete nicht, stattdessen nahm die Anspannung seiner Gesichtsmuskeln zu. Die Adern traten an seinen Schläfen hervor, und auf seiner Stirn bildeten sich Schweißperlen.

Salgad zog seinen Scimitar hervor, auf das Schlimmste gefasst. Doch da entspannten sich die Züge des Magiers plötzlich wieder. Heftig atmend schloss er kurz die Augen, bevor er sich dem Sagitar zuwendete, der ihn mit der Klinge in der Hand anstarrte, als sei er ein Dämon von jenseits der Pforte.

»Du vertraust mir ebenfalls nicht«, stellte Saresh mit Blick auf die Waffe fest.

»Bislang hatten wir wenig Grund dazu«, entgegnete Salgad. Das merkwürdige Gefühl verschwand allmählich wieder, aber er spürte, wie er zitterte.

Saresh schien amüsiert. »Spielst du jetzt meinen Wachhund? Es reicht offenbar nicht, zu verhindern, dass ihr alle auf den Dächern von Halosis zerschellt, als uns der Kesselflicker mit seinem fliegenden Schrotthaufen hat abstürzen lassen, damit ihr mir vertraut.«

»Reiner Selbstschutz.« Salgad steckte die Klinge weg.

»Du hast gesehen, zu was ein Gathori imstande ist. Glaubst du wirklich, deine Klinge könne dir *Schutz* gewähren?«

»Bevor ein Zauberspruch auf deiner Zunge liegt, habe ich sie dir schon abgeschnitten, das kann ich dir garantieren. Sollte Schutz genug sein.«

»Vielleicht brauche ich meine Zunge gar nicht zum Zaubern?«

»Vielleicht ziele ich nicht direkt auf die Zunge. Ich bin ja nicht allzu bewandert, aber ich denke, Magier benötigen im Allgemeinen ihren Kopf, um zaubern zu können.«

Saresh lachte so laut auf, dass sich die anderen zu ihnen umdrehten.

Salgad hatte nicht die geringste Lust darauf, dass sich der Yamarer auf seine Kosten amüsieren konnte. »Was ist daran so komisch, seinen Kopf zu verlieren?«

Saresh fasste sich. »Komisch ist, dass alle, die abgestellt werden, um auf mich aufzupassen, der Meinung sind, mir gute Ratschläge zu dem Ob und Wie hinsichtlich des Einsatzes meiner Kräfte geben zu müssen. Glaub mir, ich kann schon ganz gut einschätzen, zu was ich imstande bin – und ob du mich daran hindern kannst.«

»Was hast du da gerade getrieben?«

»Wir haben eine lange Reise vor uns. Ich habe dafür gesorgt, dass es den Pferden leichter fällt, dauerhaft im Trab zu laufen, und sie gleichzeitig ihre Last kaum spüren. Auch wir werden nicht so schnell erschöpft sein und können auf diese Weise viele Stunden länger im Sattel bleiben. Das sollte uns auf die gesamte Strecke gesehen einige Tage einbringen.«

»Du denkst offensichtlich mit, Gathori. Aber wenn du nochmal anfängst, deine Magie zu wirken, kündigst du das gefälligst vorher an.«

»Wenn es dich beruhigt … Ghulam«, murmelte Saresh.

Ghalsar stand über einen Tisch in seinem Skriptorium gebeugt. Mit gerunzelter Stirn betrachtete er eine Landkarte des südlichen Valdora, auf welcher auch die Gebiete und Städte jenseits der Grenzen der Allianz abgebildet waren. Er wischte sich den Schweiß von der Stirn. Obwohl die Glastür des Balkons zur Seeseite weit offenstand, regte sich kein Luftzug. Er hoffte, dass auf die nachmittägliche Schwüle ein Gewitter folgte, das Abkühlung verschaffte.

Die Kunde vom Erfolg seines Heermeisters Sakarius war dem König soeben zugetragen worden, und er erwartete Shaat, um Genaueres zu erfahren. Mit dem Fall von Halosis war zunächst eines von Ghalsars größten Problemen im Süden behoben worden. Er hatte der Verasti von Mesoth ein deutliches Zeichen gesandt, dass die Allianz trotz ihrer Schwächung durch die Katastrophe am Asakon noch immer über die Schlagkraft verfügte, allzu anmaßende Bestrebungen in die Schranken zu weisen.

Der Großkönig ließ seinen Blick über den Golf von Hara schweifen. Mit dem Hafen von Halosis bestand nun endlich wieder die Möglichkeit, die valdorische Präsenz auf dem Meer der Säulen auszubauen. Damit ließen sich nicht nur die Beziehungen zu Yamar ausbauen, auch weitere Freie Städte wie Ata Jarvon oder Thalass Horn rückten wieder in die Reichweite der Allianz.

Dieser Erfolg würde viele Zweifel an ihm ausräumen, die es nach dem Desaster im Norden gegeben hatte. Das Zeichen nach innen und außen war eindeutig, es war unmissverständlich, genau so, wie Ghalsar es beabsichtigt hatte.

Dennoch fühlte es sich nicht wie ein Sieg an.

Ein Räuspern riss ihn aus seiner Konzentration.

Ghalsar drehte sich zu der Tür, die auf den Balkon hinausführte. Er versuchte, nicht erschrocken oder überrascht zu wirken, denn dort stand ein Mann, dem er zeigen musste, dass er mehr denn je die Kontrolle über alles besaß.

»Shaat, habe ich Euch nicht schon einmal gesagt, ihr sollt nicht derart plötzlich hinter meinem Rücken auftauchen?«, herrschte er den Gathori an.

»Das habt Ihr, aber ich halte es nach wie vor für keine gute Idee, für jedermann ersichtlich in Euren Gemächern ein und aus zu spazieren. Nach wie vor ließen sich die falschen Schlüsse daraus ziehen.«

Ghalsar musste zugeben, dass er damit recht hatte, aber er war sich sicher, dass diese Auftritte nicht nur aus Shaats Umsichtigkeit heraus motiviert waren, sondern dem König vor Augen führen sollten, wozu der Magier imstande war.

»Die falschen Schlüsse wurden bereits daraus gezogen. Es spielt keine Rolle mehr«, erwiderte Ghalsar.

Shaat trat in den Raum. »Dennoch sollte man diese Spekulationen nicht unnötig befeuern.«

»Wahrscheinlich habt Ihr recht.« Ghalsar blickte an dem Gathori vorbei hinaus auf den See. Wolken ballten sich bereits am Nordufer zusammen. »Was könnt Ihr berichten?«

»Ich habe Heermeister Sakarius getroffen, ganz, wie Ihr es angeordnet hattet. Halosis ist gefallen, schneller und einfacher, als zu erwarten gewesen war. Dennoch scheint der General nach wie vor unzufrieden mit der Entscheidung, an der Stadt ein Exempel zu statuieren.«

»Saka ist zu sehr Soldat und zu wenig Politiker. Von einem Feldherrenhügel aus vermag er vielleicht die Konstellation einer Schlacht zu überblicken, aber nicht die Implikationen, die ihr Ausgang mit sich bringt.«

»Er wusste bereits vor meinem Eintreffen von den Aufständischen – und hat bis zu diesem Zeitpunkt rein gar nichts gegen sie unternommen.«

»Wie meint Ihr das?«, fragte Ghalsar.

»Er hat sie gewähren lassen wie ein lästiges Insekt, mein König, das um einen herumschwirrt, und von dem man keinen Schaden befürchtet, selbst, wenn es einen tatsächlich stechen sollte.«

»Was unterstellt Ihr da? Aus taktischen Erwägungen heraus hat er beschlossen, sich zunächst mit allen zur Verfügung stehenden Kräften Halosis zu widmen. Ich hätte es genauso gemacht.«

»Zu dieser Einschätzung würde auch ich gelangen, allerdings bestand seine Reaktion auf Eure neuen Befehle darin, zu betonen, dass er diese Entwicklung bereits prophezeit habe. Er lastet den Aufstand also gewissermaßen Euch an. Denn …«

Ghalsar wiegelte Shaats Ausführungen ab. »Nach seiner Empörung im Synhedrion ist das auch nicht überraschend. Dennoch wird er den Befehlen Folge leisten, wie er es immer getan hat.« Ghalsar deutete auf die Karte. »Aber Saka muss jetzt schnell handeln. Ich kann es mir nicht leisten, meine Kräfte monatelang damit zu binden, in den Wäldern zwischen Halosis und Yaturda nach Aufständischen zu suchen, während Mesoth aufrüstet und Ata-Jarvon ganze Regimenter yamarischer Söldner anwirbt.« Er überlegte. »Wir wissen nicht genau, um wen es sich bei den Anführern handelt und wie viele von diesen Aufständischen sich in der Region verbergen. Dennoch sollte man schnell zuschlagen. Ihr werdet Saka weitere Befehle überbringen und ihm klarmachen, wie sehr die Zeit drängt. Wir müssen diesen Renegaten jede Möglichkeit nehmen, sich einer raschen Umklammerung durch unsere Truppen zu entziehen und dieses Strohfeuer im Keim ersticken.«

»Ich fürchte, das wird nicht möglich sein, mein König«, gab Shaat zurück.

Ghalsar fuhr auf und sah den Gathori ungehalten an. »Und warum nicht? Seid Ihr etwa Eurer Fähigkeiten ledig geworden?«

»Nein, ich bin im Vollbesitz meiner Fähigkeiten – vielmehr ist der Empfänger Eurer Befehle abhandengekommen.«

Ghalsar kniff die Augen zusammen. »Was soll das jetzt heißen?«

»Wie ich Euch bereits vorhin mitteilen wollte, hat sich Sakarius dazu entschlossen, nicht länger die Verantwortung für die Truppen der Allianz bei Halosis zu tragen.«

Ghalsar verharrte in seiner Haltung. Diesmal gelang es ihm nicht, seine Überraschung zu verbergen.

Shaat fuhr fort. »Nicht lange, nachdem ich den General verlassen hatte, begab er sich zu einem Treffen mit Vertretern der Aufständischen an der Brücke von Artikos. Was genau dort vor sich ging, kann ich Euch nicht sagen, allerdings hat der Heermeister seinen Posten verlassen und sich offenkundig den Rebellen angeschlossen.«

Ghalsar trat von seinem Kartentisch zurück. Er ging zur Balkontür, an deren Rahmen er sich festhielt. Eine Weile starrte er hinaus auf das Wasser, ohne etwas zu sagen. Die Gewitterfront bewegte sich auf Agenost zu, ein Blitz zuckte über den Spaltsee.

»Woher stammt diese Information?«

»Das Treffen an der Brücke habe ich mit eigenen Augen gesehen – allerdings aus großer Entfernung, so dass ich nicht weiß, was dort gesagt oder verabredet wurde. Die Kunde über seinen Aufbruch am folgenden Tag wurde mir von einem meiner Augen im Heerlager zugetragen.«

Der Großkönig schwieg erneut.

In der Ferne donnerte es.

»Ihr besitzt ihn noch, oder? Den Elyr.« Ghalsar drehte sich nicht zu dem Gathori um, während er sprach.

»Natürlich.«

»Ich will, dass Ihr ihn einsetzt.«

Von Shaat kam keine hörbare Reaktion.

»Wie Ihr eben richtig gesagt habt: Man darf diesen Aufruhr im Süden weder unterschätzen, noch ihn zu lange gären lassen. Deshalb werden wir ihn vernichten. Mit einem einfachen, tödlichen Streich trennen wir der Schlange das Haupt ab.«

Der Großkönig ging zur Karte zurück und betrachtete die Gegend um Halosis. »Dort befindet sich nicht viel außer dem Wald, in dem sich die Verräter verstecken und der diesen ›Widerständlern‹ Unterschlupf bietet, während *ich* die wahren Feinde der Allianz bekämpfe. Das Heer wird bei Halosis verbleiben, um auf jedwede Provokation von Amhas oder Mesoth reagieren zu können. Ihr hingegen, Shaat, entfesselt die Macht des Elyr gegen meine Feinde. Sendet ein Zeichen, das Valdora, das ganz Camotea noch nicht gesehen hat! Ich will, dass dort nicht ein einziger Grashalm stehenbleibt, hinter dem sich dieser Abschaum länger verbergen kann!«

»Majestät, zugegeben, diese Gegend ist nicht sonderlich dicht besiedelt.« Shaat legte einen Zeigefinger an seine Lippen. »Dennoch gibt es Dörfer, Höfe und auch Flüchtlinge aus Halosis, die in die Wälder geflohen sind.«

»Dieser Verlust ist hinnehmbar«, entgegnete Ghalsar lapidar.

»Das ist nicht so einfach, wie Ihr Euch das vorstellt. Ich brauche Zeit …«

Ghalsar trat drohend hinter dem Tisch hervor. »Genug!« Seine Worte wurden von einem Donnerknall begleitet. »Jetzt könnt *Ihr* beweisen, was Ihr wert seid, was diese Allianz mit Euch wert gewesen ist. Eine bessere Möglichkeit, den verhängnisvollen Fehler Eures Schülers zu beheben, werdet Ihr nicht bekommen. Nicht länger werdet Ihr Eure Handlanger für Euer Scheitern verantwortlich machen. Ihr persönlich werdet den Elyr verwenden.«

»Mein König, es ist möglich. Aber es lässt sich nicht innerhalb kurzer Zeit bewerkstelligen. Es benötigt Vorbereitung, Studien und akribische Planung – sonst werden wir alle von den Kräften des Elyr verschlungen. Ihr wollt schließlich nicht, dass sich das, was sich am Asakon zugetragen hat, wiederholt?«

»Ausflüchte? Habe ich Euch etwa überschätzt? Fühlt Ihr Euch dem etwa nicht gewachsen?«

»Wenn uns diese ganze Geschichte eines gelehrt hat, dann dieses: Niemand ist dem Elyr vollends gewachsen. Ich kann ihn kontrollieren, sicherlich besser als meine Schüler. Aber auch meine Kräfte sind beschränkt, erst recht, nachdem ich mir den Elyr von Saresh zurückholen musste. Den Gesetzen von Raum und Zeit zu trotzen, ist keine Kleinigkeit. Niemand vermag die Macht der Sternentränе aus der hohlen Hand zu schütteln. Wenn es so einfach wäre, hätten sich Eure Probleme schon längst in Luft ausgelöst.«

Ghalsar blieb unnachgiebig. »Ein erneutes Scheitern werde ich nicht akzeptieren.«

»Was ist mit Sakarius?«

»Sollte er sich tatsächlich bei den Rebellen in den Wäldern befinden, stirbt er, wie alle anderen. Falls er sich an einem anderen Ort befindet, werde ich die entsprechenden Schritte einleiten, damit er in meinem Königreich keinen Unterschlupf mehr finden kann.« Ghalsar stutzte. »Ich will, dass er mir vorgeführt wird und mir seinen Verrat von Angesicht zu Angesicht gesteht.« Ghalsar blickte auf die Gewitterfront. »Ganz Valdora wird davon erfahren, was der Preis für Lüge und Verrat ist. Zukünftig wird man sich zweimal überlegen, ob es sich auszahlt, mich zu hintergehen.«

Shaat deutete eine Verbeugung an und entfernte sich auf dem gleichen Weg, auf dem er gekommen war.

Ghalsar Ennius verharrte noch einige Augenblicke, bevor er den Raum ebenfalls verließ.

Wenig später löste sich ein kleines Mädchen im Nachthemd aus einer Nische, in der es sich die ganze Zeit über versteckt gehalten und gelauscht hatte. Tränen liefen über das junge Gesicht.

Kapitel 24

Beschleunigt durch Sareshs Magie legten sie die Strecke bis in das Umland von Agenost in weniger als der Hälfte der üblichen Zeit zurück. Als die Tequa und der Heermeister über die Ausdauer der Pferde von den arkanen Maßnahmen des Gathori erfahren hatten, staunten sie im ersten Moment, allerdings war es dann erneut zu einem Streit gekommen. In Anbetracht der Umstände – und durch die Überzeugungsarbeit von Salgad und Liocas – hatten sie schließlich zugestimmt, Sareshs Fähigkeiten für die Reise zu nutzen. Allen war klar, dass sie andernfalls noch mehr kostbare Zeit verlieren würden.

Saka sorgte zudem dafür, dass sie die Pferde mehrfach an Stationen, die eigentlich der Versorgung königlicher Botenreiter dienten, wechseln konnten, denn die Reittiere waren trotz der magischen Unterstützung irgendwann entkräftet. Liocas befürchtete, dass sie tot umfallen würden, sobald sie nicht mehr unter dem Einfluss der übernatürlichen Kräfte stünden.

An diesem Mittag lag der letzte Wechsel an. Nur noch wenige Meilen trennten sie von der valdorischen Hauptstadt. Der Knappe erschauderte bei dem Gedanken, denn damit stand ihnen unweigerlich die Konfrontation mit Shaat und Ghalsar Ennius bevor. Er bewunderte die Loyalität des Heermeisters gegenüber seinem Freund, aber Liocas vermutete ebenso, dass Sakarius' Zweifel an den Taten des Königs größer waren als die Hoffnung, dass Ghalsar in der ganzen Angelegenheit von den Gathori hintergangen worden war. Dieser Eindruck hatte sich in den wenigen Gesprächen bestätigt, die er mit dem General geführt hatte. Sakarius hatte bislang keinen Einblick in seine tieferen Motive gegeben, die ihn letztlich dazu veranlasst haben mussten, sich ihnen anzuschließen.

Die einzigen, die den General noch an Wortkargheit übertrafen, waren Saresh und Moriana. Liocas blickte zweifelnd zur Sonne. Irgendwie hatte er diese Menschen durch Urias' Führung zusammengebracht, aber nun verschlossen sie sich und verbargen vor ihm, was sie bewegte. Das hatte er sich in einer Gemeinschaft, die vom Licht des *Einen* geleitet wurde, anders vorgestellt.

Während die anderen ihre Pferde beluden, um möglichst rasch weiterzureiten, beobachtete Salgad die Straße. Naturgemäß war der alte imperiale Verkehrsweg so kurz vor Agenost stark befahren. Die Stadt am Spaltsee stellte nicht nur politisch, sondern auch wirtschaftlich das Zentrum der Allianz dar, umso mehr, seit Ghalsar es verstanden hatte, die alten konkurrierenden Adelshäuser im Umfeld der Großstadt zu entmachten und Wirtschaft und Handel in fähigere Hände zu legen.

Zwischen den Händlern, Bauern und Reisenden war ein Reiter auszumachen, der in hoher Geschwindigkeit aus nördlicher Richtung auf sie zukam.

Der Sagitar kniff die Augen zusammen, was sein Gesicht in eine Landschaft ledriger Falten verwandelte. »Ein Soldat«, murmelte er.

»Grund zur Besorgnis?«, fragte Liocas, der neben ihn trat. In den vergangenen Tagen waren ihnen immer wieder königliche Botenreiter und sogar militärische Abordnungen aus den Provinzen begegnet, weshalb er Salgads Anspannung nicht recht nachvollziehen konnte.

»Ich weiß nicht. So kurz vor Agenost sollte uns alles und jeder Grund zur Besorgnis liefern. Der Mann hat es jedenfalls sehr eilig. Da ist irgendwas im Gang.«

»Zum Glück haben wir noch zwei übrig gelassen«, sagte Liocas lächelnd. »Aber ernsthaft: Das wird nur ein weiterer Reiter mit irgendeiner Botschaft sein.«

»Es macht mich trotzdem unruhig. Wenn ich bloß die Farben erkennen könnte … verdammt! Siehst du das?«

Liocas spähte in Richtung des auf sie zustürmenden Reiters und suchte ein Emblem auf dem Rock des Mannes. Nach einem Augenblick riss er die Augen auf. »Ein Silberschild!«, entfuhr es ihm.

Wenig später war der schwarze Wappenrock, auf dem ebenso wie auf Sakas Banner der zehnstrahlige Silberstern des Königs prangte, gut zu erkennen.

»Was bringt ein Mitglied der Königsgarde dazu, sein Pferd derart zu Schanden zu reiten? Schau nur, das Pferd schäumt bereits.«

»Ich hole den Heermeister«, sagte Liocas und rannte in den Stall der Wechselstation.

Als er mit Saka und Moriana im Schlepptau zurückkehrte, hatte der Reiter sie fast erreicht. Erst kurz vor dem Gebäude wurde er langsamer. Kaum war der Reiter mit steifen Bewegungen aus dem Sattel gestiegen, schnaubte es. Einen Augenblick später brachen dem Tier die Hinterläufe weg. Wiehernd ging es zu Boden und riss den Mann ebenfalls um. Es versuchte verzweifelt, sich aufzurichten, während sich der Reiter nur mit einem waghalsigen Satz davor retten konnte, von den wild ausschlagenden Hufen getroffen zu werden.

Saka rannte zu dem valdorischen Soldaten hinüber und half ihm auf die Beine. »Bist du verletzt?«

Aus einem abgekämpften Gesicht blickte ihm Erleichterung entgegen. »Mein Herr ga Dyan, Ihr seid es!«

Auch Saka schien sein Gegenüber zu erkennen. »Ossos!« Seine Frage blieb jedoch unausgesprochen.

»Ich habe nach Euch gesucht – und Euch schneller gefunden, als ich zu hoffen gewagt habe.«

»Du suchst nach mir? Warum?«

»Korin Hen schickt mich, um Euch zu warnen.«

»Zu warnen? Wovor?«

»Der Großkönig hat befohlen, Euch festnehmen zu lassen!«

Kurze Zeit später war Ossos zu Atem gekommen, und sie hatten sich gemeinsam mit den anderen in die Stallungen zurückgezogen, um ungestört sprechen zu können.

Liocas bemerkte, wie aufgewühlt Heermeister Sakarius war. Mit belegter Stimme forderte er den Leibgardisten auf, zu berichten, was ihm von seinem Hauptmann aufgetragen worden war.

»Es ist erst wenige Stunden her, dass Ghalsar die in Agenost anwesenden Mitglieder des Synhedrion zu einer dringenden Besprechung einberief. Wie immer sorgte der Hauptmann für die notwendige Bewachung. Ich bezog also meinen Posten am Eingang des Himmelsaals. Der Großkönig erschien in Begleitung seines … Beraters. Ihr wisst, wen ich meine, diesen Yamarer namens Shaat.«

»Er bringt ihn mit in den Kronrat?«, fragte Saka ungläubig.

»Das war schon das zweite Mal«, eröffnete ihm Ossos. »Anstatt sich aber mit den anderen Anwesenden zu besprechen, gab der König bekannt, Ihr hättet Euch Aufständischen bei Halosis angeschlossen, die ihn stürzen wollen. Die Rede war davon, Ihr würdet mit Zatosianern paktieren. Aufgrund dieser … angeblichen Vergehen enthob Euch der König Eures Kommandos sowie des Amtes als Erster Heermeister der Allianz und erklärte Euch zum Verräter. Er erließ den Befehl, Euch zu ergreifen und der königlichen Gewalt zu überstellen, General – allerdings lebendig.«

Als der Soldat geendet hatte, war alle Farbe aus Sakas Gesicht gewichen. Da er nicht auf die Nachricht reagierte, richtete Moriana das Wort an Ossos.

»Warum hat man dich zu uns geschickt? Und wenn du zur Leibwache des Königs gehörst, warum kommst du dann nicht seiner Anordnung nach?«

»Korin Hen, der Hauptmann der Königsgarde, wollte den Worten des Großkönigs keinen Glauben schenken. Er hält es für eine Verleumdung des Generals, die er aber nicht dem König anlastet, und damit für ein weiteres Manöver derjenigen, die auch die Vernichtung von Termonas' Heer zu verantworten haben.«

Liocas' Blick traf sich mit denen von Moriana und Saresh. In ihren Augen spiegelte sich die Frage wider, die er sich ebenfalls stellte: Wenn Shaat es war, der Ghalsar einen Verrat Sakas weisgemacht hatte, wie konnte er dann davon erfahren, dass sie auf dem Weg nach Agenost waren?

»Wir hatten Euch viel weiter südlich vermutet. Urias sei Dank, dass ich Euch getroffen habe, bevor Ihr die Stadt erreicht.«

»Ich danke dir, dass du diese Bürde auf dich genommen hast«, sagte Saka bewegt. »Aber du weißt, was du getan hast?«

»Ich bin mir dessen bewusst, General, und ich weiß, was ich zu erwarten habe.«

»Was meint Ihr damit?«, fragte Shanti.

Es war Liocas, der die Frage beantwortete. »Ein Silberschild schwört einen Eid auf den König, nur ihm zu dienen. Gegen den Befehl des Königs zu handeln, ist ein Eidbruch und bedeutet den Tod.«

Alle schwiegen.

»Ich diene immer noch dem König. Aber der Hauptmann und viele andere sind davon überzeugt, dass eine Verschwörung gegen ihn im Gange ist.«

Saka nickte. »Wir wissen, dass der yamarische Berater des Königs, Shaat Ikastra, für all das verantwortlich ist.«

»Wir gehen davon aus, dass er den König manipuliert«, warf Liocas ein. »Wir haben uns auf den Weg gemacht, um ihn aufzuhalten.«

Ossos blickte in die Runde. »General, wenn das so ist, kehre ich nach Agenost zurück. Gebt mir den Befehl, und wir nehmen den Gathori fest.«

»Nein«, erwiderte Saka. »Ich zweifle weder an deinem Mut noch an deinen Fähigkeiten, aber diesem Gegner seid ihr nicht gewachsen.«

»Dein General hat recht, Soldat.« Saresh hatte das Gespräch bisher aus einiger Entfernung verfolgt. »Mit Stahl und Entschlossenheit allein ist ihm nicht beizukommen. Er hat einen Elyr in seinem Besitz und wird seine Kraft gegen Euch, den König und alles, was ihn bedroht, richten.«

»Aber du kannst dennoch etwas für mich tun«, sagte Saka. »Geh zu Korin Hen und sag ihm, dass er sich bereithalten soll. Ich werde nach Agenost kommen, und ich werde alles tun, was notwendig ist, um den König, um Valdora von dieser Bedrohung zu befreien. Aber das schaffe ich nicht alleine. Dazu benötige ich sowohl die Unterstützung meiner Begleiter hier, als auch die von Männern, die mit mir durch ein unzerstörbares Band des Vertrauens verbunden sind.«

Ossos nickte. »Mein Herr, seid versichert, dass Ihr Euch auf uns verlassen könnt.«

»Bereits jetzt hast du mir einen unschätzbaren Dienst erwiesen, denn ohne diese Warnung wäre unser Vorhaben zum Scheitern verurteilt gewesen.«

»Die hätten uns direkt am Stadttor einkassiert«, stellte Salgad nüchtern fest. Er blickte vorsichtig um die Ecke einer hölzernen Trennwand, um sicherzugehen, dass sie niemand hörte. »Offenbar hat sich das Wort des Königs noch nicht bis zu dieser Stallung herumgesprochen. Das wird aber bestimmt nicht lange dauern. Wir sollten so schnell wie möglich verschwinden.«

»Das wäre ratsam«, sagte Ossos. »Der König hat Reiter in alle Himmelsrichtungen ausgesandt, zudem Vögel, die die Botschaft in die weiter entfernt gelegenen Provinzen tragen. Wir wissen, dass auch die Venatoren benachrichtigt wurden.«

Saka nickte und blickte in die Runde. »Packt die Sachen, wir brechen sofort auf. Ossos, niemand darf dich mit uns sehen. Nimm das beste Pferd, das du finden kannst und eile so schnell nach Agenost zurück, wie es geht. Bekunde Korin Hen meinen aufrichtigen Dank – ohne ihn wären wir wohl ins offene Messer gelaufen.«

»Wohin werdet Ihr Euch wenden, Herr?«, fragte Ossos.

»Ich habe da eine Idee«, erwiderte Saka. »Aber es ist besser, wenn wir nicht darüber sprechen. Je weniger du weißt, desto weniger kann

Shaat aus dir herauslesen, sollte er dahinterkommen, dass du mich gewarnt hast.« Saka legte Ossos die Hand auf die Schulter. »Aber zählt darauf, dass ich nach Agenost komme. So oder so. Denn sei versichert: Nichts von dem, was ihr im Synhedrion gehört habt, ist wahr!«

»Das wissen wir, General«, gab Ossos zurück.

Liocas konnte heraushören, dass es für den Mann absolut keinen Zweifel daran gab. Er war beeindruckt davon, welchen Respekt die Argusiloi, die wahrscheinlich besten Krieger in ganz Valdora, dem Heermeister entgegenbrachten. Vertrauen und Respekt – bis in den Tod.

»Wenn die Stunde gekommen ist, haltet euch bereit. Valdora wird euch brauchen, Männer wie Korin Hen und dich.« Saka entließ Ossos aus seinem Griff.

Moriana gab ihm das Pferd, das sie eigentlich für sich beansprucht hatte, und kurz darauf war der Argusilos in Richtung Agenost verschwunden.

»Eine Warnung fast im letzten Moment«, sagte Liocas und warf Moriana einen zweideutigen Blick zu.

»Ja, ich habe schon verstanden: Urias muss es gut mit uns meinen. Was tun wir jetzt?«, fragte Moriana.

Saka blickte in die Runde. »Wir haben nicht viel Zeit, unser weiteres Vorgehen zu besprechen. Diese Nachricht aus dem Palast hat gezeigt, dass meine Befürchtungen begründet waren – was allerdings nicht bedeutet, dass ich Ghalsar damit zu den Verschwörern rechne. Der Großkönig muss unter dem Einfluss oder der Magie von Shaat stehen, um ohne handfeste Beweise solche Anschuldigungen gegen mich vor dem Kronrat vorzutragen und kurzerhand zu solchen Maßnahmen zu greifen. Es wird nicht einfacher, aber es existiert noch ein Weg in die Hauptstadt, der nur wenigen bekannt und fast genauso lang ist wie unsere geplante Route.«

»Tatsächlich?«, fragte Liocas, der versuchte, sich seine angelesenen geographischen Kenntnisse ins Gedächtnis zu rufen, allerdings nicht ergründen konnte, was Heermeister Sakarius meinte.

»Darauf werdet Ihr nicht kommen, Liocas«, sagte Saka. »Aber sicher habt Ihr vom Pentelikon gehört?«

»Natürlich«, erwiderte Liocas. »Die Wasserleitung der Tân. Sie verlief vom Spaltsee in den Süden, um die Städte der Zentralebene nordöstlich des Valkarin-Massivs mit Wasser zu versorgen. Aber ist der Pentelikon nicht seit dem Fall des Imperiums ebenso eine Ruine, wie es die Hochstraßen sind?«

Saka lächelte. »War er. Zumindest die oberirdischen Teile nahe Agenost. Der Großkönig hat allerdings vor einigen Jahren damit begonnen, die unterirdischen Leitungen instand zu setzen, die das Wasser des Sees abführen. Zweifellos ein Projekt, das Jahrzehnte dauern wird. Der erste Teil der Leitung ist bereits soweit fertiggestellt, dass er theoretisch Wasser führen könnte. Es sollte also möglich sein, die letzten zehn Meilen bis zur Stadt darin ungesehen zurückzulegen.«

Salgad grinste. »Ghalsar wird nicht damit rechnen, dass wir diesen Weg einschlagen könnten.«

»Unterschätzt ihn nicht«, mahnte Saka. »Ghalsar ist ein äußerst umsichtiger und vorausschauender Mensch. Allerdings sollte es uns auf diese Art leichter fallen, in die Nähe des Palastes zu gelangen, als über die imperiale Straße, zumal diese durch die gesamte Stadt führt. Der Pentelikon hat vor allem einen Vorteil: Er führt in gerader Linie zum Spaltsee. Er führt am Ufer des Sees an Nea Tela vorbei, einer der Vorstädte von Agenost.«

»Und in diesem Ding soll man wirklich laufen können? In einer Wasserleitung?«, fragte Moriana ungläubig.

»Der Pentelikon war nicht einfach nur eine Wasserleitung«, erwiderte Liocas. »Er war eine Lebensader Valdoras und versorgte zu Zeiten des Imperiums Dutzende Städte mit Wasser. Nach allem, was ich gelesen habe, war er eher eine Wasserstraße.«

»Vielleicht nicht ganz eine Straße, aber doch zumindest groß, dass man sich darin fortbewegen kann – zumindest in dem Teil, der für uns in Frage kommt«, fügte Saka hinzu.

»Türme, die fast bis in den Himmel ragen, Luftschiffe, Hochstraßen und jetzt ein Wasserrohr, durch das man laufen soll«, stellte Moriana seufzend fest. »Aber gut, immerhin kann man diesmal nicht runterfallen, oder?«

Saka verneinte. »Landeinwärts wird die Leitung eigentlich von Steinbögen getragen, aber dort, wo wir sie betreten, verlässt sie den Untergrund in einem Tal, das unterhalb des Wasserspiegels liegt.«

»Leidest du etwa auch noch unter Platzangst?«, fragte Salgad und grinste dabei böse.

»Nein, aber ich frage mich, warum wir auf dieser Reise kein sonderbares Bauwerk auslassen.«

»Manchmal ist es eben nicht die gerade Straße, die zum Ziel führt«, erwiderte Salgad.

»Genau genommen ist der Pentelikon ein ziemlich gerader Weg«, erläuterte Saka. »Aber nicht der naheliegendste für die Häscher des Königs.«

Moriana verschränkte die Arme. »Wenn das der Weg sein soll, ist er es eben. Lasst uns gehen.«

»Nach Euch, Prinzessin«, sagte Shanti und vollführte einen gespielten Knicks vor Moriana.

Liocas blieb vor Schreck fast das Herz stehen, hektisch blickte er zu Heermeister Sakarius. Während aus dessen Augen Verwunderung zu lesen war, blitzte Shanti aus Morianas Augen unverhohlene Wut entgegen.

Shanti wurde blass. »Ich … ich meine …«

»Am besten sagst du jetzt gar nichts mehr, Mädchen«, unterbrach sie Salgad. »Los, wir haben schon genug Zeit verloren.«

»Ja, lasst uns aufbrechen«, pflichtete Liocas ihm bei. Er hoffte inständig, dass aus Shantis Unbedachtheit keine neuen Probleme erwachsen würden.

Sakarius führte sie gemeinsam mit seinen Soldaten an. Sie durchquerten Dörfer und preschten im Galopp über Feldwege, am Ende über Wiesen und Weiden. Der See, aber auch die Türme und Mauern von Agenost waren bereits in Sichtweite gekommen, als sie schließlich den Lauf eines Bachs erreichten, der aus dem besagten Tal herausfloss. Diesem folgten sie eine Weile in einem langsamen Tempo, bis sie einen Wald erblickten, der sich über eine felsige, leicht ansteigende Landschaft gen Süden erstreckte.

Dort war eine mächtige steinerne Arkadenreihe zu sehen, die zwischen den Felsen endete. Sie erhob sich scheinbar aus dem Boden und wuchs nach Norden zu einer Höhe von mehr als doppelter Mannsgröße an. Die hellen Steine des wiedererrichteten Aquädukts stachen aus dem umliegenden Grün hervor. Das vorläufige Ende der Wasserstraße war von hölzernen Baukränen und Gerüsten umfriedet, Haufen verschiedener Steine säumten die Bogenpfeiler. Sie folgten dem Bauwerk fast vier Meilen durch das Tal, dessen Osthang sich schließlich zu einer Felswand auftürmte. Der Pentelikon verlief dicht daneben, die Arkaden wurden nach Süden hin im aufsteigenden Gelände flacher.

Saka sprang vom Pferd und deutete auf eine ummauerte Öffnung in den Felsen, die einem Portal glich und von zwei restaurierten Lekythen-Statuen flankiert wurden, die in Valdora noch immer als Symbolik für lebensspendendes Wasser Verwendung fanden. Das helle Steinband verschwand zu Füßen der Statuen im Fels.

»Hier beginnt der unterirdische Teil des Pentelikon. Der See befindet sich keine halbe Meile hinter diesen Felsen«, sagte Saka »Der Tunnel führt direkt unter ihnen hindurch, bis zu einem Schleusenwerk. Die Pferde können dort zwar stehen, aber reiten können wir nicht. Wir nehmen nur leichtes Gepäck mit«, ordnete er in befehlsgewohntem Ton an.

Der Heermeister wies die Soldaten seiner Eskorte an, ihre Pferde und das überschüssige Gepäck zu nehmen und nordöstlich in Richtung Manazeth zu führen. Die Stadt war eine Hochburg der Erneuerer gewesen und königliche Verfügungen wurden in der Regel nur mit Zurückhaltung umgesetzt. Saka übergab ihnen seinen Geldbeutel und befahl, dass sie sich neue Kleidung davon kauften und alle königlichen Insignien ablegten.

Salgad ging voran. Vorsichtig setzte er einen Fuß vor den anderen und balancierte auf der Kante des gegen Ende abschüssigen Aquädukts entlang. Vereinzelt lösten sich Steine oder zerfielen unter seinem Gewicht, doch die antike Konstruktion schien insgesamt noch stabil zu sein.

Die Arkaden der Wasserstraße endeten auf einem künstlich aufgeworfenen Hügel. Über Treppenstufen gelangten sie zum Eingang des Tunnels. Ein Eisengitter, verriegelt mit einem massiven Schloss, versperrte den Zugang.

Salgad umfasste eine Gitterstrebe und ruckelte kräftig daran. »Das bekommen wir so nicht auf.« Er drehte sich zu den anderen um. »Hat jemand eine Idee?«

»Keine Idee, aber eine Lösung«, sagte Shanti. Sie trat vor und betrachtete das Schloss. »Alte valdorische Machart …«, murmelte sie und kramte in ihrer Umhängetasche herum. Nach einer Weile beförderte sie einen Bund länglicher Gegenstände daraus hervor, die mit Spitzen und Haken versehen waren. Sie suchte einen passenden aus und führte ihn vorsichtig in das Schlüsselloch ein. Zwei prüfende Versuche später klickte es hörbar und das Schloss öffnete sich. »Keine Herausforderung … ein recht primitiver Mechanismus«, befand Shanti abschließend und ließ die Dietriche wieder in der Tasche verschwinden. Sie entfernte das Schloss und hob das Gitter mit einem Ruck aus der Verankerung. »Wenn die Herrschaften geruhen einzutreten«, sagte sie grinsend in die Runde und deutete auf den Eingang.

Saka bedachte sie mit einem anerkennenden Blick und führte die Gruppe in den Tunnel hinein. Als letzter ging Salgad hindurch und setzte das Gitter wieder ein.

»Beeindruckend«, sagte Liocas. »Wenn man überlegt, wie alt dieses Bauwerk ist, und nur ein wenig Renovierung bedarf, um es wieder nutzen zu können, wird einem bewusst, dass die Tân es für die Ewigkeit errichtet haben.«

»Sie waren einfältig, das ist alles. Nichts währt ewig«, murmelte Moriana hinter ihm.

»Bei deiner schlechten Laune bin ich mir da nicht so sicher«, gab Liocas zurück. Um sie nicht zu provozieren, zwinkerte er ihr zu. An ihrem Gesichtsausdruck erkannte er, dass sie schon zu einer scharfen Erwiderung angesetzt hatte.

»Auch wenn Liocas sicher nicht falsch liegt, muss ich Moriana zustimmen«, sagte Saresh, der vor Liocas lief. »Die Tân haben sich für Erwählte gehalten, errichteten ihre Bauwerke tatsächlich nicht für einige Menschenleben, sondern für ein Äon. Was aber passiert, wenn ein solches endet, zeigen uns die Ruinen von Lamadêl im Spaltsee.«

»Ruinen von Lamadêl?«, fragte Moriana.

»Lamadêl, glänzendes Herz des Nordens, wurde durch Urias' Zorn vernichtet«, erklärte Liocas. »Seine Ruinen auf dem Grund des Sees sind allen Valdorern heute noch Warnung, mit welchem Zorn Urias die Sterblichen strafen kann.«

Saresh drehte sich zu ihm um. »Der Fall von Lamadêl war das Werk der Tân. Ihre Magie vernichtete die Stadt. Ihre Magier bedienten sich der gleichen Kunst, die es auch meinem Orden erlaubt, die höheren Kräfte nach unserem Willen zu formen.«

»Kommt nicht alle Kraft von Urias?«, wandte Liocas ein. »Immerhin waren es die Imperatoren, die den Glauben an Urias mit in diese Lande brachten.«

»Ja, sie brachten den Glauben an Vuresh in eure Heimat, aber die fruchtbare Kraft, die sie über Lamadêl und Moil entluden, verlieh ihnen das Kasangit, das sie im Namen ihres Gottes verwendeten. Die Tân sahen sich als die Nachfolger der Avatare Urias' und befanden sich auf einem Eroberungsfeldzug, um dem *Einen* die ganze Welt zu unterwerfen.«

Moriana blieb plötzlich stehen und versperrte Saresh den Weg. »Genau wie Shaat es nun erneut versucht, wie du es getan hast – ein Feldzug, um Vandra die Welt zu unterwerfen. Ist es nicht so?«

»Genauso ist es. Aus diesem Grund dürfen wir nicht versagen, sonst werden sich hier bald zwei Ruinenstädte befinden.«

Liocas wusste nichts zu entgegnen, ebenso wenig wie die anderen. Schweigend setzten sie ihren Weg fort. Der Knappe wusste, dass jeder von ihnen mit dem zu kämpfen hatte, was Valdora, was ganz Camotea drohte, sollte die nächste Zeitenwende zu Gunsten der Jünger Vandras ausfallen.

Die Außenbezirke von Agenost lagen bereits in tiefen Schatten, als die Gruppe endlich die valdorische Hauptstadt erreichte. Außerhalb der alten Mauer, die das Herz der Allianz umgab, hatten sich in den vergangenen Jahrzehnten aus ärmlichen Flüchtlingsquartieren Vororte gebildet, in denen mit der Zeit auch Handwerker und andere Betriebe ansässig geworden waren. Sie konnten es zwar noch lange nicht mit den Vierteln der Altstadt aufnehmen, trugen aber durchaus ihren Teil zur städtischen Wirtschaft bei. Vor allem Ziegelbrenner, Gerbereien und Brauereien nutzten den Platz, der sich ihnen unterhalb der städtischen Befestigungsanlagen bot, um ihr Gewerbe auszuüben. Im Fall einer Belagerung waren sie Angreifern allerdings schutzlos ausgeliefert.

Moriana und ihre Gefährten verließen die Wasserleitung unbemerkt über das Schleusenwerk, das in den Klippen am westlichen Seeufer lag. Diese Anlage war ebenfalls noch immer eine Baustelle. Mühelos konnten sie sich an in die nahegelegene Vorstadt schleichen, denn die wenigen Nachtwachen nahmen ihre Aufgabe nicht besonders ernst.

Als sie durch die Straßen liefen, war fast niemand zu sehen. Offenbar hatten sich die meisten Bewohner in ihre Behausungen zurückgezogen, denn vom See her war Donnergrollen zu hören. Ein Gewitter näherte sich, erste Regentropfen fielen Moriana auf den Umhang.

Sakarius hatte sich aber nicht aus diesem Grund die Kapuze über den Kopf gezogen. Vielmehr fürchtete er offenbar, dass er selbst im Dunkeln erkannt werden könnte. Er hatte ihnen erklärt, dass es erst gar keinen Sinn hatte, an den Stadttoren um Einlass zu bitten, denn seit den Ereignissen am Asakon wurden diese mit dem Untergang der Sonne geschlossen. Wer sich dann nicht innerhalb der Mauern befand, kam auch nicht mehr hinein. Obgleich er unter den Stadtwachen und den Argusiloi viele Freunde hatte, wusste er nicht, wem er nach seiner Ächtung durch den Großkönig noch vertrauen konnte. Es gab allerdings eine weitere Möglichkeit, zum Palast vorzudringen. Eine Möglichkeit, die seiner Ansicht nach ohnehin naheliegender war, anstatt eine Gefangennahme durch Soldaten des Großkönigs oder Venatoren der Hohen Priesterschaft zu riskieren.

Moriana folgte dem Heermeister in Richtung des sogenannten *Neuen Hafens*, eines schäbigen Viertels, in dem vor allem kleine Fischerboote und Lastkähne vor Anker lagen. Im Gegensatz zum königlichen Hafen in der Altstadt konnte hier jeder festmachen, solange er es halbwegs verstand, ein Ruder zu führen oder ein Segel zu reffen. Von kleinen Nachen bis hin zu abgehalfterten Liburnen, bei denen es ein Wunder war, dass sie sich noch auf der Wasseroberfläche hielten, konnte man an den hölzernen Anlegestegen alles finden. Das einzige, das wirklich neu an diesem Hafen zu sein schien, war ein Schafott, das sich am Kai befand. Moriana roch das frisch bearbeitete Holz und betrachtete den geduldig wartenden Galgenbaum mit gemischten Gefühlen, als sie vorbeilief.

Immer wieder blieben sie stehen. Saka wollte offenbar ganz sicher gehen, um nicht doch unversehens in eine königliche Patrouille zu laufen. Außer ihm war nur Saresh schon einmal in Agenost gewesen. Keiner der anderen wusste, was sie hier erwarten würde, als er sie an den Piers entlang durch Schlamm und Unrat führte. Nur wenige Gestalten waren in den Schatten der Hafenkaschemmen und Schiffe auszumachen, und diejenigen, die ihnen begegneten, machten nicht den Eindruck, dass sie sich für die Neuankömmlinge interessierten.

Säufer und Huren, dachte Moriana, als sie die wankenden Männer und die aufreizend gekleideten Damen im Vorbeigehen musterte.

Saka durchquerte den Hafen fast bis ans Ende. Erst beim vorletzten Pier bog er auf einen hölzernen Steg ein. Mittlerweile regnete es stärker, denn das Gewitter hatte die Stadt fast erreicht. Blitze zerteilten den Nachthimmel, und immer heftigere Windböen peitschten die Wasseroberfläche zu rauschenden Wogen auf. Im Hintergrund zeichneten sich die Konturen des großköniglichen Palasts auf einem weit in den See hineinragenden Berg ab.

An einem kleinen Boot blieb der Heermeister stehen. Gegen das anrollende Unwetter rief er etwas Unverständliches in Richtung einer sich im Heck befindlichen Kabine, die einer windschiefen Hütte glich. Er musste es zweimal wiederholen, bevor sich im Türrahmen eine gebeugte Gestalt zeigte. Außer der weiten Kleidung erkannte Moriana nur ein paar Haarsträhnen, die unter der Kapuze hervorragten.

Sie konnte so etwas wie »Wer bist du und was willst du?« hören, bevor sie Sakas Stimme deutlicher vernahm.

»Zeit, eine Schuld zu begleichen«, hörte sie ihn gegen das Pfeifen des Windes schreien.

Zunächst kam keine Antwort, dann schallte ein »Jetzt?« herüber.

»Jetzt!«, bestätigte Saka.

Kurze Zeit später schälte sich die Gestalt aus der Tür und kam zu ihnen auf den Pier.

Moriana war erstaunt, denn unter der Kapuze erschien ein Frauengesicht. Sie trug die weite Teerkleidung der Fischer, ihre blauen Augen waren matt und wässrig.

»Bei Urias, einen schlechteren Zeitpunkt als jetzt gibt es ja wohl nicht. Was willst du?«, fragte sie Saka.

»Ich sehe, du besitzt das Boot noch«, gab er zurück und deutete auf den schaukelnden Schiffsrumpf.

»Natürlich. Es ist alles, was ich habe.«

»Wir benötigen eine Passage.«

»Über den See? Jetzt?« Sie deutete mit der Hand in den Himmel. Ein Donnergrollen unterstrich ihren Einwand. »Das könnt ihr vergessen. Ich bin doch nicht lebensmüde!«

»Nicht über den See. Hinüber zum Parnoras.«

»Kürzer, aber noch schwachsinniger. Wartet bis nach dem Unwetter, dann können wir reden.«

»Das war eigentlich keine Bitte, Doura«, sagte Saka in einem Ton, der keinen Widerspruch duldete. »Du wirst mich und meine Begleiter übersetzen. Jetzt.«

Die Frau blickte ihn abschätzend an. »Offenbar ist der Preis für deine Gunst höher, als ich damals abschätzen konnte.«

»Aber dennoch geringer als das, was gegeben wurde.«

»Saka, es hat überhaupt keinen Zweck! Blick in den Himmel, schau auf den See! Bei dem Wind kommen wir nicht mal aus dem Hafen raus, eher wirft er uns auf die Felsen.« Doura deutete auf eine scharfkantige Gesteinsformation unweit des hintersten Anlegestegs. »Wirf einen Gefallen nicht für deinen Selbstmord weg.«

»Lasst das Wetter mal meine Sorge sein.« Es war Saresh, der Saka ins Wort fiel. Der Heermeister wollte den Yamarer zurechtweisen, doch der schien von der Sache überzeugt zu sein. »Vertraut mir, ich kann es schaffen.«

Saka runzelte die Stirn, ließ dann aber durch ein Nicken erkennen, dass er einverstanden war.

Die Frau ließ sich allerdings nicht so leicht überzeugen. »Was soll das? Wer seid Ihr?«

»Egal, wer ich bin, aber ich bringe das Schiff aus dem Hafen.«

»Könnt Ihr den Wind anhalten? Wohl kaum.«

Saresh lächelte. »Nicht ganz. Aber es gibt einen Weg, ihn zu unseren Gunsten zu nutzen.«

»Wie …?«

»Wie gesagt, lasst das einfach meine Sorge sein«, wiegelte er ihren Einwand ab. »Es wird funktionieren, glaubt mir.«

Wieder fixierte sie Saka. »Ihr habt wohl alle den Verstand verloren? Urias´ Licht! Dieser Sturm wird uns in die Tosenden Abgründe reißen!«

Der Heermeister starrte sie mit einem unmissverständlichen Ausdruck an.

Sie zuckte mit den Schultern. »Was bleibt mir ums Verrecken übrig? War ja klar, dass du es mir nicht einfach machen wirst, Saka. Verdammte Scheiße, dann kommt halt!«, sagte sie. Sie stieg wieder in das Boot und winkte die anderen hinter sich her.

Moriana betrat mit unsicheren Schritten die Planken. »Nicht auch noch das«, murmelte sie in sich hinein. Sie merkte, wie sich ein merkwürdiges Gefühl in ihrem Inneren breitmachte, das sie zuletzt auf Caessels Luftschiff verspürt hatte. Während Doura mit selbstverständlichen Handgriffen die Vertäuung löste, ging Moriana unsicher zum Bug des Fischerbootes und blickte auf den See hinaus. Die Wellen waren zum Glück noch nicht sonderlich hoch. Die Tequa bezweifelte allerdings, dass das lange so bleiben würde.

»Das benötigen wir nicht«, sagte Saresh zu Doura, als sie das kleine Segel hissen wollte. »Es wird uns bei diesem Wind eher behindern.«

»Wie sollen wir ohne Segel vorwärts kommen? Etwa durch Zauberei?« In ihrem verwitterten Gesicht war plötzlich der Schatten einer Vorahnung zu lesen. »Das gefällt mir alles nicht«, sagte Doura zu Saka. »Dieser Mann gefällt mir nicht.« Ihr war das Misstrauen gegenüber dem Gathori deutlich anzusehen.

»Er muss dir auch nicht gefallen«, gab Saka zurück.

Doura trat unsicher ans Ruder, Saresh folgte ihr. Er schien sich zu konzentrieren und hatte die Hände gefaltet. Er schloss die Augen.

Als Doura das Tau gelöst hatte, das das Boot am Steg gehalten hatte, wurde es tatsächlich vom Wind zunächst in die entgegengesetzte Richtung gedrückt. Einen Augenblick später kam es jedoch zum Stehen und setzte sich wie von Geisterhand in Richtung des offenen Wassers in Bewegung.

Doura starrte Saresh ungläubig an.

Auch Moriana wurde das Ganze unheimlich, wie jedes Mal, wenn Saresh seine Magie wirkte. Der Wind griff mit voller Kraft in das Schiff und zerrte an seinen Insassen. Dennoch fuhren sie langsam auf den See hinaus und mitten in das Gewitter hinein. Sie konnte an Sareshs angespannter Haltung erkennen, dass *er* es war, der anstelle des Bootes gegen die Elemente ankämpfte.

Zunächst brachten sie etwas Entfernung zwischen sich und die Hafenstege. Von hier draußen war die Altstadt von Agenost gut zu erkennen. Ausgehend vom Parnoras, dem Palasthügel, der über Stadt und See thronte, breiteten sich Ober- und Unterstadt aus. Die Konturen von Türmen, Kuppeln und Hausdächern waren zu erkennen, eingefasst von einer Mauer, deren Wehrtürme im Zwielicht gut auszumachen waren.

Wenig später passierten sie eine Felsnadel, die unweit des Palastes in den See hineinragte. Moriana lief vorsichtig über das Deck zu

Liocas, der neben Saka und Doura im Heck des Fischerboots stand und ebenfalls hinüber zu der Landzunge blickte.

»Was ist das?«, fragte die Tequa und deutete auf das schlanke Gebäude, das dort hoch aufragte.

»Das ist der *Turm der Winde*, das einzige Gebäude in Agenost, das den Fall Lamadêls überdauert hat«, erklärte der Knappe. »In altvorderen Zeiten diente es der Beschwichtigung der Windgottheiten, die im imperialen Pantheon als Avatare Urias´ angesehen wurden. Heute verwendet man ihn als Leuchtturm.« In seiner Kuppel war ein Feuer zu erkennen, das einfahrenden Schiffen Orientierung bei der Einfahrt in die Häfen bot. Dahinter erstreckte sich in einer Bucht der alte Hafen der Stadt, in dem größere Flusssegler sowie die königlichen Kriegsgaleeren ankerten.

Moriana konnte dort nicht viel erkennen. Langsam begann der Parnoras nahezu ihr gesamtes Sichtfeld auszufüllen. Eine Welle traf das Schiff, das plötzlich in bedenkliche Schräglage geriet. »Rimmon, wenn du schlecht gelaunt bist, lass es nicht an uns aus«, murmelte Moriana und hielt sich verkrampft an der Bordwand fest.

»Verdammt, weiter geht es nicht! Näher kann ich nicht heranfahren, Saka, das weißt du«, rief Doura. »Selbst bei Tag kann man hier nicht erkennen, wo Ruinen unter dem Wasser liegen. Unser Rumpf wird aufgeschlitzt, wenn wir hier rumfahren – wenn uns nicht vorher die Wellen auf die Felsen werfen.«

»Keine Sorge, ich kann sie sehen«, murmelte Saresh. Er hatte die Augen noch immer geschlossen, sein Gesicht war allerdings entspannter als zuvor. »Lasst mich ans Ruder.« Er streckte die Hand danach aus.

»Saka, dieser Verrückte wird uns alle umbringen!«, rief die Frau. »Wir müssen umkehren.«

»Wir werden auf keinen Fall umkehren. Mach, was er sagt!«, befahl Saka.

Moriana war klar, dass der Heermeister nicht so überzeugt von all dem war, wie er klang.

Doura zögerte. »Ihr seid doch völlig wahnsinnig«, murmelte sie und übergab die Ruderpinne an Saresh.

Der Magier umfasste sie mit einer Hand, während er die andere mit geöffneter Handfläche nach vorne streckte, als wolle er den Weg ertasten. Moriana spürte, wie das Boot die Richtung veränderte und dann plötzlich Fahrt aufnahm, so dass sie sich an Liocas festhalten musste, um nicht umgerissen zu werden.

»Urias, das war verdammt knapp«, entfuhr es Doura, die verängstigt auf die drohenden Schatten blickte, die rings um das Schiff herum auftauchten. Ob es sich dabei um Felsen, Ruinen oder Wellen handelte, war in der Finsternis nicht zu unterscheiden.

Mit leicht schlingernden Bewegungen setzten sie ihren Weg fort. Als ein Ruck durch das Boot ging und es für einige Augenblicke in Schräglage geriet, begann die Fischerin wild gestikulierend auf Saresh einzureden. Moriana konnte jedoch nichts verstehen, da ein Donnergrollen die Luft erfüllte.

Angespannt hielt sie sich fest und beobachtete gemeinsam mit Liocas, wie sie sich dem Palast näherten, dessen Mauern mittlerweile hoch über ihren Köpfen stumm und dunkel in den Himmel wuchsen. Der Berg, auf dem er errichtet worden war, erschien Moriana wie ein klaffendes schwarzes Loch in der Umgebung, das sie unerbittlich einsog.

Das Portal zu den Schattenhallen!

Die Tequa zuckte zusammen, als der nächste Blitz die Szenerie erhellte. Nur wenige Handbreit neben ihnen ragte eine abgebrochene Säule aus dem Wasser, an der sie monströse Gestalten zu erkennen meinte. Erleichtert atmete sie aus, als das Gebilde hinter ihnen in der Dunkelheit verschwand.

»Wie weit ist es noch?«, fragte sie mit einem Zittern in der Stimme. »Müssten wir nicht bald vor die Felsen prallen?«

»Der Parnoras ist höher, als er von weitem wirkt«, erwiderte Liocas. »Ich schätze … ehrlich gesagt, ich weiß es nicht.« Er blickte zu Saresh hinüber, der seine Position nicht verändert hatte. »Und wieder hängt unser Schicksal von den Kräften dieses Gathori ab«, murmelte er.

Moriana hörte ihn trotz des Tosens. »Ja, das macht mich unruhiger als Donner, Wind und Wellen zusammen.«

»Er scheint aber zu wissen, was er da macht. Ich hoffe, dass es bei Heermeister Sakarius genauso ist. Auch wenn wir den Parnoras erreichen, ohne zu zerschellen oder zu ertrinken – im Palast sind wir damit noch lange nicht.«

»Er wird einen Weg kennen, sonst wäre das alles hier doch ziemlich sinnlos.«

Liocas wollte etwas erwidern, als der Schiffsrumpf von einem Schlag getroffen wurde. Das Boot bäumte sich auf, sackte dann aber schlagartig ab, als sei es in ein Loch gefallen. Ein knirschendes Geräusch, gefolgt von einem Gurgeln ließ nichts das Schlimmste vermuten. Alle Insassen des Bootes wurden zu Boden geworfen und kaltes Wasser schwappte über Moriana hinweg. Allerdings wurden sie nicht unter die Wasseroberfläche gezogen. Als das Gefährt seine Lage wieder stabilisierte, richteten sie sich auf.

»Jetzt geht das wieder los«, sagte Moriana, der unangenehme Erinnerungen an ihren Absturz aus luftiger Höhe in den Sinn kamen.

Sie sah Sareshs gezeichnete Hand mit gespreizten Fingern in die Luft gestreckt. Der Gathori griff erneut zum Ruder, und das Boot tanzte wieder sanft auf den Wellen. Im Licht eines weiteren Blitzes sah Moriana plötzlich schwarze Felsen auftauchen, direkt vor ihnen. Im Crescendo des anrollenden Donners schlug das Boot mit voller Wucht in die messerscharfen Steine hinein. Die Tequa und ihre Gefährten wurden vom Deck gerissen und durch die Luft gewirbelt.

Einen Moment der Schwerelosigkeit zu lang, um natürlichen Ursprungs zu sein, überlegte die Tequa – ob es die ganze Geschichte wert gewesen war, um letztlich an valdorischen Klippen zerschmettert zu werden?

Der Schmerz des Aufpralls riss ihre Gedanken jedoch unvermittelt wieder ins Diesseits. Ihr wurde die Luft aus den Lungen gepresst, und ihr ganzer Körper schien für einen kurzen Augenblick zusammengestaucht zu werden. Bäuchlings fand sie sich auf einem glitschigen steinernen Untergrund wieder. Blitze, Donnergrollen und der heftige Regen tobten über sie hinweg, während sie mit verrenkten Gliedern unbeweglich dalag. Sie wusste nicht, wie lange es dauerte, aber irgendwann war der Schmerz soweit abgeklungen, dass sie es riskierte, sich zu bewegen.

Neben ihr lag Shanti, dahinter drang das Ächzen und Stöhnen ihrer anderen Begleiter an ihre Ohren.

Kurz darauf trat jemand an ihre Seite und streckte die Hand aus, um ihr aufzuhelfen. Moriana erkannte sie an den Narben.

»Tut mir leid, wenn die Landung etwas ruppig war«, sagte Saresh. »Es waren doch etwas mehr Felsen im Weg als erwartet.«

»Du … irgendwann bringe ich dich um«, erwiderte sie keuchend.

Saresh lächelte schwach.

Moriana ergriff seine Hand.

Saka führte sie durch den Wall aus Felsen, der den Fuß des Parnoras umfriedete. Das Wasser des Spaltsees schlug schäumend gegen das Ufer, das Gewitter hatte seinen größten Zorn entladen und wurde schwächer. Immer wieder spähte der Heermeister in die Spalten zwischen dem Gestein, doch dann setzte er stets seinen Weg fort, manchmal kopfschüttelnd.

Sie hatten den Sockel des Berges schon fast zur Hälfte umrundet und befanden sich nun auf seiner Rückseite. Dort fiel ein Fluss am Rande des Parnoras in breiten Kaskaden in den See hinab.

In der Ferne konnte Moriana erkennen, wie sich vereinzelt silbernes Licht durch die Wolkenbänke stahl. Arradyn, der kleinste der drei Monde von Caldris, schickte sich an, das Wechselspiel aus Blitzen, Donner und Regen zu durchbrechen.

Gerade, als die Tequa sich fragte, wie lange Saka wohl noch benötigte, um den Weg zu finden, von dem er zuvor gesprochen hatte, erlöste er sie aus ihrer Ungeduld.

»Urias, endlich!«, hörte sie ihn erleichtert ausrufen. Er blieb stehen und deutete auf eine Einbuchtung, die tief im Schatten verborgen lag.

»Ich sehe nichts. Was ist da?«, fragte Salgad.

»Der Weg hinauf«, antwortete Saka.

Moriana konnte zwischen den Felsen die Umrisse eines niedrigen Portals erkennen.

»Bis dort hinauf? Da sind wir aber eine Weile unterwegs«, bemerkte Shanti und richtete den Blick nach oben. Dort waren allenfalls die Umrisse des Palastes auszumachen.

»Keine Sorge«, munterte Moriana sie auf. »Es gibt sicher eine Treppe – und die hat bestimmt weniger Stufen als Olgasis Turm.«

»Siebenhundertzweiundfünfzig«, sagte die Amhasi. »So viele Stufen hatte der Rukh in Amhas«, ergänzte sie auf den fragenden Blick der anderen hin. »Vom Tor der Mercatoren bis hinauf in sein Himmelsgemach. Ich bin sie oft genug hinaufgelaufen.«

»Ich nur einmal, und das hat mir gereicht«, gab Moriana zurück.

»Immerhin musst du hier nicht befürchten, dass es einen Aufzug gibt, Mädchen«, bemerkte Salgad trocken.

Saka lief in die Nische zwischen den Felswänden, ohne auf sie zu warten. Moriana beeilte sich, dem Heermeister zu folgen, und die anderen schlossen sich ihr an.

»Sie wurde lange nicht benutzt«, sagte Saka, während er den Raum zwischen den ovalen Umrissen im Stein absuchte. Im Licht der Fackel konnte Moriana erkennen, dass das, was einst ein prachtvoller Eingang gewesen sein mochte, mittlerweile so verwittert war, dass die verspielte Ornamentik, die ihn fast vollständig bedeckt haben musste, fast nicht mehr zu erkennen war.

»Was ist das für eine Tür?«, fragte Liocas, der sie ebenfalls betrachtete.

»Ebenfalls ein Überrest der Tân«, erwiderte Saka. »Der Parnoras ragte einst hoch über Lamadêl auf, viel höher, als er heutzutage über

Agenost thront. Wo heute die Stadt liegt, befanden sich damals die Balkone und Gärten der Erhabenen. Innerhalb des Berges existieren Ruinen von Kultstätten aus jener Zeit, von denen jedoch kaum eine noch begehbar ist. Eine von ihnen wurde jedoch aufwendig wieder hergerichtet – und dorthin führt uns unser Weg.« Er drückte mit seinem ganzen Körpergewicht vor die vermeintliche Tür. »Falls ich sie aufbekomme.«

»Wir helfen dir«, sagte Moriana und trat neben ihn. Gemeinsam versuchten sie es erneut. Doch die steinerne Tür bewegte sich keinen Fingerbreit, und nach einigen Augenblicken brachen sie auch diesen Versuch ab.

»Da muss es einen Trick geben«, sagte Shanti. »Solche Türen kann man normalerweise nicht mit reiner Kraft öffnen. Vielleicht braucht man einen Schlüssel.«

»Nein«, sagte Saka und schüttelte den Kopf. »Ich habe sie schon einmal benutzt, kurz nach Ghalsars Machtübernahme. Gemeinsam mit Korin Hen kam ich damals hier hinunter und wir waren imstande, sie zu öffnen, obwohl sie zuvor wahrscheinlich jahrhundertelang nicht benutzt worden war.«

»Sie wurde versperrt«, sagte Saresh aus dem Hintergrund. Wieder hatte er die Augen geschlossen, eine Hand war auf den Eingang gerichtet.

»Versperrt? Wie könnt ihr das wissen?«, fragte Saka und betrachtete das Gestein.

»Ich sehe es«, antwortete Saresh.

»Verdammte Valdorer«, entfuhr es Moriana.

»Sie wurde gut verriegelt. Offenbar wurden Vorkehrungen getroffen.«

»Wahrscheinlich haben wir das Korins Umsicht zu verdanken«, vermutete Saka. »Auf diesem Weg kann jedenfalls niemand mehr in den Palast eindringen und den König bedrohen.« Er schwieg einen Moment. »Könnt Ihr die Tür öffnen?«, fragte er Saresh dann.

»Das wird nicht einfach.«

»Versuch es trotzdem«, sagte Moriana. »Wie es aussieht, ist das unsere einzige Möglichkeit. Du hast gerade einem Sturm widerstanden, da ist eine Tür doch kein Hindernis für dich.« Es gelang ihr nicht, die Anerkennung in ihrer Stimme völlig zu unterdrücken.

Sareshs Gesicht hellte sich auf.

»Gut«, gab der Magier mit einem Nicken zurück. »Aber dafür brauche ich noch etwas.« Er begann in seiner Tasche herumzukramen. Nach einer Weile brachte er einen kleinen Stein zum Vorschein, der für Moriana fast wie ein Flusskiesel aussah, wie sie den Grund der Fließgewässer in ihrer Heimat zu Myriaden bedeckten.

»Was ist das? Ein Kieselstein?«, fragte sie skeptisch.

Saresh lächelte. »Wie man es nimmt. Die unscheinbarsten Dinge tragen die Kraft in sich, die die Welt erschaffen hat. Dieser hier wird mir helfen, genau diese Kraft fließen zu lassen. Aber für die meisten ist es nur ein Kieselstein.«

»Dann beginnt … bitte«, forderte Saka ihn auf.

»Gebt mir Euer Schwert, General«, bat Saresh und deutet auf die Waffe an Sakas Seite.

»Wozu benötigt Ihr das? Ihr werdet den Stein kaum mit der Klinge zerschlagen können.« Saka zögerte. »Oder doch?«

»Nicht ganz. Aber sie wird diese Tür öffnen.«

Der Heermeister zog die Klinge aus der Schwertscheide und reichte sie dem Magier. »Seid vorsichtig damit.«

Saresh nahm die Waffe entgegen. »Tretet zurück, weg von dem Portal«, wies er die anderen an. Er umfasste den Griff und klemmte den Kiesel unterhalb der Parierstange zwischen das Metall und seinen ausgestreckten Zeigefinger. Dann senkte er den Kopf und begann sich zu konzentrieren.

Zuerst hielt Moriana es für Einbildung, dann war es allerdings nicht mehr zu übersehen. Ein Glimmen erfüllt die Klinge. zunächst nur schwach, dann immer gleißender begann die Waffe in Sareshs Händen zu glühen, bis sie aussah, als habe ihr Schmied sie eben erst aus der Gluthitze seines Ofens gezogen. Der Magier schritt auf das Portal zu. In seinen Augen spiegelte sich das Licht. Es wurde immer heller, doch anders als heiße Sonnenstrahlen.

Liocas, Salgad und Shanti wendeten den Blick ab. Moriana und Saka starrten weiter gebannt auf das Gleißen, von dem keine Hitze auszugehen schien, und das dennoch verzehrender wirkte, als jede Flamme es sein konnte.

Saresh hob das Schwert, dessen Umrisse kaum noch auszumachen waren, in die Höhe. Worte in einer unbekannten Sprache drangen an Morianas Ohr.

Plötzlich zuckte sie vor Schreck zusammen, ebenso Saka. Mit einem Zischen versenkte der Magier das Schwert bis zum Heft in der Steintür. Ein Vibrieren ging durch den Boden. Glühende Risse züngelten wie Blitze durch den Fels, sprengten dessen Oberfläche ab und verdampften sein Inneres.

Noch einmal intonierte Saresh die magischen Worte. Mit beiden Händen hielt er den Schwertgriff umklammert.

Moriana wich zurück, als faustgroße Gesteinsbrocken aus dem Stein gesprengt wurden. Flüssiges Gestein ergoss sich in den Spaltsee, in dessen Wassern es zischend und dampfend verschwand.

Unvermittelt erfolgte ein dumpfer Knall hinter dem Zugang. Einen Wimpernschlag lang schien die Zeit stillzustehen, dann barst die steinerne Tür mit einem ohrenbetäubenden Knall.

Saka und Moriana wurden umgeworfen.

Dann herrschte Stille.

Moriana schlug die Augen auf und erkannte, dass Saresh vor einer Öffnung stand, wo sich zuvor noch das antike Portal befunden hatte. Er hatte das Schwert in der Hand, das jedoch kaum noch leuchtete.

»Ich bin mir nicht sicher, ob ich ihn bewundern soll oder ob es nicht besser gewesen wäre, ihn zu erledigen, als du es wolltest«, murmelte Salgad und half der Tequa auf die Füße.

Moriana war sich da auch nicht mehr sicher, verbarg aber ihre Ungewissheit. Zusammen mit den anderen liefen sie zu dem Durchlass, den der Magier in den Fels getrieben hatte.

Saka erhielt sein Schwert zurück, das offenbar völlig unversehrt geblieben war. »Beeindruckend«, stellte er fest. »Nun ist der Weg ins Nymphaion frei, hoffe ich.«

»Es war nicht so schwierig, wie ich befürchtet hatte.« Saresh blickte in die Runde, als sei rein gar nichts passiert. »Aber ich fürchte, jetzt weiß Shaat, dass wir kommen. Es würde mich wundern, wenn ihm dieser Zauber verborgen geblieben wäre.«

Ihr Weg führte über Treppen und Gänge, die vor mehr als zweitausend Jahren in das Gestein des Parnoras geschlagen worden waren. Saka führte sie weiterhin an, dahinter folgten Moriana und Saresh. Die Tequa hatte ebenso wie der Heermeister das Schwert gezogen, denn nach Sareshs Einschätzung mussten sie damit rechnen, bereits hier unten von den Wachen des Großkönigs aufgehalten zu werden.

Doch auf dem vielfach gewundenen Pfad, der sie Stufe um Stufe höher führte, begegnete ihnen niemand. Auch Geräusche waren keine zu hören, zudem war sich auch Saresh sicher, dass keinerlei magische Überraschung auf sie wartete, die Shaat möglicherweise für sie ersonnen hatte.

Nachdem sie eine steile Wendeltreppe erklommen hatten, öffnete sich der Gang zum ersten Mal seit Betreten des Berges zu einer Halle. Sie wurde durch eine Vielzahl von Kasangiten erleuchtet. Verschiedene maritime Wesenheiten, von denen einige bereits an dem verriegelten Portal erkennbar gewesen waren, bevölkerten in Fresken und als stilisierte Figuren die Wände. Moriana war einen Augenblick lang irritiert und zugleich fasziniert.

Saka warf einen Blick durch die Halle. »Das Nymphaion«, sagte er. »Auf der anderen Seite gibt es einen Ausgang nach oben. Von dort ist es nicht mehr weit bis in die inneren Bereiche des Palastes.«

Sie folgten ihm über eine durchsichtige Silanplatte. Darunter meinte Moriana Fische zu erkennen, die sich in einem Becken mit kristallklarem Wasser tummelten.

Kurz bevor sie jedoch den Ausgang am anderen Ende der Grotte erreicht hatten, ertönte eine Stimme.

»Saka?«

Der Heermeister hielt inne und drehte sich ruckartig in die Richtung, aus der Ruf gekommen war.

»Saka! Du bist es wirklich!« Eine blonde Frau schälte sich aus den Schatten hinter einer perlmuttverzierten Säule. Sie trug ein schlichtes dunkelblaues Kleid, ihre Haare hatte sie zurückgebunden. Sie sah erschöpft aus.

»Ifanae!« Saka löste sich von den anderen, Er rannte auf die Frau zu und schloss sie in die Arme. Einen langen Moment standen sie so da.

»Ich wusste nicht, dass er verheiratet ist«, sagte Salgad.

»Ist er nicht«, erwiderte Liocas. »Das ist seine Schwester.«

Die Geschwister lösten ihre Umarmung und traten zu Sakas Begleitern. »Dies ist meine Schwester Ifanae. Hast du dich etwa hier versteckt?«

Sie seufzte. »Saka, es ist alles noch schlimmer gekommen, als wir befürchtet haben. Ghalsar, Shaat … ich weiß nicht, wohin das alles führen soll.«

»Was ist denn passiert?«, fragte Moriana. Obwohl sie offenkundig erschöpft und übernächtigt war, zeichneten sich ihre Züge durch eine Reinheit und Ebenmäßigkeit aus, wie sie der Tequa noch nie begegnet waren.

»Sie haben dich zum Verräter erklärt!«, rief Ifanae aus. »Ghalsar, als er davon erfuhr, dass du die Truppen im Süden verlassen hast, er …«

»Ich weiß«, murmelte Saka.

»Hast du ihn tatsächlich verraten?« Ifanae sah ihn durchdringend an.

»Das habe ich nicht, im Gegenteil. Aber es gibt einfach zu viele Fragen, die nach Antworten verlangen. Schon vor meinem Aufbruch haben uns Zweifel geplagt, Zweifel an der Rechtmäßigkeit seines Vorgehens, an der Rolle des Gathori Shaat und den Befehlen, die er mir erteilte. Ich muss ihn einfach damit konfrontieren, Ifanae.«

»Er will sie alle auslöschen«, flüsterte sie.

Saka verstand nicht. »Auslöschen? Wen?«

»Die Rebellen. Die Zatosianer.«

Moriana erkannte in Sakas Gesicht etwas, das sie nur als ungläubiges Entsetzen deuten konnte.

»Shaat soll die Macht dieses Elyr entfesseln, wie es bereits im Norden geschehen ist.«

»Woher weißt du das? Hat er dir das gesagt?«, fragte Saka.

Ifanae schüttelte den Kopf. »Nein.« Sie drehte sich um und streckte den Arm aus. Hinter der Säule kam ein kleines schwarzhaariges Mädchen hervor, das erst vorsichtig, dann mit schnellen Trippelschritten zu Sakas Schwester hinüberlief und sich an sie schmiegte. »Inchari hat Ghalsar und den Gathori zufällig belauscht. Sie kam letzte Nacht zu mir, blind vor Angst, denn so hat sie ihren Onkel noch nie erlebt.

»Ist der Großkönig wahnsinnig geworden?«, fragte Shanti.

»Es ist Shaat«, sagte Saresh. »Er versteht es, Öl in ein loderndes Feuer aus Wut, Zweifeln und Vorurteilen zu gießen, damit es den Geist zerfrisst. Mich hat er ja ganz ähnlich manipuliert.«

Ifanae strich Inchari durch die Haare und betrachtete die Runde. Ihr Blick blieb an Saresh haften. »Saka, wer sind diese Leute?«

Saka stellte sie der Reihe nach vor. »Sie wissen mehr von den Dingen, die Shaat und Ghalsar treiben als irgendjemand sonst. Wer weiß, ob ich ohne sie zurückgekehrt wäre, um Ghalsar damit zu konfrontieren?«

Sakas Schwester trat vor und betrachtete Moriana. Sie hob die Hand und strich vorsichtig einen der Zöpfe aus ihrem Gesicht und dann langsam die Wange hinunter. Die Tequa wusste nicht warum, aber sie ließ es sich gefallen.

»Ihr … du bist die Tochter von Chatira«, flüsterte Ifanae. »Du hast … ihre Augen, ihren … Stolz.«

Moriana schwieg.

Saka starrte sie an, als hätte er sie noch nie zuvor gesehen.

Schweigen erfüllte die Grotte.

Plötzlich zerrissen Rufe die Stille. Der Klang von Stiefeln auf Stein war zu hören. Bewaffnete erschienen in dem Durchgang, und sofort rannte ein halbes Dutzend Wachen auf sie zu.

Moriana und Salgad reagierten als erste. Während sie sich den Angreifern entgegenwarf, versuchte der Söldner ihnen den Weg zu Ifanae und Inchari abzuschneiden. Die Tequa konnte gerade noch die

Klinge hochreißen, als der erste Angreifer mit einem Schwert auf sie eindrang.

Auch neben ihr prallte Stahl aufeinander. Liocas wurde zusammen mit Saka von den Angreifern zurückgedrängt.

Moriana ließ die wütenden Hiebe ihres Gegners an ihrer Klinge abgleiten. Ein angetäuschter Stoß auf die Hüfte öffnete eine Lücke in seiner Attacke. Der Mann war zu langsam, um sein Schwert wieder hochzureißen. Ihr Hieb schlitzte sein gefüttertes Wams und die Brust auf, woraufhin der tödlich Verwundete die Waffe fallenließ und zusammensackte.

Als Moriana sich umblickte, hatte Liocas seinen Widersacher ebenfalls überwunden. Mit seinem Breitschwert hatte er den Oberschenkel der Wache so hart getroffen, das sie zu Boden gegangen war. Sie ließen den Verwundeten schreiend am Boden liegen, um gemeinsam Shanti zur Hilfe zu eilen, die sich mit ihrem Kurzschwert mehr schlecht als recht gegen einen weiteren Wachmann zur Wehr setzte. Doch mit Morianas und Liocas´ Hilfe war er rasch überwältigt.

Saka hatte seinen Gegner entwaffnet, während Salgad gerade einem weiteren die Klinge in den Bauch rammte.

Der verbliebene Gardist des Großkönigs ließ angesichts seiner aussichtslosen Lage die Waffe fallen und ergab sich.

Saka setzte ihm die Klinge an den Hals.

»Bitte nicht, General«, stammelte der Mann angsterfüllt.

»Sag mir, was oben im Palast vor sich geht«, forderte Saka ihn auf.

»Der Großkönig berät sich im Himmelssaal. Niemand darf hinein. Die Argusiloi bewachen die Eingänge.«

»Was noch?«, fragte Saka weiter.

»Ich weiß nicht, Herr. Der Heermeister hat uns hierher geschickt, um die Dame Ifanae zu holen.«

»Welcher Heermeister?«

»L… Lord Calveron. Er ist nun Erster Heermeister.«

»Warum schickt Lord Calveron Bewaffnete, um meine Schwester zu holen?«

Der Mann wusste offensichtlich nicht, was er darauf antworten sollte.

Saresh trat vor den Mann. »Was ist mit dem Gathori?«

»Er ist bei ihnen.«

Liocas trat hinzu. »Vielleicht wollten sie Eure Schwester Shaat zur Befragung übergeben, er könnte …«

Saka schnitt ihm das Wort ab. »Wir müssen sofort hinauf.«

Salgads Stimme hielt ihn zurück. »General, Ihr kommt besser her.«

Saka drehte sich um und sah eine Person zwischen Moriana und dem Sagitar liegen. »Ifanae«, flüsterte er und lief zu ihnen hinüber.

Seine Schwester lag am Boden, Blut bedeckte das Silanglas. Blut sickerte aus ihrem Brustkorb hervor. Inchari kniete neben ihr und hielt ihre Hand.

»Nein«, entfuhr es Saka. »Nein!«

Ifanae schlug die Augen auf. Ein Lächeln stahl sich auf ihre Züge. »Saka«, sagte sie mit schwacher Stimme.

Er kniete sich zu ihr. »Nicht jetzt.«

Sie nahm seine Hand und lächelte erneut.

Moriana erkannte, wie viel Kraft es sie kostete, die Augen offen zu halten. »Ich verlasse dich nicht.« Dann schloss sie die Augen, und ihr Kopf sackte zur Seite.

Panisch legte Saka die Hand an ihre Schläfe. »Schwester!«, rief er, als könne er sie dadurch aufwecken.

»Sie ist bewusstlos«, sagte Moriana. »Aber wenn wir nichts tun, stirbt sie. Sie blutet stark und bekommt zu wenig Luft.«

Saresh trat zu ihnen. »Ich kann ihr helfen.«

Saka schwieg. »Versuch es!«, sagte er dann.

Saresh nickte und kniete sich ebenfalls zu der Bewusstlosen. Er legte die Hände auf ihre Brust. Ifanaes Oberkörper bebte, doch ihr Gesicht war so entspannt wie zuvor. Etwas Unverständliches murmelnd, begann er, seine Kraft fließen zu lassen. Mehr Blut sickerte aus der Wunde zwischen den Fingern des Gathori hindurch und verfärbte den Stoff des Kleids endgültig in feuchtes Schwarz.

Weiterhin presste er die Hände auf die Wunde. Langsam versiegte die Blutung und Ifanaes Brustkorb hob und senkte sich gleichmäßig.

»Sie sollte nun stabil sein«, sagte Saresh. »Aber sie ist noch nicht gerettet. Mehr kann ich nicht für sie tun.«

»Danke«, sagte Saka leise. Er betrachtete seine Schwester. Erneut streichelte er ihr über die Wange, strich über ihre blonden Locken.

Die Angst war aus seinem Gesicht verschwunden.

Er ballte die Hand zu einer Faust.

Kapitel

25

Die inneren Bereiche des Agenoster Palastes waren weitläufig und verzweigt, doch Saka führte die Gruppe zielsicher durch die Flure und Hallen. Mehr als zehn Jahre hatte er den größten Teil seiner Zeit hier verbracht. Nach dem Krieg um die Herrschaft war es seine vordringlichste Aufgabe gewesen, die Hausmacht des Königs zu stärken, ihm einen Hof und eine Garde an die Seite zu stellen, die künftig den Grundpfeiler seiner Macht bilden sollten. Eine Garde, von der er hoffte, dass sie ihren König nun verriet, um ihnen zu helfen.

Ifanae hatte gleichzeitig als Statthalterin von Agenost dafür gesorgt, dass die Kapitale der valdorischen Allianz sich wieder zu jenem Zentrum entwickelt hatte, das es bereits vor dem Krieg gewesen war. Umsichtig und klug hatte sie die Stadt zum Rückgrat der valdorischen Wirtschaft und Königsherrschaft geformt, so dass Agenost die vormals reicheren Metropolen an der Küste bald überflügelt hatte. Nicht zuletzt sie war es gewesen, die Ghalsar davon überzeugt hatte, die Grenzen zu öffnen, um den Warenverkehr mit Amhas und Yamar anzukurbeln. Ifanae war es auch gewesen, die mit ihrer ausgleichenden Art verhindert hatte, dass der schwelende Konflikt mit den Zatosianern nicht bereits früher in Gewalt umgeschlagen war. Im Gegensatz zu Taefos Garanos war sie eine Stimme der Toleranz und Vernunft in den Ohren des Großkönigs gewesen.

Nur davon wussten die Wenigsten, denn was die Geschwister in den vergangenen Jahren hinter verschlossenen Türen mit Ghalsar beredet hatten, welchen Einfluss sie tatsächlich auf ihn hatten ausüben können, war kaum an die Öffentlichkeit gedrungen, weshalb der Großkönig die Früchte seiner daraus erwachsenen Entscheidungen stets eigenhändig ernten konnte.

Ifanae war für beide Männer in den vergangenen Jahren die wichtigste und einflussreichste Person gewesen, dessen war sich Saka sicher. Und jetzt lag sie blutend im Nymphaion, niedergestreckt von einem Soldaten, der sein Schwert durch Ghalsars Misstrauen gegen sie erhoben hatte.

Saka biss sich auf die Zähne, um seine Wut nicht laut herauszuschreien, als er seinen Arm ausstreckte, um die Gruppe an der letzten Abzweigung zum Hauptkorridor anzuhalten, von wo aus der Gang zum Himmelssaal führte. Er musste sich auf seine Aufgabe konzentrieren und durfte nicht den Zorn die Oberhand gewinnen lassen. Moriana, Liocas, Saresh und Shanti schlossen zu ihm auf. Salgad war mit Doura bei Sakas verletzter Schwester geblieben.

Aufmerksam beobachtete er den Gang, an dessen Ende breite Stiegen aus Marmor zum Portal des Himmelssaals hinaufführten. Eine Galerie umlief diese Vorhalle, und es war, wie Saka befürchtet hatte. Vor dem Aufgang, an den Türen selbst und vor allem oben hinter dem Geländer wimmelte es von Soldaten. Sowohl die blank polierten Rüstungen der Argusiloi als auch die schwarzen Wappenröcke der Palastwachen konnte er dort ausmachen. Dazwischen erkannte er vereinzelt die Zeichen von Vangardia, einen Seeadler auf blauem Grund.

»Jetzt wird es interessant«, stellte er fest.

»Was siehst du?«, fragte Moriana ungeduldig.

»Argusiloi, Palastwachen, Soldaten von Calveron«, fasste er zusammen.

»Wie viele?«

»Zu viele, um sie zu überwältigen. Sicher zwanzig.«

»Die schaffen wir«, flüsterte sie.

Saka registrierte ihr schelmisches Grinsen, schüttelte aber den Kopf. »Die auf der Galerie haben Armbrüste. Selbst wenn wir an den Soldaten vorbeikommen, nageln die uns in den Boden. Und bei der Königsgarde handelt es sich um die besten Kämpfer Valdoras, da wäre selbst eine Handvoll schon ein großes Problem.«

»Gibt es noch einen anderen Eingang?«, fragte Liocas.

»Auf der hinteren Seite, aber da sieht es wahrscheinlich nicht besser aus. Korin Hen ist da sehr gewissenhaft«, sagte Saka. »Es muss anders gehen.«

»Vielleicht kann Saresh mit seiner Magie …«, überlegte Liocas.

»Natürlich kann ich hier Chaos verursachen, aber ich sollte eher darauf vorbereitet sein, Shaat abzuwehren, wenn es darauf ankommt«, unterbrach ihn der Magier.

Saka schüttelte ebenfalls den Kopf. »Keine Heimlichtuerei mehr. Ich habe von Anfang an gesagt, dass ich Ghalsar zur Rede stellen werde. Jetzt sieht es zwar so aus, als ob das mit der blanken Klinge geschehen muss, aber ich will aus seinem eigenen Mund hören, was er wusste und ob er mit Shaats Machenschaften unter einer Decke steckt.« Er blickte seine vier Begleiter an. »Steckt die Waffen weg. Wir geben uns zu erkennen.«

»Bist du wahnsinnig? Die werden uns niedermachen!«, entfuhr es Moriana.

»Werden sie nicht. Sie werden uns einlassen, und Ghalsar wird mich anhören.«

Dem Heermeister begegneten Augenpaare, aus denen er Unsicherheit lesen konnte. Unsicherheit und Angst.

»In Urias' Namen – also gut«, sagte Liocas entschieden. »Machen wir es so, wie Ihr sagt. Ich vertraue darauf, dass Euer Wort hier noch Gewicht hat – und auf die Nachricht, die Ossos dem Hauptmann der Silberschilde überbracht hat.«

»Was im Himmelssaal geschieht, weiß nur Urias, aber ich werde verhindern, dass es schon hier zu einem Gemetzel kommt und noch mehr unschuldige valdorische Soldaten sinnlos ihr Leben lassen müssen«, sagte Saka. Er blickte Moriana an. »Stimmt mir die Tochter der Iramon da zu?«

Sie nickte.

Saka löste sich aus dem Seitenflur und betrat die Halle. Die anderen folgten ihm. Er wurde sofort entdeckt. Unruhe kam in die Soldaten, Befehle wurden gebrüllt. Er bemerkte, wie die Schützen über das Geländer im oberen Stockwerk auf sie anlegten. Palastwachen und Argusiloi kamen im Laufschritt die Treppe heruntergestürmt.

Der Heermeister ließ sich nicht davon beirren. Mit aufrechter Haltung ging er solange weiter, bis die Hellebarden der Palastwachen ihn stoppten.

Kurz darauf waren sie von allen Seiten umstellt. Ein halbes Dutzend Spieße der Vangardier richteten sich auf sie, dahinter hatten sich die Argusiloi postiert.

»Sakarius ga Dyan, Erster Heermeister der Allianz von Valdora, General der königlichen Haustruppen, Baron von Antikas wünscht eine Unterredung mit Seiner Majestät, Großkönig Ghalsar Ennius«, verkündete er würdevoll, so dass jeder Bewaffnete in der Vorhalle es hören musste.

»Erster Heermeister ist jetzt Graf Calveron. Ihr seid nur ein Verräter«, brüllte ein Offizier der vangardischen Soldaten von der Galerie herab. »Wer sollte uns davon abhalten, Euch einfach zu töten?«

»*Ich* halte Euch davon ab!« Es war eine zweite Stimme zu hören. Vom Portal löste sich ein Silberschild. Unter dem geschlossenen Helm konnte man sein Gesicht nicht erkennen, aber Saka wusste sofort, wer es war.

»Korin.«

»Gebt den Weg frei!«, sagte der Soldat der Königsgarde zu dem Offizier, während er auf ihn zuging. »Wir werden General ga Dyans Wunsch erfüllen und ihm zum König bringen.«

Ein herausfordernder Blick begegnete ihm. »Ihr untersteht jetzt ebenfalls meinem Herrn Leamas Calveron. Nur von ihm nehme ich Befehle entgegen.« Er machte eine Pause. »Oder wollt Ihr Euch etwa auf die Seite des Verräters stellen, anstatt den König zu schützen, wie es Eure Aufgabe wäre?«

Saka wandte sich an den Offizier. »Den König zu schützen, heißt auch, ihn vor Gefahren zu bewahren, die ihm gar nicht bewusst sind. Fragt Ihr Euch nicht, warum sich der Großkönig und Euer Herr dem Diktat eines Gathori beugen?«

»Ich muss nur wissen, dass Ihr den König und die Allianz von Valdora verraten habt, mehr nicht«, gab der Vangardier zurück. »Zwingt *mich* nicht, Gewalt anzuwenden, ga Dyan.«

»Falsch«, unterbrach Korin ihn. »Wir haben den eindeutigen Befehl des Königs, ihn zu ihm zu bringen. Lasst den General und seine Begleiter passieren und zwingt mich nicht, Gewalt anzuwenden!« Er zog sein Langschwert.

Der vangardische Soldat starrte ihn entgeistert an. »Erhebt die Hand gegen mich und Ihr landet ebenso am Galgen.«

»Es ist Eure letzte Möglichkeit, die Waffen zu strecken.«

Saka beobachtete den Offizier.

Der Mann zögerte. Er schien abzuwägen, inwieweit seine vermeintlich sichere Position gefährdet war. In der Stille der Vorhalle war die Anspannung aller Beteiligten mit Händen zu greifen.

»Was sagt Ihr?«, fragte Korin.

Der Vangardier fixierte ihn, seine Augenbrauen zogen sich zusammen. »Tötet sie!«, rief er dann.

Einen weiteren Augenblick lang herrschte Stille, dann durchschnitten Bolzen die Luft des großköniglichen Palastes. Die Geschosse durchdrangen Rüstungen, blieben in Gliedmaßen stecken, brachten den Tod.

Rund um Saka, Moriana und ihre Gefährten brachen die vangardischen Soldaten zusammen. Verzweifelte und wütende Schreie hallten durch den Raum, Palastwachen liefen durcheinander. Manche von ihnen gingen auf die Soldaten aus Vangardia los, andere kamen ihnen gegen die Argusiloi zur Hilfe.

Saka wich dem Stoß einer Palastwache aus, die versuchte, ihn mit ihrem Speer aufzuspießen. Er zog sein Schwert und enthauptete den Mann. Neben ihm befreite sich Moriana aus der Umklammerung eines verletzten Vangardiers, dem bereits ein Bolzen aus der Schulter ragte. Sie verschaffte sich mit einem Tritt etwas Platz und zog ebenfalls die Klinge blank. Rücken an Rücken mit Liocas hielt sie sich weitere Männer vom Leib, die versuchten, an sie heranzukommen.

Shanti schirmte dagegen Saresh ab, der sich auf einen Zauber konzentrierte. Der Magier streckte seine Hände in Richtung einer Fackel, als könne er die Flamme einfangen. Im letzten Moment gelang es der Amhasi eine Palastwache daran zu hindern, dem Yamarer die Hellebarde in den Unterleib zu stoßen, indem sie die Klinge mit ihrem Schwert einfing und zu Boden drückte. Als Saresh ein rötliches Lichtgeschoss aus seinen Händen entließ, fuhr es wie ein Blitz durch den Körper eines Mannes, der sofort taumelte. Die magische Energie trat aus seinem Rücken aus und traf die beiden hinter ihm stehenden Hellebardiere. Saka atmete den Geruch von verbranntem Fleisch ein, als er auf den vangardischen Offizier zueilte. Mit einem Klirren kreuzten sich ihre Schwertklingen. Die Kontrahenten tanzten in einem Wirbel aus stählernen Kaskaden durch den Raum. Saka traf schließlich den Schulterpanzer seines Gegners mit einem heftigen Schlag und sein Schwert zertrümmerte das Schlüsselbein des Offiziers. Der Soldat taumelte rückwärts. Er kam nicht dazu, seine Deckung wieder hochzureißen, denn amhasischer Stahl zerschnitt seinen Hals, als Moriana ihn aus einer Drehung heraus attackierte.

Saka schaute sich gehetzt um.

»Der Weg ist frei«, sagte die Tequa, keuchte und wies mit dem Schwert in Richtung des Portals. Oben auf der Galerie waren die Argusiloi und ein Teil der Palastwachen in heftige Kämpfe gegen die vangardischen Haustruppen verwickelt, die mittlerweile Verstärkung erhalten hatten.

Korin Hen hingegen sorgte mit seinen Männern dafür, dass der untere Bereich allmählich frei von Gegnern wurde.

Der Heermeister tauschte mit dem Argusilos einen Blick der Dankbarkeit aus, bevor er Liocas, Saresh, Shanti und der Tequa die Stufen hinauf folgte. Stufen, die er hunderte Male in seinem Leben emporgestiegen war, doch nie, wenn sie mit dem Blut von Kameraden und Feinden bedeckt waren.

Das Portal zum Himmelssaal wurde von zwei Phönixstatuen flankiert, die deutlich machten, dass auch der Zugang zur weltlichen Herrschaft immer auch von göttlichem Wohlwollen abhängig war.

»Die Wächter der letzten Pforte …«, murmelte Liocas, als er die heiligen Tiere erblickte.

Moriana wartete, bis die anderen sie erreicht hatten.

»Bereit?«, fragte Saka.

»Ich glaube schon«, erwiderte Moriana, während sie den Griff um ihr Schwert verstärkte. Im Hintergrund starben Palastwachen und Vangardier unter den Klingen der Argusiloi.

Saka stieß das Tor auf und trat in den Saal. Moriana und Saresh folgten ihm, während Shanti die Gruppe nach hinten absicherte.

Der Thronraum wurde ringsherum von Phoslyten und Fackeln erhellt. Durch den Staub, der sich nur langsam lichtete, konnte Saka einige Personen ausmachen, die um einen Tisch in der Mitte des Raums versammelt waren. Über ihnen schwebte – ebenso wachsam wie bedrohlich – die goldene Statue des Uriasphönix. Der heilige Vogel schien Saka mit den Augen zu prüfen, ohne dass er sagen konnte, ob er dies als Mahnung oder Ansporn deuten sollte.

Doch er kam nicht dazu, mehr zu erkennen, denn im gleichen Moment wurde er von einer unbändigen Macht umgeworfen und gegen die Wand des Saals geschleudert. Er prallte mit dem Rücken vor den Sockel einer Statue und blieb keuchend am Boden liegen. Weitere unsichtbare Schläge fuhren auf ihn herab, er war kurz davor, das Bewusstsein zu verlieren. Wie von einer unsichtbaren Peitsche getroffen, zuckte er wieder und wieder zusammen.

Doch so plötzlich, wie diese Kraft ihn getroffen hatte, ließ sie von ihm ab. In seinem Mund spürte er eine zähe Masse aus Blut und Dreck.

Er spuckte aus, und versuchte auf die Beine zu kommen, doch sie versagten ihm den Dienst. Kraftlos sank er auf den Sockel der Statue, vermochte aber immerhin, dort sitzen zu bleiben.

Nach und nach drangen die Schreie seiner Gefährten in sein Bewusstsein. Moriana ging keuchend neben ihm zu Boden, Blut lief ihr aus den Haaren die Wange hinunter. Sie suchte nach ihrem Schwert, fand es und kam schließlich wacklig auf die Beine. Liocas hingegen wand sich würgend am Boden und hielt sich das Bein, Shanti konnte Saka nirgends entdecken.

Saresh trat in sein Blickfeld, die Hände weit von sich gestreckt. Seine Arme zitterten, und an seiner Haltung konnte der Heermeister erkennen, dass er das abwehrte, was auf die Gruppe eingestürmt war.

Gleichzeitig spürte Saka die Kraft in seine Glieder zurückkehren. Auch er sah sich nach seiner Waffe um und entdeckte den Anderthalbhänder nahe Moriana im Staub liegen. Unbeholfen schleppte er sich zu ihm. Als er das Schwert aufnahm, erschien es ihm so schwer wie ein Amboss, den er mit einer Hand in die Höhe zu stemmen versuchte. In gebückter Haltung verharrte er einen Augenblick, bis er merkte, dass seine Muskeln nicht mehr verkrampften. Er richtete sich auf und postierte sich zitternd neben Moriana. Die Tequa hatte offenbar ebenfalls ihre Kraft wiedererlangt, und auch der Knappe kam endlich auf die Beine.

Durch den Staubschleier hindurch konnte Saka nun die Personen ausmachen, die sich im Saal versammelt hatten. Nicht weit von Ghalsar stand Shaat, in ein nachtblau schimmerndes Gewand gekleidet und in einer ähnlich angespannten Haltung wie Saresh. Nicht weit entfernt war die markante Statur eines weiteren Bekannten zu erkennen. Leamas Calveron, Marschall von Vangardia, hielt ein zweihändiges Schwert zur Verteidigung erhoben. Seitlich waren Argusiloi postiert, von denen die meisten ebenfalls durch die magische Attacke zu Boden gegangen waren. Manche von ihnen regten sich nicht mehr. Weitere schwer gerüstete Kämpfer waren durch ihre Schärpen als gräfliche Garde von Vangardia zu erkennen.

»Also ist es wahr«, vernahm Saka unvermittelt Ghalsars Stimme. Sie hörte sich an, als käme sie aus großer Entfernung, dabei befand er sich keinen Steinwurf von ihm entfernt. »Du hast dich gemein gemacht mit Verrätern und Mördern.«

Saka benötigte einen Moment, um etwas erwidern zu können. »Das Gleiche könnte ich von dir sagen. Du bist zum Sklaven eines Gathori geworden, dem menschliches Leben völlig gleichgültig ist. Sag mir, ob es den Freund, den ich einst kannte, überhaupt noch gibt?«

»Du hättest dich besser im Wald verkrochen, Saka. Es war ein Fehler zurückzukehren«, rief Ghalsar. »Hier erwartet dich nichts mehr.«

Auf einen Wink hin löste sich Calveron mit seinen Soldaten aus den Personen am anderen Ende des Saals und rannte auf Saka und die anderen zu.

Saresh brannte. Seinen Körper und Geist durchströmten Kräfte wie niemals zuvor. Es schien ihm, als habe er bislang lediglich eine Fackel zu entzünden gewusst, während er nun ein Feuer entfachte, dessen Form und Stärke er durch einen bloßen Gedanken verändern konnte.

Gleichermaßen war ihm bewusst, dass sich ihm ein ebensolches, wenn nicht stärkeres Feuer entgegenloderte, das ihn bei der kleinsten Unachtsamkeit versengen würde. Es erforderte alle Fähigkeiten und Instinkte, der Macht Shaats zu widerstehen.

Wieder prallte ein arkaner Schlag an seiner unsichtbaren Barriere ab, die er wie einen Schild vor sich und die Gruppe um Saka gesetzt hatte. Ein heißer Schauer hatte ihn erfasst, der tief aus seinem Inneren kam. Statt Angst oder Schmerzen entfachte er einen entsetzlichen und herrlichen Rausch. Es war der reißende Fluss der Sphären, der ihn nicht länger ängstigte, sondern von dem er sich forttragen ließ.

Als Calverons Soldaten losstürmten, ließ Shaat von ihm ab. Er nahm die Spannung aus seinem Körper und blickte Saresh an. »Du hast tatsächlich überlebt«, stellte er anerkennend fest. »Du bist gewachsen, du trägst keinen Siarra und doch kannst du dich meinem Willen widersetzen. Aber dein Zweifel ist immer noch stärker als dein Glaube.«

Saresh senkte ebenfalls die Hände und begegnete dem Blick seines ehemaligen Meisters. »Ihr hattet unrecht, als Ihr mir prophezeitet, wir sähen uns erst auf der anderen Seite der Pforte wieder. Ihr hattet mit so vielen Dingen unrecht.«

»Befreit es dein Gewissen, dir das einzureden? Sei unbesorgt, denn auch eine vermeintliche Sühne wäscht dich nicht von dem rein, was du bereits begangen hast.«

»Ich weiß«, murmelte Saresh. »Aber das macht keinen Unterschied. Ich werde nicht zulassen, dass Ihr sie vernichtet wie schon so viele zuvor.«

Während neben ihm Schwerter aufeinander prallten und Schreie den Raum erfüllten, vermeinte er so etwas wie ein Seufzen zu hören. Er war sich nicht sicher, ob Shaats Stimme ihn tatsächlich erreichte oder lediglich in seinem Kopf zu ihm sprach.

»Die Entscheidung, die du in Amhas getroffen hast, war falsch. Du hast dein Leben weggeworfen, Saresh. Und es betrübt mich, dass du den Weg verlassen hast, den wir so lange gemeinsam beschritten haben.«

Saresh musste sich beherrschen, Shaat nicht als »Meister« anzusprechen. »Nicht ich, sondern *Ihr* habt die Entscheidung getroffen, dass ich den Weg nicht länger mit Euch gehe. Ihr habt mich von Anfang an belogen, wohin er mich führt und was Eure wahren Absichten sind.«

»Du hast es immer noch nicht verstanden, dass wahre Erneuerung nur aus Trümmern erwachsen kann. Erst wenn das Fundament der

Lügen zerstört ist, auf dem all die falschen Propheten, Könige und selbsternannten Erhabenen ihre Herrschaft errichtet haben, kann etwas Neues entstehen. Etwas, das nichts mehr von dem in sich trägt, das diese Welt seit Jahrtausenden vergiftet.«

»Worte! Worte, die verschleiern, was Ihr für jene vorgesehen habt, die nicht in Eure neue Ordnung passen: Die Vernichtung. Also spart Euch das Gerede. Nichts von dem, was Ihr sagt, wird mich davon abhalten, mich Euch in den Weg zu stellen.«

Wieder vernahm er das Seufzen, in welchem jedoch weder Bedauern noch Resignation mitschwang. »Du hättest meine Worte dem vorziehen sollen, was nun folgt, Saresh.«

Shaat griff in sein Gewand.

Zwischen seinen Händen kam hell funkelnd der Elyr zum Vorschein.

Moriana wurde zurückgeworfen. Der Hieb des vangardischen Soldaten war mit einer Wucht auf sie niedergegangen, als ob er ein Stück Holz spalten wolle. Es gelang ihr dem nächsten Angriff auszuweichen, der ihren Bauch aufschlitzen sollte. Sie geriet erneut aus dem Gleichgewicht und stolperte zur Seite. Ihr Gegner versuchte sofort, mit seinem Schwert in ihre offene Flanke zu stechen und verfehlte sie nur um Haaresbreite.

Moriana wirbelte herum und schlug mit ihrer schlanken Klinge einen Bogen, der den Vangardier auf Abstand brachte. Endlich gelang es ihr, eine geschlossene Abwehrhaltung einzunehmen. Die Augen ihres Widersachers konnte sie unter dem Spangenhelm kaum erkennen, um ihr zu verraten, was er als nächstes tun würde.

Er attackierte sie erneut, doch diesmal war sie darauf vorbereitet. Sie ließ ihn ins Leere laufen, und setzte einen Hieb in seine Flanke, zu unpräzise allerdings. Ihre Waffe prallte an der Brustplatte ab. Sie fluchte innerlich, brachte sich aber sofort wieder aus seiner Reichweite.

Wieder belauerten sie sich. Zufrieden erkannte sie, dass der Gardesoldat schwer atmete, sein Brustpanzer hob und senkte sich mit jedem Atemzug. Sofort griff sie ihn mit einer schnelle Folge hoher Schläge an, um ihn weiter zu zermürben. Von Parade zu Parade wurden seine Bewegungen fahriger, dann war die Deckung plötzlich offen. Moriana ließ einen Ausfallschritt folgen und stieß die Klinge mit aller Wucht, die sie aufzubringen imstande war, in die Lücke.

Der Stahl drang dem Mann in den Hals und am Nacken wieder aus. Röchelnd ließ er die Waffe fallen. Moriana riss ihr Schwert wieder heraus.

Nicht weit entfernt sah sie den Großkönig stehen.
Bald sollte sie ihre Vergeltung bekommen.

Gemeinsam mit Heermeister Sakarius wehrte Liocas den Angriff der vangardischen Soldaten ab. Mit Mühe gelang es ihm, aufrecht zu stehen. Sein Knie schmerzte vom Aufprall auf den Marmorboden, und sein Kopf fühlte sich taub an.

Fast mechanisch parierte er die Angriffe, die auf ihn niedergingen. Während Saka zwei der Soldaten in kurzer Folge niederstreckte, kam sich Liocas vor, als sei er lediglich ein Zuschauer, der das Kampfgeschehen aus der Entfernung beobachtete.

Dennoch nahm er wahr, dass Saka rief, ihn hinter sich herwinkte und er folgte ihm im Laufschritt, um zur Mitte des Saals vorzudringen.

Wo ist Moriana? Was ist mit Shanti? Diese Fragen schossen ihm durch den Kopf, als er auf den großen Tisch zulief. Zwei Personen kamen ihm entgegen. Wer es war, konnte er nicht erkennen.

Eine Erschütterung erfasste den Raum, den Palast, den gesamten Berg Parnoras. Der Himmelssaal schwankte. Liocas kam ebenso wie Saka aus dem Tritt und hatte das Gefühl, zu fallen. Auch die Männer, die auf sie zugestürmt kamen, waren gestrauchelt.

Endlich kehrte seine Wahrnehmung zurück. Er vernahm ein Dröhnen, das von allen Seiten auf ihn einströmte, hörte darüber einen Kriegsschrei – war das Moriana? –, schmeckte Blut und sah mit Schrecken, dass der Elyr nicht weit von ihm entfernt in unheilvoll rotgoldenem Licht zwischen Shaats Fingern pulsierte.

Nun erkannte er auch, wer sich ihm entgegenwarf. Heermeister Sakarius wurde von Marschall Calderon angegriffen, der seinen Zweihänder behände zu führen wusste.

Doch Liocas hatte keine Zeit, Furcht oder Bewunderung zu empfinden, denn als er sich wieder aufgerichtet und die beiden Ritter passiert hatte, sah er sich mit einem Gegner konfrontiert, dem er besser seine volle Aufmerksamkeit widmete.

Großkönig Ghalsar Ennius.

Sakarius ga Dyan, ehemaliger Erster Heermeister der Allianz von Valdora, und sein Nachfolger, Marschall Leamas Calveron, tauschten eine Reihe von Hieben aus, die nicht viel mehr waren als ein Test der Stärke des Gegenübers.

Aus dem Hintergrund ertönte eine Stimme, die Saka gut kannte. Am Rand des Saals stand Duras Menara, Schatzmeister von Valdora.

Er musste zuvor ebenfalls anwesend gewesen sein, sich aber aus der Reichweite der Kampfhandlungen gebracht haben. Eine Hand krallte sich in den roten Haarschopf von Shanti, die vor ihm kniete. Menara hatte einen Dolch an ihre Kehle gelegt.

»Legt die Waffen nieder, sonst stirbt sie«, drohte er.

Obwohl Shanti diejenige war, die um ihr Leben fürchten musste, blickte sie Saka gleichmütig an, während es Menara war, der zitterte. Ein angedeutetes Kopfschütteln der Amhasi signalisierte ihm, nicht auf die Drohung des Richters einzugehen.

»Die Frau bedeutet mir nichts«, rief Saka dem Schatzmeister zu, ohne Calveron aus den Augen zu lassen.

Menara wusste für eine Sekunde nicht, was er tun sollte. Er blickte gehetzt zu Ghalsar, doch der kreuzte bereits die Klingen mit Liocas. Dieser Moment der Unachtsamkeit genügte Shanti. Blitzschnell griff sie das Handgelenk ihres Peinigers, verdrehte es und bog seinen Arm zur Seite während sie sich mit der gleichen Bewegung aus seiner Umklammerung befreite. Menara ging vor Schmerzen in die Knie und plötzlich ragte ihm die eigene Klinge aus der Brust, die Shanti ihm noch tiefer in die Brust rammte. Als Saka den Blick abwandte, sackte Menara mit gebrochenen Augen in sich zusammen.

»Es wird mir keinen Spaß bereiten, Euch zu töten«, sagte Calveron.

Saka konnte aus den Worten des Marschalls keinen Hohn heraushören. Er empfand ebenso. »Auch Euer Ableben wäre keine Freude für mich«, gab er zu. »Keiner von uns hat diesen Kampf gewollt, und wir sind nicht gezwungen, ihn zu führen, Marschall.«

»Falsch, ga Dyan. Leider zwingt Ihr ihn mir auf. Ihr habt Euch für die falsche Seite entschieden, da Ihr Euch mit Ketzern und Verrätern an der Allianz zusammenschließt. So sehr ich Euch auch respektiere – das macht Euch zu meinem Feind.«

»Es ist bedauerlich, dass Ihr das so seht.« Saka hob das Schwert.

Calveron erwiderte die Geste.

Dann prallte Stahl auf Stahl.

Saresh widerstand der Macht des Elyr. Er war vorbereitet gewesen auf die Woge reiner Energie, die Shaat aus dem Sternenstein entließ – und dennoch lediglich so viel, wie es einem Sterblichen eben möglich war.

Für den Bruchteil eines Augenblicks war er von der Präsenz des Elyr und des darin drohenden Ultahir überwältigt gewesen. So gewaltig waren die Kräfte gewesen, dass der gesamte Palast darunter erzitterte.

Doch Saresh hielt stand.

Je länger er im Zentrum der magischen Energie stand, desto mehr vermochte er sie zu formen, seinem Willen zu unterwerfen. Er konnte die Wut spüren, die ihm der Ultahir und Shaat entgegenschleuderten, ausdauernd, vehement. Je zorniger sein ehemaliger Meister wurde, ihn auch mit der Macht des Fokussteins nicht überwinden zu können, desto weniger Kraft musste er aufwenden, um ihm zu widerstehen.

Shaat musste das spüren, denn Saresh bemerkte, dass der Druck, den der Elyr auf seinen Geist und Körper ausübte, schwächer wurde.

Nein, er wurde nicht schwächer, er verlagerte sich lediglich an den Rand von Sareshs Wahrnehmung. Bevor er realisierte, was geschah, lenkte Shaat die zerstörerische Macht des Elyr fort von Saresh, mitten hinein in den Himmelssaal.

Eine schwarze Sonne brannte sich in Liocas' Bewusstsein. Finsternis verschlang ihn, gleichzeitig blendete ihn die kalte Reinheit ihrer Korona, die alles andere erstickte und ihn zu erblinden drohte.

An einem fernen Ort wurde sein tauber Körper in die Luft gehoben. Sein Schwert entglitt ihm, er wurde fortgeschleudert in einen strudelnden Äther, der sich um ihn herum aufgetan hatte. Oder füllte er nicht vielmehr sein Inneres aus?

Mit Rücken und Schultern prallte er vor etwas Hartes. Knochen zerbrachen. Aber die Schmerzen waren bedeutungslos im Angesicht der Folter, der sein Geist ausgesetzt war. Vergangenheit und Gegenwart hörten auf zu existieren. Raum und Form verloren ihre Bedeutung, Stofflichkeit löste sich in Strömen widerstrebender Kräfte auf. Was blieb, war eine Spirale des Irrsinns, in ihrer Mitte ein tiefschwarzes Gestirn als Widerspruch zu allem, was Liocas jemals war oder sein konnte.

Jeder Gedanke oder Wunsch, umzukehren, wurde vernichtet, bevor er überhaupt aufkam. Jede Vorstellung von Realität war vergangen, bevor sie existierte.

Gefühle und Erinnerungen verloren sich in dem alles verzehrenden Sog der Unendlichkeit, der von der schwarzen Sonne ausging.

Ein letzter Gedanke blieb.

Anea-Ari.

Dann wurde auch dieser aus seinem Bewusstsein gebrannt.

Alles, was ihn umfing, war Licht.

Reinigendes, kaltes Licht.

Eine Druckwelle erfasste die Körper der beiden Ritter, die sie mit sich riss, als seien sie Puppen. Als Spielbälle einer Macht, der ein Mensch nichts entgegenzusetzen hatte, wurden sie in einem Raum umher geschleudert, der keine Begrenzungen mehr zu haben schien.

Licht erschien als Dunkelheit, und die Finsternis erstrahlte in hellem Glanz. Saka konnte nicht mehr zwischen ihnen unterscheiden. Er verlor sich in einer Kaskade von leidvollen Gefühlen, Hoffnungen und Illusionen.

Ob er tatsächlich noch etwas wahrnahm, oder ob alles um ihn herum lediglich in seiner Einbildung von verzehrendem Unlicht ausgefüllt war, waren seine Sinne nicht mehr imstande zu erfassen.

Als sich der Schatten eines finsteren Gestirns über alles legte, was er jemals war oder sein würde, erfüllte ihn nur noch Entsetzen.

Augenblicke schienen sich über Äonen hinzuziehen, und diese vermeintliche Ewigkeit war doch nur ein flüchtiger Impuls im brennenden Äther, in dem er sich hilflos wand.

Die Schwarze Sonne. Eine einzige Erkenntnis formte sich aus dem Chaos. *Du wirst ihr niemals entrinnen!*

Alles andere verlor seine Bedeutung. Das Vergessen legte sich über ihn, wie ein warmer Mantel, der seine ganze Existenz umhüllte.

Eine Erinnerung blieb erhalten.

Ifanae.

Der Gedanke war wie ein Anker in dem verzehrenden Licht. Als er nach ihm griff, wurde er so plötzlich zurück in seine Realität geschleudert, wie er sie verlassen hatte.

Saka fühlte sich, als würde er zermalmt werden. Leamas Calveron lag auf ihm, regungslos. Er spürte, wie das warme Blut des Marschalls seine Kleidung durchtränkte. Obwohl er kaum noch Kraft in sich spürte, versuchte Saka instinktiv, den massigen Körper von sich zu schieben. Er musste nicht nachsehen, um zu wissen, dass der Marschall tot war.

Saka verharrte auf dem Boden, um sich seiner Umgebung wieder bewusst zu werden. Dann richtete er sich langsam auf.

Ein Schritt. Zwei Schritte.

Es war noch nicht zu Ende!

Saresh war überrumpelt worden. Anstatt auszunutzen, dass Shaat seine Aufmerksamkeit für einen kurzen Augenblick auf den Saal gerichtet hatte, ließ er sich von dem ablenken, was geschah.

Die Macht des Elyr entlud sich mit voller Wucht. Eine Welle aus Licht und Feuer bahnte sich ihren Weg durch Säulen und Wände, durch Stein und Fleisch. Saresh konnte nur noch mit ansehen, wie Feinde und Freunde gleichermaßen von der Welle verschlungen wurden.

Sein ehemaliger Meister schien darauf spekuliert zu haben.

Als Saresh zögerte, schlug er mit der Schnelligkeit eines Skorpions zu. Kaum, dass der Elyr seine Macht in den Saal geworfen hatte, wurde Saresh von einem Lichtblitz getroffen, der sich aus Shaats Hand löste.

Vor Schmerzen schreiend brach er unter der magischen Entladung zusammen, die ihn gleichzeitig lähmte und peinigte, wie tausend Nadeln, die sich überall in seinen Körper bohrten.

Schon bald fand er sich gefangen in einem Netz aus Wirbeln, jeder für sich ein Mahlstrom aus Unlicht.

Doch Saresh war noch nicht besiegt.

»Du hast dich von deinem Gewissen und von Mitleid beeinflussen lassen, anstatt dich auf die Aufgabe zu konzentrieren.« Shaats Stimme dröhnte in seinem Kopf. »Wo Miriya standhaft war, hast du gezögert.«

»Miriya hat ebenso gezweifelt«, formte Saresh Worte in seinen Gedanken.

»Sie ist schon immer stärker als du gewesen. Sie wäre niemals vom Weg abgekommen. In ihrem Verstehen der Natur Vandras war sie dir von Anfang überlegen.«

»Und doch war sie zu schwach, um im Angesicht der schwarzen Sonne zu bestehen. Sie wurde verzehrt und ist vergangen. Das kann kaum Euer Plan für sie gewesen sein. Aber wahrscheinlich ist sie Euch ohnehin gleichgültig.«

»Da irrst du dich, Saresh – ebenso wie es mein Fehler war, eure Kräfte zu überschätzen, als ich euch fortgeschickt habe. Ihr wart noch nicht bereit.«

»Für das, was wir erdulden mussten, kann man niemals bereit sein. Das hättet Ihr wissen müssen, wenn Ihr die Natur Vandras wirklich begriffen hättet.«

»Du solltest es nicht als Strafe empfinden, sondern vielmehr als Privileg, etwas offenbart bekommen zu haben, das am Anfang und am Ende steht.«

Shaat zog die Maschen des Netzes um Saresh enger.

Moriana schrie.

Eine Feuerwalze war über sie hinweggefegt. Sie fand sich irgendwo am Rand des Himmelssaals wieder. Sterne tanzten vor ihren Augen, drangen in ihren Schädel wie winzige Pfeilspitzen ein, deren Beschuss kein Ende nehmen wollte. Ihre linke Körperseite war teilweise bis auf das Fleisch verbrannt. Als sie ihren linken Arm zu heben versuchte, wäre sie fast ohnmächtig geworden, denn er war gebrochen.

Sie brüllte die Schmerzen heraus. In der rechten Hand hielt sie immer noch ihr Schwert umklammert, als sei es ein metallischer Fortsatz ihrer selbst, als wäre es alles, an das es sich in diesem Leben festzuhalten lohnte.

Irgendwann schaffte sie es, aufzustehen. Sie taumelte in den Saal zurück. Alles war mit Trümmern übersät. Statuen und Säulen waren geborsten, durch die Kuppeldecke zogen sich Risse, die Galerie war zum Teil eingestürzt. Die Banner mit dem Stern des Königs, die den Saal geschmückt hatten, brannten, während nur noch der Thron unnachgiebig wie sein Besitzer auf seinem Marmorpodest verharrte.

Moriana versuchte, Freunde oder Feinde auszumachen, konnte im Staub und Rauch allerdings so gut wie nichts erkennen. Sie hustete und rieb sich die Augen, die brannten, als habe ihr jemand Öl hineingeschüttet und entzündet.

Einige Schritte von ihr entfernt kam jemand auf die Beine.

Dem Mann war das halbe Gesicht weggebrannt worden, auch von seinen Haaren war nicht mehr viel übrig. Teile seiner Lamellenrüstung hingen geborsten an ihm herunter. Er beugte sich vornüber und hustete Blut.

Moriana ging auf ihn zu, konnte sich kaum auf den Beinen halten. Ihr Schwert schleifte sie über den Boden hinter sich her. Auf der anderen Seite des Saals konnte sie eine weitere Gestalt sehen, die sich in einem Netz aus feuerroten Lichtblitzen wand. Schreie in einer fremden, unwirklichen Sprache hallten zu ihr herüber.

Als ihr bewusst wurde, wer vor ihr stand, richtete der Großkönig mit brüchiger Stimme das Wort an sie. »Die Tequari. Was bei allen Dämonen der Unterwelt hast du hier verloren?«

Moriana fixierte ihn. »Ich bin die Botin derer, die am Asakon starben. Die Botin derer, die Rache einfordern. Diejenige, die dir den Tod bringt, ker'kach!«

Ghalsar Ennius zögerte kurz und ließ dann ein stumpfes Lachen hören. Ein Lachen, dass in blutiges Husten überging. Auch Moriana ging in die Knie, ihr wurde schwarz vor Augen. Die Ohnmacht wollte sie bereits in die Arme schließen, doch sie kämpfte dagegen an. Sie biss die Zähne aufeinander. *Nicht mehr lang, nicht mehr lang.*

Ghalsars Blick begegnete ihr. Sein linkes Auge war vollständig weiß und funkelte grausam. »Ich fürchte, du wirst deine Rache nicht mehr vollstrecken können«, sagte er. Er griff nach unten und hob ein Schwert auf.

Moriana war außerstande, aufzustehen.

»Diese Arbeit nehme ich ihr gerne ab«, hörte sie Sakarius nicht weit entfernt von ihr sagen. Der Heermeister hinkte mit seinem Anderthalbhänder aus dem Rauch heraus auf Ghalsar zu.

Ghalsar blickte zu ihm hinüber. Sein verbranntes Gesicht war eine Maske aus Zorn und Hohn. »Willst du mir noch einen Vortrag über Moral und Sittlichkeit halten? Dann bitte ich dich, erspar ihn mir und stich zu. Tu, was du tun musst.«

Saka blieb stehen. »Vorträge wären an dich verschwendet, Ghalsar! Sieh dich um!« Er beschrieb mit seiner Klinge einen Kreis, der den gesamten Himmelssaal einschloss. »Du hast die letzte Pforte bereits aufgestoßen.«

»Und du bist wohl der letzte Wächter, den es zu überwinden gilt?«

»Wenn du es so willst – ja.«

Wieder war ein Lachen zu hören. Doch diesmal war es nicht Ghalsar.

Shaat trat in Morianas Blickfeld. »Ihr Valdorer habt tatsächlich einen bemerkenswerten Hang zum Pathos.« Seine Züge verhärteten sich. »Doch leider steht mir der Sinn nicht nach einem weiteren dramatischen Auftritt.«

Mit diesen Worten entließ er einen magischen Sturm aus dem Elyr, der Saka einhüllte und mit sich riss. Der Heermeister wurde gegen eine Säule geschleudert und fiel in die Trümmer einer Statue.

Erschrocken erkannte Moriana, dass er sich nicht mehr regte.

Stattdessen sah sie sich dem hasserfüllten Blick von Shaat ausgesetzt. »Ihr habt mir genug Schwierigkeiten gemacht. Doch auch das hat jetzt ein Ende.« Er deutete mit dem Elyr in ihre Richtung.

»Wartet!«, unterbrach ihn Ghalsar Ennius und legte eine Hand auf den Arm des Gathori. »Das werde ich selbst erledigen.«

Der vom Feuer gezeichnete König kam humpelnd auf Moriana zu. In der rechten Hand hielt er das Schwert, mit dem er ihr Leben beenden wollte.

Das Schwert von Liocas.

Etwas erfasste Moriana, und es war nicht der Elyr. Angst wurde von Hass abgelöst, der wiederum einer kalten Entschlossenheit wich. Diese Entschlossenheit richtete sie auf und ließ sie Ghalsars Angriff erwarten.

Ennius hatte nicht damit gerechnet, dass sie sich noch einmal erheben würde. Moriana lenkte seinen Schlag zur Seite ab. Ghalsar versuchte gleichzeitig Moriana mit der Linken an der Schulter zu greifen und geriet aus dem Gleichgewicht. Morianas Schwertspitze verfehlte seine Brust und drang stattdessen in seinen Oberarm ein. Ghalsar brüllte und ließ die Waffe fallen. Mit letzter Mühe gelang es ihm, zurückzuweichen.

Mit der Linken umfasste der Großkönig seinen Oberarm, Blut kam zwischen seinen Fingern hervor. Erneut krümmte er sich und hustete.

Die Tequa starrte ihn an, selbst kaum fähig, bei Bewusstsein zu bleiben. Sie musste sich an den Trümmern des Galeriegeländers festhalten.

Ghalsar betrachtete seine linke Hand und hob sie vor das Gesicht. Ein ledernes Band hatte sich beim Griff nach Moriana zwischen seinen Fingern verfangen. Blut tropfte an dem Band auf ihren blauen Schmuckstein herab, der zart zu glühen begann.

Shaat stieß den König beiseite und baute sich vor Moriana auf. »Was für eine Verschwendung«, urteilte er, als er auf sie herabsah.

Ghalsar blickte entgeistert zu Moriana. Zum ersten Mal, seit sie ihm gegenübergetreten war, fiel die Maske aus Stolz und Hass von ihm ab, die ihn vielleicht mehr entstellte als die Verbrennungen. Unter seinem Panzer zog der König ein zweites Band hervor, das um seinen Hals hing. An seinem Ende baumelte ebenfalls leuchtender blauer Stein, der dem ihren glich.

Erkenntnis spiegelte sich im Gesicht des Großkönigs wider.

Als der Elyr entflammte, warf er sich auf Shaat.

Das undurchdringliche Netz aus knisternder Energie, in dem Saresh gefangen war, löste sich auf.

Die Folter hatte ihn nicht gebrochen. Anstatt ihn zu verängstigen, war seine Entschlossenheit, seinen Meister endlich für seine Taten zur Rechenschaft zu ziehen, sich endgültig von ihm zu befreien, größer als jemals zuvor.

Er versuchte sich im Himmelssaal zu orientieren. In der Mitte des Raumes, am Marmorsockel, auf dem sich der Thron des Großkönigs wie ein Mahnmal inmitten einer Landschaft aus Trümmern erhob, entdeckte er Moriana. Sie blickte kniend zu zwei anderen Personen, die am Boden lagen.

Saresh rannte los. Er erkannte Ghalsar und Shaat. Sie bewegten sich nicht.

Fragend sah er nach Moriana, die seinem Blick begegnete. Ihre eisblauen Augen stachen aus ihrem verschmutzten und blutverschmierten Gesicht heraus.

Er spürte, dass Shaat noch lebte. Saresh begann seine Kraft zu sammeln.

Mit einem Mal erbebte der Boden, ja, der gesamte Palast. Er geriet ins Taumeln, hielt sich an den Überresten des Marmorsockels fest. Fast im gleichen Moment ertönte ein Grollen, vielfach lauter als ein Gewitter, das aus den Wänden selbst zu kommen schien.

Er hat den Ultahir entfesselt!, schoss es Saresh durch den Kopf.

Inmitten des Chaos erhob sich Shaat. Doch diesmal war er gewappnet. Wie von einer unsichtbaren Barriere abgelenkt, strömte ein Orkan aus Unlicht an Saresh vorbei. Hinter ihm explodierten Steinsäulen, stürzten die Reste der Galerie endgültig ein.

Voller Hass folgten weitere Angriffe. Eine Lichtlanze, die aus dem Feuer von der Korona der Schwarzen Sonne zu bestehen schien, bohrte sich in seinen Schutzschild und kam nur Fingerbreit vor seiner Brust zum Stillstand, bevor Saresh sie mit einer Handbewegung in den Thronsockel warf, wo sie sich tief in das Marmor fraß.

Er konnte ihn aufhalten, er hatte die Pforte bereits einmal verschlossen, er konnte es wieder tun.

Während ein Teil von ihm die Angriffe Shaats einfing, holte der andere aus und suchte in den Kaskaden von Unlicht den Ultahir, der das Tor aufgestoßen hatte. Er fand ihn. Und er war nicht allein.

Furchtlos und vertrauensvoll lächelnd stand sein Gefährte Nalyd Joweha an seiner Seite. Jeder Zweifel fiel von Saresh ab. Gemeinsam stemmten sie sich gegen den feurigen Diener Vandras und warfen ihn zurück, in das gleißende Licht, dem er entstammte.

Nun gelang es Saresh von Augenblick zu Augenblick, intuitiver auf die immer wütender und hastiger vorgetragenen Angriffe Shaats zu reagieren. Es war fast, als könnte er vorhersehen, was Shaat plante. Seine Abwehr stand bereits, bevor sein ehemaliger Meister den Angriff ausgeführt hatte. Es bereitete ihm irgendwann keine Mühe mehr, Shaats Magie unwirksam werden zu lassen. Fast schien es so, als gehorche der Elyr nunmehr Sareshs Befehlen und nicht dessen, der ihn in den Händen hielt.

Shaat reagierte mit Überraschung. Überraschung darüber, mit welcher Leichtigkeit sein Schüler die Verhältnisse ins Gegenteil verkehrte. Er wurde getroffen, umgeworfen, fast zerschmettert von einer Woge arkaner Energie. Doch bevor Saresh nachsetzen konnte, kam Shaat wieder auf die Beine, hob seinerseits Trümmerteile in die Luft, die er Saresh wie Kieselsteine um die Ohren warf.

Saresh pulverisierte die Gesteinsbrocken mit einer beiläufigen Geste zu Staub. Er war eins mit dem Avatar, und Shaat konnte ihm nichts mehr anhaben.

Letztlich konnte er Angst in den Zügen Shaats erkennen, zum ersten Mal, seit er ihn kannte. Angst vor dem Unausweichlichen, das ihm bevorstand, als er unter der Macht Sareshs zu zerbrechen drohte.

Shaat ging entkräftet in die Knie.

»Bring es zu Ende!«, forderte er seinen ehemaligen Schüler mit matter Stimme auf.

Saresh zögerte. Mit dem bloßen Wink seiner Hand hätte er seinen ehemaligen Meister zerschmettern können.

Die Entscheidung wurde ihm abgenommen. Shanti war aus den Trümmern hinter Shaat hervorgekrochen, ohne dass dieser es bemerkt hatte. Während Saresh noch mit sich rang, drang dem Gathori eine schmale Klinge durch den Nacken in die Kehle. Die Spitze trat rot aus dem Hals heraus, und seine Augen weiteten sich vor Entsetzen.

Shanti zog Shaat an sich heran.

Sie drehte die Klinge in seinem Hals herum.

Epilog

Die Flammen loderten hoch in den abendlichen Himmel. Zu Ehren des göttlichen Urias hatte man Scheiterhaufen aufgeschichtet, um die Toten der Kämpfe in Agenost seinem Reich zu übergeben.

Viele hatten sich auf dem Taphiason, dem Hügel der Toten, versammelt, um denjenigen, die ihr Leben im Kampf gegen Großkönig Ghalsar Ennius und Shaat gegeben hatten, die letzte Ehre zu erweisen. Nach dem Fall des Königs war es in der Stadt zu tagelangen Kämpfen zwischen Anhängern und Gegnern Ghalsars gekommen. Letztlich war der Widerstand derjenigen, die ihrem König auch nach seinem Fall die Treue hielten, zusammengebrochen, als man ihren Rädelsführer, den Obersten Richter Nakordin von Aretha, festgesetzt hatte. Zur gleichen Zeit war der Taefos der Uriaskirche Ulfman Garanos mit seiner engsten Anhängerschaft aus der Stadt geflohen, offenbar aus Furcht vor Repressalien.

Auf beiden Seiten hatte es viele Tote gegeben, deren genaue Zahl nicht ermitteln werden konnte. Darunter befanden sich auch viele Argusiloi, die die Waffen gegen ihren Herrn erhoben hatten. Der unerschütterliche Glaube ihres Hauptmanns Korin Hen an seinen Freund

Sakarius ga Dyan hatte ermöglicht, Shaat zur Rechenschaft zu ziehen und Agenost zu befrieden. Bezahlt hatte er es mit dem Leben. Viele königliche Palastwachen und vangardische Soldaten zählten ebenso zu den Opfern, gestorben im Glauben daran, ihren Herren loyal zu dienen. Auch andere, die ihr Leben in der Stadt und innerhalb des Palastes gelassen hatten, waren hier aufgebahrt worden.

Liocas Züge wirkten entspannt. Auf seinem Gesicht spiegelte sich jene Zufriedenheit wider, nach der er stets gestrebt hatte. Der Knappe hatte seine Hände gefaltet, als ob er dem *Einen* danken wollte.

Zumindest bildete sich Moriana das ein, als sie ihn betrachtete. Sie stand etwas abseits der anderen Trauernden und starrte ins Feuer. Die Hitze trocknete die Tränen in ihrem Gesicht, die nicht versiegen wollten. Ihre Augen brannten von dem Qualm, doch sie wollte ihren Blick nicht abwenden, wenn ihr Freund seine letzte Reise jenseits der Pforte antrat. Es schmerzte sie, dass sie ihn zu Beginn wie einen Feind behandelt hatte, doch in Wirklichkeit war er ihr nie als solcher begegnet. Von Anfang an hatte er sie vor allem als Mensch gesehen, der verletzt war, dem er helfen musste. Sie hatte eine Weile benötigt, um ihn zu verstehen, doch sie hatte hohen Respekt vor seiner Haltung entwickelt. Er hatte von Beginn an mehr in ihr gesehen, als sie selbst geahnt hätte. Seit ihrer Rettung durch die Mönche war er davon überzeugt gewesen, dass sie beide Auserwählte seien.

Moriana fragte sich seit seinem Tod, ob er damit recht gehabt hatte. Sie bewunderte ihn dafür, wie viel Kraft ihm diese Überzeugung verliehen und dass er durch alle Unwägbarkeiten und Gefahren bis zum Ende daran festgehalten hatte.

Dass sie gemeinsam das Massaker überlebt hatten, habe sie zu Bruder und Schwester gemacht, hatte er damals gesagt. Sie hatte ihn dafür beschimpft. Nichts bereute sie mehr als das, denn in den wenigen Wochen, die sie ihn gekannt hatte, war er tatsächlich zu einem Bruder für sie geworden. Wenn sie jemanden als *Familie* bezeichnet hätte, dann wäre das Liocas gewesen und nicht ein fremdes Adelshaus, dessen Farben sie nun tragen sollte. *Er* war ihr Katu gewesen, mehr als irgendjemand zuvor.

Moriana lauschte dem Knistern des Feuers und versuchte sich vorzustellen, in welchem jenseitigen Reich sich Liocas nun befand.

Ich hoffe, du hast den Weg zu Urias gefunden. Wir haben es geschafft, Liocas, wir haben es tatsächlich geschafft. Ein Zittern ergriff sie, und sie versuchte die Trauer herunterzuschlucken. *Es tut mir leid, dass ich mich nie wirklich bei dir bedankt habe.*

Saka trat an ihre Seite, begleitet von Ifanae und der kleinen Inchari.

»Er hat seinen Frieden gefunden und wandelt in *Seinem* Licht«, sagte der valdorische Heermeister, während er ebenfalls ins Feuer sah.

»Ohne ihn wären wir nicht hier«, erwiderte Moriana. »Hätte er mich nicht angetrieben, wären wir der Verschwörung niemals auf die Schliche gekommen.« Sie drehte sich zu Saka. »Dann wären wir alle tot.«

»Ich habe ihn nur kurz gekannt. Aber obwohl er jung war, verfügte er über eine erstaunliche Willenskraft und einen festen Glauben an Gerechtigkeit.«

»Er war ein großer Mann. Aber wahrscheinlich wird nie jemand erfahren, was er tatsächlich für eine Rolle in dieser Geschichte gespielt hat.« Moriana seufzte. »Er hat nicht einmal mehr mitbekommen, dass wir unser Ziel erreicht haben.«

Ifanae nahm Morianas Hand. »Ich bin mir sicher, er weiß es.«

Moriana zögerte, nickte dann aber.

»Ich bin froh, dass es endlich vorbei ist«, sagte sie nach einer Weile. »Überall, wo der Elyr aufgetaucht ist, hat er Tod und Trümmer hinterlassen. So etwas darf nicht noch einmal geschehen.«

»Es wird immer dann geschehen, wenn Menschen nach Macht streben, alte Ordnungen und Verhältnisse durch neue ersetzen wollen. Die kommenden Zeiten, werden nicht ruhiger«, erwiderte Saka.

»Wie meinst du das?«, fragte Moriana.

Saka blickte sie ernst an. »Valdora ist zerrissen. Da Ghalsar nicht mehr herrscht, werden alte und neue Konflikte den Zusammenhalt der Allianz bedrohen. Vielleicht wird sie endgültig darunter zerbrechen. Es gibt kaum jemanden, der das verhindern kann.«

»Mag sein«, entgegnete Moriana. »Aber dieses Erbe, das ich laut Corlagon antreten soll – damit will ich nichts zu tun haben. Ich habe genug von Valdora gesehen, um zu wissen, dass mir sein Schicksal gleichgültig ist.«

»Sind auch wir dir gleichgültig?«, fragte Ifanae.

»So habe ich das nicht gemeint. Ich …«

»Valdora steht in Flammen«, unterbrach Sakas Schwester sie. »Es gibt nicht viele, die dazu imstande wären, die Brände zu löschen. Eine Iramon könnte dazu in der Lage sein.«

»Oder sie erst richtig entfachen«, sagte Moriana und blickte hinüber zum Parnoras, auf dessen Kuppe sich die Umrisse des Palastes vor dem Abendhimmel abzeichneten. »Wie sollte *ich* einem Reich Halt geben, das ich kaum kenne, dessen Denkweise ich nicht verstehe? Diesen Kampf müsst ihr alleine führen. Ich bin keine von euch.«

Saka sah sie durchdringend an. »Was wirst du dann tun?«

»Ich weiß es nicht.« Moriana seufzte. »Ich weiß es wirklich nicht.«

Ifanae legte die Hand auf ihren Arm. Die Tequa blickte sie an und spürte die Zuneigung, die Sakas Schwester ihr entgegenbrachte.

»Es ist unheimlich hier. Ich möchte nicht mehr hierbleiben.« Inchari drängte sich vor und blickte Moriana mit großen Augen an, während sie sich an Ifanae festhielt. »Bitte!«

»Ja, ich denke, wir sollten gehen«, bestätigte Saka.

»Kommst du mit uns?«, fragte das Mädchen und streckte die Hand nach Moriana aus.

Die Tequa zögerte. Sie bemerkte das Metall des Siegelrings an ihrem Finger, hart und unvertraut. Auch die Last des Schmucksteins an ihrem Hals schien so groß zu sein wie niemals zuvor.

Moriana ergriff die Kinderhand. »Ich komme mit euch«, sagte sie. »Aber nicht als Charissa von Iramon.«

Eine Wache öffnete die schwere Tür. Saresh trat in einen Raum, der nur von Kerzenlicht erhellt wurde. Rauchgeschwängerte Luft zog durch die Fenster herein. Auf dem gegenüberliegenden Hügel loderten die Scheiterhaufen. Der Gathori trat an ein Bett und betrachtete den reglos daliegenden Mann.

Ghalsar Ennius, der gestürzte Großkönig von Valdora, wirkte wie ein Geist.

Ifanae hatte angeordnet, Chatiras Totenfigur neben sein Lager zu stellen. Die Statue wachte mit gütiger Miene über den scheinbar schlafenden Ghalsar. Zu ihren Füßen befand sich der blaue Schmuckstein, den er um den Hals getragen hatte.

Die schweren Verbrennungen an Gesicht und Leib des Königs hatte Saresh durch seine Magie soweit behandeln können, dass sie nicht länger sein Leben bedrohten. Gegen die körperlichen Schmerzen hatte er alchemistische Raffinate eingesetzt, die ihm Ruhe ermöglichten. Doch nicht seine Heilkunst würde entscheiden, ob der König lebte oder starb.

Ghalsar hatte sich auf Shaat geworfen, als dieser dem Ultahir befahl, die Letzten Pforten zu öffnen. Er war das letzte Opfer der zerstörerischen Macht geworden, die er nach Valdora geholt hatte, um es zu schützen.

Saresh kannte den Ort, an dem der Geist des Königs gefangen war. Er hatte ihn selbst erblickt und wäre beinahe von ihm verschlungen worden.

Ob Ghalsar den Weg zurück finden und wiedererwachen würde, wusste Saresh nicht. Dass sein Körper nicht durch den Elyr zerstört worden war, kam bereits einem Wunder gleich. Er war gezeichnet von den Flammen, die er selbst entfacht hatte und das Licht eines Auges war für immer erloschen.

Warum Ghalsar noch atmete, warum sein Lebensfaden nicht durchtrennt worden war, konnte sich Saresh nicht erklären. Er selbst war mit seinem Siarra vereinigt worden und hatte so widerstanden, aber selbst die Kraft ihres Symbolithen hatte Miriya nicht gerettet, während der König nicht einmal einen Kraftstein besaß, mit dem er verbunden war.

Doch Ghalsar musste leben. Der König war der einzige, der Saresh helfen konnte, zu verstehen, was Shaat geplant hatte und wer noch in diese Pläne involviert war. Ob der gefallene Herrscher Kenntnis von Shaats eigentlichen Absichten gehabt und diese willentlich für seinen eigenen Machterhalt in Kauf genommen hatte, war nur eine der Fragen, die Saresh beschäftigten. Vielleicht wusste Ghalsar am Ende sogar mehr über Shaats eigentliche Absichten als Saresh selbst?

Er war entschlossen, den Elyr zu verbergen oder zu vernichten – falls das überhaupt möglich war. Doch zuvor musste er in Erfahrung bringen, was und wie viel Ghalsar wusste. Saresh konnte jedoch nicht in das Bewusstsein des Königs eindringen, solange sein Geist mit dem Feuer rang, welches der Elyr darin entzündet hatte. Er konnte nur Antworten auf seine Fragen erhalten, wenn der König das Bewusstsein wiedererlangte. Aber auch dann war fraglich, ob er klaren Verstandes zurückkehrte. Er hatte Mitleid mit Ghalsar. Schon die Erinnerung an die Qualen, die er selbst hatte erleiden müssen, trugen ein Echo des Schmerzes mit sich und ließen ihn erzittern.

Saresh hatte akzeptiert, dass er ebenso Verantwortung an den katastrophalen Geschehnissen trug wie der König selbst. Vielleicht hoffte er deshalb, dass Ghalsar erwachte, damit er nicht der einzige Mensch bleiben musste, der mit dieser Schuld zu leben hatte.

Saresh nahm den Elyr aus dem neuen Beutel, den er für das Artefakt hergestellt hatte. Der Stein lag kühl und matt in seiner Hand. Das einzige Licht, das von ihm ausging, war der Widerschein der Scheiterhaufen. Er schien es aufzusaugen, nur um es verzerrt zurück in die Welt zu werfen. Ein flammendes Auge das unstet und gierig betrachtete, was ihm verwehrt wurde. Saresh spürte einen maßlosen Willen darin, der die Befreiung einforderte. Vielleicht lagen die Antworten, nach denen er suchte, direkt in seiner Hand. Die Erfahrungen, die er aus den zurückliegenden Schrecken gezogen hatte, waren allerdings stärker als die Versuchung, die Sternenträne zu nutzen. Er verstaute den Stein wieder in dem Beutel und steckte diesen in seine Robe. Er warf einen letzten Blick auf den König und die lodernden Flammen, dann wandte er sich zur Tür.

»Du müsst sie beschützen.«

Saresh blieb erschrocken stehen. Seine Augen begegneten denen des Großkönigs, die sich geöffnet hatten. Es lag ein Ausdruck darin, den er nicht deuten konnte und für einen Augenblick dachte er, er halluziniere.

»Was habt Ihr gesagt?«

»Sie ist …«, Ghalsar setzte zu einer Antwort an, doch seine Stimme versagte. Mit einer schwachen Handbewegung forderte er Saresh auf, an seine Seite zu treten. Er ergriff die Totenfigur und hielt sie so fest, als vermochte sie, ihm Halt zu geben.

»Sie ist … ihre Tochter. Sie ist das einzige, was mir von ihr geblieben ist«, sagte er mit schwacher Stimme. Saresh trat zu ihm. »Wovor soll ich sie beschützen?«

Ghalsars verbliebenes Auge funkelte im Schein der Scheiterhaufen.

»Vor dem, was man versuchen wird, aus ihr zu machen.« Ghalsar rang nach Luft und sackte in das Laken zurück.

»Der Elyr, sie alle werden nach ihm verlangen. Die Allianz wird darunter zerbrechen. Du musst verhindern, dass sie dabei den Tod findet.« Ghalsar hob plötzlich den Arm, als wolle er nach Saresh greifen. »Schwöre mir, dass du sie nicht im Stich lässt, und ich helfe dir, Gathori.«

»Warum glaubt Ihr, dass ich Hilfe benötige oder Euch helfen werde?«

»Weil du es bereits getan hast.« Erneut schüttelten ihn Krämpfe. »Du hast mich nicht sterben lassen.«

Saresh versuchte sich zu konzentrieren und festzustellen, ob das alles Einbildung war. Zögernd antwortete er. »Ich hoffte, Ihr könntet mir helfen, einige Dinge zu verstehen. Zusammenhänge, die ich nicht begreife.«

»Ihr Leben ist der Preis für mein Wissen, Gathori.« Ghalsars sehendes Auge fixierte ihn, für einen Geist wirkte er äußerst entschlossen.

Falls Saresh sich das Gespräch nur einbildete, hatte er allerdings auch nichts zu verlieren. »Ich schwöre Euch, dass ich tun werde, was in meiner Macht steht, um sie zu schützen.« Noch während er die Worte aussprach wurde ihm klar, dass er dies auch ohne Ghalsars Forderung getan hätte – er konnte sich aber nicht erklären, warum.

»Du musst ihn vernichten. Sonst wird sie im Zentrum des Machtkampfes um ihn stehen. Bring beide fort von hier, so schnell du kannst.«

»Ihr habt recht, ich muss den Elyr fortschaffen. Es ist zu gefährlich hier. Aber ich bin allein und es gibt niemanden mehr, an den ich mich wenden kann.«

Ein Lächeln grub sich in Ghalsars verwüstetes Gesicht. »Ich weiß, wovor ihr in Yamar weggelaufen seid, als ihr zu mir kamt. Ich kenne diejenigen, die Shaat gefürchtet hat.« Ghalsar warf einen Blick auf Sareshs Robe, als könne er darunter den mit Schutzzeichen bestickten Beutel mit dem Elyr sehen. »Die Apologeten werden dich jagen.«

Saresh war sich nicht sicher, ob er beglückt oder erschrocken darüber sein sollte, dass Ghalsar diesen Namen kannte. Es stand fest, dass der König mehr wusste, als der Gathori bisher angenommen hatte.

»Aber sie sind diejenigen, die dir helfen werden. Du musst dich ihnen stellen, wenn du den Elyr unschädlich machen willst. Ich hätte Shaat niemals in meine Dienste genommen, wäre ich mir nicht sicher gewesen, dass sie kommen, dass sie ihn zur Strecke bringen, hätte er sich gegen mich gewendet.« Ghalsar wollte zu einem Lachen ansetzen, aber es verwandelte sich in ein heiseres Husten. »Aber ich habe niemals mit dir … oder Moriana gerechnet. Ich habe nicht damit gerechnet, dass sich jemand erfolgreich der Macht widersetzen kann, die die Welt nach ihrer Vorstellung zu formen trachtet.« Ghalsar schloss die Augen. »Als ich erkannte, wessen Tochter sie ist, wusste ich, dass ich ein Narr war, der sein Meisterwerk formte.«

»Die Apologeten werden kein Erbarmen zeigen, selbst wenn ich ihnen den Elyr überlasse. Ich bin das, was sie geschworen haben, zu zerstören.«

»Doch, das werden sie.« Er nahm den blauen Stein und hielt ihn Saresh entgegen. »Wenn du ihnen dies zeigst.«

Ein Schatten bewegte sich durch die Gassen der nächtlichen Oberstadt. So schnell und leise wie eine Katze erklomm die Gestalt den Weg hinauf zum *Turm der Winde*. Hier und da waren die Straßen noch von Trümmern und Unrat versperrt, denn auf Barrikaden und sogar in den Häusern in der Nähe des Uriastempels und dem Hohen Gericht war es zu erbitterten Kämpfen gekommen. Doch die Anhänger des Großkönigs waren schließlich geflohen.

Während sich die Gestalt dem Leuchtturm näherte, verglühten auf der anderen Seite der Stadt, oben auf dem Taphiason, die Reste der Scheiterhaufen.

Bald hatte sie ihr Ziel erreicht und pochte an die Eingangstür des alten Turms zwischen den Seehäfen.

Die Tür öffnete sich nur wenige Herzschläge später. Eine Frau in der weiten Teerjacke der Fischer empfing sie.

»Du bist spät«, stellte sie fest. Sie wischte sich ein paar Strähnen ihres struppigen Haars aus dem Gesicht. Ihre hellblauen Augen musterten zuerst die Gestalt und spähten dann argwöhnisch in die Finsternis. »Er ist oben«, sagte sie und wies mit der Hand eine schmale Treppe hinauf, die an der Außenwand des antiken Turmes in die Höhe schraubte.

Der nächtliche Besucher bestätigte ihre Aufforderung stumm und stieg dann leichtfüßig hinauf. Es dauerte nicht lange, bis er auf der obersten Ebene angekommen war. Er verharrte einen Augenblick geblendet auf der letzten Stufe, denn in der Mitte des Raumes, der nach außen hin offen war, befand sich eine Pyramide grell leuchtender Steine. Die Phoslyten, die darin brannten, verfügten über eine Leuchtkraft, die bis weit hinaus auf den Spaltsee zu sehen war.

Auf der gegenüberliegenden Seite konnte der Besucher eine weitere Person erkennen. Er schritt über die kreisrunde Plattform und trat neben ihr an das Geländer, das Gesicht von den Phoslyten und ihrem grellen Licht abgewandt.

»Shaat ist tot«, erklärte der Besucher.

»Bist du sicher?«, erwiderte eine Stimme, die einem älteren Mann gehörte.

»Es gibt keinen Zweifel. Er fiel durch meine eigene Hand.«

»Der Großkönig?«

»Lebt. Allerdings ist es ungewiss, ob er wieder zu Bewusstsein gelangen wird – falls er das Ganze überhaupt übersteht.«

»Was ist mit dem Elyr?«

»Shaats Schüler hat ihn an sich genommen.«

Sein Schweigen verriet, dass der Mann über diese Neuigkeit nachdenken musste. »In den Händen eines Gathori stellt er nach wie vor eine Gefahr dar. Das Gefäß der Häresie muss vernichtet werden. Du weißt, was das bedeutet.«

Der Besucher verschränkte die Arme. »Saresh stellt keine Bedrohung für uns dar – im Gegenteil. Er hat sich von dem Weg abgewandt, den sein Meister für ihn vorgesehen hatte. Ohne sein Eingreifen hätte Shaat nicht besiegt werden können.«

»Ein Gathori stellt immer eine Gefahr dar. Wir müssen uns seiner besser früher als später entledigen.«

Die Gestalt schüttelte den Kopf. Rote Locken kamen unter der Kapuze zum Vorschein. »Ihr kennt ihn nicht. Ich werde ihn nicht töten, solange wir nicht wissen, was er vorhat.«

Der Mann winkte ab. »Er wird ebenfalls den Versprechungen der Macht erliegen, wie die anderen zuvor. Was er getan hat, ist bedeutungslos. Nur, was er durch den Elyr werden wird, ist für uns von Belang.«

»Nein, er ist anders als die Jünger, denen wir in der Vergangenheit begegnet sind. Nach allem, was er durch die Sternenträne erlitten hat, würde es mich nicht wundern, wenn er sie ebenfalls vernichten will.«

Erneut schwieg der Mann.

»Was ist mit der Tochter Chatiras? Wird sie ihr Erbe antreten? Wird sie das Haus Iramon wiedererrichten?«

»Ich glaube nicht. Sie ist jung und verwirrt, sie sucht nach ihrem Weg.«

»Wir sollten sie zu unserer Verbündeten machen. Ihre Herkunft, ihre Erfahrung und ihr Wissen um die Jünger sind zu wertvoll, als dass wir sie an jemand anderen verlieren können. Du, Shanti, wirst ihr einen Weg zeigen, der sie zu uns führt.«

»Mir liegt viel an ihr. Aber euer mörderischer Krieg gegen die Jünger ist nicht länger der meine. Ich bin nicht für alle Ewigkeit das Werkzeug der Apologeten, Zamân.«

»Du bist längst mehr als nur ein Werkzeug und kämpfst schon lange nicht mehr gegen unseren Feind, weil wir dich dazu zwingen. Das weißt du.«

Shanti schüttelte erneut den Kopf. »Aber ich habe mich niemals eurem Glauben verschrieben.«

»Warum hast du Shaat dann getötet, wenn du nicht an unsere Sache glaubst?«

»Vergeltung.« Shantis Stimme wurde hart. »Ich habe meine Schwester gerächt. Ich habe es für Pyadâh getan.«

Glossar

Zeitrechnung und Längenmaße:
Das Jahr 0 markiert den Tod des letzten Imperators von Tân und das Ende des Imperiums. Diese findet allgemein in Valdora und den autonomen Provinzen von Yamar Verwendung. Im zentralen Yamar wird dagegen die imperiale Zeitrechnung fortgeführt, während man in Amhas die Zeit seit der eigenen Reichsgründung misst.

Derzeit:	4132 IZ = 1782 nT (nach Tân) = 598 nach amhasischer Zeitrechnung
Längenmaße:	1 Meile = 1,48 Kilometer 1 Fuß = ca. 30 Zentimeter 1 Finger = ca. 2 Zentimeter

Orte, Namen und Begriffe:

Abendrotberge	andere valdorische Bezeichnung für das *Val-Varos-Gebirge*
Achar	förmliche Anrede für einen Ranghöheren in *Yamar*
Adran	Titel eines militärischen Führers, vergleichbar mit einem Hauptmann
Agenost	Hauptstadt von *Valdora* am Spaltsee
Akalethor	durch alchemistische und magische Veränderung gezüchtete Elitekrieger des *Imperiums von Tân*; Vorfahren der *Keliten*
Algan Lekata	erster *Sebastokrator* von *Amhas,* herrschte die ersten zwölf Jahre nach der Unabhängigkeit von *Yamar*
Allianz	Kurzform für *Allianz von Valdora*; Bezeichnung für den nominellen aristokratischen Feudalstaat; die Gründung der *Allianz* geht bis in die Endphase des *Imperiums* von Tân zurück

Amhas	Reich im Westen *Camoteas*, das unter der Herrschaft mächtiger Handelshäuser steht und von einem Senat der gleichnamigen Stadt regiert wird
Amhas (Stadt)	Hauptstadt von *Amhas*; Sitz des Senats; größte Stadt im Reich *Amhas*
Anâr Keera	einer der Türme in der tequarischen Ebene von *Makeera*
Anea-ari	*Kind des Lichts*; in den zatosianischen Prophezeiungen angekündigte von *Urias* gesandte Gestalt, die *Valdora* auf den rechten Weg bringen soll
Antikas	Valdorische Baronie und Stadt, östlich von *Agenost*
Arcanaero	Luftschiff, das auf einem magischen Kraftfeld fliegt, das durch *Kasangit* erzeugt wird
Argan	oberster Clansherr der *Tequari*; dort aber auch als allgemeine Bezeichnung für einen militärischen Führer gebraucht
Argusil	›Glänzender Schild‹; zweitgrößter Mond von *Caldris*; gilt als erstgeborener Sohn von Nea und *Urias*; silberblaues Licht
Argusiloi	Königsgarde in Agenost (Sg. Argusilos), oft auch ›Silberschilde‹ genannt
Arradyn	›Hoher Läufer‹; kleinster Mond von Caldris; zweiter Sohn von *Nea* und *Urias*; messingfarbenes Licht
Artikos	Ruinenstadt am Fluss *Potakon*, zwischen *Halosis* und Zentral-*Valdora*
Asakon	Fluss im Norden von *Valdora*, bildet die Grenze zu den Clansgebieten der *Tequari*
Ashar	›Die rechte Ordnung‹ Philosophie der *Gathori*; wesentliche Vorstellungen über den Weg des Menschen und dessen Möglichkeiten im Einklang mit dem Kosmos
Asteril	auch *Himmels-* oder *Dracheneisen* (›Dracanium‹) genannt; Eisen aus Meteoren, die während des letzten Kataklysmus auf *Camotea* fielen; diese wurden als ›Drachentränen‹ verstanden

Ata-Jarvon	freie Hafenstadt am *Meer der Säulen*
Avatar	Astralwesen, die mit *Urias* und *Elotia* in Verbindung gebracht werden; ihr Erscheinen kündet eine Zeitenwende an; auf *Caldris* verbinden sie sich mit materiellen Körpern
Azuryngebirge	Grenzgebirge im Osten *Valdoras*
Barbaren	Valdorische Bezeichnung für die *Tequari*
Belkiren	Amhasischer Gott der Diebe
Beradrim	büffelähnliches Lastentier mit sechs Beinen und eine Schulterhöhe von rund acht Fuß
Bergpanther	große Raubkatze mit dunklem Fell, die in der Heimat der Tequari zu Hause ist
Bor-Tak	Kriegsgott der *Tequari*
Brandir	Valdorischer Fluss, der durch den *Spaltsee* fließt, mündet in *Vangardia* in den *Golf von Hara*
Caldera	Grafschaft in *Valdora*
Caldris	Welt, auf der der Kontinent *Camotea* liegt
Calyx	verschlossener technomantischer Behälter aus *Silan* und *Kasangit*
Camotea	Kontinent, auf dem die Reiche von *Amhas*, *Valdora*, und *Yamar* liegen; im Westen durch den *Grünen Ozean* und im Südwesten durch das *Meer der Säulen* begrenzt
Celios Cunnomoros	sagenumwobener Held der valdorischen Legenden, angeblicher einer der *Tân*
Dapilos	Stadt im südlichen *Valdora*
Delakri	Amhasische Göttin der Fruchtbarkeit
Delas	Stadt in *Amhas*
Dessalier	Echsenmenschen aus den westlichen Ländern
Dikast	Richteramt in der *Allianz*
Dior Martikos	legendärer valdorischer Ritter, einer der *Gründer*
Dorit	in *Amhas* gebräuchliche Kupfermünzen
Edrelhan	Grenzfluss zwischen *Valdora* und *Amhas* nahe *Kol Tassa*

Elliad, Orden von	in etwa: ›Die Sternleser‹; Gemeinschaft von *Gathori* in *Kesh Achlan*, der *Shaat Ikastra* und *Saresh Arkusa* angehören, geführt von einem Zirkel der Meister
Elotia	kleinerer der beiden Sterne in dem binären Sonnensystem, in dem *Caldris* liegt; Gottschwester des *Urias* und Mutter von *Vindrasu*; auch als ›Herrin der Roten Flamme des Wandels‹ verehrt; der rötliche Stern wird auch als *Elotias Pforte* bezeichnet, der Eingang ins Totenreich
Eschakraton	Maschine, die alchemistisch bearbeitete *Kasangit*-Raffinate spendet, die betörende oder bewusstseinserweiternde Wirkung haben
Elyr	höchste Form des *Kasangit*; beherbergt die *Avatare* der *Ultahir*
Emenoi	Widerstandskämpfer gegen die Herrschaft *Ghalsars* in den südlichen Provinzen *Valdoras*
Erneuerer	progressive Strömung in der valdorischen Uriaskirche, steht für eine Öffnung zu den Lehren des Reformers *Zatos von Manazeth*
Fabryt	Streifen aus *Silan*, in denen Splitter aus *Kasangit* eingegossen sind; wird von den *Gathori* als Zahlungsmittel für extrem teure Waren verwendet
Frischling	Bezeichnung der *Tequari* für ein Kind
Frostriese	riesenhaftes Volk aus den *Abendrotbergen*, gegen das die *Tân* in den Krieg zogen
Gathori	in etwa: ›Die Sänger‹, Eigenname der yamarischen Magier, abgeleitet aus einem yamarischen Wort für eine liturgische Hymne, aufgrund der *Siarra* auch als Steinsänger bezeichnet
Gemeinsprache	auch *Tenu* (›Die Umfassende‹) genannt; von den meisten Rassen und Völkern auf dem Kontinent gesprochene oder zumindest beherrschte Sprache auf Grundlage der imperialen Sprache *Telan*
Gevara	*Arcanaero*-Typ; schweres Luftschiff für den Handel von Massengütern

Ghulam	Yamarische Bezeichnung für einen bewaffneten Leibwächter
Großkönig	Herrschertitel, den sich *Ghalsar Ennius* gab; er soll verdeutlichen, dass er über allen valdorischen Magnaten steht, deren höchste Vertreter sich von Hausfürsten ableiten, die nach dem Zerfall des Imperiums eigene Königreiche in *Valdora* errichteten
Gründer	die Gründergeschlechter der *Valdorischen Allianz;* nach dem Fall des *Imperiums von Tân* gründeten die valdorischen Hausfürsten konkurrierende Königreiche; einige der Fürsten schlossen sich zu einem Verteidigungsbündnis zusammen; diese *Allianz von Valdora* verband schließlich nahezu alle valdorischen Adelsfamilien; die ideologischen Grundsätze, der sich alle *Gründer* verpflichteten, leiten sich aus der *Unterweisung der letzten Stunde* ab und lehnen sich an die Traditionen des alten Kriegerordens *Valdora* an
Grüner Ozean	Meer, das westlich an *Camotea* angrenzt
Hara, Golf von	Meeresgolf im Süden *Valdoras*
Haran	Oberhaupt des yamarischen Adels und Regent von *Kesh Achlan*
Harieth	Fluss im Südwesten *Valdoras,* fließt in Halosis in das *Meer der Säulen*
Hadoren	Bezeichnung für einen Berufskrieger der valdorischen Adelshäuser; gemeinsam bilden sie die stehenden Truppen der *Allianz*
Hallori	Valdorische Bezeichnung für Menschen, die vom Archipel von Hallos im *Grünen Ozean* stammen
Halosis	freie Hafenstadt am Ausgang des *Golfs von Hara*; ehemals wichtigster Kriegshafen der *Allianz*
Hankardri	Sammelbezeichnung für die Stämme der östlichen Steppen in Anlehnung an einen Großstamm aus der *Teragyr*

Heermeister	Valdorische Bezeichnung für den Oberbefehlshaber einer Grenzregion, der unter dem königlichen Banner alle Truppen der jeweiligen Provinzen vereint; ihnen steht der Oberste Heermeister der *Allianz* vor
Hegemon	Titel des politischen und militärischen Führers der *Allianz* der Häuser von *Valdora,* welchen sich *Ghalsar Ennius* selbst verlieh
Heliotos	erster König in *Valdora* nach dem Untergang des *Imperiums;* gilt in der valdorischen Kirche als Heiliger, den *Urias* erwählte, die Nachkommen des Ordens in sein Licht zu führen; einer der *Gründer*
Hidras	Fluss, der durch die Stadt *Amhas* fließt, Verbindet sich dort mit dem *Sernon*
Iglâk	Kannibalische Waldbewohner in den Bergen zwischen *Amhas* und *Valdora*
Illuminierte	(Selbst-)Bezeichnung der *Urias*-Priesterschaft
Imperiale Zeitrechnung	Zeitrechnung des *Imperiums von Tân* seit seiner Gründung mit der Krönung des ersten Imperators als Nachfolger der *Uritarim,* der *Avatare Urias'*, vor über 4000 Jahren; wird weiterhin in weiten Teilen *Yamars* verwendet
Imperium	Imperium von Tân (siehe *Tân*)
Iramon	größtes Adelshaus von *Valdora;* wurde von *Ghalsar Ennius* der Macht beraubt; führende Adlige wie Hochmeister *Kopios Myoxeres* wurden von *Ghalsar* getötet oder verbannt; das Hausbanner ist ein roter Drachenkopf auf einem Silberschild und blauem Grund
Jakin Abylyx	höchster Rukh von *Amhas*
Kalpeboas	zweithöchster Rukh von *Amhas,* gehört dem Oligarch *Dakris Olgasi*
Karbenische Garde	Eiltesöldner, die direkt dem *Sebastokrator* von *Amhas* unterstellt sind
Kasanger	Antriebsraum eines *Arcanaero,* in dem das *Kasangit* gelagert ist

Kasangit	Kraft- oder auch Sternensteine genannt; mineralische Substanz, die astrale Kräfte bündelt und speichert; durch lange Zeit verbotenes oder verloren geglaubtes Wissen, werden in jüngster Zeit magische und technische Möglichkeiten entdeckt, um die im Kasangit gebundenen Energien nutzbar zu machen; gilt in *Yamar* als heiliger Stein der Sonne und damit des *Urias*; ein *Elyr* gilt als höchste Form des Kasangit
Katechismus des Lichts	Glaubenslehrbuch des valdorischen Reformers *Zatos von Manazeth*
Katu	Kriegergemeinschaft der *Tequari*; Bezeichnete eigentlich eine Jagdgemeinschaft und wurde auf das Kriegswesen übertragen; kann eine Handvoll Krieger aber auch das Aufgebot eines ganzen Clans meinen
Karvenne	großes Segelschiff, vornehmlich im *Meer der Säulen* verwendet
Kelit	Nachfahren der *Akalethor*; durch alchemistische und magische Veränderung gezüchtete Elitekrieger des *Imperiums von Tân*
Kephal	*Kopf*; hoher amhasischer Beamter, die einzelnen Unternehmen der Handelsfürsten vorstehen
Kesh Achlan	Regierungssitz des *Harans von Yamar*
Kitira	magischer Gegenstand, mit dem eine Kommunikation über eine große Entfernung möglich ist; oft in Form eines Stirn- oder Armreifs gefertigt
Kolonien, die	die 1751 eroberten nördlichen valdorischen Grenzlande zu den *Tequari*; von Hochmeister *Kopios* gegründet, 1759 von den *Tequari* zurückerobert, seitdem umstrittene Lande
Kol Tassa	Amhasische Stadt an der Westgrenze *Valdoras*
Kopiomon	durch die *Tequari* vernichtete ehemalige Hauptstadt der so genannten valdorischen *Kolonien*
Krâhwad	Begriff der *Tequari* für ihre Bauernkaste

Kurosar	wandernde Kriegerclans, die ursprünglich aus dem äußersten Osten stammen sollen und ihre Dienste als Söldner anbieten; für ihre Effizienz und Gnadenlosigkeit gefürchtet
Kuroswall	Gebirge, das *Camotea* auf einer Nord-Südachse durchläuft und *Valdora*, die Gebiete der *Tequari* und Teile *Yamars* von den östlichen Steppen trennt
Kyron	durch *Kasangit* betriebene Schusswaffe mit langem, gezogenem Lauf
Kyrlhachon	durch *Kasangit* betriebenes, ballistisches Geschütz
Lafken	zähe braune Knollen; nahrhaft, aber widerlich im Geschmack
Lamadêl	von den *Tân* zerstörte Stadt, über den Ruinen liegt der *Spaltsee*
Lekyth	tönerne Amphoren; in steinerner Form als Symbol für Wasser verwendet
Liburne	leichtes Ruderschiff, für den Warentransport oder als Patroullienboot eingesetzt
Lufthandelsgilde	Vereinigung amhasischer Lufthändler; vergibt u.a. Konzessionen, Handel mit *Arcanaeros* treiben zu dürfen
Makeera	Steppenebene im Reich der *Tequari;* Heimat legendärer Kriegsreiter
Manazeth	bedeutende Stadt im Herzen *Valdoras,* Hauptstadt *Valdoras* vor der Eroberung durch die *Tân,* gelegen auf der gleichnamigen Hochebene, ursprünglicher Wirkungsort *Zatos' von Manazeth*
Manglabit	Amhasischer Beamter
Marut Ardur	einer der launischen Windgötter der *Hallori*-Stämme; er wird mit den tückischen Ostwinden personifiziert und fährt unter die Menschen, um sie vom Weg abzubringen
Meer der Säulen	an die Südwestküste *Camoteas* grenzendes Meer
Mesoth	Amhasische Metropole an der Mündung des *Sokali*

Miral, roter	Vangardischer Likör
Moil	Ruinenstadt im Nordosten *Valdoras*
Movant	Kapitän eines *Arcanaero*
M'Shká	Schöpfungs- und Fruchtbarkeitsgöttin der *Tequari*; wird von fast allen Kasten als Hauptgöttin verehrt; meist als säugende Wildschweinbache dargestellt
Nea	größter Mond von *Caldris*; wird als Geliebte des *Urias* betrachtet, welche ihm zwei Söhne schenkte: *Argusil* und *Arradyn*; rotgoldenes Licht
Nea Tela	in jüngerer Zeit entstandene Vorstadt von *Agenost*
Olororos	legendärer Frostriese aus dem *Val-Varos-Gebirge*
Oròm	Hauptstadt der *Tequari*; Sitz des Obersten Clansherrn
Panaceal	Spagyricum; Heilmittel, das mit Hilfe von *Kasangit* destilliert wurde, in Gefäßen aus reinem *Silan* eingeschlossen
Pan-Katos	obskure halloranische Gottheit der Unannehmlichkeiten und des Verfalls
Paragon	›Vorbild‹, ›Vorkämpfer‹ (eigentl. ›Wetzstein‹); Titel des Führers der *Allianz*, durch Wahl der Hausfürsten auf Lebzeiten bestimmt; ein Paragon spricht für die Gesamtheit der *Allianz* in äußeren Angelegenheiten und führt ihr Gesamtaufgebot im Krieg; dem Paragon werden vom Rat souveräne Herrscherrechte übertragen, er bleibt aber *pars inter pares*; ursprünglich aber Ehrentitel für einen Kämpfer, der außergewöhnliches geleistet hat
Parnoras	Hügel, auf dem der Palast von *Agenost* ruht
Pentelikon	Aquädukt aus imperialer Zeit, das vom *Spaltsee* in die wasserarmen Provinzen von *Valdora* führte

Phönix	Symbol des *Urias*, auch ›Flammender Bote des *Einen*‹ genannt; dem *Urias* heiliger Vogel, der in den Überlieferungen *Urias'* Licht zum ersten Mal zu den Menschen gebracht haben sollen
Phönixthron	Thron des valdorischen Königs in *Agenost*
Phoslyt	Mineral, das Sonnenlicht über lange Zeit speichern du abgeben kann
Potakon	Fluss im Süden von *Valdora*
Pyromel	leichtes Feueröl
Raben, die	Geheimpolizei des Senats von *Amhas*
Ras Sharan	Amhasischer Gott der Handwerker und Arbeiter
Rimmon	›Der Brüller‹; Wind- und Sturmgott der *Tequari*
Ruadan Elkaras	legendärer General der *Valdorer* zu Zeiten des *Imperiums von Tân*
Rukh	riesige Wohn- und Handelstürme in *Amhas* und *Yamar*
Sagitan	Reitervolk hinter dem *Kuroswall* (Sg.: Sagitar)
Sam Athrod	ehemaliger Clansherr der *Tequari*; eroberte 1759 die Kolonien zurück
Saros	Amhasischer Gott des Kampfes und Krieges
Sebastokrator	Titel des Oberhaupts des Senats von *Amhas*
Se'Bás	Amhasischer Gott des Handels, wird mit *Urias* gleichgesetzt
Semarier	Kriegerisches Bergvolk, das an der Nordostgrenze *Valdoras* in den Ausläufern des *Kuroswalls* lebt
Seral	in fast allen Reichen *Camoteas* akzeptierte Silberwährung
Sernon	großer Fluss, der durch die Stadt *Amhas* fließt
Sethkaron	Festungsstadt im Osten von *Valdora*

Siarra	*Kasangit* zweiten Grades, eine Lebensform auf mineralischer Basis, die in der Lage ist, eine Symbiose mit dem menschlichen Körper einzugehen, so dass dieser in die Lage versetzt wird, astrale Energien zu Zaubern zu fokussieren, auch *Symbiolith* genannt
Silan	Leichtmetalllegierung, die in alle erdenklichen Formen gegossen oder geblasen werden kann und astral-affine Eigenschaften aufweist
Silberschilde	die *Argusiloi*, Leibgarde von Großkönig *Ghalsar Ennius*
Sirvandar	magische Lanze *Celios Cunnomoros*, mit der *Dior Martikos* den Riesen *Olororos* bezwungen haben soll
Sokali	Strom in West-*Camotea*, bildet mit dem *Val-Varos-Gebirge* die amhasische Ostgrenze; mündet in *Mesoth* in den *Grünen Ozean*
Spaltsee	mit der Macht der *Tân* geschaffenes Gewässer, durch das der Fluss *Brandir* fließt; *Agenost* liegt am Südufer des Sees
Steppenbär	Raubtier, das in den Ebenen der *Tequari* beheimatet ist
Symbiolith	andere (techn.) Bezeichnung für die *Siarra*, der die Wechselbeziehung zum Magier betont
Synhedrion	ehemals der souveräne Rat der valdorischen Adelshäuser; nach der Machtergreifung von *Ghalsar Ennius* zum Kronrat von *Valdora* degradiert
Taefos	›Fackelträger‹, hoher Weihegrad der Uriaskirche, mit einem Metropoliten vergleichbar
Tamar	Stadt in *Amhas*
Tamias	Grafschaft in *Valdora*
Tân	die ›Nachfolgenden‹ – Bezeichnung der Imperatoren; sie sahen sich als Nachfolger der *Uritarim*, die einst *Camotea* beherrscht haben sollen
Targoas	Festungsruine im Süden *Valdoras*

Tarmea	Dorf an der valdorischen Westgrenze, unweit von *Kol Tassa*
Taukar	›Feuerwende‹ oder ›Feuerflut‹; apokalyptischer Weltenwandel, den *Caldris* durch die Annäherung seiner beider Sonnen immer wieder in seiner Geschichte durchläuft
Thalass Horn	Küstenstadt am *Meer der Säulen;* wichtiger Hochseehafen an der Südwestküste *Camoteas*
Tenu	siehe *Gemeinsprache*
Telan	Hochsprache des *Imperiums von Tân*
Tequari	›Die Tapferen/Edlen‹; die zahlreichen Clans der *Tequari* bilden ein Volk, das nördlich von *Valdora* beheimatet ist; seit Jahrhunderten mit den der *Allianz* verfeindet, auch Bezeichnung für die herrschende Kriegerkaste
Tequar/Tequa	Bezeichnung für einen Krieger bzw. eine Kriegerin der *Tequari*
Téragk	Bezeichnung der *Tequari* für ein großes Raubtier in den nördlichen Wäldern; von den *Valdorern* auch Riesen-Vielfraß genannt
Teragyr	Steppenregion östlich des *Kuroswalls*
Thesen, die	Spruchsammlung; Grundlage der amhasischen Gesellschaftsordnung
Tosende Abgründe	Purgatorium *Elotias,* in das die Sünder und Erzfrevler nach dem Tod fahren
Traditionalisten	Konservative Strömung in der valdorischen Uriaskirche
Trador	Wehrdorf und Handelsplatz der *Tequari*
Turm der Winde	Leuchtturm von *Agenost*
Ultahir	›Kristallgefangene‹, von den Valdorern als Steindämonen bezeichnet gelten die Ultahir als böse Geister, den Yamarern als Diener *Vandras / Vindrasus* bekannt, die in *Elyren* schlafen
Umariath	Großstadt im südlichen *Valdora*
Unterweisung	›Die Unterweisung der Letzten Stunde‹, Kodex der ethischen Prinzipien des valdorischen Rittertums

Urias	*Caldris* bewegt sich auf einer Umlaufbahn um diese Sonne; Name des valdorischen Gottes, von den Yamarern als *Vuresh* bzw. *Vuriash* angerufen, von den *Amhasi* als *Se'bas* bzeichnet; die Sonne wird von den *Valdorern* auch ›Uriasrad‹ oder ›Uriasschild‹ genannt
Uritarim	Bezeichnung für die ersten bekannten Herrscher über die Menschheit, die *Urias* ihnen einst nach der großen Feuerflut gesandt haben soll; sie herrschten laut yamarischen Aufzeichnungen rund 1.000 Jahre über große Teile des Kontinents und brachten den Menschen das Pantheon der ›Jungen Götter‹ unter dem Kosmokrator *Urias;* die *Tân* betrachteten sich direkte Nachfolger der Uritarim
Valdora	›Der Bund der Wächter‹; ursprünglich ein Kriegerorden, der zunächst die westlichen Grenzen des *Imperiums von Tân* schützte, später einer der wichtigsten militärischen Pfeiler des Reiches bis zu seinem Untergang; die Ordensmitglieder bildeten den Adel des heutigen Valdora; erst nach dem Fall des Imperiums wurde der Begriff zum Synonym der von der *Allianz* beherrschten Lande, ihre Bewohner somit zu Valdorern
Valkarin-Massiv	zentraler Gebirgszug *Valdoras;* aus den fruchtbaren Tälern des Gebirges stammen die Vorfahren der Stämme, die die Gebiete nach Süden und Norden hin vor der Eroberung durch die Tân besiedelten
Val-Varos-Gebirge	westliches Grenzgebirge von *Valdora;* auch *Abendrotberge* genannt
Vandra	siehe: *Vindrasu*
Vangardia	Festungsstadt am *Golf von Hara;* wichtigste und einflussreichste Stadt im Süden der *Allianz,* kontrolliert den Handel nach *Yamar*
Vendrasse	*Arcanaero*-Typ, leichte Luftbarke
Venator	Gesandter der Uriaskirche mit dem Auftrag, Häresie und Magie aufzuspüren und zu bekämpfen

Vindrasu	›Der Former der unverzehrten Glut‹, ›Der Sohn der Morgenröte‹; wird als der Sohn des Zwillingssterns *Elotia* angesehen; auch *Vandra* genannt, seine Anbetung ist von der valdorischen Uriaskirche verboten
Viliastanne	Baumsorte, die große Teile des camoteischen Nordens kolonisiert hat
Vikos von Tyra	Valdorischer Usurpator, der sich 1758 des Throns bemächtigte; im gleichen Jahr von *Ghalsar Ennius* getötet
Vuresh / Vuriash	Yamarische Bezeichnung für den Kosmokrator *Urias*
Vurgan	Yamarisches Neujahrsfest zur Sommersonnenwende, höchster Festtag des *Vuresh / Vuriash*
Yamar	Reich südöstlich von *Valdora*; besteht aus mehreren autonomen Teilprovinzen unter nomineller Führung des *Harans* von *Kesh Achlan*; betrachtet sich als Nachfolger des einstigen *Imperiums von Tân*
Yaturda	freie Stadt zwischen *Valdora* und *Amhas* am Fluss *Harieth*
Ymiras	Stadt im Norden von *Valdora*
Zatos von Manazeth	Valdorischer Uriaspriester, der die Lehren der Kirche weg von Gehorsam und Unterwerfung hin zur freien Entfaltung der Persönlichkeit reformieren wollte; als Ketzer von der Uriaskirche verurteilt und verbrannt
Zatosianer	Anhänger der Lehren des Kirchenreformers *Zatos von Manazeth*; werden in *Valdora* verfolgt und bekämpfen Kirche und Großkönig aus dem Untergrund heraus

Personenregister

Personen in Valdora

Ghalsar Ennius	Großkönig und Archon von Agenost
Inchari	Nichte von Ghalsar

Grafen
(* = Mitglied des Kronrats)

Duras Menara*	Königlicher Schatzmeister; Graf von Tamias
Leamas Calveron*	Marschall von Vangardia; Heermeister
Nakordin von Aretha*	Oberster Richter (Dikast) von Valdora, Heermeister
Termonas Raman	Graf von Ymiras; Heermeister

Weitere Adlige

Sakarius ga Dyan*	Erster Heermeister von Valdora
Ifanae ga Dyan	Sakas Schwester; Edle von Agenost
Makros Baltar	Baron der Grenzwacht; Herr von Dunvan
Narkan Kephanar	Baron von Yaturda
Volkos Benara	Baron der Nordwacht
Akkos Menaphon	Baron von Marmadon; Vater von Liocas
Fergias Nuath	Baron der Westwacht

Geistliche

Ulfman Garanos*	Oberhaupt (Taefos) der Hohen Priesterschaft des Urias
Sherkavos	Venator (Inquisitor) der Hohen Priesterschaft; genannt ›Der Läuterer‹

Sonstige

Shaat Ikastra	yamarischer Gathori; Berater von Ghalsar Ennius

Saresh Arkusa	yamarischer Gathori; Schüler von Shaat Ikastra
Miriya Ralan	yamarische Gathori; Schülerin von Shaat Ikastra
Nalyd Joweha	yamarischer Ghulam; Leibwächter von Saresh Arkusa
Korin Hen	Befehlshaber der Argusiloi
Ossos	Soldat der Argusiloi
Valandros Usil	Oberhaupt (Stragon) des Gildenrats von Halosis
Meister Sephanion	Lehrer von Inchari
Doura	Fischerin in Agenost

Oppositionelle

Liocas Menaphon	Knappe, Baronet von Marmadon
Marin Corlagon Myoxeres	letzter lebender Ritter des Hauses Iramon
Arkas Myoxeres	Waldläufer
Velkas	Ritter
Falan	Ritter; ehemaliger Schwertmeister von Marmadon

Personen der Tequari

Moriana	Tequari-Kriegerin
Kal Athrod	Clansherr der südlichen Clansgebiete
Kars	Druide; Berater von Kal Athrod
Argan	Oberster Clansherr der Tequari
Jarok Easar (›Der Blutschädel‹)	berühmter Heerführer der Tequari
Madrak	ehemaliger Anführer von Morianas Katu
Rodak	Krieger aus Morianas Clan

Personen im Zatosianer-Kloster

Tazlar	Abt
Gekaras	Prior

Silgah	Heilmeister
Luun	Schmied
Laneus	Koch
Uritas	Akoluth

Personen in Tarmea

Halnar	Wirt
Bosan	alter Bauer
Halvos	Dorfschulze
Alana	angebliche Zatosianerin

Personen in Kol Tassa

Dred	Dessalier; Besitzer einer Taverne
Raijik Caessels	Hallori-Freihändler; Movant des Arcanaero Halloran
Maskari	Besitzerin eines Gasthauses

Personen in Amhas

Salgad Ishrundzavail	Sagitar-Söldner
Dakris Olgasi	Oligarch
Shanti	Untergebene von Olgasi
Pyâdah	Prokuratorin des Rukh von Olgasi
Vantur	Söldner; Alkoholiker
Kalhani	alter Magier
Verasti Delana	Oligarchin und Beschwörerin; Herrin von Mesoth
Helnissar Telgar	Söldner-General
Kegan Orthanon	Keliten-Söldner
Methornis Temlin	Sebastokrator von Amhas
Perenzo Gulman	Hohepriester des Se'Bas

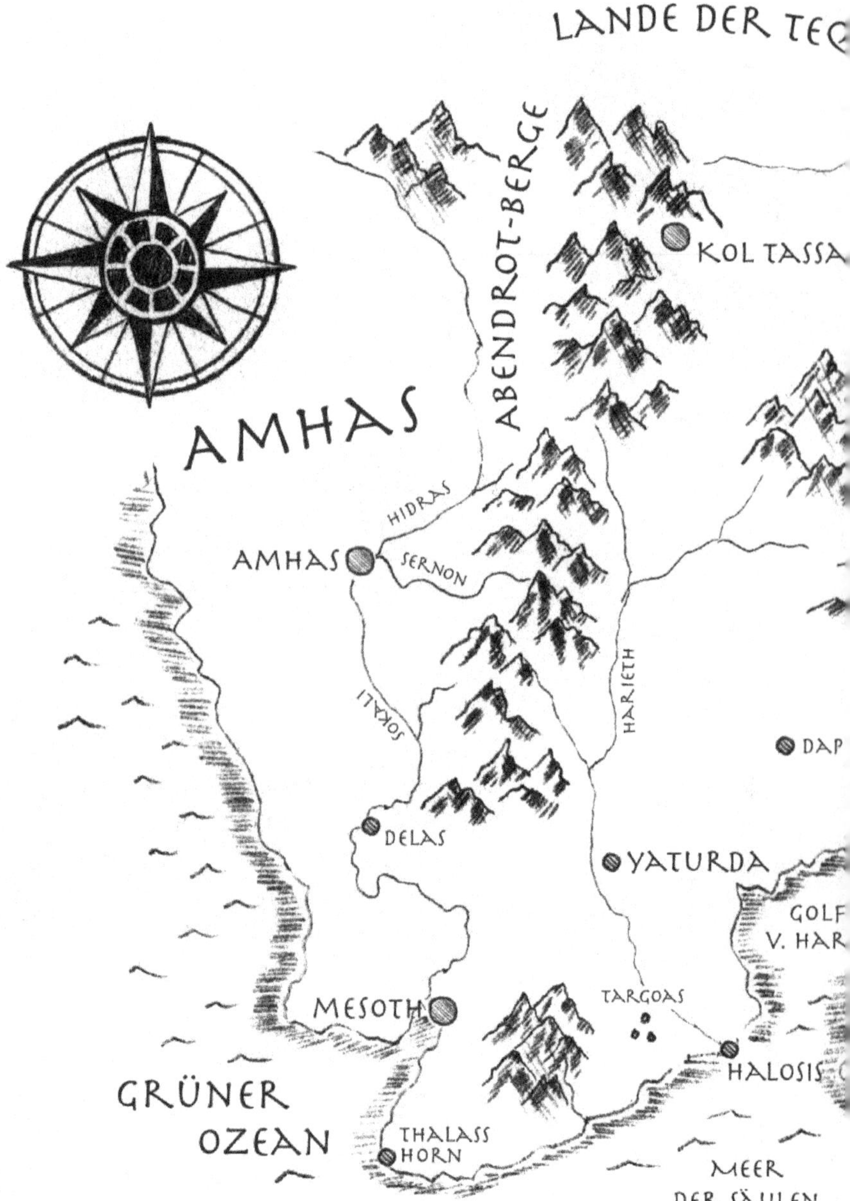
LANDE DER TE
ABENDROT-BERGE
KOL TASSA
AMHAS
HIDRAS
AMHAS
SERNON
SOKALI
HARIETH
DAP
DELAS
YATURDA
GOLF
V. HAR
TARGOAS
MESOTH
HALOSIS
GRÜNER
OZEAN
THALASS
HORN
MEER
DER SÄULEN

OPIOMON
YMIRAS
MARMADON
MOIL
ALDORA
KUROSWALL
MANAZETH
SPALTSEE
BRANDIR
ANTIKAS
SETHKARON
AGENOST
VANGARDIA
AZURYN-GEBIRGE
YAMAR
VON
UMARIATH

Die Autoren

Henning Mützlitz

1980 in Hofheim am Taunus geboren, verschlug es Henning Mützlitz wenige Jahre später nach Nordhessen, wo er in Battenberg/ Eder aufwuchs. Schon in Grundschulzeiten entdeckte er die Liebe zum Schreiben. Als Berufswunsch gab er in den Poesiealben seiner Klassenkameraden meist ›Archäologe‹ oder ›Schriftsteller‹ an. Nach einem Schulpraktikum in einem Buchladen sowie der zunehmenden Begeisterung für das Phantastik-Genre war der weitere Weg vorgezeichnet. 2006 begann er mit seinem ersten Roman – als Ausgleich zur Diplomarbeit.

Dieser (gemeinsam mit Christian Kopp verfasste) Roman erschien 2008 mit dem Titel »Das Zepter des Horas« innerhalb der Romanreihe zu Deutschlands bekanntestem Pen&Paper-Rollenspiel »Das Schwarze Auge«. In den Jahren darauf folgten u.a. mit »Der Ring des Namenlosen« weitere Veröffentlichungen innerhalb der DSA-Reihe.

Neben dem Schreiben von Romanen und Kurzgeschichten steht für ihn auch sonst das geschriebene Wort im Mittelpunkt: Seit 2009 ist Henning Mützlitz freiberuflich als Journalist und Autor tätig. Neben Artikeln in verschiedenen Fachzeitschriften verfasst er Sachbücher unter eigenem Namen oder Pseudonym.

Henning Mützlitz wird von der Literaturagentur *Schmidt&Abrahams* in Speyer vertreten.

Weitere Informationen finden Sie unter www.henning-muetzlitz.de.

Christian Kopp

Christian Kopp wurde 1980 in Frankenberg/Eder in Hessen geboren und wuchs in einem windumtosten Bergdorf mit Namen Bromskirchen auf. Sein leidenschaftliches Interesse für Mythologie und Phantastik zeichnete sich bereits in jungen Jahren ab und schlägt sich bis heute in Pen&Paper-Rollenspiel und diversen Schreibexperimenten nieder.

Geteilt und bestärkt wurde diese Begeisterung schon während der gemeinsamen Schul- und Studienzeit von Henning Mützlitz, mit dem er 2008 den DSA-Roman »Das Zepter des Horas« herausbrachte.

Über Umwege verschlug es den Wahl-Marbuger nach dem Erststudium und einer Tätigkeit als wissenschaftlicher Mitarbeiter schließlich in den Lehrerberuf mit den Fächern Deutsch und Geschichte.

Danksagung

»Wir danken Jens Womelsdorf für die Inspiration zu Raijik Caessels und seinen Einsatz als Testleser sowie Verleger Schemajah Schuppmann für die vertrauensvolle Zusammenarbeit.«

Kobrin - Die schwarzen Türme

Kobrin hat keinen Zugang zur Magie, wie andere Elfen in ihrem Alter, denn sie kann sie weder sehen noch lenken. Als ihre Heimat Argorn, das friedliche Lichtbaumreich, von einem unbekannten Feind angegriffen wird, muss ausgerechnet sie den Gegenstand behüten, der ihre Welt retten soll.

Zur gleichen Zeit infiltriert der Mensch Daidalor das Heer des Feindes. Seine Mission führt ihn nach Argorn, wo die Schatten unheilvolle Türme errichten und mit dunkler Magie experimentieren. Um sie aufzuhalten, muss er mehr als nur sein Leben riskieren.

Kobrin -
Die schwarzen Türme

von
Caroline G. Brinkmann

erschienen im
Papierverzierer Verlag

ISBN: 978-3-944544-55-7

und unter
www.papierverzierer.de

Dunkellicht

Seit langer Zeit wahren die verfeindeten Bruderschaften des Lichtes und der Dunkelheit im Verborgenen das Gleichgewicht der Kräfte. Doch kurz vor der zweiten Jahrtausendwende droht beiden die Auslöschung, da Ordensbrüder ermordet werden oder spurlos verschwinden. Gejagt von den Söldnern des ominösen Büro 13 geraten Johannes Sturm, ein Krieger des Lichtes, und Antoine Chevallier, ein Gelehrter der Dunkelheit, gemeinsam zwischen die Fronten.

Mitten im Ruhrgebiet, in der Stadt Dortmund, kommt es zum letzten Gefecht, als auch noch eines der letzten Dunkellichtwesen in das Geschehen eingreift …

Dunkellicht

von
Martin Ulmer

erschienen im
Papierverzierer Verlag

ISBN: 978-3-944544-61-8

und unter
www.papierverzierer.de

Revolver Tarot

Nevada, 1869: Am Rand der gnadenlosen Vierzigmeilenwüste liegt Golgotha, eine kleine Stadt, in der hinter verschlossenen Türen große Geheimnisse verborgen liegen. Der Sheriff trägt die Narben des Stricks am Hals und manche sagen, er sei ein toter Mann, dessen Zeit noch nicht gekommen ist. Golgotha ist der Ort, an dem sich die Gesegneten und die Verdammten sammeln. Schwärze flutet über die Welt und wenn der Sheriff und seine Leute sie nicht aufhalten, hat Golgotha seinen letzten Sonnenaufgang gesehen … und mit ihr die gesamte Schöpfung.
Ein außergewöhnliches Abenteuer zwischen Western, Steampunk und Fantasy, das die Leben verschiedenster Persönlichkeiten auf einen gemeinsamen Kampf zuführt, dessen Wurzeln viel tiefer liegen, als sie sich vorstellen können.

Revolver Tarot
von R.S. Belcher

aus dem Englischen
von Dennis Frey

Januar 2015
Papierverzierer Verlag

ISBN: 978-3-944544-30-4

und unter
www.papierverzierer.de

Lieber Leser,

ich bin ein besonderes Buch. Auch wenn jährlich Hunderttausende meiner Brüder und Schwestern in den Buchläden in Ihrer Nachbarschaft stehen, behaupte ich von mir, etwas Besonderes zu sein.

Aber was macht mich besonders? Zum Beispiel wurde ich in Deutschland produziert. Das Papier, der Leim und die Farbe, die von meinem Schöpfer ausgewählt wurden, hauchten mir in diesem Land das Leben ein. Mich formten keine Kinderhände, sondern ich sichere Arbeitsplätze in Deutschland.

Zusätzlich legt mein Erschaffer viel Wert auf die Buchhändler in der Nachbarschaft. Letztendlich möchten Sie gern bei Ihrem Fachmann vor Ort erfahren, ob ich ein gutes Buch bin. Dabei haben Sie es in der Hand, dass Ihr Buchhändler Sie noch lange über den Markt informiert, in dem Sie ihn mit meinem Kauf und weiteren unterstützen.

Ich wurde korrigiert, lektoriert und in voller Auflage gedruckt, um Ihnen eine Freude zu machen. Das ist mein ganzer Lebenssinn. Ich will Sie unterhalten, Trost spenden und Ablenkung aus Ihrem Alltag sein.

Jede Ihrer Bewertungen und Empfehlungen wird dabei helfen, dass weitere Bücher wie ich es bin produziert werden.

Vielen Dank für Ihre Unterstützung.

In anerkennender Dankbarkeit

Ihr gutes Buch